୨୪ଟି ଭାରତୀୟ ଭାଷାର
ନିର୍ବାଚିତ ଗଳ୍ପ ସଙ୍କଳନ

୨୪ଟି ଭାରତୀୟ ଭାଷାର ନିର୍ବାଚିତ ଗଳ୍ପ ସଙ୍କଳନ

ଅନୁବାଦ

କନକ ମଞ୍ଜରୀ ସାହୁ

ଶ୍ରାବଣୀ ରେସିଡ଼େନ୍ସୀ, ୧୧୪୪, ଗଡ଼ସାହି
ନୟାପଲ୍ଲୀ, ଭୁବନେଶ୍ୱର-୧୨
ଫୋନ- ୯୪୩୯୭୫୦୩୭୮

ବ୍ଲାକ୍ ଇଗଲ୍ ବୁକ୍ସ
ଭୁବନେଶ୍ୱର, ଓଡ଼ିଶା

BLACK EAGLE BOOKS
Dublin, USA

୨୪ଟି ଭାରତୀୟ ଭାଷାର ନିର୍ବାଚିତ ଗଳ୍ପ ସଙ୍କଳନ /
ଅନୁବାଦ-କନକ ମଞ୍ଜରୀ ସାହୁ
ବ୍ଲାକ୍ ଇଗଲ୍ ବୁକ୍ସ : ଭୁବନେଶ୍ୱର, ଓଡ଼ିଶା ● ଡବ୍ଲିନ୍, ଯୁକ୍ତରାଷ୍ଟ୍ର ଆମେରିକା

BLACK EAGLE BOOKS
USA address:
7464 Wisdom Lane
Dublin, OH 43016

India address:
E/312, Trident Galaxy, Kalinga Nagar,
Bhubaneswar-751003, Odisha, India

E-mail: info@blackeaglebooks.org
Website: www.blackeaglebooks.org

First International Edition Published by
BLACK EAGLE BOOKS, 2024

ANTHOLOGIES OF SELECTED STORIES IN 24 INDIAN LANGUAGES
Translated by **Kanak Manjari Sahoo**

Translation Copyright © **Kanak Manjari Sahoo**

Cover & Interior Design: Ezy's Publication

ISBN- 978-1-64560-584-3 (Paperback)

Printed in the United States of America

ଉତ୍ସର୍ଗ

ଆମର ଘନିଷ୍ଠ ବନ୍ଧୁ ଏବଂ ଶୁଭଚିନ୍ତକ
ବିଶିଷ୍ଟ ଗାଳ୍ପିକ ଶ୍ରୀଯୁକ୍ତ ତରୁଣକାନ୍ତି ମିଶ୍ରଙ୍କ
କରକମଳରେ ।

- କନକ ମଞ୍ଜରୀ ସାହୁ

ଅଭିମତ

ଭାରତ ଏକ ଭାଷା ବହୁଳ ଦେଶ। ପ୍ରତ୍ୟେକ ରାଜ୍ୟର ଭାଷାରେ ନିଜ ନିଜର ସ୍ୱତନ୍ତ୍ରତା ରହିଛି। ପ୍ରତ୍ୟେକଙ୍କର ସାମାଜିକ, ସାଂସ୍କୃତିକ ବୈଚିତ୍ର୍ୟତା ରହିଛି। ବିଭିନ୍ନ ଭାଷାଭାଷି ଲେଖକମାନଙ୍କର ଭିନ୍ନ ଭିନ୍ନ ଚିନ୍ତାଧାରା ଥିବା ଏବଂ ସମାଜକୁ ଦିଗ୍‌ଦର୍ଶନ ଦେଉଥିବା ଗଳ୍ପଗୁଡ଼ିକ ପଢ଼ି ଓଡ଼ିଆରେ ଅନୁବାଦ କରି ଆମ ପାଠକମାନଙ୍କ ପାଖରେ ପହଞ୍ଚେଇବା ମୋର ଲକ୍ଷ। ଏହାଦ୍ୱାରା ଆମ ଓଡ଼ିଆ ସାହିତ୍ୟ ବିସ୍ତୃତ ଏବଂ ସମୃଦ୍ଧ ହେବ ବୋଲି ମୋର ବିଶ୍ୱାସ। ଅନୁବାଦ ସାହତ୍ୟ ଆମର ଦୃଷ୍ଟିକୋଣ ପ୍ରସାରିତ କରିଥାଏ। ଅନ୍ୟ ଭାଷାଭାଷି ସମାଜ ଓ ସଂସ୍କୃତି ସହିତ ପରିଚିତ କରାଇଥାଏ। ତେଣୁ ମୁଁ ଅନୁବାଦ ସାହିତ୍ୟକୁ ଗୁରୁତ୍ୱ ଦେଇଥାଏ।

ଏହି ପୁସ୍ତକଟିରେ ଥିବା ଗଳ୍ପଗୁଡ଼ିକ ପାଠକମାନଙ୍କୁ ଆକୃଷ୍ଟ କରିବ ବୋଲି ଆଶାକରେ। ଏଥିରେ ଥିବା ଅଧିକାଂଶ ଗଳ୍ପ ବିଭିନ୍ନ ପତ୍ରପତ୍ରିକାରେ ପ୍ରକାଶିତ ହୋଇ ହୋଇଛି। ସେଥିପାଇଁ ତାହାର ସମ୍ପାଦକ ଏବଂ ସମ୍ପାଦିକାମାନଙ୍କୁ ଆନ୍ତରିକ ଧନ୍ୟବାଦ ଜଣାଉଛି। ଏହି ଗଳ୍ପଗୁଡ଼ିକୁ ପୁସ୍ତକ ଆକାରରେ ପ୍ରକାଶ କରିଥିବାରୁ 'ବ୍ଲାକ ଇଗଲ ବୁକ୍‌ସ'ର ପ୍ରକାଶକ ଶ୍ରୀଯୁକ୍ତ ସତ୍ୟ ପଟ୍ଟନାୟକଙ୍କ ନିକଟରେ ମୁଁ କୃତଜ୍ଞ। ପ୍ରକାଶନର ସମସ୍ତ ଭାର ସୂଚାରୁରୂପେ ତୁଲାଇଥିବାରୁ ଶ୍ରୀଯୁକ୍ତ ଅଶୋକ ପରିଡ଼ାଙ୍କୁ ମଧ୍ୟ ଆନ୍ତରିକ ଧନ୍ୟବାଦ ଜଣାଉଛି।

- କନକ ମଞ୍ଜରୀ ସାହୁ

ସୂଚିପତ୍ର

ଉଦୟକୁମାରୀ

ମୂଳ ତାମିଲ- ମି.ପା.ସୋମଶୁନ୍ଦରମ୍

ପୁରୁଷର କଣ୍ଠସ୍ୱରରେ ଯେ ଏତେ ମାଧୁର୍ଯ୍ୟ ଥାଇପାରେ ଏହି ଅଭିଜ୍ଞତା ତା'ର କେବେ ହୋଇନଥିଲା । ମୁହୂର୍ତ୍ତକ ପାଇଁ ଉଦୟକୁମାରୀ ରୋମାଞ୍ଚିତ ହୋଇ ଛିଡ଼ାହୋଇ ରହିଲା ।

ସୂର୍ଯ୍ୟକିରଣ ସହିତ ନାଚି ନାଚି ସମୁଦ୍ରର ରାଶି ରାଶି ଢ଼େଉ ବେଳାଭୂମିରେ ପିଟିହେଉଥାଏ ।

ଉଦୟକୁମାରୀ ମୁଗ୍ଧ ହୋଇ ଶୁଣୁଥିଲା ସେଇ ମଧୁମିଶ୍ରିତ କଣ୍ଠ ଆଉ ସେଇ ସ୍ୱରରେ ଗୁନ୍ଥା ଆଶ୍ଚର୍ଯ୍ୟ କଥାଗୁଡ଼ିକ...

ନୀଳ ସାଗରର ଗଭୀର ତଳଦେଶେ
ଅତଳସ୍ପର୍ଶ ସମୁଦ୍ରର ସେ କୋଉ ଜଗତରେ
ଶାମୁକା ଭିତରେ ବସି ଦିପ୍ତି ବିକିରଣ କରୁଛି
ଉଜ୍ଜ୍ୱଳ ସୁନ୍ଦର ମୁକ୍ତାର ଜ୍ୟୋତି ।

ଗୀତ ଶୁଣି ଉଦୟକୁମାରୀ ଚମକିଉଠିଲା । ସମୁଦ୍ରର ଲୁଣିଆ ଜଳରେ ଭିଜି ତା'ର ଗେରୁଆ ବସ୍ତ୍ର ଭାରି ହେଇ ଦେହରେ ଚିପିକି ରହିଥିଲା । କୌଣସିମତେ ବସ୍ତ୍ରକୁ ଚିପୁଡ଼ି ସେ ଦ୍ରୁତ ଗତିରେ ଚାଲିଗଲା ।

ସେଦିନ ରାତ୍ରିପୂଜାପରେ ଆଶ୍ରମରେଯଥାରୀତି ଭାବେ ଭଗବାନ ବୁଦ୍ଧଙ୍କ କରୁଣାଗାଥା ଗାଇ ଗାଇ ଉଦୟକୁମାରୀ ଶୟନକକ୍ଷରେ ପ୍ରବେଶ କଲା । କିନ୍ତୁ ଆଶ୍ଚର୍ଯ୍ୟ, ସେ ଭଲଭାବେ ଶାନ୍ତିରେ ଶୋଇପାରିଲା ନାହିଁ । ଭୋର ସମୟରେ ଚମ୍ପାବତୀର ସମୁଦ୍ରତଟରେ ଶୁଣାଗଲା ସେଇ ଯୁବକର କଣ୍ଠ ସ୍ୱର, ସେ ଗାଇଥିବା ସେଇ ଗୀତ, କେମିତି କେଜାଣି ତା' ହୃଦୟରେ ବସା ବାନ୍ଧି ରହିଛି ।

ନୀଳ ସମୁଦ୍ରର ଗଭୀର ତଳଦେଶରେ ଶାମୁକା ଦେହରେ ସୁପ୍ତ ହୋଇ ରହିଥିବା ଏକ ମୁକ୍ତାର ଆଲୋକ ବିଚ୍ଛୁରିତ ହେଲେ କାହାର କି ଲାଭ ? ମରୁଭୂମିରେ ପୂର୍ଣ୍ଣିମାର ପୂର୍ଣ୍ଣ ଚାନ୍ଦ ଦୁଗ୍ଧ-ଶୁଭ୍ର ଜ୍ୟୋସ୍ନା ବିଚ୍ଛୁରିତ ହେଲେ କାହାର କ'ଣ ଯାଏ ? ଏହିସବୁ କଥା ଭାବି ଭାବି ଉଦୟକୁମାରୀ ଅନେକ ସମୟ ଶଯ୍ୟାରେ ପଡ଼ିରହିଲା ।

ପରଦିନ ଭୋରରୁ ସମୁଦ୍ର ସ୍ନାନ ସାରି ଫେରିବା ପଥରେ ଏକ ଆକାଂକ୍ଷା ତା'ର ଜାଗ୍ରତ ହେଲା..ଆଉ କ'ଣ ଥରେ ସେଇ କଣ୍ଠସ୍ୱର ଶୁଣାଯିବନି ? ଗତକାଲି ଭଳି ସେଇ କଣ୍ଠସ୍ୱର ପୁନର୍ବାର ଶୁଣାଗଲା..ସେଇ ମାଧୁର୍ଯ୍ୟ, ସେଇ ଆକର୍ଷଣ । ଆଜି ଆହୁରି ପାଖାପାଖି ।

ସେଦିନ ରାତିରେ ଉଦୟକୁମାରୀକୁ ନିଦ ଲାଗିଲାନି ।

ତୃତୀୟ ଦିନ ଭୋରରୁ ସେ ସମୁଦ୍ରତଟକୁ ସ୍ନାନ କରିବାକୁ ଗଲା । ସେଦିନ ସ୍ନାନ ସାରି ଆଶ୍ରମକୁ ଫେରିବା ବେଳକୁ କେବଳ ସେ ଗୀତ ଶୁଣିଲା ତାହା ନୁହେଁ, ତା'ର ଦୃଷ୍ଟିଗୋଚର ହେଲା ସେଇ ଆଶ୍ଚର୍ଯ୍ୟ କଣ୍ଠର ଅଧିକାରୀ ଜଣେ ଅଚିହ୍ନା ଯୁବକ ଉପରେ । ଉଜ୍ଜ୍ୱଳ ସୁଗଠିତ ଶରୀର, ସୁନ୍ଦର ଅଙ୍ଗଭଙ୍ଗୀ, ଯେମିତି ସମସ୍ତ ଶରୀରରେ ବ୍ୟାପ୍ତ ହୋଇଛି ସେଇ କଣ୍ଠର ମାଧୁର୍ଯ୍ୟ । ତାଙ୍କର ପ୍ରତି ପଦକ୍ଷେପ, ପରିଚ୍ଛେଦ, ସର୍ବୋପରି ଆଚରଣ ସମୁଦ୍ରର ଉତ୍ତାଳ ତରଙ୍ଗ ଭଳି ଏକ ମୋହମୟ ଆକର୍ଷଣରେ ଉଚ୍ଛ୍ୱସିତ ।

ତୃତୀୟ ଦିନ ରାତିରେ ଉଦୟକୁମାରୀର ଆଖି ପତା ପଡ଼ିଲାନି । କେତେବେଳେ ଭୋର ହେବ ସେଇ ପ୍ରତିକ୍ଷାରେ କଟିଲା ।

ଆଜି ସ୍ନାନ ପରେ ଫେରିବା ସମୟରେ ସେଇ ଯୁବକ ଗାୟକଙ୍କ ସହିତ ମୁହାଁମୁହିଁ ସାକ୍ଷାତ ହୋଇଗଲା । କିଛି ସମୟଧରି ସେ ଉଦୟକୁମାରୀ ଆଡ଼କୁ ଚାହିଁରହିଲେ । ବ୍ୟସ୍ତ ମଣିଷର କାର୍ଯ୍ୟ ଭିତରେ ଅପ୍ରତ୍ୟାଶିତ ଭାବେ ଏକ ସୁନ୍ଦର ଦୃଶ୍ୟ ଆଖିରେ ପଡ଼ିଲେ ଯେମିତି ଲାଗେ, ସେମିତିଭାବେ ସେଇ ଯୁବକ ଗୋଟିଏ ମୁହୂର୍ତ୍ତ ଛିଡ଼ା ହୋଇଯାଇ ପୁଣି ତାଙ୍କ ରାସ୍ତାରେ ଚାଲିବାକୁ ଲାଗିଲେ । ସେ ଚାଲିଯିବାପରେ ବେଶ୍ କିଛି ସମୟଧରି ଶୁଣାଯିବାକୁ ଲାଗିଲା ସେଇ ଗୀତ...

କୁମାରୀ ବୟସେ ଆଗୋ ମୟୁରୀ,
ରୂପର ଛଟା କି ବୃଥା ଯିବ ଶେଷ ହୋଇ ?
ବିଦ୍ୟୁତ୍ ଆଲୋକ ଚମକାଏ ତବ ଦେହେ,
ଦିପ୍ତି ତୁମର ନିଷ୍ଫଳ ଯାଏ ବହି ।

ରାତିସାରା ଉଦୟକୁମାରୀ ଭାବି ଚାଲିଥିଲା ।

ସନ୍ଧ୍ୟାକାଳୀନ ଉପାସନା ପ୍ରବଚନରେ ଆଶ୍ରମ ଅଧକ୍ଷା ସନ୍ୟାସିନୀ କୌନ୍ତିଦେବୀ

କହିଲେ, 'ସଂସାର ଅନିତ୍ୟ। ଯୌବନ କ୍ଷଣସ୍ଥାୟୀ।' ଏହା ସତ୍ୟ। ଜୀବନ ଓ ଯୌବନ ଏହି ଦୁଇଟି ଦ୍ରୁତ ବେଗରେ ଶେଷ ହୋଇଯାଏ। ସୁତରାଂ କାହିଁକି ସେଥିରେ ବୃଥା ସମୟ ନଷ୍ଟ କରିବା? ସେଇ ଦୁଇଟି ପାଇଁ ତ ବଞ୍ଚିବାନି। ଯେତିକି ଦିନ ବଞ୍ଚିବା ଆନନ୍ଦରେ କଟାଇଦେଲେ କ୍ଷତି କ'ଣ? ଗେରୁଆ ବସ୍ତ୍ର ଓ କମଣ୍ଡଳୁ ହାତରେ ନେଇ କଠିନ ବ୍ରତ ଉପବାସ ମଧ୍ୟଦେଇ ଶରୀରକୁ ଦୁଃଖ ଦେଇ କଷ୍ଟ ପାଇବ କାହିଁକି? ଏମିତିପ୍ରକାର କେତେ କ'ଣ ନୂଆ ଚିନ୍ତା ଉଦୟକୁମାରୀକୁ ବ୍ୟଥିତ କରୁଥାଏ। ଏସବୁ ଅନୁଭୂତି ତ ଏତେ ଦିନହେଲା ତାକୁ ଜଣାନଥିଲା।

ପରଦିନ ସେ ପ୍ରାର୍ଥନା ସଭାକୁ ଗଲାନି। ଉଦୟକୁମାରୀର ଅସୁସ୍ଥତା ଖବର ପାଇ ଦେବନ୍ତୀ ତାକୁ ଦେଖିବାକୁ ଆସିଲେ। ଆଶ୍ରମର କନ୍ୟାମାନଙ୍କ ମଧ୍ୟରେ ଦେବନ୍ତୀ ସବୁଠାରୁ ବୟସ୍କା। ଉଦୟକୁମାରୀ ପ୍ରତି ତାଙ୍କର ଅପରିମିତ ସ୍ନେହ।

ଦେବନ୍ତୀ ଆସି ଉଦ୍ୱିଗ୍ନ ସ୍ୱରରେ ପଚାରିଲେ, 'କୁମାରୀ, ତୁମକୁ ଆଜି କାହିଁକି ଚିନ୍ତାଗ୍ରସ୍ତ ଦେଖୁଛି? ଏମିତି ତ କେବେ ବି ହେଇନି।'

'ହଁ, ମୋର ବି ସେମିତି ମନେ ହେଉଛି, ଏମିତି ତ କେବେ ବି ହୋଇନଥିଲା।'

ଉଦୟକୁମାରୀ ଭାବିଲା, ଯେଉଁ ଚିନ୍ତାର ଭାରରେ ତା' ହୃଦୟ ମନ୍ଥି ହେଉଛି, ତାହା ଯଦି ଦେବନ୍ତୀଙ୍କୁ କହିବ ତା'ହେଲେ ଭଲ। ଏକଥା ଭାବି ସେ ସମସ୍ତ ଘଟଣା ଧୀରେ ଧୀରେ ତାଙ୍କ ପାଖରେ କହିଲା।

ଉଦୟକୁମାରୀ ପାଇଁ ଦେବନ୍ତୀଙ୍କୁ ବହୁତ ମନକଷ୍ଟ ହେଲା। କିନ୍ତୁ ସେ ନିଜର ସନ୍ୟାସୀ ଧର୍ମର ଆଚରଣରେ ଅଗ୍ରଣୀ ନୁହେଁ କି? କେତେ ପ୍ରକାର ଉପଦେଶ ଉଦୟକୁମାରୀକୁ ଦେଲେ। ସେଇ ଉପଦେଶ ଗୁଡ଼ିକ ଶୁଣି ଉଦୟକୁମାରୀର ମନେହେଲା ଯେମିତି କୌଣସି ନୀତିଶାସ୍ତ୍ରର କେତେଗୁଡ଼ିଏ ପୃଷ୍ଠା ଜୀବନ୍ତ ହୋଇ ମନୁଷ୍ୟ ଦେହରେ ଆଶ୍ରୟ ନେଇ ତା'ସାଙ୍ଗରେ ଛିଡ଼ାହୋଇ କଥା କହୁଛି। ଏହା ଯେମିତି ମନର କଥା ନୁହେଁ। କୌଣସି ରମଣୀର ପକ୍ଷେ ସ୍ୱାଭାବିକ ନୁହେଁ ବୋଲି ତା'ର ମନେହେଲା।

ଉଦୟକୁମାରୀ କହିଲା, 'ଆପଣଙ୍କୁ ସତ କହୁଛି, ଶାରୀରିକ କାରଣରୁ ଜୀବନରେ ଏହି ପ୍ରଥମ ମୋର ବ୍ୟାକୁଳତା। ଏତେଦିନ ପର୍ଯ୍ୟନ୍ତ ମନକୁ ଆସିନି ଶରୀର ବୋଲି କିଛି ଅଛି। ସେଇ ଶରୀରକୁ ପୁଣି ଯତ୍ନର ସହ ରକ୍ଷା କରିବା ଆବଶ୍ୟକ।'

ଉଦୟକୁମାରୀର ମାନସିକ ଅବସ୍ଥା ଦେବନ୍ତୀ ସହଜରେ ବୁଝିପାରିଲେ। କହିଲେ, 'ମା', ତୁମର ଏହି ଅନୁଭୂତି ନୂଆ କିଛି ନୁହେଁ। ଯୌବନ ସମୟରେ ମୁଁ ବି ତୁମ ଭଳି ମଝିରେ ମଝିରେ ଏଇ ଧରଣର ବ୍ୟାକୁଳତା ଅନୁଭବ କରିଛି। ଏହି ସମସ୍ତ ଦୁର୍ବଳ ମନୋଭାବକୁ ଜୟ କରି ପାରିବାର ନାମ ବୈରାଗ୍ୟ।'

ଉଦୟକୁମାରୀ ପ୍ରତିବାଦ କରି କହିଲା, 'କାହିଁକି ?କାହିଁକି ଜୟ କରିବାକୁ ହେବ ଏହି ମନୋବୃତ୍ତିକୁ ?ପ୍ରକୃତିର ଦାନ ଏହି ଯୌବନ। ସେଇ ପ୍ରକୃତିର ବିରଦ୍ଧରେ ଯାଇ କାହିଁକି ଆମେ ବୈରାଗୀର ଅଗ୍ନିରେ ଆମ ଯୌବନକୁ ଦଗ୍ଧ କରିବୁ ?'

ଦେବନ୍ତୀ ଏଇ ପ୍ରଶ୍ନର କୌଣସି ଉପଯୁକ୍ତ ଉତ୍ତର ଦେଇ ପାରିଲେନି। କେବଳ କହିଲେ, 'ଉଦୟକୁମାରୀ, ତୁମର ହିତାହିତ ଜ୍ଞାନ ସମ୍ପର୍କରେ ମୋଠାରୁ ବେଶୀ କେହି ଜାଣିନାହାନ୍ତି, ତାହା ତୁମେ ଜାଣ। ମୋର ମନେ ହେଉଛି ଯେ, ତୁମେ ଅସୁସ୍ଥ ହୋଇପଡ଼ିଛ, ଏହି ଅସୁସ୍ଥତାର ପଥରେ ତୁମର ଉଚିତ୍ ହେବ ପୃଥିବୀରୁ ବିଦାୟ ନେବା। ହଁ, ତାହା ହିଁ ମୋର ମନେହେଉଛି। କାରଣ ତା' ନହେଲେ, ତୁମର ସମସ୍ତ ଜୀବନ ବୃଥା ହୋଇଯିବ।'

ଦେବନ୍ତୀଙ୍କ କଥାଗୁଡ଼ା ବହୁତ କଟୁ, ଏଥିରେ ସନ୍ଦେହ ନାହିଁ, କିନ୍ତୁ ତାଙ୍କ କଥାର ଭଙ୍ଗିମା ମଧ୍ୟରେ ମା'ର ସ୍ନେହ ଜଡ଼ିତ। ଦେବନ୍ତୀଙ୍କର ଏକାନ୍ତ ଇଚ୍ଛା... ଏତେଦିନ ଧରି ଉଦୟକୁମାରୀ ଯେଉଁ ପବିତ୍ରତାକୁ ରକ୍ଷା କରି ଆସିଛି, ତାହା ଯେମିତି କ୍ଷୁର୍ଣ୍ଣ ନହେଉ, ତା' ପୂର୍ବରୁ ଯେମିତି ଉଦୟକୁମାରୀର ପ୍ରାଣବାୟୁ ବାହରିଯାଉ।

କିନ୍ତୁ ଘଟଣାଗୁଡ଼ିକ ଠିକ୍ ଦେବନ୍ତୀଙ୍କ ଇଚ୍ଛା ଅନୁଯାୟୀ ଘଟିଲାନି। ଧୀରେ ଧୀରେକୌନ୍ତୀଦେବୀଙ୍କ ପ୍ରଦତ୍ତ ବଟିକାରେ ଉଦୟକୁମାରୀର ଶରୀର ସୁସ୍ଥ ହୋଇଉଠିଲା। ଧୀରେ ଧୀରେ ଶଯ୍ୟା ଛାଡ଼ି ଉଠି ସେ ଆଶ୍ରମ ଭିତରେ ଏବଂ ବାହାରେ ପଦଚାରଣା ଆରମ୍ଭ କଲା।

କିନ୍ତୁ ଭରତସେନା ଯେ ଚାଲିଯାଇଥିଲେ... 'ଶାସ୍ତ୍ରରେ ଅଛି ପିତ୍ତ ଇତ୍ୟାଦି ରୋଗର ଚିକିତ୍ସା କଥା, ଭଲପାଇବାର କୌଣସି ଔଷଧ ଅଛି କି ସଖୀ ?' ତାହାର କୌଣସି ଉତ୍ତର ଖୋଜି ନପାଇ ବିସ୍ତିର୍ଣ୍ଣ ସମୁଦ୍ର-ସୈକତରେ ଉଦୟକୁମାରୀ ଛିଡ଼ାହୋଇ ରହିଲା।

ଭରତସେନା କହିଲେ, 'କୋଉଠି ମୁଁ, ଆଉ କୋଉଠି ତୁମେ ! ମୋର କଥା ଯଦି ଶୁଣିବାକୁ ଚାହଁ, ମୁଁ ଜଣେ ଅଭିନେତା କେବଳ। ଇନ୍ଦ୍ରଜୟନ୍ତୀ, ଚନ୍ଦ୍ରଜୟନ୍ତୀ ପ୍ରଭୃତି ବିଭିନ୍ନ ଉତ୍ସବ ଉପଲକ୍ଷେ ଦେଶ ଦେଶ ଘୂରି ଅଭିନେତାର ମଧ୍ୟ ଦେଇ ରାଜା ପ୍ରଜା ସମସ୍ତଙ୍କୁ ଆନନ୍ଦ ଦେବା ହିଁ ମୋର କାମ। ଆଉ ଅନ୍ୟପଟେ ସମସ୍ତ ନୃତ୍ୟ, ଗୀତ, ଅଭିନୟ, ସୁଖ, ସମ୍ଭୋଗର ଉର୍ଦ୍ଧ୍ୱରେ ତୁମେ ଜଣେ ସନ୍ୟାସିନୀ। ଆମ ଦୁହିଁଙ୍କ ମଧ୍ୟରେ ଯେଉଁ ବାଧା, ତାହା ଏହି ଅସଂଖ୍ୟ ଉର୍ମିମାଳା ବିଶାଳ ସମୁଦ୍ର ଭଳି ଦୁସ୍ତର।'

ଭରତସେନାଙ୍କ ଦୈହିକ ସୌନ୍ଦର୍ଯ୍ୟରେ ଉଦୟକୁମାରୀର ଅନ୍ତର ଆଚ୍ଛନ୍ନ ହୋଇଯାଇଛି। ପୂର୍ଣ୍ଣିମାର ଆଲୋକରେ ସମୁଦ୍ରର ତରଙ୍ଗମାଳା ଉଚ୍ଛ୍ୱସିତ। ଆକାଶରେ

ମହା ଆନନ୍ଦରେ ଭାସି ଚାଲିଛି ପୂର୍ଣ୍ଣିମାର ଚାନ୍ଦ। ଉଦୟକୁମାରୀ ଅନେକ ସମୟ ଚୁପ ରହି କହିଲା, 'ଭରତସେନା, ତୁମକୁ ଗୋଟିଏ କଥା କହିବାକୁ ଚାହୁଁଛି।'

'ସେଥିପାଇଁ ତ ମୁଁ ଅପେକ୍ଷା କରି ରହିଛି। ତୁମର ଟିକିଏ ମାତ୍ର ଆଶ୍ୱାସନା ପାଇଲେ ଏହି ଗୋଟିଏ ସମୁଦ୍ର ନୁହେଁ, ସାତ ସମୁଦ୍ର ପାର ହୋଇଯିବି!'

ଉଦୟକୁମାରୀର ସ୍ୱରରେ ଏକ ଦୃଢ଼ ଆତ୍ମପ୍ରତ୍ୟୟ ଫୁଟିଉଠିଲା। କହିଲା, 'ଭରତସେନା, ଏହି ସନ୍ୟାସଧର୍ମ ମୋତେ ଆଉ ଭଲଲାଗୁନି। ଆତ୍ମନିଗ୍ରହ କରି ଯେଉଁ ତପଶ୍ଚର୍ଯ୍ୟା ତାହା ମୋ ପାଇଁ ନୁହେଁ। ତୁମର ସ୍ୱର ଓ ସୁଧା ଭରା ଜୀବନ ମୋତେ ଆକୃଷ୍ଟ କରିଛି।'

ଉଦୟକୁମାରୀର କଣ୍ଠରେ ଯେମିତି ମିଶିଥିଲା ଭ୍ରମର-ଗୁଞ୍ଜନର ମାଧୁର୍ଯ୍ୟ, ଚନ୍ଦ୍ରକିରଣର ସ୍ନିଗ୍ଧ ଏବଂ ନୀଳ ସମୁଦ୍ର ଭଳି ଗଭୀର ଭଲପାଇବା।

ଭରତସେନା ପଚାରିଲେ, 'ଏହା କ'ଣ ତୁମର ସଂକଳ୍ପ?'

'ନିଃସନ୍ଦେହରେ। ଯେଉଁଦିନ ତୁମେ ଚମ୍ପାବତୀ ନଗର ଛାଡ଼ି ଚାଲିଯିବାକୁ ବାହାରିବ, ସେଇଦିନ ତୁମ ଉଦୟକୁମାରୀ ଆଶ୍ରମ ଛାଡ଼ି ବାହାରିଆସିବ।'

କୌନ୍ତୀଦେବୀଙ୍କ ଆଶ୍ରମରେ ବୁଦ୍ଧ ଭଗବାନଙ୍କ ଜନ୍ମଦିନ ବିଶେଷ ସମାରୋହରେ ଅନୁଷ୍ଠିତ ହେଲା। ସେଇ ରାତିରେ ବିଶେଷଭାବେ ଆଶ୍ରମବାସିନୀମାନଙ୍କ ପାଇଁ 'ଏସିଆଜ୍ୟୋତି' ନାଟକ ପାଇଁ ଅଭିନୟର ଆୟୋଜନ ଚାଲିଥିଲା। ଉଦୟକୁମାରୀର ଅପାର ଆନନ୍ଦ ଯେ ଭରତସେନା ଏହି ଚମ୍ପାବତୀ ନଗରରେ ତାଙ୍କର ଶେଷ ନାଟକ 'ଏସିଆଜ୍ୟୋତି' ନାଟକରେ ସ୍ୱୟଂ ବୁଦ୍ଧ ଭଗବାନଙ୍କ ଭୂମିକାରେ ଅବତୀର୍ଣ୍ଣହେବେ।

ସୁଗଠିତରଙ୍ଗମଞ୍ଚରେ ସୁସଜ୍ଜିତ ସହସ୍ର ପ୍ରଦୀପ ଏକାସାଙ୍ଗେ ଚାନ୍ଦ ଭଳି ସ୍ନିଗ୍ଧ ଆଲୋକ ବିକିରଣ କରୁଥିଲା। ଘଣ୍ଟା ବାଜିଉଠିଲା। ତା' ସହିତ ବୀଣା, ବଂଶୀ, ଢ଼ୋଲ, ମୃଦଙ୍ଗ ପ୍ରଭୃତି ବାଦ୍ୟଯନ୍ତ୍ରର ଧ୍ୱନି ବାଜିଉଠିଲା। ଯକ୍ଷକୁମାରୀ ସଦୃଶ ନେପଥ୍ୟ ଗାୟିକାବୃନ୍ଦ ଜ୍ୟୋର୍ତିମୟ ବୁଦ୍ଧଦେବଙ୍କ ଆବିର୍ଭାବ ପାଇଁ ଗୀତରେ ଅଭ୍ୟର୍ଥନା ଜଣାଇଲେ।

ବୁଦ୍ଧ ଜନ୍ମ ନେଲେ। ଜଗତ୍‌କୁ ପ୍ରାଣ ଦେବାକୁ, ମନୁଷ୍ୟର ପାପ ଦୂର କରିବାକୁ, ଅନ୍ଧକାର ପୃଥିବୀକୁ ଜ୍ଞାନର ଆଲୋକ ବି

ବିଞ୍ଚିବାକୁ ଏସିଆର ଜ୍ୟୋର୍ତିମୟ ପୁରୁଷ ଉଦିତ ହେଲେ।

ଉଦୟକୁମାରୀର ପ୍ରଶସ୍ତ ନୟନ ଦୁଇଟି ରଙ୍ଗମଞ୍ଚର ଉପରେ ନିବଦ୍ଧ। ଭରତସେନା..ନା, ବୁଦ୍ଧଦେବ ଆସି ତା' ସାମନାରେ ଆବିର୍ଭୂତ ହେଲେ।

ଭରତସେନା..ନା, ବୁଦ୍ଧଦେବ..ତା' ସାମନାରେ ଛିଡ଼ାହୋଇ ମନୁଷ୍ୟର ଦୁଃଖଦୁର୍ଗତି ପାଇଁ ବିଗଳିତ ହୃଦୟରେ ଅଶ୍ରୁବିସର୍ଜନ କଲେ।

ଭରତସେନା..ନା, ବୁଦ୍ଧଦେବ..ତା' ଆଖି ସାମନାରେ ଯୌବନ ସମୟରେ ସ୍ତ୍ରୀ, ପୁତ୍ର ଏବଂ ନଶ୍ୱର ପୃଥିବୀର ଅନିତ୍ୟ ଐଶ୍ୱର୍ଯ୍ୟ ସମ୍ପଦ ତ୍ୟାଗ କରି ଚାଲିଗଲେ।

ଭରତସେନା..ନା, ବୁଦ୍ଧ..ତା'ର ଆଖି ସାମନାରେ ଯୌବନର ଅସ୍ଥିରତା ଓ ମିଥ୍ୟାକୁ ଉପଲବ୍ଧି କରି ବୋଧିବୃକ୍ଷର ଛାୟାରେ ଜ୍ଞାନର ସାଧନାରେ ଉପବିଷ୍ଟ ହେଲେ।

ତା' ଆଖି ସାମନାରେ ଭରତସେନା ଆଉ ନାହାନ୍ତି। ତା' ପରିବର୍ତ୍ତେ ଦେଖାଗଲେ ବୁଦ୍ଧ। ଉଦୟକୁମାରୀର ଯେଉଁ ହୃଦୟରେ ଭରତସେନାଙ୍କ ଆସନ ଥିଲା, ସେଠାରେ ଏବେ ପ୍ରବେଶ କରିଛନ୍ତି ଏସିଆର ଜ୍ୟୋତିର୍ମୟ ପୁରୁଷ।

'ଯୌବନ ତ ନଶ୍ୱର, ନଶ୍ୱର ଏହି ଦେହ...'

ଏହା କ'ଣ ଭରତସେନାଙ୍କ ଗୀତ? ନା, ନା, ଭରତସେନାଙ୍କ କଣ୍ଠସ୍ୱର ଉଦୟକୁମାରୀ ଭୁଲିଯାଇଛି। ଏବେ ଆଉ ସେଇ କଣ୍ଠରେ ଯୌବନର ପ୍ରଚଣ୍ଡ ଆକର୍ଷଣ ନାହିଁ, ଅଛି ନିଷ୍କଳଙ୍କ ଦୈବ ମହିମା। ଯୌବନର ବ୍ୟାକୁଳ ଆମନ୍ତ୍ରଣ ବଦଳରେ ସେଇ କଣ୍ଠରେ ଧ୍ୱନିତ ହେଲା ତପସ୍ୟାର ଆହ୍ୱାନ। ଉଦୟକୁମାରୀ ନିଜକୁ ଭୁଲି ତନ୍ମୟ ହୋଇ ଧୀରେ ଧୀରେ ଆବୃତ୍ତିକଲା... 'ଯୌବନ ତ ନଶ୍ୱର, ନଶ୍ୱର ଏହି ଦେହ।'

ଭରତସେନାଙ୍କ ଚିତ୍ତ ଚଞ୍ଚଳ ହୋଇଉଠିଲା, ଗଳା ଶୁଷ୍କ ହୋଇ ଆସିଲା... 'ଉଦୟକୁମାରୀ, ଏହି ସବୁ ନାଟକ, ଅଭିନୟ। ଜୀବନ ସହିତ ଏସବୁର କୌଣସି ସମ୍ପର୍କ ନାହିଁ। ଚାଲ ତୁମେ..ମୋ ସାଙ୍ଗରେ କାଲି ପ୍ରଭାତରେ...।'

'କ୍ଷମା କରନ୍ତୁ। ମୋ ଜୀବନରେ ଭରତସେନା ବ୍ୟାଧି ହୋଇ ଆସିଥିଲେ। ବୁଦ୍ଧ ଆସି ମୋତେ ସେଇ ବ୍ୟାଧିମୁକ୍ତ କରି ନିରାମୟ କରି ଦେଇଛନ୍ତି। ହଁ, ଆକାଂକ୍ଷାର ପ୍ରତିକାର ଅଛି। ସେଇ ପ୍ରତିକାରର କଥା କାଲି ରଙ୍ଗମଞ୍ଚରେ ଅଭିନୟ ସମୟରେ ବୁଦ୍ଧରୂପୀ ଆପଣଙ୍କ ମୁହଁରୁ ଶୁଣିବାକୁ ପାଇଛି। ଆପଣ, ଆପଣ ହିଁ ମୋର ଗୁରୁ।'

ସମୁଦ୍ରର ଅସଂଖ୍ୟ ତରଙ୍ଗ ଆସି ଆଶ୍ରମର ସୀମାରେ ପିଟିହେଉଥାଏ !ମହାକାଳର ନାଟକ ଅଭିନୀତ ହେଇଚାଲିଛି ବର୍ହିଜଗତରେ...ସୂର୍ଯ୍ୟ ଅସ୍ତ ହୁଅନ୍ତି, ଚନ୍ଦ୍ର ଉଦୟ ହୁଅନ୍ତି, ଚନ୍ଦ୍ର ଅସ୍ତ ହୁଅନ୍ତି, ସୂର୍ଯ୍ୟଙ୍କ ଉଦୟ ହୁଏ। ଆଉ ଆଶ୍ରମର ଅଭ୍ୟନ୍ତରରେ ଅପାର୍ଥିବ ଆନନ୍ଦର ସୁଧାସାଗରର ତୀରେ ଛିଡ଼ା ହୋଇଛନ୍ତି ଭଗବାନ ବୁଦ୍ଧଙ୍କ ଶାଶ୍ୱତ କିରଣରେ ପବିତ୍ର ଚେତନା ରମଣୀ ଉଦୟକୁମାରୀ।

■

ବୟସ ବନ୍ଧନ ନୁହେଁ

ଇଂରାଜୀ- ସୁଧା ମୂର୍ତ୍ତି

ସେତେବେଳେ ମୁଁ ବାରବର୍ଷର ଝିଅ ଥିଲି। ମୁଁ ଜେଜେ ଜେଜେମା'ଙ୍କ ସାଙ୍ଗରେ ଉତ୍ତର କର୍ଣ୍ଣାଟକର ଗୋଟିଏ ଗାଁରେ ରହୁଥିଲି। ସେଇ ସମୟରେ ପରିବହନ ବ୍ୟବସ୍ଥା ଭଲନଥିଲା। ସେଥିପାଇଁ ଆମେ ସକାଳର ପେପର ଦ୍ୱିପହର ପରେ ପାଉଥିଲୁ। ସାପ୍ତାହିକ ପତ୍ରିକା ଗୋଟିଏ ଦିନ ବିଳମ୍ବରେ ମିଳୁଥିଲା। ସବୁ ଲୋକମାନେ ପେପର, ସାପ୍ତାହିକ ପତ୍ରିକା ଏବଂ ଚିଠି ଆସୁଥିବା ବସ୍‌କୁ ବଡ ଉତ୍ସୁକତାରସହ ପ୍ରତିକ୍ଷା କରୁଥିଲେ।

ସେଇ ସମୟରେ କନ୍ନଡ ଭାଷାର ଜଣେ ବହୁତ ଲୋକପ୍ରିୟ ଲେଖିକା ଥିଲେ। ତାଙ୍କ ନାଁ ତ୍ରିବେଣୀ। ସେ ବହୁତ ସରଳ ଏବଂ ପ୍ରଭାବଶାଳୀ ଶୈଳୀରେ ମନବୈଜ୍ଞାନିକ ସମସ୍ୟା ଉପରେ ଲେଖୁଥିଲେ, ଯାହାକି ଆମ ସମସ୍ତଙ୍କ ପାଇଁ ପ୍ରଯୁଜ୍ୟ। କିନ୍ତୁ କନ୍ନଡ ସାହିତ୍ୟର ଦୁର୍ଭାଗ୍ୟ, ସେ ଅଳ୍ପ ବୟସରେ ଚାଲିଗଲେ। ଆଜି ଚାଳିଶ ବର୍ଷ ପରେ ବି ତାଙ୍କ ଉପନ୍ୟାସର ଚର୍ଚ୍ଚା ହେଉଛି।

ତାଙ୍କର ଗୋଟିଏ ଉପନ୍ୟାସ 'କାଶୀ ଯାତ୍ରା' ସେଇ ସମୟରେ କନ୍ନଡ ସାପ୍ତାହିକ ପତ୍ରିକା 'କର୍ମବୀର'ରେ ଧାରାବାହିକ ଭାବେ ପ୍ରକାଶିତ ହେଉଥିଲା। ତାହା ଜଣେ ବୃଦ୍ଧା ମହିଳାଙ୍କ କାହାଣୀ, ଯାହାଙ୍କର କାଶୀ ଯାତ୍ରା ପାଇଁ ପ୍ରବଳ ଉତ୍କଣ୍ଠା ଥିଲା। ପ୍ରାୟ ହିନ୍ଦୁମାନଙ୍କର ବିଶ୍ୱାସ ଯେ କାଶୀ ଯାଇ ଭଗବାନ ଶିବଙ୍କୁ ପୂଜା କଲେ ଅତ୍ୟନ୍ତ ପୂଣ୍ୟଲାଭ ହୋଇଥାଏ। ସେଇ ବୃଦ୍ଧାଙ୍କର ବି ଏହି ଅଭିଳାଷା ଥିଲା। ସେଇ ଉପନ୍ୟାସ ତାଙ୍କ କାଶୀ ଯାତ୍ରା ପାଇଁ କରିଥିବା ସଂଘର୍ଷର କାହାଣୀ। ସେଥିରେ ଅନ୍ୟ ଜଣେ ଅନାଥ ଝିଅର କାହାଣୀ ବି ଅଛି, ଯିଏ ଭଲପାଇ ବସିଥିଲା, କିନ୍ତୁ ବିବାହ କରିବାପାଇଁ

ତା' ପାଖରେ ପଇସା ନଥିଲା। ସେଇ ବୃଦ୍ଧା କାଶୀ ଯିବାପାଇଁ ସଞ୍ଚିତ ସମସ୍ତ ଅର୍ଥ ସେଇ ଅନାଥ ଝିଅଟିର ବିବାହରେ ଖର୍ଚ୍ଚ କରିଦେଇଥିଲେ। ସେ କହିଥିଲେ, 'ଏହି ଅନାଥ ଝିଅଟି ଜୀବନରେ ଖୁସି ଆଣିବା, କାଶୀରେ ଭଗବାନ ଶିବଙ୍କୁ ପୂଜା କରିବାଠାରୁ ଅଧିକ ମହତ୍ତ୍ୱପୂର୍ଣ୍ଣ।'

ମୋ ଜେଜେମା' କେବେ ବି ପାଠଶାଳାକୁ ଯାଇନଥିଲେ, ତେଣୁ ସେ ପଢ଼ାପଢ଼ି ଜାଣିନଥିଲେ। ପ୍ରତ୍ୟେକ ବୁଧବାରକୁ ସାପ୍ତାହିକ ପତ୍ରିକା ଆସୁଥିଲା ଏବଂ ମୁଁ ତାଙ୍କୁ କାହାଣୀ ପଢ଼ି ଶୁଣାଉଥିଲି। ସେଇ ସମୟରେ ସେ ସବୁ କାମ ଛାଡ଼ି ବଡ ଧ୍ୟାନରସହ କାହାଣୀ ଶୁଣୁଥିଲେ ଏବଂ ସବୁ ମନେ ରଖିଦେଉଥିଲେ। ମୋ ଜେଜେମା' କାଶୀ ବି ଯାଇନଥିଲେ। ଏଥିପାଇଁ ସେ ନିଜକୁ କାହାଣୀର ବୃଦ୍ଧାଙ୍କ ପ୍ରତିରୂପ ମାନୁଥିଲେ। ଏଥିପାଇଁ କାହାଣୀ ପଢ଼ିବାପାଇଁ ମୋତେ ବାଧ୍ୟ କରୁଥିଲେ। ଏବେ ମୁଁ ବୁଝିପାରୁଛି, ପାଠକଙ୍କ ପାଇଁ ଏକ ଭଲ ଉପନ୍ୟାସ କେତେ ଆକର୍ଷଣୀୟ ହୋଇଥାଏ। ପିଲା ହେଇଥିବାରୁ କାହାଣୀ ପଢ଼ି ସାରିବା ପରେ ଖେଳିବାକୁ ଚାଲିଯାଉଥିଲି। ମନ୍ଦିର ପରିସରରେ ସାଙ୍ଗମାନଙ୍କ ସହିତ ମିଶି ଲୁଚକାଳି ଖେଳୁଥିଲୁ ଏବଂ ବିଭିନ୍ନ କାହାଣୀ ବିଷୟରେ କଥାବାର୍ତ୍ତା ହେଉଥିଲୁ। ସେତେବେଳେ ମୁଁ ବୁଝି ପାରୁନଥିଲି ଯେ ସେଇ କାହାଣୀ ବିଷୟରେ ଏତେ ଚର୍ଚ୍ଚା କାହିଁକି ହେଉଥିଲା।

ଥରେ ମୁଁ ମୋ ଦାଦା ପୁଅ ଭାଇର ବାହାଘରରେ ପଡୋଶୀ ଗାଁକୁ ଯାଇଥିଲି।ସେତେବେଳେ ବିବାହ ସମାରୋହ ଏକ ମହତ୍ତ୍ୱପୂର୍ଣ୍ଣ କାର୍ଯ୍ୟ ବୋଲି ଧରା ଯାଉଥିଲା। ଆମେସବୁ ପିଲାମାନେ ବହୁତ ମଉଜ ମସ୍ତି କରୁଥିଲୁ। ଗୁରୁଜନମାନେ ଅନ୍ୟ କାର୍ଯ୍ୟରେ ବ୍ୟସ୍ତ ରହୁଥିଲେ। ସେଥିଯୋଗୁ ଆମେସବୁ ସ୍ୱାଧୀନତାର ଲାଭ ଉଠାଉଥିଲୁ। ମୁଁ କିଛିଦିନ ପାଇଁ ଯାଇଥିଲି, କିନ୍ତୁ ପ୍ରାୟ ସପ୍ତାହେ ଉପରେ ରହିଗଲି।

ଯେତେବେଳେ ମୁଁ ଗାଁକୁ ଫେରିଲି, ଜେଜେମା' କାନ୍ଦୁଥିବାର ଦେଖିଲି। ମୁଁ ଆଶ୍ଚର୍ଯ୍ୟ ହେଲି, ତାଙ୍କୁ କଠିନରୁ କଠିନ ପରିସ୍ଥିତିରେ ବି ବିଚଳିତ ହେବା ବା କାନ୍ଦିବାର ଦେଖିନଥିଲି। ତେଣୁ ମୁଁ ବ୍ୟସ୍ତ ହୋଇପଡିଲି।

ମୁଁ ତାଙ୍କୁ ଅବ୍‌ବା ଡାକୁଥିଲି, ଯାହାର ଅର୍ଥ ଉତ୍ତର କର୍ଣ୍ଣାଟକ ଭାଷାରେ 'ମା' ।ତାଙ୍କୁ ପଚାରିଲି, 'ଅବ୍‌ବା, ସବୁକିଛି ଠିକ ଅଛିନା ? ତୁମ ଦେହ ଭଲ ଅଛିତ ?'

ସେ ମୁଣ୍ଡ ହଲାଇଲେ କିନ୍ତୁ କିଛି କହିଲେନି। ମୁଁ କିଛି ବୁଝି ପାରିଲିନି ଏବଂ ତା'ପରେ ସେକଥା ସମ୍ପୂର୍ଣ୍ଣ ଭୁଲିଗଲି। ରାତି ଖାଇବାପରେ ଆମେ ଘରର ଖୋଲା ଅଗଣାରେ ଶୋଇଗଲୁ। ଗ୍ରୀଷ୍ମ ଋତୁ ଏବଂ ପୂର୍ଣ୍ଣିମାର ଚାନ୍ଦ। ଅବ୍‌ବା ଆସି ମୋ ପାଖରେ

ବସିଗଲେ। ସ୍ନେହରେ ସେ ମୋ ମୁଣ୍ଡ ଉପରେ ହାତ ବୁଲାଇ ଆଣିଲେ।ମୋତେ ଲାଗିଲା, ସେ କିଛି କହିବାକୁ ଚାହୁଁଛନ୍ତି। ମୁଁ ପଚାରିଲି, "କଣ ହେଲା ?"

ସେ କହିଲେ, "ମୁଁ ଯେତେବେଳେ ଛୋଟ ଥିଲି ମା'କୁ ହରାଇଲି। ମୋର ଦେଖାଚାହାଁ କରିବାକୁ ଏବଂ ମୋତେ ଭଲ ମନ୍ଦ ଜ୍ଞାନ ଶିଖାଇବାକୁ କେହି ନଥିଲେ। ବାପା କାମରେ ବ୍ୟସ୍ତ ରହୁଥିଲେ। ସେ ଦ୍ୱିତୀୟ ବିବାହ କଲେ। ସେ ସମୟରେ ଝିଅମାନଙ୍କୁ ପାଠ ପଢ଼ାଇବା ଜରୁରୀ ବୋଲି ଭାବୁନଥିଲେ। ତେଣୁ ମୁଁ କେବେ ପାଠଶାଳା ଯାଇନଥିଲି। ଛୋଟ ବୟସରେ ମୋର ବିବାହ ହୋଇଗଲା, ତା'ପରେ ପିଲାପିଲି ବି ହୋଇଗଲେ। ମୁଁ ଘର ସଂସାରରେ ସମ୍ପୂର୍ଣ୍ଣ ବ୍ୟସ୍ତ ରହିଗଲି। ପରେ ପିଲାଙ୍କର ପିଲା ହେଲେ, ନାତି ନାତୁଣୀଙ୍କ ଲାଳନ ପାଳନ, ତାଙ୍କ ପାଇଁ ରନ୍ଧାରନ୍ଧି କରି ଖୁଆଇବା ପିଆଇବାରେ ଜୀବନର ବହୁତ ଖୁସି ଅନୁଭବ କରୁଥିଲି। କେବେ କେବେ ପଢ଼ାପଢ଼ି କରିପାରିନଥିବାରୁ ବହୁତ ଅବସୋସ ରହୁଥିଲା। ତେଣୁ ମୋ ପିଲାମାନେ ଏବଂ ନାତି ନାତୁଣୀ ଯେମିତି ଉଚ୍ଚ ଶିକ୍ଷା ପାଆନ୍ତୁ ସେଥିପ୍ରତି ଧ୍ୟାନ ରଖୁଥିଲି।"

ମୋ ଜେଜେମା' ଅଧ ରାତିରେ ଏକ ବାର ବର୍ଷର ଝିଅକୁ ତାଙ୍କ ଜୀବନ କାହାଣୀ କାହିଁକି ଶୁଣାଉଥିଲେ ? ଏକଥା ମୁଁ ବୁଝିପାରୁନଥିଲି। ମୁଁ ତାଙ୍କୁ ବହୁତ ଭଲ ପାଉଥିଲି। ମୋତେ ଏସବୁ କଥା କହିବା ଅବଶ୍ୟ କୌଣସି କାରଣ ଥାଇପାରେ। ମୁଁ ତାଙ୍କ ମୁହଁକୁ ଚାହିଁଲି।ତାଙ୍କ ମୁହଁରେ ଦୁଃଖର ଛାୟା ଏବଂ ଆଖିରେ ଅଶ୍ରୁ ଥିଲା। ସେ ଦେଖିବାକୁ ବହୁତ ସୁନ୍ଦର ଏବଂ ସବୁବେଳେ ହସ ହସ ମୁହଁ।

"ଅବ୍‌ବା, କାନ୍ଦନା !କ'ଣ ହେଲା ?ମୁଁ କିଛି ତୁମକୁ ସାହାଯ୍ୟ କରିପାରିବି ?"

"ହଁ, ମୁଁ ତୋର ସାହାଯ୍ୟ ଚାହୁଁଛି। ତୁ ଜାଣିଛୁ, ତୋ ଅନୁପସ୍ଥିତିରେ ବି 'କର୍ମବୀର' ପତ୍ରିକା ସବୁଥରଭଳି ଆସିଲା। ମୁଁ ପତ୍ରିକା ଖୋଲି କାଶୀ ଯାତ୍ରା କାହାଣୀର ଫଟୋ ଦେଖିଲି। ସେଥିରେ କ'ଣ ଲେଖାଥିଲା, ମୁଁ ବୁଝିପାରିଲି ନାହିଁ। ମୁଁ ମୋ ହାତକୁ ସେଇ ଫଟୋ ଉପରେ ବାରମ୍ବାର ବୁଲାଇଲି ଯେ ହୁଏତ ବୁଝି ପାରିବି କାହାଣୀରେ କ'ଣ ଲେଖାହୋଇଛି। କିନ୍ତୁ ମୁଁ ଜାଣିଥିଲି, ଏହା ସମ୍ଭବ ନୁହେଁ। ଆହା ମୁଁ ଟିକେ ପାଠ ପଢ଼ିଥାନ୍ତି କି ! ମୁଁ ତୋ ବାଟକୁ ଚାହିଁ ରହିଥିଲି। ମୁଁ ଭାବୁଥିଲି, ତୁ ଯଲଦି ଆସିବୁ, ମୋତେ କାହାଣୀ ଶୁଣାଇବୁ। ପୁଣି ଭାବୁଥିଲି, ଗାଁକୁ ଚାଲିଯାଇ ତତେ କାହାଣୀ ପଢ଼ିବାକୁ କହିବି। ଏହି କାହାଣୀକୁ ପଢ଼ି ଶୁଣେଇବାପାଇଁ ଏହି ଗାଁରେ ଯାହାକୁହେଲେ କହି ପାରିଥାଆନ୍ତି, କିନ୍ତୁ କୌଣସି ପାଠପଢ଼ା ଲୋକ ମୋତେ ମିଳିଲେନି। ମୁଁ ବହୁତ ଅସହାୟ, ନାଚାର ଥିଲି। ମୋ ପାଖରେ ଏତେ ଧନ ଅଛି, କିନ୍ତୁ ଲାଭ କ'ଣ, ଯଦି ମୁଁ ନିଜେସ୍ୱତନ୍ତ୍ର ନହେଲି।"

ମୁଁ କି ଉତ୍ତର ଦେବି ଭାବିପାରିଲି ନାହିଁ। ଅବ୍ବା କହି ଚାଲିଥିଲେ, "ମୁଁ କାଲିଠାରୁ କନ୍ନଡ ବର୍ଣ୍ଣମାଳା ଶିଖିବାପାଇଁ ସ୍ଥିର କରିଛି। ମୁଁ ପରିଶ୍ରମ କରିବି। ଦଶହରାରେ ମୁଁ ସରସ୍ୱତୀଙ୍କୁ ପୂଜା କରିବାପାଇଁ ସଂକଳ୍ପ କରିଛି। ସେତେବେଳକୁ ମୁଁ ନିଜେ ସମ୍ପୂର୍ଣ୍ଣ ଉପନ୍ୟାସ ପଢିବାପାଇଁ ସକ୍ଷମ ହୋଇ ଯାଇଥିବି। ମୁଁ ସ୍ୱାଧୀନ ହେବାକୁ ଚାହୁଁଛି।"

ମୁଁ ତାଙ୍କ ମୁହଁରେ ଦୃଢ ସଙ୍କଳ୍ପ ଦେଖିପାରିଲି, ତଥାପି ତାଙ୍କ କଥା ଶୁଣି ହସିଲି।

ମୁଁ କହିଲି, "ଅବ୍ବା ତୁମେ ବାଷଠି ବର୍ଷ ବୟସରେ ବର୍ଣ୍ଣମାଳା ଶିଖିବ? ତୁମର ସବୁ ଚୁଟି ପାଚିଗଲାଣି। ଆଖିରେ ଚଷମା ଲାଗିଲାଣି, ତା'ପରେ ରୋଷେଇ ଘରେ କେତେ କାମ କରୁଛ।" ମୁଁ ପିଲାଳିଆ ଢଙ୍ଗରେ ସେଇ ବୃଦ୍ଧାଙ୍କୁ ଉପହାସ କଲି।

କିନ୍ତୁ ସେ ହସିଦେଇ କହିଲେ, "ଭଲ କାମ କରିବାପାଇଁ ସଂକଳ୍ପ ନେଇ ତୁମେ ଯେକୌଣସି ବାଧାବିଘ୍ନକୁ ଅତିକ୍ରମ କରିପାରିବ। ମୁଁ ବହୁତ ପରିଶ୍ରମ କରିବି, କିନ୍ତୁ ଏହି କାମ କରି ଦେଖାଇବି। ଜ୍ଞାନ ଅର୍ଜନ କରିବାପାଇଁ ବୟସର କୌଣସି ସୀମା ନଥାଏ।"

ପରଦିନଠାରୁ ମୁଁ ତାଙ୍କୁ ଶିକ୍ଷା ଦେବା ଆରମ୍ଭକଲି। ସେ ଜଣେ ଉତ୍ତମ ଛାତ୍ରୀ ଥିଲେ। ସେ ଯାହା ପରିଶ୍ରମ କଲେ, ତାହା ସତରେ ଆଶ୍ଚର୍ଯ୍ୟର କଥା। ସେ ପଢ଼ନ୍ତି, ପୁଣି ପଢ଼ନ୍ତି, ତାକୁ ଲେଖନ୍ତି ଏବଂ କହିଚାଲନ୍ତି। ମୁଁ ତାଙ୍କର ଏକମାତ୍ର ଶିକ୍ଷୟିତ୍ରୀ ଥିଲି ଏବଂ ସେ ମୋର ପ୍ରଥମ ଛାତ୍ରୀ ଥିଲେ। ମୋତେ କିଛି ବି ଜଣା ନଥିଲା, ମୁଁ ଦିନେ କମ୍ପ୍ୟୁଟର ବିଜ୍ଞାନର ଅଧ୍ୟାପିକା ହେବି ଏବଂ ଶହ ଶହ ପିଲାଙ୍କୁ ପାଠ ପଢ଼ାଇବି।

ପ୍ରତିବର୍ଷଭଳି ଦଶହରା ପର୍ବ ଆସିଲା। ମୁଁ ଲୁଚେଇ 'କାଶୀ ଯାତ୍ରା' କିଣିଲି, ଯାହାକି ସେତେବେଳକୁ ସମ୍ପୂର୍ଣ୍ଣ ଉପନ୍ୟାସଭାବେ ପ୍ରକାଶିତ ହୋଇସାରିଥିଲା। ଅବ୍ବା ମୋତେ ପୂଜା ସ୍ଥାନକୁ ସାଙ୍ଗରେ ନେଲେ ଏବଂ ଗୋଟିଏ ଷ୍ଟୁଲ ଉପରେ ବସିବାକୁ କହିଲେ। ସେ ମୋତେ ଗୋଟିଏ ନୂଆ ଫ୍ରକ ଦେଲେ ଏବଂ ଏକ ଅଦ୍‌ଭୁତ କାମ କରିବସିଲେ....ସେ ନଇଁପଡି ମୋ ପାଦ ସ୍ପର୍ଶ କଲେ। ମୁଁ ଆଶ୍ଚର୍ଯ୍ୟଚକିତ ହେଲି ଏବଂ ଅପ୍ରସ୍ତୁତ ହୋଇଗଲି। ବଡ଼ମାନେ ସାନମାନଙ୍କର ପାଦ ଛୁଅଁନ୍ତି ନାହିଁ। ଆମେ ସର୍ବଦା ଈଶ୍ୱରଙ୍କର, ବଡ଼ମାନଙ୍କର ଏବଂ ଶିକ୍ଷକମାନଙ୍କର ପାଦ ଛୁଅଁନ୍ତି। ସେମାନେ ଆଶିର୍ବାଦ ଦିଅନ୍ତି। ଏହା ମହାନ୍ ପରମ୍ପରା, କିନ୍ତୁ ଆଜି ଯାହା ହେଲା ତାହା ଅପ୍ରତ୍ୟାଶିତ ଥିଲା।

ଅବ୍ବା କହିଲେ, "ମୁଁ ଜଣେ ଶିକ୍ଷୟିତ୍ରୀଙ୍କ ପାଦ ଛୁଇଁଲି, ନିଜ ନାତୁଣୀର

ନୁହେଁ।" ସେଇ ଶିକ୍ଷୟିତ୍ରୀ, ଯିଏ ମୋତେ ଏତେ ଭଲଭାବେ ପଢ଼ାଇଲେ, ସ୍ନେହର ସହ ପଢ଼ାଇଲେ, ଯାହାକି ମୁଁ ଏତେ କମ୍ ସମୟରେ ଯେକୌଣସି ଉପନ୍ୟାସକୁ ଆତ୍ମବିଶ୍ୱାସର ସହ ପଢ଼ିପାରୁଛି। ଏବେ ମୁଁ ସ୍ୱାଧୀନ। ମୋର କର୍ତ୍ତବ୍ୟ ହେଉଛି ଶିକ୍ଷୟିତ୍ରୀଙ୍କୁ ସମ୍ମାନ ଦେବା। ଏହା କ'ଣ ଆମ ଶାସ୍ତ୍ରରେ ଲେଖାହୋଇନି ଯେ କୌଣସି ବୟସର ଏବଂ ଯେକୌଣସି ଲିଙ୍ଗ ଭେଦ ନକରି ଗୁରୁଙ୍କୁ ସମ୍ମାନ କର।"

ମୁଁ ତାଙ୍କ ପାଦ ଛୁଇଁ ପ୍ରଣାମ କଲି ଏବଂ ମୋର ପ୍ରଥମ ମହାନ ଛାତ୍ରୀଙ୍କୁ ଆଣିଥିବା ଗିଫ୍ଟ ଦେଲି। ସେ ତାକୁ ଖୋଲିଲେ ଏବଂ ତ୍ରିବେଣୀ ଲେଖା ହୋଇଥିବା ଉପନ୍ୟାସ 'କାଶୀ ଯାତ୍ରା'ର ପ୍ରକାଶକଙ୍କ ନାଁ ପଢ଼ିଲେ।

ମୁଁ ଜାଣିଯାଇଥିଲି ଯେ ମୋ ଛାତ୍ରୀ 'ବିଶେଷ ଯୋଗ୍ୟତା' ସହିତ ଉତ୍ତୀର୍ଣ୍ଣ ହୋଇ ଯାଇଛନ୍ତି।

ଇଣ୍ଟରଭିୟୁ

ମଣିପୁରୀ- ସାନାଟୋମ୍ବି ନିଙ୍ଗୋମବାମ

ଉଫ୍ ! କି ମୁସ୍କିଲରେ ପଡ଼ିଛି । ଏଇ ବୟସରେ ଷ୍ଟେଜକୁ ଯିବା...ତା'ପରେ ସବୁ ବିଶିଷ୍ଟ ମହିଳାମାନେ ଆସିବେ ! କି ଅସୁବିଧା କଥା ! ଯାହେଲେ ବି କିଛି କହିବାକୁ ହେବ ଯେ ।

ଝିଅ ପଚାରିଲା, 'ମା', କ'ଣ ମନକୁମନ ବିଡ଼ବିଡ଼ ହେଉଛ ?'

'ଚୁପ୍ କର । ଯାଃ.. ନିଜ କାମ କରିବୁ ।ରାତିରେ କ'ଣ ଖାଇବା ହେବ, ବାପା ଫେରିଲେ ପଚାରିବୁ । ମୋର ଏବେ ନିଶ୍ୱାସ ନେବାକୁ ସମୟ ନାହିଁ ।'

'କ'ଣ ଏମିତି ଜରୁରୀ କାମ ଅଛିକି ମା' ?'

ପଅରଦିନ ଆନ୍ତର୍ଜାତିକ ନାରୀ ଦିବସ ଜାଣିଛୁ ନା ?ମୋତେ ଏକ ଲମ୍ୱା ବକ୍ତୃତା ପ୍ରସ୍ତୁତ କରିବାକୁ ହେବ । ସେତେବେଳେ ବାପା ଘର ଭିତରକୁ ପଶିଆସିଲେ । ବାପ, ଝିଅଙ୍କ ଭିତରେ ଫୁସଫୁସ ଆରମ୍ଭ ହୋଇଗଲା । ମୋତେ ନେଇ ହସାହସି ହେଲେ । ହସନ୍ତୁ ମ ।

ମୁଁ କାଗଜ କଲମ ନେଇ ବସିଲି । କିନ୍ତୁ କୋଉଠୁ ଆରମ୍ଭ କରିବି ? ନାଃ ! ପ୍ରଥମେ ଭାବନାଗୁଡ଼ିକ ଏକାଠି କରେ ।

ମା' ଷ୍ଟୁ କରିବି ନା ଭର୍ତ୍ତା ?

ମୋତେ ଜଳାଉଛୁ କାହିଁକି ! କ'ଣ କରିବୁ ନିଜେ କିଛି ଠିକ୍ କରିପାରୁନୁ ?

ମୁଣ୍ଡକୁ କିଛି ଆସିଥିଲା । କୁଆଡେ ଚାଲିଗଲା । ଆଖି ବନ୍ଦକରି ପୁଣି ମନଯୋଗ ଦେଇ ଚେଷ୍ଟାକଲେ ।

ସ୍ୱାମୀ ପଚାରିଲେ, 'କୋଉ ବିଷୟରେ ତୁମକୁ କହିବାକୁ ହେବ ?'

ହିନ୍ଦୁ ପୁରାଣ ମହାକାବ୍ୟରେ ନାରୀମାନଙ୍କ ଅଧିକାର ସମ୍ପର୍କରେ। ଦୁଇ ଚାରି ଲାଇନ ମୁଣ୍ଡରେ ପଶିଥିଲା, ପୁଣି ସେଗୁଡ଼ା ଚାଲିଗଲା। ବାପା, ଝିଅ ଦୁହେଁ ବହୁତ ବିରକ୍ତିକର। ମନଭିତରେ ଚେଷ୍ଟା କଲେ ବି ହେଉନି। ତା'ହେଲେ କ'ଣ ପ୍ରଥମେ ଉପସଂହାରଟା ଲେଖିବି ?

'ମା' ଖାଇବାକୁ ଆସ।'

ମୁଁ ପ୍ଲେନ ପେପର ଉପରେ ପେନ୍‌ଟା ରଖିଦେଲି।

ଖାଇବା ସାରି ଆଉଥରେ ନିଜ ଜାଗାକୁ ଆସି ଭାବନାଗୁଡ଼ିକୁ ଫେରାଇ ଆଣିବାକୁ ଚେଷ୍ଟାକଲି।

ତୋ ମା' ଏଥର ନାରୀର ମର୍ଯ୍ୟାଦା ଆଦାୟ କରି ଛାଡ଼ିବେ ମନେହେଉଛି। ପ୍ରୋଗ୍ରାମଟା ବେଶ୍ ଜମିବ, କ'ଣ କହୁଛୁ!

ତା' ବାପାଙ୍କ କଥା ଆଜିକାଲି ଆଉ ମୋତେ ଆହତ କରୁନି।

"ଛାଡ଼ ଏସବୁ। ସମସ୍ତେ ରୋଷେଇଘର ଛାଡ଼ି ଯଦି ଅଧିକାର ପାଇଁ ଚିତ୍କାର କରିବାକୁ ଆରମ୍ଭ କରିବେ, ଦେଶଟା ବଦଳିଯିବ।"

ଝିଅ ହସି କହିଲା, 'ମା' ତୁମେ ତୁମ ନାଁ ଟା ଭଲଭାବେ ଉଚ୍ଚାରଣ କରିପାର ?'

କି ଅପମାନ! ମୁଁ ଜଣେ ଅନର୍ସ ଗ୍ରାଜୁଏଟ। ପଲିଟିକାଲ ସାଇନ୍ସରେ ଅନର୍ସ। ଠିକ୍ ଅଛି, କାଲିଠାରୁ ଏହି ଘରେ ଦେଖିବ ଅଧିକାର କାହାକୁ କୁହନ୍ତି।

ଯେତେଟା ସମ୍ଭବ ବ୍ୟଙ୍ଗବିଦ୍ରୁପ କରି ଦୁହେଁ ନିଜ ନିଜ ରୁମକୁ ଚାଲିଗଲେ। ଯାହାହେଉ ଆଉ କିଏ ଜଳାଇବେନି! ଅନେକ କଥା ମୁଣ୍ଡକୁ ଆସିଛି, କିନ୍ତୁ ଠିକ୍‌ଭାବେ ଏକାଠି କରି ଲେଖିପାରୁନି। କ'ଣ କରିବି! ସ୍ୱାମୀଙ୍କୁ ଡାକିବି କି ?ତାଙ୍କ ସାଙ୍ଗରେ ଟିକେ ଆଲୋଚନା କରିବି ?କେବେ ବି ନୁହେଁ। ନାରୀମାନଙ୍କ ଅଧିକାର ନେଇ ପୁରୁଷ ସହିତ ଆଲୋଚନା! ମରିଗଲେ ବି ନୁହେଁ?

ବେଶ୍ କେତେଟା ହାଇ ଉଠିଲା। ଆଦୌ ଏବେ ଶୋଇବିନି। କାଲି ଏଇଟା ଦାଖଲ କରିବାର ଶେଷ ତାରିଖ। କାଲି ଆମ ଘରେ ଏଠାକାର ମହିଳାମାନେ 'ମୁଁ ପାଇବି' ଗ୍ରୁପର ସେକ୍ରେଟେରୀ ସଖି ମାସିମା ଏବଂ ପ୍ରେସିଡ଼େଣ୍ଟ ମଣିତୋମ୍ବି ଆସିବେ। ତାଙ୍କ ପାଇଁ ଆପ୍ୟାୟିତର ବ୍ୟବସ୍ଥା ତ କରିବାକୁ ହେବ।

କାର୍ଯ୍ୟକ୍ରମର ନିର୍ଦ୍ଧାରିତ ସମୟରେ ଏକ ସ୍ୱର୍ଣ୍ଣାଭ ସିଡ଼ି ସିଧା ଆକାଶରୁ ଖସିଆସିଲା। ଆମ ସମ୍ମାନିତ ଅତିଥିମାନେ ଜଣେ ଜଣେ ସିଡ଼ି ଦେଇ ଅନୁଷ୍ଠାନ ହେଉଥିବା ବଡ଼ ଷ୍ଟେଜକୁ ଓହ୍ଲାଇ ଆସିଲେ। ସ୍ୱର୍ଗୀୟ ପ୍ରଭାବରେ ପ୍ରତ୍ୟେକ ଉଜ୍ଜ୍ୱଳ ଦିଶୁଛନ୍ତି। ସେକ୍ରେଟେରୀ ସଖି ମାସିମା, ପ୍ରେସିଡ଼େଣ୍ଟ ମଣିତୋମ୍ବି ଦିଦି ଏବଂ ମୁଁ ଚଟାପଟ୍

ତାଙ୍କୁ ସ୍ୱାଗତ କରିବାକୁ ଆଗେଇଗଲୁ। ଦେବୀ ସୀତାଙ୍କ ମୁହଁରେ କି ଅପୂର୍ବ ଶାନ୍ତ ସୌନ୍ଦର୍ଯ୍ୟ ! ପଞ୍ଚୁପାଣ୍ଡବଙ୍କ ସ୍ତ୍ରୀ ଦ୍ରୌପଦୀ ସମ୍ମୋହନ ରୂପରେ ଉଜ୍ଜ୍ୱଳ ଦିଶୁଛନ୍ତି। କୁରୁରାଣୀ କୁନ୍ତି ତ ଅତି ମନମୁଗ୍ଧକର। ଆଉ ଶ୍ରୀରାଧିକା..ବୃନ୍ଦାବନର ସେଇ ବଂଶୀଧାରୀଙ୍କଚିରପ୍ରିୟା, ଯାହାଙ୍କ ସୌନ୍ଦର୍ଯ୍ୟରେ ତିନି ଭୁବନ ସବୁ ଯୁଗରେ ମନ୍ତ୍ରମୁଗ୍ଧ କରି ରଖିଛନ୍ତି।

ଅତିଥିମାନେ ଆସନ ଗ୍ରହଣ କରିଛନ୍ତି। ମୁଁ ଦେଖିଲି, ବଡ଼ରାଣୀ ଗାନ୍ଧାରୀ ଅନୁପସ୍ଥିତ। ସାନରାଣୀଙ୍କୁପଚାରିଲି, 'ରାଣୀ ଗାନ୍ଧାରୀ କ'ଣ ଆମ ନିମନ୍ତ୍ରଣପତ୍ର ପାଇନାହାନ୍ତି ?'

ପାଇଛନ୍ତି। କିନ୍ତୁ ଅନ୍ଧତ୍ୱ ତାଙ୍କୁ ଏତେ ଦୂରକୁ ଆସିବାକୁ ବାଧାଦେଲା।

'ହଁ, ହଁ...ତାହା ଠିକ୍।'

ମୁଁ ମାଇକ୍ରୋଫୋନ ହାତରେ ଧରି ଆରମ୍ଭ କଲି।

ଆଜି ଏଠାରେ ଆମନ୍ତ୍ରିତ ହୋଇଛନ୍ତି ସ୍ୱର୍ଗ, ମର୍ତ୍ତ୍ୟର ବିଶିଷ୍ଟ ସମ୍ମାନିତ ନାରୀମାନେ, ଯାହାଙ୍କଠାରେ ଚୁମ୍ବକୀୟ ବ୍ୟକ୍ତିତ୍ୱ, ଧାର୍ମିକତା ଏବଂ ସତିତ୍ୱ ସମସ୍ତ ନାରୀଜାତିର ଅନୁକରଣୀୟ। ଏମାନେ ଚିରକାଳ ସମ୍ମାନୀୟା ଏବଂ ଦେବୀରୂପେ ପୂଜିତ। ଆଜି ନାରୀ ଦିବସରେ ନାରୀମାନଙ୍କର ଅଧିକାର ବିଷୟରେ ଏମାନଙ୍କର ମଣିମୁକ୍ତାଖଚିତ ବାଣୀରେ ଆମକୁ ସମୃଦ୍ଧ କରିବେ। ମୁଁ ପ୍ରଥମେ ସୀତାଙ୍କୁ ନେଇ ଆରମ୍ଭ କରିବାକୁ ଯାଉଛି। 'ଆପଣଙ୍କର କି ଭାବନା ମାତା, ଜଣେ ନାରୀକୁ ତା'ର ଇଚ୍ଛା ଅନିଚ୍ଛାକୁ ଖାତିର ନକରି ସମ୍ପୂର୍ଣ୍ଣ ଅଚିହ୍ନା କାହାକୁ ପୁରସ୍କାର ହିସାବରେ ଟେକିଦିଆ ଯାଇପାରେ ?'

ଦ୍ରୌପଦୀଙ୍କ ସାଙ୍ଗରେ ଦୃଷ୍ଟିବିନିମୟ କଲେ ସୀତା। ତା'ପରେ ମାଇକ୍ରୋଫୋନ ଧରି ସ୍ୱଭାବିକ ମହିମାମୟ ଭଙ୍ଗିରେ କହିବାକୁ ଆରମ୍ଭ କଲେ, 'ମୋ ମତରେ, ଏହା ଖୁବ ସୁନ୍ଦର ଏକ ଐତିହ, ଯେଉଁଠି ମାତା ପିତା ତାଙ୍କ କନ୍ୟା ପାଇଁ ଯୋଗ୍ୟ ମଣିଷକୁ ବାଛନ୍ତି ଏବଂ କନ୍ୟା ତାଙ୍କ ଇଚ୍ଛାକୁ ସମ୍ମାନ କରନ୍ତି।'

କିନ୍ତୁ ସେଦିନ ଯଦି ରାବଣ ଜିତି ଆପଣଙ୍କୁ ନେଇଯାଇଥାନ୍ତେ ?

ମୁହୂର୍ତ୍ତଟିଏ ପାଇଁ ସୀତାଙ୍କୁ ବିହ୍ୱଳ ହେବା ଦେଖାଗଲା।

ପିତାଙ୍କ ଇଚ୍ଛାପୂରଣ କନ୍ୟାର ପବିତ୍ର କର୍ତ୍ତବ୍ୟ।

ତା'ହେଲେ ଆପଣ ଭାବନ୍ତି ଝିଅମାନଙ୍କୁ ଜୀବନସଙ୍ଗୀ ନିର୍ବାଚନର ଅଧିକାର ନଦେଲେ ମଙ୍ଗଳ ?

ମାତା ସୀତା ଉତ୍ତର ଦେଲେନି, କେବଳ ମୁଣ୍ଡ ହଲାଇଲେ।

ଅନେକ ଧନ୍ୟବାଦ ମାତା। ମାତ୍ର ଆଉ ଗୋଟିଏ ପ୍ରଶ୍ନ ପଚାରି ଶେଷ କରିବି।

ରାଜା ରାମଚନ୍ଦ୍ର ଆପଣଙ୍କୁ ବାରମ୍ବାର ବାଧ୍ୟ କରିଛନ୍ତି ସତିତ୍ୱର ପରୀକ୍ଷା ଦେବାକୁ। ଏହାକୁ ନିଜର ଜୀବନବିପନ୍ନକାରୀ କହିବା ବୋଲି ମନେ ହୁଏନି ?

ମୁଁ ତ କେବେ ବି ଧର୍ମର ବିରୋଧ କରିନି। ବିପନ୍ନବୋଧ ତ ନଥିଲା।

କି ଭୟଙ୍କର ଭାବନା! ଆଜିକାଲି ଦିନରେ ଏମିତି ହେଲେ...ମୁଁ ମନେ ମନେ ଭାବିଲି।

ତା'ପରେ କୁରୁରାଣୀ କୁନ୍ତୀଙ୍କ ଆଡ଼କୁ ମାଇକ୍ରୋଫୋନ ବଢ଼ାଇଦେଲି।

ଆଚ୍ଛା ରାଣୀ କୁନ୍ତୀ, ଆପଣ ସୂର୍ଯ୍ୟଦେବଙ୍କ ପାଖରେ କେବେ ବି କିଛି ଦାବି କରିନାହାନ୍ତି କାହିଁକି?

କୁନ୍ତୀ ଲଜ୍ୟାରେ ଟକ୍‌ଟକ୍ ଲାଲ ହୋଇଗଲେ। ସମସ୍ତେ ଆଶ୍ଚର୍ଯ୍ୟ ଦୃଷ୍ଟିରେ ମୋ ଆଡ଼କୁ ଚାହିଁଲେ। ସଖୀ ମାସିମା ଧାଇଁଆସି କାନରେ କହିଲେ, କ'ଣ ସବୁ ଓଲଟାପାଲଟା ପ୍ରଶ୍ନ ପଚାରୁଛ! ତାଙ୍କର ହୃଦ୍‌ଯନ୍ତ୍ର ବନ୍ଦ କରିଦେବ ନା କ'ଣ?

ପ୍ରଥମଥର ମୋର ଟିକେ ଅନୁଶୋଚନା ହେଲା।

ସେତେବେଳକୁ କୁନ୍ତୀ ନିଜକୁ ସମ୍ଭାଳୁଥାନ୍ତି। ଏତେ ବଡ଼ ରାଜବଂଶର ଝିଅ, କୁରୁବଂଶର ରାଣୀ..ବିଦୁଷୀ, ବୁଦ୍ଧିମତୀ ଏବଂ ଯଥେଷ୍ଟ ସେ କୌଶଳୀ। କହିଲେ,

'ସୂର୍ଯ୍ୟ ଚିରଦିନ ମୋ ପାଖରେ ଦେବତା। ମୁଁ କେବେ ବି ତାଙ୍କୁ ସ୍ୱାମୀ ହିସାବରେ ଦେଖିନି।'

ଆଚ୍ଛା ଆଚ୍ଛା.. ଆପଣଙ୍କୁ ଅନେକ ଧନ୍ୟବାଦ।

ଆହୁରି ଅନେକ ପ୍ରଶ୍ନ ପଚାରିବାର ଥିଲା, କିନ୍ତୁ ପ୍ରଥମ ପ୍ରଶ୍ନଟା ପଚାରି ସବୁ ଗୋଳମାଳ କରିଦେଇଛି। ଠିକ୍ ଅଛି, ତା'ପରେ ତାଙ୍କ ପୁତ୍ରବଧୂଙ୍କ ଆଡ଼କୁ ଯିବାକୁ ହେବ।

ମାନନୀୟା ଦିଦି ପାଞ୍ଚାଳୀ, ଧରନ୍ତୁ କର୍ଣ୍ଣ ଏବଂ ଆପଣ ପରସ୍ପରକୁ ପାଗଳ ଭଳି ଭଲ ପାଆନ୍ତି, ତଥାପି କ'ଣ ଆପଣ ଏଇ ପାଞ୍ଚ ଭାଇଙ୍କୁ ବିବାହ କରିଥାନ୍ତେ?

ପାଞ୍ଚାଳି ଟିକେ ଅପ୍ରସ୍ତୁତ ହେଲେ, କିନ୍ତୁ ପ୍ରାୟ ସାଙ୍ଗେ ସାଙ୍ଗେ ମୁହଁ ଖୋଲିଲେ।

ନିଜର କାମନା ବାସନାଠାରୁ ପିତାଙ୍କ ଇଚ୍ଛା ମୋ ପାଖରେ ଗୁରୁତ୍ୱପୂର୍ଣ୍ଣ। ଏହା ମୋର ଧର୍ମ। ମୋର ଅତୃପ୍ତି ସେ କ୍ଷେତ୍ରରେ ଗୁରୁତ୍ୱହୀନ।

ଭାରୀ ସଭାରେ ଦୁଃଶାସନ ଆପଣଙ୍କୁ ଅପମାନିତ କରିଥିଲେ, ତାଙ୍କୁ ଶିକ୍ଷା କାହିଁକି ଦେଲେନି? ଆପଣ ଶକ୍ତିମତୀ, ପ୍ରଖର ବୁଦ୍ଧିମତୀ।

'ଏସବୁ ଝିଅମାନଙ୍କର ଶିକ୍ଷଣୀୟ ବିଷୟ ନୁହେଁ। ଆମେ ଧର୍ମଶାସ୍ତ୍ର ପଢ଼ିନୁ।'

ଠିକ୍ ଅଛି। ଆପଣଙ୍କ ମତାମତ ପାଇଁ ଧନ୍ୟବାଦ।

ଠିକ୍ ଏହି ସମୟରେ ଶ୍ରୀରାଧିକାଙ୍କ ମୋବାଇଲ ବାଜିଉଠିଲା। ନିଶ୍ଚୟ ମଦନମୋହନ ହୋଇଥିବେ।

କୌଣସି ଭୟ କରନାହିଁ। ମା'ଦୁର୍ଗା ଆମ ସାଙ୍ଗରେ ଅଛନ୍ତି।

ରାଧିକା ଫୋନରେ କହୁଛନ୍ତି ଶୁଣି ପାରିଲି।

'କୃଷ୍ଣ କ'ଣ କହୁଥିଲେ ?' କୁନ୍ତୀ ପଚାରିଲେ।

କୃଷ୍ଣ କହୁଥିଲେ, ଏହି ସ୍ଥାନର ଶାସନ, ରୀତିନୀତି ସବୁ ଅନ୍ଧକାରମୟ। ମନୁଷ୍ୟଜନ ଅନ୍ଧକାରଛନ୍ନ। ଏମାନେ ନାରୀମାନଙ୍କୁ ସମ୍ମାନ କରିବା ଜାଣନ୍ତିନି। ଏଠାରେ ବେଶୀ ସମୟ ମୁଁ ରହିବା ଉଚିତ୍ ହେବନି।

ମୋର ମନେହେଲା ମୁଁ ଟିକେ ବେଶୀ ଆଗେଇ ଯାଉଛି। ସଂଯତ ରହିବାକୁ ହେବ। ମୁଁ ମା' ସରସ୍ୱତୀଙ୍କ ପାଖକୁ ଫେରିଲି।

ମା', ଝିଅମାନଙ୍କ ଅଧିକାର ଉପରେ କିଛି ବହି ଲେଖିବାର ପରିକଳ୍ପନା ଆପଣଙ୍କର ଅଛି କି ? ମାନେ, ଆମ ସମୟର ଝିଅମାନଙ୍କୁ ନେଇ ?

ମା' ବିଦ୍ୟାଦାୟିନୀ ତାଙ୍କର ସ୍ୱାଭାବିକ ମାଧୁର୍ଯ୍ୟପୂର୍ଣ୍ଣ ଭଙ୍ଗିରେ କହିଲେ, 'ବହିଟା ସଦ୍ୟ ଶେଷ କରିଛି। 'ଏକବିଂଶ ଶତାବ୍ଦୀର ଝିଅମାନଙ୍କର ଅଧିକାର।' ଏବେ ଶ୍ରୀବିଶ୍ୱକର୍ମାଙ୍କ ପ୍ରେସରେ ପ୍ରିଣ୍ଟ ହେଉଛି।'

କ'ଣ କହି ଯେ ଧନ୍ୟବାଦ ଜଣାଇବି ମା'। ଆପଣ ଚିରଦିନ ଆମର ପ୍ରେରଣା।

ଶ୍ରୀରାଧିକା ଏବେ ମାଇକ୍ରୋଫୋନ ସାମନାରେ।

ପ୍ରିୟ ସଖୀ, ଆମେ ସମସ୍ତେ ଆମମାନଙ୍କ ଭଲପାଇବାକୁ ଆଗକୁ ରଖିବାକୁ ଚାହୁଁଛୁ। କିନ୍ତୁ ପୁରୁଷମାନେ ବାରମ୍ବାର କାହିଁକି ଆମମାନଙ୍କର ସେଇ ଅମୂଲ୍ୟ ରତ୍ନକୁ ଟୁକୁଡ଼ା ଟୁକୁଡ଼ା କରି ଚାରିଆଡ଼କୁ ଫିଙ୍ଗି ଦେଉଛନ୍ତି ?

ସତ କହିବାକୁ ଗଲେ ଏଇଟା ଭବିତବ୍ୟ। ମୁଁ ଏମିତି ବହୁ ହୃଦୟବିଦୀର୍ଣ୍ଣକାରୀ ଘଟଣା ମଧ୍ୟଦେଇ ଚାଲିଛି। ଦିନେ ତାଙ୍କୁ ଚନ୍ଦ୍ରାବଳୀର କୁଞ୍ଜରେ ହାତେ ହାତେ ଧରିଥିଲି। କୃଷ୍ଣ ମୋ କୃଷ୍ଣ ! ମୟୁରପରର ମୁକୁଟ ତାଙ୍କ ଲଲାଟରେ ଶୋଭାପାଏ। ସେଦିନ ଦେଖିଲି ମାଟିରେ ଖୋଲି ରଖିଥିଲେ। ରେଶମର ପିତବସ୍ତ୍ର ତାଙ୍କ କଟିଦେଶ ଛାଡି ଗଳାରେ ଗୁଡାଇଛନ୍ତି। ବହୁତ କାନ୍ଦିଥିଲି ସେଦିନ। ବିଶ୍ୱବ୍ରହ୍ମାଣ୍ଡରେ ଏମିତି କେହି ନାହିଁ ତାଙ୍କୁ କାମନା କରନ୍ତିନି। ଶେଷରେ ମୁଁ ଜାଣିଲି, ତାଙ୍କର ବିଶ୍ୱପ୍ରେମ। ସେ କେବଳ ଏହି ବିଶ୍ୱରେ ପ୍ରେମର ଆନନ୍ଦରେ ଚାଲିଛନ୍ତି। ସମସ୍ତଙ୍କର ସବୁ ଇଚ୍ଛା ସେ ପୂର୍ଣ୍ଣ କରନ୍ତି।

ଅନେକ ଅନେକ ଧନ୍ୟବାଦ ସଖୀ।

ମୁଁ ଆଶ୍ଚର୍ଯ୍ୟ ହୋଇଗଲି। ଏହିଭଳି ଉଦାରତା ଯଦି ଆମମାନଙ୍କ ମଧ୍ୟରେ ରୁହନ୍ତା !

ଆହୁରି କିଛି ଜୋରଦାର ବକ୍ତବ୍ୟ ଶୁଣିବୁ ବୋଲି ତା'ପରେ ଜଗଜ୍ଜନନୀ ଦୁର୍ଗାଙ୍କ ହାତରେ ମାଇକ୍ରୋଫୋନ ଧରାଇଦେଲି।

ମା' ତୁମେ ମହେଶ୍ୱରଙ୍କ ଘରେ ଭଲ ଅଛତ ?

ସିଏ ତ ସବୁଦିନେ ପଥର ଭଳି ବସି ରହିଥାନ୍ତି। ତୁମକୁ କେବେ ଇଛା ହୁଏନି, ନିଜର ପସନ୍ଦ ଅପସନ୍ଦ କଥା ତାଙ୍କୁ ଜଣାଇବାକୁ ? ତାଙ୍କର ଏହି ଅସଙ୍ଗତ ଆଚରଣରେ ପ୍ରତିବାଦ କରିବାକୁ ?

ତୁମେ କ'ଣ ପାଗଳ ହେଲ ! ସେକାଳରେ ଆମର ପସନ୍ଦ ଅପସନ୍ଦ କିଛି ନଥିଲା। ଅଧିକାର, ନାରୀ, ପୁରୁଷ ସମାନ ଏସବୁ କଥା କେବେ ବି ଶୁଣିନୁ। ତାଙ୍କୁ ନିଶା ଛାଡ଼ିବା କଥା କହିବା ତ ଦୂରର କଥା।ଯାହା ତାଙ୍କର ମିଜାଜ...ଦିନେ ଦିନେ ବେଶୀ ଚଢ଼ିଗଲେ ଚିଲମ ଭରି ଭରି ମୋର ଦଶ ହାତ ଟନ୍‌ଟନ୍ ହୋଇଉଠେ।

ମନେହେଲା ଦୁର୍ଗା ମା'ଙ୍କ କଥା ଶୁଣି ସମସ୍ତେ ଆନନ୍ଦ ପାଉଛନ୍ତି।

ମୁଁ ମୋର ପର ପ୍ରଶ୍ନକୁ ଗଲି।

ମା', ତୁମେ କ'ଣ ଭାବୁଛ, ସ୍ମରଣାତୀତ କାଳରୁ ଝିଅମାନେ କେବେ ବି ତାଙ୍କର ଅଧିକାର ଦାବୀ କରିନାହାନ୍ତି ?

ଏହାଠାରୁ ସତ୍ୟ ଆଉକିଛି ନାହିଁ ଝିଅ। ସେଥିପାଇଁ ତ ମୁଁ ମୋର ଦଶ ହାତରେ ଦଶୋଟି ଅସ୍ତ୍ର ଧରିରଖିଛି।

ଏହି ଅଭାବିତ ଶକ୍ତିର ଦର୍ଶନରେ ଆମେ ସତରେ ଆନନ୍ଦିତ। ଏଥର ମା' କୁହନ୍ତୁ, ଆମ ଝିଅମାନଙ୍କ ପାଇଁ ତୁମର ସଠିକ ଉପଦେଶ କ'ଣ ?

ଝିଅମାନେ କମନୀୟ ଫୁଲ ଭଳି ଆହ୍ଲାଦରେ ହସି ଖେଳିବା ସମୟ ଏବେ ଆଉ ନାହିଁ। ନିଜର ମର୍ଯ୍ୟାଦା ଓ ଅଧିକାରର ଲଢ଼େଇ ପାଇଁ ନୂତନ ଅସ୍ତ୍ର ଧରିବାର ସମୟ ଏବେ ଆସିଛି।

ସ୍ୱର୍ଗର ବିଶିଷ୍ଟ ମହିଳାମାନଙ୍କ ସାଙ୍ଗରେ କଥା ହେବାପରେ ମୋ ମୁଣ୍ଡରେ ଅନ୍ୟ ଏକ ଭାବନା ଖେଳିଗଲା। ଏହି ପୃଥିବୀରେ ଝିଅମାନଙ୍କ ପାଇଁ ଯେଉଁମାନେ ସତ୍ କାମ କରିଛନ୍ତି, ତାଙ୍କ କଥା ମୁଁ ଭାବିବିନି ? ସମସ୍ତଙ୍କୁ ପଚାରିଲି,

ଆମ ମର୍ତ୍ତ୍ୟର ବିଶିଷ୍ଟ ନାରୀ ସଖି ମାସିମାଙ୍କ କଥା ଶୁଣିବାକୁ ଚାହୁଁଛନ୍ତି ? ରାତି ପରେ ରାତି ସେ ଜ୍ୱଳନ୍ତ ମଶାଲ ହାତରେ ଧରି ଗ୍ରାମର ଅନ୍ଧକାର ରାସ୍ତାରେ ଘୂରିବୁଲନ୍ତି। ମଦ୍ୟପ, ଅତ୍ୟାଚାରୀ ରାକ୍ଷସମାନଙ୍କଠାରୁ ଆମକୁ ରକ୍ଷା କରନ୍ତି। ସିଏ ତ କିଛି କମ ନୁହେଁ।

ଅବଶ୍ୟ। ସମବେତ ସ୍ୱର ଜୋରରେ ଶୁଣାଗଲା।

କୁହନ୍ତୁ, ମାନନୀୟା ସଖୀ, ଆପଣ କ'ଣ ଭାବୁଛନ୍ତି ?

'ଆରେ ବାବା, ମୁଁ ପୁଣି କହିବି !' କହି ସେ ଉଠି ଛିଡ଼ାହେଲେ। କାନ୍ଧର ଓଢ଼ଣୀଟାକୁ ଅଣ୍ଟାରେ ଶକ୍ତ କରି ବାନ୍ଧି ମାଇକ୍ରୋଫୋନ ସାମନାରେ ଆସି ଛିଡ଼ାହେଲେ।

ହଁ, ବହୁତ ପୁରାଣ, କାହାଣୀ ମୁଁ ସବୁ ଶୁଣିଛି। ମୁଁ ଜାଣିଛି ସେଇସବୁ ପୌରାଣିକ ନାରୀମାନେ କେବେ ବି ତାଙ୍କର ଅଧିକାର ପାଇନାହାନ୍ତି। ଧର୍ମରାଜ ଯୁଧିଷ୍ଠିର, ଯିଏ ଦେବତାମାନଙ୍କ ପ୍ରଣମ୍ୟ, ସେ ସାମାନ୍ୟ ପଶାଖେଳ ପାଇଁ ନିଜ ସ୍ତ୍ରୀକୁ ଅନ୍ୟହାତରେ ଟେକିଦେଲେ ? କୋଉ ଅନ୍ଧ ନୀତିଶାସ୍ତ୍ର ଏକଥା କହୁଛି ? ନାରୀମାନେ କ'ଣ ସତରେ ପଣ୍ୟ ?

ଦ୍ରୌପଦୀ ଥରେ ସଖୀଙ୍କ ଆଡ଼କୁ ଚାହିଁ ମୁଣ୍ଡ ତଳକୁ କଲେ।

ସଖୀ କହିଲେ, 'ଧର୍ମର ଦୁହାଇ ଦେଇ ସତିତ୍ୱ ପରୀକ୍ଷା ପାଇଁ ଜବରଦସ୍ତ ସ୍ତ୍ରୀକୁ ନିଆଁରେ ଛାଡିଦେଲେନି ରାମଚନ୍ଦ୍ର? ଧର୍ମ ବଞ୍ଚିଛି ଏହା ମୋର ମନେ ହୁଏନା। ମୁଁ ଥିଲେ ସେତେବେଳେ ହାତରେ ମଶାଲ ଧରାଇ ସେଇସବୁ ଧର୍ମର ବାହକମାନଙ୍କର ହାତ ଜଳାଇ ଦେଇଥାନ୍ତି। ବାସ୍, ମୋର ଆଉ କିଛି କହିବାର ନାହିଁ।'

ପ୍ରଶ୍ନ-ଉତ୍ତର ପାଲା ଶେଷ ହେଲା। ବିଦାୟ ଭାଷଣ ଦେବାକୁ ପୁଣି ଷ୍ଟେଜକୁ ଉଠିଲି।

ଏହିସବୁ ବିଶିଷ୍ଟ ନାରୀମାନଙ୍କ କଥା ଶୁଣିବା ପରେ ମୁଁ ଏହି ସିଦ୍ଧାନ୍ତରେ ପହଞ୍ଚିଲି, ହିନ୍ଦୁ ପୁରାଣ ମହାକାବ୍ୟରେ ନାରୀମାନଙ୍କ ଅଧିକାର ନେଇ କେବେ ବି କିଛି କୁହାଯାଇନାହିଁ। ଆପଣଙ୍କର ଏହା କ'ଣ ଗୋଟିଏ ମତ ?

ମାତା ଦୁର୍ଗା ଏବଂ ସଖୀ ମାସିମା ଦୁହେଁ ଜୋରରେ କହିଲେ, ଅବଶ୍ୟ !

ଅନ୍ୟମାନେ ପରସ୍ପରର ମୁହଁକୁ ଚାହିଁଲେ। ମୁଁ ଅପେକ୍ଷା କଲି କିଏ କାଳେ କିଛି କହିବେ।

ମା'..ମା'..ହେ..ହେ..ହାତରେ ପେନ୍ ଧରି ଶୋଇପଡ଼ି କ'ଣ ସବୁ କହୁଛ ! ଉଠିପଡ଼। ନହେଲେ ମଶାଗୁଡ଼ା ତୁମକୁ ଏଠାରୁ ଟେକି ନେଇଯିବେ।

ବାପା ଝିଅ ଠେଲି ଠେଲି ମୋତେ ଉଠାଉଥିଲେ। ଆଉ ପାଞ୍ଚ ମିନିଟ ପରେ ଆସିଥିଲେ ମୋ ଲେଖାଟା ଶେଷ ହୋଇ ଯାଇଥାନ୍ତା।

ସ୍ୱାମୀ ପଚାରିଲେ, 'ଏତେ ସମୟ ହେଲା କ'ଣ ଲେଖିଲ ଦେଖାଅ।'

'ମୁଁ ତ ଆରମ୍ଭ କରିନି।'

'ହା..ହା..ହା..ତାହା ତ ସ୍ୱାଭାବିକ। ଯାଅ ଏବେ ଶୋଇପଡ଼।'

ନା, ଆଜି ରାତିରେ ଆଉ ନିଦ ହେବନି। ମହମବତୀ, ଦିଆସିଲି ଏଇଠି ରଖି ତୁମେ ଚାଲିଯାଅ। ଆଉ ଶୁଣ, କାଲି ସକାଳୁ ସକାଳୁ ମୋ ଲେଖାଟା ପ୍ରିଣ୍ଟ କରିଦେବ କିନ୍ତୁ....

ଆସିତ୍‌ନାମା

କୋଙ୍କଣୀ- ଶୀଲା କୋଲମ୍ବକର

ଗୋଆରେ ପର୍ତ୍ତୁଗାଲମାନଙ୍କ ରାଜତ୍ୱ ଥିଲା, ସେତେବେଳର କଥା। ସିନ୍ୟୋର ମେନ୍ଦେଶ୍ ଆମର ପଡ଼ୋଶୀ ଥିଲା। ଆମ ଘର ପଛପଟ ଏବଂ ତାଙ୍କ ଘର ପଛପଟ ସାମ୍ନା ସାମ୍ନି ଥିଲା। ତାଙ୍କ ଘର ପଶ୍ଚିମପଟକୁ ଏବଂ ଆମ ଘର ପୂର୍ବପଟକୁ ଥିଲା। ପ୍ରଥମରୁ ମେନ୍ଦଶ୍ ସହିତ ଆମର ସମ୍ପର୍କ କେବଳ ଏକ୍ଷକ୍ଷୟ ଙ୍କକ୍ଷଭସଭଶ, ଐସସ, ଐରକ୍ଷକ୍ଷ ଭିତରେ ସିମୀତ ଥିଲା। ମେନ୍ଦେଶ୍‌ର ଘରେ ତା' ପତ୍ନୀ ଦୋନା ଅନ୍ତୋନେତ ଏବଂ ତାଙ୍କ ତିନି ଝିଅ ଥିଲେ। ଦୋନା ଅନ୍ତୋନେତ ପ୍ରାଇମେରୀ ସ୍କୁଲରେ ଶିକ୍ଷୟତ୍ରୀ ଥିଲା। ଦୁଇ ଝିଅ ଚାକିରି କରୁଥିଲେ ଏବଂ ସାନ ଝିଅଟି ପଢୁଥିଲା। ତାଙ୍କ ସହିତ ଆମର ସେମିତି କୌଣସି ସମ୍ପର୍କ ନଥିଲା। ଗଣେଶ ଚତୁର୍ଥୀ ଏବଂ ଦିପାବଳୀରେ ସେମାନେ ଆମର ଏଠାକୁ ଆସୁଥିଲେ। କ୍ରିସ୍‌ମାସ ଏବଂ ନିୟୁୟରରେ ଆମେ ସେଠାକୁ ଯାଉଥିଲୁ।

କିନ୍ତୁ ତାଙ୍କ ଘରର ସବୁ ଖବର ଆମ ପାଖରେ ପହଂଚିଯାଉଥିଲା, କାରଣ ଦୁହିଁଙ୍କ ଘରକୁ ଯୋଡ଼ିବାବାଲା ଏକ ବ୍ରିଜ୍ ଥିଲା, ତାଙ୍କ ଚାକରାଣୀ।

ତା' ନା ଆସିତ୍‌ନାମା। ମୋ ମା' ତାକୁ ଆସିତ୍ ଡାକୁଥିଲେ ଏବଂ ପିଲାମାନ ତାକୁ ଆସିତ୍ ଦିଦି ଡାକୁଥିଲେ।

ସକାଳ ନଅଟାରେ ନଚେତ୍ ସାଢେ ଚାରିଟା କି ପାଞ୍ଚଟା ବାଜିବା ମାତ୍ରେ ଆସିତ୍‌ନାମା ଏବଂ ମା' ଦୁହିଁଙ୍କ ଗପସପ ଚାଲେ। କେବେ ଆମେ ଯଦି ଘରେ ନଥାଉ ଏବଂ ମା'ଙ୍କର କୌଣସି ଜିନିଷ ଦରକାର ପଡ଼ିଲେ ତା'ହେଲେ ଆସୀତ୍‌ନାମା ଆସି ଆଣିକି ଦିଏ। ମା'ଙ୍କର ସେ ବଡ଼ ସାହାରା ଥିଲା।

ଆମ୍ମା, ଆପଣ ହିନ୍ଦୁମାନେ ମିଠା, ଆଚାର, ପାମ୍ପଡ ବହୁତ ଭଲ ତିଆରି

କରନ୍ତି। ଆମ ଦ୍ୱାରା ସେସବୁ ହୁଏନି। ସେଦିନ ତମେ ଦେଇଥିବା ମାଛ ରାଇ ଖାଇଲାବେଳେ ମୋ ମା’ କଥା ଭାରି ମନେପଡ଼ିଲା। ମୋ ମା’ମାଟି ବାସନରେ ରାଇ କରୁଥିଲା। କେତେ ବଢ଼ିଆ ସୁସ୍ୱାଦୁ ଲାଗେ, କ’ଣ କହିବି ?

ଆମର ଏବଂ ମେନ୍ଦେଶ ଘର ପଛପଟେ ମଝିରେ ଗୋଟିଏ ଗଳି ଅଛି। ଗଳିରୁଟପି ଆଗକୁ ବଢ଼ିଲେ ଆଉ ଏକ ଘରର ପଛପଟ ପଡ଼େ। ସେଇ ଘରର ମୁଖ୍ୟ ଦ୍ୱାର ଓସାରିଆ ଏବଂ ସଡ଼କ ଆଡ଼କୁ ଖୋଲେ। ଏଥିପାଇଁ ଏଇ ଘରର ଲୋକମାନଙ୍କର ଯିବା ଆସିବା ସେଇ ଗଳି ରାସ୍ତାଦେଇ ହୁଏ। ସେଇ ଘରେ ଫିରିଙ୍ଗର ପର୍ତ୍ତୁଗାଲ ରହୁଥିଲେ।

ଆମ ଘରେ ବଢ଼ିଲା ଝିଅମାନେ ଥିଲେ। ତେଣୁ ମୋ ମା’ଙ୍କର ଡର ଥାଏ ଯେ ଲୋକେ ଝିଅମାନଙ୍କ ସହିତ କୌଣସି ଖରାପ ବ୍ୟବହାର ନକରନ୍ତୁ। ଏମିତିକି ଥରେ ଦୁଇଥର ସେଇ ଫିରିଙ୍ଗିମାନେ ଚେଷ୍ଟା ବି କରିଥିଲେ। କିନ୍ତୁ ଆସୀତ୍‌ନାମା ଆମକୁ ସାହାଯ୍ୟ କରିବାପାଇଁ ଦୌଡ଼ି ଚାଲି ଆସିଥିଲା। ମେନ୍ଦେଶ୍‌ର ପରିବାର ସହିତ ରହି ସେ ପର୍ତ୍ତୁଗୀଜ ଭାଷା ଭଲଭାବେ ଶିଖି ଯାଇଥିଲା। ସେ କହେ, “ଆମ୍ମା ଚିନ୍ତା କରନି, ମୁଁ ତାଙ୍କୁ ଠିକ୍ କରିଦେବି।”

ତା’ପରେ ସେ ସେମାନଙ୍କୁ କହିଲା, ଦେଖ ସେମାନେ ଭଦ୍ର ହିନ୍ଦୁ ପରିବାର। ତାଙ୍କ ଝିଅମାନେ ଭାରି ଭଦ୍ର। ଯଦି ମୁଁ ଜାଣିବି କିଏ ତାଙ୍କ ସାଙ୍ଗରେ ଲାଗିଛ, ତାହେଲେ ମୁଁ ତୁମକୁ ଗୋଟି ଗୋଟି କରି ଚିରି ଲୁଣ ଦେଇ ଖରାରେ ଶୁଖାଇଦେବି।

ତା’ପରଠୁ ସେମାନେ କୌଣସି ହଇରାଣ କରି ନାହାନ୍ତି ବରଂ ଦେଖିଲେ, ଗୁଡ୍ ମର୍ଣ୍ଣିଙ୍ଗ, ଗୁଡ୍ ଆଫ୍ଟରନୁନ୍ କହି ଚାଲି ଯାଆନ୍ତି।

ଦିନେ କହିଲା, ଜାଣିଛ ଆମ୍ମା, କାଲି ମୋ ଭାଇ ଆସିଥିଲା, ଭାଇକୁ ଦେଖି ମୋ ଆଖିରୁ ଲୁହ ଧାର ବହିଗଲା।

କାହିଁକି ?

ବାରବର୍ଷର ହୋଇଥିଲି, ଯେବେ ମୋତେ ଏଠାକୁ ଅଣାଗଲା। ତାଙ୍କ ବଡ଼ ଝିଅ ସାତ ବର୍ଷର ହୋଇଥିଲା। ତାକୁ ସମ୍ଭାଳିବାବାଲା ମୁଁ ବାର ବର୍ଷର ଝିଅ ଥିଲି, କିନ୍ତୁ ଘରର ସବୁ କାମ ମୋତେ କରିବାକୁ ପଡୁଥିଲା। ଭାଇ ପରେ ମୁଁ ମୋ ପରେ ପ୍ରତି ଦୁଇ ବର୍ଷରେ ଆହୁରି ଚାରିଟା ଛୁଆ ହେଲେ। ମା’ ବେମାର ପଡୁଥିବାରୁ ମତେ ଘରର ସବୁକାମ କରିବାକୁ ପଡୁଥିଲା। ବାପା ବଢ଼େଇ କାମ କରୁଥିଲେ। ମନ ହେଉଥିଲା ଯଦି ପଇସା ଆଣୁଥିଲେ ନହେଲେ ମଦ ପିଇବାରେ ଉଡ଼ାଇ ଦେଉଥିଲେ। ସମସ୍ତଙ୍କ ପେଟ ଭରିବାର ଥିଲା, ତେଣୁ ମୋତେ ଏଠାକୁ ପଠାଇ ଦିଆଗଲା। “ତା ହେଲେ ତୁମ ଘର କାମ କିଏ କରୁଥିଲା ?”

'ମୋ ପରେ ମୋ ସାନ ଭଉଣୀ ସବୁ କାମ ଶିଖି ଯାଇଥିଲା। ମୁଁ ଏଠାକୁ ଆସି ଏଠାରେ ରହିଗଲି। ପୂର୍ବରୁ ରାତିରେ ଘରକୁ ଫେରିଯାଉଥିଲି, ଏଠାରେ ଭଲ ଖାଇବାକୁ ପିଇବାକୁ ମିଳିବାରୁ ରହିଗଲି, ଏଠାରେ ରହିବାକୁ ବନ୍ଦୋବସ୍ତ ହୋଇଗଲା। ଏଠାକାର ଅଭ୍ୟାସ ପଡ଼ିଗଲା। ପୁଣି ନିଜ ଘରକୁ ଗଲେ ହାଲିଆ ଲାଗୁଥିଲା। ଏବେ ଆଉ ସେଠାକାର ଖାଇବା ହଜମ ହେଉନି ଆମ୍ମା।

"ତୁ କ'ଣ ଆଉ ସେ ଘରକୁ ଯାଉନୁ?"

'ଯାଉଛି କିନ୍ତୁ କିଛି ସମୟ ବସି ଚା' ପାଣି ପିଇ ଚାଲିଆସୁଛି। ଗୋଟିଏ ଦିନ ଏଠାରେ ନ ରହିଲେ ଏ ଲୋକେ ହଙ୍ଗାମା କରିଦେଉଛନ୍ତି। ଜାଣିଛ ଆମ୍ମା, ମୋତେ ଏବେ ତିରିଶ ବର୍ଷ ବୟସ ହେଲାଣି, ଏବେ ମୋତେ ଆଉ କିଏ ବାହା ହେବ ?ଭାଇ କହୁଛି, ବାହାଘର ନହେଉ, ତୁ ଏବେ ଘରକୁ ଫେରି ଆରାମ କର।'

"ତୋ ଭାଇ ଯଦି କହୁଛି, ତୁ ଘରକୁ ଯାଇ ବାହାହୋଇ ନିଜ ଘର ବସା।"

"ଆମ୍ମା, ତୁମେ ମୋ ଭାଇକୁ ଜାଣିନ। ମୋ ଭାଉଜ ବହୁତ ଚାଲାକ। ମୁଁ ଗଲେ ତା' ପିଲାମାନଙ୍କୁ ସମ୍ଭାଳିବାକୁ ପଡ଼ିବ, ମତେ ରନ୍ଧାବଢ଼ା କରିବାକୁ ପଡ଼ିବ। ଏ ସବୁ କରିବାପାଇଁ କିଛି ମନା ନାହିଁ ଆମ୍ମା, କିନ୍ତୁ ସେଇ ସ୍ତ୍ରୀଲୋକ ବହୁତ ସ୍ୱାର୍ଥପର, ଯେବେ ଦରକାର କାମ କରେଇନେବ ତା'ପରେ ଲାତ ମାରି ବାହାର କରିଦେବ।"

"ତୁ ବାହା ହେବାକୁ ଚାହୁଁନୁ, ଘରକୁ ଯିବାକୁ ଚାହୁଁନୁ। କ'ଣ ସବୁଦିନେ ଏଇଠି ବସିଥିବୁ। ବୁଢ଼ୀ ହୋଇଗଲେ ତୋର ଅବସ୍ଥା କ'ଣ ହେବ? "

ସେ କହିଲା, 'ଆଗକୁ କ'ଣ ହେବ କିଏ ଦେଖିଛି, ଆମ୍ମା? ଯେତେବେଳ ବାହାହେବାକୁ ଚାହିଁଥିଲି ସେତେବେଳେ ମୋ ଭାଇ ବାହାଘର କଲାନି। କହିଲା, ନିଜେ ବାହାହୋଇଯା, ମୋ ସାନ ଭଉଣୀ ଜଣଙ୍କ ସାଙ୍ଗରେ ଚାଲିଯାଇ ବାହା ହୋଇଗଲା। ସେ ଏବେ ଖୁସିରେ ଅଛି। ଆମ୍ମା ଜାଣିଛ, ମୋ ପାଇଁ ଭଲ ପ୍ରସ୍ତାବ ଆସିଥିଲା। ପ୍ରତିଥର ମୋ ବାପା କୌଣସି ନା କୌଣସି ଭୁଲ ବାଛିଲା। ଇଏ ଏମିତି ସିଏ ସେମିତି, ସେ ଭଲ ନୁହେଁ, ସେ ବହୁତ ଦୂରରେ ଅଛି। ମୋ ବାପାଙ୍କୁ କେବଳ ଟଙ୍କା ଦରକାର ଥିଲା। ମୋତେ ଏମାନେ ଭଲ ଦରମା ଦିଅନ୍ତି। ମା' ଥିବା ପର୍ଯ୍ୟନ୍ତ ମୁଁ ଘରକୁ ପଇସା ଦେଉଥିଲି। ଭାଇ ଚାକିରି କରୁଛି, ଏବେ ଆଉ ଦେଉନି, ଏମାନେ ମୋ ଟଙ୍କାକୁ ଗୋଆ ଅର୍ବାନ ବ୍ୟାଙ୍କ୍‌ରେ ଜମା କରିଦିଅନ୍ତି। କିଛି ପଇସା ସଞ୍ଚୟ କରି ରଖିବା ଭଲ ନା? ପଇସା ଥିଲେ ବୁଢ଼ୀ ହୋଇଗଲେ କିଏ ତ ପଚାରିବ! ମୁଁ ଏମିତି ଥରେ କହିବାରୁ ମାଲିକାଣୀ ରାଗି କହିଲେ, "ମୋର ତିନୋଟି ନୁହେଁ ମୋର ଚାରୋଟି ଝିଅ। ତୁ ଭାବୁଛୁ ବୁଢ଼ୀ ହୋଇଗଲେ ତତେ ଘରୁ ବାହାର କରିଦେବୁ?" ମୋତେ

ପୁରା ଘର ସମର୍ପି ଦେଇ ସେମାନେ ନିଶ୍ଚିନ୍ତ ହୋଇଯାଆନ୍ତି। ତିନି ଝିଅମାନେ ବାପା ମା'କୁ ଯେତିକି ନୁହେଁ ମୋତେ ସେତିକି ଡରନ୍ତି।

"ସତକଥା, ତୁ ତାଙ୍କୁ ଏତେ ଭଲ ପାଉଛୁ ନା!"

ଏକଥା ଶୁଣି ତା' ଆଖି ଛଳଛଳ ହୋଇଗଲା, "ହଁ ଆମ୍ମା ମୁଁ କିଏ କୋଉଠୁ ଆସିଥିଲି। କିନ୍ତୁ ଏଠାରେ କେତେ ଅଚିନ୍ତାରେ ଅଛି। ସେମାନେ ତାଙ୍କ ଝିଅମାନଙ୍କପାଇଁ ଯେମିତି ଡ୍ରେସ କରନ୍ତି ମୋ ପାଇଁ ବି ସେମିତି। ମୋ ପାଇଁ ସୁନାଚେନ୍, କଙ୍କଣ ଆଉ କାନକୁ ଦୁଇ ହଳ କାନଫୁଲ କରିଦେଇଛନ୍ତି।"

"ତା'ହେଲେ ତୁ ଏମିତି କାହିଁକି ରହୁଛୁ? ଭଲଭାବେ ରହନା, ଏମିତି ବାଲୁରୀ ଗୁଣ ଛାଡ଼ିଦେ"

"କ'ଣ କହିବି ଆମ୍ମା, ଘରେ ସମସ୍ତେ ଏହା ହିଁ କହୁଛନ୍ତି, କିନ୍ତୁ ମୁଁ କେମିତି ଭୁଲିଯିବି ଯେ ମୁଁ ଜଣେ ଚାକରାଣୀ।"

ଦିନେ ବଡ଼ ମଜ୍ଜା କଥା ହେଲା, ଆସିତ୍‌ନାମା ଏବଂ ମା' ବସି ଗପୁଥିଲେ। ସେଠାରେ ଜଣେ ଫିରିଙ୍ଗି ଆସି ପହଞ୍ଚିଲା। ମିଲିଟାରୀରେ ସେ ସରଜେଣ୍ଟଥିଲା, ତା' ନାମ ରୁଦ୍ରିଗ। ସେ ଆସି ମା' ସାଙ୍ଗରେ କଥାବାର୍ତ୍ତା କଲା , ସେ ବି ପର୍ତ୍ତୁଗ୍ରୀଜ୍। ମଝିରେ ମଝିରେ ସେ ଆସିତ୍‌ନାମା ଆଡ଼କୁ ଇସାରା କରୁଥିଲା, କିନ୍ତୁ ମା' କିଛି ବୁଝିପାରୁନଥିଲା। ବାହାଘର କଥା କହୁଥିଲା ଏତିକି କେବଳ ମା' ବୁଝିଲା। ଆସିତ୍‌ନାମାକୁ ହସ ଲାଗିଲା, ଶେଷରେ ସେ ରୁଦ୍ରିଗର ହାତ ଧରି ଘୋଷାରି ଗଳିକୁ ନେଇଗଲା।

ସେ ମା' ପାଖକୁ ଫେରିଆସି ପୁଣି ହସିଲା। ମା' ପଚାରିଲା, "ସେ ମୋତେ କ'ଣ ସବୁ କହୁଥିଲା?"

"କିଛିନାହିଁ ଆମ୍ମା, ସେ ମୋ ପଛରେ ପଡ଼ିଛି, କହୁଛି ମୋତେ ବାହା ହୋ, ମୋତେ ସବୁବେଳେ ହଇରାଣ କରୁଛି। ମୁଁ କହିଲି, ଆମ୍ମା କହିଲେ ମୁଁ ବାହାହେବି, ସେଥିପାଇଁ କହୁଥିଲା, ସେ ଭଲଲୋକ। ପର୍ତ୍ତୁଗାଲରେ ମୋ ଘର, ମା' ବାପା ଅଛନ୍ତି, ଦୁଇ ଭଉଣୀ ଅଛନ୍ତି। ଦୁହିଁଙ୍କ ବାହାଘର ହୋଇଯାଇଛି ତେଣୁ କିଛି ବାଧାବିଘ୍ନ ନାହିଁ। ଆପଣ ଆସିତ୍‌ନାମାକୁ ମନାଇଦିଅନ୍ତୁ। ଆପଣଙ୍କ ସାହାଯ୍ୟ କେବେ ବି ଭୁଲିବିନି। "

"ତୁ ଏମିତି କାହିଁକି କହିଲୁ?"

"ଆମ୍ମା, ମୁଁ ଜାଣିଛି, ତୁମକୁ ପର୍ତ୍ତୁଗ୍ରୀଜ ଭାଷା ଆସେନି ସେ କେମିତି ତୁମ ସହିତ କଥା ହେବ। ତେଣୁ ମୁଁ କହିଲି, ଆମ୍ମାଠାରୁ ସମ୍ମତି ନିଅ। "

ଏହାମଧ୍ୟରେ ମେନ୍ଦେଶ୍ୱର ବଡ଼ ଝିଅର ବାହାଘର ଜଣେ ଫିରିଙ୍ଗି ସହିତ ହୋଇଗଲା, ତା'ର ଗୋଟିଏ ଝିଅ ହେଲା। ଝିଅର ନା' ଗ୍ରାସିନ୍ଦ ରଖାଗଲା। ଗ୍ରାସିନ୍ଦ

ସାଙ୍ଗରେ ରହି ରହି ଆମେ କିଛି କିଛି ପର୍ତ୍ତୁଗୀଜଭାଷା ଶିଖିଗଲୁ । ତାକୁ ନେଇ ଆସିତନାମା ଆମ ଘରକୁ ଆସେ ଏବଂ ଏଠାରେ ଖୁଆଏ, ଆମ ଘରକୁ ଆସିଲେ ସେ ଠିକ୍‌ରେ ଖାଏ ।

ଦିନେ ମୋର ଜଣେ ସାଙ୍ଗ ଆମ ଘରକୁ ଆସିଥିଲେ । ଆସିତ୍‌ନାମା ଗ୍ରାସିନ୍ଦ ପାଇଁ ସେର୍‌ଲାକ ଭଳି ଏମିତି କ'ଣ ଖୁଆଇବାକୁ ଆଣି ଆସିଥିଲା । ଭଲ ବାସନା ଆସୁଥିଲା । ମୋ ସାଙ୍ଗ କହିଲା, " ଆହା, ବାସନା ଆସୁଛି ! କ'ଣ ବାସୁଚି ?"

ଆସିତ୍‌ନାମାର ମୁଣ୍ଡ ଖରାପ ହୋଇଗଲା । ସିଧା ତାକୁ ନେଇ ଘରକୁ ଚାଲିଗଲା ।ପରେମା' ପଚରିଲା, "ଏମିତି ହଠାତ୍ ତୁ ଚାଲିଗଲୁ କାହିଁକି ?"

ସେ କହିଲା, "ଏମିତି କିଏ କହେ ପିଲାଙ୍କ ଖାଦ୍ୟକୁ ବାସ୍ନା ଆସୁଛି, ତା' ମାନେ ତାଙ୍କ ମନ ଭିତରେ ସେଇ ଖାଇବାରେ ଲୋଭ ହେଲା । ପିଲାକୁ ନଜର ଲାଗିଯିବ । ସେଥିପାଇଁ ସେଇ ଖାଇବା ଫିଙ୍ଗିଦେଇ ଆଉ ଥରେ ତିଆରି କଲି ।" ଗ୍ରାସିନ୍ଦର ସେ ସବୁ କାମ କରେ, ତା' ବାପା ମା'ଙ୍କୁ କିଛି କରିବାକୁ ପଡ଼େନି ।

ଦିନ ଗଡ଼ିବାକୁ ଲାଗିଲା, ମେଲିନ୍ଦା ପର୍ତ୍ତୁଗାଲକୁ ଫେରିବା ସମୟ ଆସିଲା । ଆସିତ୍‌ନାମା ବହୁତ ଦୁଃଖ କଲା, ଯେମିତିକି ତା' ଝିଅ, ନାତୁଣୀ ଚାଲି ଯାଉଛନ୍ତି !ମେଲିନ୍ଦାର ସ୍ୱାମୀକୁ ପାମ୍ପଡ଼ ବହୁତ ପସନ୍ଦ ଥିଲା । ଏଥିପାଇଁ ମା' ମେଲିନ୍ଦାକୁ ଦେବାପାଇଁ ଆସିତ୍‌ନାମା ହାତରେ ପଠାଇଲା । ସେ ଆଖି ଛଳ ଛଳ କରି କହିଲା, "ଜାଣିଛ ଆମ୍ମା, ମେଲିନ୍ଦାର ପତି ପର୍ତ୍ତୁଗୀଜ, ଆଗରୁ ପାମ୍ପଡ଼ ଦେଲେ ନାକ ଟେକି କହନ୍ତି, ଛିଃ...... ମୋତେ ଦରକାର ନାହିଁ । ଏମାନେ ମସିଣାରେ ଖରାରେ ଶୁଖାଉଛନ୍ତି । ପୋକ ଜୋକ ସବୁ ଚାଲି ଯାଉଥିବେ ! ଏବେ କହୁଛି ଆମ୍ମାଠାରୁ ପାମ୍ପଡ଼ ନେଇଆସିବ ।"

ଆସିତ୍‌ନାମାକୁ ମେଲିନ୍ଦାର ଚିନ୍ତା ଥିଲା । ଏକରେ ତାକୁ ଘରର କୌଣସି କାମ ଆସେନି । ସେଠାରେ ଘର କାମ କରିବ ନା ପିଲାକୁ ସମ୍ଭାଳିବ ?ଏମିତି କେତେ ଭାବନା ତା' ମୁଣ୍ଡରେ ପଶେ, କେମିତି ସେ ପର୍ତ୍ତୁଗାଲରେ ରହିବ ?ଏଇ କଥା ମା'କୁ କହିବାରୁ ମା' କହିଲା, ତୁ ଚିନ୍ତା କରନା । ଦୁନିଆରେ କୋଉ କାମ କାହା ବିନା ଅଟକିଲାଣି । ସବୁ ଠିକ୍ ହୋଇଯିବ । ପାଣିକୁ ଡ଼େଇଁଲେ ପହଁରା ଆପେ ଆପେ ହୋଇଯାଏ । ସେଠାରେ କାମ ମୁଣ୍ଡ ଉପରେ ପଡ଼ିଲେ ସବୁ ଠିକ୍ ହୋଇଯିବ ?

ତା'ପରେ ମା'ତାକୁ ଧମକ ଦେଇ କହିଲା, "ତୁ କେତେ ଦିନଯାଏ ଅନ୍ୟମାନଙ୍କ ପାଇଁ ଏମିତି ଖଟୁଥିବୁ? ସେମାନେ ଯଦି କହୁଛନ୍ତି ବାହାହୋଇଯା, ତା'ହେଲ ତୁ କ'ଣ ନିଜର ଘର ବସାଇବୁନି? ଏତେ ଦିନଯାଏ ସେମାନଙ୍କ ପାଇଁ ଏତେ କଲୁ, ବହୁତ ହୋଇଗଲା, ଏବେ ନିଜ ଚିନ୍ତା କର ।"

ମେଲିନ୍ଦା ପିଲାକୁ ଧରି ପର୍ତ୍ତୁଗାଲ ଚାଲିଗଲା। ଆସିତ୍‌ନାମାର ମନ ଆଉ କୋଉଥିରେ ଲାଗିଲାନି। ସମୟ ତା'ର ଯାଉନଥିଲା। ତା' ଦୁଃଖ ମା'କୁ କହୁଥିଲା।

ମା' ତାକୁ ବହୁତ ବୁଝାଇଲା, "ଦେଖ୍, କାହା ପାଇଁ କାହା ଜୀବନ ଅଟକିନି।" ସନ୍ଧ୍ୟା ପାଞ୍ଚଟା ହୋଇଗଲେ ମା' ତାକୁ କୁହେ, ଚା'ଲେ ଉଠ, କେଶ ବାନ୍ଧିବୁ , ମୁହଁ ଧୋ, ଲୁଗା ବଦଳାଇ ଟିକିଏ ବୁଲିଆସେ। ମା' କହିଲେ ସେ ମାନିଯାଏ, ତାକୁ ତା' ମାଲିକାଣୀ ନୂଆ ଡ୍ରେସ ଦେଲେ, ସେ ସଜେଇ ରଖିଦେଉଥିଲା। ମେଲିନ୍ଦାର ପୁରୁଣା ଡ୍ରେସ ପିନ୍ଧୁଥିଲା ଏବଂ ନୂଆ ଡ୍ରେସ୍ ଭଉଣୀ, ଭାଉଜଙ୍କୁ ଦେଇ ଦଉଥିଲା।

ମା' ବାରମ୍ବାର କହିବାରୁ ଆସିତ୍‌ନାମା ବଦଳିଗଲା, ଭଲଭାବେ ରହିବାକୁ ଲାଗିଲା, ମାର୍ଜିତ ନଜରକୁ ଆସିଲା। ମା' ତାକୁ କହିଲା, "ଦେଖିଲୁ ତୁ କେତେ ସୁନ୍ଦର ଦିଶୁଛୁ।"

ତା'ପରେ ସେ କହିଲା, "ଆମ୍ମା, ରୁଦ୍ରିଗ ବି ଏକଥା କହୁଛି, ମତେ କହୁଛି, ଆମ୍ମାକୁ ଧନ୍ୟବାଦ ଦେ ମୋତେ ବାହା ହୋ, ମୁଁ ତୋତେ ପର୍ତ୍ତୁଗାଲ ନେଇଯିବି"।

ମା' କହିଲା "ତୁ ବାହାହୋଇ ତା' ସାଙ୍ଗରେ ପର୍ତ୍ତୁଗାଲ ଚାଲିଯା, ସେଠାରେ ମେଲିନ୍ଦା ଆଉ ଗ୍ରାସିନ୍ଦ ସହିତ ଦେଖା ସାକ୍ଷାତ ହେବ।"

"ସେ ବାହାହେବ ? ଏଇ ଫିରିଙ୍ଗିଙ୍କର କିଛି ଭରସା ଅଛି। ଏଇ ଗୋରା ଚମଡ଼ାକୁ କିଏ ଭରସା କରିବ ? ଗୋଆ ଛାଡ଼ି କିଏ ପର୍ତ୍ତୁଗ୍ରୀଜ ଯିବ ?"

ଆଜିକାଲି ସେ ଖୁସିରେ ରହିବାକୁ ଲାଗିଥିଲା, ରାନ୍ଧିଲାବେଳେ ଗୁଣୁଗୁଣୁ ହୋଇ ଗୀତ ଗାଏ, ନିଜେ ନିଜେ ହସୁଥାଏ। ହୁଏତ ନିଜେ ନିଜକୁ ଖୋଜି ସାରିଥିଲା କୋଉ ଅଜଣା ଖୁସିରେ, ହୁଏତ ଆମ୍ମା କହିବାରୁ ସେ ନିଜ ବିଷୟରେ ଚିନ୍ତା କରିଥିଲା।

ସତରେ ଏବେ ଆସିତ୍‌ନାମା ବହୁତ ସୁନ୍ଦର ଲାଗୁଥିଲା। ଶ୍ୟାମଳୀ ହେଲେ ବି ଗଢ଼ଣ ସୁନ୍ଦର। ଆଖି ଛୋଟ ଛୋଟ, କାନ ପଛରେ ପିନ୍ ଲଗେଇ ଢିଲା ଜୁଡ଼ା ବାନ୍ଧୁଥିଲା, ବେକରେ ଚେନ୍ ପିନ୍ଧିଥିଲା, ସେଥିରେ ଲକେଟ ଝୁଲେଇ ଥିଲା।

ଆସିତ୍‌ନାମା ପ୍ରାୟ ଫ୍ରକ୍ ପିନ୍ଧୁଥିଲା, ଫ୍ରକ ତଳ ପର୍ଯ୍ୟନ୍ତ ଲମ୍ବା ଥିଲା, ପାଦରେ କେବେ ଜୋତା ପିନ୍ଧୁ ନଥିଲା, ଉଚ୍ଚା ହିଲ୍ ଚପଲ ପିନ୍ଧୁଥିଲା। ରବିବାରରେ ଯେତେବେଳ ମୁଣ୍ଡରେ କଳା କିମ୍ବା ଧଳା ନେଟ୍ ଓଢ଼ଣୀ ପକେଇ ବାହାରୁଥିଲା, ସତରେ ସେ ବହୁତ ସୁନ୍ଦର ଦିଶୁଥିଲା। ଯେମିତି ଲାଗୁଥିଲା ଶାନ୍ତ, ସୁଧାର, ଶ୍ରଦ୍ଧାଳୁ ଝିଅଟିଏ !

ଦିନେ ମା'କୁ ସେ କହିଲା, "ମୁଣ୍ଡ ବିନ୍ଧୁଛି, ଦେହ ଭଲ ଲାଗୁନି, ନିଦ ଲାଗୁନି, ଖାଇବାକୁ ଇଚ୍ଛା ହେଉନି, କିନ୍ତୁ ତୁମେ ରାନ୍ଧିଲେ ଖାଇବା ବାସନା ଭଲ ଲଗୁଛି। ତୁମ ହାତ ରନ୍ଧା ଖାଇବାକୁ ଇଚ୍ଛା ହେଉଛି।" ମା' ବି ତାକୁ ସ୍ନେହରେ ଖୁଆଏ। କହେ ପେଟରେ କଷ୍ଟ, ତୋର ହୁଏତ କ'ଣ ରୋଗ ହୋଇଥିବ। କୌଣସି ଭଲ ଡାକ୍ତରକୁ

ଦେଖାଇଦେ। ମା' ତା' ମାଲିକାଣୀ ଅନ୍ତୋନେତକୁ ବି କହିଲା, "ଆସିତ୍‌ର ଦେହ ଠିକ୍ ନାହିଁ, ତାକୁ କୌଣସି ଭଲ ଡାକ୍ତରଙ୍କୁ ଦେଖାଇଦିଅ। ତେଣୁ ସେମାନେ ଜଣେ ଭଲ ଡାକ୍ତରଙ୍କ ଆପଏଣ୍ଟମେଣ୍ଟ ନେଲେ କିନ୍ତୁ ଡାକ୍ତର ପାଖକୁ ଯିବା ପୂର୍ବରୁ ହଠାତ୍ ତା' ଦେହ ବହୁତ ଖରାପ ହୋଇଗଲା। ଡାକ୍ତର ଆସିବା ପୂର୍ବରୁ ସେ ଛଟପଟ ହୋଇ ଚାଲିଗଲା। "

ଆମେ ସମସ୍ତେ ବହୁତ ଦୁଃଖ କଲୁ, ସବୁଠୁ ବେଶୀ ମା' ଦୁଃଖି ଥିଲା। ଆମେ ସମସ୍ତେ ବାହାରକୁ ଚାଲିଗଲାପରେ ଉଭୟ ଉଭୟଙ୍କର ସାହାରା ଥିଲେ। ମା'ର ହଠାତ୍ କୌଣସି ଜିନିଷ ଦରକାର ପଡ଼ିଲେ ଆସିତ୍‌ନାମା ଦୌଡ଼ି ଚାଲିଯାଏ। ସେ ଯୁଆଡ଼େ ଗଲେ ମା' କୁ କହିକି ଯାଏ।

ସେ ମରିବାପରେ ଦୋନ ଅନ୍ତୋନେତ ପାଖକୁ ଆଉ ଜଣେ ପଡ଼ୋଶିନୀ ଆସିଥିଲେ, ମା' ଆସିତ୍‌ନାମା କେତେ ଅନ୍ତରଙ୍ଗ ଥିଲେ ସେ ଜାଣିଥିଲେ। ସେଥିପାଇଁ ମା' ପାଖକୁ ବି ଦେଖା କରିବାକୁ ଆସିଲେ। ଆସୀତ୍‌ନାମା ବିଷୟରେ ଇଆଡୁ ସିଆଡୁ କଥାବାର୍ତ୍ତା ହେଲେ। ଯିବା ସମୟରେ କହିଲେ, ଶୁଣିଲ, ଆଶୀତ୍‌ର ମାସ ଗଡ଼ି ଯାଇଥିଲା ସତକଥା ? କହୁଛନ୍ତି କି ଜଡ଼ିବୁଟି ଔଷଧ ଖାଇଥିଲା, ତେଣୁ ତା' ଦେହ ବହୁତ ଖରାପ ହୋଇଗଲା ଏବଂ ପରେ ଜୀବନ ଚାଲିଗଲା।

ମା' ବହୁତ ରାଗିଗଲା, କହିଲା, କ'ଣ ହେଲା ? ତୁମେ ଆସୀତ୍‌କୁ କ'ଣ ଜାଣିନ ? କିଏ କହୁଛି ? ମୋ ପାଖକୁ ନେଇଆସ, ତା' ମୁଣ୍ଡ ଫଟେଇଦେବି ! ଏତେ ଭଲ ଝିଅଟା ଥିଲା। ଯୁବତୀ ବେଳେ ଏମିତି ପାଗଳପଣ ଝିଅମାନେ କରନ୍ତି। ଯୁବତୀ ବେଳେ ସେ ସେମିତି କଲାନି। ଇଜ୍ଜତର ସହ ରହିଲା। ଆଉ ଏଇ ବୟସରେ ଏମିତି କାମ କରିବ ? ଏମିତି ତୁମକୁ ଲାଗୁଛି ? କୁଆଁରୀ ଝିଅମାନଙ୍କୁ ଲୋକମାନେ ଏମିତି କଥା କୁହନ୍ତି। ତାଙ୍କ କଥାକୁ ଆଦୌ ବିଶ୍ୱାସ କରନା। କାହାକୁ ଭଲ ପାଇଥାନ୍ତା ତ ବାହାହୋଇ ଯାଇଥାନ୍ତା। ତା' ବିଷୟରେ ଏମିତି ସତ ମିଛ ଯିଏ କହୁଛି ତା' ପାଟିରେ ପୋକ ପଡୁ। ତା'ର ସତ୍ୟାନାସ ହେଉ।

ମୋର ମନେପଡ଼ିଲା। ମୋ ପରୀକ୍ଷା ମୁଣ୍ଡ ଉପରେ ଥିଲା। ପଢ଼ିବାପାଇଁ ସକାଳ ପାଞ୍ଚଟାରୁ ଉଠୁଥିଲି। ପଛପଟ ଲାଇଟ ଜଳାଇଲେ ମା' ଉଠିପଡ଼ିବ। ଦେଖିଲି ଆସୀତ୍‌ନାମାଙ୍କ ରୋଷେଇଘର ଲାଇଟ ଜଳୁଛି। ଏତେ ଜଲ୍‌ଦି ଉଠି ସେ କ'ଣ କରୁଛି ? ଭାବିଲି, ଯାଉ ଯାଉ 'ଭୋ' କରି ତାକୁ ଡରେଇକି ଯିବି। ଧୀରେ କବାଟ ଖୋଲିଲି। ଯାହା ଦେଖିଲି ସ୍ତବ୍ଧ ହୋଇଗଲି। ଆସୀତନାମା ମେନ୍ଦେଶର ବାହୁଫାଶରେ ଥିଲା।

■

କୃଷ୍ଣସ୍ପର୍ଶ

ମରାଠୀ- ଉଜ୍ଜ୍ୱଳା କେଳକର

ଦେଶମୁଖ ବାବୁଙ୍କ ପ୍ରାସାଦ ପାଖରେ ତାଙ୍କ ନିଜର କୃଷ୍ଣଙ୍କ ମନ୍ଦିର ଅଛି। ଜନ୍ମାଷ୍ଟମୀ ଉତ୍ସବ ହେଉଥିବାରୁ ମନ୍ଦିରରେ ଭକ୍ତମାନଙ୍କ ଭିଡ଼ ଥିଲା। ସକାଳେ ପ୍ରବଚନ, ଦ୍ୱିପହରରେ କଥା ସଙ୍କିର୍ତ୍ତନ, ରାତିରେ ଭଜନ, ଗୋଟିଏ ପରେ ଗୋଟିଏ କାର୍ଯ୍ୟକ୍ରମ ସମ୍ପନ୍ନ ହେଉଥିଲା। ଉତ୍ସବର ଆଜି ଷଷ୍ଠ ଦିନ ଥିଲା। ଆଜି ମାଇଙ୍କର କିର୍ତ୍ତନ ଅଛି। ତାଙ୍କର ରସାଳ ବାଣୀ, ନୂଆ ଏବଂ ପୁରୁଣା କଥାର ସମିଶ୍ରଣ, ସହଜ ସୁନ୍ଦର ଭାବରେ ବର୍ଣ୍ଣନା କରିବାର ଶୈଳୀ, ତାଳ ସୁର ଉପରେ ଅପୂର୍ବ ଦକ୍ଷତା ଏବଂ ବର୍ଣ୍ଣନାର ନିପୁଣତା ଦର୍ଶକଙ୍କ ଆଖି ସାମନାରେ ଜୀବନ୍ତ ଚିତ୍ର ସୃଷ୍ଟି କରୁଥିଲା। ଏହିସବୁ କାରଣ ପାଇଁ କିର୍ତ୍ତନ କ୍ଷେତ୍ରରେ ମାଇ ଜୀ ଚର୍ଚ୍ଚାରେ ଥିଲେ।'

ଏମିତିରେ ତାଙ୍କ ଘର କିର୍ତ୍ତନିଆ ଘର ଥିଲା। ମା'ଙ୍କର ପିଲାଦିନେ ମୃତ୍ୟୁ ହୋଇଯାଇଥିଲା। ବାପା ଥିଲେ। ତେଣୁ କେଉଁଠି ବି ଗୋଟିଏ ଜାଗାରେ ତାଙ୍କର ନିର୍ଦ୍ଦିଷ୍ଟ ବାସସ୍ଥାନ ନଥିଲା। ବାପାଙ୍କ ସାଙ୍ଗରେ ଗାଁ ଗାଁ ବୁଲି କିର୍ତ୍ତନ ଶୁଣିବାରେ ତାଙ୍କ ପିଲାଦିନ କଟିଥିଲା। ଟିକେ ବଡ଼ ହେବାପରେ ବାପାଙ୍କ ପଛରେ ଛିଡ଼ାହୋଇ ତାଙ୍କ ସାଙ୍ଗରେ ଭଜନ ଗାଇବାରେ ସମୟ ବିତିଗଲା।ଯେତିକି ଜରୁରୀ ଥିଲା ବାପା ସେତିକି ପଢ଼ା ଲେଖା ଶିଖାଇଲେ। ବାକି ଜ୍ଞାନ ସେ, ଯାହାବି ବହି ତାଙ୍କ ହାତକୁ ଆସେ, ଅଧ୍ୟୟନ କରି ଜ୍ଞାନ ଆହୋରଣ କଲେ। ତେର ଚଉଦ ବର୍ଷ ବୟସରେ ସେ ସ୍ୱତନ୍ତ୍ରଭାବେ କିର୍ତ୍ତନ କରିବାକୁ ଆରମ୍ଭକଲେ।

କ୍ଷଣକପାଇଁ ମାଇ ଜୀ ଆଖି ବନ୍ଦକରି ଶ୍ଳୋକ ବୋଲିବା ଆରମ୍ଭକଲେ।

"ବସୁଦେବସୁତଂ ଦେବଂ କଂସଚାଣୁରମର୍ଦ୍ଦନଂ
ଦେବକୀ ପରମାନନ୍ଦ କୃଷ୍ଣ ବନ୍ଦେ ଜଗତ୍‌ଗୁରୁ।"

ତାଙ୍କ ସ୍ୱର ଶୁଣିବାମାତ୍ରେ ମନ୍ଦିରରେ ଭକ୍ତମାନଙ୍କ ଭିତରେ ନିରବତା ଛାଇଗଲା। ସମସ୍ତଙ୍କ ଧ୍ୟାନ ମାଈଜୀଙ୍କ ଆଡ଼କୁ ଚାଲିଗଲା। ମାଈଜୀ ସମସ୍ତ ଶ୍ରୋତାଙ୍କୁ ବିନମ୍ର ପ୍ରଣାମକଲେ ଏବଂ ଅନୁରୋଧ କଲେ, ଆପଣମାନେ ସମସ୍ତେ ଗୋଟିଏ ଚିତ୍ତରେ ନିଜର ପୁରା ଧ୍ୟାନ ଏପଟେ ଦିଅନ୍ତୁ, କାରଣ ଆପଣମାନେ କୃଷ୍ଣ-କଥାର ପୁରା ଆସ୍ୱାଦନ କରିପାରିବେ। ଆପଣମାନଙ୍କ ଆନନ୍ଦ ଦ୍ୱିଗୁଣିତ ହୋଇଯିବ।

ଶ୍ଳୋକ ଗାଇ ବ୍ୟାଖ୍ୟା କଲେ, ମୋର ପୁରା ଧ୍ୟାନ ରାଧା-କୃଷ୍ଣଙ୍କ ଚରଣରେ ଥାଉ। ମୋର ପୁରା ଶରୀର କୀର୍ତ୍ତନର ରଙ୍ଗରେ ରଙ୍ଗାୟିତ ହେଉ। କୀର୍ତ୍ତନରେ ହିଁ ମଗ୍ନ ହୋଇଯାଉ।

ମଧ୍ୟମ ଲୟରେ ଆରମ୍ଭ ହୋଇଥିବା ଭଜନ ଦ୍ରୁତ ଲୟରେ ପହଞ୍ଚିଗଲା।ମାଈଜୀ ତବଲା ହାରମୋନିୟମ ବଜାଇବାବାଲାଙ୍କ ଆଡ଼କୁ ଇସାରା କଲେ। ସେମାନେ ଅଟକିଗଲେ। ପଛରେ ଛିଡ଼ାହୋଇ ମାଈଜୀଙ୍କ ଗୀତରେ ସାଙ୍ଗ ଦେଉଥିବା କୁସୁମ ବି ଅଟକିଗଲା। ମାଈଜୀ ଅଭଙ୍ଗ ଗୀତ ନିରୂପଣ କରି ଗୀତ ଆରମ୍ଭ କଲେ। ଆଜି ସେ ସଙ୍କିର୍ତ୍ତନ ପାଇଁ ଅଖଣ୍ଡ ସ୍ୱର ଆରମ୍ଭକଲେ।

ଗୀତ ଗାଇସାରି ବ୍ୟାଖ୍ୟା କଲେ, "ଆଖୁଗଛ ତେଢ଼ାମେଢ଼ା ହୋଇଥାଏ, କିନ୍ତୁ ରସ ତେଢ଼ା ହୋଇନଥାଏ। ଏହା ସରଳ ରୂପେ ପ୍ରବାହିତ ହୋଇଥାଏ। ତା'ହେଲେ ବାହାରକୁ ଦେଖାଇବା ପାଇଁ ଏତେ ମୋହ କାହିଁକି ?"

ମାଈଜୀ କିର୍ତ୍ତନ କରିବାର ପ୍ରାୟ କୋଡ଼ିଏ ବର୍ଷ ହୋଇଗଲାଣି। ଗୋଟିଏ ଗାଁରେ ମା'ଙ୍କ ଉତ୍ସବରେ ମାଈଜୀଙ୍କ ବାପାଙ୍କୁ ନିମନ୍ତ୍ରଣ କରାଯାଇଥିଲା। ମାଈଜୀଙ୍କ ବୟସ ସେଇ ସମୟରେ ପ୍ରାୟ ସତର ଅଠର ବର୍ଷ ହୋଇଥିଲା। ତାଙ୍କ ବାପାଙ୍କ ପଛରେ ରହି ମଧୁର ସ୍ୱରରେ ଗାଉଥିବା ଏହି ଝିଅକୁ, କିର୍ତ୍ତନ ଶୁଣିବାକୁ ଆସିଥିବା ଆକ୍କାଙ୍କୁ ବହୁତ ପସନ୍ଦ ଆସିଲା। ସେ ମାଈଜୀଙ୍କ ବାପାଙ୍କୁ, ଯାହାଙ୍କୁ ଆଦରରେ ସମସ୍ତେ ଶାସ୍ତ୍ରୀଜୀ ଡାକି ସମ୍ବୋଧିତ କରନ୍ତି, ତାଙ୍କୁ ତାଙ୍କ ପୁଅ ପାଇଁ ମାଈଜୀଙ୍କ ସହିତ ବିବାହ କରିବାକୁ ପ୍ରସ୍ତାବ ଦେଲେ। ସେଠାରେ ତାଙ୍କର ବିରାଟ ଏକ କୋଠା ଥିଲା। ତାଙ୍କର ପାଖ ଗାଁରେ ଅନେକ ଜମିବାଡ଼ି ଥିଲା। ପାଖ ବଜାରରେ ତାଙ୍କର ଷ୍ଟେସନାରୀ ଦୋକାନଟିଏ ଥିଲା। ତେଣୁ ଚଳାଚଳ ଭଲ ଥିଲା। ଏତେ ଭଲ ପ୍ରସ୍ତାବ ମିଳିବା ଦେଖି ଶାସ୍ତ୍ରୀଜୀ ଖୁସି ହୋଇଗଲେ। କିର୍ତ୍ତନ କରିବାକୁ ଆସିଥିଲେ, କିନ୍ତୁ ଝିଅକୁ ବିଦା କରି ଗଲେ।

ବିବାହର ଚାରି ବର୍ଷ ହୋଇଗଲା। ମାଇଜୀଙ୍କ ଶାଶୁ ଶଶୁର ତାଙ୍କୁ ବହୁତ ଭଲପାଉଥିଲେ। କିନ୍ତୁ ଯାହା ସାଙ୍ଗରେ ପୁରା ଜୀବନ କାଟିବାର ଥିଲା, ସେଇ ବାପୁ ଅତି ଅଳସୁଆ, କୋଢ଼ିଆ ଥିଲା। ଗୋଟିଏ ପୁଅ ହୋଇଥିବାରୁ ଅତି ସ୍ନେହ ଶ୍ରଦ୍ଧା ଯୋଗୁ ଏବଂ କୁସଙ୍ଗ ଯୋଗୁ ପୁରା ବିଗିଡ଼ି ଯାଇଥିଲା। ସେ ବହୁତ ଅଳସୁଆ ଥିଲା। କୌଣସି କଷ୍ଟ କରିବାକୁ ଚାହୁଁନଥିଲା। ବିବାହ ପରେ ବଦଳିଯାଇ ଦାୟିତ୍ୱ ନେବ ବାପା ମାଆ ଭାବୁଥିଲେ କିନ୍ତୁ ତାଙ୍କର ଭାବନା ଭୁଲ ଥିଲା।

ଘରସଂସାରରେ ବାପୁର କୌଣସି ଆଗ୍ରହ ନଥିଲା। ସାଙ୍ଗସାଥୀ ସାଙ୍ଗରେ ବୁଲିବା, ଅୟସ କରିବା ଏଥିରେ ତା'ର ସମୟ ବିତୁଥିଲା। ଏକୁଟିଆପଣ ଦୂର କରିବାକୁ ମାଈ ଜୀ ଭାବିଲେ କଥା-ସଙ୍କିର୍ତ୍ତନ କରିବେ। କିନ୍ତୁ ବାପୁ ସଫା ମନାକରିଦେଲା। କହିଲା, ଗାଁ ଗାଁ ବୁଲି ଏହି ଗାଇବା ବଜାଇବା ମୋର ପସନ୍ଦ ନୁହେଁ। ଖାଇବା ପିଇବା, ପିନ୍ଧିବାରେ ତୁମର କିଛି ଅଭାବ ଅଛିକି ?

ମାଈଙ୍କ ପାଖରେ କୌଣସି ଉତ୍ତର ନଥିଲା। ଶାଶୁ ଶଶୁରଙ୍କ ଛାଇ ଯେତେଦିନଯାଏ ତାଙ୍କ ମୁଣ୍ଡ ଉପରେ ଥିଲା, ସେ ପର୍ଯ୍ୟନ୍ତ ତାଙ୍କର କୌଣସି ଜିନିଷରେ କମ୍ ନଥିଲା। କିନ୍ତୁ ଜୀବନରେ କେବଳ ଖାଇବା, ପିନ୍ଧିବା ହିଁ କାହାପାଇଁ ଯଥେଷ୍ଟ ? ବିଶେଷଭାବେ ଜଣେ ସ୍ତ୍ରୀଲୋକ ପାଇଁ? ଜଣେ ସ୍ତ୍ରୀଲୋକର କେବଳ ସ୍ୱାମୀ ହିଁ ସବୁକିଛି। ସେଠାରେ ସ୍ୱାମୀଙ୍କ ସହିତ ମିଶି ଗୃହସ୍ଥ ଜୀବନ କାଟିବା ତାଙ୍କ ଭାଗ୍ୟରେ ନଥିଲା।

କିଛି ବର୍ଷପରେ ପ୍ରଥମେ ଶଶୁରଙ୍କର ଏବଂ ତାପରେ ଶାଶୁଙ୍କର ଦେହାନ୍ତ ହୋଇଗଲା। ତା'ପରେ ବାବୁକୁ ଅଟକାଇବା ଲୋକ କେହି ନଥିଲେ। ସାଙ୍ଗସାଥୀଙ୍କ ସାଙ୍ଗରେ ଜୁଆ ଖେଳିବା ବଢ଼ିଗଲା। ଘରେ ଜୁଆର ଆଡ୍‌ଡା ଜମାଇଲା। ମିଛ ବଡ଼ପଣ ଦେଖାଇବାକୁ ପ୍ରତିଦିନ ସାଙ୍ଗମାନଙ୍କୁ ଡାକି ଖୁଆଇବା ପିଆଇବା ଆରମ୍ଭ କରିଦେଲା। ଦିନକୁ ଦିନ ତାହା ବଢ଼ିଚାଲିଲା। ଷେଷରେ ଧୀରେ ଧୀରେ ଜମିବାଡ଼ି, ଦୋକାନ ସବୁ ବିକ୍ରି ହୋଇଗଲା। ସେଇ ଆୟ ହୋଇଥିବା ଟଙ୍କା ସବୁ ଚାଲିଗଲା। ମାଈଜୀ ତାପରେ କିର୍ତ୍ତନ କରିବା କଥା ଭାବିଲେ। ତଥାପି ବାପୁ ରାଜି ହେଲାନି। କହିଲା, ମୋ ଘରେ କିର୍ତ୍ତନ ନାଟକ ଚଳିବନି।

ମାଈ କହିଲେ, ଠିକ ଅଛି, ମୁଁ ଘର ଛାଡ଼ି ଦେଉଛି। ଘରେ କିଛି ବି ସାମଗ୍ରୀ ନାହିଁ। ତୁମେ ତୁମ ସାଙ୍ଗମାନଙ୍କୁ ମୁଣ୍ଡରେ ବସେଇ ରୁହ। ବାପୁକୁ କିଛି କରିପାରିବାର ଅଭ୍ୟାସ ନଥିବାରୁ ଚୁପ ରହିଲା।

ମାଈ ଗ୍ରନ୍ଥ, ପୁରାଣ, ପୋଥି ପଢ଼ିବା ଆରମ୍ଭ କରଦେଲେ। ହାରମୋନିଅମ,

ତବଲା, ଝାଂଜ ବଜାଇବାବାଲାଙ୍କୁ ଠିକ କଲେ। କଥା-କିର୍ତ୍ତନର ଅଭ୍ୟାସ, ସତ୍‌ସଙ୍ଗ କରିବା ଆରମ୍ଭ କଲେ। ଆରମ୍ଭରେ ନିଜ ଗାଁରେ କିର୍ତ୍ତନ କରିବା ପ୍ରଥମେ ଆରମ୍ଭ କଲେ। ପିଲାଦିନେ କିର୍ତ୍ତନ କରୁଥିଲେ। ମଝିରେ ସବୁ ଚାଲିଯାଇଥିଲା। କିନ୍ତୁ ଯେବେ ଚିନ୍ତାକଲେ ଏହା ତାଙ୍କ ଜୀବନର ସାହାରା, ତାଙ୍କଠାରୁ ଚାଲିଯାଇଥିବା ପ୍ରଥମ ସୂତା ଧରିବାକୁ କୌଣସି କଷ୍ଟ ହେଲାନି। ଚାହୁଁ ଚାହୁଁ ତାଙ୍କ ଖ୍ୟାତି ବଢ଼ିଗଲା। ଧୀରେ ଧୀରେ ପଡ଼ୋଶୀ ଗାଁମାନଙ୍କରୁ ବି ଆଦରର ସହିତ କଥା କିର୍ତ୍ତନ ପାଇଁ ନିମନ୍ତ୍ରଣ ଆସିବାକୁ ଲାଗିଲା। କିର୍ତ୍ତନ ପାଇଁ ଯିବାପୂର୍ବରୁ ବା ଆସିବାପରେ ଘରେ ଶାନ୍ତି ବା ଶାନ୍ତିରେ ନିଶ୍ୱାସନେବା ଭାଗ୍ୟରେ ନଥିଲା। ଯେତେବେଳେ ମାଈ ଘରେ ରୁହନ୍ତି ବାପୁ ତାଙ୍କ ସହିତ ଝଗଡ଼ାକରି ପିଟାପିଟି କରେ। କିନ୍ତୁ ମାଈଙ୍କର ମନ ଯେମିତି ପଥର ହୋଇଯାଇଥିଲା। ସେ କିଛି ଜବାବ ଦେଉଥିଲେ ନା କୌଣସି କଥାରେ ଦୁଃଖ କରୁଥିଲେ। ଦିନକୁ ଦିନ ସେ ସ୍ଥିତପ୍ରଜ୍ଞ ହୋଇଯାଉଥିଲେ।

ବାପୁର ସାଙ୍ଗମାନେ ଏବେ ତାକୁ ଛାଡ଼ିଦେଇଥିଲେ। ବାପୁ ପାଖରେ ଆଉକିଛି ନଥିଲା। ତା'ପରେ ବାପୁ ବେମାର ପଡ଼ିଲା। ନିଶ୍ୱାସ ନେବାକୁ କଷ୍ଟ ହେଲା। ଯେତିକି ହୋଇପାରିବ ମାଈ ପତ୍ନୀର କର୍ତ୍ତବ୍ୟ ପାଳନ କରୁଥିଲେ। ବାପୁର ସେବା କରି ଚାଲିଥିଲେ, କିନ୍ତୁ ପତି ପତ୍ନୀଙ୍କ ଭଲପାଇବାର ସମ୍ପର୍କ କେବେ ବି ହୋଇନଥିଲା। ନିଜ ଜୀବନର ଅର୍ଥ ତଥା ସାଫଲ୍ୟ ମାଈ କିର୍ତ୍ତନରେ ଖୋଜିଲେ। ତାଙ୍କର ଶୂନ୍ୟପଣ କିର୍ତ୍ତନରେ ଦୂର ହେଉଥିଲା।

ଏମିତିରେ ଦିନେ ବାପୁର ମୃତ୍ୟୁ ହୋଇଗଲା। ମାଈ ତା'ପରେ ପୁରା ନିଃସଙ୍ଗ ହୋଇଗଲେ। ଏମିତି ସ୍ୱାମୀଠାରୁ କୌଣସି ପିଲା ହୋଇନାହାନ୍ତି, ସେଥିପାଇଁ ସେ ଖୁସି ଥିଲେ। ଶାଶୁଘରର କୌଣସି ଚିହ୍ନ ନରହୁ ସେଥିପାଇଁ ଘରଦ୍ୱାର ବିକ୍ରି କରିଦେଇ ସବୁଦିନ ପାଇଁ ନାସିକ ଚାଲିଗଲେ।

ମାଈ ଜୀ କିର୍ତ୍ତନ କରିବା ପ୍ରାୟ କୋଡ଼ିଏ ବର୍ଷ ହୋଇଗଲା। ତାଙ୍କର ନାଁ ହୋଇଗଲା। କୀର୍ତି ବଢ଼ିଗଲା। ପ୍ରତିଦିନ କିଏ ନା କିଏ କିର୍ତ୍ତନ କରିବାପାଇଁ ଆମନ୍ତ୍ରଣ କରୁଥିଲେ, ତେଣୁ ଏମିତିରେ ଦିନ ଗଡ଼ି ଚାଲିଥିଲା। ଆଜି ଦେଶମୁଖ ବାବୁଙ୍କ ମନ୍ଦିରରେ ତାଙ୍କର କିର୍ତ୍ତନ ଅଛି। ନିରୂପଣ ପାଇଁ ସେ ସନ୍ତ ଚୋଖାର ଅଖଣ୍ଡ ଚୟନ କରିଥିଲେ।

ସେ ଗୀତ ଗାଇ ବ୍ୟାଖ୍ୟା କରିବା ଆରମ୍ଭ କଲେ, "ଆଖୁ ତେଢ଼ାମେଢ଼ା ହୋଇଥାଏ କିନ୍ତୁ ତାର ରସ ତେଢ଼ାମେଢ଼ା ହୋଇନଥାଏ, ଏମିତିରେ ତୁମେ ଉପର ଦେଖାଣିଆରେ କାହିଁକି ମୋହିତ ହେଉଛ? ନଦୀ ଅଙ୍କାବଙ୍କା ହୋଇ ବହି ଯାଇଥାଏ କିନ୍ତୁ ଜଳ ଅଙ୍କାବଙ୍କା ହୋଇନଥାଏ।"

ଚାହୁଁ ଚାହୁଁ ପୁରା ସଭାମଣ୍ଡପ କୁସୁମର ସ୍ୱର ସହିତ ବିହ୍ୱଳ ହୋଇଗଲେ। ସୁନ୍ଦର, ସଫା, ଖୋଲା ସ୍ୱର, ଏତେ ମଧୁର ସ୍ୱର ଯେମିତି କୌଣସି ଗନ୍ଧର୍ବ କନ୍ୟା ଗାଉଛି। ଶ୍ରୋତାମାନଙ୍କୁ ଲାଗିଲା ଏହି ଗୀତ ପାର୍ଥିବ ନୁହେଁ, ସ୍ୱର୍ଗୀୟ। ଏହି ଅଲୌକିକ ସ୍ୱର ଯେଉଁ କଣ୍ଠରୁ ଝରୁଛି, ସେ ମନୁଷ୍ୟ ନୁହେଁ, ମନୁଷ୍ୟ ଦେହଧାରୀ କୌଣସି ଅଭିଶପ୍ତ ଗନ୍ଧର୍ବକନ୍ୟା।

କୁସୁମ ଗନ୍ଧର୍ବକନ୍ୟା ନଥିଲା, କିନ୍ତୁ ଅଭିଶପ୍ତ ନିଶ୍ଚୟ ଥିଲା।

କୁସୁମ ମାଈଙ୍କ ନଣନ୍ଦର ଝିଅ ଥିଲା। ସେ ପାଞ୍ଚ ଛଅ ବର୍ଷ ହୋଇଥିବା ବେଳେ ତା' ମାଙ୍କର ମୃତ୍ୟୁ ହୋଇଯାଇଥିଲା। ସେ କିଛି ବୁଝିବା ପୂର୍ବରୁ ଘରର ଦାୟିତ୍ୱ ତା' କଅଁଳ କାନ୍ଧ ଉପରେ ଆସି ପଡ଼ିଲା। କଢ଼ିଟିଏ ଫୁଟିବା ପୂର୍ବରୁ ମଉଳିଗଲା। ଦଶ ବର୍ଷ ବୟସରେ ତା' ବାପା ଚାଲିଗଲେ। ତା'ପରେ ତା' ପାଟି ଯେମିତି ବନ୍ଦ ହୋଇଗଲା।

ଦେଢ଼ ବର୍ଷ ଖଣ୍ଡେ ତା' ପିଉସା ତାକୁ ଲାଳନ ପାଳନ କଲେ। ସପ୍ତମ ଶ୍ରେଣୀ ଶିକ୍ଷା ସମାପ୍ତ କରିଥିବା ଏହି ଝିଅ ପୁରା ପାଗିଳୀ ଭଳି ଦେଖାଯାଏ। କୋଚଟ କଳା ଏବଂ ଦେଖିବାକୁ ଅସୁନ୍ଦର ଥିଲା। ସେଥିପାଇଁ ତାକୁ ପିଉସୀଙ୍କ ପିଲାମାନେ ଏବଂ ସାଙ୍ଗ ସାଥୀଙ୍କଠାରୁ କେତେ କଥା ଶୁଣିବାକୁ ପଡ଼େ। ସେମାନେ ତାକୁ ଚିଡ଼ାନ୍ତି, ହଇରାଣ କରନ୍ତି ଏବଂ ଉପହାସ କରି ନିଜର ମନୋରଂଜନ କରନ୍ତି। ଲଗାତାର ଏମିତି କରିବାରୁ ସେ ତାର ଆତ୍ମବିଶ୍ୱାସ ସମ୍ପୂର୍ଣ୍ଣ ହରାଇଥିଲା। ସେବେ ସେ ପ୍ରଥମେ କୁସୁମରୁ କୁସ୍ମି ଏବଂ ପରେ କୁହ୍ମା ହୋଇଗଲା।

କିଏ ତା' ସାଙ୍ଗରେ କଥାହେଲେ ସେ ସଙ୍କୁଚିତ ହୋଇଯାଉଥିଲା। ତା'ପରେ ତା'ର ସବୁ ଭୁଲ ହୋଇଯାଏ। ହାତରୁ କୌଣସି ନା କୌଣସି ଜିନିଷ ଖସିପଡ଼େ। ପାଗଳ ସମ୍ବୋଧନ ସହିତ କେତେ କଥା ଶୁଣିବାକୁ ପଡ଼େ। ଦିନେ ତାକୁ ତା' ଜିନିଷପତ୍ର ସହିତ ମାଈ ଜୀଙ୍କ ଘରେ ସେମାନେ ପହଞ୍ଚାଇଦେଲେ।

ମାଈ ଚିନ୍ତିତ ହେଲେ। ତାଙ୍କ ନିଃସଙ୍ଗ ଜୀବନରେ ଚାହୁଁନଥିବା ଜଣେ ଝିଅ ଆସି ଲାଗିକି ରହିଗଲା। ତାହା ବି କୁରୂପ, ପାଗଳ, ଦେଖିଲେ ଘୃଣା ଆସୁଥିବା ଝିଅକୁ। ତାର ଦାୟିତ୍ୱ ଉଠାଇବାବାଲା ଆଉ କିଏ ଦେଖାଯାଉନଥିଲେ। କୁସୁମ ଭଳି କୋଚଟ କଳା, କୁରୂପ ଝିଅର ବିବାହ ହେବା ବି ଏକରକମ ଅସମ୍ଭବ ଥିଲା। ମାଈଙ୍କୁ ଲାଗିଲା, ଏହି ଝିଅ ଗଛରେ ମାଡ଼ିଥିବା ପରଜୀବୀ ଗଛ ଭଳି, ମୋ ସହିତ ଲାଗିକିରହି ମୋ ଜୀବନ ଆନନ୍ଦର ରସ ଶେଷ ପର୍ଯ୍ୟନ୍ତ ଚୁସୁଥିବ। କିନ୍ତୁ କୌଣସି ଚାରା ତ ନାହିଁ। ତାକୁ ତ ଘରୁ ବାହାର କରିହେବନି। ଯାହାହେଲେ ବି ତାଙ୍କ ଭାଣିଜୀ ତ ହେବ ନା।ମାନବିକତା ଦୃଷ୍ଟିରୁ ତାକୁ ଘରେ ରଖିବା ଉଚିତ୍ ବୋଲି ଭାବିଲେ। ମାଈ

ସୁସଂସ୍କୃତ ଥିଲେ। କିର୍ତ୍ତନ ପ୍ରବଚନ ମାଧ୍ୟମରେ ଲୋକଙ୍କୁ ଉପଦେଶ ଦେଉଥିଲେ। କୁସୁମ ଶୀର୍ଷ ସ୍ଥାନରେ ପହଞ୍ଚିଗଲା।

ଗୀତ ଗାଇ ବ୍ୟାଖ୍ୟା କଲା, "ଚୋଖା ତେଢ଼ାମେଢ଼ା, କିନ୍ତୁ ତା' ମନର ଭାବ ସେମିତି ନୁହେଁ। ତେଣୁ ଉପର ଦେଖାଣିଆରେ କାହିଁକି ମୋହିତ ହୁଅନ୍ତି ?"

କୁସୁମକୁ ଲାଗିଲା, ଅଭଙ୍ଗରେ ତଲ୍ଲୀନ ଲୋକଙ୍କୁ କହିବ, କୁସୁମ କୁରୂପ, କିନ୍ତୁ ତା' ଅନ୍ତରରେ ଥିବା ଗୁଣ କୁରୂପ ନୁହେଁ।

ମାଈଜୀ ଦୁଇ ହାତ ବଢ଼େଇ କୁସୁମକୁ ରହିବାକୁ ଇସାରା କଲେ। ସଭାଗୃହରେ ବସିଥିବା ଲୋକଙ୍କର ଚେତନା ଫେରିଆସିଲା। କୁସୁମ ଭାବିଲା, ଅଭଙ୍ଗ ଗାଇବା ସମୟରେ ତା'ର କୌଣସି ଭୁଲ ହୋଇଯାଇନି ତ ? ସେ ଡରିଗଲା। ଗାଇବା ସମୟରେ ତା' ମୁହଁରେ ଫୁଟି ଉଠୁଥିବା ଆଭା ଲୁପ୍ତ ହୋଇଗଲା। ସବୁବେଳ ଭଳି ମୁହଁ ଭୟାଳୁ ଦେଖାଗଲା।

ମାଈଜୀ ଅଭଙ୍ଗର ସିଧା ଅର୍ଥ କହିଦେଲେ। ତା'ପରେ ବ୍ୟବହାରିକ ଉଦାହରଣ ଦେଇ, ପ୍ରତ୍ୟେକ ପଂକ୍ତି, ପ୍ରତ୍ୟେକ ଶବ୍ଦର ମର୍ମ ବ୍ୟାଖ୍ୟା କଲେ।

'ଦେଖନ୍ତୁ, ନବବର୍ଷର ପ୍ରଥମଦିନ, ଆମେ କଟୁ ନିମ୍ବପତ୍ର ଖାଆନ୍ତି। ପିତା ଲାଗେ, କିନ୍ତୁ ତାକୁ ଖାଇଲେ ଦେହ ସୁସ୍ଥ ରହେ। ଆରୋଗ୍ୟ ରୁହନ୍ତି। ଆକାଶରେ ଚମକୁଥିବା ବିଜୁଳି..ତାର ରେଖା ବଙ୍କାଟଙ୍କାହୋଇଥାଏ। କିନ୍ତୁ ତାର ଦିପ୍ତିରେ ଆଖି ଝଲସିଯାଏ। ନଦୀ ବଙ୍କାଟଙ୍କା ହୋଇ ବହିଯାଏ, କିନ୍ତୁ ତା'ର ପାଣି ଶୋଷ ମେଣ୍ଟାଏ।

ଜଣେ କଳା କୋଚଟ ହୋଇପାରେ କିନ୍ତୁ ତା'ର ଅନ୍ତରାତ୍ମା ପ୍ରକୃତ ଭକ୍ତିଭାବରେ ପରିପୂର୍ଣ୍ଣ। ସନ୍ଥମାନେ କହିଛନ୍ତି, ଈଶ୍ୱରଙ୍କ ଚରଣରେ ତାଙ୍କର ଶ୍ରଦ୍ଧା ଅଛି। ନିଜ ଶରୀର ରହୁ କି ନ ରହୁ, ସେଥିପାଇଁ ଖାତିର ନାହିଁ। ତାଙ୍କ ନିଷ୍ଠା ଅତୁଟ ରହୁ।

ମାଈଜୀ ପଛରୁ ଚାହିଁ କୁସୁମକୁ ଇସାରା କଲେ, ତେଣୁ କୁସୁମ ଗାଇବାକୁ ଲାଗିଲା,

"ଏହି ଶରୀର ରହୁ କି ନରହୁ, ପାଣ୍ଡୁ ରଙ୍ଗ ପ୍ରତି ମୋ ଭକ୍ତିଭାବନା ଅତୁଟ ରହୁ।" ତା'ପରେ ପୁରା ସଭାମଣ୍ଡପ କୁସୁମର ଅଲୌକିକ ସ୍ବର ସହିତ ଝୁଲିଲେ। ମାଈଙ୍କୁ ଟିକେ ଫୁରସତ୍ ମିଳିଲା। ମାଈଜୀଙ୍କ ବଢୁଥିବା ବୟସ ଆଜିକାଲି ବିଶ୍ରାମ ଚାହୁଁଛି। ଟିକେ ବିଶ୍ରାମ ପାଇବାପରେ ଆଗକୁ ଚାଲୁଥିବା କଥାରେ ତାଙ୍କର ଜୀବନ ଯେମିତି ଫେରିଆସେ। ଜୋସ ଚାଲିଆସେ। ଗତ ତିନି ବର୍ଷହେଲା କୁସୁମ ମାଈଙ୍କ ପଛରେ ଛିଡ଼ାହୋଇ ତାଙ୍କ ଗୀତରେ ସାଙ୍ଗ ଦେଇଆସୁଛି। ମାଈଜୀ ନିରୂପଣ କରନ୍ତି ଏବଂ ମଝିରେ ଆସୁଥିବା ଶ୍ଳୋକ, ଅଭଙ୍ଗ, ଓବି, ସାକି, ଦିଣ୍ଡି, ଗୀତ ସବୁକିଛି କୁସୁମ

ଗାଏ । ମଧୁର ସ୍ୱରରେ ମାଈ ଜୀଙ୍କ କିର୍ତ୍ତନ ଏକ ଅଦ୍‌ଭୁତ ଉଚ୍ଚତାକୁ ଛୁଇଁଯାଏ । ମାଈଜୀଙ୍କ କିର୍ତ୍ତନ ସୁନାର ଗହଣା ଏବଂ କୁସୁମର ସ୍ୱର, ଯେମିତି ସେଥିରେ ଜଡ଼ିତ ଥିବା ଚକ୍‌ମକ୍ ହୀରା ।

କୁସୁମର ଗୀତ ଗାଇବା ହଠାତ୍ ମାଈଙ୍କ ସାମନାକୁ ଆସିଲା, ଯେବେ ସେ ତାଙ୍କ ଘରକୁ ଆସିଥିଲା, ମୁହଁ ବନ୍ଦକରି ରହୁଥିଲା । ଦରକାର ପଡ଼ିଲେ କେବଳ ହଁ କି ନାଁରେ ଜବାବ ଦେଉଥିଲା । ଦେଖୁଥିବା ଲୋକେ ଭାବୁଥିଲେ ସେ ମୂକ । ମାଈଙ୍କ ଘରକୁ ଆସିବାପରେ ତାଙ୍କ ଘର କାମରେ ସାହାଯ୍ୟ କରୁଥିଲା । ତା'ର ପିଲାଦିନରୁ କାମ କରିବାରେ ଅଭ୍ୟାସ ଥିଲା । ଧୀରେ ଧୀରେ ତା'ର ଦାୟିତ୍ୱ ବଢ଼ିବାକୁ ଲାଗିଲା । ମାଈଜୀ ମଧ ତା' ଉପରେ ନିର୍ଭର କରିବାକୁ ଲାଗିଲେ । ସେ ଆସିବାପରେ ମାଈଙ୍କୁ ପଢ଼ିବାପାଇଁ, ନୂଆ ନୂଆ ଆଖ୍ୟାନ ରଚନା କରିବାକୁ ବେଶୀ ସମୟ ମିଳିଲା । ବାହାରୁ ହାଲିଆ ହୋଇ ଫେରିଲେ ତାଙ୍କୁ ଟିକେ ଟା' ସରବତ୍ ମିଳିଯାଉଥିଲା । ବଜାର ଯାଇ ଦରକାରୀ ଜିନିଷ ଆଣିବା, ରୋଷେଇ କରିବା, ଘର ସଫାସୁତୁରା ରଖିବା ଏସବୁ ସେ କୁଶଳତାର ସହ କରୁଥିଲା । କିନ୍ତୁ କିଏ ଯଦି ସାମନାକୁ ଚାଲିଆସୁଥିଲା ସେ ହଡ଼ବଡ଼େଇଯାଇ କିଛି ନା କିଛି ଭୁଲ କରିବସୁଥିଲା । ତା' ମୁହଁରେ ପାଗଳାମୀର ଭାବ ଦେଖି ମାଈ ଚିଡ଼ିଯାଆନ୍ତି । ଚିଲ୍ଲେଇ କୁହନ୍ତି, ହେ ପାଗିଳୀ, ତୋ ଧ୍ୟାନ କୋଉଠି ରହୁଛି ?

ମାଈଙ୍କୁ କେବେ କେବେ ନିଜ ଉପରେ ରାଗ ଆସେ । ବିଚାରୀର କି ଭୁଲ ? ରୂପ କଣ କାହା ହାତରେ ଅଛି ?ମୁଁ ନିଜେ ପ୍ରବଚନରେ କହୁଛି, ଉପର ରଙ୍ଗରେ କାହିଁକି ମୋହିତ ହେଉଛ ? ଏହା କେବଳ କ'ଣ ଖାଲି ପ୍ରବଚନ ଦେବାପାଇଁ ? ତା'ପରେ କୁସୁମ ପ୍ରତି ତାଙ୍କ ମନରେ ମମତା ଜାଗିଉଠିଲା । କିନ୍ତୁ ତାହା କେମିତି ବ୍ୟକ୍ତ କରିବେ ତାହା ବୁଝିପାରୁନଥିଲେ । ଗତ ଛଅ ସାତ ବର୍ଷ ହେଲା କୁସୁମ ପ୍ରତି ତାଙ୍କ ମନରେ କରୁଣା ଏବଂ ଘୃଣା ଭିତରେ ତାଙ୍କ ମନ ଆନ୍ଦୋଳିତ ହେଉଥିଲା । କୁସୁମ ଅଠର ବର୍ଷ ହୋଇଯାଇଥିଲା । ଚୁପ୍‌ଚାପ୍ ଘରକାମ କରିଚାଲିଥିଲା, ଦେଖୁଥିବା ଲୋକେ ଭାବନ୍ତି ମୂକ ଝିଅଟା ।

ସେଦିନ ପାଲଘରୁ କିର୍ତ୍ତନ ସମାପ୍ତ କରି ମାଈ ଘରକୁ ଫେରିଲେ, ଘର ଭିତରୁ ଅତ୍ୟନ୍ତ ସୁନ୍ଦର ସ୍ୱରରେ ଗୀତ ତାଙ୍କୁ ଶୁଣାଗଲା ।

ମାଈଙ୍କ ମନକୁ ଆସିଲା, ଏତେ ସୁନ୍ଦର ସ୍ୱରରେ କିଏ ଗୀତ ଗାଉଛି ! ଘରେ ତ ଆଉକେହି ନାହାନ୍ତି । କାମ କରୁ କରୁ କୁସୁମ ଗୀତ ଗାଉଥିଲା । ଏକଦମ..ମୁକ୍ତ କଣ୍ଠରେ ଏତେ ସୁନ୍ଦର ପରିଷ୍କାର ସ୍ୱରରେ ଗାଉଥିଲା ଯେ ମାଈ ଆସିବାକଥା ସେ ଜାଣିପାରି ନଥିଲା ।

ହଠାତ୍ ତା'ର ଧ୍ୟାନ ମାଈଙ୍କ ଆଡ଼କୁ ଚାଲିଗଲା ତା'ପରେ ସେ ଘାବରେଇଗଲା। ଫୁଲଦାନୀରେ ପାଣି ଦେଉଥିଲା ତାହା ହାତରୁ ଖସି ଚୁରମାର ହୋଇଗଲା। ତା' ମୁହଁରେ ପାଗଳପଣର ଛିଟା ଛାଇଗଲା। ସେ ଡରି ଡରି କାଚ ଖଣ୍ଡକୁ ଗୋଟାଉଥିଲା। ମାଈ କହିଲେ, କୁସୁମ ଫୁଲଦାନୀ ଭାଙ୍ଗିଗଲା ତ କୋଉ ପାହାଡ଼ ଖସି ପଡ଼ିଲା ? ଏତେ ଡରିବାର କୌଣସି କାରଣ ନାହିଁ।

ଆଜି ପ୍ରଥମଥର ମାଈ ପାଗଳ ନକହି ତା' ନାଁ ରେ ସମ୍ବୋଧିତ କଲେ। ଯେଉଁ ପାଟିରୁ ନିଆଁ ବାହାରୁଥିଲା, ସେହି ପାଟିରୁ ମଧୁର କଥା ବାହାରିଲା। ସେଇ ସମୟ ମାଈଙ୍କର ଦିବ୍ୟ ଅନୁଭୂତିର ସମୟ ଥିଲା। ତାଙ୍କୁ ଲାଗିଲା, ଈଶ୍ୱର କୁସୁମକୁ ରୂପ ଦେବାରେ କଂଜୁସ ନିଶ୍ଚୟ କରିଛନ୍ତି କିନ୍ତୁ ତାକୁ ଦିବ୍ୟ ସ୍ୱର ବରଦାନ ଭାବେ ଦେଇଛନ୍ତି। ଭଗବାନ ତା' ଗଳା ତିଆରି କରିବା ସମୟରେ ସେଥିରେ ଦିବ୍ୟ ସ୍ୱରର ବୀଜ ରୋପଣ କରିଛନ୍ତି। ସେଦିନ ତା' ଗୀତ ଶୁଣିବାପରେ ମାଈ ଦୃଢ଼ ଭାବେ ସ୍ଥିର କଲେ ସେ ତାକୁ କିର୍ତ୍ତନରେ ଗାଇବାକୁ ଅଭଙ୍ଗ ଶିଖାଇବେ ଏବଂ ତାକୁ ସାଙ୍ଗରେ ନେବେ। ସେ କୁସୁମକୁ କହିଲେ, କାଲିଠାରୁ ଅଭ୍ୟାସ ଆରମ୍ଭ କରିବା। କିର୍ତ୍ତନରେ ଗାଉଥିବା ପଦ, ଓବି, ଅଭଙ୍ଗ, ସାକି, ଦିଣ୍ଡୀ, ଦୋହେ ସବୁର ପ୍ରସ୍ତୁତି ମାଈ ନିଜ ଘରେ କରୁଥିଲେ। ହାର୍ମୋନିୟମ, ତବଲା ଇତ୍ୟାଦି ବଜାଇବାବାଲା ଅଭ୍ୟାସ ପାଇଁ କେବେ କେବେ ମାଈଙ୍କ ଘରକୁ ଆସନ୍ତି। ସବୁବେଳେ ଘରେ ହେଉଥିବା ଗୀତର ଅଭ୍ୟାସ ଶୁଣି ଶୁଣି କୁସୁମର ସବୁ କଣ୍ଠସ୍ଥ ହୋଇଥିଲା। ମାଈ ଯେତେବେଳେ କିର୍ତ୍ତନରେ ଗାଉଥିବା ଗୀତ ଶିଖାଇଲେ, ତାଙ୍କର ଅନୁଭବ ହେଲା, କୁସୁମକୁ ସବୁ ଶିଖାଇବା ଦରକାର ନାହିଁ। ପ୍ରାୟ ସବୁ ତାକୁ ଜଣାଅଛି। କେବଳ କମ ଅଛିତ ଆତ୍ମବିଶ୍ୱାସର ଅଭାବ। ସେ ଭଲ ଗାଏ କିନ୍ତୁ ବଜାଇବାବାଲାଙ୍କ ସାଙ୍ଗରେ ହଡ଼ବଡ଼େଇ ଯାଏ। ସବୁକିଛି ଭୁଲିଯାଏ।ଦିନେ ସେ ମାଈଙ୍କୁ କହିଲା, ମୋ ଦ୍ୱାରା ଏସବୁ ହେବନାହିଁ। ଲୋକଙ୍କ ସାମନାରେ ଗାଇପାରିବି ନାହିଁ।

ମାଈ ଧମକେଇ କହିଲେ, ତୋତେ ସବୁ ଆସିବ। ଯଦି ତୋର ଏହି ଘରେ ରହିବାର ଅଛି, ତା'ହେଲେ ଗୀତ ଶିଖିବାକୁ ପଡ଼ିବ। ମୋ ସାଙ୍ଗରେ ଗାଇବାକୁ ହେବ।

ବିଚାରୀ କଣ କରିବ ? ମାଈଜୀଙ୍କ ବ୍ୟତିତତା'ର ଚାରା ଆଉ କାହିଁ। କୁସୁମର ଅଭ୍ୟାସ ଆରମ୍ଭ ହେଲା। ମାଈଙ୍କଠାରୁ ବି ସୁନ୍ଦର, ଭାବପୂର୍ଣ୍ଣ, ଲାଳିତ୍ୟରେ ଗାଇଲା। ଗାଇବା ସମୟରେ ସବୁବେଳ ଭଳି ସେ ପାଗିଳୀ, ବାଲୁରୀ କୁସୁମ ହୋଇ ରହିଲାନି। ଅଲଗା ଲାଗୁଥିଲା। ଗନ୍ଧର୍ବଲୋକରୁ ଓହ୍ଲାଇ ଆସିଥିବା କୌଣସି ଗନ୍ଧର୍ବକନ୍ୟା। ଗତ

ତିନି ବର୍ଷହେଲା ମାଈଙ୍କ ପଛରେ ଛିଡ଼ାହୋଇ ସେ କିର୍ତ୍ତନରେ ମାଈଙ୍କ ସାଙ୍ଗରେ ଗାଇଚାଲିଛି।

ମାଈଜୀ ଭଜନ କରିବାପାଇଁ କହିଲେ, ରାଧାକୃଷ୍ଣ... ଗୋପାଳକୃଷ୍ଣ...ରାଧାକୃଷ୍ଣ..ଗୋପାଳକୃଷ୍ଣ... ପୁରା ସଭାମଣ୍ଡପ ଗୋପାଳକୃଷ୍ଣଙ୍କ ଜୟଘୋଷରେ ଭରିଗଲା। ତବଲା ଏବଂ ହାରମୋନିୟମ ସହିତ ତାଳି ଏବଂ ଶବ୍ଦ ଏକାକାର ହୋଇଗଲା। ଭଜନର ଗତି ବଢ଼ିଗଲା।

ଆଜି ମାଈଜୀ କୁବ୍ଜାର କଥା ଶୁଣାଇବାର ଥିଲା। ମାଈ କହିବାକୁ ଲାଗିଲେ, 'ମଣିଷର ବାହାର ରୂପ ଅପେକ୍ଷା ତା'ର ଅନ୍ତରର ଭାବନା ମହତ୍ତ୍ୱପୂର୍ଣ୍ଣ ଅଟେ। ଇଶ୍ୱର ବି ତାହା ଚାହାଁନ୍ତି। ଇଶ୍ୱରଙ୍କ ଉପରେ ନିତ୍ୟାନ୍ତ ଶ୍ରଦ୍ଧା ରଖିବାବାଲାଙ୍କୁ କୁବ୍ଜାଙ୍କ କଥା ଜଣାଥିବ। ଚାଲନ୍ତୁ ଆଜି ଆମେ ମଥୁରା ଯିବା।'

ମଥୁରାକୁ ଆଜି ଭଗବାନ କୃଷ୍ଣ ଆସୁଛନ୍ତି। ଆଜି କିଛି ବିଶେଷ କଥା ହେବ। ସମସ୍ତଙ୍କ ମନ ବିଚଳିତ। ମନରେ ଅଜଣା କୌତୁହଳ, ତା' ସହିତ କିଛି ଚିନ୍ତା, ବିଚଳିତ ଭାବ। ଅଷ୍ଟ୍ରବକ୍ର, ଯାହାର ଶରୀର ତେଢ଼ାମେଢ଼ା, କୁବ୍ଜା ମନଭିତରେ ଭାବୁଥିଲା, ଆଜି ମୋତେ କୃଷ୍ଣଦର୍ଶନ ହେବନା ? ମୁଁ କ'ଣ ତାଙ୍କ ପାଦଉପରେ ମଥା ରଖିପାରିବି ?

କେତେ ଦିନ ହୋଇଗଲାଣି, ଏହି ମୁହୂର୍ତ୍ତକୁ ଅପେକ୍ଷା କରି ସାରା ରାତି ଉଜାଗର ରହିଛି। ମଧ୍ୟରାତ୍ରିରେ ମୁଁ ଯମୁନାସ୍ନାନ ପାଇଁ ଯାଇଥିଲି। କିଏ ଦେଖି ମୋ ରୂପକୁ ଉପହାସ ନକରୁ, ଥଟ୍ଟା ନକରୁ, ସେଥିପାଇଁ କେତେ ଦିନ ହେଲାଣି ମଧ୍ୟପ୍ରହରରେ ସ୍ନାନ କରିବାକୁ ପଣ କରିଥିଲି। ସେଇ ମଧ୍ୟରାତ୍ରିରେ, ନଦୀର ସେପାରିରୁ ଆସୁଥିବା କୃଷ୍ଣଙ୍କ ମୁରଲୀର ସ୍ୱର ଶୁଣିଲି ଏବଂ ମୋତେ ଲାଗିଲା, ମୋ ଜୀବନ ସାର୍ଥକ ହୋଇଗଲା।

ମାଈଜୀଙ୍କ ରସାଳ ପ୍ରବଚନ ସାମନାରେ ସାକ୍ଷାତ୍ କୁବ୍ଜାକୁ ଛିଡ଼ା କରାଇଦେଲେ। ତାଙ୍କ ମନ ସ୍ୱଷ୍ଟ ହେଉଥିଲା। କଳା ସ୍ଲେଟ ଉପରେ ଲେଖାଥିବା ଧଳା ଅକ୍ଷର ଭଳି ଶ୍ରୋତା କୁବ୍ଜାଙ୍କ ମନକୁ ପଢ଼ିବାକୁ ଲାଗିଥିଲେ। ହାତକୁ ପଛ କରି ମାଈଜୀ କୁସୁମକୁ ଇସାରା କଲେ। ସେ ଗାଇବାକୁ ଲାଗିଲା..ଏବେ ରାଧା ଶୋଇଛନ୍ତି। ସାରା ଗୋକୁଳ ଶୋଇଛନ୍ତି। ଏମିତିରେ ସେପାରିରେ ବଂଶୀର ଏହି ମଧୁର ସ୍ୱର କାହିଁକି ବାଜୁଛି ?

ମୁରଲୀର ସେଇ ସ୍ୱର କୁସୁମକୁ ବି ଶୁଣାଗଲା। ତା' କାନରେ ସେଇ ସ୍ୱର ଗୁଞ୍ଜରିତ ହେଲା। ଯେମିତି ପୁରା ବିଶ୍ୱକୁ ନିଜ ଓଠରେ ଲଗାଇ କୁବ୍ଜା ମୁରଲୀର ସ୍ୱର ପିଇଯାଉଛି।

କୁବ୍ଜା କାଇଁ ? ସେ କୁସ୍ମି ଥିଲା, କିମ୍ବା କୃଷ୍ଣଯୁଗର ସେଇ କୁବ୍ଜା, ଆଜିର ଯୁଗର କୁସ୍ମି ହୋଇଛି ଏବଂ ଧୀରେ ଧୀରେ ନିଜ ଭୂତକାଳରେ ପ୍ରବେଶ କରୁଥିଲା।

ମାଇଜୀ କହିବାକୁ ଲାଗିଲେ, ମଥୁରାର ରାଜରାସ୍ତାରେ ସମସ୍ତେ ଶ୍ରୀକୃଷ୍ଣଙ୍କ ଅପେକ୍ଷାରେ ଥିଲେ। ଏହି ସମୟରେ କୁବ୍ଜା ଲଡ଼ଲଡ଼ ହୋଇ ଆଗକୁ ବଢ଼ିଲା। କିଛି ଲୋକ କହିବାକୁ ଲାଗିଲେ... 'କୁସୁମ ସାକି ଗୀତ ଆରମ୍ଭ କଲା, କୁବ୍ଜା ତୁମେ ଆଗକୁ ବଢ଼ନାହିଁ। ଅମଣିଷ ହୁଅନା, ଅଶୁଭ କରନାହିଁ। ଏଠାକୁ ଯେକୌଣସି ସମୟରେ ନନ୍ଦଙ୍କ କାହ୍ନା ଆସିବେ।'

ମାଇଜୀ ପ୍ରବଚନ ଦେବା ଆରମ୍ଭ କଲେ..କୁବ୍ଜା ପଚାରିଲା, ମୋତେ ଦର୍ଶନ କରି ଭଗବାନଙ୍କର ଅଶୁଭ ହୋଇଯିବ ?ଭକ୍ତକୁ ଦେଖିଲେ ଭଗବାନଙ୍କର ଯଦି ଅଶୁଭ ହୋଇଯିବ ତା'ହେଲେ ସେ କେମିତିକା ଭଗବାନ ?

ସେ ମନଭିତରେ କହିବାକୁ ଲାଗିଲା, କେତେ ବର୍ଷ ହୋଇଗଲାଣି ଏହି ମୁହୂର୍ତ୍ତର ପ୍ରତିକ୍ଷାରେ ହିଁ ମୁଁ ବଞ୍ଚିରହିଛି। ଏହି ମୁହୂର୍ତ୍ତର ପ୍ରତିକ୍ଷାରେ ମୁଁ ମୋ ଜୀବନର ପ୍ରତିଟି ଶ୍ୱାସ ଗଣୁଛି...।

ସଭାମଣ୍ଡପରେ ଥିବା ଉପସ୍ଥିତ ଶ୍ରୋତା ମୁଗ୍ଧ ହୋଇ ମାଇଜୀଙ୍କ କଥା ଶୁଣୁଥିଲେ। କୁବ୍ଜାର ଭାବନା ଚରମସୀମାରେ ପହଞ୍ଚିଥିଲା।

ମାଇ ପରବର୍ତ୍ତୀ କଥା ଶୁଣାଇବାକୁ ଲାଗିଲେ। ସେତେବେଳେ ଆସିଲେ..ଆସିଲେ..କୃଷ୍ଣଦେବ ଆସିଗଲେ। ଗୋପାଳକୃଷ୍ଣ ମହାରାଜଙ୍କର ଜୟ। ମଥୁରାର ପ୍ରଜାଗଣ କୃଷ୍ଣଦେବଙ୍କର ଜୟଜୟକାର କଲେ। ସେଇ ସମୟରେ ମାଇଜୀଙ୍କ ସ୍ୱରରେ ସ୍ୱର ମିଶାଇ ସଭାମଣ୍ଡପରେ ଉପସ୍ଥିତ ଶ୍ରୋତାମାନେ ବି ଜୟଜୟକାର କଲେ।

କୃଷ୍ଣଦେବ ଆସିଗଲେ। କୁବ୍ଜା ଆଗକୁ ବଢ଼ିଲା। ସୈନିକମାନେ ତାକୁ ପଛରୁ ଟାଣିଆଣିଲେ। କିନ୍ତୁ ଆଜି କେଜାଣି କେମିତି ତା' ଦେହରେ କୋଉଠୁ ଏତେ ବଳ ଚାଲିଆସିଲା, ତାଙ୍କୁ ଧକ୍କା ଦେଇ ଆଗକୁ ବଢ଼ିଲା। ହାତରେ ଚାନ୍ଦିର ଥାଳି, ଥାଳିରେ ଚନ୍ଦନ, ଅନ୍ୟହାତରେ ମଲ୍ଲୀଫୁଲର ମାଳ..ଏହିସବୁ କରିବାପାଇଁ ତାକୁ ରାତିସାରା କଷ୍ଟ ଉଠାଇବାକୁ ପଡ଼ିଥିଲା। କୃଷ୍ଣଙ୍କୁ ଏହିସବୁ ଅର୍ପଣ କରି ତା' କଷ୍ଟ ସାର୍ଥକ ହେବାରଥିଲା।

ମାଇଜୀ କୁସୁମକୁ ଇସାରା କଲେ। ସେ ଗାଇବାକୁ ଆରମ୍ଭ କଲା, "ମୁଁ ତୁମ ମଥାରେ ଚନ୍ଦନ ଟୀକା ଲଗାଉଛି। ନବକୋମଳ ସୁଗନ୍ଧିତ ପୁଷ୍ପମାଳା ତୁମକୁ ପିନ୍ଧାଉଛି। ହେ ଭକ୍ତବତ୍ସଳ, ମୋ ମନର ଭାବନା ତୁମେ ଜାଣିନିଅ। ଏହି କୁବ୍ଜା ଦାସୀ ତୁମକୁ ବିନତି କରୁଛି, ତୁମ ଚରଣରେ ମୋତେ ଜାଗା ଦିଅ।"

କୁବ୍ଜା ଭଗବାନଙ୍କୁ ଚନ୍ଦନ ଲଗାଇବାର ଥିଲା। ତାଙ୍କ ଗଳାରେ ମାଳା ପିନ୍ଧାଇବାର ଥିଲା, କିନ୍ତୁ ସେ ଏତେ ଲଡ଼ଲଡ଼ ହେଉଥିଲା ଯେ, ତା'ର ହାତ ଏବଂ

କୃଷ୍ଣଙ୍କର ମଥା, ଗଳା ମେଳ ଖାଉନଥିଲା। ଯେତେବେଳେ କୃଷ୍ଣ ନିଜ ପାଦର ଆଙ୍ଗୁଠିରେ କୁବ୍ଜାର ପାଦ ଦବାଇଲେ, ତା'ପରେ ଲଡ଼ଲଡ଼ ହେଉଥିବା କୁବ୍ଜା ସ୍ଥିର ହୋଇଗଲା। ସେ ଚନ୍ଦନ ଲଗାଇ କୃଷ୍ଣଙ୍କୁ ମାଳା ପିନ୍ଧାଇଲା ଏବଂ ଅନନ୍ୟ ଭାବରେ କୃଷ୍ଣଙ୍କ ଶରଣରେ ଆସିଲା। ନିଜର ମୁଣ୍ଡ କୃଷ୍ଣଙ୍କ ପାଦ ଉପରେ ରଖିଲା। ତା'ର ବାହୁକୁ ଧରି କୃଷ୍ଣ ତାକୁ ଉଠାଇଲେ ଏବଂ କି ଆଶ୍ଚର୍ଯ୍ୟ...

ତାଙ୍କ ସ୍ପର୍ଶରେ କୁରୂପ କୁବ୍ଜା ରୂପବତୀ ହୋଇଗଲା। ଭଗବାନଙ୍କର ଅଗାଧ ଲୀଳା ମଥୁରାର ସମସ୍ତ ନାଗରୀକ ଦେଖିଲେ।ଭଗବାନ ଭକ୍ତର ମନର ଭାବ, ଶ୍ରଦ୍ଧା ଦେଖନ୍ତି। ଶ୍ରଦ୍ଧାଭାବ ବ୍ୟତିତ ଭଗବାନଙ୍କୁ କିଛି ବି ଦରକାର ନାହିଁ।

କୁସୁମ ଭୈରବୀ ଗାଇବାକୁ ଆରମ୍ଭ କରିଥିଲା। ତାର ଅବୋଧ ମନ କୁବ୍ଜା ସ୍ଥାନରେ ନିଜକୁ ଦେଖୁଥିଲା ଏବଂ ଭୈରବୀରେ କୁବ୍ଜା ନକହି କୁସୁମ କହୁଥିଲା। ମାଈଙ୍କ ଧ୍ୟାନରେ ସବୁ ଗଡ଼ବଡ଼ ହୋଇଗଲା, କିନ୍ତୁ ଶ୍ରୋତା କିଛି ବୁଝିପାରୁ ନଥିଲେ। ହୁଏତ ତାଙ୍କୁ ପୂର୍ବ କଥାନୁସାରେ କୁବ୍ଜା ହିଁ ଶୁଣାଯାଉଛି।

କୁସୁମ ଗାଇଚାଲିଥିଲା..ଗାଇ ଚାଲିଥିଲା..। ମାଈ କେତେଥର ତାକୁ ଅଟକାଇବାକୁ ଇସାରା କରୁଥିଲେ, କିନ୍ତୁ କୁସୁମ ଗାଉଥିଲା। ଯେମିତି କୁସୁମ ଭଗବାନଙ୍କ ଚରଣରେ ମଥା ରଖିଛି। ସେ ତାଙ୍କ ଚରଣରେ ଲୀନ ହୋଇଗଲା। ଭଗବାନ ନିଜ ହାତରେ ଉଠାଇଲେ, ଆଉ କଣ ? କୁସୁମ ରୂପବତୀ ହୋଇଗଲା। ଏବେ ଭଗବାନଙ୍କ ଗୁଣଗାନ ବ୍ୟତିତ ତା'ଜୀବନରେ କିଛି ବି ବାକିନଥିଲା। କିଛି ବି..କୁସୁମ ଗାଇ ଚାଲିଥିଲା..ଗାଇ ଚାଲିଥିଲା।

ଛଅଟା ବାଜି ସାରିଥିଲା। କିର୍ତ୍ତନ ସମାପ୍ତ ହେବା ସମୟ ହୋଇଯାଇଥିଲା। କୁସୁମର ଗୀତ ବନ୍ଦ ହେଉନଥିଲା। ଶେଷରେ ତାକୁ ସେମିତି ଗାଇବାକୁ ଛାଡ଼ିଦେଇ ମାଈଜୀ କଥା ସମାପ୍ତି ଆଡ଼କୁ ବଢ଼ିଲେ। ହେ ଭଗବାନ ! ମୋତେ ଏତିକି ଦାନ ଦିଅନ୍ତୁ ଯେ ମୁଁ ତୁମକୁ କେବେ ଭୁଲିବିନି। ଏହା କହି ସେ ପ୍ରାର୍ଥନା କଲେ ଏବଂ ଆଳତୀ ଜଳାଇଲେ।

ଆଳତୀ ଆରମ୍ଭ ହୋଇଗଲା। ତା'ପରେ କୁସୁମର ହୋସ ଆସିଲା। ସେ ଗାଉ ଗାଉ ଅଟକିଗଲା। ଗୀତ ଅଟକିବା ସହିତ, ତା' ମୁହଁର ଚମକ ଲୁପ୍ତ ହୋଇଗଲା। ସେ ଭୁଲ କରିଛି ବୋଲି ତା'ର ଅନୁଭବ ହେଲା। ସେ ଡରିଗଲା। ହଡ଼ବଡ଼ ହୋଇଗଲା। ତା'ପରେ ପାଗିଳୀ ଭଳି ଦେଖାଗଲା। ପ୍ରଜାପତି ସମ୍ଭାଳୁଆ ହେବାକୁ ହୁଏତ ଆରମ୍ଭ ହୋଇଗଲା।

ଆଳତୀର ଥାଳୀ ବୁଲାଗଲା। ସେଥିରେ ପକାଯାଇଥିବା ପଇସା, ଫଳ, ନଡ଼ିଆ,

କିଏ ସବୁ ନେଇ ମାଈଜୀଙ୍କୁ ଦେଇଦେଲା। ଦେଶମୁଖ ବାବୁ ମାଈଜୀଙ୍କୁ ରହିବାକୁ ଯେଉଁ ଘର ଦେଇଥିଲେ, ସେଇଆଡ଼କୁ ମାଈଜୀ ଯିବାକୁ ଲାଗିଲେ। ତାଙ୍କ ପଛେ ପଛେ ଡରି, ସାଙ୍କୁଳି ହୋଇ, ପାଦ ଘୋଷାରି, ସମ୍ବାଲୁଆ ଭଳି କୁସୁମ ବି ଯିବାକୁ ଲାଗିଲା।

ଆଜି ପ୍ରଥମଥର ମାଈଜୀଙ୍କର ଅନୁଭବ ହେଲା, କୁସୁମ ଏତେ କୁରୂପୀ ନୁହେଁ, ଯେତିକି ଲୋକେ ଭାବନ୍ତି। ସେ କୁରୂପୀ ଲାଗେ, ଏହାର କାରଣ ଆତ୍ମବିଶ୍ୱାସର ଅଭାବ। ଗାଇବା ସମୟରେ ସେ କେତେ ଅଲଗା, କେତେ ତେଜସ୍ୱୀ ଲାଗେ, ଯେମିତି କୋଷରୁ ବାହାରି ସମ୍ବାଲୁଆ ପ୍ରଜାପତି ହୋଇଗଲା...ରଙ୍ଗବେରଙ୍ଗୀ ପ୍ରଜାପତି।

ମାଈ ସ୍ଥିର କଲେ, ଏବେ ଏହି ପ୍ରଜାପତିକୁ ସମ୍ବାଲୁଆରେ ପରିବର୍ତ୍ତିତ କରିବାକୁ ଦେବେନାହିଁ। ଆତ୍ମବିଶ୍ୱାସର କୃଷ୍ଣସ୍ପର୍ଶ ତାକୁ ଦେବେ। ଏବେ ତାକୁ କୌଣସି ଭଲ ସଙ୍ଗୀତଜ୍ଞ ପାଖକୁ ଗୀତ ଶିଖାଇବା ପାଇଁ ପଠାଇବେ। କିର୍ତ୍ତନ ଶିଖାଇବେ। ତାକୁ ସ୍ୱାବଲମ୍ବୀ, ସ୍ୱୟଂସମ୍ପୂର୍ଣ୍ଣା କରିବେ। ତାଙ୍କ ହୃଦୟରେ ହଠାତ୍ କୁସୁମ ପ୍ରତି ପ୍ରେମର ସାଗର ଉଚ୍ଛୁଳି ପଡ଼ିଲା।

ଆଜି କ'ଣ ମାଈଙ୍କ ଭାବନାକୁ 'କୃଷ୍ଣସ୍ପର୍ଶ' ହୋଇଥିଲା ?

ଗଙ୍ଗଶିଉଲୀର ମହକ

ତ୍ରିପୁରା- ସ୍ନେହମୟରାୟ ଚୌଧୁରୀ

ବୁବର୍ତ୍ତୀକୁ ପୂଜାଅର୍ଚ୍ଚନା ଏବେ ଆଉ ଏତେ ଉତ୍ସାହିତ କରି ପାରେନା। ଏକ ପ୍ରକାର ନିରାସା ତା' ମନଭିତରେ ଆନ୍ଦୋଳିତ କରେ। ଗତ ପାଞ୍ଚଛ ଛଅ ବର୍ଷହେଲାସେ କୌଣସି ପୂଜାପେଣ୍ଡାଲକୁ ମଧ୍ୟ ଯାଇନି। ଏବେ ସେସବୁ କରି ପାରୁନି, କାରଣ ମନ ଚାହୁଁନି। ଏମିତି ଏକ ଶରତ ଋତୁରେ ସେ ତା' ଭାଇକୁ ହରାଇଛି। ଲକ୍ଷ୍ମୀ ପୂଜା ଦିନ ତା' ଭାଇର ମର୍ଡର ହୋଇଥିଲା। ଏହି ଋତୁ ପ୍ରତି ତାର ବିତୃଷ୍ଣା ଆସିଯାଇଛି। ଏହି ପୂଜା ପାର୍ବଣ ଆସିଲେ ତା' ମନରେ ଗଭୀର ଆଘାତ ଆସେ ଏବଂ ଏକ ଭୟର ଶିହରଣ ତା' ଦେହରେ ଖେଳିଯାଏ।

ବୁବର୍ତ୍ତୀର ପିଲାଦିନ ତା' ଭାଇଙ୍କ ସହିତ ଅଗରତାଲାରେ କଟିଥିଲା। ତା' ଭାଇ 'ଗଣକରେ'ସେଇ ସହରରେ ଚାକିରି କରୁଥିଲେ। ତା' ବାପା'ଝୁମିଆ ଗନକଫା' ତାଙ୍କ ଗେହ୍ଲା ଝିଅକୁସେଠାରେ ପଢ଼ିବାକୁ ପଠାଇ ଦେଇଥିଲେ। ଝୁମୁଥିବାକ୍ଷେତରୁ ଆସି ସହରର ସ୍କୁଲରେ ପହଞ୍ଚି ଯାଇଥିଲା।ସେଠାରେ ଚତୁର୍ଥଶ୍ରେଣୀରେ ସେ ନାଁଲେଖାଇଥିଲା ଏବଂ ଅଷ୍ଟମ ଶ୍ରେଣୀଯାଏ ପଢିଲା। ସେତିକି ହିଁ ତା' ସ୍କୁଲ ଜୀବନର ଶେଷ ଥିଲା। କିଶୋରୀ ଅବସ୍ଥାରେ ପ୍ରବେଶ କରିବାକ୍ଷଣି ତା' ଭାଗ୍ୟ ତାକୁ ପୁଣି କ୍ଷେତକୁ ଟାଣିନେଇ ଯାଇଥିଲା। ଆଜିବି ଝୁମୁଥିବା କ୍ଷେତରେ କାମ କରୁଥିବାବେଳେ ସେଇ ସ୍କୁଲ ସମୟର ସ୍ମୃତି ତା'ର ମନେପଡ଼ିଯାଏ ଏବଂ ତାକୁ ବିଚଳିତ କରେ।

ଏବେ ଦୋହୋଲୁଥିବା କ୍ଷେତରେ ଫସଲ କଟା ଶେଷ ହୋଇଛି। ତେଣୁ ବୁବର୍ତ୍ତୀର ଏବେ ବ୍ୟସ୍ତତା ନାହିଁ। ସକାଳୁ ଉଠିବା ପୂର୍ବରୁ ବାତାବରଣରେ

ଖେଳିଯାଉଥିବା ଗଙ୍ଗଶିଉଳିର ମଧୁର ସୁଗନ୍ଧକୁ ମନଭରି ଆଘ୍ରାଣ କରେ। ରାତିରେବିସେମିତିସେ କରୁଥିଲା।ତେବେବିସେଇ ସୁଗନ୍ଧରେ ତା' ମସ୍ତିସ୍କ ଝିନ୍‌ଝିନ୍ କରି ଉଠୁଥିଲା। 'ଗଙ୍ଗଶିଉଳିର ସୁଗନ୍ଧ'। ଏହା କ'ଣ ଗଙ୍ଗଶିଉଳି ଫୁଟିବାର ଦିନ ? ଏହାର ଅର୍ଥ ପୂଜାପାର୍ବଣ ଦିନ ଆସିଗଲା! ଏହି ସୁଗନ୍ଧ ଯେମିତି ତାକୁ ଯାଦୁ କରି ଦେଇଥିଲା।

ସେ ବିଛଣାରୁ ଉଠିଆସି ପ୍ରାୟ ଦୌଡିଯାଇ ଗଙ୍ଗଶିଉଳି ଗଛ ପାଖରେ ଛିଡା ହୋଇଗଲା। "ଆରେ ଏତେ ଗୁଡାଏ ଫୁଲ ?ଯେମିତି ଗଛରେ ଯୌବନ ଆସିଯାଇଛି! ମୁଁ ଏହାକୁ ଅନୁଭବ କରିପାରୁନି।" ଗଛ ତଳେ ବିଛେଇ ହୋଇ ପଡିଥିବା ଧଳା ଗାଲିଚା ଉପରେ ବୁବର୍ତ୍ତୀ ନଜର ବୁଲାଇଆଣିଲା। ତା' ମନ ଉତଫୁଲ୍ଲିତ ହେଇଗଲା।ବୁବର୍ତ୍ତୀକୁ ଲାଗିଲା ଆକାଶକୁଘେରି ରହିଥିବା ଧଳା ବାଦଲ ଖଣ୍ଡ ପରୀ ରୂପ ଧାରଣ କରି ତା' ମନକୁ ନିଜ ସାଥିରେ ଧରି ତାକୁ କାହିଁକେତେ ଦୂର ନେଇଯାଉଛି। ବାସ୍ତବିକତାକୁ ଭୁଲି, ସେ ତା'ପ୍ରେମିକ କଚକରୟ ସାଙ୍ଗରେ ବିତାଇଥିବା ସମୟ ଏବଂକେତେବେଳେ ପୂଜା ଦିନ ମାନଙ୍କର ସ୍ମୃତିରେ ଡୁବି ଯାଉଥିଲା।

ଅଗରତାଲାକୁ ତା'ର ପ୍ରଥମ ଯାତ୍ରା କଥା ସେ ଭୁଲିନି। ବୁବର୍ତ୍ତୀସେଇ ଦିନକୁ ନିଜଠୁ ଅଲଗା କରି ପାରେନି।ସେଠାକୁ ପ୍ରଥମ ଯାତ୍ରା ଏବଂପହଞ୍ଚିବା କ୍ଷଣିପେଣ୍ଡାଲ ବୁଲିଦେଖିବା, ସେସବୁ କଥା ଭାବିବାକ୍ଷଣିସେ ନିଜ ଭିତରେ କୁଆଡେ ହଜିଯାଏ। ଆଖି ଲୁହରେ ଝାପ୍‌ସାହୋଇଯାଏ।

ବାପା ମା'ଙ୍କୁ ଛାଡ଼ି ଯେତେବେଳେ ଅଗରତାଲା ଯିବାକୁ ବାହାରିଲା, ସେତେବେଳେ ସେ କେମିତି କଇଁ କଇଁ ହେଇ କାନ୍ଦିଥିଲା। କେମିତି କାନ୍ଦି ନଥାନ୍ତା ?ପାହାଡ କୋଳରେ ଥିବା ସବୁଜ ବନାନୀରେ ପରିପୂର୍ଣ୍ଣ ସୌନ୍ଦର୍ଯ୍ୟରେ ଭରା ତା' ଗାଁ, ବାପା ମା', ସାଙ୍ଗସାଥିମାନଙ୍କୁ ଛାଡି ଯାଉଥିବାର ଦୁଃଖ ଏବଂ ନିଷ୍ପ୍ରାଣ ସହରର ଅଦେଖା ବାତାବରଣକୁ ସାମ୍ନା କରିବାର ଭୟ ତାକୁ କନ୍ଦାଇବାର ଯଥେଷ୍ଟ କାରଣ ଥିଲା। କିନ୍ତୁ ଭାଇ ଭାଉଜଙ୍କ ସ୍ନେହ ପାଇ ସେଇ ପରିବେଶରେ ଖାପ ଖୁଆଇବାକୁ ସେ ଚେଷ୍ଟା କରିଥିଲା। ତା'ପରେ ନୂଆ ସ୍କୁଲରେ ନାମ ଲେଖାଇ, ନୂଆ ନୂଆ ସାଙ୍ଗ କରିବା, ସ୍କୁଲର ନୂତନ ପରିବେଶରେ ନିଜକୁ ଖାପ ଖୁଆଇ ସବୁ ଯେମିତି ସ୍ୱାଭାବିକଭାବେ ସମୟ ଗଡି ଚାଲିଥିଲା। ଧୀରେ ଧୀରେ ସେ ଘର ଛାଡିବା ଦୁଃଖକୁ ଭୁଲି ଯାଇଥିଲା ଏବଂ ଅଗରତାଲାର ତୀବ୍ର ସୁଗନ୍ଧରେ କେତେବେଳେ ଯେ ସେ ତା' ସ୍ମୃତିକୁ ହଜେଇ ଦେଇଥିଲା ଜାଣି ପାରିଲାନି।

ସମୟ ଗଡିବା ସହିତ ବୁବର୍ତ୍ତୀ ବଡ ହେବାକୁ ଲାଗିଲା।ସେ ଯୌବନରେ

ପଦାର୍ପଣ କରି ସାରିଥିଲା। ଏହା ମଧ୍ୟରେ ସେ ବଙ୍ଗଳା ଭାଷା ଶିଖି ସାରିଥିଲା।ସେ ଯେତେବେଳେ ବଙ୍ଗଳା କୁହେ ତାକୁ ସମସ୍ତେ ବଙ୍ଗାଳୀବୋଲି ଭାବନ୍ତି। ତା' ପରିଚିତି ବଢ଼ିଯାଇଥିଲା। ସାଙ୍ଗମାନଙ୍କ ଲମ୍ବା ଲିଷ୍ଟ ମଧ୍ୟ ବଢ଼ିଯାଇଥିଲା ଏବଂ ଏହିଭାବେ ବୁବର୍ତ୍ତୀ ରୂପୀ ବଣ ମଲ୍ଲୀର ସୁଗନ୍ଧବି ଚତୁର୍ଦ୍ଦିଗ ବିଛୁଡିହୋଇ ପଡ଼ିଥିଲା।

ତଳେ ବିଛୁଡ଼ିହୋଇ ପଡିଥିବା ଗଙ୍ଗଶିଉଳି ଫୁଲକୁ ଏକାଠି କରୁଥିବା ବେଳେ ତା' ମନ ଉଦାସ ହୋଇଯାଉଥିଲା। ଶେଷ ଥର ମା'ଙ୍କ ପୂଜାବେଳ କଥା ତା'ର ମନେ ପଡିଲା....

ବୁବର୍ତ୍ତୀସେତେବେଳେ ଅଷ୍ଟମ ଶ୍ରେଣୀରେ ପଢୁଥିଲା।ସେଇ ମାସର ଅନୁଭବ ତା' ମନ ତନୁକୁ ଉତଫୁଲ୍ଲିତ କରୁଥିଲା। ସେଇ ବର୍ଷ ତା' ସାଙ୍ଗମାନଙ୍କ ସହିତ ପୂଜାଦେଖିବାପାଇଁ ବାହାରକୁ ଯାଇଥିଲା। ଭାଇ ଭାଉଜଙ୍କ ବିନା ଏହି ଆନନ୍ଦ ଅଧୁରା। ଭାଉଜ ଗର୍ଭବତୀ ଥିବାରୁ ଭାରୀ ଶରୀରକୁ ନେଇ ବଡ କଷ୍ଟରେ ଚାଲୁଥିଲେ। କିନ୍ତୁ ଏହି ପୂଜା ବୁବର୍ତ୍ତୀ ଜୀବନରେ ଜାଣ ବିଶେଷଭାବେ ଉପସ୍ଥିତ ହୋଇଥିଲା।ସେ ନୂଆ ସାଲୁଆର କମିଜି ପିନ୍ଧିଗୋଟିଏ ପେଣ୍ଡାଲରୁ ଆଉଗୋଟିଏ ପେଣ୍ଡାଲ ଘୂରି ବୁଲୁଥିଲା। ଏହି ସହରୀଲୋକଙ୍କ ଠାରୁ ସେ ପଛରେ ପଡ଼ିବାକୁ ଚାହୁଁନଥିଲା ଏବଂ ସେ ବିୟୁଟିପାର୍ଲର ଯାଇ ବଢ଼ିଆ ସଜେଇ ହୋଇଥିଲା। ନୂଆ ଚୁଡ଼ି ଗହଣା ମଧ୍ୟ ପିନ୍ଧିଥିଲା।

ତ୍ରିପୁରାରେ ବିଶେଷଭାବେ ସହରରେ ଦୁର୍ଗା ପୂଜା ସମୟରେ ତୋରୋଣମାନ କରି ବହୁତ ସୁନ୍ଦର ସଜ୍ଜା ହୋଇଥାଏ। ବୁବର୍ତ୍ତୀ ଏବଂ ତା' ସାଙ୍ଗ ସାଥୀମାନେ ନିଜକୁ ଏମିତି ଭାବେ ସଜେଇ ହୋଇଥାନ୍ତି ସତେ ଯେମିତି ସଜ୍ଜା ଯାଇଥବା ପୂଜା ମଣ୍ଡପ ସହିତ ପ୍ରତିଯୋଗୀତା କରୁଛନ୍ତି। ସହରର କ୍ଲବମାନେ ମଣ୍ଡପ ସଜ୍ଜା ପାଇଁ ପରସ୍ପର ମଧ୍ୟରେ ପ୍ରତିଯୋଗୀତା ପାଇଁ ବ୍ୟାକୁଳ ହୋଇ ଉଠନ୍ତି। ଏଥିପାଇଁ ଟଙ୍କା କମ ଖର୍ଚ୍ଚ ହୁଏନି।ସେଇ ସୁନ୍ଦର ଦିନସବୁ ବୁବର୍ତ୍ତୀର ଇଚ୍ଛାକୁ ଜାଗ୍ରତ କରାଏ। ତାକୁ ଅଗରତଲାରେ ପୂଜାର ପ୍ରଥମ ପ୍ରଥମ ଅନୁଭବର ଦିନ କଥା ମନେ ପଡ଼ିଯାଏ।

ସେତେବେଳେ ବୁବର୍ତ୍ତୀ ବହୁତ ଛୋଟ ଥିଲା। ଚତୁର୍ଥରେ ପଢୁଥିଲା।ସେଇ ବର୍ଷ ଭାଇ ଭାଉଜଙ୍କ ହାତ ଧରିସେ ପୂଜାର ଆନନ୍ଦ ଉପଭୋଗ କରୁଥିଲା। ଭାଇ ତା' ପାଇଁ ଗୁଡାଏ ସୁନ୍ଦର ସୁନ୍ଦର ଚୁଡ଼ି ଆଣିଦେଇଥିଲେ। ତା'ଗନକରେ ଭାଇ ତାକୁ ବହୁତ ମିଠା ଖୁଆଇଥିଲେ। ସେଇ ପ୍ରଥମ ପୂଜା ତା'ର କେତେ ସୁନ୍ଦର ଭାବେ ବିତିଥିଲା !

ଆଖପାଖରେ ଥିବା କୌଣସି ଗଛରେ ବସିଥିବା କପୋତର କ୍ରନ୍ଦନ ସ୍ୱର ତା'ର ସୁଖଦ ସ୍ମୃତିରୁ ତାକୁ ଯେମିତି ଟାଣିଆଣିଲା। ଭାଇ ସହିତ ତା'ର ସ୍ମୃତି ଏବଂ ତାଙ୍କ ମୃତ୍ୟୁ କଥା ଭାବି ତା' ଗଳା ରୁନ୍ଧି ହୋଇଗଲା।

ପାଞ୍ଚ ବର୍ଷ ତଳର କଥା । ସେଇ ବର୍ଷ ଦୂର୍ଗା ପୂଜା ପାଳନ ପରେ ଲକ୍ଷ୍ମୀ ପୂଜା ପୂର୍ବରୁ ଭାଇ ଭାଉଜ ଘରକୁ ଆସିଥିଲେ । ଗାଁରେ ପ୍ରତ୍ୟେକ ଘର ଆନନ୍ଦ ମୁଖର ହୋଇଉଠିଥିଲା । ତାଙ୍କ ଘରେ ମଧ୍ୟ ଖୁସିର ବାତାବରଣ ଖେଳି ଯାଇଥିଲା । ସନ୍ଧ୍ୟା ଗଡ଼ିବାପରେ ଗାଁ ଲୋକ ତାଙ୍କ ଘରକୁ ଆସିଥିଲେ ଏବଂ ପୂଜାର ପ୍ରସାଦ ନେଇଥିଲେ । ତାଙ୍କ ଘର ବିଭିନ୍ନ ପ୍ରକାର ପିଠା, ମିଠା ଏବଂ ଫଳମୂଳରେ ଘର ପୁରିଥିଲା । ବିଭିନ୍ନପ୍ରକାର ଖାଦ୍ୟ ପଦାର୍ଥ ତିଆରି ହେବା ସେଠାରେ ତାଙ୍କର ପରମ୍ପରା ଥିଲା । ମା' ଧାନ ପେଣ୍ଡା ପୂର୍ବରୁ ପ୍ରସ୍ତୁତ କରି ରଖିଥିଲା । ତାଙ୍କ ଘର ସେଦିନ ଆନନ୍ଦରେ ଏବଂ ଅତିଥିରେ ଘର ପୁରି ଉଠିଥିଲା । ବୁବର୍ତ୍ତୀ ମଧ୍ୟ ଭାଇ ସାଙ୍ଗରେ ପଡୋଶୀମାନଙ୍କ ଘରକୁ ବୁଲି ଯାଇଥିଲା ଏବଂ ମନ ଭରି ମିଠା, ପିଠା ଖାଇଥିଲା ।ସେ ମନ ଖୋଲି ପୂଜା ପାଳନ କରିଥିଲା । ଘରକୁଫେରିଲାବେଳକୁ ରାତିବେଶୀହୋଇଯାଇଥିଲା । ପୂର୍ଣ୍ଣିମାର ଜ୍ୟୋତ୍ସ୍ନାକିରଣ ପୃଥିବୀ ଉପରେ ବିଛେଇ ହେଇ ପଡ଼ିଥିଲା ।ସେମାନେ ଘରକୁଫେରିବାପରେ ଦେଖିଲେ ମା' ଭାଇ ପାଇଁ ପାଳିଥିବା କୁକୁଡାକୁ ମାରି ମାଂସ ରାନ୍ଧିଛି ।

ବାହାରକୁ ଯିବାବେଳେ ଭାଇ ମା'କୁ କୁକୁଡ଼ା ରାନ୍ଧିବାକୁ ମନା କରିଥିଲେ । କିନ୍ତୁ ମା' ତାଙ୍କ କଥା ଶୁଣିନଥିଲା । ସେମାନେ ଅଗରତଲା ଫେରିବା ପୂର୍ବରୁ ସେମାନଙ୍କୁ କୁକୁଡ଼ା ମାଂସ ଖୁଆଇ ଖୁସି କରିବାକୁ ଚାହୁଁଥିଲା । ମାଂସ ରନ୍ଧା ସରି ଆସୁଥିଲା, ତେଣୁ ଭାଇ ବାପାଙ୍କ ସହିତ କଥା ହେବାକୁ ଚାଲିଗଲେ । ବୁବର୍ତ୍ତୀ ଏବଂ ତା' ଭାଉଜ ମା'କୁ ସାହାଯ୍ୟ କରିବାରେ ଲାଗିଥିଲେ । ଗଙ୍ଗଶିଉଳିର ସୁଗନ୍ଧ ବାତାବରଣରେ ଖେଳିଯାଇଥିଲା । ପୂର୍ଣ୍ଣମୀର ଜ୍ୟୋସ୍ନା ଆଲୋକ ଚାରିଆଡ଼େ ବିଛୁଡ଼ି ପଡ଼ି ଚକ୍‌ମକ୍ କରୁଥିଲା ।

ସେତେବେଳେ ହଠାତ୍ ଖଣ୍ଡେ କଳା ବାଦଲ ଚାନ୍ଦକୁ ଢାଙ୍କିଦେଲା । ଚାରିଆଡେ ଅନ୍ଧାର ଛାଇଗଲା, ବୁବର୍ତ୍ତୀ ର ଘରେ ମଧ୍ୟ କ୍ଷଣକରେ .....

ଛଅ ସାତ ଜଣ ଯୁବକ ଇୟୁନିଫର୍ମ ପିନ୍ଧି ହାତରେ ଏ.କେ ୪୭ ରାଇଫଲ ଧରି ଘର ଭିତରକୁ ଜବରଦସ୍ତ ପଶିଆସିଲେ, ସାଙ୍ଗେ ସାଙ୍ଗେ ଗନକରେ ଭାଇଙ୍କୁ ଧରି ବାହାରକୁ ବାହାରିଗଲେ । କାହା ପାଟିରୁ ଶବ୍ଦଟିଏ ମଧ୍ୟ ବାହାରିଲାନି । ଯିବା ସମୟରେ ଚେତାବନୀ ଦେଇ ଚାଲିଗଲେ "ଯିଏ ବି ପାଟିମୁଣ୍ଡ କରିବ ଗୁଳିରେ ଉଡ଼େଇ ଦେବେ !"

କିଛି ଗୁଳି ଶବ୍ଦ ପରେ ଘରେ ନିସ୍ତବ୍ଧତା ଏବଂ ଆଶଙ୍କା ଛାଇ ଯାଇଥିଲା । ଗନକରେ ଭାଇଙ୍କୁ ହତ୍ୟା କରି ନଦୀ କୂଳରେ ଫିଙ୍ଗି ଦେଇଥିଲେ । ସେ ଆଉ ମା'ର ହାତ ରନ୍ଧା ମାଂସ ତରକାରୀ ଖାଇ ପାରିଲେନି ।

ଭାଇଙ୍କର ଏତିକି ମାତ୍ର ଦୋଷ ଥିଲା, ସେଇ ବର୍ଷ ଚାନ୍ଦା ଦେଇପାରି ନଥିଲେ। ଚାରି ହଜାର ଟଙ୍କା ମାଗିଥିଲେ। କିଛି ବର୍ଷ ହେଲା ତାଙ୍କ ଦାବି ପୂରଣ କରି ଆସୁଥିଲେ କିନ୍ତୁ ସେଇ ବର୍ଷ ଭାଉଜଙ୍କ ରୋଗ ଯୋଗୁ ସେ କରଜ କରିବାକୁ ବାଧ୍ୟ ହୋଇଥିଲେ। ଭାଉଜଙ୍କ ଷ୍ଟୋନ ଅପରେସନରେ କୋଡିଏ ହଜାର ଖର୍ଚ୍ଚ କରିବାକୁ ପଡିଥିଲା। ଏଥିପାଇଁ ତାଙ୍କ ଦାବୀ ପୂରଣ କରିପାରିନଥିଲେ। ଏତିକି ମାତ୍ର କଥା ପାଇଁ ଭାଇଙ୍କ ଜୀବନ ନେଇଗଲେ। ଗନକରେ ଭାଇଙ୍କ ମୃତ୍ୟୁ ପରେ ତାଙ୍କ ସଂସାର ଯେମିତି ଭାଙ୍ଗି ଚୁରମାର ହୋଇଗଲା।

ଗଙ୍ଗଶିଉଳିର ଫୁଲ ବୁବର୍ତ୍ତୀର ହାତରୁ ଖସି ପଡ଼ିଥିଲା।ସେ କିଛି ସମୟ ପାଇଁ ସ୍ମୃତିରେ ହଜି ଯାଇଥିଲା।ଏବେତ ତା'ର ଅନ୍ୟମନସ୍କତା ବଢ଼ିଯାଇଛି। ଅତୀତର ସ୍ମୃତି ତା'ଦେହରେ କଣ୍ଟା ଭଳିଫୋଡି ହେଉଛି। ବିଶେଷଭାବେ ଯେତେବେଳେ ପୂଜା ସମୟ ଆସେ।

ଭାଇର ମୃତ୍ୟୁପରେ ସେମାନଙ୍କୁ ବହୁତ କଠିନ ପରିସ୍ଥିତି ଦେଇ ଗତି କରିବାକୁ ପଡ଼ିଥିଲା। ସବୁ ଯେମିତି ଓଲଟ ପାଲଟ ହୋଇଯାଇଥିଲା। ତାକୁ ପାଠପଢ଼ା ଛାଡ଼ିବାକୁ ପଡ଼ିଥିଲା। ବୁବର୍ତ୍ତୀ ଏବଂ ତା' ଭାଉଜ କ୍ଷେତରେ କାମ କରୁଛନ୍ତି, ସତେ ଯେମିତି ବୁଡି ଯାଉଥିବା ଜାହାଜକୁବଞ୍ଚେଇବାକୁଚେଷ୍ଟା କରୁଛନ୍ତି। ଉଦାସୀବୁବର୍ତ୍ତୀ ନିଜ ମନରୁସେଇଦିନର ସ୍ମୃତି ସବୁକୁପୋଛିଦେବାକୁ ଚାହେଁ କିନ୍ତୁ ସଫଳ ହୋଇପାରେନି।

ଭାଉଜଙ୍କ ଡାକ ଶୁଣି ସେ ବାସ୍ତବତାକୁ ଫେରି ଆସିଲା। ଅଶ୍ରୁ ପୋଛିବା ସମୟରେ ସେ ଅନୁଭବ କଲା ସକାଳ ଗଡ଼ିଗଲାଣି। ଶରତର ଥଣ୍ଡା ଥଣ୍ଡା ପବନ ବହୁଥିଲା। ସାମନାରେ ଥିବା ସୂର୍ଯ୍ୟ ଉପରକୁ ଉଠି ଆସିଲେଣି। ହଠାତ୍ ସେ ଚଳଚଞ୍ଚଳ ହୋଇ ପଡିଲା।

■

ଡୁବଧାନ

ମୈଥିଳୀ- ଉଷା କିରଣ ଖାନ

ଗନ୍ତବ୍ୟସ୍ଥଳର ପାଖାପାଖି ଆସିବାରୁ ଟ୍ରେନ ଗତି ବଢ଼େଇଲା। ତା'ପରେ ତୀକ୍ଷ୍ଣ ବଂଶୀ, ଷ୍ଟେସନ ପାଖରେ ପ୍ରାୟ ପହଞ୍ଚି ଗଲାଣି। ଯେବେଠାରୁ ଗାଁକୁ ଯିବା ଠିକ୍ ହେଲାଣି, କେତକୀର ନିଦ ହଜିଯାଇଛି। କିନ୍ତୁ ଟ୍ରେନ ଚଢ଼ିଲା ପରଠୁ ତା'ର ସବୁ କ୍ଲାନ୍ତି ଚାଲିଯାଇଛି। ପ୍ରଚଣ୍ଡ ଆନନ୍ଦରେ ସେ ଉତ୍‌ଫୁଲ୍ଲିତ ହେଇଯାଉଛି। ଟ୍ରେନ ଯେତେବେଳେ ଷ୍ଟେସନରେ ପହଞ୍ଚିଲା ରାତି ଗୋଟାଏ। କେତେ ବର୍ଷ ପରେ କେତକୀ ତାଙ୍କ ଘରର ଚୌକାଠ ପାଖରେ ପହଞ୍ଚିଲା। ଏହି ଆସିବାଟା କେତେ କଠିନ ଥିଲା ! ଚାରି ଭାଇରେ ସେ ଏକମାତ୍ର ଝିଅ। ବୟସରେ ପୁତୁରା, ଝିଆରୀ ତା' ବୟସ ପାଖାପାଖି। ତା' ବାପା ଦୁଇଟା ବିବାହ କରିଥିଲେ। ପ୍ରଥମ ସ୍ତ୍ରୀର ଚାରୋଟି ପୁଅ, ଦ୍ୱିତୀୟ ସ୍ତ୍ରୀର ଗୋଟିଏ ଝିଅ କେତକୀ। ସେ ଜନ୍ମ ହେବାପୂର୍ବରୁ ତା' ବାପା ମରିଗଲେ। ତା'ର କିଶୋରୀ ମା' ଯେମିତି କେତକୀକୁ ଜନ୍ମ ଦେବାକୁ ବଞ୍ଚିଥିଲେ। ତା'ର ବଡ଼ ଭାଉଜ ତାକୁ ନିଜ ଝିଅ ଭଳି ପାଳିଥିଲେ। ତା'ର ଶୈଶବରେ କୌଣସି ଅଭାବ ନଥିଲା।

ପନ୍ଦର ବର୍ଷରେ ବାହାହୋଇ କେତକୀ ଶାଶୁଘରକୁ ଚାଲିଗଲା। ତା'ଶଶୁର ବଡ଼ ସହରରେ ରହୁଥିଲେ। ଗାଁ ସହିତ ତା'ର କିଛି ଯୋଗାଯୋଗ ନଥିଲା।କେତକୀ ବି ସହରକୁ ଚାଲିଗଲା। ଗାଁରେ ଛାଡ଼ି ଯାଇଥିବା ପ୍ରିୟ ପକ୍ଷୀ ଏବଂ ଗଛମାନଙ୍କ ପାଇଁ ତା' ପ୍ରାଣ କାନ୍ଦେ କିନ୍ତୁ ନୂତନତାର ଆକର୍ଷଣ ତାକୁ ବଞ୍ଚିବାପାଇଁ ସାହାଯ୍ୟ କରିଛି। ଆଉ ଦେଖ କେମିତିଭାବେ ସମୟ ବଦଳିଯାଏ। ତା' ବଡ଼ ଭାଇ ଇଞ୍ଜିନିୟର ହୋଇଛନ୍ତି। ତା'ପରେ ପୁତୁରା ଝିଆରୀ ସମସ୍ତଙ୍କର ବିବାହ ସହରରେ ହେଇଛି।

ସେଇ ବିବାହ ଗୁଡ଼ିକରେ କେତକୀ ଅତିଥି ଭଳି ଯାଇଛି, ଯେମିତି ସେ ପଡ଼ୋଶୀଙ୍କ ଅନୁଷ୍ଠାନରେ ଯାଏ। ଏଇ ଝିଅ ଗାଁ ପାଇଁ ପାଗଳ, ଲୋକଙ୍କୁ ଅନେକ ପ୍ରଶ୍ନ କରେ କିନ୍ତୁ ସେମିତି ସନ୍ତୋଷଜନକ ଉତ୍ତର ପାଏନି। ଥରେ ବଡ ଭାଉଜଙ୍କୁ ପ୍ରଶ୍ନ କଲା, 'ଭାଉଜ, ଗାଁରେ କିଛି ଅନୁଷ୍ଠାନ ହେଉ। କେତେ ଦିନ ହେଲା ହୋଇନି।' ଭାଉଜ ଉତ୍ତର ଦେଲେ, ଏବେ ଗାଁରେ ରାସ୍ତା ହେଉଛି। ଆମ ଘର କାମ ତ ହେଉଛି। ହୁଏତ ପରେ କେତେବେଳେ...।'

ବାରମ୍ବାର ସେ ତା' ସ୍ୱାମୀକୁ କହେ ସେ ଗାଁକୁ ଯିବ, ଅନ୍ତତଃ ଥରେ। କିନ୍ତୁ ତା' ସ୍ୱାମୀ କଥାଟାକୁ ଉଡ଼େଇ ଦେଇ କୁହନ୍ତି, 'ଗାଁରେ ଅଛି କ'ଣ?' ସେ ଆଉ କି ଉତ୍ତର ଦେବ? ତା'ର ସେଠାରେ କେହି ନଥିଲେ ବି ପୁରା ଗାଁ ଟା ତ ତା'ର। ସେ ମୁହୂର୍ତ୍ତଟିଏ ମଧ୍ୟ ସେସବୁ ଭୁଲିପାରିନି। ଛୁଟିରେ ପିଲାମାନଙ୍କ ସାଙ୍ଗରେ ଦେଶ ବିଦେଶ ଯେତେ ବୁଲିଲେ ବି ତାକୁ ଶାନ୍ତି ମିଳେନା।ସେ ତାଙ୍କ ସହରର ଆଖପାଖ ଗାଁଗୁଡ଼ିକୁ ପସନ୍ଦ କରେନା, ଚଉଡ଼ା କଙ୍କ୍ରିଟ ରାସ୍ତା କଡ଼ରେ ଗାଁ ଗୁଡ଼ିକ। କେତକୀର ମନ କାନ୍ଦେ ତାଙ୍କ ଗାଁ ନଦୀର ପାଣି ଏବଂ ଗାଁ ମାଟି ପାଇଁ।ତା'ର ମନେପଡ଼େ ତାକୁ ଲୋକେ 'କାତକୀ' ବୋଲି ଡାକନ୍ତି। ମନେପଡ଼େ ତା'ର ପିଲାଦିନର ବାଉଁସ ପୋତା ମାଲଦା ଆମ୍ବର ଚାରା କଥା।ଭାବେ, ସେଇ ଗଛଗୁଡ଼ିକ କେତେ ବଡ଼ ହୋଇ ଝାମ୍ପୁରା ହୋଇଯିବେଣି।

କେତକୀ କହିଲା, 'ତୁମେ ଜାଣିଛ ଭାଉଜ, ମୋତେ ଗାଁ ଡାକୁଛି। ସମୀରର ବ୍ରତ ଗାଁରେ ହେବ।'

'ବାଃ, ଖୁବ ଭଲ। ଏବେ ତ ଗାଁକୁ ଯିବା ରାସ୍ତା ହେଇଯାଇଛି। ବହୁତ ଭଲ ରାସ୍ତା ହେଇଯାଇଛି।'

'ଏହିଭଳି ରାସ୍ତା!'

'ହଁ, ଏହିଭଳି। ପାଗିଳୀ।'

ମୁହୂର୍ତ୍ତକ ପାଇଁ କେତକୀର ମନ ବିଶାଦରେ ଭରିଗଲା।ତା'ପରେ ତା'ମୁହଁ ଖୁସିରେ ଝଲମଲ କରିଉଠିଲା। ବାଃ ଭଲ ତ, ଏବେ ଆମେ ଗାଡ଼ି ନେଇ ଆମ ଘରକୁ ଯାଇପାରିବୁ। ଆଗେ ତ ଶଗଡ଼ କିମ୍ବା ଡଙ୍ଗାରେ ଯିବାକୁ ହେଉଥିଲା। କେତକୀର ତା' ବାହାଘର ବେଳର କଥା ମନେପଡ଼େ। ଠାକୁରଙ୍କୁ ପ୍ରଣାମକରି ସେ ସବାରୀରେ ବସି ନୌକାରେ ପାର ହୋଇଥିଲା। ଚାରିଦିନ ବିବାହର ପରମ୍ପରା ସରିବାପରେ ତା' ଶାଶୁ ତାକୁ ସହରକୁ ନେଇଆସିଲେ।ତା'ପରଠୁ ସେ ଆଉ ଗାଁକୁ ଫେରିନି। ଆଉ କେବେ ସେ ଏରୁଣ୍ଡିରେ ଛିଡ଼ାହୋଇ କୋଶୀ ନଦୀର ଅପୂର୍ବ ଜଳଧାରା ଦେଖିବାକୁ ପାଇନି।

ଦେଖିନି ଅଭ୍ରଖଚିତ ତାରା ଭରା ରୁପେଲି ଆକାଶ, କାଶତଣ୍ଡିର ଘନ ବଣ, ଶୂନ୍ୟ ପ୍ରାନ୍ତର ଦେଖିନି। ସେଇ ଆମ୍ବ ତୋଟା, ସବୁଜ ବନାନୀ, ଗାଁର ସୁନ୍ଦରୀ ମହିଳାମାନେ ମାଠିଆ କାଖେଇ ନଦୀକୁ ଯାଉଥିବାର ଦୃଶ୍ୟ ଆଉ ଦେଖିବାକୁ ପାଉନି। ସେ କାଇଁଚ ଘାସର ଡାଲାରେ ଆଉ ମୁଢି ଖାଇନି। ଭୁଲିପାରିନି ସବୁଜାନୀକୁ। ସେ ତିଆରି କରିଥିବା କାଇଁଚ ଘାସର ବାଲା, ଆଉ କାନଫୁଲକୁ ନେଇ ଖେଳିନି। ସେ ଏବେ କ'ଣ ବଞ୍ଚିଥିବ ? ଅନ୍ୟ ମହିଳାମାନଙ୍କ ମଧ୍ୟରେ ସେ ସବୁଠୁ ସୁନ୍ଦର। ସେ ଆମ ଗାଁର ଝିଅ, ସେଇ ଗାଁରେ ବାହାହୋଇଛି। ତେଣୁ ସେ ସମସ୍ତଙ୍କ ଘରକୁ ଅବାଧରେ ଯିବାଆସିବା କରେ। କଳା ଚିକ୍କଣ କେଶ, ନୀଳ-ସବୁଜ ଚୁନୁରୀ, ଗୋରା ଗୋଲ ମୁହଁରେ ଛୋଟ ଗୋଲାପି କାନରେ ଉପରୁ ତଳ ଯାଏ ପାଞ୍ଚଟା ରୂପାର ରିଙ୍ଗ୍। ହାତ ଭର୍ତ୍ତି ଚୁଡ଼ି, ଚାନ୍ଦିର ହାର, ଯେଉଁଠି ବସେ ତା'ଗହଣା ରୁଣ ଝୁଣ ଶବ୍ଦ ହୁଏ। ଗାଁଟା ସାରା ତାକୁ ଚାହାନ୍ତି। ଏମିତିକି ବଡ ଲୋକଙ୍କ ଘରର ଲୋକେ ତା' ପଥ ଚାହିଁ ବସିଥାନ୍ତି। କାଇଁଚ ଘାସର ଝୁଡ଼ି, ଡାଲା ଆହୁରି କେତେ ଜିନିଷ ସେ ଭଲ ତିଆରିକରେ। ଅନେକ ଝିଅ ତା' ପାଖରୁ ଏହି ହାତ କାମ ଶିଖିଛନ୍ତି। ତା'ର ଦୁଇ ଝିଅ ଫୁଲ ଏବଂ ସାତୋ ବିବାହ ପରେ ଶାଶୁଘରକୁ ଚାଲିଯାଇଛନ୍ତି। ଆଉ ପୁଅ ରହିମ ଚାଷବାସ କରେ। କେତକୀ ତାକୁ କେବଳ ବାଲା ଏବଂ ହାର ତିଆରି କରିବାକୁ କୁହେ। ସେ ପିନ୍ଧେ, ସାଙ୍ଗେ ସାଙ୍ଗେ ଭାଙ୍ଗିଦିଏ। ତା'ର ମନେଅଛି, ସବୁଜାନୀ ତାକୁ 'କେତିକୀଇ...' ଡ଼ାକେ। ସବୁଜାନୀ ମୁସଲମାନ ହେଲେ ବି ଯୁତିଆ ଓଷା ଏବଂ ଚୌଥ ଉପବାସ କରେ। ଥରେ କେତକୀ ତାକୁ ପଚାରିଲା, ଚୌଥରେ କେବଳ ତା' ଅଞ୍ଜଳିର ଝୁଡ଼ିରେ କେବଳ ଫଳ ରଖୁଛି କାହିଁକି ?' ସେ ଉତ୍ତର ଦେଲା, ' ମୁଁ ମୁସଲମାନ ନା, ସୂର୍ଯ୍ୟ ଦେବତା କେମିତି ମୋ ରନ୍ଧା ଖାଦ୍ୟ ଖାଇବେ ? ତେଣୁ ମୁଁ ତାଙ୍କୁ କେବଳ ଫଳ ଦେଉଛି।

କେତକୀ ରାଗି କହିଲା, 'ଏମିତି ଦେବତାଙ୍କ ପୂଜା କାହିଁକି କର ଯେ ତୁମକୁ ମୁସଲମାନ ଭାବୁଛନ୍ତି ? ଆଦୌ ପୂଜା କରନା। ସବୁଜାନୀ ଜିଭରେ ଚୁକଚୁକ କରି ମୁଣ୍ଡରେ ହାତ ଦେଲା। 'ଶିଘ୍ର କ୍ଷମା ମାଗ। ଦେବୀ ଦେବତାଙ୍କୁ ଏମିତି କଥା କେବେ କହିବନି।' ସେ କେମିତି ଜାଣିବ ଦେବତାମାନେ କ'ଣ ଖାଆନ୍ତି ? ଏକଥାକୁ ନେଇ କେତେ ବୁଝାଇଲା ପରେ ବି ଶୁଣିବାକୁ ରାଜି ନୁହେଁ। ତା' ମନ ତା' ସୌନ୍ଦର୍ଯ୍ୟ ଭଳି ପବିତ୍ର ଏବଂ ଦାଗହୀନ ଥିଲା। ସେ କ'ଣ ଏବେ ବଞ୍ଚିଥିବ ? ତା'ର ତ କୌଣସି ଜମି ନଥିଲା ଯେଉଁଠି ସେ ଗୋଟିଏ ଯାଗାରେ ମାଡ଼ି ବସିଥିବ। ଯେଉଁଠି କାମ ପାଏ ସେଠାକୁ ଚାଲିଯାଏ। ନିଜ ବାପ ଘରର ଭିଟାମାଟିକୁ ଜାବୁଡ଼ି ଧରି ତ ତା' ପେଟ ପୂରିବନି।

ଆଜିକାଲି ଯାହାର ଜମି ଅଛି, ସେମାନେ ବି ଗୋଟିଏ ଯାଗାରେ ପଡ଼ି ରୁହନ୍ତିନି। କେତକୀର ଭାଇମାନେ ରାଜଧାନୀରେ ପଡ଼ି ରହିଛନ୍ତି। ବଡ଼ ଭାଇ ଚିଫ୍ ଇଞ୍ଜିନିୟର, ଆଉଜଣେ ଡାକ୍ତର, ଅନ୍ୟ ଦୁଇଜଣଙ୍କର କଣ୍ଟ୍ରାକ୍ଟ, ସହରରେ ବିରାଟ ଘର। ତାଙ୍କ ପୁଅ, ଝିଅ ସହରରେ ବଡ଼ ବଡ଼ ଘରେ ବିବାହ କରିଛନ୍ତି।କେତକୀର ସ୍ୱାମୀ ଗୋଟିଏ ନାମୀ ପ୍ରତିଷ୍ଠାନରେ ପବ୍ଲିକ ରିଲେସନ ଅଫିସର।ମୋଟା ଦରମା, ଗାଡ଼ି, ମାଟ୍ରିକ ପାସ୍ କରିଥିବା କେତକୀ ସହରରେ ଏଠାକୁ ଆସି ଏମ୍.ଏ, ପି.ଏଚ୍.ଡ଼ି କରିଛି।

କିନ୍ତୁ ଏବେ କେତକୀ ଶିଶୁଟିଏ ଭଳି ଅଧୀର ହୋଇଉଠୁଛି। ସେ ଗାଁକୁ ଯିବାକୁ ବାହାରିଛି। ସେ ଓ୍ୱାର୍ଡ୍ରପ ଖୋଲି ଦେଖିଲା ତା'ର କିଛି ସୂତା ଶାଢ଼ି ନାହିଁ..ନା ତନ୍ତ ନା ପ୍ରିଣ୍ଟ। ଏବେ ଏଠାରେ କିଏ ବି ସୂତା ଶାଢ଼ି ପିନ୍ଧନ୍ତିନି, କେବଳ ସିନ୍ଥେଟିକ। ତା'ର କାମ କରୁଥିବା ଝିଅଟି ସୂତା ଶାଢ଼ି କେମିତି ଧୁଅନ୍ତି ଜାଣେନା।ତା'ର ହାଉସକୋଟ ବି ବିଦେଶରୁ ଆସିଛି। ତା' ସ୍ୱାମୀ ଅଫିସ ଚାଲିଗଲାପରେ ସେ ରାଜସ୍ଥାନୀ ଏମ୍ପୋରିୟମ ଚାଲିଯାଇ ସେଠାରୁ କେତୋଟି ଲାଇଟ କଲରର ଚୁନରି ପ୍ରିଣ୍ଟ କିଣିଲା। ତା'ର ହଳଦୀ କଲର ବିଷ୍ଣୁପୁରୀ ଶାଢ଼ି ବାକ୍ସର ତଳେ ପଡ଼ିଥିଲା, ସେଇଟା ବାହାରକରି ଆଣି ଧୀରେ ଧୀରେ ସେଥିରେ ହାତ ବୁଲାଇବାକୁ ଲାଗିଲା। ପାଦରେ ଅଳତା, ଗୋଡ ମୁଦି ଏବଂ ବିଷ୍ଣୁପୁରୀ ଶାଢ଼ିରେ କେମିତି ସେ ଦିଶିବ। ଯାକୁ ସେ ବ୍ରତଘର ଦିନ ପିନ୍ଧିବ। ସେ ସ୍ୱପ୍ନର ଜାଲ ବୁଣିଲା।

ତା'ର ଝାପ୍‌ସା ମନେପଡ଼େ କାକାଙ୍କ ବିବାହ ବେଳର କଥା। ନୂଆବୋହୂ ଆସିଲେ। ତାଙ୍କ ଘର ବାଡ଼ି ଜୀବନ୍ତ ହୋଇଉଠିଲା, ହସଖୁସିରେ ଘର ଫାଟିପଡ଼ିଲା। ଘର, ବାରଣ୍ଡା ସବୁ ପରିଷ୍କାର କରି ଗୋବର ଦେଇ ଲିପାହେଲା। ବାରଣ୍ଡାରେ ନବବଧୂଙ୍କ ଶୋଇବା ଘର ତିଆରିହେଲା।ବର ବଧୂଙ୍କ ଚିତ୍ର, ପଦ୍ମଫୁଲ, ବାଉଁସ ଗୁଛ, କଳାଗଛ, ଜୋଡ଼ା ସାପ, ଟିଆ ପକ୍ଷୀ, ଦେବା ଦେବୀଙ୍କ ମୂର୍ତ୍ତି ଚାଉଳ ଚୁନା ଆଉ ଲାଲ ସବୁଜ ଉଜ୍ଜ୍ୱଳ ରଙ୍ଗ ଦେଇ ଆଲପନା ଅଙ୍କାହେଲା। ବାଉଁସ କଞ୍ଚ ଏବଂ କଳାଗଛ ଚାରି କୋଣରେ ବନ୍ଧା ହେଲା। ରାମ ସୀତାଙ୍କ ପାଦ ଛାପର ଆଲପନା ବାରଣ୍ଡାରୁ ଗେଟ ପର୍ଯ୍ୟନ୍ତ ଅଙ୍କାଗଲା। ରତନପୁରର ନାପିତୁଣୀ ସବୁ ସଧବା ସ୍ତ୍ରୀଲୋକଙ୍କ ପାଦରେ ଅଳତା ପିନ୍ଧାଇଲା। ଏହି ସହରରେ ସେସବୁ କାହିଁ? ଯେବେ କେତକୀ ନଣନ୍ଦର ବିବାହ ହେଲା, ସେତେବେଳେ ଏକ କାଗଜରେ ନୟନା ଯୋଗିନୀର ଚିତ୍ର ଆଙ୍କି କାନ୍ଥରେ ସେଲୋଟେପ ଦେଇ ମରାହେଲା। ଏବେ ମନେପଡ଼ିଲେ ତାକୁ ହସ ଲାଗେ କେମିତି ମିସେସ ଚାଓ୍ୱଲା ଏବଂ ମିସେସ ବାଛାନି ସେଇ ନକ୍ସା ଦେଖି ଖୁସିହୋଇ ନିଜ ପାଇଁ ଠିକ୍ ସେଇଭଳି ଜିନିଷ ବଇନା କରିଥିଲେ। ପ୍ରକୃତରେ କେତକୀକୁ ଏହା

ଦେଖି ଖୁସି ଏବଂ ମଜ୍ଜା ଲାଗେ ଯେ ତାଙ୍କ ଗାଁର ସଂସ୍କୃତି, ସଂସ୍କାର, ଆଲପନା ଏବଂ ପଦ୍ମଫୁଲର ନକ୍ସା କେମିତି ଗାଁରୁ ଯାଇ ଆଧୁନିକ ଡ୍ରଇଁରୁମରେ ପହଞ୍ଚି ଯାଇଛି। କିନ୍ତୁ ହୁଏତ ସେ ଏମିତି ଭାବିବା ଭୁଲ। ତାଙ୍କ ଗାଁର ଐତିହ ଜଗତ ବିଖ୍ୟାତ ହୋଇଯାଇଛି ସେ ଖୁସି ହେବା ଉଚିତ୍। କେତକୀର ମନେପଡ଼େ ନଣନ୍ଦର ବାହାଘରରେ ତାଙ୍କର ଜଣେ ବିଦେଶୀ ବନ୍ଧୁ ମାଟିର ଘୋଡ଼ା ଦେଖି ଯେତେବେଳେ କହିଲେ ଏଗୁଡ଼ିକ ଟେରାକୋଟା ଆର୍ଟ, ତା'ପରେ ନଣନ୍ଦର ମୁହଁର ଅବସ୍ଥା ! କେତକୀ କେବଳ ଏସବୁ ଦେଖି ମୁରୁକି ହସିଥିଲା।

ଟ୍ରେନ ଷ୍ଟେସନରେ ପହଞ୍ଚିଲା। ପୂର୍ଣ୍ଣିମା ରାତି, କିନ୍ତୁ ଘନ କୁହୁଡ଼ିରେ ସବୁଆଡେ ଝାପ୍‌ସା। ଷ୍ଟେସନଟା ବହୁତ ବଡ଼ ଲାଗୁଛି।ପୂର୍ବେ ଏହା ଏତେ ଭଲ ନଥିଲା। ନହେବ କାହିଁକି ? ଅନେକ ପ୍ରଭାବଶାଳୀ ନେତା ଏଠାକୁ ଉଠି ଆସିଛନ୍ତି। ତାକୁ ନେବାକୁ ଜଣେ ସମ୍ପର୍କୀୟ ଭାଇ ଗାଡ଼ି ନେଇ ଆସିଛନ୍ତି। କିଛି ବର୍ଷ ପୂର୍ବେ ସେ ଧୋତି ଏବଂ ଚିରା ଫଟା ଶାଲରେ ଶୀତ ପାର କରୁଥିଲେ। ଏବେ ସେ ପ୍ୟାଣ୍ଟ କୋଟ ପିନ୍ଧିଛନ୍ତି। ଗାଡ଼ିରେ ବାକ୍ସପତ୍ର ରଖି ସେ ପଚାରିଲା, ସେ ସିଧା ଗାଁକୁ ଯିବେ ନା ଏଠାରେ ରହିବେ ? ତାଙ୍କ ପାଇଁ ସର୍କିଟହାଉସ ବୁକ୍ କରାଯାଇଛି। ସେ ଉତ୍ତର ଦେଲା ନାଇଁ ନାଇଁ ମୁଁ ଏବେ ହିଁ ଗାଁକୁ ଯିବି।

ଗାଁରେ ପହଞ୍ଚି କେତକୀ ଦେଖିଲା, ଚାରୋଟି ଘର ଏକାଭଳି ପାଚେରି, ସାମନାରେ ଲୁହାର ଗେଟ। ସେଠାରେ ସହର ଭଳି ଜଣେ ଗାର୍ଡ ପହରା ଦେଉଛି। କୁହୁଡି ଯୋଗୁ ସେ ବିଶେଷ କିଛି ଦେଖିବାକୁ ପାଇଲାନି। ତା'ର ସେଇ ଭାଇଜଣକ ପ୍ରଥମ ଘରଟାର ଗୋଟିଏ କୋଣ ଘର ଖୋଲିଦେଇ ବାକ୍ସପତ୍ର ରଖିଦେଲା।

'ଏବେ ତୁମେ ଦୁହେଁ ଶୋଇପଡ଼। ସକାଳେ ସମସ୍ତଙ୍କ ସାଙ୍ଗରେ ଦେଖାହେବ।' କେତକୀ ଆଶ୍ଚର୍ଯ୍ୟ ହେଇଗଲା ତା' ବାହାଘର ପରେ ଗାଁକୁ ଏହା ଦ୍ୱିତୀୟ ଥର ଆସିବା। ଏତେ ବଦଳିଯାଇଛି ! କୁଆଡ଼େ ତାଙ୍କ ଘରର ଲୋକ, ଆତ୍ମୀୟସ୍ୱଜନ, ପଡ଼ୋଶୀମାନେ, କୋଉଠି ତା'ପାଇଁ ଭାତ, ମାଛ ଝୋଳର ଥାଳି ? କୁଆଡେ ଗଲା ସେଇ ପ୍ରଥା ଯେଉଁଠି କୌଣସି ଝିଅ ଗ୍ରାମଦେବୀଙ୍କ ପାଖରେ ପ୍ରଣାମ ନକରି ବାପଘରେ ପାଦ ଦିଏନା ? ସ୍ୱାମୀଙ୍କ ଡାକରେ ତା'ର ହୋସ ଆସିଲା। କେତେ ଦିନ ହେଲା ରାତିରେ ଠିକ୍‌ରେ ଶୋଇ ନପାରି ବୁଢିଆଣୀ ଜାଲ ଭଳି ସେ ସ୍ୱପ୍ନର ଜାଲ ବୁଣୁଥିଲା, ହଠାତ୍ ସେ କ୍ଲାନ୍ତ ଅନୁଭବ କଲା।ପରଦିନ ତା' ନିଦ ଅନେକ ଡେରିରେ ଭାଙ୍ଗିଲା। ସାଙ୍ଗେ ସାଙ୍ଗେ ବାଥରୁମ ଯାଇ ଗାଧୁଆ ପାଧୁଆ ସାରିଲା।

'ଆରେ ଆମ ଶଳା ତ ବହୁତ ସୁନ୍ଦର ଘର କରିଛନ୍ତି। ରବି ଏବଂ ହନି ବି ଆସିପାରନ୍ତି।' ଚାରିପଟେ ପ୍ରଶଂସାତ୍ମକ ଦୃଷ୍ଟିରେ ଚାହିଁ ତା' ସ୍ୱାମୀ କହିଲେ।

'ହଁ, ସହର ଅପେକ୍ଷା ଭଲ। ତୁମେ ଏଭଳି ପାଚେରି ଏବଂ ଗ୍ରୀଲ ସେଠାରେ ପାଇବନି।'

ତା' ସ୍ୱାମୀ ହସି ବାଥରୁମକୁ ଚାଲିଗଲେ। ତା' ଭାଇମାନେ ଏଠାରେ ସବୁପ୍ରକାର ସୁବିଧା କରିଛନ୍ତି। ସର୍କିଟ ହାଉସ ବା ଡାକବଙ୍ଗଳାଠାରୁ କୌଣସି ଗୁଣରେ କମ ନୁହେଁ। ଏବେ କ'ଣ କରିବେ? କେମିତି ଯିବେ? ରାସ୍ତା କୋଉ ଦିଗକୁ ଯାଇଛି? କିଏ ବି ତ ଡାକିବାକୁ ଆସୁନାହାନ୍ତି।

କଲିଂବେଲ ବାଜିଉଠିଲା। କବାଟ ଖୋଲିବା ପରେ ବାର, ତେର ବର୍ଷର ଏକ କିଶୋରୀକୁ ସେ ଦେଖିବାକୁ ପାଇଲା।

'ତୁମେ କ'ଣ କେତକୀ ଦିଦି?' ଆଣ୍ଠୁ ଉପରକୁ ଝିଲମିଲ ଫ୍ରକ ଏବଂ ଆଲୁରା କେଶ, ଏହି ସୁନ୍ଦର ଝିଅଟା ନିଶ୍ଚୟ କାମ କରିବା ଝିଅ।

କେତକୀ ହସି କହିଲା, 'ହଁ।'

'ତା'ହେଲେ ଆସ, ବଡ଼ କାକୀ ତୁମକୁ ଡାକୁଛନ୍ତି।'

କେତକୀର ମନେହେଲା, ଯେମିତି ତା' କାନ ପାଖରେ କୌଣସି ପକ୍ଷୀଟିଏ ମଧୁର ଗଳାରେ କିଚିରମିଚିର କରିଉଠିଲା।

ଚାଲ କହି ପ୍ରାୟ ତା'ପଛରେ ଧାଇଁ ଧାଇଁ ବାରଣ୍ଡାକୁ ଉଠି ଦେଖିଲା, ଗୋଟିଏ ବଡ଼ ହଲ ଘରେ ତା'ର ସବୁ ଭାଉଜମାନେ ବସିଛନ୍ତି। କେତକୀ ସେମାନଙ୍କ ପାଦ ଛୁଇଁ ପ୍ରଣାମ କଲା। ଚା'ଖାଉ ଖାଉ ସେ ଦେଖିଲା ତା' ପରିବାରର ନୂତନ ସଦସ୍ୟମାନେ ଏହି ଶୀତରେ ଫିନଫିନ ଶାଢି ପିନ୍ଧିଛନ୍ତି। ସେ ଭାବିଲା, ଯାହେଉ ତା' ଦେହରେ ଶାଲ ଅଛି।

'ତୁମ ଟ୍ରେନ ରାତିରେ ଡେରିରେ ଆସିଲା, ମୁଁ ରାମବିଳାସକୁ କହିଥିଲି ଗେଷ୍ଟରୁମରେ ତୁମ ପାଇଁ ସବୁରକମ ବ୍ୟବସ୍ଥା କରି ରଖିବାକୁ। କୌଣସି ଅସୁବିଧା ହୋଇନି ତ? ନିଦ ଭଲ ହେଲା ତ?' ବଡ଼ ଭାଉଜ ଯଥାରୀତି ଭାବେ ସୌଜନ୍ୟ ଦୃଷ୍ଟିରୁ ପଚାରିଲେ।

'ତୁମ ସୌଜନ୍ୟରୁ କୌଣସି ଅସୁବିଧା ହୋଇନି' କହି ନୂଆମାନଙ୍କ ସାଙ୍ଗରେ ଗପସପରେ କେତକୀ ବ୍ୟସ୍ତ ରହିଗଲା।

ଗୀତ, ବାଜା, ଆଲୋକ ସବୁକିଛି ନିଖୁଣ। କୋଉଠି କିଛି ତ୍ରୁଟି ନାହିଁ। ମନେ ହେଉଥିଲା, ଯେମିତି ସବୁକିଛି ଆପେ ଆପେ ହେଇଯାଉଛି, କିଛି କହିବାକୁ ପଡୁନି।

ସମୁଦ୍ର ଢେଉ ଭଳି, ସବୁ ନିୟମକାନୁନ, ଆଚାର ଅନୁଷ୍ଠାନ ଦ୍ରୁତ ଭାବେ ଭାସି ଚାଲିଛି।

ଜଣେ ବୟସ୍କ ମହିଳା ପାଖକୁ ଆସି ପଚାରିଲେ, 'ତୁମେ କ'ଣ କେତକୀ ?'

'ହଁ, ମୁଁ ପା ଆପଣଙ୍କୁ ପ୍ରଣାମ କଲି।'

ଆଉଜଣେ ଦନ୍ତହୀନ ମହିଳା ଖୋଲି କହିଲେ, 'ପ୍ରକୃତରେ ସେ ଭଲଭାବେ ଆଖିରେ ଦେଖିପାରନ୍ତିନି।'

ସେ କେତକୀର ଶାଢ଼ିରେ ହାତ ବୁଲାଇଆଣି ପଚାରିଲେ, 'ଆମ ଜୋଇଁ ତୁମକୁ ଭଲ ପାଆନ୍ତି ନା ?'

କେତକୀ ଆଶ୍ଚର୍ଯ୍ୟ ହୋଇ ପଚାରିଲା, 'ହଁ, କାହିଁକି ?'

'ତୁମେ କେମିତି ଗୋଟେ ଶାଢ଼ି ପିନ୍ଧିଛ ? ସେମାନଙ୍କୁ ଦେଖ, ସେମାନେ କେମିତି ଶାଢ଼ି ପିନ୍ଧିଛନ୍ତି। ତୁମେ ତ ବଡ ଘରେ ବାହାହୋଇଛ।' କେତକୀ ବୁଝିପାରିଲା ସେ କେତେ ବଡ଼ ଭୁଲ କରିଛି। ସେ ଆଧୁନିକ ଦାମୀ ଶାଢ଼ି ଆଣିବା ଉଚିତ୍ ଥିଲା। ଏହାକୁ ନେଇ ସମସ୍ତଙ୍କ ସାମନାରେ ଭାଉଜ ନିଶ୍ଚୟ ଅସ୍ୱସ୍ତି ଅନୁଭବ କରୁଛନ୍ତି। ଏହି ବୃଦ୍ଧା ମହିଳାଙ୍କ ପାଖରେ ଲଜ୍ଜିତ ହେଲା।

ଶେଷରେ ବ୍ରତଘର କାମ ଭଲରେ ସରିଗଲା। କେତକୀ ଗାଁ ବୁଲାବୁଲି କରିବାକୁ ଚାହିଁଲା।

'ଭାଉଜ ମୁଁ ଟିକେ ଗାଁ ବୁଲିଆସିବି ?'କେତକୀ ଭାଉଜଙ୍କୁ ନପଚାରି କେବେ ବି ଘର ବାହାରେ ପାଦ ରଖେନି। ଭାଉଜ ହସି କହିଲେ, 'ଯା, ବୁଲିଆସିବ, ତୁମେ ଟିକେ ବି ବଦଳିନ।'

ସେଇ ଛୋଟ ଝିଅଟିକୁ ନେଇ କେତକୀ ଗାଁ ବୁଲିବାକୁ ବାହାରିଲା। ଦାଣ୍ଡରେ କଙ୍କ୍ରିଟ ଚଉଡା ରାସ୍ତା। ଟିକେ ଦୂରରେ ଜଳବିଦ୍ୟୁତର ବିରାଟ କଳ। ତା'ର ମନେପଡ଼ିଲା ବିବାହ, ବ୍ରତ ଅନୁଷ୍ଠାନମାନଙ୍କରେ ସହରର ପାର୍ଟିର କଥା। ସେମିତି ଦେଖାଇବା କ'ଣ ଗାଁରେ ମାନିବ ? ସେସବୁ ସହରରେ ମହିଳାମାନଙ୍କୁ ଦେଖି ତାକୁ ଭଲ ଲାଗେନା। ସେମାନେ କୋଉଠୁ ଆସିଛନ୍ତି ?

'ଦିଦି ଏଠାରେ ବିଜୁଳି ତିଆରି ହେଉଛି। ଦେଖ, ଆମ ଗାଁରେ ସବୁ ଯାଗାରେ ବିଦ୍ୟୁତ୍' ଝିଅଟି ହସି କହିଲା।

'ତତେ ବିଜୁଳି ଭଲ ଲାଗେ ?'

'ବହୁତ ଭଲ ଲଗେ। ସବୁକିଛି କେତେ ଉଜ୍ଜ୍ୱଳ ହେଇ ଉଠୁଛି।'

'ବହୁତ ଭଲ।' ହିଡ଼ ଉପରେ ବାଲାନ୍ସ କରି ଚାଲୁ ଚାଲୁ କେତକୀ ଭାବିଲା,

ଧଳା, ନୀଳ, ଏବଂ ବାଇଗଣୀ ରଙ୍ଗର କ୍ଷେତ। ପର କ୍ଷେତଟା ସୋରିଷ ଏବଂ ହଳଦିଆ ଫୁଲରେ ଭରା। ପ୍ରକୃତି ପାଖରେ ଅଛି ସବୁଠୁ ଆଶ୍ଚର୍ଯ୍ୟ ରଙ୍ଗ ସବୁ!

'କେତକୀ ଦିଦି, ଗାଁ ସେପଟେ ନୁହେଁ, ଏଇଟା ବଗିଚାର ରାସ୍ତା।'

'ମୁଁ ବଗିଚାକୁ ଯିବି। କିଛି ସମୟପରେ ସେମାନେ ପୁରୁଣା ଆମ୍ବ ବଗିଚାକୁ ଚାଲିଆସିଲେ। ଏଠାରେ ଅନେକ ବାଡ଼ ଦିଆହୋଇଛି। କେତେ ନୂଆ ଗଛ ପୋତାଯାଇଛି। ଏଇଟା ତା' ଭାଇମାନଙ୍କ ଆମ୍ବ ବଗିଚା। ସେ ଏକଦମ ମଝି ରାସ୍ତାକୁ ଚାଲିଆସିଲା। ସେଠାରେ ଗୋଟିଏ ମହୁଲ ଗଛ ଏବଂ ତା' ପାଖରେ ଗୋଟିଏ ବିଶାଳ ଆମ୍ବଗଛ।

ଦିଦି ଦେଖ, ଏଇଟା ତୁମର ଗଛ।' ଝିଅଟା ତାକୁ ଦେଖାଇ କହିଲା।

'ତୁ କେମିତି ଜାଣିଲୁ?'

'ସମସ୍ତେ କୁହନ୍ତି, ଏଇଟା କେତକୀ ବାବୁଆଣୀର ଗଛ।'

'ସତେ?'

କେତକୀ, ସଞ୍ଜୁ, କାଳିନ୍ଦୀ, ବୁଟିଁ ଏବଂ ରମା ଏହି ଗଛ ତଳେ ସେମାନେ ଏକାଠି ହୁଅନ୍ତି। ପୁଅମାନେ ମହୁଲ ଗଛ ତଳେ ଥାଆନ୍ତି। ଥରେ ପୁଅମାନେ ତା' ନାକରେ ତଟକା ମହୁଲ ଫଳ ଘସି ଦେଇଥିଲେ ତା'ପରେ ତା'ର ହୋସ ଚାଲିଯାଇଥିଲା। ତା'ପରଠୁ ସମୀର ଥଟ୍ଟା କରି କହେ କେତକୀ ମହୁଲର ଗନ୍ଧ ସହ୍ୟ କରିପାରେନା। ସେ ଭାବିଲା, ଏଇଟା କେତେ ବଡ଼ ଝାମ୍ପୁରା ଆମ୍ବ ଗଛ। ଏହି ଗଛ ସବୁଠୁ ପ୍ରଥମେ ଫଳ ଧରେ। ଲାଲ ସିନ୍ଦୁର ଭଳି ଆମ୍ବ ପାଚି ଆପେ ଖସିପଡ଼େ। ବେଶୀ ପାଚିଲାଗୁଡ଼ା ମାଟିରେ ପଡ଼ି ଫାଟିଯାଏ। କେତକୀ ଏବଂ ତା' ସାଙ୍ଗମାନେ ଚାରିପଟେ ଭଲଭାବେ ଦେଖନ୍ତି, ତା'ପରେ ଜଣେ ଶାଢ଼ି ଖୋଲିଦିଏ। ତା'ପରେ ଚାରିଜଣ ଚାରିପଟରୁ ଧରି ଗଛ ତଳେ ଦେଖାନ୍ତି। ଜୋରରେ ପବନ ହେଲେ ଛୋଟ ଛୋଟ ଆମ୍ବଗୁଡ଼ିକ ଶାଢ଼ି ଉପରେ ପଡ଼େ। ସେସବୁ କେତେ ବାସନା ଏବଂ ସୁସ୍ୱାଦୁ। ଗୋଟିଏ ସ୍ମୃତି ମନେପଡ଼ି କେତକୀର ଗାଲ ସିନ୍ଦୁର ଆମ୍ବ ଭଳି ଲାଲ ହୋଇଉଠିଲା। ସମୀରର ଜଣେ ସମ୍ପର୍କୀୟ ଭାଇ ସବୁ ଅନୁଷ୍ଠାନରେ ଗାଁକୁ ଆସନ୍ତି। ଦିନେ ଶାଢ଼ି ଖୋଲିବା କଥା କେତକୀର ଥିଲା। ସେଦିନ ସେଇ ପିଲାଟା ସମୀରକୁ ଖୋଜି ସେଠାରେ ପହଞ୍ଚିଲା। ଲଜ୍ୟାରେ କେତକୀ ଚଟ୍‌କରି ବସିପଡ଼ିଲା। ଅନେକ ଦିନଯାଏ ସେ ଆଉ ତା' ସାମନାକୁ ଆସିଲାନି। ସେ ତା' ସାମନାକୁ ଆସି ସହଜଭାବେ କହିଲା, ମୁଁ ତୁମକୁ ବିବାହ କରିବାକୁ ଚାହୁଁଛି। କେତକୀ କୌଣସି ଉତ୍ତର ନଦେଇ କେବଳ ତାକୁ ଗଭୀର ଦୃଷ୍ଟିରେ ଚାହିଁଲା।

କେତକୀ ଆଶ୍ଚର୍ଯ୍ୟ ହୋଇ ଭାବିଲା, ଏହି ପିଲାଟା ତାକୁ ବାହାହେବାକୁ ଚାହୁଁଛି। କାହିଁକି ? ସେଇ ସମୟରେ ତା'ପାଇଁ କୌଣସି ସହାନୁଭୂତି ନଥିଲା ତା'ର। କିନ୍ତୁ ଆଜି ସେଇ ଗଛଟାର ତଳେ ଛିଡ଼ାହୋଇ କେତକୀର ସେଇ ଦିନଗୁଡ଼ିକର କଥା ମନେପଡୁଛି।

ହଠାତ୍ ଗୋଟିଏ ବିରାଟ ଶବ୍ଦରେ ସେ ଭାବନା ରାଜ୍ୟରୁ ଫେରିଆସିଲା।ଏହି ଶବ୍ଦ କୁଆଡୁ ଆସିଲା ?ସେ ଚାହିଁ ଦେଖିଲା, ସୋରିଷ କ୍ଷେତ ପରେ ଅନ୍ୟ କ୍ଷେତରେ ଟ୍ରାକ୍ଟର ଚାଲିଛି। ଗାଁରେ କୌଣସି ହଳ, ବଳଦ ଆଉ ନାହିଁ।

'ସେଇଟା ବଡ଼ କାକାଙ୍କ କ୍ଷେତ। ମକା ମଞ୍ଜି ବୁଣା ହେବାପାଇଁ ଜମି ପ୍ରସ୍ତୁତ ହେଉଛି। ମୋ ବାପା ଟ୍ରାକ୍ଟର ଚଲାଉଛନ୍ତି।' ଝିଅଟିର କଥାରେ ଗର୍ବର ଭାବ। କେତକୀର ଛାତି ଧଡ୍‌ଧଡ୍ ହେଲା। ନିଜକୁ ସମ୍ଭାଳିବାକୁ ଚେଷ୍ଟା କରୁ କରୁ ପଚାରିଲା, ' ତୁ କାହାର ଝିଅ ?'

'ରାମପ୍ରିତିଙ୍କ ଝିଅ।'

'ତୋ ଜେଜେଙ୍କ ନାଁ କ'ଣ ବୈଜୁ ?'

'ହଁ।'

କେତକୀର ମନେପଡ଼ିଲା, ବୈଜୁ ଥିଲା ତାଙ୍କର ଜଣେ ପ୍ରଧାନ ଚାଷୀ। ଶ୍ରୀପଞ୍ଚମୀ ଦିନ ସେ ଲଙ୍ଗଳ ଧରିବାକୁ ଚାହାନ୍ତିନି। ତାଙ୍କ ପାଇଁ ବଡ଼ ଗୋଟିଏ ଆଲପନା ଆଙ୍କିବାକୁ ହୁଏ। ଦିନସାରା ସେ ପିଠିରେ ସିନ୍ଦୁରଛାପ ଲଗାଇ ବୁଲନ୍ତି। ଏସବୁ କେତକୀ ଜେଜେ ବାପାଙ୍କର ଆଶ୍ରିବାଦ। କେତକୀର ଏବେ ପଚାରିବାକୁ ଇଚ୍ଛା ହେଲା ଶ୍ରୀପଞ୍ଚମୀରେ କ'ଣ ଟ୍ରାକ୍ଟର ଉପରେ ଆଲପନା କରିବାକୁ ହୁଏ ? ତା'ପରେ ସେ ମନଭିତରେ ହସିଲା। ଗୁଣଗୁଣ ହୋଇ ଏକ ନାଚର ଗୀତ ଗାଇବାକୁ ଲାଗିଲା।ଅ

ଶିବ ପାର୍ବତୀଙ୍କ ନାଚ କୁହନ୍ତି। କିନ୍ତୁ ଶିବ ଭୟ ପାଇ ଯଦି ନାଚିବେ ତେବେ ବାଘ ଛାଲ ଉପରେ ଅମୃତ ପଡ଼ିଯିବ ଏବଂ ବାଘଛାଲ ବାଘ ହୋଇ ଶିବଙ୍କ ଷଣ୍ଢକୁ ଖାଇଯିବ। ଆଜିକାର ବିଜ୍ଞାନ ସେଇ ଶିବଙ୍କ ତାଣ୍ଡବ। ମେସିନର ବାଘ କ୍ଷେତରେ ଗର୍ଜନ କରୁଛି। କେତକୀ ଫେରିଆସିଲା।

ସେ ତା' ସ୍ୱାମୀଙ୍କୁ କହିଲା, 'ଚାଲ, କାଲି ଫେରିଯିବା।'

ସ୍ୱାମୀ ଆଶ୍ଚର୍ଯ୍ୟ ହୋଇ କହିଲେ, 'କାହିଁକି ? ତୁମେ ତ ରହିବାକୁ ଚାହୁଁଥିଲ ?'

'ନା, ମୁଁ ଚାଲିଯିବାକୁ ଚାହୁଁଛି।'

'ଠିକ୍। ଯାହା ତୁମର ଇଚ୍ଛା।'

ପରଦିନ ସବୁ ବ୍ୟବସ୍ଥା କରାଗଲା। ଭାଇ ଭାଉଜଙ୍କୁ ପ୍ରଣାମ କରି କେତକୀ

ଯାଇ ଗାଡ଼ିରେ ବସିଲା। ରାମବିଲାସ ସାମନାରେ ବସିଲା। ଗାଡିଟା ଦ୍ରୁତ ବେଗରେ ଆଗେଇଗଲା। କେତକୀ ଏବେ ଗାଁ ପାଖ ଦେଇ ଯାଉଥିଲା। ଲମ୍ବା କଙ୍କ୍ରିଟର ରାସ୍ତା। ସବୁକିଛି ତା'ର କେତେ ଚିହ୍ନା। ଝିଅମାନେ ଶସ୍ୟ ଝଡ଼ାଉଥିଲେ। ଲଙ୍ଗଳା ଛୁଆମାନେ ବୁଲୁଥିଲେ, ଗାଇ ଗୋରୁ ଚରୁଥିଲେ।

କେତକୀ ଅନୁରୋଧ କରି କହିଲା, 'ରାମବିଲାସ ଭାଇ, ଟିକେ ଗାଡି ରଖ ପ୍ଲିଜ।'

ରାମବିଲାସ ଗାଡ଼ି ରଖି ପଛକୁ ଫେରି ଚାହିଁଲା।

'ମୁଁ ଟିକେ ଗାଁକୁ ଯିବି', ହଠାତ୍ ସେ ଗାଁ ରାସ୍ତାରେ ଓହ୍ଲାଇ ପଡ଼ିଲା। ହସଖୁସିରେ ରାମବିଲାସ ତାକୁ ଅନୁସରଣ କଲା। ପ୍ରଥମ ଘରଟାତ ସବୁଜାନୀ ଦିଦିର। ଦିଦି ଘର ସାମନାରେ ଏକ ତାଳପତ୍ର ଚଟେଇରେ ବସିଛି।

'କିଏ ଆସିଲା' କହି ସେ ଆଖି ଉପରେ ହାତ ଦେଇ ଝାପ୍‌ସା ଆଖିରେ ଚାହିଁବାକୁ ଚେଷ୍ଟାକଲା।

'ଦିଦି ମୋତେ ତୁମେ ଚିହ୍ନିପାରୁନ ?'

ପଛରୁ ରାମବିଲାସ କହିଲା, 'ଇଏ ହେଉଛି କେତକୀ, ଟିକେ ବି ବଦଳିନି।'

କେତକୀର ମନ ଖୁସି ହୋଇଗଲା। ଶେଷରେ ସେ ସବୁଜାନୀ ଦିଦିର ଦେଖା ପାଇଲା। ଦିଦି ପାଇଁ ତା' ମନ ହାଇଁପାଇଁ ହେଉଥିଲା।

'କେତକୀ ନିଶ୍ଚୟ ସମୀର ବାବୁଙ୍କ ପୁଅର ବ୍ରତଘର ପାଇଁ ଆସିଛନ୍ତି।'

କେତକୀର ପାଟିରୁ ଭାଷା ବାହାରିଲାନି। ରାମବିଲାସ ଉତ୍ତର ଦେଲା, 'ହଁ, ଏବେ ଫେରିଯିବେ।

ସବୁଜାନୀର ଗୋରା, ରେଖା ପଡ଼ିଥିବା ମୁହଁରେ ଆନନ୍ଦ ଫୁଟିଉଠିଲା। 'ଖୁବ ଭଲ ବାବୁଆଣୀ। ତୁମେ ତୁମ ଗାଁ ଆଉ ପଡୋଶୀମାନଙ୍କୁ ଦେଖିବାକୁ ଆସିଲ। ମା' ଏବେ ନଥିଲେ କ'ଣ ହେଲା ? ତୁମେ ଆମ ଝିଅ, ପୁରା ଗାଁର ଝିଅ।'

ସେ ଘର ଭିତରକୁ ଡାକ ପକାଇଲା, 'ହେ ସୁଲେମାନ ବୋହୁ ! କୁଆଡ଼େ ଗଲୁ ? ଟିକେ ସିନ୍ଦୁର ନେଇଆସେ। ଆମ କେତକୀ ବାବୁଆଣୀ ଆସିଛନ୍ତି। ତାଙ୍କ ସିନ୍ଥି ଭରିଦେ। ଆଉ କିଛି ଡୁବଧାନ ଆଣିବୁ। ତାଙ୍କ ଆଞ୍ଚଳରେ ବାନ୍ଧିଦେ। ତାଙ୍କୁ ବିଦାୟ ଦେ।'

କେତକୀକୁ ଘେରି ଏକ ଛୋଟିଆ ଭିଡ଼ଟିଏ ହୋଇଗଲା।ଗୋଟିଏ ବୋହୁ ସବୁ ଜିନିଷ ଆଣିବାକୁ ଭିତରକୁ ଗଲା। ଭାଉଜ ତାକୁ ବିଦାୟ ଦେବାକୁ ଭୁଲିଯାଇଛନ୍ତି।

କେତକୀର ସିଲ୍କର ଆଞ୍ଚଳକୁ ସେ ଟଳୁ ଟୋଳିଧରିଲା। ତା'ମନ ଏଥିପାଇଁ ବ୍ୟାକୁଳ ଥିଲା। ସେ ଡୁବଧାନ ପାଇଁ ଅପେକ୍ଷା କରିଥିଲା।

'କୁଣିଆ କୋଉଠି ଅଛନ୍ତି ଝିଅ?' ସବୁଜାନୀ ପଚାରିଲା।

ରାମବିଳାସ ବିରକ୍ତ ଗଳାରେ କହିଲା, 'ଗାଡିରେ ବସିଛନ୍ତି। ସେ ରାଗିଯିବେଣି, ଟ୍ରେନ ଟାଇମ ହୋଇଗଲାଣି।'

'ଠିକ୍ ଅଛି, ଠିକ୍ ଅଛି। ହେ ଜାଇନୋବି ଧାଇଁଯା, ଯୋଉ ନୂଆ ଡାଲାଟା ବୁଣିଛୁ, ସେଇଟା ନେଇଆସେ। ଆଉ ଶୁଣ, ଗୋଟିଏ ଗ୍ଲାସ ଭଲ ପାଣି ଆଉ କିଛି ଗୁଡ଼ ନେଇଆସେ କେତକୀ ବାବୁଆଣୀଙ୍କ ପାଇଁ।'

ସେ ତା' ଅଣ୍ଟାରୁ ଗୋଟିଏ ମଇଳା ଲାଲ ରଙ୍ଗର ଦୁଇ ଟଙ୍କାର ନୋଟ ବାହାରକରି ଡାଲାରେ ରଖି ତାକୁ କେତକୀର ହାତରେ ଦେଲା।

'ଏଇଟା କୁଣିଆଙ୍କ ସଲାମି, ତାଙ୍କୁ ଦେବ। ଏଇ ଗୁଡ଼ଟିକୁ ଖାଇଦିଅ। ଧୀରେ ଧୀରେ ଟିକେ ପାଣି ପିଅ। ଏବେ ଯାଅ, ତୁମର ଡେ଼ରି ହେଇଯାଉଛି। ତୁମକୁ ଟିକେ ଦେଖିଲି ଭଲ ହେଲା। ଏବେ ମୁଁ ଶାନ୍ତିରେ ମରିପାରିବି।'

ସବୁଜାନୀ ଆଗେଇଆସି ତାକୁ କୁଣ୍ଢେଇ ଧରିଲା। ତା'ପରେ ସେ ସବୁଜାନୀ ଦିଦିର କାନ୍ଧରେ ମୁଣ୍ଡ ରଖି କାନ୍ଦିବାକୁ ଲାଗିଲା। ତା' ଆଖିର ଲୁହ ଆଉ ବାଧା ମାନିଲାନି। ସବୁ ହରାଇବା ଜିନିଷ ପାଇଁ ସେ କାନ୍ଦୁଥିଲା, ଏମିତିଭାବେ କାନ୍ଦୁଥିଲା ଯେମିତି ଆଗାମୀକାଲି ଆଉ କିଛି ବି ନାହିଁ।

ସବୁଜାନୀ ତା' ମୁଣ୍ଡକୁ ଆଉଁସି କହିଲା, 'କାନ୍ଦ ବେଟି କାନ୍ଦ। ମନଭିତରେ କିଛି ଜମେଇ ରଖନା। ସବୁକିଛି କ୍ଷମା କରିଦିଅ, ଆଉ ଆମ ସମସ୍ତଙ୍କୁ ଆଶିର୍ବାଦ କର।'

'ଲାଲ ରଙ୍ଗର ପାଲିଙ୍କି ଚଢ଼ି, ସବୁଜ ରଙ୍ଗର ଓଢ଼ଣା ଦେଇ ବେଟି ଏବେ ବିଦେଶକୁ ନିଜ ଘରକୁ ଯାଉଛନ୍ତି।'

ଶେଷରେ କେତକୀ ବିଦାୟ ନେଲା। ଆଞ୍ଚଳରେ ବନ୍ଧା ହୋଇଥିବା ଡୁବଧାନକୁ ଜୋରରେ ମୁଠାଇ ସେ ରାସ୍ତା ପାର ହେବାକୁ ଲାଗିଲା।

ନୀଲ ଜିନ୍ସ

ମିଜୋ- ଖୁୟାଲ କୁଙ୍ଗୀ

ପ୍ରତିଦିନ ରିନସାଙ୍ଗାର ଦୃଷ୍ଟି ସ୍କୁଲ ଯିବା ରାସ୍ତାରେ ପଡୁଥିବା ଡ୍ରେସ ଦୋକାନ ଆଡକୁ ଚାଲି ଯାଉଥିଲା। ଦୋକାନରେ ପିଲାମାନଙ୍କର ବିଭିନ୍ନ ପ୍ରକାରର ରଙ୍ଗ ବେରଙ୍ଗୀ ଡ୍ରେସ ଝୁଲୁଥିଲା। କିନ୍ତୁ ଦୋକାନର ଡାହାଣ କଡ଼କୁ ଝୁଲୁଥିବା ନୀଳ ରଙ୍ଗର ଜିନ୍ସ ପ୍ୟାଣ୍ଟ ଯେମିତି ତାକୁ ଯାଦୁ କରି ଦେଇଥିଲା। ସେଇ ରାସ୍ତାରେ ଗଲାବେଳେ ତା' ଦୃଷ୍ଟି ସେଇ ଜିନ୍ସ ଉପରେ ପଡିଲେ ସେ ଏକ ଦୀର୍ଘ ନିଶ୍ୱାସ ପକାଇ ଭାବେ, "ଆହା ! ଏହି ଜିନ୍ସଟି ମୁଁ କିଣି ପାରନ୍ତିକି।" ତା'ପରେ ସେଇ ଜିନ୍ସ ପ୍ୟାଣ୍ଟଟିକୁ ଆଖି ପୁରେଇ ଚାହିଁ ଚାହିଁ ସେ ସ୍କୁଲ ଆଡ଼କୁ ପାଦ ପକାଏ।

ସେଦିନ ରିନସାଙ୍ଗା ସ୍କୁଲ ଯିବା ପାଇଁ ଘରୁ ଟିକେ ଜଲ୍‌ଦି ବାହାରି ପଡିଥିଲା, କାରଣ ତା'ର ବାର୍ଷିକ ପରୀକ୍ଷା ରେଜଲ୍ଟ ବାହାରିବାର ଥିଲା କିନ୍ତୁ ତା' ମନ ମସ୍ତିକ ରେଜଲ୍ଟ ଉପରେ ନଥାଇ ସେଇ ଜିନ୍ସ ପ୍ୟାଣ୍ଟ କଥା କେବଳ ଭାବୁଥିଲା। ସେଦିନବି ସେମିତି ଦୋକାନ ପାଖ ହେଲାରୁ ତା' ପାଦ ଅଟକିଗଲା। କଣରେ ଝୁଲୁଥିବା ସେଇ ଜିନପ୍ୟାଣ୍ଟଉପରେ ତା' ଦୃଷ୍ଟି ପଡିବାକ୍ଷଣି ସେ ମନ୍ତ୍ର ମୁଗ୍ଧ ହୋଇ ରହିଗଲା। ସ୍କୁଲ ଯିବା ବଦଳରେ ତା' ପାଦ ଦୋକାନ ଆଡକୁ ଟାଣି ହୋଇଗଲା। ଦୋକାନରେ ଝୁଲୁଥିବା ଜିନ୍ସ ପ୍ୟାଣ୍ଟକୁ ଛୁଇଁ ଦେଖିଲା। ଛୁଇଁବାକ୍ଷଣି ଏକ ରୋମାଞ୍ଚକର ଅନୁଭୂତି ତା'ଦେହରେ ଖେଳିଗଲା। ପଛରୁ ଦୋକାନୀର ଡାକରେ ସେ ଟିକେ ସତର୍କ ହୋଇଗଲା "କଣ ଦେଖୁଛ ପୁଅ ?"

ସେ ପଚାରିଲା, "ଅଙ୍କଲ, ଏହି ଜିନ୍ସ ପ୍ୟାଣ୍ଟ ଟିର ଦାମ୍ କେତେ " ?

"ସେଇ ଯୋଉ ଲେବୁଲ ଥିବା ଜିନ୍ସ ଦେଖୁଛ, ତା' ଦାମ ଏକ ଶହ ପଚାଶ ଟଙ୍କା ଏବଂ ସେମିତି ଦେଖିବାକୁ ଆମେରିକା ଜିନ୍ସ ଦୁଇ ଶହ ପଚାଶ ଟଙ୍କା। ତୁମେ କୋଉ ପ୍ୟାଣ୍ଟ ନେବାକୁ ଚାହୁଁଚ" ?

ମୁଁ ଏହି ଲେବୁଲ ଥିବା ଜିନ୍ସ ଚାହୁଁଛି କିନ୍ତୁ ମୁଁ ପରେ ବାପାଙ୍କ ସାଙ୍ଗରେ ଆସିବି, ସେ ଏତିକି କହି ଦୋକାନରୁ ବାହାରି ଆସିଲା।

ଜିନ୍ସ ପ୍ୟାଣ୍ଟର ଦାମ୍ ଶୁଣି ସେ ନିରାଶ ହୋଇଯାଇଥିଲା। ନିଜ ଇଚ୍ଛାନୁସାରେ ଡ୍ରେସ କିଣିବାକୁ ବାପାଙ୍କ ପାଖରୁ କେବେ ତାକୁ ଟଙ୍କା ମିଳେନି। ତାକୁତ ଟିଫିନ ଖାଇବା ପାଇଁ ବହୁତ କଷ୍ଟରେ ପଚାଶ ପଇସା ମିଳେ। ସ୍କୁଲରେ ତା' ବୟସର ପିଲାଙ୍କ କଥା ତା'ର ମନେ ପଡ଼ିଲା। ସେମାନେ କେତେ ଦାମୀ ଡ୍ରେସ ପିନ୍ଧନ୍ତି। ବୋଧହୁଏ ସେମାନଙ୍କ ବାପା ମା' ବହୁତ ପଇସାବାଲା ଲୋକ। ସମସ୍ତେ ଆମେରୀକାନ କିମ୍ବା ବ୍ରାଣ୍ଡେଡ ଡ୍ରେସ ପିନ୍ଧନ୍ତି, ତାହା ପୁଣି ଭିନ୍ନ ଭିନ୍ନ ରଙ୍ଗର। ସେ ମନ ଦୁଃଖରେ ଭାବିଲା, ଯଦି ମୁଁ ସେଇ ଡ୍ରେସ ପାଇଁ ବାପାଙ୍କ ପାଖରେ ଜିଦି କରିବି, ହୁଏତ ଏତେ ଟଙ୍କା ମତେ ଦେବେନି ଏକଥା ଭାବି ସେ ସ୍କୁଲରେ ପହଞ୍ଚିଗଲା।

କ୍ଲାସରେ ଲଲହ୍ଲୁନା ସହିତ ଦେଖାହେଲା। ତା'ର ସେ ଭଲ ସାଙ୍ଗ, ତା' ବାପାଙ୍କ ସହିତ ଲଲହ୍ଲୁନାର ବାପାବି ସାଙ୍ଗ। ଗୋଟିଏ ଅଫିସରେ ଦୁହେଁ କାମ କରନ୍ତି। ତେଣୁ ଲଲହ୍ଲୁନା ସହିତ ଘନିଷ୍ଠ ହୋଇଯାଇଥିଲା। ରିନସାଙ୍ଗାର ଦୃଷ୍ଟି ବାରମ୍ବାର ଲଲହ୍ଲୁନା ପ୍ୟାଣ୍ଟ ଉପରକୁ ଚାଲି ଯାଉଥିଲା। ଦୋକାନରେ ଯୋଉ ଜିନ୍ସ ଦେଖିଥିଲା, ଠିକ ସେମିତି ନୀଳ ରଙ୍ଗର ଜିନ୍ସ ସେ ପିନ୍ଧିଥିଲା। ତା' କଥା ଶୁଣିବାରେ ରିନସାଙ୍ଗାର ମନ ନଥିଲା, ସେ ବୁଝି ପାରୁନଥିଲା, ଲଲହ୍ଲୁନାର ବାପା ତା' ବାପାଙ୍କ ସହକର୍ମୀ ହୋଇ ତାଙ୍କ ପୁଅ ପାଇଁ ଏତେ ଦାମୀ ଜିନ୍ସ ପ୍ୟାଣ୍ଟ କେମିତି କିଣିଦେଇପାରୁଛନ୍ତି। ଏକଥା ଭାବି ସେ ଚିନ୍ତିତ ହୋଇ ତାକୁ ପଚାରିଲା, ଏତିକି ଟଙ୍କାରେ ତୋ ବାପା ତୋ ପାଇଁ ଏହି ଜିନ୍ସ କେମିତି କିଣି ପାରୁଛନ୍ତି ? ଲଲହ୍ଲୁନା କହିଲା, "ଆରେ, ଏହା ମୋ ବାପାଙ୍କ ପଇସାରେ କିଣାଯାଇନି, ଏହାତ ମୋ ମା'ଙ୍କ ସିଲେଇ କରିବା ସଞ୍ଚୟ ପଇସାରୁ କିଣାଯାଇଛି। ତୁ ବି ତୋ ପାଇଁ କିଣ, ବହୁତ ଭଲ କପଡ଼ା ଏବଂ ଭଲ ଲାଷ୍ଟିଙ୍ଗ କରିବ।" ରିନସାଙ୍ଗା କୌଣସି ଉତ୍ତର ନଦେଇ ସେ କେବଳ ଶୁଣୁଥିଲା ଏବଂ ତା' ମାଙ୍କ ବିଷୟରେ ଭାବୁଥିଲା, ଯିଏ ଏହି ଦୁନିଆରୁ ବିଦାୟ ନେଇ ସାରିଛନ୍ତି। ତା' ପାଇଁ ତା'ଜେଜେମା ମା' ଥିଲେ, ଯିଏ ଘର ଉପରେ ଧ୍ୟାନ ଦେଉଥିଲେ, ବିଶେଷଭାବେ ତା' ବାପାଯେତେବେଳେ କାମକୁ ଚାଲିଯାଉଥିଲେ। ତା' ବାପା ଟ୍ରାନ୍ସପୋର୍ଟକମ୍ପାନୀରେ

କାମ କରନ୍ତି, ତେଣୁଡ଼େରି ରାତିରେ ଘରକୁ ଫେରନ୍ତି ଏବଂ ତେଣୁ ପରସ୍ପର କଥା ହେବାକୁ କମ ସମୟ ମିଳେ।

କ୍ଲାସରେ ଅନ୍ୟ ଝିଅ ପୁଅ ପରସ୍ପର ଭିତରେ ହସି ହସି କଥାବାର୍ତ୍ତା କରିବାରେ ଲାଗିଥିଲେ। ସମସ୍ତେ ପରୀକ୍ଷା ଫଳ ଶୁଣିବାକୁ ଉତ୍ସାହିତ ଥିଲେ। ସମସ୍ତେ ରଙ୍ଗ ବେରଙ୍ଗ ଦାମୀଡ୍ରେସ ପିନ୍ଧିଥିଲେ।କେତେ ଜଣ ଜିନ୍ସ ମଧ୍ୟ ପିନ୍ଧିଥିଲେ। ରିନସାଙ୍ଗା ଅଲଗା ଗୁମସୁମ ହୋଇ ବସିଥିଲା। ଲଲହ୍ଲୁନା ବି ଅନ୍ୟମାନଙ୍କ ସହିତ ଗପସପରେ ବ୍ୟସ୍ତ ଥିଲା। କିନ୍ତୁ ରିନସାଙ୍ଗାର ମନ ତାଙ୍କ ଘରର ଦୁର୍ଦ୍ଦଶା ଉପରେ ଥିଲା। ସେ ଆଶ୍ଚର୍ଯ୍ୟ ହେଉଛି, ତା'ସାଙ୍ଗ ଏବଂ ତାଙ୍କ ପରିବାର ଲୋକଙ୍କର ଏତେ ଖୁସି, ଚିନ୍ତାମୁକ୍ତ ଏବଂ ଆର୍ଥିକ ସ୍ଥିତି ଭଲ କେମିତି ? ସେ ରାତି ଦିନ ଏକ କରି ନିଜ ପାଠ ପଢ଼ାରେ ଲାଗିଥାଏ କିନ୍ତୁ ତା' ସାଙ୍ଗ ଯେମିତି ଜୀବନକୁ ବହୁତ ଉପଭୋଗ କରୁଛି। ଲଲହ୍ଲୁନାକୁ ଦେଖେ ତାର ପାଠ ପଢ଼ାପଢ଼ିରେ କୌଣସି ଧ୍ୟାନ ନଥାଏ। ଦରକାର ହେଲେ ରିନସାଙ୍ଗାର କପି ନେଇ ଉତ୍ତାରିଦେଇ କାମ ଚଳାଇ ଦିଏ ଆଉ ଦିନସାରାଖେଳି କୁଦି ରାତିରେ ନିଘୋଡ଼ ନିଦରେ ଶୋଇଯାଏ। ତା' ବାପା ମା' ବି ପୁଅକୁନେଇ ନିଶ୍ଚିନ୍ତ ଥାନ୍ତି। ଲଲହ୍ଲୁନା କହୁଥିଲା, ପରୀକ୍ଷାର ରେଜଲ୍ଟ ବାହାରିବା ପରେ ତା' ବାପା ମା'ଙ୍କ ସାଙ୍ଗରେ ଗୋଟେ ବଡ ସହରକୁ ବୁଲିବାକୁ ଯିବ।

ହଠାତ୍ ପିଲାଙ୍କ ପାଟିଗୋଳ ବନ୍ଦ ହୋଇଗଲା ଏବଂ ସବୁ ପିଲା ନିଜ ନିଜ ଯାଗାରେ ଛିଡା ହୋଇଗଲେ। ସିଏ ବି ଛିଡ଼ାହେଲା। କ୍ଲାସ ଟିଚର ହସି ଭିତରକୁ ପଶି ଆସିଲେ। ସମବେତ ସ୍ୱର ଗୁଞ୍ଜରି ଉଠିଲା "ଗୁଡ ମର୍ଣ୍ଣିଙ୍ଗ ମାଡାମ !"

ଟିଚର ସେମାନଙ୍କ ଅଭିବାଦନର ଉତ୍ତର ଦେଇ ସମସ୍ତ ପିଲାଙ୍କ ଉପରେ ଆଖି ବୁଲାଇଆଣିଲେ ଏବଂ କହିଲେ, ବର୍ଷକର ଫଳ ଆଜି ମିଳିବାକୁ ଯାଉଛି। ଯୋଉ ପିଲା କୌଣସି କାରଣରୁ ଭଲ କରି ନାହାନ୍ତି, ସେମାନେ ଆହୁରି ପରିଶ୍ରମ କରନ୍ତୁ ଏବଂ ସଫଳତା ହାସଲ ପରିବାକୁ ଚେଷ୍ଟା କରନ୍ତୁ। ମୁଁ ସବୁଠୁ ପ୍ରଥମେ ରିନସାଙ୍ଗାକୁ ଶୁଭେଚ୍ଛା ଜଣାଉଛି ଯେ ସେ ଏବର୍ଷ ପ୍ରଥମ ସ୍ଥାନ ପାଇଛି।

ଏହି ଘୋଷଣା ପରେ କ୍ଲାସସାରା ତାଳିରେ କମ୍ପି ଉଠିଲା। ରିନସାଙ୍ଗା ଲାଜ ଏବଂ ଖୁସିର ମିଶ୍ରିତ ଭାବ ନେଇ ନିଜ ଯାଗାରୁ ଉଠିଲା ଏବଂ କ୍ଲାସ ଟିଚରଙ୍କଠାରୁ ରିପୋର୍ଟ କାର୍ଡ ନେଇ ନିଜର ମାର୍କ ଦେଖିବାକୁ ଲାଗିଲା। କ୍ଲାସ ଟିଚର ଅନ୍ୟ ପିଲାଙ୍କ ରେଜଲ୍ଟ ମଧ୍ୟ ଜଣାଇଲେ। ସବୁ ସମାପ୍ତ କରି ଶୁଭକାମନା ଏବଂ ସାନ୍ତ୍ୱନା ଦେଇ ଟିଚର ଚାଲିଗଲେ। ତା'ପରେ ଛାତ୍ରମାନେ ବି ପରସ୍ପରକୁ ଶୁଭେଚ୍ଛା ଜଣାଇଲେ। ଲଲହ୍ଲୁନାକୁ ଦେଖି ତାକୁ ଦୁଃଖ ଲାଗିଲା କାରଣ ସେ ପରୀକ୍ଷାରେ ପାସ ହୋଇନଥିଲା।

କିନ୍ତୁ ତା'ର ମନ ଦୁଃଖ ଥିଲା ବୋଲି ଟିକେବି ଜଣା ପଡୁନଥିଲା । ତା'ପରେ ସମସ୍ତେ ନିଜ ନିଜ ଘରକୁ ଚାଲିଗଲେ ।

ଡେରି ରାତିରେ ତା' ବାପା ଘରକୁ ଆସିଲେ, ସେ ପର୍ଯ୍ୟନ୍ତ ସେ ଚେଇଁ ରହିଥିଲା । ସେ ଖାଇସାରିବା ପର୍ଯ୍ୟନ୍ତ ଅପେକ୍ଷା କଲା । ଖାଇସାରିବା ପରେ ଯେତେବେଳେ ସେ ତାଙ୍କ ରୁମକୁ ଯାଇ ବେଡ଼ ଉପରେ ବସି ପେପର ପଢୁଥିଲେ, ସେ ଧୀରେ ଧୀରେ ଯାଇ ତାଙ୍କ ପାଖରେ ଛିଡ଼ାହେଲା । ବାପା ତାକୁ ଦେଖି ଆଶ୍ଚର୍ଯ୍ୟ ହୋଇ ପଚାରିଲେ, "ପୁଅ, ତୁ ଏପର୍ଯ୍ୟନ୍ତ ଚେଇଁଛୁ ?"

ସେ ସାହସ ଯୁଟେଇ କହିଲା, ମୋର ବାର୍ଷିକ ପରୀକ୍ଷା ରେଜଲ୍ଟ ବାହାରିଲା । ମୁଁ କ୍ଲାସରେ ଫାଷ୍ଟ ହେଇଛି ।

ବାପାଙ୍କ ହାତରୁ ପେପର ଖସି ତଳେ ପଡ଼ିଗଲା । ତା'ପରେ ସେ କହିଲେ "ସାବାସ ବେଟା !ମୁଁ ତୋ ପାଇଁ ଗର୍ବ କରୁଛି, ତୁ ମୋ ଆଶାର ଦୀପ, ଏଥିପାଇଁ ତତେ ଗୋଟିଏ ଉପହାର ଦେବି, କିନ୍ତୁ ଟିକେ ଡେରି ହେବ ।"

ରିନସାଙ୍ଗା ଏହି ମଉକା ଦେଖି କହିଲା, "ବାପା, ନୀଳ ଜିନ୍ସ ପ୍ୟାଣ୍ଟମୋତେ ବହୁତ ଭଲ ଲାଗୁଛି । ମତେ ଛାଡ଼ି ଆମ କ୍ଲାସର ସବୁ ପିଲା ଭଲ ଭଲ ଜିନ୍ସ ପିନ୍ଧୁଛନ୍ତି । ଉପହାରରେ ମୋ ପାଇଁ ସେଇ ଜିନ୍ସ କିଣି ଦିଅନା !"

ନିଶ୍ଚୟ କିଣିଦେବି, ନିଶ୍ଚୟ । କିନ୍ତୁ ମୋ ବାକିଆ ଟଙ୍କା ମିଳୁ ।

ରିନସାଙ୍ଗା ପଚାରିଲା, "ବାକିଆ ଟଙ୍କା କେବେ ମିଳିବ ବାପା ?"

ବାପା କହିଲେ, ଏହିତ ମୁସ୍କିଲ କଥା ପୁଅ । ମାସେବି ହୋଇପାରେ ବର୍ଷେ ବି ହୋଇପାରେ । ରିନସାଙ୍ଗାର ମୁହଁ ଝାଉଁଳି ପଡିଲା । ତା'ପରେ ସେ ହତାସ ମନରେ ଶୋଇବାକୁ ଚାଲିଗଲା ।

ସ୍କୁଲରେ ଖରା ଛୁଟି ହେଲା । ଛୁଟି ହେଲେ ରିନସାଙ୍ଗାକୁ ବହୁତ ବିରକ୍ତ ଲାଗେ । ସେ କାହା ସହିତ ଖେଳିବ, କାହା ସହିତ ସମୟ ବିତାଇବ ସେ ଜାଣି ପାରୁନଥିଲା । କେବଳ ଏକମାତ୍ର ଜେଜେମା' ଅଛି, ତା' ସାଙ୍ଗରେ କିଛି ସମୟ ଗପସପ କରି ସମୟ କାଟିଦିଏ । ଏହି ଏକଲାପଣ ଯୋଗୁ ଜିନ୍ସ ପ୍ୟାଣ୍ଟ କଥା ତା'ର ଆହୁରି ମନେ ପଡିଲା ।

ସେଦିନ ଏ. ଆର୍ ପଡିଆରେ ଫୁଟବଲ ମ୍ୟାଚ ହେବାକୁ ଆୟୋଜନ କରା ଯାଇଥିଲା । ଦ୍ୱିପହର ଖାଇବା ସାରିଦେଇ ଜେଜେମା'କୁ କହି ରିନସାଙ୍ଗା ମ୍ୟାଚ ଦେଖିବାକୁ ଚାଲିଗଲା । ରାସ୍ତାରେ ଲଲମୁଓନା ସହିତ ଦେଖାହେଲା । ସେ ବୟସରେ ତାଠୁ ବଡ ଥିଲା, ତା' ଉପର କ୍ଲାସରେ ପଢୁଥିଲା । କେବେ କେବେ ସ୍କୁଲକୁ ଆସୁଥିଲା ।

ସେ ସିଗାରେଟ ପିଏ, କଡ଼ା ପାନ ଚୋବାଏ ଆଉ ଗଳିରେ ଏପଟ ସେପଟ ହୋଇ ବାଲୁଙ୍ଗା ହେଇ ବୁଲୁଥାଏ। ସମସ୍ତେ ଜାଣନ୍ତି ସେ ପକେଟମାରୁ କରେ। ରିନସାଙ୍ଗା ତା'ଠୁ ଦୂରେଇ ଥାଏ କାରଣ ତା' ବାପା ତା' ସହିତ ମିଶିବା ପାଇଁ ମନା କରିଛନ୍ତି। ଆଜି ଲଲମୁଓନା ମଧ୍ୟ ସେମିତି ନୀଳ ରଙ୍ଗର ଜିନ୍ସ ପିନ୍ଧିଛି। ରିନସାଙ୍ଗାର ଆଖି ତା'ପ୍ୟାଣ୍ଟରେ ଲାଖି ରହିଲା। ସେ ଆଶ୍ଚର୍ଯ୍ୟ ଏବଂ କୌତୁହଳରେ ପଚାରିଲା "ସାଙ୍ଗ, ତୁମେ ଏତେ ସୁନ୍ଦର ଦାମୀ ଜିନ୍ସ କେମିତି କିଣିଲ? କୋଉଠୁ ନେଇ ଆସିନତ ?"

ଲଲମୁଓନା ବେପରୁଆ ଭାବେ କହିଲା, "ଆରେ, ଏହାକୁ ଚୋରେଇନି ବଚ୍ଚା!ଚୋରେଇବି କାହିଁକି ?ଏହାକୁ କିଣିବାକୁ କୋଉ ବଡ କଥା ମୋ ପାଇଁ ?"

ସେ ଆଶ୍ଚର୍ଯ୍ୟ ହୋଇ ପଚାରିଲା, "ଆଛା, ତା'ହେଲେ ଯାକୁ କିଣିବାକୁ ତୁମେ କୋଉଠୁ ପଇସା ପାଇଲ ?"

ଲଲମୁଓନା କହିଲା, "ସିନେମା ହଲରୁ !ତୁ କେବେ ସିନେମା ହଲ ଯାଇଛୁ?

ରିନସାଙ୍ଗା ନିରାଶ ହେଇ କହିଲା "ନାଇଁ ସାଙ୍ଗ"।

ଲଲମୁଓନା ହସି କହିଲା, "ତୁ ଜଣେ ଭଲ ପିଲା ଏବଂ କ୍ଲାସରେ ଫାଷ୍ଟ ହେଉଛୁ। ତୋ ଭଳି ବୋକା ପିଲାଙ୍କ ପାଇଁ ଟଙ୍କା ରୋଜଗାର କରିବା କଠିନ କାମ।"

ରିନସାଙ୍ଗା ଆସନ୍ତୋଷଭରା ସ୍ୱରରେ କହିଲା, "ଭଲ ପଢ଼ିବା ପିଲାମାନେ କ'ଣ ବୋକା ହୋଇଥାନ୍ତି ?"

ଲଲମୁଓନା ତାକୁ ଟିକେ ସାକୁଲେଇ କହିଲା, "କ୍ଷମା କରିଦେ ସାଙ୍ଗ, ଭୁଲରେ କହିଦେଲି। ତା'ପରେ ସେ ପାଖକୁ ଲାଗିଆସି ତା' କାନରେ ଫୁସୁର ଫୁସୁର ହୋଇ କହିଲା, "ଯଦି ତୁ ଚାହିଁବୁ କାଲି ରାତି ଫିଲ୍ମ ପାଇଁ ସିନେମା ହଲ ପାଖକୁ ଆସିବୁ। ସେଠାରେ 'ଶୋଲେ' ଫିଲ୍ମ ଲାଗିଛି ଏବଂ ବହୁତ ଭିଡ଼ ହେଉଛି। ଏମିତିରେ ବଡ଼ ବଡ଼ ଲୋକଙ୍କୁ ଟିକେଟ କିଣିବା ପାଇଁ ବହୁତ କଷ୍ଟ ହୁଏ ଏବଂ ଛୋଟ ପିଲାମାନେ ଭିଡ଼ ଭିତରେ ପଶି ଟିକେଟ କିଣି ଆଣନ୍ତି। ତେଣୁ ଏଥିପାଇଁ ଆମ ପକେଟ ପୁରିଯାଏ। ଦଶ ଟଙ୍କାର ଟିକେଟକୁ ପନ୍ଦର କୋଡ଼ିଏ ଟଙ୍କାରେ ବିକି ଭଲ ରୋଜଗାର ହୋଇଯାଏ। ତୁ ଭାବିବୁ ଏହା ଖରାପ କାମ, କିନ୍ତୁ ପ୍ରକୃତରେ ଏହା ଭଲ କାମ ଆମେ କରୁଛୁ। ଯିଏ ଟିକେଟ କିଣି ପାରୁନାହାନ୍ତି, ଆମେ ତାଙ୍କୁ ସାହାଯ୍ୟ କରୁଛୁ ନା?ତୁ ବି ମୋ ଭଳି ଟିକେଟ କିଣ, ତା'ହେଲେ ଯାହା ଚାହିଁବୁ ତୁ ତୋ ପାଇଁ କିଣି ପାରିବୁ।"

ରିନସାଙ୍ଗା କହିଲା, "ରାତିରେ ଚିନ୍ତାକରି କାଲି ତୁମକୁ କହିବି।"

ସେଦିନ ରାତିରେ ରିନସାଙ୍ଗା ଠିକ୍‌ରେ ଶୋଇ ପାରିଲାନି। ଲଲମୁଓନାର କଥାଗୁଡିକ ତାକୁ ବିବ୍ରତ କରୁଥାଏ। ଶେଷରେ ପରଦିନ ଲଲମୁଓନା ସାଙ୍ଗରେ ସିନେମା

ହଲ ଯିବାକୁ ସ୍ଥିର କଲା। ଜେଜେମା’ ସାଙ୍ଗରେ ଦ୍ୱିପହର ଖାଇବା ଖାଇସାରି ସେ ଲଲାମୁଓନା ପାଖକୁ ଗଲା। ତା’ ସହିତ ରାସ୍ତାରେ ଭେଟ ହୋଇଗଲା। ତା’ପରେ ସେମାନେ ସିନେମା ହଲରେ ଯାଇ ପହଞ୍ଚିଲେ। ସିନେମା ହଲ ପାଖରେ କେତେ ଜଣ ପୋଲିସଙ୍କୁ ଦେଖି ରିନସାଙ୍ଗା ବହୁତ ଡରିଗଲା। କିନ୍ତୁ ଲଲମୁଓନା ତାକୁ କହିଲା, ପୋଲିସ ଟିକେଟ କାଟୁଥିବା ଲୋକଙ୍କ ଉପରେ ଧ୍ୟାନ ଦିଅନ୍ତି ନାହିଁ। ସେମାନେତ କୌଣସି ଚୋର ବଦମାସ ଲୋକଙ୍କୁ ଖୋଜୁଥାନ୍ତି।

ଯେତେବେଳେ ଟିକେଟ କାଉଣ୍ଟର ଖୋଲିଲା, ଲଲମୁଓନା ରିନସାଙ୍ଗାକୁ ସାଙ୍ଗରେ ନେଇ ଧାଡ଼ିରେ ଛିଡ଼ାହେଲା। ଲଲମୁଓନା ଆଗରେ ଜଣେ ଧନୀ ଯୁବକ ଛିଡ଼ା ହୋଇଥିଲେ। ଲଲମୁଓନା ତାଙ୍କ ପଛରେ ଚାପିହୋଇ ଛିଡ଼ା ହୋଇଗଲା। ସେ ବଡ଼ ଚତୁରତାର ସହ ତାଙ୍କ ପର୍ସ ମାରିନେଲା। ରିନସାଙ୍ଗା ଏକଥା ଆଦୌ ଜାଣି ପାରିଲାନି। କିଛି ସମୟ ପରେ ସେଇ ପର୍ସକୁ ରିନସାଙ୍ଗାର ପଛ ପକେଟରେ ରଖିଦେଲା ଏବଂ କହିଲା, “ଏହାକୁ ସମ୍ଭାଳି ରଖିବୁ, ମୁଁ ଆସୁଛି, ମୋ ଯାଗାବି ରଖିଥିବୁ”କହି ଚାଲିଗଲା।

ହଠାତ୍ ସାମ୍ନାରେ ଛିଡା ହୋଇଥିବା ଯୁବକଜଣଙ୍କ ପାଟି କଲେ “ମୋ ପର୍ସ ! ଆରେ ମୋ ପର୍ସ ଚୋରି ହୋଇଗଲା”। ଲଲମୁଓନା ତା’ ପକେଟେରେ ରଖିଥିବା ପର୍ସ କଥା ତା’ର ମନେ ପଡ଼ିଲା। ତା’ ଆତଙ୍କିତ ମନ ଯେମିତି ତାକୁ କହିଲା ତୁ ଏଇଠୁ ଧାଇଁ ଚାଲିଯା। ଦୁର୍ଭାଗ୍ୟବଶତଃ ତା’ ପକେଟରୁ ପର୍ସଟି ଖସି ପଡ଼ିଲା ଏବଂ ପାଖରେ ଛିଡ଼ା ହୋଇଥିବା ଜଣେ ପୋଲିସ ଦେଖିଦେଲା। ରିନସାଙ୍ଗା ଘାବରେଇଯାଇ ବାହାରକୁ ଧାଇଁଲା। ପୋଲିସ ତୁରନ୍ତ ତା’କଲର ଧରି ଏବଂ ତାକୁ ଘୋଷାରି ଭ୍ୟାନରେ ଥାନାକୁ ନେଇଗଲେ। ଦୂରରେ ଛିଡ଼ା ହୋଇଥିବା ଲଲମୁଓନା ଉପରେ ତା’ ନଜର ପଡ଼ିଲା। ସାହାଯ୍ୟ ପାଇଁ ତାକୁ ଡାକ ଛାଡ଼ିଲା। ତା’ପରେ ସେ ପୋଲିସ ପାଖରେ କାକୁତି ମିନତି ହେଲା “ମୁଁ ପର୍ସ ଚୋରାଇନି, ମୋ ଜୀବନରେ ମୁଁ କେବେ ବି ଚୋରି କରିନି, ଦୟାକରି ମତେ ଛାଡ଼ିଦିଅ।”

ପୋଲିସ ତା’ର କୌଣସି କଥା ଶୁଣିଲେନି, ଡ୍ରାଇଭର ଭ୍ୟାନର ସ୍ପିଡ଼ ବଢ଼ାଇଦେଲା। ସେ ବୁଲି ପଛକୁ ଚାହିଁଲା। ଲଲମୁଓନା ତା’ ଆଡକୁ ଜିଭ କାଢ଼ି ହସୁଥିଲା। ତା’ ନିଜ ଉପରେ ରାଗ ଲାଗୁଥିଲା, ସେ କାହିଁକି ଲଲମୁଓନା ଭଳି ପିଲାକୁ ବିଶ୍ୱାସ କରୁଥିଲା। ଲାଜରେ ତା’ ମୁଣ୍ଡ ନଇଁ ଯାଉଥିଲା, ଏକଥା ଶୁଣି ତା’ ବାପା କ’ଣ ଭାବିବେ। ହୁଏତ ତାକୁ କେବେ ବି କ୍ଷମା କରିବେନି କିମ୍ବା ତାକୁ ଜମାନତରେ ନେବେନି। ଯେତେବେଳେ ସେ ଜେଲରେ ପହଞ୍ଚିଲା, ପୋଲିସ କହିଲେ, ଏତେ

ଛୋଟ ପିଲାକୁ ଜେଲରେ ରଖି ହେବନି ବରଂ ତାକୁ ଥାନାରେ ସେ ପର୍ଯ୍ୟନ୍ତ ରଖାଯିବ, ଯେ ପର୍ଯ୍ୟନ୍ତ ତା' ପରିବାର ଲୋକ ତାକୁ ଜମାନତରେ ନେବାପାଇଁ ନ ଆସିଛନ୍ତି। ରିନସାଙ୍ଗା ବହୁତ ଚିନ୍ତିତ ହେଲା ଏବଂ ନିଜ ଉପରେ ତାକୁ ରାଗ ଲାଗୁଥିଲା, କାହିଁକି ସେ ଏତେ ଦୁଷ୍ଟ ପିଲାକୁ ବିଶ୍ୱାସ କଲା ! ଏକଥା ଭାବି ମଧ ଚିନ୍ତିତ ଥିଲା, ତା' ବାପା ତାକୁ କ୍ଷମା ଦେବେ ନା ଜମାନତରେ ନେବେ।

ଅନ୍ଧାର ବଢୁଥିଲା ଏବଂ ନିରାସଙ୍ଗାକୁ ବହୁତ ଭୋକ ଲାଗୁଥିଲା। ସେ ସମ୍ପୂର୍ଣ୍ଣ ଏକୁଟିଆ ଥିଲା ଏବଂ ଏହା ମଧ୍ୟରେ ତିନି ଚାରି ଘଣ୍ଟା ବିତି ଯାଇଥିଲା। ହଠାତ୍ ଜଣେ କନେଷ୍ଟବଳ ଆସି କହିଲା, ତୁମେ ଘରକୁ ଯାଇପାର। ରିନସାଙ୍ଗା ବହୁତ ଆଶ୍ଚର୍ଯ୍ୟ ହୋଇ ଭାବିଲା, କିଏ ତା' ପାଇଁ ଜମାନତ ଦେଲା ? ଯେତେବେଳେ ସେ ବାହାରକୁ ଆସିଲା, ସାମ୍ନାରେ ଆସୁଥିବା ତା' ବାପାଙ୍କୁ ଦେଖିଲା। ତା' ଛାତି ଧଡ୍ ଧଡ୍ ହେଲା। ଲଜ୍ୟାରେ ତା' ମୁଣ୍ଡ ନଇଁଗଲା, ତାଙ୍କ ସାମ୍ନାରେ ସେ ପଥର ମୂର୍ତ୍ତୀ ଭଳି ଆସି ଛିଡ଼ାହେଲା।

ତା' ବାପା କହିଲେ, "ଚାଲ୍ ପୁଅ, ଏବେ ଘରକୁ ଚାଲେ, ବହୁତ ଥକ୍କି ଯାଇଥିବୁ, ତତେ ବିଶ୍ରାମ ଦରକାର। ପ୍ରଥମେ କୌଣସି ରେଷ୍ଟୁରାଣ୍ଟ ଯାଇ କିଛି ଖିଆ ପିଆ କରିବା।"

ରାସ୍ତାରେ ଏକ ରେଷ୍ଟୁରାଣ୍ଟ ନଜରରେ ପଡିଲା। ରିନସାଙ୍ଗା ପାଇଁ ତା' ବାପା ପିଜା ଏବଂ ଚା' ମଗାଇଲେ। ଆଉ କ'ଣ ଖାଇବୁ କି ବାପା ତାକୁ ପଚାରିଲେ। କିନ୍ତୁ ତା' ପାଟିରୁ କିଛି କଥା ବାହାରିଲାନି। ସେ ଭିତରେ ଭିତରେ ଲଜ୍ଜିତ ଅନୁଭବ କରୁଥିଲା। ସେଦିନ ରାତିରେ ବାପା, ଜେଜେମା' ଏବଂ ରିନସାଙ୍ଗା ସମସ୍ତେ ମିଶିକି ଖାଇଲେ। ବାପା କିମ୍ବା ଜେଜେମା' ତାକୁ ସିନେମା ହଲ ଘଟଣା ବିଷୟରେ କିଛିବି ପଚାରିଲେ ନାହିଁ, ଯେମିତି କିଛି ହେଇନି।

ଖାଇବା ପରେ ସେ ତା' ରୁମକୁ ଚାଲିଗଲା। ଥକ୍କି ଯାଇଥିବା ଯୋଗୁ ତାକୁ ଜଲ୍‌ଦି ନିଦ ଲାଗିଗଲା।

ସକାଳୁ ତା' ନିଦ ଡେରିରେ ଭାଙ୍ଗିଲା। ସେ ହଡ଼ବଡ଼ହୋଇ ଉଠି ବସିଲା। ତା'ବେଡ଼ ପାଖ ଷ୍ଟୁଲ ଉପରେ ଏକ ସୁନ୍ଦର ନୀଳ ରଙ୍ଗର ଜିନ୍ସ ଥୁଆ ହୋଇଥିବାର ସେ ଦେଖିଲା। ତାକୁ ଲାଗିଲା ସେ କୌଣସି ସ୍ୱପ୍ନ ଦେଖୁଛି। ସେ ଆଖି ମଳିଲା, ତାପରେ ଟିକେ ଭଲ ଭାବେ ଚାହିଁଲା। ନା, ଏହା ସ୍ୱପ୍ନ ନୁହେଁ। ନୀଳ ରଙ୍ଗର ବ୍ରାଣ୍ଡେଡ଼ ଜିନ୍ସ ପ୍ୟାଣ୍ଟ ତା' ସାମ୍ନାରେ ହିଁ ଥିଲା।

ହଠାତ୍ ରିନସାଙ୍ଗାର ବାପା ତା' ରୁମକୁ ପଶିଆସିଲେ। ସେ କହିଲେ, କେମିତି ଭାବେ ପୂର୍ବ ଦିନ ତାଙ୍କୁ ବାକିଆ ଟଙ୍କା ମିଳିଲା ଏବଂ କେମିତି ସେ ଏହି ଜିନ୍ସ ପ୍ୟାଣ୍ଟ

କିଣିଲେ ଏବଂ ଘରକୁ ଫେରିବା ପରେ ସେ ଥାନାରେ ରହିଥିବା କଥା ଶୁଣି ଜମାନତରେ ଆଣିବାକୁ ଗଲେ।

ରିନସାଙ୍ଗାର ଆଖି ଲୁହରେ ଭରିଗଲା। ବାପାଙ୍କୁ କିଛି କହିବାକୁ ସେ ସାହସ ଯୁଟେଇ ପାରୁନଥିଲା।

ସେ କାନ୍ଦୁଥିବା ଦେଖି ବାପା ତାକୁ ଛାତିରେ ଚାପି ଧରି କହିଲେ, କାନ୍ଦେନାରେ ପୁଅ, ପ୍ରକୃତରେ ଭୁଲ ତୋର ନୁହେଁ, ଭୁଲ ମୋର। ତୋ ପାଇଁ ମୁଁ ସମୟ ଦେଇପାରି ନଥିବାରୁ ମୁଁ ଦୁଃଖିତ ଏବଂ ଅପରାଧୀ ମଧ୍ୟ।

■

ମେଘନାଦ

ବଙ୍ଗଳା- ମଳୟ ଚଟ୍ଟୋପାଧ୍ୟାୟ

ଗତ ଦୁଇ ଦିନ ଧରି ମଝିରେ ମଝିରେ ଆକାଶ ଆଡ଼କୁ ଦୃଷ୍ଟି ଚାଲିଯାଉଛି। ଦିନ ରାତି ବର୍ଷାରେ ପୁରା କୋଲକତା ଯେମିତି ଭାସୁଛି। ଗତକାଲି ବର୍ଷା ଯୋଗୁ ଗାଡ଼ି ବାହାର ନକରି ମେଟ୍ରୋରେ ପତ୍ରିକା ଅଫିସ ଯାଇଥିଲି। ଆଜି ଆଉ କୁଆଡ଼େ ଯିବାକୁ ଇଚ୍ଛା ହେଉନି, ଯଦିଓ କିଛି କାମ ଥିଲା। କିଛି ସମୟ ପୂର୍ବରୁ ମୋର ଆନ୍ତର୍ଜାତୀୟ ପୁରସ୍କାର ପ୍ରାପ୍ତି ପାଇଁ ସଂପାଦକ ମହାଶୟ ଫୋନ କରିଥିଲେ। ସାହିତ୍ୟିକ ପ୍ରତିକ ସେନଙ୍କ ପାଇଁ ସେମାନେ ଗର୍ବିତ। କୋଲକତାରେ ନଥିବାରୁ ଅଭିନନ୍ଦନ ଜଣାଇବାକୁ ଡେରି ହେଲା ବୋଲି ଦୁଃଖପ୍ରକାଶ କରୁଥିଲେ। ସିଗାରେଟଟିଏ ଲଗେଇ ଝରକା ବାଟେ ଚାହିଁ ରହିଲି।

ପତ୍ନୀ କସ୍ତୁରୀ କଲେଜ ଯାଇଛି। ଫେରୁ ଫେରୁ ରାତି ହେବ। ଆସିବା ବେଳକୁ ବାଗବଜାରରେ ତା' ମା'ଙ୍କ ସାଙ୍ଗରେ ଦେଖା କରି ଝିଅକୁ ନେଇକି ଆସିବ। ଏତେ ସମୟ କ'ଣ କରିବି କେଜାଣି !

ଚୁପ୍‌ଚାପ୍ ବସି ହଠାତ୍ ଗୋଟିଏ ନାଁ ମନକୁ ଚାଲିଆସିଲା। ମେଘନାଦ, ମେଘନାଦ ଚଟ୍ଟୋପାଧ୍ୟାୟ। ଭାବନାଟାକୁ ଯେତେ ତଡ଼ିବାକୁ ଚେଷ୍ଟା କଲେ ବି ବୁଲି ବୁଲି ପୁଣି ମନକୁ ଚାଲିଆସୁଛି।

ଦୁଇ ବର୍ଷ ତଳର କଥା। ଏକ ସାହିତ୍ୟ ସମ୍ମିଳନୀରେ ଯୋଗ ଦେବାକୁ ଶିଲଂ ଯାଇଥିଲି। ଏୟାରପୋର୍ଟ ଲାଉଞ୍ଜରୁ ବାହାରକୁ ବାହାରିବା କ୍ଷଣି 'ପ୍ରତୀକ ସେନ' ଲେଖାଥିବା ଏକ ବଡ଼ ପୋଷ୍ଟର ଉପରେ ନଜର ପଡ଼ିଲା। ସେଇଟିକୁ ଧରିଥିଲା ଫ୍ରେଞ୍ଚକଟ

ଦାଢ଼ି ଥିବା, ତୋଫା ଗୋରା ଏବଂ କୁଞ୍ଚୁକୁଞ୍ଚିଆ ଚୁଟି ଥିବା ଗୋଟିଏ ପିଲାକୁ ଦେଖିଲି। ଭାବିଲି ଅଣ ବଙ୍ଗାଳୀ କିନ୍ତୁ ପରେ କଥା ହେବାରୁ ମୋ ଭ୍ରମ ଦୂର ହେଲା।

ଗାଡ଼ି ଭିତରେ ଡ୍ରାଇଭର ସହିତ କେବଳ ଆମେ ଦୁଇ ଜଣ। ଗାଡ଼ି ଚାଲୁ ଚାଲୁ ପିଲାଟି ଅନର୍ଗଳ ଗପି ଚାଲିଛି। କହିଲା, 'ଜାଣନ୍ତି ସାର୍, ଏହି ଶିଲଂରେ ଯେତେ ବଙ୍ଗଳା ଭାଷା ଭାଷି ଅଛନ୍ତି, ସେମାନେ ପ୍ରାୟ ପ୍ରତି ମାସରେ ଏକାଠି ହୁଅନ୍ତି। ଏଠାକାର ବିଭିନ୍ନ କ୍ଷେତ୍ରରେ ପ୍ରତିଷ୍ଠିତ ବ୍ୟକ୍ତିମାନେ ଆସନ୍ତି, ବିଭିନ୍ନ ବିଷୟରେ ଆଲୋଚନା ହୁଏ। ଚଳଚିତ୍ର, ଖେଳ, ସାହିତ୍ୟ, ସଂସ୍କୃତି ସବୁ ବିଷୟ।'

ପିଲାଟିର ଉତ୍ସୁକତାଭରା କଥା ଏବଂ ଚଳନ୍ତି ଗାଡ଼ିରୁ ଚିତ୍ର ଭଳି ବାହାରର ପ୍ରାକୃତିକ ଦୃଶ୍ୟଗୁଡ଼ିକ ବହୁତ ଭଲ ଲାଗୁଥିଲା। ମନେ ହେଉଥିଲା ହଠାତ୍ ଏକ ନୂତନ ଜଗତରେ ଆସି ପହଞ୍ଚିଛି। ଆମର ସେଇ ଚିହ୍ନାଜଣା ଭିଡ଼ ରାସ୍ତାଘାଟ, ଗାଡ଼ିର ଜଙ୍ଗଲ, ଲାଗି ଲାଗି ଘର, ପ୍ରତିଦିନର ରୁଟିନ ବନ୍ଧା ଜୀବନ ଠାରୁ ଅନେକ ଦୂର।

'ସାର୍, ଆମେ ପହଞ୍ଚିଗଲେଣି।' ପିଲାଟାର ଡାକରେ ପ୍ରକୃତିସ୍ଥ ହେଲି। ଦେଖିଲି, ବଡ଼ ଲନ୍‌ରେ ଘେରି ରହିଥିବା ବିରାଟ ବଙ୍ଗଳା। ନିଜର ସୁଟକେସଟିକୁ ଧରି ଓହ୍ଲାଇଲା ବେଳେ ସେ କହିଲା, 'ଇଏ କ'ଣ କରୁଛନ୍ତି ଆପଣ ? ମୋତେ ଦିଅନ୍ତୁ ସାର୍।' କହି ମୋ ହାତରୁ ସୁଟକେସଟା ନେଇ ବଙ୍ଗଳା ଭିତରକୁ ସାଙ୍ଗରେ ନେଇଗଲା।

ପ୍ରାୟ ଖାଲି ଘରଟାକୁ ଦେଖି ମୋତେ କେମିତି ଅସ୍ୱସ୍ତିକର ମନେହେଲା। ମୋ ମନ କଥା ବୁଝିପାରି ସେ କହିଲା, 'କୌଣସି ଚିନ୍ତା କରନ୍ତୁନି ସାର୍। ଏଇଟା ହେଲା ଆମ ସଂଗଠନର ସଭାପତି ଭବତୋଷଦା ମାନେ ଭବତୋଷ ହଜାରିକାଙ୍କ ଗେଷ୍ଟ ହାଉସ। ସେ ଟିକେ ଦୂରରେ ରୁହନ୍ତି। ସେ ଏଠାକାର ସାଂସଦ, ତେଣୁ ସେ ବେଶୀ ସମୟ ଦିଲ୍ଲୀରେ ରୁହନ୍ତି।'

ପିଲାଟିର କଥା ଶୁଣି ଆସ୍ୱସ୍ତ ହେଲି। ଭାବିଲି, ଯାହାହେଉ ଜଣେ ରାଜନୈତିକ ନେତାଙ୍କ ଛତ୍ରଛାୟା ତଳେ ଯେତେବେଳେ ଅଛି କୌଣସି ଭୟ ନାହିଁ। ପଚାରିଲି, 'ମୁଁ ଏତେ ବଡ଼ ଘରେ ଏକୁଟିଆ ରହିବି ? ମାନେ ଆଉ କେହି....'

ମୋ ମୁହଁରୁ କଥା ଛଡ଼େଇ କହିଲା, 'ନାଇଁ ସାର୍, ପଞ୍ଜାବ ଏବଂ କାଶ୍ମୀରରୁ ଦୁଇ ଜଣ ଲେଖକ ଏଠାରେ ରହିବେ। ଅନ୍ୟମାନେ ଯୋଉ ଆସିଛନ୍ତି ବିଭିନ୍ନ ଯାଗାରେ ସେମାନଙ୍କୁ ରଖାଯାଇଛି। କିନ୍ତୁ ଭବତୋଷଦା କହିଲେ, ଆପଣଙ୍କ ପାଇଁ ଅଲଗା ବ୍ୟବସ୍ଥା କରିବାକୁ।'

ଦ୍ୱିପହର ଗଡ଼ିବା ପରେ ଗେଷ୍ଟ ହାଉସର ଲନ୍‌ରେ ବସି ଚାରିପଟ ଦୃଶ୍ୟକୁ ଉପଭୋଗ କରୁଥିଲି, ଏହି ସମୟରେ ମୋ ଅନ୍ୟମନସ୍କତା ଭାଙ୍ଗି ଜଣଙ୍କ କଣ୍ଠସ୍ୱର

ଶୁଣାଗଲା, 'ଲେଖକମାନେ ଟିକେ ଭାବୁକ ପ୍ରକୃତିର ଜାଣିଛି, ତେଣୁ ଆପଣଙ୍କୁ ବିରକ୍ତ କରିବି ନା ନାହିଁ ଚିନ୍ତା କରୁଥିଲି।'

ସାମନାରେ ଛିଡ଼ା ହୋଇଥିଲେ ପ୍ରାୟ ଛଅ ଫୁଟ ଲମ୍ବା, ସୋମ୍ୟ, ଭଦ୍ରବ୍ୟକ୍ତିଙ୍କୁ ଦେଖି ଛିଡ଼ା ହୋଇପଡ଼ିଲି। ମୋର ଅନୁମାନ ଠିକ୍ ହେଲା, ଯେତେବେଳେ ଭଦ୍ରବ୍ୟକ୍ତି କହିଲେ, 'ନମସ୍କାର। ମୋ ନାଁ ଭବତୋଷ ହଜାରିକା।' ମୋତେ ଉଠିବାକୁ ନଦେଇ ମୋ ସାମନା ବେତ ଚେୟାରରେ ବସିଗଲେ। କହିଲେ, 'ସପ୍ତର୍ଷି କେମିତି ଅଛି, ମାନେ ଆପଣଙ୍କର ସମ୍ପାଦକ ମହାଶୟ ? କେତେ ବର୍ଷ ପୂର୍ବର ଘଟଣା। ଏଇ ବୟସରେ ମନେ ହେଉଛି, ଏଇ ଯେମିତି କାଲିର କଥା। ସମୟ ବଡ଼ ଚଞ୍ଚଳ। ଗୋଟିଏ ସ୍ଥାନରେ ସ୍ଥିର ହୋଇ ରହେନା।'

ତାଙ୍କ କଥାର କି ଉତ୍ତର ଦେବି ଭାବୁଥିବାବେଳେ ଲାମା ଦୁଇ କପ୍ କଫି ଆଣି ଦେଲା। କଫି ପିଉ ପିଉ ଅନେକ ଗପସପ ହେଲୁ। ତା' ଭିତରେ କେତେ ଥର ମେଘନାଦର ପ୍ରଶଂସା କଲେ। ଯିବା ସମୟରେ କହିଲେ, 'କାଲି ଠିକ୍ ସମୟରେ ମେଘନାଦ ଆସିବ।'

ପଚାରିଲି, 'ମେଘନାଦ କିଏ ?'

'ମେଘନାଦକୁ ଚିହ୍ନି ପାରିଲେନି ? ଯିଏ ଆପଣଙ୍କୁ ଏୟାରପୋର୍ଟରୁ ଆଣିଥିଲା, ମେଘନାଦ ଚାଟାର୍ଜୀ। ଭାରି ଭଲ ପିଲାଟିଏ, ତେଣୁ ତାକୁ ଆପଣଙ୍କର ସବୁ ଦାୟିତ୍ୱ ଦେଇଛି।' ତା'ପରେ ଗାଡ଼ିରେ ବସି ହସିଦେଇ ହାତ ହଲାଇ ସେ ଚାଲିଗଲେ।

ସାହିତ୍ୟ ସମ୍ମିଳନୀ ସରିବା ପରେ ମେଘନାଦକୁ ପାଖରେ ବସାଇ କଥା ହେଲି, କହିଲି, 'ତୁମ କଥା ଶୁଣି ଲାଗୁଛି ସାହିତ୍ୟ ସମ୍ପର୍କରେ ତୁମର ଧାରଣା କିଛି କମ ନୁହେଁ। ତୁମେ ଲେଖାଲେଖି କରୁନ କାହିଁକି ?'

ମୋ କଥା ଶୁଣି ସେ ଟିକେ ଚୁପ ରହିଲା, ତା'ପରେ କହିଲା, 'ସତକଥା ସାର୍ ମୁଁ ଲେଖାଲେଖି କରେ, କୋଲକତାର ଅନେକ ପତ୍ରିକାକୁ ପଠାଇଥିଲି, କୌଣସିଥିରେ ବାହାରିଲାନି। ତେଣୁ ମଝିରେ ମଝିରେ ଲେଖା ବନ୍ଦ କରିଦିଏ।'

ସେଇ ମୁହୂର୍ତ୍ତରେ ମୋ ଭଳି ଜଣେ ବୁଦ୍ଧିଜୀବୀର ମନରେ ଟିକେ ଉଦରାତାର ସ୍ରୋତ ଆସି ଧକ୍କା ଦେଲା। ତେଣୁ କହିଲି, 'କାହିଁକି ଭାବୁଛ ଛପା ହେବନି ? ଲେଖା ଯଦି ଭଲ ଥାଏ, ବିଷୟବସ୍ତୁର ବୈଚିତ୍ର ଥାଏ, ଯଦି କିଛି ନୂତନତ୍ୱ ଥାଏ ତା'ହେଲେ ନିଶ୍ଚୟ ଛପା ହେବ।' ମୋ କଥା ଶୁଣି ତା' ଉଜ୍ଜ୍ୱଳ ହୋଇ ଉଠୁଥିବା ବଡ ବଡ ଆଖି ଦୁଇଟିକୁ ଦେଖି ମୋ ମନରେ ଯେମିତି ମାୟା ଆସିଲା। ପଚାରିଲି, 'ତୁମର କୌଣସି ଲେଖା ଏବେ ରେଡ଼ି ଅଛି ?'

ତା'ର ସରଳ ହସ ଦେଖି କହିଲି, 'ଠିକ୍ ଅଛି, ମୁଁ କାଲି ଉପରଓଳି ଫ୍ଲାଇଟରେ କୋଲକତା ଯାଉଛି । ତୁମେ ଆସିବାବେଳେ ତୁମର ଗୋଟିଏ ବଡ଼ ଗପ ନେଇ ଆସିଥିବ । ଭଲ ହୋଇଥିଲେ ଛପା ହେବାର କୌଣସି ଅସୁବିଧା ନାହିଁ ।'

ଆଉ କିଛି ଘଣ୍ଟା ପରେ ଶିଲଂ ଛାଡ଼ିବି । ଏଠାକୁ ନ ଆସିଥିଲେ ଭୁଲ କରିଥାନ୍ତି । ସହର ଚାରିପଟ ଦୃଶ୍ୟ ଚିତ୍ର କଲାଭଳିସୁନ୍ଦର । ମେଘନାଦ ଗାଡ଼ି ନେଇ ଆସି ପହଞ୍ଚିଲା । ଲାମା ଗାଡ଼ିରେ ସୁଟକେସ ଆଣି ଥୋଇଲା । ମୁଁ ଲେଖା ବିଷୟରେ ମେଘନାଦକୁ ପଚାରିଲି । ସେ କିଛି ଆଶା ନେଇ ଏକ ବଡ଼ ଖାମ ମୋ ଆଡ଼କୁ ବଢ଼ାଇଦେଲା ।

ପୁଣି ସେଇ କର୍ମବ୍ୟସ୍ତତା, ପତ୍ରିକା ଅଫିସ, ଲେଖାଲେଖି, ଝିଅକୁ ସ୍କୁଲରେ ପହଞ୍ଚେଇବା, ସାଂସାରିକ କର୍ତ୍ତବ୍ୟ ପାଳନ ସବୁକିଛି ଭିତରେ ଦିନ ଗଡ଼ି ଚାଲିଲା । ଶିଲଂରୁ ଫେରି କିଛି ଦିନ ମନ ଟିକେ ଖରାପ ରହିଲା । ଶିଲଂର ସ୍ମୃତି ମଳିନ ହୋଇଯାଇଥିଲା, ତା' ମଧ୍ୟରେ ମେଘନାଦର ଲେଖାଟି କଥା ସମ୍ପୂର୍ଣ୍ଣ ଭୁଲି ଯାଇଥିଲି ।

ଦିନେ ଆମ ଝିଅ ବୁକ୍ ର୍ୟାକରୁ ଖାମ୍‌ଟା ଆଣି ପଚାରିଲା, 'ବାପା, ଏଇଟା ତୁମର ?' ପ୍ରଥମେ ଜାଣି ପାରିଲିନି, ମୋର ଆଶ୍ଚର୍ଯ୍ୟ ଭାବ ଦେଖି ଝିଅ କହିଲା, 'ଲେଖା ହୋଇଛି, ମେଘନାଦ ଚଟ୍ଟୋପାଧ୍ୟାୟ । ବୋଧହୁଏ ତୁମ ଅଫିସର କିଏ ।'

ନାଁ ଟା ଶୁଣି ଚମକି ପଡ଼ିଲି । ଅତିଶିଘ୍ର ତା'ହାତରୁ ଖାମଟା ନେଇ ଖୋଲି ପଢ଼ିଲି । ପଢ଼ି ଆଶ୍ଚର୍ଯ୍ୟ ହେଲି । ଗଳ୍ପର ଗତି, ଭାଷାର ସ୍ୱାଚ୍ଛନ୍ଦ୍ୟ ମୋତେ ବିସ୍ମୟାଭିଭୂତ କଲା । ଭାବିଲି ପିଲାଟା ଏତେ ଭଲ ଲେଖୁଛି ! ନିଜ ଉପରେ ବିଶ୍ୱାସ ହରାଇଲି । ମୁଁ ତ ଏହା ପାଖରେ ତୁଚ୍ଛ, ମୋ ଭଳି ଅନେକ ପ୍ରସିଦ୍ଧ ଲେଖକଙ୍କର ଏମିତି ଲେଖିବାରେ କ୍ଷମତା ନାହିଁ ।

ପ୍ରାୟ ଦଶ ଦିନ ପରେ ପ୍ରକାଶକ ଅତନୁ ବୋଷ ଫୋନ କରି କହିଲେ, 'ପୁସ୍ତକ ମେଳା ଆଉ ବେଶୀ ଦିନ ନାହିଁ । ଏହି ଅଳ୍ପ ସମୟ ମଧ୍ୟରେ ଆପଣ କେମିତି ଲେଖା ଦେବେ କୁହନ୍ତୁ ତ ।'

ଅଳ୍ପ ସମୟ ଥିବାରୁ ମୁଁ ଟିକେ ଅନିଚ୍ଛା ପ୍ରକାଶ କରିବାରୁ ସେ ହସି କହିଲେ, 'ସାର୍ କଣ୍ଟ୍ରାକ୍ଟ ଫର୍ମଟା ଦେବି ? ଦେଖିବେ ସାର୍, ଆମ ରେଟ ଆପଣଙ୍କର ଅପସନ୍ଦ ହେବନି ।'

ଅତନୁ ବାବୁ ଫର୍ମଟା ଆଣି ପହଞ୍ଚିଲେ । ଫର୍ମଟାକୁ ନେଇ ଆଖି ବୁଲାଇଆଣି ଟଙ୍କାର ଅଙ୍କଟା ଦେଖି ଚମକି ପଡ଼ିଲି । ମୋର ଚକ୍‌ମକ୍ କରୁଥିବା ଆଖିକୁ ଚାହିଁ ଅଭିଜ୍ଞ ପ୍ରକାଶକ କିଛି ବୁଝିପାରି ନିଃସନ୍ଦେହରେ ଶହେ ଟଙ୍କାର ବିଡ଼ାଟିଏ ଆମ ମଝିରେ

ଥିବା ଟେବୁଲ ଉପରେ ରଖିଦେଇ କହିଲେ, 'ସାର୍ ଏଇଟା ଅଗ୍ରିମ, କୁହନ୍ତୁ ସାର୍ କେବେ ଆସିବି ?'

'କ'ଣ କରିବି ଭାବି ପାରିଲିନି। ଏପଟେ ହାତରେ ନୂଆ ଲେଖା ନାହିଁ, ଅନ୍ୟ ପଟେ ଏତେ ଟଙ୍କାର ଲୋଭ। ତେଣୁ ଧୀର କଣ୍ଠରେ କହିଲି, 'ଅତନୁ ବାବୁ, ଆପଣ କଥାଟା ବୁଝିପାରୁ ନାହାନ୍ତି। ଲେଖିବି କହିଲେ ତ ଲେଖିହୁଏନା। ଏହା ପଛରେ ଚିନ୍ତା ଏବଂ ଭାବନା ଅଛି। ତା'ପରେ ସମୟ ଥିବାରେ ଅଛି।'

ମୋ କଥା ଶୁଣି ସେ ହୋ ହୋ ହେଇ ହସି ଉଠିଲେ। କହିଲେ, 'କ'ଣ କହୁଛନ୍ତି ସାର୍! ଆପଣ ପେନ୍, କାଗଜ ଧରି ବସିଲେ ଚରିତ୍ର ଗୁଡ଼ିକ ଆପଣଙ୍କ ଲେଖାରେ ସ୍ଥାନ ପାଇବା ପାଇଁ ଆସି ହାଜର ହୋଇଯିବେ। ଆପଣଙ୍କ କଲମ ତ କଥା କୁହେ। ଅମତ ହେବେନି। କଣ୍ଟ୍ରାକ୍ଟ ଟା ସାଇନ କରିଦିଅନ୍ତୁନା ସାର୍।'

ଅଫିସରୁ ଅତିଶିଘ୍ର ବାହାରି ଆସିଲି। ହାତରେ ସମୟ ନାହିଁ, ଆଜି ହିଁ ଆରମ୍ଭ କରିବାକୁ ହେବ। କିନ୍ତୁ ଅନେକ ଚେଷ୍ଟା କରି ମଧ୍ୟ କାଗଜରେ ଗାରଟିଏ ପକାଇ ପାରିଲିନି। ନିଜ ଉପରେ ଯେମିତି ବିଶ୍ୱାସ ହରାଇ ଦେଇଛି। ବେଶୀ ଟଙ୍କାର ଅଫର। ଅଗ୍ରିମ ଦଶ ହଜାର ଟଙ୍କା ଦେଇଛନ୍ତି। କ'ଣ କରିବି କୌଣସି ସମାଧାନର ବାଟ ପାଇଲିନି।

ହଠାତ୍ ମୋ ନଜର ପଡ଼ିଲା 'ମେଘନାଦ ଚଟ୍ଟୋପାଧ୍ୟାୟ' ଲେଖା ଥିବା ହଳଦିଆ ଖାମ ଉପରେ। ସେପଟୁ ଦୃଷ୍ଟି ଫେରାଇଆଣି ଲେଖିବାକୁ ଚେଷ୍ଟା କଲି। କୌଣସି ପ୍ଲଟ ମୁଣ୍ଡକୁ ଆସିଲାନି। ଲାଗିଲା ସଂପାଦକ ଅତନୁ ବାବୁଙ୍କୁ ଅଗ୍ରିମ ଟଙ୍କା ଫେରାଇବାକୁ ପଡ଼ିବ। ଗତ ଦୁଇ ଦିନ ହେଲା ଚେଷ୍ଟା କରି ବି କିଛି ଲେଖିପାରୁନି। କାହିଁକି ଏମିତି ହେଉଛି ଜାଣେନା। ହୁଏତ ବେଶୀ ଲେଖିବାର କୁଫଳ। ନଚେତ୍ ଅର୍ଥ ପଛରେ, ନାଁ ପଛରେ ଦୌଡ଼ିବାକୁ ଯାଇ ପ୍ରକୃତରେ ପଛରେ ପଡ଼ିଯାଇଛି।

ହଠାତ୍ ଏକ ଜଂଘନ୍ୟ ଚିନ୍ତା ମୁଣ୍ଡକୁ ପଶିଆସିଲା। ମେଘନାଦର ଲେଖାଟା ତ ମୋ ସାମନାରେ ଅଛି, ଯଦି ସେଇଟିକୁ....ଅସ୍ୱସ୍ତିକର ଲାଗିଲା। ନିଜ ମନ ଭିତରେ ଦେବି ନା ଦେବିନି ଯୁଦ୍ଧ ଚାଲିଲା। ତା'ପରେ ସମସ୍ତ ଦ୍ୱିଧା ଦୂରେଇ ଦେଇ ଧାଇଁଗଲି ଟେବୁଲ ଡ୍ରୟାର ଖୋଲି ମେଘନାଦର ଲେଖାଟିକୁ ବାହାର କରି ଆଣିଲି।

ନିର୍ଦ୍ଦିଷ୍ଟ ଦିନର ଦୁଇ ଦିନ ପୂର୍ବରୁ ସଂପାଦକ ଉପନ୍ୟାସଟିକୁ ହସ ହସ ମୁହଁରେ ନେଇଗଲେ। ବାକି ଟଙ୍କା ଦେଇଗଲେ। ମୁଁ ଗବର ସହ ଏବଂ ଆତ୍ମବିଶ୍ୱାସ ଦୃଷ୍ଟିରେ ସଂପାଦକଙ୍କ ଆଡ଼କୁ ଚାହିଁଲି।

ପୁସ୍ତକମେଳାର ଜନଅରଣ୍ୟକୁ ଆଡ଼େଇ ପହ୍ୟଞ୍ଚିଗଲି ଇଉ.ବି.ଆଇ.

ଅଡ଼ିଟୋରିୟମରେ। କସ୍ତୁରୀ ଏବଂ ଝିଅ ଡୋନା ସାଙ୍ଗରେ ଯାଇଥିଲେ। ସମସ୍ତଙ୍କ ମଧ୍ୟରେ ନିଜକୁ ସ୍ୱତନ୍ତ୍ର ଭାବି ଏକ ଅନାସ୍ୱଦିତ ଆନନ୍ଦର ଜୁଆରରେ ଭାସୁଥିଲି। ହିନ୍ଦୀ ସିନେମାର ଜଣେ ନାୟକ ଆସିଥିବାରୁ ଅଡ଼ିଟୋରିୟମରେ ତିଳ ପକାଇବାକୁ ଯାଗା ନଥିଲା। କ୍ୟାମେରାର ଫ୍ଲାସ, ବିଭିନ୍ନ ଚ୍ୟାନେଲର ଲୋକ, ମିଡ଼ିଆଙ୍କ ଭିଡ଼ ମଧ୍ୟରେ ମୋ ଲେଖା ଛପା ହୋଇଥିବା ପତ୍ରିକାଟା ଉନ୍ମୋଚନ ହେଲା।

ସମୟ ବୋଧହୁଏ ମଣିଷକୁ ସବୁକିଛି ଭୁଲାଇ ଦିଏ। ମେଘନାଦ ଲେଖା ବିଷୟରେ ମୁଁ ଧୀରେ ଧୀରେ ଭୁଲିଗଲି। ନିଜର ଇଚ୍ଛା ଶକ୍ତି ବଳରେ ମିଥ୍ୟାକୁ ସତ୍ୟ ଆଡ଼କୁ ଠେଲିଦିଏ। ଭାବିଲି, ମୁଁ ତ କିଛି ଅନ୍ୟାୟ କରିନି। ନିଜର ସୃଷ୍ଟିଶୀଳତାକୁ ବଜାୟ ରଖିବାପାଇଁ କିଛି ଧ୍ୱଂସ ହେଉ ନା। ବଡ଼ କିଛି କରିବାକୁ ଗଲେ ଛୋଟମାନଙ୍କ ଉପରେ ଆଘାତ ଲାଗିପାରେ, ଏଥିରେ ଅପରାଧ ତ କିଛି ନୁହେଁ। ମୁଁ ଏମିତି କ'ଣ କରିଛି, ଗୋଟିଏ ଉପନ୍ୟାସ ଲେଖିବା ପାଇଁ ଅନ୍ୟ ଏକ ଗଳ୍ପରୁ କିଛି ସାହାଯ୍ୟ ନେଇଛି। ଗଳ୍ପର ଚରିତ୍ର ଗୁଡ଼ିକର ନାଁ ବଦଳାଇ ନୂଆ ନାଁ ଦେଇଛି। ଏମିତି କ'ଣ ଅନ୍ୟାୟ ହୋଇଗଲା।

ପ୍ରାୟ ବର୍ଷକ ପରେ ଫୋନରେ ଏକ ଗମ୍ଭୀର ସ୍ୱର ଶୁଣି ମୋତେ କିଛି ସମୟ ପାଇଁ ସ୍ତମ୍ଭିଭୂତ କରିଦେଲା। 'ହାଲୋ ପ୍ରତିକ ଦା !ମୋତେ ଚିହ୍ନିପାରୁ ନାହାନ୍ତି ! ମୁଁ ମେଘନାଦ, ମେଘନାଦ ଚଟ୍ଟୋପାଧ୍ୟାୟ। କହିଥିଲି, କୋଲକତା ଗଲେ ଆପଣଙ୍କ ସହିତ ଦେଖା କରବାକୁ ଯିବି।

ପ୍ରାଣପଣେ ନିଜକୁ ସଂଯତ ରଖିବାକୁ ଚେଷ୍ଟା କରି କହିଲି, 'ସରି, ଆପଣଙ୍କୁ ମୁଁ ଠିକ୍‌ଭାବେ ଚିହ୍ନିପାରୁନି। ବୋଧହୁଏ ଆପଣ ଭୁଲ ନମ୍ବର ଲଗାଇଛନ୍ତି।'

ଅନେକ କଷ୍ଟରେ କଥାଗୁଡ଼ା କହି ଧୀରେ ଫୋନ ରିସିଭର ରଖିଦେଲି। ତା'ପରେ ସ୍ଥିର ହୋଇ ବସି ପାରିଲିନି। ମୁଣ୍ଡ ଭିତରେ ଯେମିତି ହଜାରେଟା ରାକ୍ଷସ ଦୁମ୍‌ଦୁମ୍ କରୁଛନ୍ତି ଲାଗିଲା। ଆମ ପ୍ରିୟ ପାଠକମାନଙ୍କ କଥା ଭାବୁଛି। ଏକଥା କହିଲେ କିଏ ବି ବିଶ୍ୱାସ କରିବେନି। କିନ୍ତୁ ନିଜ ପାଖରେ ନିଜେ ଛୋଟ ହୋଇଗଲି ! କସ୍ତୁରୀ ପାଖରେ ! ଡୋନା ପାଖରେ ! ମୋତେ ନେଇ ସେମାନଙ୍କର କେତେ ଗର୍ବ !

■

ଏକ ପଇସା

ବୋଡୋ- ମଧୁରାମ ବୋରୋ

"ଆରେ ପୁଅ, ଟିକେ ରହ। ଶୁଣ ଟିକେ।"

ପଛରୁ କାହାର ଡାକ ଶୁଣି ମୁଁ ପଛକୁ ବୁଲି ଚାହିଁଲି। ଦୁଇଜଣ ସ୍ତ୍ରୀଲୋକ ପଛରୁ ମୋ ଆଡ଼କୁ ଧାଇଁ ଧାଇଁ ଆସୁଥିଲେ। ମୁଁ ପଛକୁ ଚାହିଁବା ଦେଖି ଜଣେ ସ୍ତ୍ରୀଲୋକ ମୋତେ ରହିଯିବା ପାଇଁ ହାତ ଠାରି ଇସାରାକଲା। ସେ ହୁଏତ ମୋ ସହିତ କଥା ହେବାକୁ ଚାହୁଁଛନ୍ତି କାରଣ ସେ ବୋଡ଼ୋ ଭାଷାରେ ଡାକୁଥିଲେ ଏବଂ ଆମ ସାଙ୍ଗମାନଙ୍କ ମଧ୍ୟରେ ମୁଁ କେବଳ ବୋଡ଼ୋ ଭାଷା ଜାଣିଥିଲି।

ସରକାରୀ ରାସ୍ତା ପାରହେଇ ତା'ପରେ ପାହାଡ଼ରେ ଚଢ଼ି କଳିତା- କୁଚି ଗାଁ ମଝିଦେଇ ବରପେଟା ପର୍ଯ୍ୟନ୍ତ ଯାଏ। ଦିନର ଆଲୋକ ଚାଲି ଯାଇଥିଲା ଏବଂ କିଛି କିଛି ଅନ୍ଧାର ଛାଇ ଯାଇଥିଲା। କାର୍ତ୍ତିକ ମାସ, ଦିନ ଛୋଟ। ମୁଁ ଏହି ରାସ୍ତାରେ କଳିତା –କୁଚି ପାରହୋଇ ଅଧ କିଲୋମିଟର ରାସ୍ତା ଆସି ଯାଇଥିଲି। ମୋ ସାଙ୍ଗରେ ମୋ ସାଙ୍ଗ ମିରାଜନ ଏବଂ ଶାଫିର ଥିଲେ। ମିରାଜନ ମୋ ସହିତ ସପ୍ତମ ଶ୍ରେଣୀରେ ପଢୁଥିଲା। ଶାଫିର ଅଷ୍ଟମ ଶ୍ରେଣୀରେ ପଢୁଥିଲା। ଆମେ ସବୁ ସ୍କୁଲରୁ ଥକ୍କା ହୋଇ ଭୋକିଲା ପେଟରେ ଚାଲୁଥିଲୁ। ଆମେ ଆମ ଗାଁରେ କେମିତି ପହଁଚିବୁ ସେଇ ବ୍ୟସ୍ତରେ ଥିଲୁ। ସନ୍ଧ୍ୟାର କଳା ଅନ୍ଧାର ଆମ ଚାରିପଟେ ଘେରି ଗଲାଣି।

ଆମେ ରହିଗଲୁ ଏବଂ ପାଖକୁ ଆସିଥିବା ମହିଳାଙ୍କୁ ଚାହିଁ ରହିଲୁ। ତାଙ୍କ ମଧ୍ୟରୁ ଯିଏ ସବୁଠୁ ବୟସ୍କା ଥିଲେ, ସେ ବାଡ଼ି ଧରି ଚାଲୁଥିଲେ। ତାଙ୍କର ଗୋଟିଏ ଆଖି ନଷ୍ଟ ହୋଇଯାଇଥିଲା ଏବଂ ଅନ୍ୟ ଆଖିଟିରେ ହୁଏତ ଭଲଭାବେ

ଦେଖିପାରୁନଥିଲେ। ଅନ୍ୟ ମହିଳାଜଣଙ୍କ ପ୍ରାୟ ଚାଳିଶି ବର୍ଷ ବୟସର ହେବେ, ସେ ହାତ ଠାରି ମୋତେ ରହିଯିବାକୁ କହୁଥିଲେ। ସେଇ ସ୍ତ୍ରୀଲୋକଙ୍କ ପୋଷାକ ଏବଂ ହାତରେ ଧରିଥିବା ଜିନିଷକୁ ଦେଖି ମୋତେ ଟିକେ ଡର ଲାଗିଲା।

"ଏମାନେ ଭିକାରୁଣୀ ହେଇ ପାରିଥାନ୍ତି" ମୁଁ ଅନୁମାନ କଲି। "ଏମାନଙ୍କ ସହିତ ମୋର ସମ୍ପର୍କ କଣ" ?

ସନ୍ଧ୍ୟାବେଳ ହୋଇଥିବାରୁ ତାଙ୍କ ମୁହଁ ବି ଠିକ୍‌ରେ ଦେଖିହେଉନି। ଆଖପାଖ ଅଞ୍ଚଳରେ ଡାହାଣୀ, ଯାଦୁକର ବିଚରଣ କରୁଥିବା କାହାଣୀ ମୁଁ ଶୁଣିଛି। ମୋର ସନ୍ଦେହ ହେଲା, "ଇଏବି ସେମିତି କିଏ ହେଇ ନଥିବେତ ! ତା'ପରେ ସେ ଆମକୁ ମୋହିନୀ –ମନ୍ତ୍ର କରି ଉଠାଇ ନେଇଯିବେ।

ମଧ୍ୟବୟସ୍କା ମହିଳାଜଣଙ୍କ ମୋ ଆଡକୁ ଏକ ପଇସାଟିଏ ବଢ଼ାଇଦେଇ କହିଲେ, "ପୁଅ, ଏହି ପଇସା ରଖ। "

ମୁଁ ଆହୁରି ଡରିଗଲି। ମୁଁ ପଇସା ନନେଇ ମୋ ପଛରେ ଛିଡା ହୋଇଥିବା ଶାଫିରକୁ ଆଡ଼କରି ଛିଡ଼ାହେଲି।

ତାଙ୍କ ସାଙ୍ଗରେ ଥିବା ବୃଦ୍ଧାଜଣଙ୍କ ବହୁତ ସ୍ନେହରେ କହିଲେ, "ନେ, ନେ ପୁଅ ! ପଇସା !"

ଶାଫିର ବୋଡ଼ୋ ଜାଣିନଥିଲା। ସେ ଅସମିୟା ଭାଷାରେ ପଚାରିଲା "କଣ ହେଲା ? ତୁମେ କାହିଁକି ପଇସା ଦେଉଛ ?"

ସେମାନେ ପ୍ରଶ୍ନର କିଛି ଉତ୍ତରଦେଲେନି। ପଇସାଦେଉଥିବା ମହିଳାଜଣଙ୍କ ଲୁଗାକାନିରେ ଆଖିପୋଛିଲେ।ସେ କାନ୍ଦୁଥିଲେ। ମୁଁ ଆଉ ଶାଫିର ପରସ୍ପରକୁ ଆଶ୍ଚର୍ଯ୍ୟରେ ଚାହୁଁଥିଲୁ। ଶାଫିର ଟିକେ ସାହସୀ ଥିଲା। ତେଣୁ ସେ ସେହି ମହିଳାଙ୍କ ପାଖକୁ ଯାଇ ସେମାନଙ୍କୁ ଭଲଭାବେ ଚାହିଁଲା, ତା'ପରେ ପଚାରିଲା, "ତୁମେମାନେ କିଏ ? ଦେଖିଲାଭଳି ଲାଗୁଛି, ତୁମେ କାନ୍ଦୁଛ କାହିଁକି" ?

"ମୁଁ ତା' ମା' ରେ ପୁଅ।" ମୋ ଆଡ଼କୁ ଇସାରାକରି କହିଲେ।

"ସେ ମତେ ଚିହ୍ନେନି। ଛୋଟ ପିଲାଟିଏ ହୋଇଥିଲା ତାକୁ ମୁଁ ଛାଡ଼ି ଚାଲି ଯାଇଥିଲି !ସେ ଚିହ୍ନିବ କେମିତି ? ନିଜର ପରିଚୟ ଦେବାକୁ ଡରିବା ଯୋଗୁ, ତାକୁ ଦେଖା କରିବାକୁ ମୋର କେବେ ସାହସ ହୁଏନି। ଏତେଦିନ ପର୍ଯ୍ୟନ୍ତ ଛାତିରେ ପଥର ଲଦି ନିଜକୁ ସମ୍ଭାଳି ଥିଲି। ନିଜର ଦୁଃଖ କଷ୍ଟକୁ ଚାପି ରଖିଥିଲି। କିନ୍ତୁ ଆଜି ତାକୁ ଦେଖି ମୋ ମନ ମାନିଲାନି।"

ମୁଁ ତାଙ୍କୁ ଭଲଭାବେ ଚାହିଁଲି। ତାଙ୍କ କଥାକୁ ବୁଝିବାକୁ ଚେଷ୍ଟା କରୁଥିଲି।

ସେ ପୁଣି କହିବାକୁ ଲାଗିଲେ, "ମୋର ଏମିତି ଦୁଃଖ ଯେ କହିହେବନି। ଏତେ ଦିନଯାଏ ମୁଁ ସେଇ ଦୁଃଖକୁ ମନ ଭିତରେ ଚାପିଥିଲି, ଲୁଚି ଲୁଚି ଗାଁରେ ଆଉ ଆଖ ପାଖ ଅଞ୍ଚଳରେ ଭିକ ମାଗି ଚଳୁଛି ଏବଂ ମୋ ପିଲାଙ୍କ ଖବର ନେଇ କୌଣସି ମତେ ବଞ୍ଚି ରହିଛି।"

ଶାଫିର ଆଶ୍ଚର୍ଯ୍ୟ ହୋଇ ପଚାରିଲା, "ନିଜର ପରିଚୟ ଲୁଚାଇ କାହିଁକି ତୁମେ ରହିଛ, କାହାକୁ ଡରୁଛ" ?

"ତୁମେ ଜାଣିନ, ମୋ ସ୍ୱାମୀ, ମାନେ ଏହି ପୁଅର ବାପା ମରିଯିବା ପରେ ଶାଶୁଘର ଲୋକେ ମୋତେ ଘରୁ ବାହାର କରିଦେଲେ, ମୁଁ ଖରାପ ସ୍ତ୍ରୀ ଲୋକନା, ନହେଲେ ମୋ ସ୍ୱାମୀ କେମିତି ମରିଥାନ୍ତେ ? ଘରର ସବୁ ଧନ ସମ୍ପର୍କ କେମିତି ନଷ୍ଟହୋଇଥାନ୍ତା ? ଏସବୁ ବରବାଦ ହେବାପାଇଁ ମୁଁ ହିଁ ଦାୟୀ, ସେମାନେ ଏୟା ଭାବୁଥିଲେ। ଦିନେ ସେମାନେ ମୋତେ ଜାବୁଡ଼ି ଧରିଥିବାମୋ ଅବୋଧ ଶିଶୁଙ୍କୁ ମୋଠୁ ଛଡ଼େଇ ନେଇଗଲେ ଏବଂମୋ ଚୁଟିକୁ ଧରିଘୋଷାରି ଘରୁ ବାହାର କରିଦେଲେ। ମତେ ପାଗଳ ହେଲାଭଳି ଲାଗିଲା। କ'ଣ କରିବି ବୁଝି ପାରୁନଥିଲି। ଭାଇ ଘରକୁ ଗଲି, ତାଙ୍କ ସାଙ୍ଗରେ ରହିବି ବୋଲି କିନ୍ତୁ ତାଙ୍କ ଆର୍ଥିକ ସ୍ଥିତି ଭଲ ନଥିଲା, ତଥାପି ସେ ତାଙ୍କ ଘର ପାଖରେ ଛୋଟିଆ ଜାଗା ଖଣ୍ଡେ ଦେଲେ। କାରଣ ସେଠାରେ ରହି ମୋ ନିଜ ଖାଇବା ପିଇବା କଥା ବୁଝିପାରିବି। ଅନେକ ଦିନ ଯାଏ ମୁଁ କୁକୁଡ଼ା, ପାରା, ଘୁଷୁରି, ଛେଳି ପାଳି ଏବଂ ଲୁଗା ବୁଣି ତାକୁ ବିକ୍ରି କରି ନିଜର ଗୁଜୁରାଣ ମେଣ୍ଟାଉ ଥିଲି। ଏବେ ବୟସ ବଢ଼ିଲା ଆଉ ସ୍ୱାସ୍ଥ୍ୟବି ଖରାପ ହେଲା, କୌଣସି କାମ କରି ପାରିଲିନି। ତେଣୁ ଏହି ମାଉସୀ ସାଙ୍ଗରେ ଭିକ ମାଗିବାକୁ ବାହାରିଲି। ସେଇ ଭିକରେ ନିଜର ଗୁଜୁରାଣ ମେଣ୍ଟାଉଛି।"

ସେମାନେ ମୋତେ ଘରୁ ବିଦା କଲାବେଳେ ଚେତାବନୀ ଦେଇଥିଲେ ଯେ ମୋ ପିଲା ସାମନାକୁ ଯେମିତି ନଆସେ ଏବଂ ଫୁସୁଲା ଫୁସୁଲି କରି ସାଙ୍ଗରେ ଯେମିତି ନେଇଯିବାକୁ ଚେଷ୍ଟା ନକରେ। ସେମିତି କଲେ ପଶୁମାନଙ୍କୁ ବଳି ଦେବା ଛୁରୀରେ ମୋ ବେକକୁ କାଟିଦେବେ ଏବଂ ମୋ ପିଲାଙ୍କୁବି ମାରି ଦେବାକୁ ଧମକ ଦେଲେ। ମୋ ପିଲାମାନେ କୌଣସି ଅସୁବିଧାରେ ନପଡ଼ନ୍ତୁ, ସେଥିପାଇଁ ସେବେଠୁ ଲୁଚି ଲୁଚି ଜୀବନ ବିତାଉଛି। ମୋ ପିଲାମାନେ ବଡ଼ ହେଇ ବୁଝିବାର ହେବେ, ସେଇ ସମୟକୁ ଅପେକ୍ଷା କରିଛି। ସେ ମତେ ଭଲ ପାଉ କି ନପାଉ, ମୁଁ ଆଜି ମୋ ହୃଦୟର ସବୁ ଦୁଃଖ ଯନ୍ତ୍ରଣାକୁ ତା' ସାମନାରେ ପ୍ରକାଶକଲି। ମଣିଷ ଜୀବନ ଆଜି ଅଛି କାଲି ନାହିଁ, ବୟସବି ଗଡ଼ି ଚାଲିଛି। ଭାବିଲି, ଆଖି ବୁଜିବା ପୂର୍ବରୁ ତାକୁ ସବୁ କହିଦେବି।"

ତାଙ୍କ କଥା ଶୁଣି ମୁଁ ସ୍ତବ୍ଧ ହୋଇଗଲି। ମୋ ସାଙ୍ଗର ଅବସ୍ଥା ମଧ୍ୟ ସେଇୟା।ଶାଫିର ମୋତେ ଧୀରେ କହିଲା, "ଆରେ ନେ, ନେ ପଇସା। ସେ ତୋ ମା'।"

ମୁଁ ସଙ୍କୁଚିତ ହୋଇ ତାଙ୍କ ହାତରୁ ପଇସା ନେଲି।

ରାତିର ଅନ୍ଧକାରରେ ମା' ମୋତେ ତା' ଛାତିରେ ଜାକି ଧରିଲା, ତା'ପରେ କହିଲା, "ଯାରେ ପୁଅ, ଯା ! ଜଲ୍‌ଦି ଯା ! କୌଣସି ସମୟରେ ବିପଦ ଆସିପାରେ। ମୋ ସହିତ ଦେଖା ହୋଇଥିବା କଥା ତୁମେ ଦୁହେଁ ଘରେ କହିବନି। ମୋ ମୁଣ୍ଡ ଆଉଁସି ଦେଇ କହିଲେ, ତୁ ବଡ଼ହୋଇ ଯେମିତି ଭଲ ମଣିଷଟିଏ ହେବୁ। ମୋ କୋଳରେ ତୁ ବଢ଼ି ପାରିଲୁନି, ସେଥିପାଇଁ ଦୁଃଖ ନାହିଁ, ତୁ ଯୋଉଠି ଥା ନିଜ ଗୋଡ଼ରେ ଠିଆ ହୋଇ ବଡ଼ ମଣିଷ ହୋ। ବାଲି ପଡ଼ିଆରେ ପଡ଼ି ରହିଥିବା କଇଁଛ ଅଣ୍ଡାରୁ ବାହାରିଥିବା ଛୁଆ ଭଳି ନିଜେ ବଡ଼ ହୋଇଯା ମୋ ଧନ ! ଏହା ହିଁ ମୋର ଆଶ୍ରିବାଦ। ମରିବା ପର୍ଯ୍ୟନ୍ତ ମୋତେ ଏହି ଦୁଃଖ, ଅବସୋସ ରହିବ ଯେ ମୁଁ ତୋ ପାଇଁ କିଛି କରିପାରିଲିନି।"

ଏହା କହି ସେ ମୋ ମଥାରେ ଚୁମାଟିଏ ଦେଇ ତା'ପରେ ତରବର ହୋଇ ଦକ୍ଷିଣ ଦିଗକୁ ଯାଇଥିବା ସରକାରୀ ରାସ୍ତାରେ କୁଆଡେ ଅଦୃଶ୍ୟ ହୋଇଗଲେ।

ସେଇ ସନ୍ଧ୍ୟାରେ ମା'ର ଏହି ଆଶ୍ରିବାଦକୁ ନିଜର ସମ୍ପତ୍ତି ଭାବି ମୁଁ ଘରକୁଫେରିଥିଲି।ମୋଛୋଟ ଭାଇମାନଙ୍କୁ ମା'ବଞ୍ଚିଥିବା ଏବଂ ତା' ସହିତ ସାକ୍ଷାତ ବିଷୟରେ ଚୁପ ଚୁପ କରି କହିଲି।

"ମା' ଏବେବି ବଞ୍ଚିଛି, ଅଥଚ ମା' ମରିଯାଇଛି ବୋଲି ସେମାନେ ଆମକୁ କହିଥିଲେ। ସେମାନେ ସବୁ ମିଛ କହିଥିଲେ ?"

ମା'ର କାହାଣୀ ଜାଣି ଆମ ଭାଇମାନଙ୍କ ମନରେ ବିଦ୍ରୋହ କରି ଉଠିଲା। ମୁଁ ପଣ କରିଥିଲି ଦିନାନା ଦିନେ ମା'କୁ ଫେରାଇ ଆଣିବି। ସମସ୍ତଙ୍କୁ ପ୍ରକୃତ ଘଟଣା କହିବି।"

ପରେ ମୋ ସଂକଳ୍ପ ପୁରା କରିବାପାଇଁ ମା' ପାଖକୁ ଯାଇଥିଲି। ମୁଁ ତାକୁ ଘରକୁ ଫେରି ଆସିବାକୁ କହିଲି। ସେ କାନ୍ଦିବାକୁ ଲାଗିଲା। ସେ ରୁଦ୍ଧ ସ୍ୱରରେ କହିଲା, "ତୁମମାନଙ୍କ ଜୀବନରେ ଯେଉଁ ଅବ୍ୟବସ୍ଥା ଅଛି, ତାହା ମୋର ପସନ୍ଦ ନୁହେଁ। ଏବେ ମୋ ଜୀବନର ଏହି ସ୍ୱଚ୍ଛନ୍ଦ ମୋର ଅଭ୍ୟାସ ହୋଇଗଲାଣି ପୁଅ। ଶେଷ ସମୟରେ ମୁଁ ଏହାକୁ ବଦଳାଇବାକୁ ଚାହୁଁନି।" ମା'ର ଉତ୍ତର ଶୁଣି ମୁଁ ମନ ଦୁଃଖରେ ଫେରି ଆସିଲି।

ମା’ ମରିଯିବାର ଆଜିକୁ ଅନେକ ଦିନ ହୋଇଗଲାଣି। ସେବେ ମା’କୁ ଭିକରେ ମିଳିଥିବା ଏକ ପଇସା ଯାହା ସେ ମୋତେ ଦେଇଥିଲା, ତାକୁ ଆଜିଯାଏ ମୋ ପୁରୁଣା ବାକ୍ସରେ ସାଇତି ରଖିଛି। ସେଦିନର ସେଇ ପିତ୍ତଳ ଏକ ପଇସା, ବହୁତ କମ ଦାମ ହେଲେବି ମୋ ପାଇଁ ବହୁତ ପବିତ୍ର। ତେଣୁ ମୁଁ ତାକୁ ଆଜିଯାଏ ପାଖରେ ରଖିଛି। ଯେତେବେଳେ ମା’ କଥା ମନେପଡ଼େ, ମୁଁ ସେଇ ପାଇସାଟିକୁ କାଢ଼ି ଦେଖେ।

■

ପଦଚିହ୍ନ

ହିନ୍ଦୀ- ନୀଳିମା ଟିକ୍‌କୁ

ମୋର ଏକମାତ୍ର ପୁଅ ସୁଧୀରର ବିବାହ ପ୍ରସ୍ତାବ ବହୁତ ଭଲ ଘରେ ସ୍ଥିର ହୋଇଥିଲା। ବୋହୂ ସୁନ୍ଦର ଏବଂ ସୁଶୀଳା ଥିଲା। ବୋହୂର ମୁହଁଦେଖା ସମୟରେ ତା' ସୌନ୍ଦର୍ଯ୍ୟକୁ ପ୍ରଶଂସା କରି ମୋତେ ସମସ୍ତେ ଅଭିନନ୍ଦନ ଜଣାଇଲେ।

ବୋହୂକୁ ଦେଖି ମୋ ମନ ଖୁସି ହେଇଯାଉଥିଲା। ସେତେବେଳେ ମୋ ନଣନ୍ଦ ମୋ ଖୁସିରେ ତୁଷାରପାତ କରି କହିଲେ, "ଭାଉଜ ଏତେ ଖୁସି ହେବା ଦରକାର ନାହିଁ। ବୋହୂ ମୁହଁ ସୁନ୍ଦର ହେଲା କ'ଣ ହେଲା, ତାକୁ କ'ଣ ଚାଟିବ କି ? ସୁନ୍ଦର ହେବା ସହିତ ଗୁଣ ବି ସେମିତି ହେବା ଦରକାର। ଏତେ ସୁନ୍ଦର ଯଦି ନିଶ୍ଚୟ ଘମଣ୍ଡି ହୋଇଥିବ। ଦେଖିବ କେମିତି ସୁନ୍ଦର ଯୋଗୁ ସୁଧୀରକୁ ନିଜ ଆଙ୍ଗୁଳିରେ ନଚେଇବ ଏବଂ ତୁମେ ଅସହାୟ ହୋଇ ତାମସା ଦେଖୁଥିବ।"

ଏତେ ଖୁସିର ମାହୋଲରେ ନଣନ୍ଦଙ୍କର ଏହି କଥା ମୋତେ ଆଦୌ ଭଲ ଲାଗିଲାନି, ମୁଁ ହସି କହିଲି "ଦିଦି, ଆମେ ବି ଆମ ସମୟରେ କମ୍ ସୁନ୍ଦର ନଥିଲେ, ତଥାପି ଘରପରିବାର ସଫଳତାରସହ ଚଳାଉଥିଲେ ନା ନାହିଁ।"

ମୋର ଉତ୍ତର ନଣନ୍ଦଙ୍କୁ ପସନ୍ଦ ଆସିଲାନି। ସେ ଚିଡ଼ିଯାଇ କହିଲେ, "ଆମ ବେଳେ କଥା ଅଲଗା ଥିଲା। ଆଜିକାଲି ଝିଅମାନେ ସଜେଇହେଇ ବୁଲିବାକୁ ପସନ୍ଦ କରୁଛନ୍ତି। କୌଣସ ଦାୟିତ୍ୱ ନେବାକୁ ପସନ୍ଦ କରୁନାହାନ୍ତି।"

ମୁଁ କହିଲି, ଯଦି ଆମେ ବୋହୂକୁ ଝିଅ ଭଳି ସ୍ନେହ ଶ୍ରଦ୍ଧା ଦେବା ତା'ହେଲେ ସେମାନେ ବି ଆମକୁ ସେତିକି ସମ୍ମାନ, ଭକ୍ତି କରିବେ କହି ମୁଁ ଟିକେ ହସିଦେଲି।

ମୋ ହସିବା ଦେଖି ନଣନ୍ଦ ଭଡ଼ଭଡ଼ହୋଇ କହିଲେ, "ଏବେ ତୁମେ ତୁମ ବିଚାରଧାରା ନିଜ ପାଖରେ ରଖ। ପ୍ରଥମରୁ ଝିଅ ଝିଅ କହି ମୁଣ୍ଡରେ ବସେଇବ, ତା'ପରେ ସେ ବୋହୂର ମର୍ଯ୍ୟାଦା ଭୁଲି ତୁମ ମୁଣ୍ଡ ଉପରେ ଚଢ଼ିବ। ହେ ମୋର ସରଳି ଭାଉଜ, ମୋ କଥା ମାନିବ ତ ପୁଅ ବୋହୂର ବଶରେ ନରହି ସବୁବେଳେ ତୁମ ବଶରେ ରହିବ ଏବଂ ବୋହୂ ତୀରଭଳି ସିଧା ରହିବ।"

ମୋତେ ପ୍ରଶ୍ନବାଚକ ଦୃଷ୍ଟିରେ ଚାହିଁ ତା'ପରେ କହିଲେ, "ସବୁବେଳେ ଶାଶୁଭଳି ରହିବ, ମା'ହେବାକୁ ଚେଷ୍ଟା କରିବନି। ତା'ହେଲେ ବୋହୂ ସବୁବେଳେ ଡରି ରହିବ। ପୁଅ ସାମନାରେ କେବେ ବି ବୋହୂର ପ୍ରଶଂସା କରିବନି, ଘରର କାମସବୁ ବୋହୂଦ୍ୱାରା କରେଇବ, ତୁମେ କେବଳ ହୁକୁମ ଚଳାଇବ। ପୁଅ ବୋହୂ ବାହାରକୁ ବୁଲିବାକୁ ଗଲେ କିମ୍ବା ସିନେମା ଗଲେ ତୁମେ ବି ତାଙ୍କ ସାଙ୍ଗରେ ଯିବ। ପୁଅକୁ ନେଇ ବୋହୂ ବାପଘରକୁ ଗଲେ ତୁମେ ଏମିତି ବେମାରୀର ବାହାନା କରିବ ଯେ ପୁଅ ଶଶୁର ଘରେ ଯେମିତି ରହିନଯିବ।"

ନଣନ୍ଦଙ୍କ ଏସବୁ କଥାକୁ ମୋର ବିବାହିତ ଝିଅ ସମର୍ଥନ କରୁଥିଲା। ନିୟମ ଅନୁସାରେ ପୁଅ ସୁଧୀର ବୋହୂକୁ ନେଇ ପ୍ରଥମେ ଶଶୁରଘରକୁ ଗଲା, ଗାଡ଼ିରେ ପୁଅ ପାଖରେ ବୋହୂ ବସିବାପରେ ତାଙ୍କ ସୁନ୍ଦର ଯୋଡ଼ିକୁ ଦେଖି ମୁଁ ମନଭିତରେ ପୁଲ୍ଲକିତ ହୋଇଉଠିଲି।ମୁଁ ଆନନ୍ଦରେ ସେମାନଙ୍କ ଆଡ଼କୁ ଚାହୁଁଥିବା ଦେଖି ମୋ ଝିଅ ମୋତେ ଚେତାବନୀ ଦେଇ କହିଲା, "ମା', ତୁମେ ଖୁସି ହେଉଛ କ'ଣ, ତୁମେ ଦେଖିଲ ତ ସେ କେମିତି ଆଗ ସିଟ୍‌ରେ ତୁମ ସ୍ଥାନକୁ ଛଡ଼େଇ ନେଲାଣି, ଦେଖିବ ଧୀରେ ଧୀରେ ତୁମର ସବୁ ଅଧିକାରକୁ ଛଡେଇ ନେଇଯିବ।"

ଝିଅକୁ ପାଟିକରି କହିଲି, "ଚୁପ୍‌କର, ଶାଶୁ ବୋହୂ ଭିତରେ କ'ଣ ପ୍ରତିଯୋଗୀତା ହୁଏ ? ବୋହୂ ତ ଝିଅ ଭଳି।" ଝିଅ କହିଲା, "ଏତେ ଯଲଦି ପିଉସୀଙ୍କ କଥା ଭୁଲିଗଲ ? ଝିଅ ଝିଅ ହେବତ ତା' ମନ ଆହୁରି ବଢ଼ିଯିବ।"

ଝିଅର କଥା ନ ଶୁଣିଲା ଭଳି ହେଇ ମୁଁ ପୁଅ ବୋହୂ ଖୁସିରେ ରୁହନ୍ତୁ ମଙ୍ଗଳକାମନା କରି ପ୍ରଫୁଲ୍ଲିତ ହୋଇଉଠିଲି।

ସନ୍ଧ୍ୟାରେ ଶଶୁରଘରୁ ଫେରି ପୁଅର ମନ ଖୁସି ଜଣାପଡୁଥିଲା। ଝିଅ ଉର୍ମି ରହିନପାରି ପଚାରିଲା, 'କ'ଣ ସୁଧୀର ! ଶଶୁର ଘରୁ ଆସି ଭାରି ଖୁସି ଜଣାପଡୁଛୁ। କଥା କ'ଣ ?'

ସୁଧୀର ଖୁସିହେଇ କହିଲା, 'ଜାଣିଛ ଦିଦି, ନିମୋର ବଡ଼ ଭାଇ ଆଜି ଆମକୁ ବଡ଼ ସରପ୍ରାଇଜ ଦେଲେ।'

ଉର୍ମି ଉତ୍ସୁକତାର ସହ ପଚାରିଲା, "ଏମିତି କ'ଣ ଦେଇଦେଲେ ?"

ସୁଧୀର କହିଲା, " ମୁଁ ଚେଷ୍ଟା କରୁଥିଲି ପଅରଦିନ ହନିମୁନ ପାଇଁ ଗୋଆ ଯିବାକୁ କିନ୍ତୁ ଟିକେଟ ମିଳିଲାନି। ନିମୋର ଭାଇ କେବଳ ଗୋଆ ପାଇଁ ଟିକେଟ ବୁକ୍ କରିନାହାନ୍ତି ହୋଟେଲ ମଧ୍ୟ ବୁକ୍ କରି ଦେଇଛନ୍ତି। ଏଇ ଟିକେଟ ଦେଖ।"

ରୋଷେଇଘରକୁ ଆସି ଉର୍ମି ମୋତେ କହିଲା, "ଶୁଣ ମା', କାଲି ଆସିଥିବା ଟୋକି ନିର୍ମଳା, ଦୁଇଦିନରେ ସୁଧୀରର 'ନିମୋ' ହୋଇଗଲା। ସୁଧୀର ମନରେ ବହୁତ ସ୍ନେହ ଉଚ୍ଛୁଳୁଛି ସ୍ତ୍ରୀ ପାଇଁ। ଥରେ ଶଶୁରଘରକୁ ଚାଲିଯାଇ ଶଳାର ଗୁଣଗାନ କରୁଛି। ପଅରଦିନ ପାଇଁ ଟିକେଟ ବୁକ୍ ବି କରିଦେଲେ। କେତେ ଯୋଗାଡ଼ିଆ ତା'ଶଳା !"

ମୁଁ କହିଲି " ଯାହେଉ ଭଲହେଲା, ପଅରଦିନ ପାଇଁ ଟିକେଟ ବୁକ୍ କରିଦେଲେ, ସୁଧୀରର ଛୁଟି କମ୍ ଦିନ ଅଛି।"

ଝିଅ ବୁଢ଼ୀଖୁଣ୍ଟ ଭଳି ମୁଣ୍ଡରେ ହାତ ପିଟି କହିଲା, " ତୁମ ସରଳିଆ କଥା ଶୁଣି ମୋତେ ଦୟା ଆସୁଛି। ସୁଧୀରର ଶଶୁରଘର ଲୋକେ ଚାହୁଁନାହାନ୍ତି ତାଙ୍କ ଝିଅ ତୁମ ପାଖରେ ବେଶୀ ଦିନ ରହୁ, ସେଥିପାଇଁ ଏହି ଚାଲ କରିଛନ୍ତି। ଯଦି ପୁଅ ବୋହୂଙ୍କୁ ବଶରେ ରଖିବାକୁ ଚାହଁ ତ ପିଉସୀଙ୍କ କଥା ମାନି ଏବେଠାରୁ ବେମାରୀର ବାହାନା କରି ନାଟକ ଆରମ୍ଭ କରିଦିଅ। ନହେଲେ ମୋତେ ପରେ କହିବନି ଯେ ମୁଁ ତୁମକୁ କିଛି ଶିଖାଇଲିନି।"

ଝିଅର କଥା ମୋ ତଣ୍ଟି ତଳକୁ ଗଳିଲାନି। ଆରମ୍ଭରୁ ସେ ତା' ପିଉସୀ ଦ୍ୱାରା ପ୍ରଭାବିତ ହୋଇଛି। ମୋ ନଣନ୍ଦ ପ୍ରାୟ ଶାଶୁଘର ଲୋକଙ୍କ ସହିତ ଝଗଡ଼ା କରି ଚାଲିଆସନ୍ତି, ଆମ ପାଖରେ ଆସି ସେମାନଙ୍କ ବିରୁଦ୍ଧରେ ସତ ମିଛ ବର୍ଣ୍ଣନା କରନ୍ତି। ପିଲାଦିନରୁ ମୋ ଝିଅ ତାଙ୍କ ପାଖରେ ବସି ଧ୍ୟାନ ଦେଇ ତାଙ୍କ କଥା ଶୁଣେ। ଉର୍ମି ପାଇଁ ନୂଆ ନୂଆ ଡ୍ରେସ ଆଣିଦିଅନ୍ତି। ତାକୁ ସିନେମା ଦେଖାଇ ନେବା, ଚାଟ୍, ଗୁପ୍‌ଚୁପ୍ ଖୁଆନ୍ତି। ଉର୍ମି ବି ତା'ଶାଶୁଘରେ ପିଉସୀର ପଦଚିହ୍ନରେ ଚାଲି ଅଯଥା ପ୍ରବ୍ଲେମ ସୃଷ୍ଟିକରେ।

ଯେଉଁଦିନ ପୁଅ ବୋହୂ ଗୋଆ ଯିବାକଥା ସେଦିନ ସକାଳୁ ତା' ବାପାଙ୍କର ହଠାତ୍ ପାଗ ବଦଳିବା ଯୋଗୁ ଆଜ୍ମା ବଢ଼ିଗଲା। ଘରେ ଡ୍ରିପ ଦେବାକୁ ପଡ଼ିଲା। ବୋହୂକୁ ମୁଁ ବହୁତ ବୁଝାଇଲି ବିଶେଷ କିଛି ଅସୁବିଧା ନାହିଁ ତୁମେ ଯାଅ। ସେ କିନ୍ତୁ ନମାନି ଯିବା ସ୍ଥଗିତ ରଖିଲା।

ମୁଁ ଝିଅକୁ କହିଲି, 'ଦେଖ୍, ବୋହୂଟି କେତେ ଭଲ, ତୁ ଭାଉଜକୁ ଅଯଥା ଭୁଲ ବୁଝୁଥିଲୁ। ମୁଁ ଯେତେ କହିଲେ ବି ସେ ଗଲାନି।'

ମୋ ମୁହଁରୁ ଭାଉଜର ପ୍ରଶଂସା ଶୁଣି ଝିଅକୁ ଭଲ ଲାଗିଲାନି । କହିଲା, "ଆରେ ମା', ଏସବୁ ନାଟକ, ସୁଧୀରକୁ ପ୍ରଭାବିତ କରିବାପାଇଁ ।"

ଏତେ ଦିନ ହେଲା ଥକ୍କାପଣ, ତା'ପରେ ସ୍ୱାମୀଙ୍କ ସ୍ୱାସ୍ଥ୍ୟ ଚିନ୍ତା ଏସବୁ ପ୍ରଭାବରୁ ସନ୍ଧ୍ୟାକୁ ମୋତେ ଜୋରରେ ଜର ଆସିଲା ।

ନିମୋ ଭାରି ଶାଢ଼ି, ଗହଣା ଉତାରି ହାଲୁକା ସୂତା ଡ୍ରେସ ପିନ୍ଧିଲା । କାମବାଲୀ ହଠାତ୍ ଛୁଟିରେ ଚାଲିଗଲା । ଡାକ୍ତର କହିବା ଅନୁସାରେ ରାତିସାରା ସେ ମୋ ମୁଣ୍ଡରେ ଥଣ୍ଡା ପାଣି ପଟି ପକାଇଲା । ମଝିରେ ମଝିରେ ଉଠି ସୁଧୀର ବାପାଙ୍କ ପାଇଁ ତୁଳସୀ, ଅଦା କାଢ଼ା ବି ତିଆରିକରି ଦେଲା । ସକାଳୁ ମୋର ଜର ଛାଡିଯାଇଥିଲା କିନ୍ତୁ ଦୁର୍ବଳ ଲାଗୁଥିଲା । ଦେଖିଲି, ଚାରିଆଡେ ବିଛୁଡିହୋଇ ପଡିଥିବା ଘରକୁ ସେ ସଫାସୁତୁରା କରି ଝାଡୁପୋଛା କରିଦେଇଥିଲା । ସମସ୍ତଙ୍କ ପାଇଁ ରୋଷେଇ କଲା ଏବଂ ମୋ ପାଇଁ ନରମ ଖେଚେଡି କରିଥିଲା । ମୋ ନିଜ ଝିଅ ତ ଛିଡାହୋଇ କେବଳ ତାର ଖୁଣ ବାଛୁଥିଲା ।

ସମସ୍ତେ ଖାଇସାରିବାପରେ ରୋଷେଇଘରୁ ବାସନ ମାଜିବା ଶବ୍ଦ ଶୁଣାଗଲା । ନିମୋର କାର୍ଯ୍ୟକଳାପ ଏବଂ ଆପଣାପଣ ମୋ ମନକୁ ମୋହି ଦେଇଥିଲା । ମୁଁ ଲଜ୍ଜିତ ହେଉଥିଲି ଯେ ମୋ ନିଜ ଝିଅ ବସି ତାମସା ଦେଖୁଥିଲା ଏବଂ ଚାରି ଦିନ ହେଲା ଆସିଥିବା ନୂଆ ବୋହୂ ବାସନ ମାଜୁଥିଲା । ମୁଁ ଝିଅକୁ କହିଲି, 'ଉର୍ମି ତୁ ବୋହୂକୁ ସାହାଯ୍ୟ କରିବା ଦରକାର । ସେ ଏକୁଟିଆ କେତେ କାମ କରିବ ?'

ସେ ଫୁସ୍‌ଫୁସ୍ ହୋଇ କହିଲା, "ମା' ତାକୁ କାମ କରିବାକୁ ଦିଅ । ସାରା ଜୀବନ ତ କାମ କରିବାକୁ ପଡ଼ିବ । ଏବେ କଲେ କ୍ଷତି କ'ଣ ? ମା' ତୁମେ ଦେଖିଲ ତ କେମିତି ସବୁ ଲାଜ ସରମ ଛାଡ଼ି ବାପା ଆଉ ତୁମ ସାମନାରେ ବିନା ଓଢ଼ଣୀରେ ସାଲୁଆର କମିଜ ପିନ୍ଧି ଏପଟ ସେପଟ ହେଉଛି । ଦୁଇ ବର୍ଷହେଲା ବାହାଘର ହେଲାଣି ଶାଶୁଘରେ ଆଯିଯାଏ ମୁଁ ଏମିତି ଡ୍ରେସ ପିନ୍ଧିନି । ସବୁବେଳେ ମୁଣ୍ଡରେ ଓଢ଼ଣା ଦେଇ ରହୁଛି । ଲାଜ ସରମ ବୋଲି କିଛି ଅଛି ନା ନାହିଁ ?"

ଉର୍ମି ଶାଶୁ ଶଶୁରଙ୍କ ସାମନାରେ ଯେତେ ମୁଣ୍ଡରେ ଓଢ଼ଣା ଦେଉ, କିନ୍ତୁ ସେ ଶାଶୁ ଶଶୁରଙ୍କୁ ଯେମିତି ମୁହଁରେ ଜବାବ ଦିଏ, କାମରେ ଠକାଏ ସେଇ ତୁଳନାରେ ସାଲୁଆର କମିଜ ପିନ୍ଧି ନିମୋ ହସ ହସ ମୁହଁରେ ଯେମିତି ଘରର ସମସ୍ତଙ୍କ କଥା ବୁଝୁଛି ତା'ଠାରୁ ଢ଼େର ଭଲ । କେବଳ ମୁଣ୍ଡରେ ଓଢ଼ଣା ଦେଇଦେଲେ ହେବନି, ବଡ଼ମାନଙ୍କ ପ୍ରତି ସେତିକି ସମ୍ମାନ ରହିବା ଦରକାର । ଲଜ୍ୟା ତ ଆଖିରେ ପ୍ରକଟ ହୋଇଥାଏ ।ଶାଳୀନତା ଏବଂ ବ୍ୟବହାର ନିଜ ସ୍ୱଭାବ ଓ କର୍ମରେ ପ୍ରକାଶ ପାଏ ।

ଫୋନ ଘଣ୍ଟି ବାଜିବା ଶବ୍ଦରେ ମୁଁ ପ୍ରକୃତିସ୍ଥ ହେଲି। ଉର୍ମି ଫୋନରେ କହୁଥିବା କଥା ଶୁଣିଲି, "ତୁମ ମା' ତ ସବୁବେଳେ ବେମାର ରହୁଛନ୍ତି। ଏପଟେ ମୋ ମା' ବାପା ଦୁହେଁ ଅସୁସ୍ଥ ଅଛନ୍ତି। ଭାଇ, ଭାଉଜ ଗୋଆ ଗଲେନି। ଏବେ ମୁଁ ଯିବା ମୁସ୍କିଲ।" କହି ଉର୍ମି ଚଟାପଟ୍ ରିସିଭର ରଖିଦେଲା।

ମୁଁ କହିଲି, 'ତୋ ଶଶୁର ବେମାର ଅଛନ୍ତି, ତେଣୁ ଜୋଇଁ ଫୋନ କରିଥିଲେ ତୁ ଏବେ ଚାଲିଯା ଝିଅ।'

ପ୍ରକୃତି ଅନୁସାରେ ଉର୍ମି ଭିଣଭିଣ ହୋଇ କହିଲା, 'ତାଙ୍କର ତ ସବୁବେଳେ ରୋଗ। ତୁମର ମନେ ଥିବ, ମୋ ବାହାଘର ବେଳେ ଅଣ୍ଟା ଯୋଗୁ ସେ ଅସୁସ୍ଥ ଥିଲେ। ମହେଶ ହନିମୁନ ଯିବାକୁ ମନାକରିଦେଲେ। କିନ୍ତୁ ପିଉସୀ ମୋତେ କହିଥିଲେ, ତୁ ରାଗିବୁ, ରୁଷିବୁ ଯେମିତିହେଲେ ହନିମୁନରେ ଯିବୁ। ପିଉସୀଙ୍କ କଥା ମାନିବାରୁ ସେ ମୋତେ ନେଲେ। ନହେଲେ ବାହାହେବାକ୍ଷଣି ଶାଶୁଘର ସେବାରେ ଲାଗିଯାଇ ଥାଆନ୍ତି।'

ଏତେ ସମୟଧରି ଆମ କଥା ଶୁଣୁଥିବା ମୋ ସ୍ୱାମୀ କହିଲେ, "ସେତେବେଳେ ତୋ ଶାଶୁଙ୍କ ଦେହ ଏତେ ଖରାପ ହେଲାଯେ ହସପିଟାଲରେ ଭର୍ତ୍ତି ହେଲେ। ତୋ ନଣନ୍ଦ ତାଙ୍କର ସବୁ ସେବା କଲେ। ଭାବେ, ଯଦି ତୋ ଭାଉଜ ସେମିତି କରିଥାନ୍ତା ଆମ ଅବସ୍ଥା କ'ଣ ହୋଇଥାନ୍ତା ?"

ଝିଅ ଚଟାପଟ୍ କହିଲା, "କାହିଁକି, ମୁଁ ଯେ ଅଛି।"

ତା'ବାପା ରାଗି କହିଲେ, "ଏବେ ଆମକୁ ଦେଖାଚାହାଁ କରିବାକୁ ଭଲ ବୋହୂଟିଏ ଅଛି। ତୁ ତୋ ଶାଶୁ ଘରକୁ ଚାଲିଯାଆ। ବହୁତ ଦିନ ହୋଇଗଲାଣି ଆସିଲୁଣି, ତୋ ଅସଲ ଘର ତ ସେଇଟା।"

ବାପାଙ୍କ ମୁହଁରୁ ଭାଉଜର ପ୍ରଶଂସା ଶୁଣି ସେ ରାଗି ଉଠି କହିଲା, 'ହଁ ହଁ ଚାରି ଦିନ ହେଲା ଆସିଥିବା ବୋହୂର ଗୁଣ ନଜର ଆସୁଛି, ଏବେ ମୋର ଆବଶ୍ୟକତା ଆଉ କ'ଣ ? ଭାଉଜ ଏବେ ନୂଆ, ଧୀରେ ଧୀରେ ତାଙ୍କ ଅସଲି ରଙ୍ଗ ଦେଖାଇଲେ ତୁମେସବୁ ମୋତେ ମନେ ପକାଇବ।' ତା'ପରେ ରାଗି ତା' ଜିନିଷପତ୍ର ସଜାଡି ବସିଲା।

ରୋଷେଇଘରୁ କାମ ଶେଷ କରି ନିମୋ ନଣନ୍ଦଙ୍କୁ ବାକ୍ସ ସଜାଡିବା ଦେଖି କହିଲା, 'ଦିଦି ଇଏ କ'ଣ? ଏତେ ଯଲଦି ଚାଲିଯିବାକୁ ବସିଛ। ଆଉ କିଛି ଦିନ ରହିଗଲେ ....।

ତା' କଥାକୁ କାଟି ଉର୍ମି କହିଲା, 'ମୋ ଶାଶୁଙ୍କ ଦେହ ଖରାପ, ମହେଶ ଫୋନ କରିଥିଲେ, ମୋତେ ଯିବାକୁ ପଡ଼ିବ।'

ନିମୋ ଚିନ୍ତିତ ସ୍ୱରରେ କହିଲା, 'ତା'ହେଲେ ତ ତୁମକୁ ଯିବାକୁ ହେବ। ବାପା ମା'ଙ୍କ କଥା ଚିନ୍ତା କରନି।'

ଉର୍ମି କଟାକ୍ଷ କରି କହିଲା, 'ଆରେ ନାଇଁ, ଏତେ ଚତୁର ଭାଉଜ ଥାଉ ଥାଉ ମୁଁ ଭଲା କାହିଁକି ଚିନ୍ତା କରିବି।'

ତା'ବ୍ୟଙ୍ଗ ବୁଝି ନପାରି ଏବେ ଆସୁଛି କହି ନିମୋ ତା'ରୁମକୁ ଚାଲିଗଲା। କିଛି ସମୟ ପରେ ତା'ବାପଘରୁ ଆଣିଥିବା ଦୁଇଟି ଦାମୀ ଶାଢ଼ି ଆଣି ନଣନ୍ଦକୁ ଦେଇ କହିଲା, 'ଦିଦି, ଆପଣ ହଠାତ୍ ଯିବା ପ୍ରୋଗ୍ରାମ କଲେ, ନହେଲେ ବଜାର ଯାଇ କ'ଣ କିଣା କିଣି କରିଥାନ୍ତେ। ଏହି ଶାଢ଼ି ଦୁଇଟି ମୋ ତରଫରୁ ରଖନ୍ତୁ। ତା' ସହିତ ନିଜ ଆଙ୍ଗୁଠିରୁ ହୀରା ମୁଦି ବାହାର କରି ତା' ଆଙ୍ଗୁଠିରେ ପିନ୍ଧେଇ ଦେଲା। ଯୋଉ ଶାଢ଼ି ଦୁଇଟିକୁ ପୂର୍ବରୁ ଉର୍ମି ନେବ ବୋଲି କହିଥିଲା। ମୁଁ ତାକୁ ମନା କରି କହିଥିଲି, 'ସେ ଖୁସିରେ ବାପ ଘରୁ ଆଣିଛି, ମୁଁ ତତେ ବରଂ ଏମିତି ଶାଢ଼ି କିଣିକି ଦେବି।'

ଉର୍ମି ଆଶ୍ଚର୍ଯ୍ୟ ହୋଇ ଭାଉଜକୁ ଚାହିଁଲା। ତା'ର ମନେ ପଡ଼ିଲା, ତା'ର ବାହାଘର ସମୟରେ ନଣନ୍ଦ ତା'ଶାଢ଼ିକୁ ପ୍ରଶଂସା କରିଥିଲେ, ମାଗିନଥିଲେ। କିନ୍ତୁ ସେ ତା'ପରଠୁ ତାଙ୍କ ସାମନାରେ ଆଲମାରୀ ଖୋଲିଲାନି, ଚାବି ପକାଇ ଚାବିକୁ ଅଣ୍ଟାରେ ଖୋସିଲା। ତା'ଶାଶୁ ନଣନ୍ଦ ପାଇଁ ବଜାରରୁ ଶାଢ଼ି ଏବଂ ଗୋଟିଏ ମୁଦି ଆଣି ଦେବାରୁ ସେ ସ୍ୱାମୀଙ୍କ ଆଗରେ ଅଭିଯୋଗ କଲା, ମା' ମୋ ପାଇଁ କିଛି ଆଣିଲେନି, ଝିଅ ପାଇଁ ଏତେ ଟଙ୍କା ଖର୍ଚ୍ଚ କରିଦେଲେ।

ମହେଶ ତାକୁ ବୁଝାଇଲେ ଯେ ତୁମ ପାଖରେ ଏତେ ଶାଢ଼ି ଗହଣା ଅଛି, ତୁମକୁ ଆଉ କ'ଣ ଦରକାର। ଦିଦି ବାହାଘରକୁ ଆସିଛି। ଶାଶୁ ଘରକୁ ଯିବାବେଳେ ତ ଦେବା ଉଚିତ୍। ମା'ତ ତୁମକୁ ମାଗିନି ନିଜ ଟଙ୍କାରେ କିଣିକି ଦେଲା।

ତା'ପରେ ବି କେତେ ଦିନଯାଏ ଉର୍ମି ମୁହଁ ଫୁଲାଇଲା। କିନ୍ତୁ ଆଜି ତା' ନୂଆ ଆସିଥିବା ଭାଉଜ ତା'ପସନ୍ଦ ଜାଣି ନିଜର ପ୍ରିୟ ବସ୍ତୁକୁ କେତେ ସହଜରେ ଧରାଇ ଦେଉଛି। ସେ ଭାବିଲା, ସତରେ ବାପା ମା' ଭାଗ୍ୟବାନ ତାଙ୍କୁ ଏତେ ଭଲ ବୋହୂଟିଏ ମିଳିଛି ଆଉ ମୋତେ ଭଲ ଭାଉଜ ମିଳିଛି। ସେ ଲକ୍ଷ କଲା ବାପାଙ୍କ ଦୃଷ୍ଟିରେ ମନା କରିବା ଭାବ ଫୁଟିଉଠୁଛି।

ଉର୍ମି ଭାବବିହ୍ୱଳ ହୋଇ ଭାଉଜକୁ କୁଣ୍ଢେଇ ଧରି କହିଲା, 'ନିମୋ, ମୋତେ

ତୁମେ ଏତେ ସ୍ୱାର୍ଥପର ଆଉ ଲୋଭୀ ଭାବିଲ, ଏସବୁ ମୁଁ ନେବି ? ବାସ୍, ତୁମର ସ୍ନେହ ସବୁବେଳେ ଆମମାନଙ୍କ ଉପରେ ଏମିତି ଥାଉ ତାହା ହିଁ ଯଥେଷ୍ଟ।'

ଭାଉଜ ଯେତେ କହିଲେ ବି ଉର୍ମି ଶାଢ଼ି ଏବଂ ମୁଦି ନେଲାନାହିଁ। ଉର୍ମି କହିଲା, ମୋତେ ବସ୍‌ରେ ବସେଇଦେଲେ ମୁଁ ଚାଲିଯିବି। ଷ୍ଟାଣ୍ଡରୁ ଯିଏ ହେଲେ ମୋତେ ଆସି ନେଇଯିବେ। କିନ୍ତୁ ଭାଉଜ ଜିଦି କରି ଛାଡ଼ି ଆସିବାକୁ ତା' ସାଙ୍ଗରେ ଭାଇକୁ ପଠାଇଲା।

ଯିବା ସମୟରେ ଉର୍ମି ମା'କୁ କହିଲା, "ଏବେ ପର୍ଯ୍ୟନ୍ତ ମୁଁ ପିଉସୀଙ୍କ ପଦଚିହ୍ନରେ ଚାଲି ନିଜ ସୁଖୀ ସଂସାରରେ ନିଆଁ ଲଗେଇ ଦେଇଛି। କିନ୍ତୁ ଏବେ ଭାଉଜଙ୍କଠାରୁ ମୁଁ ଶିଖିଲି, ସଫଳ ଗୃହସ୍ଥ ଜୀବନ ପାଇଁ ସରଳତା, ପ୍ରେମ, ତ୍ୟାଗ ଏବଂ କର୍ମଠ ହେବା ଜରୁରୀ, ତା'ହେଲେ ଘର ହସିଉଠିବ, ନହେଲେ ଦୁଃଖମୟ ହୋଇଯିବ। ମା' ତୁମେ ବୋହୂ ରୂପରେ ହୀରାଟିଏ ପାଇଛ। ପିଉସୀଙ୍କ କଥା ନମାନି ତୁମେ ତାଙ୍କୁ ଝିଅ ଭଳି ସ୍ନେହ କଲେ ତୁମ ଘର ସବୁବେଳେ ହସିଉଠିବ। ମୁଁ ମଧ୍ୟ ଭାଉଜଙ୍କ ପଦଚିହ୍ନରେ ଚାଲି ମୋ ଶାଶୁଘରକୁ ଖୁସିରେ ଭରିଦେବାକୁ ଚେଷ୍ଟା କରିବି।"

ଉର୍ମିର କଥା ଶୁଣି ମୋ ମୁହଁରେ ସନ୍ତୋଷ ଏବଂ ଆଖିରେ ଖୁସିର ଅଶ୍ରୁ ଆସିଗଲା, କାରଣ ବୋହୂ ପାଇଁ ମୋ ଝିଅର ମନ ବଦଳିଗଲା।

■

ସୂର୍ଯ୍ୟାସ୍ତ

ମେଘାଳୟ- ଏଚ.ଇଲିୟାସ

ତା'ର ସୁଖୀ ପରିବାରଟିଏ ଥିଲା। ପାଇନ ଗଛରେ ଭରପୁର ପାହାଡ଼ତଳିରେ ଥିଲା ତା' ଘର। ଘର ପଛପଟକୁ କଣ୍ଟା ଝଣ୍ଟା ବୁଦା। ତା'ରି ମଧ୍ୟରେ ତାଙ୍କ ପାଞ୍ଚ ପ୍ରାଣୀଙ୍କ ସଂସାର। ମିସୋର, ନିବନ ଏବଂ ତାଙ୍କର ତିନୋଟି ପିଲା। ବଡ, ପାଞ୍ଚ ବର୍ଷର ପୁଅ, ତା' ତଳକୁ ତିନି ବର୍ଷର ଝିଅ ଏବଂ ସାନ ବର୍ଷକର ପୁଅ। ପତି ପତ୍ନୀ ଦୁହେଁ ତାଙ୍କର ସବୁ ଖୁସି ତାଙ୍କ ତିନି ସନ୍ତାନଙ୍କ ଉପରେ ଓଜାଡ଼ି ଦେଇଛନ୍ତି। ତାଙ୍କ ପିଲାମାନଙ୍କ ପ୍ରତି ବାତ୍ସଲ୍ୟ ମମତା ଏବଂ ଦୁହିଁଙ୍କ ଭଲପାଇବାରେ ମଧୁର ଦିନଗୁଡ଼ିକ ଗଡ଼ି ଚାଲିଥାଏ।

ମିସୋର ପ୍ରତିଦିନ କାମକୁ ଯାଏ ଏବଂ ସନ୍ଧ୍ୟା ହେବାକ୍ଷଣି ଘରକୁ ଧାଇଁ ଧାଇଁ ଚାଲିଆସେ। ପିଲାଙ୍କଠାରେ ତା' ପ୍ରାଣଟା ଯେମିତି ଥାଏ। ନିଜର ଥକ୍କାପଣକୁ ଭୁଲି ପିଲାଙ୍କ ସାଙ୍ଗରେ ଅନେକ ସମୟଯାଏ ଖେଳୁଥାଏ ଏବଂ ଖୁସି ହୁଏ। ପିଲାମାନେବି ସୂର୍ଯ୍ୟ ଅସ୍ତ ହେବାକ୍ଷଣି ବାପାଙ୍କ ଆସିବା ବାଟକୁ ଏକ ଲୟରେ ଚାହିଁ ରହିଥାନ୍ତି।

ଖାଇସାରିବା ପରେ ପିଲା ଏବଂ ପତ୍ନୀଙ୍କ ସାଙ୍ଗରେ ଚୁଲ୍ଲୀ ପାଖରେ ସେ ବସିଯାଏ। ମା' ସାନକୁ ନିଜ କୋଳରେ ବସାଇଦିଏ ଏବଂ ଅନ୍ୟ ପିଲା ଦୁହେଁ ବାପାକୁ ଆଉଜି ବସିଯାନ୍ତି। ତା'ପରେ ଆରମ୍ଭ ହୋଇଯାଏ ତାଙ୍କର ଅନେକ ଗପସପ ଏବଂ ପରସ୍ପର ମଧ୍ୟରେ ଥଟ୍ଟାମଜ୍ଜା। ଖେଳୁ ଖେଳୁ ଥକ୍କିଯାଇ କେତେ ବେଳେଯେ ଶୋଇଯାନ୍ତି, ତାଙ୍କୁ ଜଣା ବି ପଡ଼େନି।

ମିସୋର ପ୍ରକୃତିରେ ଭାରି ପରିଶ୍ରମୀ। କ୍ଷଣଟିଏ ମଧ୍ୟ ସମୟକୁ ବ୍ୟର୍ଥ ହେବାକୁ ଦିଏନି। ଜାଳିବା ପାଇଁ କାଠ ଚିରିବା, ପାଣି ବୋହିକି ଆଣିବା, ପିଲାଙ୍କୁ ଗାଧୋଇ

ଦେବା ଏବଂ ଘର କାମରେ ପତ୍ନୀକୁ ସାହାଯ୍ୟକରିବା, ସବୁ କାମ ସେ ନିଜେ କରେ। ମଝିରେ ମଝିରେ ସେ ପିଲାଙ୍କ ସାଙ୍ଗରେ ମଜ୍ଜା ବି କରେ। କେବେ ସେ ପିଲାଙ୍କ ପାଇଁ ଘୋଡା ହୋଇଯାଏ ଏବଂ କେବେ ଆଖିରେ ପଟି ବାନ୍ଧି ତାଙ୍କ ସହିତ ଖେଳିବାରେ ଲାଗିଯାଏ। ଘରେ ଖାଇବାକୁ, ପିନ୍ଧିବାକୁ କପଡ଼ାର ଗଦା ନଥାଉ ପଛେ ତଥାପି ସେମାନେ ଖୁସି। ଏହି ସୁଖୀ ପରିବାରଟିର ଆନନ୍ଦ ଯେମିତି ପର ଲାଗି ଉଡି ଚାଲିଥିଲା।

କିନ୍ତୁ ସମୟ ସବୁବେଳେ ସମାନ ନଥାଏ। କାମ ଖୋଜିବାକୁ ଦିନେ ମିସୋରକୁ ଘର ଛାଡ଼ିବାକୁ ପଡ଼ିଲା। ଅନିଚ୍ଛା ଏବଂ ଭାରୀ ମନ ନେଇ ସେ ପରିବାରଠାରୁ ବିଦାୟନେଲା। ପତ୍ନୀ ଏବଂ ପିଲାଙ୍କୁ ପ୍ରତିଶ୍ରୁତି ଦେଲା ଯେ ସେ ଜଲ୍‌ଦି ଘରକୁ ଫେରିଆସିବ।

ନୂଆ ସ୍ଥାନ ଥିଲା। କାମ ସରିବାପରେ ସନ୍ଧ୍ୟାକୁ ମିସୋର ବହୁତ ଏକଲାପଣ ଅନୁଭବ କରେ। ଦିନେ ସନ୍ଧ୍ୟାରେ ସେ ଏକୁଟିଆ ବସିଥିଲା, ତା'ପରିବାର ସ୍ମୃତିରେ ହଜିଯାଇଥିଲା, ସେଇ ଅସ୍ଥାୟୀ ଝୁମ୍ପୁଡିଘରକୁ ପଡୋଶୀ ସାଙ୍ଗ ଜଣେ ପଶିଆସିଲା। ହୁଏତ ସେ ହାଲୁକା ନିଶାରେ ଥିଲା। ଭିତରକୁ ଆସି ତଳେ ବସି ପଡ଼ିଲା ଏବଂ ଭାତରେ ରନ୍ଧା ହୋଇଥିବା ମଦ ବୋତଲ ମଝିରେ ଥୋଇଦେଲା। କିଛି ସମୟ ପରେ ଯେତେବେଳେ ନିଶା ଗଭୀର ହୋଇଗଲା ତା'ପରେ ସେ ଅଧା ଗ୍ଲାସ ମଦ ମିସୋର ଆଡ଼କୁ ବଢ଼ାଇଲା ସେ ହସି ଗ୍ଲାସକୁ ଫେରାଇଦେଲା। ତାଙ୍କ ଭେଟିକୁ ସ୍ୱୀକାର ନକରିବାରୁ ସାଙ୍ଗଜଣଙ୍କ ରାଗିଗଲେ। ଶେଷକୁ ଇଚ୍ଛା ନଥିଲେବି ମିସୋରକୁ ତାଙ୍କ କଥା ରଖିବାକୁ ପଡ଼ିଲା। ତେଣୁ ସେ ବଡ଼ କଷ୍ଟରେ ମଦ ଗ୍ଲାସଟାକୁ ତା' ପାଖରେ ଢାଳିଦେଲା।

ସେଇ ରାତିଠାରୁ ସେଇ ସାଙ୍ଗଜଣଙ୍କ ସବୁଦିନେ ମିସୋରକୁ ମଦ ପିଆଇବାକୁ ଲାଗିଲା। ଧୀରେ ଧୀରେ ମଦ ତାକୁ କରାୟତ କରିନେଲା। ଏବେ ସାଙ୍ଗ ଦେଉଥିବା ମଦ ସହଜରେ ସ୍ୱୀକାର କରୁଥିଲା। ଦିନେ ସେ ତା' ସାଙ୍ଗମାନେ ପରସ୍ପର ମଧ୍ୟରେ କଥାବାର୍ତ୍ତାହେଉଥିବାର ସେ ଶୁଣିଲା। ତା' ବିରୁଦ୍ଧରେ କହୁଥିଲେ, ସେ ସବୁବେଳେ ଅନ୍ୟମାନଙ୍କଠାରୁ ମଦ ପାଇବାପାଇଁ ଚାହିଁ ରହୁଛି, ଅଥଚ ନିଜେ କେବେ କିଣୁନି କିମ୍ବା ସେମାନଙ୍କୁ ଅଫର କରୁନି।ସେ ତା'ର ଭୁଲ ଜାଣିପାରିଲା। ତା' ପରଦିନ ମଦ ପିଆଇ ସାଙ୍ଗମାନଙ୍କୁ ଖୁସି କରିଦେଲା। ସମସ୍ତେ ପିଇ ଝୁମିଲେ। କିନ୍ତୁ ଦିନକୁ ଦିନ ମିସୋରକୁ ମଦ ଦାସ ବନାଇଦେଲା।

ଏପଟେ ନିବନ ପ୍ରତ୍ୟେକ ଦିନ ତା' ସ୍ୱାମୀର ଆସିବାବାଟକୁ ଅପେକ୍ଷା କରି ରହିଥାଏ। ତା' ପିଲାମାନେ ମଧ୍ୟ ମିସୋରକୁ ଦେଖିବାପାଇଁ ଚାତକ ଭଳି ଚାହିଁଥାନ୍ତି।

କିନ୍ତୁ ତାଙ୍କ ଆଶା ପୂରଣ ହୁଏନି। ଏବେ ତାଙ୍କ ଖାଇବା ପିଇବାପାଇଁ ଆସୁଥିବା ପଇସା ବନ୍ଦ ହୋଇଗଲାଣି। ଅନେକ ଦିନ ହେଲା ସ୍ୱାମୀର ଖବର ଅନ୍ତର ନପାଇ ନିବନ ଚିନ୍ତାରେ ପଡ଼ିଲା। ଖାଇବା ପାଇଁ ପଡୋଶୀଙ୍କଠାରୁ ଉଧାର ମାଗିବା ଆରମ୍ଭ କରିଦେଲା। ମାଗିକି କେତେ ଦିନବା ଚଳେଇବ, ତେଣୁ ଦୋକାନରୁ ବାକି ଖାତାରେ ପକେଇ ସଉଦା ଆଣିବାକୁ ଆରମ୍ଭକଲା। ତା' ସ୍ୱାମୀ ଆସିଲେ ସବୁ ସୁଝିଦେବ ଏହି ପ୍ରତିଶ୍ରୁତି ଦେଲା।

ଦିନେ ରାତିର କଥା। ଲଣ୍ଠଣ ଲିଭେଇବାକୁ ଯାଉଥିଲା। ଥଣ୍ଡା, ଜରରେ ପଡ଼ିଥିବା ପିଲାଙ୍କ ସେବା ଶୁଶ୍ରୂସା କରି କେତେଦିନ ହେଲାଣି ରାତିରେ ସେ ଶୋଇନପାରିବା ଯୋଗୁ ନିବନର ଆଖି ଲାଗିଯାଇଥିଲା। ହଠାତ୍ କବାଟ ବାଡ଼େଇବା ଶବ୍ଦ ଏବଂ କବାଟ ଖୋଲିବାକୁ ଆଦେଶ ଶୁଣି ନିବନ ଉଠିବସିଲା। ସ୍ୱରଟା ଟିକେ ବଦଳି ଯାଇଥିଲେ ବି ମିସୋରର ସ୍ୱରକୁ ନିବନ ଜାଣିପାରିଲା। ତା' ଭିତରେ ଉତ୍ସାହ ଏବଂ ଆନନ୍ଦ ଖେଳିଗଲା। ଅତିଶୀଘ୍ର ଉଠି ସେ କବାଟ ଖୋଲିଦେଲା କିନ୍ତୁ ପର ମୁହୂର୍ତ୍ତରେ ନିଶାରେ ଚୁର ହୋଇଥିବା ମିସୋରକୁ ଦେଖି, ତା'ର ସବୁ ଖୁସି ପାଣି ଫାଟିଗଲା।ସେ ଠିକ୍‌ରେ ଛିଡ଼ାହେବା ଅବସ୍ଥାରେ ନଥିଲା। ଲାଲ ଲାଲ ଆଖି, ମୁହଁରେ ଦାଢିଭର୍ତ୍ତି, ମୁହଁରୁ ମଦ ଗନ୍ଧ ଭାସି ଆସୁଥିଲା। ଅପରିଷ୍କାର ଶରୀର, ଚିରା ଫଟାପୋଷାକ, ମିସୋରର ଏହି ରୂପ ଦେଖି ନିବନ ଆଶ୍ଚର୍ଯ୍ୟହେଲା।

ମିସୋର ଘର ଭିତରକୁ ଆସିବାମାତ୍ରେ ପାଟିତୁଣ୍ଡ କରିବା ଆରମ୍ଭ କରିଦେଲା। ନିବନ ନିଜର କଷ୍ଟ ଭୁଲି ପିଲାଙ୍କ ଅସୁସ୍ଥତା କଥା ଏବଂ ସେମାନେ ଶୋଇଛନ୍ତି କହି ତାକୁ ଶାନ୍ତ କରିବାକୁ ଚେଷ୍ଟାକଲା। କିନ୍ତୁ ମିସୋର ତା' କଥା କିଛି ଶୁଣୁନଥାଏ। ଧକ୍କା ମାରି ନିବନକୁ ସାମ୍ନାରୁ ହଟେଇ, ପିଲାଙ୍କ ଶୋଇବା ରୁମକୁ ଯାଇ ତାଙ୍କୁ ଗାଳିଦେଇ ଜବରଦସ୍ତ ଉଠାଇବାକୁ ଚେଷ୍ଟାକଲା। ପିଲାମାନେ ଆକାବାକା ହୋଇ କାନ୍ଦିବାକୁ ଲାଗିଲେ। କାନ୍ଦି କାନ୍ଦି ମା'କୁ ଡାକିଲେ। ମିସୋରର ଏମିତି ଦଶା ଦେଖି ନିବନ ମଧ୍ୟ ଡରିଗଲା। ସେ ପିଲାମାନଙ୍କୁ କୋଳକୁ ଆଉଜେଇନେଲା। ଆଖିରୁ ତା'ର ଅଶ୍ରୁ ବହିଚାଲିଥାଏ।

ମିସୋର ଆହୁରି ରାଗିଗଲା। ସେ ନିବନକୁ ଛୁରା ମାରିବାକୁ ଧମକ ଦେଲା ଯେ ସେ ବାପାକୁ ଭଲ ପାଇବାକୁ ଶିଖାଇବା ପରିବର୍ତ୍ତେ ଡରିବାକୁ ଶିଖେଇଛି। ନିବନ ତାକୁ ବୁଝାଇବାକୁଯେତେ ଚେଷ୍ଟା କଲେବି ତା' ଉପରେ କିଛି ପ୍ରଭାବ ପକାଇଲାନି।ସେ ତା' ଭାଗ୍ୟକୁ କେବଳ ଦୋଷ ଦେଉଥାଏ।ସେ କାନ୍ଦିବା ସହିତ ପିଲାମାନେବି କାନ୍ଦୁଥାନ୍ତି। ମିସୋର ପତ୍ନୀ ଉପରେ ବକାବକି କରିଯେଉଁଠି ବସିଥିଲା ସେଇଠି ଶୋଇପଡ଼ିଲା।

ପରଦିନ ସକାଳୁ ଉଠି ଦୁଃଖ ଓ ଚିନ୍ତା ସତ୍ତ୍ୱେ ନିବନ ଚୁଲ୍ଲୀ ଜଳାଇଲା। ମିସୋର ଉଠି କାହାକୁ କିଛି ନକହି ଘରୁ ବାହାରିଗଲା। ବିଚାରୀ ନିବନ ରନ୍ଧାବଢ଼ା କରି ଗାଧୋଇବା ପାଇଁ ପାଣି ଗରମ କରି ସ୍ୱାମୀ ଆସିବାକୁ ଅପେକ୍ଷାକରି ରହିଲା କିନ୍ତୁସେ ଆଉ ଫେରିଲାନି।

ମିସୋର ଚାରିଦିନପରେ ଅଧ ରାତିକୁ ଫେରିଲା। ତା'ର ଜୋରରେ କବାଟ ବାଡ଼େଇବା ଶବ୍ଦରେ ନିବନ ଭୟଭୀତ ହୋଇଗଲା। ସେ ତରବରରେ ଯାଇ କବାଟ ଖୋଲିଲା। ସାମ୍ନାରେ ମିସୋର ନିଶାରେ ଚୁର ହୋଇ ଛିଡା ହୋଇଥିଲା। ଢଳି ଢଳି ଘର ଭିତରକୁ ପଶି ଆସିଲା। ସିଧା ଯାଇ ଚୁଲ୍ଲୀ ପାଖରେ ବସିପଡ଼ି ନିବନକୁ ଭାତ ବାଢ଼ିବାକୁ ହୁକୁମଦେଲା। ସ୍ୱାମୀର ହଠାତ୍ ଧମକ ନିବନ ଆଶା କରୁନଥିଲା। ସେ ଆଗରୁ ରାନ୍ଧିକି କେମିତି ରଖିଥାନ୍ତା ? ମନଦୁଃଖ ଥିବାରୁ ସେ ନିଜେ ବି ତିନି ଚାରିଦିନ ହେଲା କିଛି ଖାଇନି। ପିଲାଙ୍କୁ ପିଆଇବାପରେ କିଛି ବଳିଥିବା କାଞ୍ଜି ପିଇ ନିଜକୁ ସନ୍ତୁଷ୍ଟ କରିଥିଲା। ଡେକଚିରେ କିଛି ଭାତ ବଳିପଡିଛି। ସେଥିରେ କ'ଣ ହେବ। ତେଣୁ ମିସୋରକୁ କିଛିସମୟ ଅପେକ୍ଷା କରିବାକୁ କହି ଫୁର୍ତ୍ତିରେ ରନ୍ଧାରନ୍ଧି କରିବାକୁ ଆରମ୍ଭ କଲା। ଏକଥା ଶୁଣି ମିସୋର ରାଗିକି ଅଭିଯୋଗ କରି କହିଲା, ସେ ତାକୁ ଧ୍ୟାନ ଦେଉନି, ତାକୁଭୋକରେ ମାରିବାକୁ ବସିଛି। ନିବନ ପାଖରେ ଏହାର କିଉତ୍ତର ଅଛିକେବଳ କାନ୍ଦିବା ବ୍ୟତିତ ଆଉକିଛି ଉପାୟ ନଥିଲା। ମିସୋର ହଠାତ୍ ଭାତ ଡେକ୍ଚି ଉଠେଇ ତଳେ ଢାଳିଦେଲା। ତା'ପରେ ଖାଲିଡେକ୍ଚିକୁଗୋଇଠା ମାରିଚେପା କରିଦେଲା।ଯେମିତି କି ତା' ମୁଣ୍ଡରେ ଭୂତ ସବାରହୋଇଛି। ନିବନକୁ ଗାଳିଦେଇ ଚିତ୍କାରକରି ଯେତେବେଳେ ହାଲିଆ ହୋଇଗଲା, ସେଇଠି ଚଟାଣରେ ଗଡ଼ିପଡ଼ି ଘୁଙ୍ଗୁଡି ମାରିଲା।

ପରଦିନ ସକାଳୁ କିଛି ଶବ୍ଦ ନକରି ମିସୋର ବାହାରକୁ ଚାଲିଗଲା। ନିବନ ଦୁଃଖ ଓ ମାନସିକ ଆଘାତକୁ ସହିନପାରି ବେମାରରେ ପଡ଼ିଲା। ତା' ଅବସ୍ଥା ଏମିତି ଖରାପ ହୋଇଗଲା ଯେ ତା'ର ବଞ୍ଚିବାର ଆଶା ରହିଲାନି। ମାନସିକ ଧକ୍କା, ଖାଦ୍ୟାଭାବ ଏବଂ ପିଲାଙ୍କୁ ଏକୁଟିଆ ଦେଖାଚାହାଁ କରିଥିବାରୁ ବିଶ୍ରାମ ନପାଇବା ଯୋଗୁ ତା' ଦେହ ଅତି ଅସୁସ୍ଥ ହୋଇପଡ଼ିଲା। ପିଲାମାନେବି ନଖାଇ ନପିଇ ଦରମରା ହୋଇପଡ଼ିଥିଲେ। ସେମାନଙ୍କୁ ଦେଖିବାକୁ କେହି ନଥିଲେ।

କିଛିଦିନ ପରେ ମିସୋର ଆସି ପହଞ୍ଚିଲା। ବାହାରୁ ନିବନକୁ ଚିତ୍କାର କରି ଡାକିଲା। କବାଟ ଜୋରରେ ବାଡ଼େଇବାପରେବି କୌଣସି ଉତ୍ତର ମିଳିଲାନି।"ମୋ ଘରେ ମୋର ଏମିତି ଅବସ୍ଥା"ଏକଥା ଭାବି ରାଗିଜୋରରେ କବାଟକୁଗୋଡ଼ରେ

ଧକ୍କାଦେଲା। ଭିତରୁ କବାଟ ବନ୍ଦ ନଥିଲା, ସେଥିପାଇଁସେ ହାମୁଡି ପଡ଼ିଗଲା। ଘର ଭିତର ଅନ୍ଧାର ଥିଲା, ନା ବତୀ ଜଳୁଥିଲା ନା ଚୁଲ୍ଲୀ ଜଳୁଥିଲା।

ସେ ପକେଟ ଅଣ୍ଡାଳିଲା, ସଂଯୋଗବଶତଃ ଦିଆସିଲିଟିଏ ପାଇଗଲା। ସେ କାଠିଟିଏ ଜଳାଇ ଆଖି ଫାଡ଼ି ଚାରିଆଡକୁ ବୁଲାଇଆଣିଲା। ନିବନ ଗଭୀର ନିଦରେ ଶୋଇଥିଲା। ପିଲାମାନେ ବି ତାକୁ ଲାଗି ଶୋଇ ଯାଇଥିଲେ। ସେ ତାକୁ ଜୋରରେ ହଲାଇଲା, ପରମୁହୂର୍ତ୍ତରେସେ ଅନୁଭବ କଲା, ସେ ଏକ ଶକ୍ତ ଥଣ୍ଡା ଶରୀରକୁ ଉଠାଉଛି।ହେ ଭଗବାନ! ତା' ଶରୀରରେ ଶିହରଣ ଖେଳିଗଲା। ସେ ବହୁତ ଡରିଗଲା। ସେ ଦିଆସିଲି ମାରି ଲ୍ୟାମ୍ପ ଜଳାଇଲା ଏବଂ ନିବନକୁ ଭଲଭାବେ ଚାହିଁଲା। ସେ ପାଖରେ ପଡିରହିଥିବା ପିଲାଙ୍କୁ ବି ଛୁଇଁଲା, ସେମାନଙ୍କ ଶରୀର ବି ନିଷ୍ପ୍ରାଣ ହୋଇଯାଇଥିଲା।

"ହେ ଭଗବାନ !" ମିସୋର ଗଳା ଫଟାଇ ଚିତ୍କାର କଲା "ହେ ମଦ !ତୁ ମୋ ପତ୍ନୀ ଆଉ ପିଲାଙ୍କୁ ମୋ ଠାରୁ ଛଡ଼ାଇନେଲୁ !"

ଘରୁ ବାହାରକୁ ସେ ଚାଲିଆସିଲା। ସେଦିନ ରାତିରେ ସେ ପାଗଳଭଳି ଏପଟ ସେପଟ ଘୂରିବୁଲିଲା। ସେ ନିବନ ଏବଂ ପିଲାମାନଙ୍କ ନାଁ ନେଇ ଚିତ୍କାର କରି ଡାକିଚାଲିଥିଲା। ସେଇ ରାତିରେ ସେ ଚିତ୍କାରକରି କାନ୍ଦୁଥିବା ପ୍ରତିଧ୍ୱନି ପାହାଡ଼ରେ ମଥା ପିଟି ଗୁଞ୍ଜରି ଉଠୁଥିଲା। ସକାଳ ହେବା ସହିତ ସେଇ ଶବ୍ଦ କ୍ଷୀଣରୁ କ୍ଷୀଣତର ହୋଇଚାଲିଥିଲା, ତା'ପରେ ସମ୍ପୂର୍ଣ୍ଣ ଉଭେଇଗଲା। ସେବେଠାରୁ ମିସୋରକୁ ଆଉ କିଏ ଦେଖିଛି ନା ତା' ବିଷୟରେ କିଏ ଶୁଣିଛି।

■

ଫାଲତୁ

ପଞ୍ଜାବୀ- ଗୁରୁପାଲ ସିଂହ ଲିଲ୍‌ଟ

ମୋ ପତ୍ନୀ ବହୁତ ନିକମୀ। ଏକ୍‌ଦମ୍ ଫାଲତୁ ସ୍ତ୍ରୀଲୋକ। ସବୁ ମୁଡ୍ ବେକାର କରିଦେଲା। କାହାଣୀ ଯେଉଁଠି ଥିଲା, ସେଇଠି ରହିଗଲା। ଏବେ ଆଗକୁ କ'ଣ ଚୋପା ଲେଖିବି। ଯେବେ ମୁଡ୍ ହିଁ...ସତରେ! ଏଇ ସ୍ତ୍ରୀଲୋକ ନା...। ଏମିତିରେ ସବୁ କିଛି ଠିକ୍ ଅଛି। ତା'ଠାରେ ପତ୍ନୀର ସବୁ ଗୁଣ ଅଛି। ସାଧାରଣ ସ୍ତ୍ରୀଲୋକଙ୍କ ଅପେକ୍ଷା କାଇଁ ଅଧିକ ମୋର ଆଉ ପିଲାମାନଙ୍କର ଖିଆଲ ରଖନ୍ତି। ଘର ପରିବାର ବନ୍ଧୁ ବାନ୍ଧବଙ୍କ ପ୍ରତି ଯାହା ବି କର୍ତ୍ତବ୍ୟ, ଦାୟିତ୍ୱ ସବୁ ପାଳନ କରନ୍ତି। ତାଙ୍କୁ କୌଣସି ଅଭାବ ଅନୁଭବ କରିବାକୁ ଦେଇନାହାନ୍ତି ବରଂ ଏସବୁ କରି ନିଜକୁ ଧନ୍ୟ ମନେକରନ୍ତି।

କିନ୍ତୁ ମୋ ଭିତରର କାହାଣୀକାରକୁ ? ଅଭିଯୋଗ ହିଁ ଅଭିଯୋଗ ଭଳି, ମୋର ଦୁଃଖ ଦେଖନ୍ତୁ, କେତେ ପରିଶ୍ରମ, କେତେ ସାଧନା ପରେ କାହାଣୀ ଲେଖାହୁଏ। ଏବେ ଏହାକୁ କିଏ କେମିତି ବୁଝାଇବ ଯେ କଥା, ସୃଜନ ପ୍ରକ୍ରିୟା ଜନ୍ମ ପ୍ରକ୍ରିୟା ଠାରୁ କମ କଷ୍ଟ ନୁହେଁ, ଆଉ ସେ କେବେ କାହାଣୀ ପଢ଼ିବାକୁ ଇଚ୍ଛାପ୍ରକାଶ କରନ୍ତିନି। ଯଦି କିଛି ଉତ୍ସାହରେ ମୁଁ କାହାଣୀ ଶୁଣାଇବାକୁ ଚାହେଁ, ତା'ହେଲେ ରୋଷେଇ ଅଥବା ଘରର କୌଣସି ନା କୌଣସି କାମର ବାହାନା କରି ଚତୁରତାର ସହ କହି ଚାଲିଯାଆନ୍ତି। ବାହାରେ ତ ଜଲଦି କିଏ ମିଳନ୍ତିନି ଯାହା କାହାଣୀ ଶୁଣିବାକୁ ସହନଶୀଳତା ଦେଖାଇ ପାରିବ। ଯଦି ଘରର ସ୍ତ୍ରୀଲୋକ ବି ପୁରୁଷର ଦୁଃଖ ବୁଝି ପାରବନି, ତା'ହେଲେ କିଏ କ'ଣ କରିପାରିବ ? ଏହା ଏକ ଗମ୍ଭୀର ଟ୍ରାଜେଡି !

ଏହା ମାତ୍ର ଆଜିର କଥା ନୁହେଁ। ପୂର୍ବରୁ ବି ସବୁବେଳେ...ଛାଡ଼, ପୂର୍ବରୁ କେବେ ଆଜି ଭଳି କଥା ଛିଡ଼ା କରାଇ ନାହାନ୍ତି, କିନ୍ତୁ ମୋ ଲେଖନୀ ପ୍ରତି ଏତେ ଇଚ୍ଛା ଦେଖାଇ ନାହାନ୍ତି। ଏବେ ପୂର୍ବ ଦିନ କଥା ଦେଖନ୍ତୁ, ବହୁତ ଦୁଃଖରେ ଏକ ପରିବାରର କାହାଣୀ ଲେଖିଥିଲି। ପଢ଼ି ମୋର ବି ମୋ ଆଖିରୁ ଲୁହ ଝରି ପଡ଼ିଥିଲା। ତାଙ୍କୁ ଜୋର ଦେଇ ପାଖରେ ବସାଇଲି, କାହାଣୀ ଶୁଣାଇଲି। ଗମ୍ଭୀର ହୋଇ ବସି ଶୁଣିଲେ। କାହାଣୀ ସମ୍ପୂର୍ଣ୍ଣ ହେବା ପରେବି ଗମ୍ଭୀର ହୋଇ ବସି ରହିଲେ। ମୋ ମନ ଖୁସି ଥିଲା। ଯାହେଉ, ମୋର ଏକ ରଚନାକୁ ସେ ପସନ୍ଦ କଲେ, କିନ୍ତୁ କାଇଁ?

ମୋ ଆଖିକୁ କିଛି ସମୟ ଗଭୀର ଭାବେ ଚାହିଁଲେ, ତା'ପରେ କହିଲେ, 'ଗୋଟିଏ କଥା କହିବ, କାହାଣୀର ମଝିରେ ଏହି କନ୍ଦାକଟା ଶେଷରେ କୋଉ ମନ୍ତବ୍ୟର ପୂର୍ତ୍ତି କରୁଛି?'

"ମାନେ?" ମୋ ସ୍ୱର କିଛିଟା କଠୋର ହୋଇଗଲା, 'ତୁମ ବିଚାରରେ କାହା ଦୁଃଖ କଷ୍ଟର ଏତେ ଗଭୀର ଚିତ୍ରଣର କୌଣସି ଅର୍ଥ ନାହିଁ? ସବୁ ଫାଲତୁ?"

ଦୁଃଖ କଷ୍ଟର ଚିତ୍ରଣ ତ ଯଥେଷ୍ଟ ନୁହେଁ ନିଜ ଭିତରେ। ଏହି କନ୍ଦାକଟା ତ ସେମାନେ ସବୁଦିନେ ଦେଖୁଛନ୍ତି, ଭୋଗୁଛନ୍ତି। କିନ୍ତୁ ଏହା ଆଗକୁ?ଏହି ଅବସ୍ଥା ଯୋଗୁ କୌଣସି ଉପାୟ?ବାହାରିବାକୁ ଆଉ କୌଣସି ସଙ୍କେତ...।

ମୋତେ ବହୁତ ରାଗ ଲାଗିଲା। ମୋ କଳାର ଏତେ ଆଉ ଏମିତି ଭାବେ ଅପମାନ? ଏତେ ବଡ଼ କଥା କେବେ କୌଣସି ଅଜ୍ଞାନୀ ବି ଶୁଣି କହିବନି। ସେଇ ସମୟରେ ମୋତେ ସେ ମୂଢ଼ ଆଲୋଚକ ଭଳି ଲାଗୁଥିଲା ଯିଏ ପ୍ରତ୍ୟେକ ରଚନାରୁ ଚିକିତ୍ସା ଖୋଜିବା କଥା କୁହନ୍ତି।

"ଯାଃ, ଏଠାରୁ ଚାଲିଯା। ସାହିତ୍ୟକୁ ତୁମେ ବହୁତ ବୁଝିଛ। କୋଉଠୁ ଆସିଲେ ବଡ଼ ଆଲୋଚକ।"

ବାସ୍, ସେଇଦିନ ଠାରୁ ମନ ଭିତରେ ପଣ କଲି, ଭବିଷ୍ୟତରେ ତାଙ୍କୁ କୌଣସି କାହାଣୀ ଶୁଣାଇବିନି, ତାହା କୋଉଠି ବି ଛପା ନହେଉ। କିଏ ବି ଶୁଣିବାକୁ ଇଚ୍ଛା ନକରୁ, କିନ୍ତୁ ଏହି ସ୍ତ୍ରୀଲୋକକୁ ମୋ କାହାଣୀ ଶୁଣାଇବିନି। ଏକଦମ୍ ଫାଲତୁ ସ୍ତ୍ରୀଲୋକ।

ଦୁଃଖର କଥା ଏହା ଯେ ସମ୍ପର୍କ ବି ଏହି ଫାଲତୁ ଲୋକ ସହିତ ସ୍ଥାପିତ କରି ଖୁସିରେ ରହିବାକୁ ହୁଏ। ସେଇ ସାମନାବାଲା ଘର ନା! ଗୋଟିଏ ବଖୁରିଆ ଘର। ବଖରା ବି କବାଟ ଓ ଝରକାରୁ ମୁକ୍ତ। ସେଠାରେ ଏକ କାରିଗରର ପରିବାର ରୁହନ୍ତି। ସେଇ ସ୍ତ୍ରୀଲୋକ ସହିତ ଯାଙ୍କର ବନ୍ଧୁତା। ସେ ଅଶିକ୍ଷିତ ସ୍ତ୍ରୀଲୋକ। ତିନିଟା ଛୁଆ। ଗୋଟିଏ ତ କଳା ରଙ୍ଗ, ନା ଢଙ୍ଗର କପଡ଼ା ଅଛି ଦେହରେ। ତା'ସ୍ୱାମୀ ଚୌକିଦାର।

ସ୍ତ୍ରୀଟି ଦେଖିବାକୁ ଭଲ, ତିନିଟା ଛୁଆର ମା' ବୋଲି କେହି କହିବେନି, କିନ୍ତୁ ପଦବୀ...। ଏମିତିରେ ଛୋଟ ଜାତି ଲୋକଙ୍କ ସହିତ ମିଳାମିଶା କରିବା ଆମକୁ କ'ଣ ଶୋଭା ଦେଉଛି ? ଚାଲ, ଯଦି କାହାର ଢଙ୍ଗ ଢାଙ୍ଗ ଠିକ୍ ଠାକ୍ ଅଛି ତ କିଛି କଥା ନାହିଁ।

ଏଇ ପରିବାର ସହିତ ଯାଙ୍କର ସମ୍ପର୍କ ବି ସେମିତି ସ୍ଥାପିତ ହୋଇନଥିଲା। ଜାଣିଶୁଣି ଇଏ ନିଜେ ସମ୍ପର୍କ ସ୍ଥାପନ କରିଥିଲା। ପ୍ରକୃତରେ ସେଇ ସ୍ତ୍ରୀଲୋକର ବଡ଼ ଯାଆ ସହିତ ଆମର ଭଲ ସମ୍ପର୍କ ଥିଲା। ତାଙ୍କ ସ୍ୱାମୀ, ଅର୍ଥାତ୍ ସେଇ ସ୍ତ୍ରୀଲୋକର ଦେଢ଼ଶୁର, ଆମ ଅଫିସରେ ଅଧିକାରୀ ଅଛନ୍ତି। ପଦ ବଡ଼ ନହେଉ, କିନ୍ତୁ ଅଧିକାରୀ ତ ଶେଷରେ ଅଧିକାରୀ ହିଁ ରହିବେ। ତାଙ୍କ ଯାଆଙ୍କ ଦ୍ୱାରା ତାଙ୍କ ବିଷୟରେ କଥାର ଆଧାର ଉପରେ ମୋ ପତ୍ନୀଙ୍କର ଏଥିରେ ଆଗ୍ରହ ବଢ଼ିଗଲା। ମୋ ପତ୍ନୀଙ୍କର ଭାବନା ଓଲଟା। ଯୋଉ କଥା ଶୁଣି ମୋତେ ଏହି ଫାଲତୁ ପରିବାର ବିଷୟରେ ଅରୁଚି ଜାଗ୍ରତ ହେଲା। ତାଙ୍କ କଥା ଦ୍ୱାରା ମୋ ପତ୍ନୀଙ୍କ ରୁଚି ତାଙ୍କଠାରେ ଅଧିକ ଗଭୀର ହୋଇ ଚାଲିଥିଲା।ଭାବନ୍ତୁ, ଦିମାଗ ଓଲଟା ନୁହେଁତ ଆଉ କ'ଣ ? ରୁଚି ବା ଅରୁଚି ସୃଷ୍ଟି କରିବାବାଲା କଥାର ସଂକ୍ଷିପ୍ତ ଉଲ୍ଲେଖ କରିବା ଜରୁରୀ ଭାବୁଛି। ଆପଣମାନେ ଭାବନ୍ତୁ ନାହିଁ ଯେ ମୋ ପତ୍ନୀ ବିଷୟରେ ବେକାରଟାରେ ଆଲତୁ ଫାଲତୁ କଥା କହୁଛି।

ଏହି ପରିବାରକୁ, ଭୋକରେ ରହୁଥିବା ଲୋକଙ୍କୁ, ମୋ ସାଥି ଅଧିକାରୀ ସହରକୁ ଆଣିଛନ୍ତି। ତାଙ୍କ ଘର ପାଖରେ ଗୋଟିଏ ବଖୁରିଆ ଘର ଭଡ଼ାରେ ନେଇ ତାଙ୍କୁ ରଖିଲେ। ତା'ସ୍ୱାମୀକୁ ଜଣେ ମିସ୍ତ୍ରୀ ପାଖରେ ଶ୍ରମିକ ଭାବେ କାମରେ ଲଗାଇଲେ। ଏବେ ଏଥିରେ ତାଙ୍କର କ'ଣ ଦୋଷ !ବର୍ଷା ପାଣି ବେଶୀ ଗଳିବାରୁ ତାଙ୍କର ଅସୁବିଧା ହେଲା। ତା'ପରେ ବି ସେ ସାହାଯ୍ୟ କରି ଆସୁଥିଲେ। କେବେ ଫ୍ରିଜରୁ ବାହାରକରି ପିଲାମାନଙ୍କୁ ପରିବା ଦିଅନ୍ତି, କେବେ ରୁଟି। କେତେଥର ଅଟା ବି ଦିଅନ୍ତି। ଏବେ ଯଦି ବଞ୍ଚିବା କଷ୍ଟକର ତ ତାଙ୍କର କ'ଣ ଦୋଷ ? ତା'ହେଲେ ତୁମେ ଖର୍ଚ୍ଚରେ କଣ୍ଟ୍ରୋଲ କର। କୌଣସି ଅଫିସର କି ମିନିଷ୍ଟର ନୁହେଁ ନା, କିନ୍ତୁ ସେଇ ସ୍ତ୍ରୀଲୋକ ନାକ କଟେଇ ରଖିଦେଲା। ପାଖ ପଡ଼ୋଶୀମାନଙ୍କଠାରୁ ଅଟା ଉଧାର କରିବାକୁ ଲାଗିଲା। ଏଥିରେ କି ଇଜ୍ଜତ୍ ରହିଲା ? ତା'ପରେ କେଜାଣି କାହାଠାରୁ ଉଧାରରେ ଗୋଟିଏ ମଇଁଷି ନେଇଆସିଲା। ମଇଁଷି ଗୋବରରେ ଗଳି ଅପରିଷ୍କାର କରି ଦେଉଥିଲେ। ତା' ପିଲାମାନେ ପାଣି ପାଇପ ଧରି ଗଳିରେ ବୁଲନ୍ତି।ସେ ବିଚାରୀ ଦୁଃଖି ହୋଇଗଲେ।ସାଇର କୋଉ ସ୍ତ୍ରୀଲୋକକୁ ତାଙ୍କ ଜାତି କଥା ବି କହିଦେଲେ, ଜାତି ଲୁଚାଇ ରଖି ପାରିଲେନି। କଥାଟା ପବନ ଭଳି ସାଇରେ ଖେଳିଗଲା। ମୋ ସାଙ୍ଗ ବହୁତ ଲଜ୍ଜ୍ୟାଜନକ

ପରିସ୍ଥିତିରେ ପଡ଼ିଲେ।ନିଜକୁ ଜାଟ କହି ବଡ ଆଗ୍ରରେ ସାଇରେ ରହି ଆସୁଥିଲେ। ଏଇ କଥା ପ୍ରଚାର ହେବାରୁ ସେ ନିଜକୁ ବହୁତ ଛୋଟ ମନେକଲେ। ଏହି ରହସ୍ୟ ଉଦ୍ଘାଟନ ପରେ ମୋତେ ବି ମୋ ସାଙ୍ଗ ପରିବାର ପ୍ରତି ଅସୂୟା ଭାବ ଆସିଲା, କିନ୍ତୁ ଶିଘ୍ର ମୋ ଭାବନାକୁ ନିୟନ୍ତ୍ରିତ କରିଦେଲି। ଯାହା ହେଲେ ବି ସେ ମୋ ବରାବର ପଦରେ ଥିଲେ।ବିଚରା ତାଙ୍କ ପାଇଁ କେତେ କ'ଣ କଲେ। ତା'ପରେ ବି ଏହି ସ୍ତ୍ରୀଲୋକକୁ ଦେଖି, ତାଙ୍କ ଉପରେ ଏତେ ବଡ଼ ଅଭିଯୋଗ ଲଗାଇଦେଲା ଯେ ତାକୁ ଘରକୁ ଡାକି, ଏକୁଟିଆ ଦେଖି ତା' ଇଜ୍ଜତ୍ ନେବାକୁ ଚେଷ୍ଟା କରୁଥିଲେ।ସେ ଯଦି ତାଙ୍କର ହେଇ ରହିବ ତା' ପରିବାରର ସବୁ ଖର୍ଚ୍ଚ ତୁଲାଇବେ ବୋଲି ଏଇ ଲୋଭ ଦେଖାଇଥିଲେ। କିନ୍ତୁ ସେ ତାଙ୍କ ମୁହଁରେ ଛେପ ପକାଇ ଚାଲି ଯାଇଥିଲା।

ଏକଥା ବିଶ୍ୱାସ କରିହେଉଛି ? ତ଼ାହା ମିଛ ନା ?କିନ୍ତୁ ମୋ ଘରବାଲୀର ବୁଦ୍ଧିକୁ କିଏ କ'ଣ କରିବ ? ସେ ସେଇ ସ୍ତ୍ରୀଲୋକକୁ ଠିକ୍ ବୁଝିଛନ୍ତି କିନ୍ତୁ ମୋ ସାଙ୍ଗ ବଦ୍‌ମାସ।

ତା'ପରଠୁ ମୋ ଘରବାଲୀ ସାରା ଚକ୍କର ଚଳେଇଲା। ତାଙ୍କୁ ଦୁଇ ଗୁଣ୍ଠ ଜମି, ତାଙ୍କ ଭାଇ ଦ୍ୱାରା ଦିଆ କରାଇଲେ।(ଏହି ସବୁ ସାଇର ଘର ମୋ ଶଳାର ଜମି ଉପରେ ଅଛି) ଗାଁର ପୁରୁଣା ଘର ଭାଙ୍ଗି ସେ ଏକ କୋଠା ଠିଆ କଲା। ତା' ସ୍ୱାମୀକୁ ଗୋଦାମରେ ଚୌକିଦାର ଚାକିରିରେ ତାଙ୍କ ଭାଇ ମାର୍ଫତରେ ଦିଆ କରାଇଲେ, କେବଳ ସେତିକି ନୁହେଁ, ସେମାନେ ଏଠାକୁ ଯିବା ଆସିବାକରିବାପରେ ମୋ ସାଙ୍ଗ ଏଠାକୁ ଆସିବା ବନ୍ଦ କରିଦେଲେ। ସେ ମୋ ପତ୍ନୀ ଉପରେ ବି କ୍ରୋଧ କଲେ। କ୍ରୋଧ କରିବା ସ୍ୱାଭାବିକ। ସେଇ ପରିବାର ତାଙ୍କ ମୁଣ୍ଡକୁ ତଳକୁ କରିଦେଲେ। ସେଇ ଲୋକେ ଦୟାର ପାତ୍ର ଅଟନ୍ତି ?

ନିଜ ଉପରେ ଅଭିଯୋଗ ପରେ ମୋ ସାଙ୍ଗ ଯେମିତି ସେମିତି ବଞ୍ଚିଥିଲେକିନ୍ତୁ କେତେ ଆଉ ସହିବେ ? ସେଇ ସ୍ତ୍ରୀଲୋକ ସାଇର ଦୁଇ ଜଣଙ୍କ ଘରେ ବାସନ ମାଜିବା କାମ କଲା। ଭାଇ ଅନ୍ୟ କୌଣସି ଯାଗାରେ ଯାଇ ମରନା। ଅନ୍ୟର ଇଜ୍ଜତ୍‌କୁ ଟିକେ ଦେଖ। ଦିନେ ତ ସୀମା ପାର କରିଦେଲେ। ସାଇରେ ଜଣଙ୍କର ଝିଅ ବାହାଘର ଥିଲା। ସେ ଘରର ମଜାମଜି କାମ ଆଉ ସବୁ କାମ ସମ୍ଭାଳିଲା। ହଉ ଚାରିଦିନ ତ ପିଲାଙ୍କ ମୁହଁରେ ଖାଇବାକୁ ମିଳିବ। ଯାହା ଲୁଗାପଟା ମିଳିବ, ସେଥିରେ କୋଉ ଛୁଆର ଦେହ ଢଙ୍କାଯିବ। ଅଦ୍‌ଭୁତ କଥା ନା ?

ଶେଷରେ ମୋ ସାଙ୍ଗର ଘର ମାଲିକ କଠୋର ହୋଇ, ତାଙ୍କଠାରୁ ଘର ଛଡ଼ାଇନେଲେ। ସେଠାରୁ ଉଠିଲେ ତ ଆମ ବେକରେ ଆସି ପଡ଼ିଲେ। ଯଦି ଦେଖାଯିବ ବେଶୀ ଦୋଷ ମୋ ସ୍ତ୍ରୀର। ତୁମେ ଶିକ୍ଷିତ ମହିଳା। ସାଇରେ କ'ଣ ଆଉ କୋଉ ଘର

ନାହିଁ? ଆମ ବରାବର ତିନି ଚାରିଟା ଘର ଅଛି। ଇଏ ସିଆଡ଼େ କାହିଁକି ମୁହଁ ବୁଲାଇ ଦେଉଛନ୍ତି! କହୁଛନ୍ତି ସେମାନଙ୍କର ବେଶୀ ଦେଖାଇବା ଗୁଣ। ଯେମିତି ଏମାନଙ୍କ ଠାରୁ ବହୁତ ବାସନା ଯାଙ୍କ ପାଖକୁ ଆସୁଛି...।

କୋଉଠୁ ଆସିଲେ ସମାଜ ସୁଧାରିବା ବାଲା। ଯାଙ୍କ ଅକଲ ଦେଖ। ନିଜ ହାତରୁ ଦୁଇ ଶହ ଟଙ୍କା ଦେଇ ସବସିଡ଼ବାଲା ସ୍ୱେଟର ବୁଣିବା ମେସିନ ତାଙ୍କୁ ଦିଆ କରାଇଲେ।ଯେବେ ଦେଖ ସେଇଠି ଲାଗି ରହିଥିବେ। କୁହନ୍ତି, 'ବିଚାରୀକୁ ନୂଆ ଡିଜାଇନ ଶିଖେଇବି।' କାହାଣୀ ଶୁଣିବାକୁ କହିଲେ ଯେମିତି ବିଛା କାମୁଡେ। ସେ ଡାକିଦେଲେ ଧାଇଁ ଚାଲିଯିବେ। ଦୋକାନରୁ ଆସିଥିବା ଉଲ ଏବଂ ବୁଣି ପଠାଇଥିବା ସ୍ୱେଟରର ହିସାବ କିତାବ ବି ଇଏ ରଖନ୍ତି। ଯେମିତି କୋଉ ବ୍ୟାଙ୍କର ମୁଖ୍ୟ ଏକାଉଣ୍ଟାଣ୍ଟ।

କେବେ କେବେ ସନ୍ଧ୍ୟାରେ କୌଣସି ସାଙ୍ଗସାଥି ଚାଲିଆସିଲେ ମୁଁ ଲଜ୍ଜିତ ହୁଏ। ତାଙ୍କୁ ବଡ଼ ପାଟି କରି ଡାକିବାକୁ ପଡ଼ିଥାଏ। ଆଗରେ ସେ ଆସନ୍ତି, ପଛେ ପଛେ କିଏ ନା କିଏ ଛୁଆ ଚମକୁଥିବା ମୁହଁରେ ଚାଲିଆସନ୍ତି। ଜଣେ ଜଣେ ସାଙ୍ଗ ତ ପଚାରି ଦିଅନ୍ତି, 'ଆପଣଙ୍କର କୌଣସି ସମ୍ପର୍କୀୟ ଏଠାରେ ଅଛନ୍ତି କି?'

ସତରେ! ଯେମିତି ମୋର ମରଣ ହୋଇଗଲା।

ଏବେ ତ ଟିଭିରେ ଫିଲ୍ମ ଦେଖିବାରେ କୌଣସି ଆନନ୍ଦ ଆଉ ନାହିଁ। ସେମାନଙ୍କୁ ସୋଫା ଉପରେ ଏମିତି ସଜେଇ ବସେଇଦେବେ, ଯେମିତି ମାଉସୀର ପୁଅ। ଭିତରେ ଭିତରେ ବିରକ୍ତ ଲାଗେ। ବାରମ୍ବାର ଫିଲ୍ମରୁ ଧ୍ୟାନ ଚାଲିଯାଏ। ଯଦି କେବେ କିଛି କହିବାକୁ ଚେଷ୍ଟାକଲେ ହସି କହିବେ, "ଆମର କ'ଣ ଅସୁବିଧା ହେଇଯାଉଛି? ପିଲାଙ୍କ ମନ କେତେ ଖୁସି ହେଇଯାଉଛି।"

କେଜାଣି ତାଙ୍କୁ କି ମଜ୍ଜା ଆସୁଛି, ଏହି ରସହୀନ ଲୋକଙ୍କଠାରେ! ମୋ ରସପୂର୍ଣ୍ଣ କାହାଣୀ ଯେମିତି ତାଙ୍କୁ ବିଷ ଲାଗୁଛି...କାହାଣୀ? ଦେଖ, ମୁଁ ବି କଥା କଥାରେ କୋଉଠୁ ଆସି କୋଉଠି ପହଞ୍ଚି ଗଲିଣି। ଏବେ କାହାଣୀ କୋଉଠି ସମ୍ପୂର୍ଣ୍ଣ ହେଉଛି। ଯାହାକି ସବୁ ମୁଡ଼ ବେକାର ହୋଇଗଲା। ଲେଖିବାକୁ ଖୁସିର ମାହୋଲ ଦରକାର ଆଉ କାହାଣୀ ଲେଖିବା ମାମଲାରେ ମୋ ଘରବାଲୀ ଠାରୁ ସୁଖଦ ମାହୋଲ ଆଶା କରିବା ବୃଥା।

ପ୍ରକୃତରେ, ତାଙ୍କୁ ସେଇ ନର୍ସ ପ୍ରତି ବିରକ୍ତିଭାବ, ଯାହାଙ୍କ ବିଷୟରେ ମୁଁ କାହାଣୀ ଲେଖୁଛି। ଏହି ମାମଲାରେ ସେ ସାଇର ଅନ୍ୟ ସ୍ତ୍ରୀଲୋକ ଭଳି। ଏମାନେ ସମସ୍ତେ ନର୍ସର ଜୀବନ ଦୁର୍ବିସହ କରି ରଖିଛନ୍ତି। ଇଏ କୁହନ୍ତି ଯେ ସାଇ ଲୋକ

ଅଲଗା ପ୍ରକାର କଥା କହି ବିରୋଧ କରୁଛନ୍ତି । କିନ୍ତୁ କ'ଣ ଫରକ ପଡୁଛି, ବିରୋଧ ତ ବିରୋଧ ହୋଇଥାଏ ନା ।

ସଂଯୋଗ ଏହା ଯେ ସାମନାବାଲୀର ନାଁ ଦଲଜୀତ୍ ଏବଂ ନର୍ସର ନାଁ ବି। ଦୁଃଖର କଥା ଏହିଯେ ଆଙ୍କର ସାମନାବାଲୀ ସ୍ତ୍ରୀଲୋକ ପ୍ରତି ଦୟା ଅଛି । କିନ୍ତୁ ମୋର ଏହି ଦୁଃଖି ନର୍ସ ପ୍ରତି, ଯାହାକୁ ସମାଜ ଜଣେ ବେଶ୍ୟାର ଜୀବନ ଜିଇଁବାକୁ ବାଧ କରିଦେଲା । ମୋତେ ସାମନାବାଲୀ ପ୍ରତି ବିରକ୍ତି ଭାବ ଏବଂ ପତ୍ନୀଙ୍କୁ ନର୍ସ ଭଲ ଲାଗନ୍ତିନି । ବରଂ ଜୋର ଦେଇ କୁହନ୍ତି ଯେ ମୁଁ ବେକାରଟାରେ ନର୍ସର ପକ୍ଷ ନେଇ ସାଇପଡ଼ିଶାଙ୍କ ସହିତ ଶତ୍ରୁତା ଭାବ ନେଇ ବିରୋଧ ସୃଷ୍ଟି କରି ଭଲ କରିନି । ସେ ଏମିତି ବି ସଙ୍କେତ ଦେଇଥିଲେ ଯେ ସାଇ ଲୋକେ ମୋତେ ନର୍ସ ସହିତ ଯୋଡ଼ିବାରେ ଲାଗିଛନ୍ତି । ମୁହଁରେ ଯଦିଓ କହୁନାହାନ୍ତି, କିନ୍ତୁ ଲାଗୁଛି ଯେମିତି ଇଏ ବି ମୋ ଉପରେ ଲଗା ଯାଉଥିବା ଅଭିଯୋଗ ସହିତ ଭିତରେ ସହମତ । ମୋର ଏସବୁ କଥାରେ ଖାତିର ନାହିଁ । ସମାଜରେ ଯାହା କିଛି ଭୁଲ କଥା ଘଟୁଛି, ଯଦି ଆମ ସାହିତ୍ୟିକମାନେ ତା'ର ବିରୋଧ କରିବେନି ତ କିଏ କରିବ ?

ତା'ପରେ ମୁଁ ତ ଜୁଲମ ବିରୋଧରେ ଛିଡା ହୋଇଥିଲି । ଏମିତିରେ ନର୍ସ ସହିତ ମୋର କୌଣସି ଚିହ୍ନା ପରିଚୟ ନଥିଲା । ପ୍ଲଷ୍ଟରେ ଇଟା ଯୋଡିବାକୁ ଯାଉଥିଲି, ତା'ପରେ ସାଇଲୋକେ ଏକାସାଙ୍ଗେ ମୁହଁ ଉଠେଇ ମୋ ପାଖକୁ ଚାଲିଆସିଲେ । ଏଇ ନର୍ସ ସାଇରେ ରହିବାଟା ଚାହୁଁନଥିଲେ । ସେ ବେପାର କରୁଛି । କଲୋନୀର ଯୁବତୀ ଝିଅମାନଙ୍କ ଉପରେ ଏହାର ଘାତକ ପ୍ରଭାବ ପଡ଼ିପାରେ । ସେମାନେ ଚାହୁଁଥିଲେ ମୋ ଶଳା ଉପରେ ଯୋର ଦେଇ ପ୍ଲଷ୍ଟର ସଉଦା କ୍ୟାନସେଲ କରିଦିଏ ।

ମୁଁ ତ କହିଦେଲି, କିନ୍ତୁ ରାତିସାରା ଆଶଙ୍କା ଘେରି ରହିଲା । ମୋ କଳାକାର ମନ ବାରମ୍ବାର ସଙ୍କେତ ଦେଲା ଯେ ଏହା ଅନ୍ୟାୟ ହେବ । ତାଙ୍କ ବେପାର କରିବାରେ ନିଶ୍ଚୟ ସମାଜ ଦାୟୀ ହେବ । ଏଇ ବିଷୟରେ ରାତିସାରା ଭାବୁକ ହୋଇ ଭାବି ଚାଲିଲି । ପରଦିନ କଲୋନୀର ଏକତ୍ରିତ ଲୋକେ ପ୍ଲଷ୍ଟକୁ ଯିବାରୁ ନର୍ସର ମିନତି ଭରା ଶବ୍ଦରେ, 'ମୁଁ ଗରୀବ କାହାକୁ କ'ଣ କହିବି ।' ମୋ ମନ ତରଳି ଯାଇଥିଲା । ତା'ର କରୁଣ କଥା ମୋ ଭିତର ପର୍ଯ୍ୟନ୍ତ ପ୍ରଭାବିତ କରି ଦେଇଥିଲା ।

ଏପର୍ଯ୍ୟନ୍ତ ସବୁ ଠିକ୍ ଥିଲା । ମୋ ପତ୍ନୀ ବି ମୋ ସହିତ ସହମତ ଥିଲେ, ଏମିତି କାହାକୁ ରହିବାକୁ ନେଇ ଅଟକାଇବାକୁ ଏମାନେ କିଏ ?ଏଥି ସମ୍ପର୍କୀତ ମୋ ଗତିବିଧି ସହିତ ପତ୍ନୀ ସହମତ ନଥିଲେ । ନର୍ସ ପକ୍ଷରେ ମୁଁ କଲୋନୀରେ ପର୍ଯ୍ୟାପ୍ତ ରାୟ ଦେଇ ଦେଇଥିଲି । ତାଙ୍କ ଘର ତିଆରିରେ ମୁଁ ପ୍ରତ୍ୟକ୍ଷ ଅପ୍ରତ୍ୟକ୍ଷ ସହାୟତା କରି

ଚାଲିଲି । ତାଙ୍କ ଜୀବନ କାହାଣୀ ମୋତେ ପ୍ରଭାବିତ କରିଥିଲା । ସ୍ୱାମୀ ତାଙ୍କୁ ଛାଡ଼ି ବିଦେଶ ଗଲେଯେ ଆଉ ଫେରିଲେନି । ତା'ପରେ ଏହି ମେଣ୍ଢାଙ୍କ ମାହୋଲରେ ଏକୁଟିଆ ସ୍ତ୍ରୀଲୋକ ନିଜକୁ କେମିତି ବଞ୍ଚେଇ ପାରିବ ! ମୁଁ କେବେ କେବେ ନର୍ସର ଘରକୁ ଚାଲିଯାଉଥିଲି, ତାଙ୍କ ଜୀବନର ଘଟଣା ଜାଣିବାପାଇଁ । ଲୋକେ ମୋ ପଛରେ 'ନୁଙ୍ଗୁଡା' ସମ୍ବୋଧନ କହିବା ଆରମ୍ଭ କରିଦେଲେ ।

ଏଇସବୁ ପତ୍ନୀଙ୍କୁ ପସନ୍ଦ ନଥିଲା । ବେକାରଟାରେ ବଦନାମ ହେବାପାଇଁ ଚାହୁଁନଥିଲେ । ଏହା ତ ତଫାତ୍ ହୋଇଥାଏ ଜଣେ ସାଧାରଣ ମଣିଷ ଏବଂ କଳାକାର ମଧ୍ୟରେ । ସାଧାରଣ ଜନତା ଏମିତି ଦୁଃଖି ଲୋକଙ୍କ ପ୍ରତି କେବଳ ଦୟା ଦେଖାଇବା ଭିତରେ ସୀମିତ ରହନ୍ତି ଏବଂ କଳାକାର ତାଙ୍କ ଦୁଃଖରେ ଗଭୀରରୁ ଆହୁରି ଗଭୀରତାକୁ ଚାଲିଯାଆନ୍ତି ।

ଏଇଟା ଭଲା ଗୋଟିଏ କଥା ! କେବେ କେବେ ନର୍ସର ଘରକୁ ତାଙ୍କୁ ଦେଖା କରିବାକୁ ଚାଲିଯିବା ପତ୍ନୀଙ୍କୁ ପସନ୍ଦ ନଥିଲା । ଇଏ ବି ଅଦ୍‌ଭୂତ ସ୍ତ୍ରୀଲୋକ, ଯେବେ ସାମନାବାଲୀର କାର୍ଯ୍ୟକଳାପରେ ମୋ ସାଙ୍ଗର ଇଜ୍ଜତ୍ ମାଟିରେ ମିଶିଗଲା, ସେତେବେଳେ ତାଙ୍କୁ କିଛି ହେଲାନି । ଏବେ ଯଦି ଜଣେ ଦୁଃଖି ମଣିଷର ପାଖକୁ ଦୁଃଖ ଶୁଣିବାକୁ ଚାଲିଯାଉଛି, ତାଙ୍କର ଇଜ୍ଜତ୍ ଉପରେ ଆଞ୍ଚ୍ ଆସୁଛି । ତାଙ୍କୁ କେତେଥର ବୁଝାଇ ସାରିଛି, ନର୍ସ ବିଷୟରେ ଏକ କରୁଣରମୟ କାହାଣୀ ମୋ ଭିତରେ ଜନ୍ମ ନେଇଛି । ଯେବେ ବି ତାଙ୍କୁ ଦେଖୁଛି, ତାଙ୍କ ଜୀବନର ଘଟଣା ଶୁଣୁଛି, ସେଇ କାହାଣୀ ମନରେ ଆହୁରି ଗଭୀରତାକୁ ଚାଲିଯାଉଛି ।

ପତ୍ନୀଙ୍କୁ ବି ମୁଁ ତାଙ୍କ ଜୀବନର କେତେ ଘଟଣା ଶୁଣାଇଲି, କିନ୍ତୁ ସେ ପ୍ରଭାବିତ ହୁଅନ୍ତିନି । କାହିଁକି କେଜାଣି ଏତେ 'ଥ୍ରିଲ' ଭରପୁର ଜୀବନ ତାଙ୍କୁ ପ୍ରଭାବିତ କରେନା । ସାମନାବାଲୀ 'ବୋର' ପରିବାର ତାଙ୍କ ଉପରେ କି ଯାଦୁ କରି ରଖିଛନ୍ତି ।

ହଉ, ଯଦି ସେଇ ନର୍ସ ପ୍ରତି ପ୍ରଭାବିତ ନହେଲେ ତ ନାହିଁ, କିନ୍ତୁ ଏମିତି ପରିସ୍ଥିତି ସୃଷ୍ଟି କରିବା ତାଙ୍କର କୌଣସି ଅଧିକାର ନାହିଁ । ଭଲଭାବେ ଜାଣିଥିଲେ ମୁଁ କାହାଣୀ ଲେଖିବାକୁ ବସିଛି । ଏହା ବି ଜାଣିଥିଲେ ନର୍ସର ଅସହାୟ ଜୀବନ ବିଷୟରେ ଏହା ଏକ ଅମର ରଚନା ସିଦ୍ଧ ହୋଇପାରେ । ତାଙ୍କୁ ଘରେ ରହିବାର ଥିଲା । ଏମିତି ସମୟରେ ସାମନାବାଲୀ ଘରକୁ ଯିବା କୌଣସି କାରଣ ନାହିଁ । ଏକଥା ବି ସେ ଜାଣିଥିଲେ ସୃଜନ କର୍ମ ସମୟରେ ମୋତେ ବାରମ୍ବାର ଚା' ଦରକାର ହୁଏ । ହଉ, ଯଦି ଚାଲି ବି ଗଲ ପ୍ରଥମଥର ଡାକିଲେ ଚାଲିଆସିବା ଉଚିତ୍ । ଏମିତି ହେଉଛି ଯେ କାହାଣୀ ଛାଡ଼ି ବାହାରକୁ ଯାଇ ତିନି ଥର ଡାକିଲେ ବି 'ଆସୁଛି' କେବଳ ଶବ୍ଦ

ଆସୁଛି । ନିଜେ ଆସିବାର ନାଁ ନାହିଁ । ମୁଁ ରାଗି କହିଦେଲି, 'ଆସୁଛ ନା ଅନ୍ୟ ଲୋକଙ୍କ ଭଳି ଯାଇ ଘୋଷାରି ନେଇ ଆସିବି ?'

ବାସ୍, ଏହି ଶବ୍ଦ ଥିଲା ବାରୁଦରେ ଲଗାଇବା ଭଳି ନିଆଁ, ସେ ଦୁମ୍ ଦୁମ୍ ହେଇ ଆସି ଧମକାଇଲେ । ମୁହଁ ଯେମିତି ପଥର ଭଳି କଠୋର । 'ତୁମେ ଟିକେ ଭଦ୍ରାମୀ ଜାଣିନ... ?'

"ତିନିଥର ଡାକିଲେ ବି ଆସୁନ । ମୋତେ ତୁମେ କ'ଣ ଭାବୁଛ କି ? ଆଜି ସେଠାକୁ ଯିବା କ'ଣ ଜରୁରୀ ଥିଲା ?"

"ଗୋଟିଏ ଡିଜାଇନ ବୁଝାଇବାକୁ ଯାଇଥିଲି । ବିଚାରୀକୁ ପଚାଶଟା ସୋଏଟର ଅର୍ଡର ମିଳିଛି ।"

"ଆଜି ହିଁ ଯିବା ଦରକାର ଥିଲା । ତୁମ ମୁଣ୍ଡ କ'ଣ କାମ କରୁନି ଚା' କିଏ କରିକି ଦେବ ?"

"ଚା' ଯଦି ଦରକାର ଥିଲା ନିଜେ କରିଦେଇ ପାରିଥାନ୍ତ । ଏମିତି କ'ଣ କଥା ଥିଲା !"

"ନିଜେ...କାହିଁକି ନିଜେ କରିଥାନ୍ତି ? ତୁମେ ଜାଣିଛ, ମୁଁ କ'ଣ କରୁଛି... ?"

"ତୁମେ ଯାହା କରୁଛ ମୁଁ ଜାଣିଛି ।"

"ହ୍ୱାଟ ଡୁ ୟୁ ମିନ.. ? ମୁଁ ଗୋଟିଏ ଲେଖା ଲେଖୁଥିଲି, ଜଣେ ଅସହାୟ ସ୍ତ୍ରୀଲୋକ..."

"ମୁଁ ଜାଣିଛି, ତାଙ୍କ ଅସହାୟତାକୁ ଆଉ ତା'ସହିତ ତୁମକୁ ବି ।"

"ଦେଖ..ଦେଖ..କଥାଗୁଡା ତୁମେ ନିଜ ବଶରେ ରଖ । ତୁମେ କ'ଣ ଜାଣିବ ଏହି କାହାଣୀକୁ ଆଗକୁ ବଢ଼େଇବାକୁ କେତେ କଷ୍ଟ..... ।"

ପତ୍ନୀ କିଛି ସମୟ ଚୁପ୍ ରହିଲେ । ତା'ପରେ ବିନମ୍ର ହୋଇ କହିଲେ, 'ମୁଁ ତ ଏତିକି ଜାଣିଛି, ଏହି ସମୟରେ ସେଇ ବିଚାରୀକୁ ଡିଜାଇନ ଶିଖାଇବା ବହୁତ ଜରୁରୀ ଥିଲା ।'

ମୋ ରାଗ ଚଢ଼ିଗଲା... କହିଲି, 'ତୁମେ..ତୁମେ ସୋଏଟର ଡିଜାଇନକୁ ଏକ ଗମ୍ଭୀର ବିଷୟ ଠାରୁ ଉପରେ ଭାବିଲ ? ତୁମେ ସେଇ ନିରସ ଲୋକଙ୍କୁ ନର୍ସର ଦୁଃଖ ସହିତ ତୁଳନା... ?'

ପତ୍ନୀ ସହଜ ଭାବେ ଧୈର୍ଯ୍ୟ ଧରି ମୋ ପାଖରେ ବସିରହିଲେ ।

"ଦେଖ, ତୁମେ ଏହି କାହାଣୀ ଯେଉଁ ନର୍ସ ବିଷୟରେ ଲେଖୁଛ ନା, ସେ ଏହି ପରିବାର ପାସଙ୍ଗରେ ପଡ଼ିବ ନାହିଁ ।"

"ମାନେ ?"

"ନର୍ସ ଏତିକି ଟିକେ ଅସୁବିଧାରେ ପଡ଼ିବାରୁ, ତାକୁ ସାମନା କରିବାକୁ ଯାଇ ବେଶ୍ୟା ହୋଇଗଲା, ଯାହା ସହିତ ଜୁଝି ଜଣେ ସ୍ତ୍ରୀଲୋକ ସେଥିରୁ ବାହାରି ଆସିପାରି ଥାଆନ୍ତା। ଆଉ ସେଇ ସାମନାବାଲୀ 'ନିରସ' ସ୍ତ୍ରୀଲୋକ, ଏତେ ସବୁ ସହି କେତେ ଅସୁବିଧା ସହିତ ରହି ଜୁଝି ସେଥିରୁ ବାହାରି ଆସିଲା। ଯେଉଁଠି ଜଣେ ସ୍ତ୍ରୀଲୋକ ବେଶ୍ୟା ହୋଇଯିବା ସମ୍ଭାବନା ବେଶୀ ଥିଲା।"

କିଛି ସମୟ ଚୁପ ରହି ମୋ ଆଡ଼କୁ ଚାହିଁ ହସି କହିଲେ, " କେବଳ କଲମ ଉଠେଇ ଦେଲେ କିଏ ଠିକ୍ ହୋଇଯାଏନି...। ନିଜର କଲମକୁ ନର୍ସ ଭଳି ବେଶ୍ୟା ହେବାରୁ ବଞ୍ଚାଅ..। ବୁଝ... !"

ପତ୍ନୀ ଉଠି ଚା' କରିବାକୁ ରୋଷେଇ ଘର ଆଡକୁ ଚାଲିଗଲେ। କିନ୍ତୁ ତା'ପରେ ନା ମୋର ଚା' ପିଇବାର ମୁଡ୍ ଥିଲା ନା କାହାଣୀକୁ ଆଗକୁ ବଢ଼େଇବାକୁ ଆଗ୍ରହ ଥିଲା।

'ଫାଲତୁ...' ତା'ପରେ ମୋ ଓଠ ଆପେ ବନ୍ଦ ହୋଇଗଲା। ପର ଶବ୍ଦ...'ସ୍ତ୍ରୀଲୋକ' କହିଲିନି। ମୁଁ ଯେମିତି ନିର୍ଣ୍ଣୟ କରିପାରୁ ନଥିଲି। 'ଫାଲତୁ' ଶବ୍ଦ ମୁଁ ମୋ ପତ୍ନୀ ପାଇଁ ପ୍ରୟୋଗ କରିବାକୁ ଚାହୁଁଛି ନା...ମୋ କଲମ ପାଇଁ... ?

■

ଦାନୀ

ରାଜସ୍ଥାନୀ- ରାମସ୍ୱରୂପ କିସାନ

ଶୀତ ଦିନ ରାତିରେ ଆଠଟା ଢ଼େରିରେ ବାଜେ ଏବଂ ଗାଡ଼ି ଠିକ୍ ସାଢ଼େ ଆଠଟାରେ ଆସିବ। ଏବେ ଗାଡ଼ି ଆସିବାକୁ ଯଥେଷ୍ଟ ସମୟ ଥିଲା। ମୁଁ ଷ୍ଟେସନରେ ଚାଲୁ ଚାଲୁ ବାହାରକୁ ଚାଲିଆସିଲି। ସାମନା ଢାବାକୁ ଯାଇ ଗୋଟେ ଭଙ୍ଗା ବେଞ୍ଚରେ ବସିଗଲି। ମୁଁ ଚା'ପାଇଁ କହିବାକୁ ଯାଉଥିଲି ଜଣେ ଲୋକ ମୋ ପାଖରେ ବସିଯାଇ କାନରେ ଫୁସଫୁସ ହୋଇ କହିଲା, 'ଭାଇ, କିଛି କପଡ଼ା ଅଛି, ନେବେ?'

ମୁଁ ଦ୍ୱନ୍ଦରେ ପଡ଼ିଲି। ତା'ପରେ ନିଜକୁ ସମ୍ଭାଳି ତା'ଆଡ଼କୁ ଚାହିଁଲି। ବୟସ ଚାଳିଶ ପାଖାପାଖି ହେବ। ଦରବୁଢ଼ା କହିହେବ। ଲମ୍ୱା, କଳା ରଙ୍ଗ। କୋଚଡ଼ ମଇଳା ଲୁଗା, ଇଞ୍ଚେ ହେବ ମୁହଁରେ ଦାଢ଼ୀ। ଫଟା ପାଦରେ ହାୱାଇ ଚପଲ। କଥା କହିଲା ବେଳକୁ ପାଟିରୁ ମଦ ଗନ୍ଧ ଆସୁଛି। ମୁଁ ଆଶ୍ଚର୍ଯ୍ୟ ହେଲି। କପଡ଼ା? ଏଇ ସମୟରେ ଏଇ ଢାବାରେ? ତା' ପାଖରେ ନା କୌଣସି ଗଣ୍ଠିଲି, ବ୍ୟାଗ କିମ୍ୱା ଝୁଲା ଥିଲା! ମୋ ପାଖରେ ଲାଗିକି ବସିଥିଲା। ତା'ପାଖରେ କୋଉଠି କପଡ଼ା ଥିଲା? କାନରେ ଫୁସ୍‌ଫୁସ୍ ହୋଇ ପଚାରିଲି, ଘଟଣା କ'ଣ? ଏହା ତ କୌଣସି ଗୁପ୍ତ କଥା। 'ଇଏ କିଏ? କୌଣସି ଚୋର ତସ୍କର ହୋଇଥାଇପାରେ। ମୋ ଭିତରେ ସନ୍ଦେହ ବଢୁଥିଲା।'

ସେ ତା'ପରେ କହିଲା, 'ଭାଇ, କ'ଣ ଭାବୁଛ? ଚାରି ମିଟର ଜେସିଟୀ (ଜଗଜୀତ କଟନ ଟେକ୍ସଟାଇଲ)ର ସୂତା କପଡା। ପାଇଜାମା, କୁର୍ତ୍ତି ପାଇଁ ଆଣିଥିଲି।

ଜୟପୁର ଯାଉଛି। ଭଡ଼ା ପଇସା ନାହିଁ। ଅଧା ଟଙ୍କାରେ ଦେଇଦେବି। ଅଢ଼େଇ ଶହ ଦାମ୍, ଶହେ ପଚିଶି ଦେଇ ନେଇଯାଆନ୍ତୁ।'

ସେ ପିନ୍ଧିଥିବା କୁର୍ତ୍ତା, ପାଇଜାମା ଉପରେ ନଜର ପକେଇଲି। ଚିରା ଫଟା। ମୁଁ ପଚାରିଲି, 'ଜୟପୁର ଯିବ ? ଭଡ଼ା ଟଙ୍କା ନାହିଁ ? ପାଇଜାମା, କୁର୍ତ୍ତା ପାଇଁ କିଣିଥିବା କପଡ଼ା ଅଧା ଦାମ୍‌ରେ ବିକି ଭଡ଼ା ଯୋଗାଡ କରିବାକୁ ଚାହୁଁଛ ? ପାଖରେ ଟଙ୍କା ନଥିଲା ତ କପଡ଼ା କାହିଁକି କିଣିଲ ? ଅଢେଇ ଶହରେ ତ ଜୟପୁର ଯାଇ ଫେରିପାରିଥାନ୍ତ। ଘଟଣା କ'ଣ ? ହୁଏତ କୌଣସି ଦୋକାନରୁ କପଡ଼ା ଚୋରି କରିଥିବ। ମୋର ବିଭିନ୍ନପ୍ରକାର ସନ୍ଦେହ ହେବାକୁ ଲାଗିଲା।

ସେ ବିଡ଼ି ଲିଗେଇ ମୋ ମୁହଁକୁ ଚାହିଁରହିଲା।

ମୁଁ ପଚାରିଲି, 'ତୁମ ପାଖରେ ଭଡ଼ା ପାଇଁ ପଇସା ନଥିଲା ତ କପଡ଼ା କାହିଁକି କିଣିଲ ?'

"କିଣିଲା କିଏ ? ପାଖରେ କେବଳ ତିରିଶ ଟଙ୍କା ଥିଲା। ସେଥିରେ ତଣ୍ଟିଯାଏ ପିଇଦେଲି।"

"ତା'ହେଲେ ଚୋରି ଜିନିଷ ?"

"ମୁଁ କ'ଣ ଆପଣଙ୍କୁ ଚୋର ଭଳି ଦିଶୁଛି ? ମୁଁ ଚୋର ନୁହେଁ ଭାଇ। ଦୀପଲାନା ଗାଁର ବେନିବାଲ (ଏକ ଜାତି)। ମଦ ନିଶ୍ଚୟ ପିଉଛି କିନ୍ତୁ ଚୋରି କରୁନି।"

ଗୋଟିଏ ଝଟ୍‌କାରେ ମୋର ଅଧା ସନ୍ଦେହ ଦୂର ହୋଇଗଲା। ମୋ ପାଟିରୁ ବାହାରି ପଡ଼ିଲା, 'ମୁଁ ପରଲିକା ଗାଁର ବେନିବାଲ।'

ଦୀପଲାନା, ପରଲିକା ଦୁଇ ପଡ଼ୋଶୀ ଗାଁ। ତାଙ୍କ ବିଷୟରେ ଜାଣିବାପାଇଁ ମୋର ଜିଜ୍ଞାସା ବଢ଼ିଗଲା। ମୁଁ ପଚାରିଲି, 'ଏମିତି କ'ଣ ହେଲା ମୋ ଭାଇ ?'

"ବାସ୍ ଏମିତି ହୋଇଥାଏ, ସବୁ ଓଲଟି ଆସିଥାଏ। ଚାଲ, ମଦ ଭାଟିକୁ ଯିବା, ସବୁ କିଛି ଜାଣିବାକୁ ଚାହୁଁଛ ?"

"ମୁଁ ମଦ ପିଏନାହିଁ।"

"ବେନିବାଲ ହେଇ ମଦ ପିଅନ୍ତିନି। କଥାଟା ବିଶ୍ୱାସ ହେଉନି ଭାଇ!"

"ମୁଁ ହାତ ବି ଲଗାଏନି।" ସଫା କହିଦେଲି।

"ତା'ହେଲେ ମୋତେ ଗୋଟିଏ ଗ୍ଲାସ ପାଇଁ ପଇସା ଦେଇଦିଅ। ଆଉ ଶହେ ପଚିଶ ଦେଇଦିଅ, କପଡ଼ା ନେଇଯାଅ।"

ସେ ପାଇଜାମାରେ ଗୁଡ଼ାଇଥିବା କପଡ଼ା ବାହାରକରି ମୋ କୋଳରେ ପକାଇଦେଲା। ମୁଁ କପଡ଼ାକୁ ଆଙ୍ଗୁଳିରେ ପରଖିଲି।

ମୁଁ ପଚାରିଲି, "ତୁ କୋଉଠୁ ଆଣିଲୁ ?"

"ଉଧାରରେ ଆଣିଛି। ଶ୍ୟାମ ବ୍ୟବସାୟୀଠାରୁ। ସେଠାରେ ଉଧାର ଚଳେ। ବହୁତ ଅନୁରୋଧ କରିବାରୁ ବଡ଼ କଷ୍ଟରେ ଦେଲା। ବିଚରାର କ'ଣ ଦୋଷ ? ମୋ ସ୍ତ୍ରୀ, ପିଲା କହିଛନ୍ତି ତାଙ୍କୁ କିଛି ଦେବନି। କ'ଣ ପଚାରିବ ମୋତେ ? ମୋ ସହିତ ବହୁତ ଖରାପ କଥା ବିତିଛି।ସେମିତି ଶତ୍ରୁ ସହିତ ନହେଉ। କୁକୁର ଭଳି ଘରଲୋକ ମୋ ପଛରେ ପଡ଼ିଛନ୍ତି। ପିଲାଙ୍କ ମା' ବହୁତ କଠୋର। ରାଣ୍ଡ...ପିଲାଙ୍କୁ ହାତରେ ରଖି ମୋର ଶତ୍ରୁ ହେଇଛି।"

"ଏହାର କୌଣସି କାରଣ ତ ଥିବ।"

"ମଦ ପିଉଛି, ଏହା ହିଁ କାରଣ।"

ଜୋର ଦେଇ କହିଲି, "ଛାଡ଼ିଦେ।"

"ପ୍ରାଣ ଛାଡ଼ିଦେବି କିନ୍ତୁ ମଦ ଛାଡ଼ି ପାରିବିନି।"

"ତୁ କେତେ ପିଉଛୁ ?"

" ବାସ୍, ଦୁଇ ପାଆ।" ଦୁଇଟି ଆଙ୍ଗୁଳି ସାମନାକୁ ଦେଖାଇ କହିଲା।

"ଆଉ ଦିନରେ ପିଇଦେଉଛୁ।"

"ନାଇଁ ଦିନରେ ପିଉନି। ଏତେ ମଦ କୋଉଠୁ ଆଣିବି। ଏତିକିରେ ଗୋଡ଼ରେ ଲାଠି ଚଳେଇ ଦେଉଛି। ମୁଁ କହୁଛି ନା ରାଣ୍ଡ ବହୁତ ନିଚ୍ଚ ସ୍ତ୍ରୀଲୋକ।"

"ତୁ ପିଟୁଥିବୁ ?"

"ନାଇଁ ଭାଇ। ଆପଣଙ୍କ ରାଣ। କେବେ ପାଞ୍ଚଟା ଆଙ୍ଗୁଳିରେ ଛୁଇଁନି। ମାଡ ଖାଉଛି, କାହାକୁ ମାରିନି। ତା'ପରେ ଗଧ ଭଳି ଖଟୁଛି। ପଚାଶ ବିଘା ଜମି ଅଛି, ମଇଁଷି ଅଛି। ଦୁଇଟି ପୁଅ। ଭଲ ଘରେ ବିବାହ କରିଛନ୍ତି। ମୋର ସେଥିରେ କ'ଣ ଅଛି। ମୋର ତ ଭାତ ଗଣ୍ଡେ ଭାଗ୍ୟରେ ନାହିଁ। ଆଜି ଅତିଷ୍ଟ ହୋଇ ଘରୁ ବାହାରି ଆସିଲି। କାମ, ମଜୁରୀ କରିବାକୁ ଜୟପୁର ଯାଉଛି।"

"ସେଠାରେ କି କାମ କରିବୁ ?"

"ଟାୟାର କାଟିବି। ଆମ ଗାଁର ମୁସଲମାନ ପିଲାମାନେ ଟାୟାର-କବାଡ଼ି ଧନ୍ଦା କରୁଛନ୍ତି। ପୁରୁଣା ଟାୟାର କବାଡ଼ି ଦରରେ କିଣି ତାକୁ ଛୋଟ ଚକି କରି ଇଟା ଭାଟିରେ ଜଳାଇବା ପାଇଁ ବିକ୍ରିକରନ୍ତି। ହଁ, ଧାରୁଆ ଛୁରୀରେ ଟାୟାରର ଛୋଟ ଚକି କାଟିବି। ଦୁଇ ପାଆ ମଦ ଆଉ ଦୁଇଟା ରୁଟି ସେତିକି ତ କମେଇ ପାରିବି। ବାସ୍, ଏତିକି ନିଜ ପାଇଁ ଦରକାର।"

ମୁଁ ତା' ଆଡ଼କୁ ଚାହିଁଲି। ତା' ମୁହଁରେ ବିଶ୍ୱାସ ଝଲକୁଥିଲା।

ମୁଁ ପଚାରିଲି, "ତୁ କେବେ ଏଇ ନାଗୁଣୀର ପଛ ଛାଡ଼ିବାକୁ ଚେଷ୍ଟା କରିଥିଲୁ ?"

ସେ ଗମ୍ଭୀର ସ୍ୱରରେ କହିଲା, 'ହଁ, କରିଥିଲି। ସାତ ବର୍ଷ ଯାଏ ସାମନାରେ ଦେଖିନି, କିନ୍ତୁ କ'ଣ ଉପାୟ। ମାଲିକର ମୁଁ ତିରିଶ ବିଘା ଜମିରେ ପନ୍ଦର ଦିନମଂଜି ବୁଣିଲି। ମୁଁ କାମ ଟାଣିହେଇ କରୁଛି। ଧରମର ସୌଗନ୍ଧ।' ମଝିରେ ବିଡ଼ି ଟାଣି ପୁଣି କହିଲା, 'ମଂଜି ବୁଣି ଯେତେବେଳେ ଫେରିଲି ମାଲିକ ମୋ ହାତରେ ଗୋଟିଏ ବୋତଲ ରଖିଦେଲେ। ମୁଁ ମନାକଲି, କିନ୍ତୁ ସେ ମାନିଲେନି। କହିଲେ, 'ଥକ୍କି ଯାଇଛ। ଘରକୁ ଯାଇ ଦୁଇ ଚାରିଦିନ ପିଇଦେବ। ଥକ୍କା ଚାଲିଯିବ।' ମୋ ଥକ୍କା ଏମିତି ଚାଲିଗଲା ଯେ ସେଇଦିନରୁ ଘୋଷାରି ଚାଲିଛି। ଏବେ ପଛ ଛାଡ଼ିବାର ଉପାୟ ନାହିଁ। ଏବେ ଲାଗୁଛି ଶ୍ମଶାନରେ ଜଳିବି...ହଁ, ଗାଡି ଆସିବ, ପଇସା ଫଇସା ଦିଅ। ଏତେ ଝିକ୍‌ଝିକ୍ କ'ଣ ?"

ସେ ମୋ ଜଂଘ ଉପରେ ହାତ ମାରି ଛିଡ଼ାହେଲା।

ମୁଁ କପଡ଼ା ଫେରାଇଦେଲି ଏବଂ ଶହେ ଟଙ୍କା ହାତରେ ଦେଇ କହିଲା, 'ନେ ଶହେ ଟଙ୍କା। କପଡ଼ା ନେବିନି। ଏଥିରେ ପାଇଜାମା କୁର୍ତ୍ତା ସିଲେଇ କରିଦେବୁ।'

"ମୁଁ କୋଉ ଭିକାରି ନୁହେଁ! ଭିକ ନେବିନି। ଆଉ ପଚିଶି ଟଙ୍କା ଦେଇଦିଅ, ଏହି କପଡ଼ା ରଖିଦିଅ।"

"ଏତେ ମୁଁ ଧୋକାବାଜ ନୁହେଁ ଯେ ଅଢେଇ ଶହ ଦାମ୍‌ର କପଡ଼ାକୁ ଶହେ ପଚିଶରେ ରଖିବି।"

"ତା'ହେଲେ ଅଢ଼େଇ ଶହ ଦେଇଦିଅ।"

"ଆରେ, ମୋତେ ବି ଗାଡ଼ି ଧରିବାକୁ ହେବ! ଯେତିକି ଦରକାର ସେତିକି ଟଙ୍କା ଆଣିଛି। ଥିଲେ ଅଢ଼େଇ ଶହ ଦେଇ ଦେଇଥାନ୍ତି, କିନ୍ତୁ କୌଣସିମତେ କପଡ଼ା ରଖିବିନି। କି କଥା ତୁ କହୁଛୁ। ମୁଁ କ'ଣ ତତେ ଭିକ ଦେଉଛି। ନହେଲେ କେବେ ଫେରେଇଦେବୁ। ଦୀପଲାନା କୋଉ ଆମେରୀକା ହେଇଛି!"

ମୁଁ କହିବାରୁ କପଡ଼ା ଫେରାଇ ନେଇ ପୁଣି ଭିତରେ ରଖିଦେଲା। ସେଇ ସମୟରେ ଦୁଇ ଜଣ ଲୋକ, ଜଣଙ୍କ କାନ୍ଧ ଉପରେ ବେଡ଼ହୋଲ୍ଡର ଥିଲା, ଆସି ତା' କାନ୍ଧ ହଲାଇ ଦେଇ କହିଲା, 'ଆରେ ସୁରେଶ! ଏଇଠି କ'ଣ କରୁଛୁ ?କେତେ ସମୟ ହେଲା ତତେ ଖୋଜୁଛୁ। ଆରେ ଗାଡ଼ି ଆସିବା ସମୟ ହୋଇଗଲାଣି।'

ମୁଁ ପଚାରିଲି, 'ଏମାନେ କିଏ ?'

"ଏମାନେ ଆମ ଗାଁର ମୁସଲମାନ, ସେମାନେ ଜୟପୁରରେ ଟାୟାର ଧନ୍ଦା କରୁଛନ୍ତି।"

ବେଡ଼୍ କଭର କାନ୍ଧରେ ପକାଇଥିବା ଲୋକ ହସି କହିଲା, 'ସୁରେଶ ଫଟାଫଟ୍ ଚାଲେ, ଗାଡ଼ି ଆସିବାକୁ ବହୁତ କମ ସମୟ ଅଛି।'

ସୁରେଶ ପଚାରିଲା, 'ଜୟପୁରକୁ ଭଡ଼ା କେତେ ?'

ଲୋକଟି କହିଲା, 'ଷାଠିଏ ଟଙ୍କା।'

"ତା'ହେଲେ ନେ। ସେ ଶହେ ଟଙ୍କାଟା ତାଙ୍କୁ ଧରେଇ ଦେଇ କହିଲା, 'ମୋ ପାଇଁ ଟିକେଟ କରିଦେବୁ। ମୁଁ ଟିକେ ମଦ ତଣ୍ଟିରେ ଢାଳିଦେଇ ଏବେ ଆସୁଛି।"

ଚାଳିଶ ଟଙ୍କା ନେଇ ସେ ଭାଟି ଆଡ଼କୁ ଦୌଡ଼ିଲା। ମୁଁ ସେଇଠି ବସି ରହିଲି। ମୋତେ ଗୋଟିଏ ପ୍ରଶ୍ନ ଖାଉଥିଲା। ଭାବିଲି, ଫେରିବା ବେଳକୁ ପଚାରିବି। ସେ ଥରକରେ ପାଏ ତଣ୍ଟିରେ ଢାଳି ଷ୍ଟେସନ ଆଡ଼କୁ ଯାଉଥିଲା। ମୁଁ ଡାକିଲି, ସେ ରହିଗଲା। ମୁଁ କହିଲି, 'ଗୋଟିଏ କଥା ଯିବା ସମୟରେ କହିକି ଯାଆ।' ସେ ମୋ ଆଡ଼କୁ ଚାହିଁ ହସି କହିଲା, 'ଏବେ ଆଉ କ'ଣ ବାକି ରହିଗଲା ? ଏମେ ମୋ ପଛ ଛାଡ଼ିଦିଅ ତ।'

"ତତେ ମଦର ଟେଷ୍ଟ ପ୍ରଥମେ ପ୍ରଥମେ କେମିତି ଲାଗିଥିଲା ?"

"ତୁମେ ଏତେ ଖୋଲି ତାଡ଼ି କାହିଁକି ପଚାରୁଛ ?ମୋତେ ଲାଗୁଛି, ତୁମେ ବି ଏହି ବେମାରୀର ଶିକାର ହେଇଛ।"

"ନାଇଁ ନାଇଁ, ମୁଁ ତ ହାତ ବି ଲଗାଏନି।"

"ତା'ହେଲେ ଶୁଣ, ଦୁଇଟି ଶବ୍ଦରେ କହିଦେଉଛି।" ସେ ବିଡ଼ି ଟାଣି କହିଲା, 'ମୋ ବାପା ମୋତେ ଶିଖେଇଛନ୍ତି। ମୁଁ ପିଲାଦିନେ ଭାଟିରୁ ତାଙ୍କପାଇଁ ମଦ ଆଣି ଦେଉଥିଲି। ରାସ୍ତାରେ ଢାଙ୍କୁଣୀ ଖୋଲି ଢୋକେ ଦିଢ଼ୋକ ପିଇ ଦେଉଥିଲି। ପରେ ବହୁତ ମଜ୍ଜା ଲାଗିଲା। ଏମିତି କରୁ କରୁ ତା'ପରଠୁ ନାଭିକୁ ଉତରିଗଲା। ବାସ୍, ଏତିକି କଥା। ଏବେ ମୋତେ ଯିବାକୁ ଦିଅ।"

ସେ ଜୟପୁର ଏକ୍ସପ୍ରେସରେ ଚଢ଼ିଗଲା। ମୁଁ ମୋ ଡ୍ରେସରେ ଲୁଚାଇଥିବା ମଦ ବୋତଲ ବାହାରକରି ଷ୍ଟେସନର କୋଳାହଳ ଭିତରେ ତଣ୍ଟିରେ ଢାଳିଦେଲି। ତା'ପରେ ହନୁମାନଗଡ଼ ଯିବାକୁ ଥିବା ପାସେଞ୍ଜରକୁ ଅପେକ୍ଷା କରିବାକୁ ଲାଗିଲି। ପର ମୁହୂର୍ତ୍ତରେ ମୋ ଅନ୍ତରରୁ ଗୋଟିଏ ପ୍ରଶ୍ନ ଫୁଟି ଉଠିଲା, ' ସିଏ ତ ତୁମକୁ ସବୁ କିଛି ଦେଇଗଲା, କିନ୍ତୁ ତୁମେ ତାକୁ କ'ଣ ଦେଲ ?' ଏକ ନିର୍ମଳ ସଂଶୟ ମନରେ ନେଇ ମୁଁ ଗାଡ଼ିରେ ବସିଗଲି।

■

ମାୟାଜାଲ

ତେଲଗୁ- ରବି ଶାସ୍ତ୍ରୀ

ଓକିଲାତି ଡିଗ୍ରୀ ପାଇବାର ପରଦିନ ମୂର୍ତ୍ତି ସିନିୟର ଓକିଲଙ୍କ ସାମନାରେ ନମ୍ରତାର ସହ ଛିଡା ହୋଇଗଲା । ତା'ପରେ ବଡ ଓକିଲ ସାହେବ ମୂର୍ତ୍ତିକୁ ଏକ ଉପଦେଶ ଦେଲେ, ଗୋଟିଏ ଗୁରୁତ୍ୱପୂର୍ଣ୍ଣ କଥା ସବୁବେଳେ ମନେ ରଖିବାକୁ କହିଲେ ଏବଂ ଏହା ବି କହିଲେ ଯେ ଜୀବନରେ ଆଗକୁ ବଢ଼ିବାର ରାସ୍ତା ଏହା ଅଟେ ।

'ଦି ଅର୍ଲି ୱାର୍ଡ଼ କ୍ୟାଚେସ ଦି ବର୍ମ' ଏହା ଇଂରେଜମାନେ କହିଥଲେ । କହିଲେ, କୀଟ ଧରିବାବାଲା ପକ୍ଷୀକୁ ସକାଳୁ ଉଠିବାକୁ ହୋଇଥାଏ । ଇଂରେଜମାନେ ଏମିତି ସେମିତି ମଣିଷ ନୁହେଁ । ସେମାନେ ଯାହା ବି କୁହନ୍ତି ଫାଇଦା କଥା ବହୁତ ବୁଝି ବିଚାରୀ କୁହନ୍ତି, ନଚେତ୍ କୁହନ୍ତିନି । ଯାହା ବି କରନ୍ତି, ଫାଇଦାକୁ ଛାଡ଼ି କୌଣସି ଜିନିଷ ପାଇଁ କରନ୍ତିନି । ତେଣୁ ପ୍ରତିଦିନ ଜଲଦି ଉଠ, ଜଲଦି କୋର୍ଟ ଆସ ଏବଂ ସାମନାରେ ଛିଡ଼ାହୋଇ ଅଦାଲତର ଫାଟକ ଖୋଲା କରାଅ । ତା'ପରେ ସନ୍ଧ୍ୟାରେ ଗାର୍ଡ଼ ଦ୍ୱାରା ନିଜ ସାମନାରେ ଅଦାଲତର ଫାଟକ ବନ୍ଦ କରାଅ ଏବଂ ତା'ପରେ ଘରକୁ ଯାଅ । ତୁମକୁ ସର୍ବଦା ଅଦାଲତ ଉପରେ ନଜର ରଖିବାକୁ ହେବ ।

ବେଶ୍ୟାମାନେ ପ୍ରବେଶ ଦ୍ୱାରରେ ଜଗି ରହିଥାନ୍ତି । ଶାଗୁଣା ଶ୍ମଶାନରେ ଚିପିକି ରହିଥାଏ ଏବଂ ବଗ ଘାଟରେ ଧ୍ୟାନସ୍ଥ ରହିଥାଏ...ତୁଳନା ତ ଭଲ ନୁହେଁ, କିନ୍ତୁ ଆମେ ଯାହା କରିବା, ତାହା ତ ଏହା । ଯଦି ତୁମକୁ ଆଗକୁ ବଢ଼ିବାର ଅଛି ତ ସବୁବେଳେ ଅଦାଲତ ଉପରେ ଧ୍ୟାନ ଲଗାଇବାକୁ ହେବ । ଦ୍ୱିପହରରେ କ୍ରିକେଟ

ମ୍ୟାଚ ଦେଖିବାକୁ, ମ୍ୟାଟିନ ଶୋ ଫିଲ୍ମ ଦେଖିବାକୁ ଏବଂ କୌଣସି କାମ ପଡ଼ିଗଲା କହି ବୁଲାବୁଲି କରିବ ତ କରିପାର। ଏମିତି କରିବ ତ ଗୋଟିଏ ଜାଗାରେ ପଡ଼ିରହିଥିବ। ଏହି କଥା ଗଣ୍ଠି କରିରଖ। ଏକଥା ମୋ ନିଜ ଅନୁଭବରୁ କହୁଛି।

ଜାଣିଛ, ଅଦାଲତ କି ଜିନିଷ? ଏକ ବଡ଼ ଜଙ୍ଗଲ! ହାଇନାକୁ ଆମେ ନିଜ ଭାଷାରେ କ'ଣ କୁହନ୍ତି, ଜାଣିଛ ?ଲକଡ଼ବଗଘା ! ଜଙ୍ଗଲରେ ସେ ମଣିଷ ଭଳି ହସେ। ତା' ହସ ଶୁଣି ସେପଟେ ଯିବ ତ କଞ୍ଚା ଚୋବାଇଦେବ। କୋର୍ଟକୁ ଆସୁଥିବା ପାର୍ଟିକୁ ନିଜ ଆଡ଼କୁ ଟାଣିବାକୁ ହୁଏ। ଆମ ପେଶାର ଏହା ଧର୍ମ। କ'ଣ କରିବା ? ସେଠାରେ ଲକଡ଼ବଗଘା ନାହିଁ, ଆହୁରି ବି ବଡ ବଡ ଜାନୁଆର ଅଛନ୍ତି। ସାବଧାନ ନରହିଲେ ସେମାନେ ଆମକୁ ଖାଇଯିବେ। ଏଥିପାଇଁ ଆମକୁ ଚାରିପଟେ ଆଖି ରଖିବାକୁ ପଡ଼େ। ନରଖିଲେ ପାର୍ଟିମାନେ ଆମକୁ କେତେ ଥର ଖାଇଯିବେ। ପ୍ରକୃତରେ ଏହି ଦୁନିଆ ଏମିତି। ତୁମେ କି ମୁଁ କ'ଣ କରିପାରିବା ? ଏହି ଦୁନିଆକୁ ଦେଖି ଇଂରେଜୀମାନେ ନ୍ୟାୟ ବ୍ୟବସ୍ଥା କରିଛନ୍ତି। ଭୁଲନାହିଁ ଯେ ଏହି କୋର୍ଟ, କଚେରୀ, କାଇଦା କାନୁନର ଏହି ପୁସ୍ତକ, ଓକିଲାତିର ଏହି ଡିଗ୍ରୀ, ସାକ୍ଷୀର ତରିକା, ସବୁ କିଛି ତାଙ୍କରି ଭିକ୍ଷା। ଏହା ବୁଝ ଯେ ଏଠାରେ ଛାଇଯାଇଥିବା ମାୟାଜାଲ ବ୍ୟତିତ ଏଥିରୁ କୌଣସି ବି ଜିନିଷ ବଞ୍ଚି ରହିବନି।

ପାର୍ଟି ଯୋଉ କୋର୍ଟକୁ ଯିବାକୁ ଚାହିଁବ ଯାଇପାରିବ, ଏଥିପାଇଁ ଯେତେ ଚାହଁ ସେତିକି କୋର୍ଟ ଅଛି। ଯୋଉ ଜଜ୍ ଯେମିତି ଫଇସାଲା ଦେବାକୁ ଚାହିଁବେ, ସେମିତି ଉଠାଇ ଦେଇପାରିବେ। ଏଥିପାଇଁ ବେହିସାବ ଫଇସାଲା ଧରି ରଖନ୍ତି। ଯେମିତି ଚାହିଁବ, ସେମିତି ସାକ୍ଷୀ ଦେବାପାଇଁ ଦେଶରେ ଯେତେ ଚାହଁ ସେତିକି ମିଛ ସତ, ଜାଲିଆତି ଏବଂ ଠକ ଲୋକ ଭରି ରହିଛନ୍ତି। ତାଙ୍କୁ ଶିଖାଇବା ପାଇଁ ଆମେ ବସିଛୁ! ତାହା ସିଭିଲ କେସ ହେଉ କିମ୍ବା କ୍ରିମନାଲ କେସ, ତା'ର ସମ୍ପର୍କ ସାକ୍ଷୀ ଦ୍ୱାରା ହୋଇଥାଏ, ସତ୍ୟ ସହିତ ତା'ର କୌଣସି ସମ୍ପର୍କ ନଥାଏ। ନ୍ୟାୟ, ଧର୍ମ, ସତ୍ୟର ନାଗରା ଯେତେ ପିଟ, କିନ୍ତୁ ଜାଣ ଯେ ସବୁ ମାୟାଜାଲ। ଯେବେ ତରିକା ଏହା, ତେବେ ତା' ଭିତରେ ଆମେ ଯାହା ବି କରୁଛନ୍ତି, ତା'ର ପାପ ଆମକୁ କେମିତି ଲାଗିବ, କୌଣସି ପ୍ରକାରେ ଲାଗିବନି। ଯଦି ପାପ ଭଳି କୌଣସି କଥା ଅଛି ତା'ହେଲେ ଫଇସାଲା ଶୁଣାଇବାବାଲା ଅଛନ୍ତି, ଏଥିପାଇଁ ସବୁ ପାପ ଜଜ୍‌ଙ୍କର। ସବୁ ଖର୍ଚ୍ଚ ପାର୍ଟିର। ସବୁ ଲାଞ୍ଚ, ସାକ୍ଷୀ ଅର୍ଦ୍ଦଲିମାନଙ୍କର ଏବଂ ସବୁ ଫିସ ଆମର! ଇଂରେଜମାନେ ଆମପାଇଁ ଯେଉଁ ନ୍ୟାୟ ବ୍ୟବସ୍ଥା କରିଛନ୍ତି, ତାହା ଏହା ହିଁ ଅଟେ। ଏହି ଶିକ୍ଷା ସେ ଆମକୁ ଶିଖାଇଛନ୍ତି। ସବୁ ପରିଶ୍ରମଯେମିତି ମୂଲିଆଙ୍କର ଏବଂ ସବୁ

ଲାଭ ଜମିଦାରଙ୍କର। କିଏ କିଛି ଓଲଟା ସିଧା କହିଲା ବା ବିରୋଧ କଲା ତା'ହେଲେ ଆମକୁ ସାହାଯ୍ୟ କରିବାକୁ ପୋଲିସ ଅଛନ୍ତି, ଅଦାଲତ ଅଛି, ଜେଲ ଅଛି। ଏସବୁ ନଥିଲେ ଜାଣ ଯେ ଇଂରେଜଙ୍କର ରାଜ ନାହିଁ। ମାୟାବୀମାନଙ୍କ ମଧ୍ୟରେ ସବୁଠୁ ବଡ଼ ମାୟାବୀ ସେ। ବଡ ଭାରୀ ମାୟାବୀ। ଯେଉଁ ଲୋକ ଆମ ଦେଶକୁ ଆସନ୍ତି, ଆମର ଲୁଣ ଆମକୁ ବିକି ଏହା ପଚାରି ପାରନ୍ତି, 'ମୋ ଲୁଣ ଖାଇଛ, ମୋ ପ୍ରତି ନିମକହାରମ ହୋଇ ତୁମେ ରହିପାରିବନି?' ସେ କେତେ ମାୟାବୀ, ଟିକେ ଭାବ! ଆମପାଇଁ କୋର୍ଟ କଚେରୀ ଏବଂ ଜେଲ ସବୁ ଭଲଭାବେ ତିଆରି କରିଦେଲେ, ନିଜପାଇଁ ଭଲ ଭଲ ବଙ୍ଗଳା କରିଦେଲେ, ତା'ପରେ ଶେଷରେ ସେମାନେ କ'ଣ କଲେ ଜାଣିଛ?ତାଙ୍କ ଅସ୍ତିତ୍ୱ ବିପଦରେ ନପଡ଼ିଯାଉ, ଏହି ଭୟ ରହିଲା, ତା'ପରେ ସାଥି ମହାଜନଙ୍କୁ ଦାୟିତ୍ୱ ସମର୍ପି ନିଜେ ଆରାମରେ ପର୍ଦ୍ଦା ପଛକୁ ଖସିଗଲେ। ଦେଖ, କେଡେ ବଡ଼ ମାୟାବୀ। ତାଙ୍କ କାରବାର ଯେମିତି ପୂର୍ବରୁ ଚାଲିଥିଲା, ସେମିତି ଏବେ ଚାଲିଛି ଏବଂ ଲାଭ ବି ପୂର୍ବଭଳି ହାତକୁ ଆସୁଛି। ବଡ଼ ଚାଲାକି ମାୟାବୀ ସେମାନେ! ବଡ଼ ଓକିଲ ସାହେବ ନିଜ କଥା ସମାପ୍ତ କଲେ। ଇଂରେଜୀମାନଙ୍କ ପ୍ରକୃତି ବୟାନ କରିବା ସମୟରେ ନିଜକୁ ସେ ଭୁଲିଯାଆନ୍ତି। ଆନନ୍ଦରେ ଆଖି ତଳକୁ କରି ସେ ରୁହନ୍ତି। ଯଦି କୋଉ ମହିଳା ହୋଇଥାନ୍ତା କେତେବେଳଠାରୁ ଚାଲିଯାଆନ୍ତାଣି!

କିଏ ଜାଣେ କେଉଁ କାରଣରୁ ଦୁନିଆରେ ମାୟାବୀମାନଙ୍କର ଏତେ ମର୍ଯ୍ୟାଦା ଥାଏ, ତାଙ୍କର ସ୍ତୁତି-କିର୍ତ୍ତନ କରିବାବାଲା ଜଣାଶୁଣା ଲୋକ ଏତେ ସଂଖ୍ୟାରେ ଅଛନ୍ତି, ମୂର୍ତ୍ତି ଆଶ୍ଚର୍ଯ୍ୟ ହେଲା।

ଏହା ଦେଖି ବଡ଼ ଓକିଲ ପୁଣି କହିଲେ, 'ଆରେ ଭାଇ, ତୁମେ ଏମିତି ଭାବନା ଯେ ମୁଁ ଉତ୍ତେଜିତ ହୋଇ କହୁଛି। ଯାହା ସତ୍ୟ, ସେୟା ହିଁ କହୁଛି। ବୁର୍ଖା ଉତାରି ଦେଖ ସବୁ ଏହା ହିଁ...! ତୁମେ ଘାବରାଅନାହିଁ।'

ଗୁରୁଜୀ ଧୈର୍ଯ୍ୟରସହ ଏତେ ସବୁ ବୁଝାଇବା ପରେ ବି ତାଙ୍କ ଉପଦେଶ ମୂର୍ତ୍ତି ଉପରେ ପଡ଼ିଲାନି। ତା'ର ଜ୍ଞାନଦୋୟ ହେଲାନି। ବଡ଼ଙ୍କ ପାଠପଢ଼ାରେ ଏହି ଶିକ୍ଷା ନପଶିବାରୁ ବର୍ଷେ ମଧ୍ୟରେ ତା'ଆଖି ଗହ୍ୱରକୁ ଚାଲିଗଲା।

ଦିନେ ଉପରଓଳି ମୁଣ୍ଡ ତଳକୁ କରି ଧୀରେ ଧୀରେ ପାଦକୁ ଘୋଷାରି ସେ ଘର ଆଡ଼କୁ ବଢୁଥିଲା, ପଛରୁ କିଏ ଆସି ତା' କାନ୍ଧକୁ ଧରି ତାକୁ ଅଟକାଇଲା। ସେ ହଡ଼ବଡ଼ ହୋଇ ପଡ଼ି ଯାଉ ଯାଉ ତାଙ୍କୁ ଧରି ଛିଡ଼ାହେଲା।

ଶାଗୁଣା ଭଳି ଜଣେ ଲୋକ ଜଲଦି ଜଲଦି ତାକୁ କହିଲା, 'ବାବୁ! ଜଣେ ସ୍ତ୍ରୀଲୋକ ଗିରଫ ହେଇଛି। ଏବେ ଏବେ ଜମାନତ ପାଇଁ ରିମାଣ୍ଡ ହୋଇଛି। ମାମଲା

କିଛି ବଡ଼ ନୁହେଁ। ଜମାନତ ପରେ ତାକୁ ବାହାର କରିବାକୁ ପଡ଼ିବ। ଇଏ ଦେଖ, ଏହି ଲୋକ ଆଉ ମୁଁ ଜମାନତାତା। ଦେଖନ୍ତୁ ମୋର ସମ୍ପତ୍ତିର କାଗଜ। ଟନ୍‌ଟନ୍ କରି ପାଞ୍ଚ ଟଙ୍କା ପକାଇଲି, ତେବେ ଯାଇ ଗାଁର ଜମିଦାର କାଗଜ ଉପରେ କଲମ ଚଲାଇଲେ। ଇଏ ଅପରାଧିର ଲୋକ। ଆପଣଙ୍କୁ ବି କିଛି ଦେବେ। ଦୟାକରି ଆପଣଙ୍କୁ ସେଇ ସ୍ତ୍ରୀଲୋକକୁ ବାହାର କରିବାକୁ ପଡ଼ିବ।'

ସେଇ ଲୋକ ପାଖରେ ଆଉ ଜଣେ ଶାଗୁଣା ଭଳି ଲୋକ ଥିଲା, ସେ ଅନ୍ୟ ଏକ ଜମାନଦାର ଥିଲା। ତାଙ୍କ ଦୁହିଁଙ୍କଠାରୁ ଟିକେ ଛାଡ଼ି ଆଖି ବୁଜୁଥାଏ ଖୋଲୁଥାଏ, ଗୋଟିଏ କୁକୁର ଭଳି ଚାଳିଶ ବର୍ଷର ଆଉଜଣେ ଲୋକ ଛିଡ଼ା ହୋଇଥିଲା। ସେ ଅପରାଧିର ଲୋକ ଥିଲା।

"ଦେ ଦେ ରେ !ବାବୁଙ୍କୁ କିଛି ପଇସା ଦେଇଦେ।" ସେ ଦୁହେଁ ସେଇ ଲୋକକୁ ବୁଝାଇବାକୁ ଲାଗିଲେ। ସେଇ ଲୋକ କିଛିଟା ନିଶାରେ ଥିଲା।

ସେଇ ଲୋକଟି କହିଲା, 'ପ୍ରଥମେ ତାଙ୍କୁ ବାହାର କରିବାକୁ କୁହ !'

"ପଇସା ନଦେଲେ ବାହାର କରିବେ କେମିତି ?"

"ଏହି ଫାଜିଲାମୀ ମୋ ସାଙ୍ଗରେ ଚଳିବନି। ଆଗେ ତାଙ୍କୁ ବାହାର କରିବାକୁ କୁହ।"

"ପଇସା ବାହାରକର, ତା'ପରେ ଯାଇ ବାହାରକରିବେ।"

"ତାକୁ ଆଗେ ବାହାର କରନ୍ତୁ, ତା'ପରେ ପଇସା ଦେବି।"

ଏମିତିଭାବେ କିଛି ସମୟ ଯୁକ୍ତି ଚାଲିଲା। ତା'ପରେ ଜମାନତର ଏକ ପିଟିସନ ଲେଖି, ଜମାନତର ଅର୍ଡ଼ର ହାସଲ କରି, ତା'ପରେ ଅଦାଲତରେ ଯାହା କହିବା କଥା କହି, ତା'ପରେ ଖଲାସ ହେବାର ୱାରେଣ୍ଟ ଜେଲକୁ ପଠାଇବା ପରେ ନିଜର ଫିସ ଟଙ୍କା ଗଣି ମୂର୍ତ୍ତି ଘରକୁ ଯିବାକୁ ପ୍ରସ୍ତୁତ ହେଉଥିଲା ତାକୁ ଜମାନତଦାର ପୁଣି ଅଟକାଇଲା।

ମୂର୍ତ୍ତି ପଚାରିଲା, "କ'ଣ ହେଲା ?"

"ଟିକେ ଏପଟେ ଆସନ୍ତୁ କହୁଛି।"

"ଠିକ୍ ଅଛି, କୁହ।"

"ଆଉ ଟିକେ ଏପଟକୁ।"

"ଆସିଲି, କୁହ।"

"ବାବୁ, ଆପଣଙ୍କ ଘର କୋଉଠି ?"

"କାହିଁକି ?"

"କାଲି ସେଇ ସ୍ତ୍ରୀଲୋକକୁ ଆପଣଙ୍କ ଘରକୁ ନେଇଆସିବି।"

"କାହିଁକି ?"

"ଏହି ମକଦ୍ଦମା ବି ଆପଣ କରନ୍ତୁ।"

"ଠିକ୍ ଅଛି।"

"ଶହେରୁ କମ କରିବେନି।"

"ସେ ଦେଇପାରିବେ ?"

"ନଦେଇ ଯିବ କୁଆଡେ ?"

"ଠିକ୍ ଅଛି।"

"ଯାହା ବି ହେଇଯାଉ ପଚାଶରୁ କମ୍ କରିବେନି।"

"ଠିକ୍ ଅଛି।"

"ମୁଁ ଯାହା କହିଲି, ତାହା କରିବେ। ସେଇ ସ୍ତ୍ରୀଲୋକ ଦେବ। ତା' ସ୍ୱାମୀ ହାରାମୀ। ଗୋଟିଏ ପଇସା ବି ବାହାର କରିବନି। କିନ୍ତୁ ସେଇ ସ୍ତ୍ରୀଲୋକ ଏମିତି ନୁହେଁ।"

"ଠିକ୍ ଅଛି। କାଲି ଆସିବାକୁ କହିଦିଅ।"

"ନିଶ୍ଚୟ ଆଣିବି। କିନ୍ତୁ ଆପଣ ଆମ କଥା ବି ବୁଝିବାକୁ ହେବ..."

"କାହିଁକି ?"

"ପଚାରୁଛନ୍ତି କାହିଁକି ?ଯେମିତି କିଛି ଜାଣିନାହାନ୍ତି !"

"ମାନେ... ?"

"ଆପଣ ଆପଣଙ୍କର ନେଇଯାଆନ୍ତୁ ଆଉ ଆମର ଆମକୁ ଫିଙ୍ଗି ଦିଅନ୍ତୁ। ଆଜି କିଛି ଦିଅନ୍ତୁନି। ଆପଣଙ୍କୁ କମ୍ ମିଳିଛି...କାଲି କଥା ମୁଁ କହୁଛି..." କହି ଯାଉ ଯାଉ ଅଟକିଲା ପୁଣି କହିବାକୁ ଲାଗିଲା, "ଆଉ ଗୋଟିଏ କଥା ବାବୁ! କାଲି ସେ ମୁଁ 'ଗରୀବ' କହିବ। ମୁଁ ବି 'ହଁ ବାବୁ !ବହୁତ ଗରୀବ' କହିବି। କିନ୍ତୁ ଆପଣ ଆପଣଙ୍କ ଜିଦିରେ ଅଟଳ ରହିବେ..." ଏହା କହି ସେ ଚାଲିଗଲା।

ପରଦିନ ଆଠଟା ବେଳେ ମୂର୍ତ୍ତି ବାରଣ୍ଡାରେ ଚେୟାରରେ ବସିଥିଲା। ବସି ଅଧା ସିଗାରେଟ ପିଇଥିଲା, ସେତେବେଳେ 'ଏଇଠି, ଏପଟେ, ଏପଟେ...' କହି ସେ ଜମାନତଦାର ଆସିଲା। ତାଙ୍କ ପଛରେ ଜଣେ ସ୍ତ୍ରୀଲୋକ ଆସିଲା।

"ଏଇ ବାବୁ, କାଲିର ସ୍ତ୍ରୀଲୋକ..." ସେ କହିଲା।

ସେଇ ମହିଳାର ବୟସ ତିରିଶ ପାଖାପାଖି ହେବ। କେବେ ସେ ସୁନ୍ଦର ଥିବ ! କୌଣସି ସମୟରେ ବଡ ଜୁଡ଼ାକୁ ଯତ୍ନର ସହ ବାନ୍ଧିଥିବ ! ସେ ଯୋଉ କଳା

ଶାଢ଼ି ପିନ୍ଧିଥିଲା, ତାହା କେବେ ନୂଆ ଥିବ! କେବେ ପୂର୍ବରୁ ଭଲ ଖାଇବା ଖାଇ ସୁସ୍ଥ ରହିଥିବ! ମୂର୍ତ୍ତି ଉପରେ ଆଖି ପଡ଼ିବାକ୍ଷଣି, ଜମାନତଦାର ଠାରୁ ଟିକେ ଘୁଞ୍ଚିଆସି ତଳେ ବସିଗଲା।

ମୂର୍ତ୍ତି ପଚାରିଲା, 'ନାଁ କ'ଣ ? ମୁଁ ଭୁଲିଗଲି।'

"ସୁତେଲକ୍ଷ୍ମୀ। କୋରଟକୁ ବହୁତ ଥର ଆସିଛି।" ଏତିକି କହି ଶୀଘ୍ର ସିଧା ମାମଲାର ଫଇସାଲା କରିବା କଥାକୁ ଚାଲିଆସିଲା।

"ବହୁତ ଥର କୋରଟକୁ ଆସିଲିଣି ଆଉ ବଡ଼ ବଡ଼ ଓକିଲ କରି ତାଙ୍କ ଉପରେ ବହୁତ ପଇସା ଫିସ ଖର୍ଚ୍ଚ କଲିଣି, କିନ୍ତୁ ଏବେ ସେଦିନ ଚାଲିଗଲାଣି। ଏବେ ମୁଁ ପୂର୍ବର ସୁତେଲକ୍ଷ୍ମୀ ନୁହେଁ। ବହୁତ କ୍ଷତି ହେଲାଣି। କାରବାରରେ ବହୁତ ମାନ୍ଦା ପଡ଼ିଲାଣି। ପୂର୍ବରୁ ଯୋଉଠି ଗୋଟିଏ ଦୋକାନ ଥିଲା, ସେଠି ଏବେ ଦଶଟା ଦୋକାନ ବସିଲାଣି। ସିପାହୀ ବାବୁଲୋକ ଅନ୍ୟ ଲୋକ ଦ୍ୱାରା ବିକିବାକୁ ଲାଗିଲେଣି! ମୁଁ ତ ଏକଦମ ଦାଣ୍ଡରେ ଛିଡ଼ାହେଲିଣି। ମୋ ଗେରସ୍ତ ତ ମଦ ବିନା ଖାଇବାରେ ହାତ ଦିଏନା, ତା'ପରେ ଦୁଇଟା ଛୁଆ। ଗୋଟିଏ ଛୁଆକୁ ତ ଏବେ ଏବେ ମାଟିରେ ପୋତିଲି। ଏବେ ଦୁଇଟା ଛୁଆ। ତାଙ୍କୁ ଦୁଇ ଓଳି ଖୁଆଇବା ମୁସ୍କିଲ। ଏବେ ତୁମକୁ କିଛି ବି ଦେବି ତ ସେ ରାଗିକି ଖୁନ ହେଇଯିବ...ଏବେ ତୁମେ କୁହ, କ'ଣ ମୁଁ ତୁମକୁ ଦେବି...ମୋ ଆଡ଼କୁ ଚାହିଁ, ଟିକେ ଭାବି କୁହ।"

"ଶହେ। ଶହେ ଦେଇପାରିବୁ ?" ମୂର୍ତ୍ତି ଦୁର୍ବଳ ସ୍ୱରରେ ପଚାରିଲା।

"ନା ବାବୁ ନା...ମୋତେ ଆଉ ମୋ ଘରର ସବୁ ବିକିଦେଲେ ବି ଏତିକି ଟଙ୍କା ବାହାରିବନି। ନା ଶହେ ଦେବି ନା ପଚାଶ ଦେବି। ମୋ ପାଖରେ ଥିଲେ ତୁମେ ଯାହା ମାଗିଥାନ୍ତ ତାହା ଦେଇଥାନ୍ତି। ଥିବା ଦରକାର ନା ? ତୁମେ କୁହଶହେ ମାଗିବାକୁ ଏହି ଜମାନତଦାର ବାବୁ କହିଥିବେ। ଏହି ବାବୁର କ'ଣ ଅଛି ? ଦୁଇ ଶହ ବି 'ଦେଇଦେ..ଦେଇଦେ'କହିବେ। ମୁଁ ତୁମକୁ ଏକ ପଇସା ଦେଲେ ବି ସେ ଅଧା ଟାଣିନେବ। ମୁଁ ସବୁ ଜାଣିଛି। ଏହି ମଦ ବିକ୍ରି ଧନ୍ଦାରେ ପଶିଲାପରେ ବାବୁ, ମୁଁ କେତେ କେତେ କଥା ଜାଣିଲିଣି, ମୁଁ ଠିକ୍ ଠିକ୍ କହି ପାରିବିନି। ଓକିଲ ବାବୁ! ମୁଁ କହୁଛି, ଶୁଣ, 'ଏଇ ଲୋକ ଭଲ', କିଏ ବି କହିଲେ, ମୁଁ ମାନିବା ଲୋକ ନୁହେଁ...ଏଇ ଦୁନିଆ ଏମିତିରେ ପଇସା ଆଉ ଧନ୍ଦା ଛାଡି ଆଉ କିଛି ଜାଣନ୍ତିନି। ପଶୁ ବିଚରା ମୁକ ପ୍ରାଣୀ। ତାଙ୍କଠାରେ ନୀତି, ସଚ୍ଚୋଟତା ଥାଏ କିନ୍ତୁ ମଣିଷଙ୍କଠାରେ ନାହିଁ। ମୋ ଭଳି ଅଶିକ୍ଷିତ ମଣିଷ ପାଖରେ ନାହିଁ ଆଉ ତୁମ ଭଳି ପାଠ ପଢୁଆଙ୍କ ପାଖରେ ବି ନାହିଁ। ପଇସା ପାଇଁ ପୁରା ଦୁନିଆ ପାଗଳହେଉଛନ୍ତି। ପଇସା ପାଇଁ ମୁଁ ମଦ ବିକୁଛି। ପଇସା

ପାଇଁ ତୁମେ ତୁମର ସବୁ ପାଠପଢ଼ା ବିକୁଛ। ପଇସା ପାଇଁ ପୋଲିସବାଲା ନୀତି ବିକୁଛନ୍ତି। ମଦ ପିଇ ମେଡ଼ିକାଲ ଗଲେ ସେଠି ଔଷଧ ବିକୁଛନ୍ତି। ଟୋକିମାନେ ରାସ୍ତାରେ, ରିକ୍ସା, କାର ପଛରେ ଲାଗି ଶରୀର ବିକୁଛନ୍ତି। ମନ୍ଦିରକୁ ଯାଇ ନଡ଼ିଆ ଆଉ ଦୁଇ ପଇସା ଦିଅ ତ ସେଇ ଭଗବାନଙ୍କ ଦୟାକୁ ହିଁ ବିକୁଛନ୍ତି। ଇଲେକ୍‌ସନ ଆସିଲେ ବିକ୍ରି!..ବିକ୍ରି!...ବିକ୍ରି! ବିକ୍ରିକୁ ଛାଡି ଏଇ ଦୁନିଆରେ ଆଉ କିଛି ନାହିଁ ବାବୁ! ମୁଁ ପାଠ ପଢ଼ିନି, କିନ୍ତୁ ଯାହା କହିଲି, ତାହା ସତ ନା। ଯଦି ଏହା ମିଛ ତା'ହେଲେ ସତ କ'ଣ ଦେଖାଅ।"

"ସତ କଥା, ସତ କଥା।" ମୂର୍ତ୍ତି କହିଲା।

"ମିଛ ବୋଲି ତୁମେ କହି ପାରିବନି। ମୁଁ ଏକଥା ଜାଣେ ଓକିଲ ବାବୁ! ମୁଁ ସବୁ ଦେଖିଛି। ବଞ୍ଚି ରହି ଆଉ କିଛି ଦେଖିବାକୁ ବାକିନାହିଁ। ଜୀବନ ପ୍ରତି ମୁଁ ବିମୁଖ ହୋଇଗଲିଣି। ସେ ଜନମ ଦେଲାବାଲା ବାପ ହେଉ, ସେ ଗେରସ୍ତ ହେଉ, କି ପେଟରୁ ଜନମିଥିବା ପିଲା ହେଉ...ମୋର କାହା ଉପରେ ଭରସା ନାହିଁ। କଥା ଏପର୍ଯ୍ୟନ୍ତ ପହଞ୍ଚିଲା ପରେ ମରେ କି ବଞ୍ଚେ ଏକାକଥା! ଏମିତି କ'ଣ ଚାହୁଁଛ ?ଭାବୁଛ ବହୁତ ବଡ଼ ବଡ଼ କଥା କହୁଛି। ମୁଁ ଜୀବନରେ ଏହା ହିଁ ଦେଖୁଛି। ରାଗ ନାହିଁ...।

ଏକଥା ସତ ଯେ ର୍ତି ସେଇ ସ୍ତ୍ରୀଲୋକ କଥାରେ ହଡ଼ବଡ଼େଇ ଯାଇଥିଲା...।

"ବାବୁ! ମୋ ଭଳି ଜୀବନ ଜିଇଁବା ଠାରୁ ମରିଯିବା ଭଲ। ଏହି ଧନ୍ଦାରୁ ବାହାରିବା ପରେ ତ ଆହୁରି ବେଶି ନିଚ୍ଚ ଲୋକ ଜୀବନରେ ମୁଁ ଦେଖିଛି। ଯେବେ ଛୋଟ ଥିଲି ସେତେବେଳେ ମୂଲ ଲାଗିବାକୁ ଯାଉଥିଲି। ସେଥିରେ ଏତେ ପଇସା ମିଳୁନଥିଲା, କିନ୍ତୁ ସେଠାରେ ଏତେ ନିଚ୍ଚ ନଥିଲେ। ପଇସା ଲୋଭରେ ଏଇ କାମ କଲି। କିନ୍ତୁ କ'ଣ ମତେ ମିଳିଲା ? ଗାଁ ବାଲାଙ୍କୁ ଆଉ ପୁଲିସ ବାଲାଙ୍କୁ ପୋଷିଲି, ବାସ ! ଆଉ ତ କିଛି ହେଲାନି। ହାତରେ ଗୋଟିଏ ପଇସା ରହିଲାନି। ମଦ ଧନ୍ଦାକୁ ଆସି ପିଇବାବାଲାଙ୍କୁ ଖରାପ କଲି ଆଉ ଏଇ କେସ୍ ଗୋଟିଏ ତାରିଖରେ ଶେଷ ହେଇଗଲା, ତୁମପାଇଁ ଏକ ଘଣ୍ଟାର କାମ। ଗୋଟିଏ ତାରିଖ ଶୁଣାଣି ହେଲାନାହିଁ ତ ଦୁଇ ତାରିଖ..ତିନି ତାରିଖ ଯେତେ ପଡୁ, ଯୁକ୍ତି ଏକ ଘଣ୍ଟା କରିବ ନା ? କୋରଟରେ ତୁମର ଏକ ଘଣ୍ଟାର ପରିଶ୍ରମ ପାଇଁ ତୁମ ଘରେ ଛଅ ମାସ ଯାଏ ବାସନ ମାଜି ତୁମ କରଜ ସୁଝିଦେବି। ଗୋଟିଏ ପରିଶ୍ରମରେ ଅନ୍ୟକୁ ବଞ୍ଚେଇବା ଉଚିତ୍ ନୁହେଁ। ତୁମେ କ'ଣ ଭାବୁଛ ମୁଁ ଏକଥା ଜାଣିନି ? ଜାଣିଛି। ବାବୁ, ମୋ କଥାକୁ ବିଶ୍ୱାସ କର। ମୋତେ ଦୟା କର। ମୋ କେସ୍ ହାତକୁ ନିଅ। ତୁମ ପରିଶ୍ରମର ପାଉଣା ମୁଁ ଦେଇକି ରହିବି। ଏବେ ଏଇ ଦଶ ଟଙ୍କା ରଖ।"

ସେଇ ସ୍ତ୍ରୀଲୋକଠାରୁ ପଇସା ନେବାକୁ କାହିଁକି କେଜାଣି ମୂର୍ତ୍ତିକୁ ଲାଜ ଲାଗିଲା, ତଥାପି ସେ ନେଲା। ମୁତେଲମ୍ମା ଉଠି ଛିଡ଼ାହେଲା। ଜମାନତଦାର ଚୁପଚାପ ବସିଥିଲା, ମୁତେଲମ୍ମା ତାକୁ ଉଠିବାକୁ କହିଲା। "ତୁମକୁ ପଇସା ମୁଁ ଦେବି। ଏହି ବାବୁଙ୍କୁ କିଛି ମାଗନା। ଏବେ ଚାଲ..."କହି ସେ ତାକୁ ଜବରଦସ୍ତ ସାଙ୍ଗରେ ନେଇଗଲା।

ମୂର୍ତ୍ତି ସ୍ଥିର କଲା, ଯେମିତି ବି ହେଉ ସେଇ ସ୍ତ୍ରୀଲୋକକୁ ମକଦ୍ଦମାରୁ ବାହାର କରିବ। ତା'ର ପୁରା ବିଶ୍ୱାସ ହୋଇଗଲା ଯେ ଏହି ମକଦ୍ଦମା ମିଛ। ହେଡ଼ଙ୍କ ସହିତ ଟିକେ ପରିଚୟ ହେବାରୁ ସେ ବି କହିଲେ, 'ହଁ ବାବୁ! ଏହା ଭାବିଦିଅନ୍ତୁ ଯେ ମକଦ୍ଦମା ମିଛ। କିନ୍ତୁ ସେଦିନ ମୋ ମୁହଁରେ କି କି କଥା ସେ କହିଲା, ଏକଥା ଆପଣ ଶୁଣିନାହାନ୍ତି। ପୁଲିସ ପଗଡ଼ିକୁ ବି ସମ୍ମାନ କଲାନି। ଏଥିପାଇଁ ଏଇ ଚାବୁକ୍ ଲଗାଇଲି। ମୁଁ ଆଉ କ'ଣ କରିଥାନ୍ତି? ଆପଣ କୁହନ୍ତୁ। ଆପଣ ଆପଣଙ୍କ ଯୁକ୍ତି କରନ୍ତୁ। ଆପଣଙ୍କ ଡିୟୁଟି ଆପଣଙ୍କର ଆଉ ମୋ ଡିୟୁଟି ମୋର..."

ଯେଉଁଦିନ ମକଦ୍ଦମାର ଶୁଣାଣି ହେଲା, ସେଦିନ ଦ୍ୱିପହରରେ ଗୋଟାଏ ବେଳେ ପୁରା ଅଦାଲତରେ ହୁଲସ୍ଥୁଲ ହୋଇଗଲା। ହେଡ କନେଷ୍ଟବଳ ଏବଂ ଜଣେ ପୋଲିସ ସାକ୍ଷୀ ଦେଲେ। ତା'ପରେ କୋର୍ଟର ହଲରୁ ପ୍ରଥମେ ମୁତେଲମ୍ମା ଏବଂ ତା'ପରେ ମୂର୍ତ୍ତି ବାହାରକୁ ଆସିଲେ।

ବାରଣ୍ଡାରେ ଗୋଟିଏ କୋଣକୁ ମୂର୍ତ୍ତିକୁ ଡ଼ାକି, 'କେସ୍‌ର କ'ଣ ହେବ ବାବୁ?' ମୁତେଲମ୍ମା ପଚାରିଲା। ଜିତିବାର ଭରସା ଥିଲେ ବି ମୂର୍ତ୍ତିକୁ ପ୍ରତ୍ୟକ୍ଷରେ ଏଇ କଥା କହିବାକୁ ସାହସ ହେଲାନି।

ମୂର୍ତ୍ତି କହିଲା, "ସନ୍ଧ୍ୟା ସୁଧା ଫଇସାଲା ଶୁଣାଇବା କଥା କହିଲେ।"

"ପୋଲିସ ବାବୁର ବୟାନ କେମିତି ହେଲା?"

"ପକ୍କା ବୟାନ ଥିଲା..."

"ଆଉ ହେଡ଼ ବାବୁ?"

"ଥରଥର ହେଲେ...ସବୁ ମିଛ, ମିଛ ହିଁ କହୁଥିଲେ। ଏଥିପାଇଁ କେସ୍ ଆମେ ଜିତି ପାରନ୍ତି।" ଏଥିରେ ମୂର୍ତ୍ତି ବହୁତ ଉତ୍ସାହିତ ଥିଲା।

"ତେବେ ହେଡ଼ ବାବୁର ବୟାନ ଉଡ଼ିଗଲା ବୁଝିବି, କ'ଣ ବାବୁ?"

"ମୁଁ ଉଡ଼ାଇଦେଲି, ଏବେ କିଛି ଚିନ୍ତା ନାହିଁ।"

"ଉଡ଼ାଇ ଦେବ, ମୁଁ ଏହା ହିଁ ଭାବିଥିଲି।"

"ତୁମେ କ'ଣ ଭାବିଥିଲ?"

କେମିତି କହିବି? ତା'ହେଲେ ଶୁଣ, "ଯାହା ହେବାକଥା ହେଲା। ଏବେ

କ'ଣ କହୁଛୁ ମୁଡେଲମ୍ମା!" କାଲି ହେଡ଼ବାବୁ ଆସି କହିଲେ ! ଯେବେ ସେଇ ବାବୁ ଏମିତି କହିଲେ, ମୁଁ କ'ଣ କରିଥାନ୍ତି ବାବୁ? କେସକୁ ଉଡ଼ାଇଦେବା କଥା କହିବାରୁ ମୁଁ ମୁଠି ଗରମ କରିଦେଲି। କୋରଟ ବାଲାଙ୍କ ସତ ଅନ୍ୟକୁ ସତ ହୋଇଥାଏ ବାବୁ! ଏତେଥର ଆସିଲିଣି, ଭଲଭାବେ ଜାଣିଛି। ତାଙ୍କ ସାକ୍ଷୀ ଠିକ ହେଉ ବାସ୍! ପୋଲିସ ବାବୁ ଭଳି ହେଡ଼ ବାବୁ ବି କାଠଗଡ଼ାରେ ଦୃଢଭାବେ ଛିଡ଼ା ହୋଇଗଲେ କ'ଣ ହୁଅନ୍ତା? ଦଣ୍ଡ ହୁଅନ୍ତା ନା ବାବୁ! ଏହି ସାକ୍ଷୀମାନେ ଜଣକ ପଛରେ ଜଣେ କାଠଗଡ଼ାକୁ ଚଢ଼ନ୍ତି, ପୂର୍ବରୁ ତାଙ୍କ ଭିତରେ ଆଲୋଚନା କରି ଚଢ଼ନ୍ତି। ତା'ପରେ ଏପଟେ ପଛ ବାରଣ୍ଡାରେ ଦୁଆର ପାଖକୁ ଲାଗି ତା' ବୟାନ ଇଏ ଆଉ ତାଙ୍କ ବୟାନ ସିଏ ଶୁଣୁଥାନ୍ତି। ଝରକା ପାଖରେ ଛିଡ଼ା ହୋଇଥିବା ଲୋକକୁ ଦେଖେଇ ଦେଖେଇ ହାତରେ ଇସାରା କରୁଥାନ୍ତି। ତାଙ୍କର କୌଣସି ଅନ୍ୟ ଲୋକ ହଲରେ ଛିଡାହୋଇ ବୟାନ ଭଲଭାବେ ଶୁଣନ୍ତି ତା'ପରେ ଯାଇ ଅନ୍ୟ ସାକ୍ଷୀକୁ ସବୁକଥା ଶୁଣାଇ ଦିଅନ୍ତି। ଏଥିପାଇଁ ବାବୁ, କୋରଟରେ ଇନ୍‌ସାଫ ହେଇପାରି ନଥାଏ। ଜଣେ ସାକ୍ଷୀର ବୟାନ ଅନ୍ୟ କେହି ଶୁଣୁ ନଶୁଣୁ, ସାକ୍ଷୀ ତ ପୁଲିସ ବାବୁ ହିଁ ହୋଇଥାନ୍ତି ନା! ସକାଳୁ ଉଠିବା ଠାରୁ ଏମିତି ହଜାରେ ମକଦ୍ଦମାରେ ସାକ୍ଷୀ ଏଇ ଲୋକ ଦେଇଥାନ୍ତି। ଓକିଲ ବାବୁ ପ୍ରତିପକ୍ଷକୁ ଜେରା କଲେ ବି କ'ଣ ହେବ?..ତୁମେ ପଚାରିବ ତ କ'ଣ ପଚାରିବ?ଷ୍ଟେସନରୁ କେବେ ଆସିଥିଲେ, କେତେ ଲୋକ ଆସିଥିଲେ? ସାଦା କପଡ଼ା ପିନ୍ଧିଥିଲେ ନା ପୋଷାକ? ପାଦରେ ଚାଲି ଯାଇଥିଲେ ନା ସାଇକେଲରେ? ଦୋଷୀକୁ ତୁମ ଭିତରୁ କିଏ ପ୍ରଥମେ ଦେଖିଥିଲା? ମଦ ମାପି ଥିଲେ ନା ଶୁଂଘି ଦେଖିଥିଲା ? ଆଉ କୋଉ ମଦ ଦୋକାନକୁ ତଲାସ କରିଥିଲେ? ଏମିତି...ଏଇସବୁ ନା ବାବୁ, ତୁମେ ବି ପଚାର?ସବୁ ଶୁଣିବାପରେ କହିବେ, 'ସାକ୍ଷୀ ଠିକ୍ ଅଛି। କିଛି ଅଲଗା କଥା ନୁହେଁ। ଇଏ ବି ବହୁତ ମାମୁଲି କଥା। ଯଦି ଜୋରିମାନା ଦେବନି ତ ଜେଲ ଯାଅ।'

ମାଜିଷ୍ଟେଟ ବାବୁ ଏୟା କହିବେ। ତିନି ଥର ତିନିଟା ମିଛ ମକଦ୍ଦମାରେ ମୁଁ ଦୁଇ ଦୁଇ ଶହ ନିଜ ଝାଳ ବୁହା ଧନରୁ ଜୋରିମାନା ଦେଇଛି ବାବୁ! ଏଥିପାଇଁ ବାବୁ, ବେକାରଟାରେ ଏଇ ଝାମେଲାରେ କାହିଁକି ପଡ଼ିବି, ଏକଥା ଭାବି କାଲି ସେଇ ବାବୁର ମୁଠା ଗରମ କରିଦେଲି। ପ୍ରାଣ ତ ରହୁ! ଯାହା ନେବାର ଥିଲା ନେଇଗଲା, କିନ୍ତୁ ତା'ପରେ କ'ଣ ସେ କରିବ, ଏଇୟା ଭାବି ମୁଁ ଡରୁଥିଲି। ଉଡ଼େଇ ଦେଲିନା, ଏବେ କିଛି ଭୟ ନାହିଁ।' ଏହା କହି ମୁଡେଲମ୍ମା ମୂର୍ତ୍ତିକୁ ସାହସ ଦେଲା। ତା'ପରେ କ'ଣ ଭାବି, 'ତୁମେ ବି ଦୃଢଭାବେ ଭଲଭାବେ ପଚାରିଥିଲ ବାବୁ, ନୂଆ, ସେଥିପାଇଁ ଡରୁଥିଲି, କିନ୍ତୁ ତୁମେ ଭଲଭାବେ ପଚାରୁଥିଲ। ତୁମେ ପଚାରୁଥିବା

ବେଳେ ପ୍ରଥମ ସାକ୍ଷୀ ସେଇ ପୋଲିସ ବାବୁ ହଡ଼ବଡ଼ ହେଉଥିଲା। ହେଡ଼ ବାବୁ ବି, ଯଦି ତୁମେ ଏମିତି ପଚାରି ନଥାନ୍ତ ତା'ର ଚାଟୁକାରିତା ଯାଇନଥାନ୍ତା...ମୁଁ ଶୁଣିଛି, ଆଉ ଦେଖିଛି ବି। ପାଖରେ ଛିଡା ହେଇଥିଲି ନା, ବେଶ୍ ଜୋରଦାର ଭାବେ ପଚାରୁଥିଲ' କହି ମୁତେଲମ୍ମା ମୂର୍ତ୍ତିକୁ ପ୍ରଶଂସା କଲା।

କୁହୁଡ଼ି ଚାଲିଗଲା ଭଳି ସବୁ ମକଦ୍ଦମା ଏତେ ସହଜରେ କେମିତି ଉଡ଼ିଗଲା, ଏହା ବୁଝିଲାପରେ ମୂର୍ତ୍ତିର ଅବସ୍ଥା ଏମିତି ହୋଇଗଲା, ଯେମିତି ପବନ ବାହାରି ଗଲାପରେ ବେଲୁନ ଭଳି ହୋଇଥାଏ। ମକଦ୍ଦମା ଖାରଚ ହେବାପରେ ମୁତେଲମ୍ମା ବାକି ପଇସା ଦେବାକୁ ଗଲା। ମୂର୍ତ୍ତିକୁ ବହୁତ ଲାଜ ଲାଗିବାରୁ ସେ ବିଲକୁଲ ମନା କରିଦେଲା। ମୁତେଲମ୍ମା ତା'ପରେ କମ୍ପିଲା ହାତରେ ପଇସା ଫେରେଇ ନେଇ ଚାଲିଗଲା। ମୂର୍ତ୍ତିକୁ ଅଦଭୂତ ଭାବେ, ସମ୍ମୋହନ, ଇନ୍ଦ୍ରଜାଲ କିମ୍ବା କୌଣସି ମାୟାଜାଲ ଭଳି ଲାଗିଲା।

ପ୍ରକୃତରେ ମଦ ଜବଦ୍ ହୋଇନଥିଲା, କିନ୍ତୁ ମଦ ଜବଦ୍ ହେଲା, ଏହା କହି ମକଦ୍ଦମା କରାଯାଇଥିଲା। ପୁଣି ପରେ ଜବଦ୍ ହୋଇନି, ଏହା କହି ପୁଣି କେସ୍ ଉଡ଼ାଇ ଦିଆଗଲା। ଗୋଟିଏ ଘଟଣା ଘଟି ନଥିଲା। ଯୋଉ ଘଟଣା ଘଟିନଥିଲା, ତାକୁ ନେଇ କୁହାଗଲା ଯେ ଏହା ଘଟିଥିଲା। ଯେଉଁ ଘଟଣାକୁ ନେଇ କୁହାଯାଇଥିଲା ଯେ ଏହା ଘଟିଥିଲା, ସେଇ ଅଘଟିତକୁ ପୁଣି କୁହା ଯାଇଥିଲା ତାହା ଘଟିନଥିଲା..ନାଇଁ..ହଁ..ନାଇଁ..ସବୁ ମାୟାଜାଲ ହିଁ ଥିଲା। କିନ୍ତୁ...

ମୂର୍ତ୍ତି ପୁଣି ମୁତେଲମ୍ମାକୁ ନେଇ ଭାବିବାକୁ ଲାଗିଲା...

"କିନ୍ତୁ ଏହି ମାୟାଜାଲର ମଝିରେ କେତେ ବ୍ୟଥା, ବେଦନା ଅଛି!" ଏହା ଭାବିବାକୁ ଲାଗିଲା।

ସେତେବେଳେ ତାକୁ ତାଙ୍କ ସିନିୟର ଓକିଲଙ୍କ କଥା ମନେପଡ଼ିଲା। 'ସିଏ ତ ମାୟାଜାଲକୁ ହିଁ ବୁଝିଛନ୍ତି। ତା' ପଛରେ ଛପିଥିବା ବ୍ୟଥା-ବେଦନାକୁ ବୁଝିନାହାନ୍ତି...' ମୂର୍ତ୍ତି ଭାବିଲା। ସେ କ'ଣ ପ୍ରକୃତରେ ବୁଝିନଥିଲେ? ନା ତାଙ୍କର ଅଣଦେଖା ଥିଲା? ସେ କ'ଣ ଜାଣିନଥିଲେ ଯେ ଏହି ମାୟାମୟ ସଂସାରରେ ମୁତେଲମ୍ମା ଭଳି ଲୋକ ବି ଅଛନ୍ତି?

ସତରେ କ'ଣ ଜାଣିନାହାନ୍ତି?

କାହିଁକି ଜାଣିନାହାନ୍ତି? ଜାଣିଛନ୍ତି, କିନ୍ତୁ ଆଖି ଫେରାଇ ନେଇଛନ୍ତି, ବାସ୍!

ପରିଚୟବିହୀନ

ଅସମିୟା- ମନୋଜ କୁମାର ଗୋସ୍ୱାମୀ

ଏତେ ହୁଲସ୍ଥୁଲ କାହିଁକି! ଓ. ସି ସୂତ୍ରଧର ଚାର୍ଜସିଟ୍‌ର ଗୋଟିଏ କପି ପଢୁଥିଲେ। କୁଆଡୁ ଟିକେ ଶାନ୍ତି ନାହିଁ। ଏଇଥିପାଇଁ ଏତେ ହୋହାଲ୍ଲା କରୁଥିଲ ? ଚୁପ୍‌କର !

କିଛି ନାଇଁ ସାର୍! ଜଣେ କନେଷ୍ଟବଲ ଭିତରକୁ ଆସି କହିଲା। ଗୋଟିଏ ପିଲାକୁ ଧରିଆଣିଛୁ, କ'ଣ କିଛି ଚୋରି କରି ପଳାଇଯାଉଥିଲା। ପବ୍ଲିକ ମାରଧର କରିଛନ୍ତି, ଆମ ଲୋକ ଯାଇ ତାକୁ ଧରି ଆଣିଛନ୍ତି।

ଚିତ୍କାର କରୁଛ କାହିଁକି ?

ସାର୍ ପିଲାଟି କହୁଛି, ଥାନାକୁ ଯଦି ଆଣିବାର ଅଛି, ଏତେ ମାରଧର କରୁଥିଲେ କାହିଁକି ? କନେଷ୍ଟବଲ ହସିଲେ, କଥାଟା ଠିକ୍ ସାର୍, ଗୋଟିଏ ଦୋଷ ପାଇଁ ଦୁଇ ଥର ଶାସ୍ତି ହେବ କାହିଁକି !

ଚୁପ୍। ଯା, ଗୋଟିଏ କପ୍ ଚା' ପାଇଁ କୁହ।

ସୂତ୍ରଧର ପୁର୍ନବାର ଚାର୍ଜସିଟରେ ମନୋନିବେଶ କରିବାକୁ ଚେଷ୍ଟା କଲେ। ଗୋଟିଏ ମର୍ଡ଼ର, ଦୁଇଟି ସମ୍ପର୍କୀୟ ପରିବାର ଭିତରେ ଜମିକୁ ନେଇ ଝଗଡ଼ା। ସେଥିପାଇଁ ଅଢ଼େଇଶହ ପୃଷ୍ଠାର ଚାର୍ଜସିଟ୍। ଏତେ ବିରାଟ ଚାର୍ଜସିଟ ଦରକାର କ'ଣ ? ଆଇନର କେତେ ପେଞ୍ଚ, ଅବଶ୍ୟ ହଁ ଦେଶର ଆଇନ କହୁଛି, ଦରକାର ହେଲେ ଦୋଷୀ ବଞ୍ଚିଯାଉ, କିନ୍ତୁ ନିର୍ଦ୍ଦୋଶ ଯେମିତି କୌଣସିମତେ ଶାସ୍ତି ନପାଉ। ଇସ୍ ଚା' କରିଛି ବିଲକୁଲ ସ୍ୱାଦଗନ୍ଧହୀନ। ଏଇ ବିହାରୀ ଚା' ଦୋକାନୀବାଲାଟାର କିଛି ଠିକ୍‌ଠିକଣା ନାହିଁ। କେବେ ବହୁତ ଭଲ ଚା' କରେ, କେବେ ଏମିତି ସ୍ୱାଦହୀନ। ସୂତ୍ରଧର ଚା' ଚୁମୁକ ଦେଇ ଚାର୍ଜସିଟରେ ମନୋନିବେଶ କରିବାକୁ ଚେଷ୍ଟାକଲେ। ମୋବାଇଲ

ଫୋନଟା ବାରମ୍ବାର ବାଜିଉଠୁଛି। କି ବିରକ୍ତିକର! ସହରରେ ଗୋଟିଏ ସାଂସ୍କୃତିକ ସନ୍ଧ୍ୟା ହେବ, ଜଣେ ପ୍ରସିଦ୍ଧ ଷ୍ଟାର ଗାୟକ ଆସିବେ, ସେଥିପାଇଁ ଅନ୍ୟତମ ଉଦ୍ୟୋକ୍ତା ଛାତ୍ର ସଂଗଠନର ଲିଡ଼ର ଚାନ୍ଦା ପାଇଁ ବାରମ୍ବାର ଫୋନ କରୁଛି। ଏପଟେ ସ୍ଥାନୀୟ ବିଧାୟକଙ୍କ ଘରକୁ ଅତିଥି ଆସିଛନ୍ତି, ମନ୍ଦିର ଦର୍ଶନ କରିବେ। ଗାଡ଼ି ଏବଂ ଲୋକଙ୍କ ବ୍ୟବସ୍ଥା କରିବାକୁ ହେବ! ଅତିଶୀଘ୍ର ଗୋଟିଏ ଦୁଇଟି ନିର୍ଦ୍ଦେଶ ଦେଇ ସୂତ୍ରଧର କିଛିଟା ହାଲୁକା ହେଲେ। ଆଚ୍ଛା, ଗୁପ୍ତା ଆଉ ପାଣ୍ଡେ ପ୍ରକୃତରେ ସମ୍ପର୍କୀୟ। ଜମିଟା ଗୁପ୍ତାର କାକାଙ୍କର, ଯାହାଙ୍କର କିଏ କୋଉଠି ନଥିଲେ। ଗୁପ୍ତାର ପିଉସୀର ଝିଅ ପାଣ୍ଡେର ସ୍ତ୍ରୀ।

ପାଣ୍ଡେ ଗୁପ୍ତା ପାଖରୁ ଆଠ ବର୍ଷ ହେଲା ଜମି କିଣିଛି, କିନ୍ତୁ ଅଫିସିୟାଲ କାଗଜପତ୍ର ଏବେ ବି ସମ୍ପୂର୍ଣ୍ଣଭାବେ ତିଆରି କରିକି ଦେଇନି। ଗୁପ୍ତା ବିରଦ୍ଧରେ ପାଣ୍ଡେ ପରିବାରର ଅଭିଯୋଗ ଥିଲା ବାରମ୍ବାର ସୀମାକୁ ବଢ଼ାଇବା ଯୋଗୁ। ଯେତେଦିନ ପର୍ଯ୍ୟନ୍ତ ସୀମା ଠିକ ନହୋଇଛି ରେଜିଷ୍ଟ୍ରେସନ ହେବନି ପାଣ୍ଡେ କହିଦେଇଛି। ଏହା ଭିତରେ ଗୁପ୍ତା ପାଚେରି ତିଆରି କାମ ଆରମ୍ଭ କରିଦେଇଛି। ଏହାକୁ ନେଇ ପ୍ରଥମେ ଯୁକ୍ତିତର୍କ ତା'ପରେ ହାତାହାତି। ତା'ପରେ ଦିନେ ପୁଅ ସାଙ୍ଗରେ ମିଶି ଗୁପ୍ତା ପାଣ୍ଡାଙ୍କୁ ଲୁହାର ରଡ଼ରେ ପିଟାପିଟି କଲା। ଆହାତ ହୋଇ ହସପିଟାଲରେ ଭର୍ତ୍ତି ହେବାର କିଛିଦିନ ପରେ ପାଣ୍ଡାର ମୃତ୍ୟୁ ହେଲା। ଡାକ୍ତର କହିଲେ, succumb to injuries!

ହୁଁ। ସୂତ୍ରଧରଙ୍କ ଚା' କପ୍ ପୁରା ଥଣ୍ଡା ହୋଇଗଲା। ଆଉ ଏକ କପ୍ ଚା' ଆଣିବାକୁ କହିଲେ। ଏହା ଭିତରେ ଗୁପ୍ତାର ଧୁରନ୍ଧର ଓକିଲ ଖେଳ ଖେଳୁଛି। ପୁଅ ସହିତ ଗୁପ୍ତା ଏହା ମଧ୍ୟରେ ଜାମିନରେ ଜେଲରୁ ବାହାରିଆସିଛି। ଜମି କେସ୍ ପାଇଁ ଗୁପ୍ତା ଷ୍ଟେ ଅର୍ଡ଼ର ପାଇଛି। କୋର୍ଟ ପାଚେରି ଭାଙ୍ଗିବାକୁ ଅନୁମତି ଦେଇନି। ଏପର୍ଯ୍ୟନ୍ତ ଠିକ୍ ଥିଲା, ଚାର୍ଜସିଟ୍ ପ୍ରସ୍ତୁତ କରାଯାଇଛି, ଠିକ୍ ସେତେବେଳେ ଏସ୍.ପି ସାର୍ ସୂତ୍ରଧରଙ୍କୁ ଡକାଇ ପଠାଇଲେ, ବେଶୀ ତରତର ହୋଇ ସେ ଚାର୍ଜସିଟ ଦେବେନି! ଉପର ମହଲରୁ କାହା ପାଖରୁ ଅନୁରୋଧ ଆସିଛି କେସ୍‌ଟା ଟିକେ ଗୁପ୍ତାର ହେବାପାଇଁ ଦେଖିବେ। ଆପଣ ନିଜେ ଦେଖି ଠିକ୍ କରନ୍ତୁ, ମୁଁ ଆଡିଶନାଲ ଏସ୍.ପି ମହନ୍ତକୁ କହିଦେବି ଆପଣଙ୍କୁ ଚାର୍ଜସିଟ୍ ରେଡି କରି କିଛିଟା ସାହାଯ୍ୟ କରିବାପାଇଁ!ବୁଝୁଛନ୍ତି ତ?

ନା ବୁଝିବା କଥା ନୁହେଁ। ଅଭିଜ୍ଞ ସୂତ୍ରଧରଙ୍କ ପାଇଁ ଏସବୁ କୌଣସି ନୂଆ କଥା ନୁହେଁ। ପୋଲିସଥାନା ଭିତରେ ବହୁତ ଅନେକ ସତ୍ୟ ମିଥ୍ୟା ହୋଇଯାଏ। ଖାକି ପୋଷାକ ତଳେ ଧୀରେ ଧୀରେ ମଣିଷ ବଦଳିଯାଏ, ରକ୍ତପିପାଶୁ ଭଳି ରଙ୍ଗ ବଦଳାଏ, ଦୁର୍ବଳ, ସରଳ ମଣିଷ ଅଦ୍‌ଭୁତ ଧରଣର କ୍ରୁର ଆତ୍ମକୈନ୍ଦ୍ରିକ ହୋଇଯାଏ।

ଏସ୍.ପି ରାଜ୍ୟ ବାହାରର ଲୋକ ହେଲେବି ଅବଶ୍ୟ ଖରାପ ମଣିଷ ନୁହେଁ। କମ ବୟସରେ ଆଇ.ପି.ଏସ୍ ହୋଇ କିଛିଦିନ ଭିତରେ ଜିଲ୍ଲାର ଦାୟିତ୍ୱ ନେଇଛନ୍ତି। ତାଙ୍କର ଅନେକ ଉପରବାଲା ଅଛନ୍ତି। ସିନିୟର ଅଫିସରଙ୍କଠାରୁ ଆରମ୍ଭ କରି ରାଜନୈତିକ ନେତା ପର୍ଯ୍ୟନ୍ତ ସମସ୍ତଙ୍କୁ ତାଙ୍କୁ ସାଉଁଳେଇବାକୁ ହୋଇଛି। ତେଣୁ ଦାକ୍ଷିଣାତ୍ୟର ଏହି ଯୁବକ ଅଫିସର ଜଣକ ଖରାପ ନୁହେଁ।

କପ୍‌ରୁ କେତେ ବୁନ୍ଦା ଚା' ଟେବୁଲ ଉପରେ ଛିଟିକି ପଡ଼ିଛି। ସାମନାରେ ଥିବା ଖବର କାଗଜଟାରେ ପୋଛିବାକୁ ଗଲାବେଳକୁ ସୂତ୍ରଧର ନିଉଜଟା ଦେଖିବାକୁ ପାଇଲେ, ଗୋୟାଲପଡ଼ାରେ ଏନକାଉଣ୍ଟର। ପୋଲିସ ଗୁଳିରେ ନିହତ ଡ୍ରଗ ଯୋଗାଣକାରୀ, ରାତିରେ ଆରକ୍ଷୀଙ୍କ ଦାୟିତ୍ୱରେ ଥିବା ଡ୍ରଗ ଯୋଗାଣକାରୀକୁ ନିଶାଯୁକ୍ତ ଦ୍ରବ୍ୟର ଘାଟି ଦେଖାଇବାକୁ ନେଇଯାଉଥିବା ସମୟରେ ସେ ହଠାତ୍ ପଳାଇବାକୁ ଚେଷ୍ଟା କରୁଥିଲା। ଆରକ୍ଷୀ ବାଧା ଦେବାକୁ ଚେଷ୍ଟା କରିବାରୁ ସେ ଜଣେ ଅଫିସରଙ୍କ ପିସ୍ତଲ କାଢ଼ିନେବାକୁ ଚେଷ୍ଟା କରିବାରୁ ବାଧ୍ୟହୋଇ ଗୁଳି ଚଳାଇବାକୁ ହେଲା। ଆରକ୍ଷୀଙ୍କ ଗୁଳିରେ ଗୁରୁତର ଭାବେ ଆହତ ଅପରାଧୀକୁ ହସପିଟାଲରେ ମୃତ ଘୋଷଣା କରାଗଲା।

ସୂତ୍ରଧର ଥାନାରୁ ବାହାରିଗଲେ।କେତୋଟି ଯାଗାକୁ ଯିବାକୁ ଅଛି। ସେ ଦେଖିଲେ, ଲକ୍‌ଅପ୍ ସାମନାରେ ତଳେ ଗୋଟିଏ ପିଲା ବସିଛି।ରୁକ୍ଷ ମଳିନ ମୁହଁ। କେଶ ଆଲୁରା, ଆଖି ଉପରେ ରକ୍ତ ଜମାଟ ବାନ୍ଧିଛି, ବେକଟା ଫୁଲିଯାଇଛି।ପିନ୍ଧିଥିବା ଶାର୍ଟରେ ରକ୍ତ ଦାଗ।

କର୍କଶ ସ୍ୱରରେ ସୂତ୍ରଧର ପଚାରିଲେ, 'ଏହାର କ'ଣ ହୋଇଛି ?'

କନେଷ୍ଟବଲ କହିଲା, 'ସାର !କିଛି ସମୟ ପୂର୍ବରୁ ଯୋଉ ପିଲାଟିକୁ ଧରି ଆଣିଥିଲୁ ଇଏ ସେଇ ପିଲା। ବହୁତ ମାଡ଼ ଖାଇଛି। ମାନେ ପବ୍ଲିକର ମାଡ଼।

'କ'ଣ ଚୋରି କରିଥିଲା ?'

ସାର୍ ବେକେରୀରୁ ଗୋଟିଏ ବଡ଼ ବ୍ରେଡ଼ ଧରି ଚାଲିଯାଉଥିଲା, ଲୋକମାନେ ଦୌଡ଼ି ଧରିପକାଇଲେ।

ଉଣେଇଶ କୋଡ଼ିଏ ବର୍ଷର ଗୋଟିଏ ପିଲା, ହଁ ଏହି ବୟସ ତା'ର ହେବ, କିନ୍ତୁ ମୁହଁର ହନୁହାଡ଼ ବାହାରିପଡ଼ିଛି, ହାତରେ, ମୁହଁରେ ଶରୀରର ସବୁଆଡ଼େ ଦାଗ। ପିଲାଟି ଆଣ୍ଠୁ ଭିତରେ ମୁଣ୍ଡ ରଖି ବସିଛି। କାହା ଆଡ଼କୁ ଚାହୁଁନି। ଯେମିତି ପୃଥିବୀର ସମସ୍ତ ଗ୍ଲାନି ଏବଂ କ୍ଲେଶ ତା' ମୁଣ୍ଡରେ। ହୁଏତ ଚିତ୍କାର କରି କରି କ୍ଳାନ୍ତ ହୋଇପଡ଼ିଛି, ଏବେ ଆଉ କୌଣସି ଶବ୍ଦ ନାହିଁ !

ସାର୍, କେସ୍ ଗୋଟିଏ କରି ଏଟାକୁ ଚାଲାଣ କରିଦେବି କି ? ପୁଣି କୋଉଠି ଗଣ୍ଡଗୋଳ କରିବ !

ଏଇ ବୟସରେ ଚୋରି କରିବା ଆରମ୍ଭ କରିଛି । ସୂତ୍ରଧର ପିଲାଟି ଆଡ଼କୁ ଚାହିଁଲେ । ତା'ର ବାପା ମା' ଅଛନ୍ତି ନା ନାହିଁ ?

କେହି ନାହିଁ ସାର ! ଫୁଟ୍‌ପାଥ୍‌ରେ ରହେ ନା କ'ଣ ? ଏ.ଏସ୍.ଆଇ ବିରକ୍ତ ହୋଇ କହିଲେ, ସେ ଏମିତି ଚୋରିଚୁରା କରି ବୁଲେ । ଚାଲାଣ କରିଦେବି କି ସାର୍ ?

ରୁହ । ଦ୍ୱାରଆଡ଼କୁ ଯିବା ବେଳେ ସୂତ୍ରଧର କହିଲେ, ତୁମେ କ'ଣ କହୁଥିଲ ? ଗୋଟିଏ ଅପରାଧରେ ଦୁଇଥର ଶାସ୍ତି ହୋଇପାରେନା ।କ୍ଟଭର ମବଭଭକ୍ଟସ୍ଥ ଭର କ୍ଟଙ୍କଭସସ୍ଥଷରୟ ସ୍ଥଙ୍ଗସମର ଲକ୍ଟସ୍ବ ସ୍ଥଷର ସ୍ଥବଙ୍କର କ୍ଟଲଲରଭମର.ଶଳା, ଯା ଠାରୁ ଅନେକ କିଛି ଶିଖିବାର ଅଛି ! ହାଃ ହାଃ ହାଃ ।

ଜିପ୍‌ରେ ବସି ସୂତ୍ରଧର ବାହାରିଗଲେ । ଡିସିଙ୍କ ଅଫିସରେ ଲ ଏଣ୍ଡ ଅର୍ଡ଼ର ମିଟିଙ୍ଗ ଅଛି । ଆଉଟପୋଷ୍ଟରେ ପଶିବାକୁ ହେବ । ରାସ୍ତାରେ ରହି ଘର ପାଇଁ କିଛି ସଉଦା କରିବାକୁ ହେବ ।

ପରଦିନ ସକାଳେ ଥାନାକୁ ପଶିବାମାତ୍ରେ ଓ.ସି ସୂତ୍ରଧର ଦେଖିଲେ, ଲକ୍‌ଅପ୍ ସାମନାରେ ଛୋଟ ଏକ ବେଞ୍ଚରେ ପିଲାଟି ଶୋଇଯାଇଛି । ଗଭୀର ନିଦ୍ରାରେ, ଗୋଟିଏ ହାତ ତଳକୁ ଝୁଲିପଡ଼ିଛି । ଆଣ୍ଠୁରୁ ବିନ୍ଦୁ ବିନ୍ଦୁ ରକ୍ତ ଝରୁଛି । ହୁଏତ କାଲି ରାସ୍ତାରେ ପବ୍ଲିକ ମାରପିଟ କରିବା ଯୋଗୁ ହୋଇଥିବ ।

ସୂତ୍ରଧର ମୁହୂର୍ତ୍ତଟିଏ ଥମକି ଛିଡାହେଲେ, କ'ଣ ହେବ ଏଇସବୁ ମଣିଷ ମାନଙ୍କର ? କାହିଁକି ଏମାନେ ବଞ୍ଚିଛନ୍ତି ?ରାସ୍ତାର କୁକୁର ଭଳି, ନର୍ଦ୍ଦମାର କୀଟ ଭଳି ଅବାଂଛିତ ତୁଚ୍ଛ ଏଇ ମଣିଷମାନେ କୁଆଡୁ ଆସନ୍ତି ? ଅଣ୍ଟାରେ ହାତ ଦେଇ ନିଜ ରୁମକୁ ପଶିବା ପୂର୍ବରୁ କିଛି ସମୟ ଏକଥା ସୂତ୍ରଧର ଭାବିଲେ । କିଏ ଅଛ ! ତାକୁ କିଛି ଚା' ବିସ୍କୁଟ ଦିଅ ତ !

ଏ.ଏସ୍.ଆଇ କହିଲେ, ସାର୍, ଯାର କେସ୍ ନିଆଯାଇନି, ଆରେଷ୍ଟ କରାଯାଇନି ।

ଆଚ୍ଛା ହେବ । ଏବେ ତାକୁ କିଛି ଖାଇବାକୁ ଦିଅ । ଏହା କହି ସୂତ୍ରଧର ନିଜ ରୁମକୁ ପ୍ରବେଶକଲେ ।

ଦିନଟା ଭଲଭାବେ ଆରମ୍ଭ ହେଲାନି । କୁଆଡୁ ଅସ୍ତବ୍ୟସ୍ତ ହୋଇ ଆଡ଼ିଶନାଲ ଏସ୍ପି ମହନ୍ତ ପଶିଆସିଲେ । କିଛିଟା ନର୍ଭସ, କିଛିଟା ଅନ୍ୟମନସ୍କ । ଥାନାକୁ ପଶିବାମାତ୍ରେ

ବେହେରାକୁ ନିର୍ଦ୍ଦେଶ ଦେଇ ପାଣି ଗ୍ଲାସେ ଢକଢ଼କ ହୋଇ ପିଇଗଲେ। ମହନ୍ତ ସ୍ୱାସ୍ଥ୍ୟବାନ ସୁଦର୍ଶନ ଯୁବକ। ବହୁତ ସଉକିଆ। ଦାମୀ ଗଗଲସ, ଦାମୀ ବ୍ରାଣ୍ଡେଡ ଘଣ୍ଟା, ସେ ପୋଲିସ ହୋଇନଥିଲେ ଭଲ ହେଇଥାନ୍ତା, ଅଭିନେତା ହୋଇଥିଲେ ଭଲ ହେଇଥାନ୍ତା!

ସାର୍, ପାଣ୍ଡେର ମର୍ଡ୍ରର କେସ୍‌ଟା! ସୂତ୍ରଧର ଧୀରେ କଥାଟା ପକାଇଲେ।

ଅଧିକାଂଶ ଦିନ ତ ଜମିକୁ ନେଇ ଝଗଡ଼ାର କେସ୍! ମହନ୍ତ ହତାସ ସ୍ୱରରେ କହିଲେ, ଆମ ଲୋକମାନେ କ'ଣ ଭଲଭାବେ କାମ କରୁନାହାନ୍ତି ?

ମାନେ ସାର୍! ସୂତ୍ରଧର ନବୁଝିପାରି ପଚାରିଲେ।

ସକାଳୁ ସକାଳୁ ଏସ୍.ପି ମୋତେ ବହୁତ ଖରାପ କରି କହିଲେ। ଏହି ଏରିଆରେ ଏକ୍ସଟ୍ରିମିଷ୍ଟର ମୁଭମେଣ୍ଟ ଅଛି, ଡ୍ରଗ କାରବାର ଅଛି, କିନ୍ତୁ କୌଣସି ଆକ୍ସନ ନାହିଁ!

କ'ଣ କହୁଛନ୍ତି ସାର୍! ଏହି ଏରିଆରେ ସେମିତି କୌଣସି ରେକର୍ଡ୍ ନାହିଁ। ସୂତ୍ରଧର ବୁଝାଇଲେ, ମୁଁ ଆସିବା ପରର କଥା ଛାଡ଼ନ୍ତୁ, ପୂର୍ବରୁ ତ ବିଶେଷ କ୍ରାଇମ ନଥିଲା। ପରିବାର ଭିତରେ ଜମିକୁ ନେଇ ଝଗଡ଼ା, ଡ଼ୋମେଷ୍ଟିକ ଭାୟୋଲେନ୍ସ, ଝିଅମାନଙ୍କୁ କିଡ଼ନ୍ୟାପିଙ୍ଗର କେସ୍ ଦେବା ଏହି ଧରଣର ଗୋଟିଏ ଦୁଇଟି ଘଟଣା ବ୍ୟତିତ।

ଆଉ ଏକ୍ସଟ୍ରିମିଷ୍ଟ ମୁଭମେଣ୍ଟ ?

ସାର୍, ଏକ୍ସଟ୍ରିମିଷ୍ଟ କୁଆଡୁ ଆସିବ ? ଏହି ଯାଗାରେ ସେଇ ଟ୍ରାଡ଼ିସନାଲ ନାହିଁ! ସୂତ୍ରଧର ଆତ୍ମବିଶ୍ୱାସର ସହିତ କହିଲେ, ସେଇ ନବେ ଦଶକରେ ଉଗ୍ରପନ୍ଥୀଙ୍କ ରାଜତ୍ୱ ଯେବେ ପୁରାମାତ୍ରାରେ ଥିଲା ସେଇ ସମୟରେ ଏଠାରେ ଗୋଟିଏ ଗୁଳି ଫୁଟିନି ସାର୍! ଏଇଟା ଭଦ୍ର ମଣିଷଙ୍କ ଯାଗା ସାର! ଆମ ଥାନାକୁ ଲୋକେ କୁହନ୍ତି, ଥ୍ୟାଙ୍କ ଇୟୁ ଥାନା। ମାନେ କୌଣସି କାର୍ଯ୍ୟ କରିଦେବା ପରେ ମଣିଷ ଥ୍ୟାଙ୍କ ଇୟୁ କହି ଚାଲିଯାଆନ୍ତି। ସୂତ୍ରଧର ହସି କଥାଟାକୁ ହାଲୁକା କରିବାକୁ ଚେଷ୍ଟାକଲେ।

ସିରିଏସଲି ନିଅନ୍ତୁ ସୂତ୍ରଧର! ନିଜର ବ୍ୟାକବ୍ରସ କରାହୋଇଥିବା ଚୁଳରେ ହାତ ବୁଲାଇଆଣି ମହନ୍ତ କହିଲେ, ଆପଣଙ୍କର ହୁଏତ କ୍ୟାରିୟର ଶେଷ ହୋଇ ଚାଲିଛି, କିନ୍ତୁ ମୋର ଆରମ୍ଭ ହେଉଛି। ଆଜି ମୁଁ ଏସ୍.ପିଙ୍କ କଥାର ସ୍ୱରରେ କିଛି ଭଲକଥା ଦେଖିଲିନି। ହି ଇଜ ନଟ୍ ହାପି ଆଟ୍ ଅଲ! ଦୁଇମାସ ପରେ ଆପଣଙ୍କର ଡ଼ି.ଏସ.ପି ପ୍ରମୋଶନ କଥା ଅଛି। ଦେଖିବେ ସିସିଆର-ଏ ଦାଗ ଲାଗିଯିବ!

କ'ଣ କରିବାକୁ ହେବ ସାର୍ ?

ଟିକେ ଆକ୍ଟିଭ ହୁଅନ୍ତୁ। ରେଜଲ୍ଟ ଦେଖାନ୍ତୁ। ଆଜିକାଲି ପୋଲିସମାନଙ୍କର

ପୁରୁଣା ଷ୍ଟାଇଲ ଚଳିବନି। ହଠାତ୍ ମହନ୍ତଙ୍କ କଣ୍ଠସ୍ୱର ଗମ୍ଭୀର ହୋଇଗଲା।କ୍ରିମନାଲ ଆପଣଙ୍କୁ ଖବର ଦେଇ କ୍ରାଇମ କରିବନି !ମୋର ଆପଣଙ୍କୁ ଜଣାଇବା ଉଚିତ୍, ଜଣାଇଦେଲି !

କିଛି ସମୟପରେ ଆଡ଼ିସନାଲ ଏସ୍.ପି ବାହାରିଗଲେ। ସାଙ୍ଗରେ ଆସିଥିବା ପାଞ୍ଚ, ଛଅ ଜଣ ସଶସ୍ତ୍ର ପି,ଏସ୍.ଓ ଯୁଦ୍ଧକାଳୀନ କ୍ଷିପ୍ରତାର ସହ ତାଙ୍କୁ ଏକ୍ସର୍ଟ କରି ଗଲେ, ଗାଡ଼ିର ଡ଼ୋର ଖୋଲିଦେଲେ। ମହନ୍ତ ଆଖିରେ ଗଗଲ୍ସ ପିନ୍ଧିନେଲେ। ଏମିତିରେ ସେ ବହୁତ ସ୍ମାର୍ଟ ଦେଖାଯାନ୍ତି। ସତରେ ସିନେମାର ଅଭିନେତା ଭଳି ଦେଖାଯାନ୍ତି। ମହନ୍ତ୍‌ଙ୍କ ବୟସ କେତେ ହେବ? ସୂତ୍ରଧରଙ୍କ ରିଟାୟାରମେଣ୍ଟ ଆଉ ମାତ୍ର ବର୍ଷେ ଅଛି, ତାଙ୍କଠାରୁ ଅତିକମ୍‌ରେ ପନ୍ଦର କୋଡ଼ିଏ ବର୍ଷ ବୟସ କମ୍ ହେବ ! ସେ ଅନେକ ଦୂର ଯିବେ !

ସକାଳୁ ସୂତ୍ରଧରଙ୍କ ମନଟା ଖରାପ ହୋଇଗଲା। ସିନିୟର ଅଫିସରମାନେ ତାଙ୍କୁ ନିଷ୍କର୍ମା ବୋଲି ଭାବିଲେକି? ଗାଲ ଚିପିଦେଲେ ଦୁଧ ବାହାରିଯିବା ପିଲା ମହନ୍ତର ଶେଷ କଥାଗୁଡ଼ା ପରାମର୍ଶ ଅପେକ୍ଷା ସତର୍କବାଣୀ ଭଳି ମନେହେଲା।

ଗୋଟିଏ ଦୁଇଟା କେସ୍ ଡାଇରୀରେ ଆଖି ବୁଲାଇଲେ। ଅଦାଲତରେ ବର୍ଷ ବର୍ଷ ଧରି ପଡ଼ିରହିଥିବା ପୁରୁଣା ମାମଲା। ସତରେ ଏହି ଅଞ୍ଚଳରେ ଚୋରି ଡକାୟତି ଘଟଣା ବହୁତ କମ୍। ମଝିରେ ଗୋଟିଏ ନୂଆ ବିଦେଶୀ ଗାଡ଼ି ବହୁତ ସ୍ପିଡ଼ରେ ଆଣି ସ୍ଥାନୀୟ ବିଧାୟକଙ୍କ ସାନ ପୁଅ ଫୁଟପାଥରେ ଦୁଇଜଣଙ୍କୁ ମଡ଼େଇ ଚାଲିଗଲା। ଜଣଙ୍କର ମୃତ୍ୟୁ ହୋଇଗଲା, ଅନ୍ୟଜଣେ ଯଦିଓ ବଞ୍ଚିଗଲା କିନ୍ତୁ ଗୋଟିଏ ଗୋଡ଼ ତା'ର କଟାଗଲା। ଲକଡ଼ାଉନ ପରେ ଚାକିରି ହରାଇ ସହରର ଜଣେ ଲୋକ ହତାସ ହୋଇ ତା' ପତ୍ନୀ, ଦୁଇଟି ସନ୍ତାନଙ୍କୁ ବିଷ ଖୁଆଇ ମାରିଦେଲା। ପରେ ସେ ନିଜେ ଆତ୍ମହତ୍ୟା କରିଦେଲା। ଫୁଟ୍‌ପାଥର ମ୍ୟାନହୋଲରେ ପଡ଼ିଯାଇ ଜଣେ ମହିଳା ସାଂଘାତିକ ଭାବେ ଆହାତ ହେଲା, ତା' ସ୍ୱାମୀ ପି.ଡ଼ବ୍ଲୁ.ଡ଼ି ଇଞ୍ଜିନିୟରଙ୍କଠାରୁ ଠିକାଦାର ପର୍ଯ୍ୟନ୍ତ ସମସ୍ତଙ୍କ ବିରୁଦ୍ଧରେ ଥାନାରେ ଏତଲା ଦେଲା। ଆଉ କାହାର ଝିଅ କୋଉ ପୁଅ ସାଙ୍ଗେ ପଳାଇଗଲା, ଘର ଲୋକେ କିଡ଼ନ୍ୟାପିଙ୍ଗ ବୋଲି କେସ୍ କଲେ...ଏଇ ସବୁ ଅଛି !

ଏସ୍.ଆଇ ବୈଶ୍ୟଙ୍କୁ ଡାକିଲେ ସୂତ୍ରଧର। ଦୁଇଟା କେସ୍‌କୁ ନେଇ ଆଲୋଚନା କଲେ।

ବୈଶ୍ୟ, ଟିକିଏ ଖବର ରଖନ୍ତୁ ତ। ଆମ ଥାନା ଏରିଆରେ କୌଣସି ଏକ୍ସଟ୍ରିମିଷ୍ଟ ମୁଭମେଣ୍ଟ ଜାତୀୟ କାରବାର ଚାଲିଛି କି?

ନା ସାର। ଆମର ଏଠାରେ କୁଆଡୁ ଏସବୁ! କୌଣସି ସ୍ପେସାଲ

ଇନଫରମେସନ ଅଛି କି ସାର୍? ସୂତ୍ରଧର ନିରବରେ ମୁଣ୍ଡ ହଲାଇଲେ। ନାଇଁ, କିନ୍ତୁ ଉପର ମହଲରୁ ରେଜଲ୍ଟ ଚାହୁଁଛନ୍ତି। ଆପଣ ଏବଂ ରହମନ ଯାଇ ଚେକପୋଷ୍ଟଗୁଡ଼ା ନିଜେ ନିରୀକ୍ଷଣ କରନ୍ତୁ। ପେଟ୍ରୋଲିଙ୍ଗ କିଛିଟା ବଢ଼ାଇ ଦିଅନ୍ତୁ। ଆଗାମୀ ମାସରେ ସି.ଏମ୍.ଙ୍କର ପ୍ରୋଗ୍ରାମ ଅଛି, ତା' ପୂର୍ବରୁ ଯେମିତି କୌଣସି ଅଘଟଣ ନଘଟୁ।

ସାର!

ମୁଁ ଟିକେ ଫିଲଡ଼୍ ଆଡ଼କୁ ଯାଉଛି। ଏହି କୋଭିଡ଼୍ ସମୟରେ କେମିତି ଯେ ସାଂସ୍କୃତିକ ସନ୍ଧ୍ୟା ଆୟୋଜନ କରୁଛନ୍ତି! ସୂତ୍ରଧରଙ୍କ ସ୍ୱରରେ ବିରକ୍ତିଭାବ ଫୁଟିଉଠିଲା। ସେ ଚେୟାରରୁ ଉଠି ଛିଡ଼ାହେଲେ। ଟୋପିଟାକୁ ପିନ୍ଧିନେଲେ। ବାଥରୁମ ଆଡ଼କୁ ଯାଇ ମଳିନ ଆଇନାରେ ନିଜ ମୁହଁଟାକୁ ଦେଖି ଯେମିତି ଚମକି ପଡ଼ିଲେ। ରିଟାୟାରମେଣ୍ଟ ଆଉ ଦୁଇ ମାସ ବାକି ଅଛି, କିନ୍ତୁ ତାଙ୍କ ବୟସ ଯେମିତି ବହୁତ ବଢ଼ିଯାଇଛି। ଏହି ଥାନାରେ ମାତ୍ର ଦେଢ଼ ବର୍ଷ ହୋଇଛି। ଜୀବନରେ ଭଲ ପୋଷ୍ଟିଙ୍ଗ କହିଲେ ଏଇଟାକୁ କୁହାଯାଇପାରେ। ଚାକିରିର ବାକି ସମୟଟା ଏଠାରେ କଟାଇଦେଇପାରିଲେ ଭଲହେବ। କିନ୍ତୁ ଆଜିକାଲି କାମର ପ୍ରେସର ବହୁତ ବଢ଼ିଯାଇଛି। ଆଗ ଭଳି ଚାକିରିରେ ଆଉ ମଜା ନାହିଁ। କାନ ଉପରେ ଦୁଇପଟର ଚୁଟିଗୁଡ଼ିକ ଧଳା ହୋଇଯାଇଛି, ଚଷମା ଖୋଲିଦେଲେ ଆଖି ତଳେ କଳା ଦାଗ ସ୍ପଷ୍ଟ ଦେଖାଯାଉଛି।

ବାଥରୁମରୁ ବାହାରି ଗାଡ଼ିରେ ଉଠିବା ସମୟରେ ସୂତ୍ରଧର ସେଇ ପିଲାଟିକୁ ଦେଖିବାକୁ ପାଇଲେ। ସେ ଥାନା ବାରଣ୍ଡାରେ ବସିଛି, ଜାମାପଟା ଧୂଳି ଧୂସରିତ। ଆଣ୍ଠୁରେ ଘାଆ। ଭଲହେଲା ସେ ଏପର୍ଯ୍ୟନ୍ତ ବସିରହିଛି!

ହେ, ଏଠାକୁ ଆସ୍!

ପିଲାଟି ଚମକିପଡ଼ିଲା। ଉଠି ଧୀରେ ଧୀରେ ସୂତ୍ରଧରଙ୍କ ଆଡ଼କୁ ଆଗେଇ ଆସିଲା। ଛୋଟେଇ ଛୋଟେଇ ଆସୁଛି। ସାମନାରେ ଛିଡ଼ାହୋଇ ସୂତ୍ରଧରଙ୍କ ଆଖିକୁ ଚାହିଁଲା।

ତୋ ନାଁ କ'ଣ?

ନାଁ ନାହିଁ ସାର୍!

କ'ଣ? ନାଁ କ'ଣ କହିଲୁ? ସୂତ୍ରଧର ପୁଣି ପଚାରିଲେ।

ମୋ ନାଁ କେହି ରଖିନାହାନ୍ତି ସାର୍! ଟିକେ ରହି ପିଲାଟି କହିଲା, ଯାହାର ଯାହା ଇଚ୍ଛା ସେଇ ନାଁରେ ଡାକନ୍ତି।

ବାପା ମାଆ ନାହାନ୍ତି?

ନାଇଁ, ମୁଁ କିଛି ଜାଣିନି!

ଥାନାରେ ପଡ଼ିରହିଛୁ କାହିଁକି ? ଯା ପଳା ।

ସୂତ୍ରଧର ମଧୁର ସ୍ୱରରେ ତାକୁ କହିଲେ । ଚୋରିଚୁରା ତ କରିଛୁ, ଏବେ ଥାନାରୁ ପଳାଇଯା । ତୋର ରେକର୍ଡ଼ ଭଲହେବ !

ଯିବିନି ସାର୍ । ମୋତେ ଥାନାରେ ରଖନ୍ତୁ । ସୂତ୍ରଧରଙ୍କ ଉପରୁ ସେ ଆଖି ବୁଲାଇ ଅନ୍ୟମନସ୍କ ଭାବେ କହିଲା । ଦରକାର ହେଲେ ଲକ୍‌ଅପ୍‌ରେ ରଖନ୍ତୁ । ବୁଲି ବୁଲି, ଦୌଡ଼ି ଦୌଡ଼ି କ୍ଳାନ୍ତ ଲାଗୁଛି ସାର୍ । ଥାନାରେ ଟିକେ ଖାଇବାକୁ ପାଉଛି । ମଣିଷମାନଙ୍କର ମାରଧର, ଗାଳିଗୁଲଜଠାରୁ ରକ୍ଷା ପାଉଛି । ମୋତେ ଥାନାରୁ ତଡ଼ି ଦିଅନ୍ତୁନି ସାର !

ବୋପାର ଘର ପାଇଛୁ ! ଅଶ୍ଳୀଳ କଥା କିଛି କହିବାକୁ ଯାଇ ସୂତ୍ରଧର ରହିଗଲେ । ଗାଡ଼ିକୁ ଉଠି ଡ଼ୋର ଦେଇଦେଲେ ।

ଇସ୍, ସାଂସ୍କୃତିକ ସନ୍ଧ୍ୟାର ନାଁରେ ଯେତେସବୁ ପାଗଳାମୀ । ସହରର ମଝିରେ ଖେଳ ପଡ଼ିଆରେ ରାତି ଶେଷ ପର୍ଯ୍ୟନ୍ତ ଏଇ ବିଡ଼ମ୍ବନା ଚାଲିଲା । ଷ୍ଟାର ଗାୟକଟି ଅଢେଇ ଘଣ୍ଟା ଡ଼େରିରେ ମଞ୍ଚକୁ ଉଠିଲେ । ଚାଳିଶ ମିନିଟ ଗୀତ ଗାଇବାପରେ ମଞ୍ଚକୁ କିଛି ପୁଅ, ଝିଅ ଉଠିଆସିଲେ । ଗାୟକଙ୍କ ସହିତ ସେଲଫି ପାଇଁ ହୁଲସ୍ଥୁଲ କରିଦେଲେ । ସେ ଟିକେ ବିରକ୍ତ ହୋଇ ପାଞ୍ଚ ମିନିଟ ପାଇଁ ବିରତି ନେଉଛି କହି ମୁଡ଼ି ଗାୟକ ଗ୍ରୀନ ରୁମ୍‌କୁ ସେଇଯେ ଗଲେ, ସେଠାରୁ ବାହାରିବାର କୌଣସି ଲକ୍ଷଣ ଦେଖାଗଲାନି । ଉଦ୍ୟୋଗୀମାନେ ବହୁତ ଅନୁରୋଧ କରିବା ପରେ ବି ଗାୟକ ମଞ୍ଚକୁ ଆସିଲେନି । ଏପଟେ ଦର୍ଶକଙ୍କ ଆସନରୁ କେତେକ ଉଦ୍ଧତ ପିଲା ମଞ୍ଚକୁ ଉଠି ଆସି ନିଜେ ନାଚିବାକୁ ଲାଗିଲେ ଏବଂ ଗୀତ ଗାଇବାକୁ ଲାଗିଲେ । ଜଣେ ଦୁଇ ଜଣ ଧୈର୍ଯ୍ୟ ହରାଇ ଦର୍ଶକଙ୍କ ଚେୟାରଗୁଡ଼ା ଫିଙ୍ଗି ଭାଙ୍ଗିବାକୁ ଆରମ୍ଭ କଲେ । ମୋଟ କଥା ଚାରିପଟେ ଏକ ଅରାଜକତା ସୃଷ୍ଟି କଲେ ।

ରାତି ଗୋଟାଏରେ ସୂତ୍ରଧର ଯାଇ ଫିଲଡ଼ରେ ପହଞ୍ଚିଲେ । ଡି.ଏସ୍.ପି ଆସିଲେ । ଉଦ୍ୟୋକ୍ତାମାନଙ୍କ ଅନୁରୋଧ ଆବେଦନକୁ ଗୁରୁତ୍ୱ ନଦେଇ ଗ୍ରୀନ ରୁମ୍‌ରେ ବସି ସୁରା ପିଇ ଷ୍ଟାର ଗାୟକଙ୍କୁ ସୂତ୍ରଧର କିଛିଟା କଠୋରଭାବେ ବୁଝାଇଲେ ଯେ ଲ ଏଣ୍ଡ୍ ଅର୍ଡ଼ର ସିଚୁଏସନ ହୋଇପାରେ । ଅନେକ ବୁଝାଇବା ପରେ ଗାୟକ ପୁଣି ମଞ୍ଚକୁ ଉଠିବାକୁ ରାଜିହେଲେ ।

ଫଙ୍କସନ ଶେଷ ହେବାବେଳକୁ ଭୋର ହୋଇଆସିଲା । ତେଣୁ ସକାଳେ ଥାନାରେ ବସିଥିବାବେଳେ ତାଙ୍କର ଆଖି ବନ୍ଦ ହେଇଆସୁଥିଲା । କିଏ ଜଣେ ଚା' କପେ ଦେଇ ଚାଲିଗଲା । ମୋବାଇଲଟା କ୍ରମାଗତ ବାଜି ଚାଲିଛି । ଫ୍ୟାନ ପବନରେ

ଟେବୁଲ ଉପରେ ଥିବା ପେପର ପୃଷ୍ଠା ଗୁଡ଼ିକ ଫଡ଼ଫଡ଼ ହୋଇ ଉଡୁଛି । ଚା' ଥଣ୍ଡା ହୋଇ ଆସୁଛି ।

ଫୋନଟାକୁ ଦ୍ରୁତ ବେଗରେ ସୂତ୍ରଧର ଉଠାଇଲେ, ସାର !

ଅନ୍ୟପଟରୁ ସ୍ୱୟଂ ଏସ୍.ପି କହିଲେ, ଦେଖନ୍ତୁ ସୂତ୍ରଧର, ଥାନାରେ ଆପଣଙ୍କର କାର୍ଯ୍ୟ ଠିକ୍‌ଭାବେ ହେଉନି । ଆପଣଙ୍କ ଅଞ୍ଚଳରେ ଅନେକ କ୍ରିମନାଲ ଆକ୍ଟିଭିଟି ଅଛନ୍ତି । ଏସବୁ କଥା ଗୋଟିଏ ଲିମିଟ ପର୍ଯ୍ୟନ୍ତ ଟଲରେଟ କରାଯିବ ।

ସାର୍ ଏପଟେ ତ କିଛି ବି ହୋଇନି !

କିଛି ହେବାପାଇଁ ଆମକୁ ବାଟ ଚାହିଁ ବସିବାକୁ ହେବ ନା କ'ଣ ? ନମ୍ର ଭଦ୍ର ଏସ୍.ପିଙ୍କ କଣ୍ଠସ୍ୱର ଧୀରେ ଧୀରେ କର୍କଶ ହୋଇଉଠିଲା । କୌଣସି ଆକ୍ସନ ନାହିଁ, କୌଣସି ଏନକାଉଁଟର ନାହିଁ ! ହ୍ୱାଟସ ଗୋଇଙ୍ଗ ଅନ ? ବି ପ୍ରଫେସନାଲ ।

'ସାର !'

ମୁଁ ଆଡ଼ିସନାଲ ଏସ.ପିଙ୍କୁ କହିଦେଇଛି, ମୋତେ ରେଜଲ୍ଟ ଦରକାର । ଏସ.ପିଙ୍କ ହୁଙ୍କାରରେ ସୂତ୍ରଧରଙ୍କର ହୃତ୍କମ୍ପ ଆରମ୍ଭ ହୋଇଗଲା । ସି.ଏମ୍ ଆସୁଛନ୍ତି, ତା' ପୂର୍ବରୁ ମୋତେ ରେଜଲ୍ଟ ଦରକାର । ପ୍ଲିଜ କୋ-ଅପରେଟ ! !

ସୂତ୍ରଧର କ୍ଲାନ୍ତ ହୋଇଗଲେ । ନିଜକୁ କେମିତି ଦିଗହରା ମନେହେଲା । ତାଙ୍କ ଶରୀର ଅବଶ ହୋଇଗଲା । ତାଙ୍କର ଛାଇ ନିଦ ଲାଗିଗଲା । ସେ ଗୋଟିଏ ସ୍ୱପ୍ନ ଦେଖିଲେ, ନାମହୀନ, ପରିଚୟହୀନ, ଧର୍ମହୀନ ତାଙ୍କ ପାଖକୁ ଆସିଛି ।ଖୁବ ସନ୍ତର୍ପଣରେ ସେ ତାଙ୍କ ଟେବୁଲଟାକୁ ସଫା କରୁଛି । ତା'ପରେ ସେ ସୂତ୍ରଧରଙ୍କ ସାମନାରେ ଛିଡ଼ାହୋଇ ପଚାରିଲା, ମୁଣ୍ଡଟାକୁ ଟିକେ ମାଲିସ କରିଦେବି କି ? ସାର...

କିଛି ସମୟ ପରେ ସୂତ୍ରଧର ବୁଝିପାରିଲେ ପିଲାଟି ତାଙ୍କ ମୁଣ୍ଡରେ ହାତ ବୁଲାଉଛି ! ଆପତ୍ତି କରିବାକୁ ଯାଇ ସେ ରହିଗଲେ । କି ଆରାମ ! କି ସ୍ୱସ୍ତି...

ପଳା ! ତୁ ତ ମୋ ମୁଣ୍ଡରେ ହାତ ଦେଇଦେଲୁ । ଡହରା...

ସାର୍ ଆପଣ ମୋତେ ରହିବାକୁ ଟିକେ ଯାଗା ଦେଇଛନ୍ତି, ଖାଇବାକୁ ଦେଇଛନ୍ତି, ବଞ୍ଚି ରହିବାକୁ ସବୁ ବ୍ୟବସ୍ଥା କରିଦେଇଛନ୍ତି...

କୁକୁର ଛୁଆ ! ଜାଣିଛୁ ତୁ କାହା ସାଙ୍ଗରେ କଥା ହେଉଛୁ ? ଓ.ସି ଅନାଦି ସୂତ୍ରଧର । ଯିଏ କିଛିଦିନ ପରେ ଡ଼ି.ଏସ.ପି ହେବାକୁ ଯାଉଛନ୍ତି !

'ଜାଣେନା ସାର, କିନ୍ତୁ ଆପଣ ମୋ ପାଖରେ ଭଗବାନ ।'

ସତରେ ପିଲାଟିର ହାତଟା ଭଲ । ଏବେ ସେ ପରିଷ୍କାର ପରିଚ୍ଛନ୍ନ ହେଇଯାଇଛି ।

ସୂତ୍ରଧରଙ୍କର କଠିନ ଶରୀର ଚେୟାରରେ ଚିତ୍‌ହେଇ ପଡ଼ିରହିଛି। ତାଙ୍କର ଦିବାସ୍ୱପ୍ନ ଭଳି ମନେହେଲା।

ତୁ ମାଲିସ କରିବା କୋଉଠୁ ଶିଖିଲୁ ?

ସାର, ମୁଁ ଆଉ କୋଉଠି କାମ କରିନି ! ସେଲୁନରେ କରିଛି, ହୋଟେଲରେ କରିଛି, ଲୋକଙ୍କ ଘରେ କରିଛି...

ତା'ପରେ ଚୋରି କରି ମାଡ଼ ଖାଇ ପଳାଇଯାଇଛୁ ?

ନା ସାର୍, କରୋନା ପରେ, ଲକଡ଼ାଉନ ହେବାପରେ ଲୋକେ କାମରେ ରଖିଲେନି। ରାସ୍ତାରେ ବୁଲି ବୁଲି କାମ ପାଇଲିନି। କାମ ନକଲେ ଖାଇବି କ'ଣ ?

ଆଚ୍ଛା !

କ୍ଷୁଧା ! ପ୍ରଚଣ୍ଡ କ୍ଷୁଧା ସାର !

ମାନେ ?

ସାର, ମୋ ପେଟ ଭିତରେ କେଜାଣି କ'ଣ ଅଛି ! କିନ୍ତୁ ଅନବରତ ମୋତେ ଭୋକ ଲାଗେ। ଏହି ଭୋକ ପାଇଁ ଯେ କେତେ ଝାମେଲା ହେଉଛି, କେତେ ମାଡ଼ ଖାଉଛି !

ଆଉ ସେଦିନ ବ୍ରେଡ଼ ଚୋରି କରି ପଳାଇଥିଲୁ ?

ହଁ ସାର !

ଶଳା, କୁକୁର ଛୁଆ !

ଜୀବନରେ ସାର୍ ଅନେକ କଷ୍ଟ ପାଇଛି। ମଣିଷ ସୁଇସାଇଡ କରନ୍ତି, କିନ୍ତୁ ମୁଁ କେବେ କରିବାକୁ ଚାହିଁନି। ଦୌଡୁଛି ଦୌଡୁଛି। ଜାଣେନା କେବେ କୁଆଡେ ମୋ ପାଇଁ କିଏ ବାହାରିବେ, ମୋ ପାଇଁ !

ଚୁପ୍ କୁତ୍ତା !

ସାର୍ ମୁଁ ଗୋଟିଏ ଦୁଇଟା ଗୀତ ଜାଣେ। ଗାଇବି ?

ଗାଆ। କାନ୍ଧ ଦୁଇଟା ଟିକେ ଭଲଭାବେ ଚିପି ଦେ ତ। ବଢ଼ିଆ। ଗାଆ ଏବେ !

'ତୁଝେ ନାରାଜ ନେହିଁ ଜିନ୍ଦେଗି ହଇରାନ ହୁ ମେ, ଓ ହଇରାନ ହୁ ମେ...' ବେସୁରା ଗଳାରେ ପିଲାଟି ଗାଇଉଠିଲା।

ତା'ପରେ ସୂତ୍ରଧରଙ୍କ ଆଖି ବୁଜି ହେଇ ଆସିଲା। ହାୟ, ଜୀବନକୁ ନେଇ କେମିତି ଭାବେ ନାରାଜ ହୋଇଯାଏ !

ସି.ଏମଙ୍କ ଆସିବା ଦିନ ପାଖେଇ ଆସିଲା। ଥାନାଟା ବ୍ୟସ୍ତ ହୋଇ ଉଠିଲା।

ଦିନର ବେଶୀ ସମୟ ସୂତ୍ରଧର ଥାନା ବାହାରେ ବ୍ୟସ୍ତ ରୁହନ୍ତି। ଚେକ୍‌ପୋଷ୍ଟ ଯାଆନ୍ତି, ପେଟ୍ରୋଲିଙ୍ଗ ଠିକ୍ ଅଛି ନା ନାହିଁ ପରୀକ୍ଷା କରନ୍ତି, ଡି.ସି ଅଫିସରେ ମିଟିଂ, ଏସ୍. ପି ବାରମ୍ବାର ଡକେଇ ପଠାନ୍ତି, ରେଜଲ୍ଟ ରେଜଲ୍ଟ କହି ବ୍ୟତିବ୍ୟସ୍ତ କରନ୍ତି।

ମଝିରେ ମଝିରେ ଥାନାକୁ ଆସିଲେ ସେଇ ଦୃଶ୍ୟ ସୂତ୍ରଧର ଦେଖନ୍ତି। ଦେଖି ହସିବେ ନା କାନ୍ଦିବେ ବୁଝିପାରନ୍ତିନି। ଥାନାରେ ବ୍ୟସ୍ତ ସେଇ ନାମହୀନ ପିଲାଟି। କାହାକୁ ପାନ ସୁପାରି ଆଣି ଦେଉଛି ତ ଚା'ର ଖାଲି କପ୍ ଉଠେଇ ନେଇଯାଉଛି, କାହାର ଫରମାଇସ ପୂରଣ କରୁଛି। ହାୟ! ଜୀବନ ପ୍ରତି ନାରାଜ ହେବାକୁ ଚାହିଁଲେ ବି ନାରାଜ ହୋଇପାରେନା!

ମାସ ଶେଷରେ ଦିନେ ସନ୍ଧ୍ୟାବେଳେ ନିଜ ରୁମରେ ବସି ସୂତ୍ରଧର କାମ କରୁଥିଲେ। ମଝିରେ ଥରେ ପିଲାଟି ଆସି ଏକ କପ୍ ଚା' ଦେଇଗଲା। ସୂତ୍ରଧର ସି.ଏମ୍‌ଙ୍କ ରୁଟ ଲାଇନିଂ ପ୍ଲାନଟା ଅଙ୍କ କଷିଡି କରିଛନ୍ତି। ମିଟିଂ ସ୍ଥାନରେ ସିକ୍ୟୁରିଟୀ ବ୍ୟବସ୍ଥାର ହିସାବନିକାଶ ଦେଖୁଥିଲେ। ଏପଟେ, ମଝିରେ ସ୍ଥାନୀୟ ବିଧାୟକ ନିଜେ ଫୋନ କଲେ, ସବୁ ଠିକ୍‌ଠାକ୍ ହେବ ତ! ସେଇ ସମୟରେ ବାହାରେ ଗାଡ଼ିର ଶବ୍ଦ ଏବଂ ଜବାନମାନଙ୍କବୁଟର ଧପ୍‌ଧପ୍ ଶବ୍ଦ ଶୁଣି ସୂତ୍ରଧର ବୁଝିପାରିଲେ ଆଡ଼ିଶନାଲ ଏସ.ପି ମହନ୍ତ ଆସୁଛନ୍ତି।

ସାର!

ସୂତ୍ରଧର! କଥାଗୁଡ଼ା ଭଲ ହେଉନି।

କୁହନ୍ତୁ ସାର!

ଥାନାରୁ କୌଣସି ଆକ୍ସନ ହେଲାନାହିଁ, କୌଣସି ରେଜଲ୍ଟ ଆସିଲାନି! ଆଡ଼ିଶନାଲ ଏସ.ପି ମହନ୍ତ ଉତ୍ତେଜିତ। ଏସ.ପି କ'ଣ କହୁଛନ୍ତି ଜାଣିଛନ୍ତି ?ମହନ୍ତ ନିଜର ମୋବାଇଲ ବାହାର କରି ଡାୟାଲ କଲେ, ଆପଣ ଶୁଣନ୍ତୁ। ମହନ୍ତ ଫୋନର ସ୍ପିକର ଅନ୍ କରିଦେଲେ।

ସାର୍, ଓ.ସି ମୋ ପାଖରେ ଅଛନ୍ତି! ଉଇ ଉଇଲ ପ୍ଲାନ ଇଟ୍ ଆକ୍ଟିଭଲି!

'କ'ଣ ସାର!' ସୂତ୍ରଧର ଠିକ୍‌ରେ ବୁଝି ପାରିଲେନି।

ସୂତ୍ରଧର! ଇୟୁ ଆର୍ ଇଉସଲେସ। ଅନ୍ୟପଟରୁ ଏସ.ପିଙ୍କ କଠୋର ସ୍ୱର, ଆଇ ଗେଭ ଇୟୁ ଅଲ ପସିବଲ ହିଣ୍ଟସ, ବଟ ଇୟୁ ଆର ରିୟେଲି ହୋପଲେସ୍। ବୁଝି ପାରୁଛନ୍ତି ?

'ହଁ ସାର!'

ସୋ, ପ୍ଲିଜ କୋ-ଅପରେଟ ଉଇଥ ମି ମହନ୍ତ ! ଏଣ୍ଡ ପ୍ଲିଜ ଡ଼ୋଣ୍ଟ ଶୋ ଇଓର ବ୍ଲଡି ଇମୋଶନ ଅର ସେଣ୍ଟିମେଣ୍ଟ...

ହ୍ୱାଟଏଭର ଇୟୁ ହାଭ !

ସାର !

କିଛି ବୁଝି ନପାରି ସ୍ଥାଣୁ ଭଳି ବସି ରହିଲେ ସୂତ୍ରଧର । ସାମନାରେ ମହନ୍ତ । ତାଙ୍କ ମୁହଁରେ ସମାନ କଠୋର ଭାବ ।

ସୂତ୍ରଧର କହିଲେ, ସାର, ମୁଁ କିଛି ବି ବୁଝି ପାରୁନି !

ମହନ୍ତ ଆଉ ଗୋଟିଏ ଫୋନ କଲେ । କାହାକୁ କିଛି ନିର୍ଦ୍ଦେଶ ଦେଲେ । ତା'ପରେ ସୂତ୍ରଧରଙ୍କ ଆଡ଼କୁ ଚାହିଁ ଧୀର ସ୍ୱରରେ କହିଲେ, ଆପଣଙ୍କ ଥାନାରେ ଗୋଟିଏ ପିଲାକୁ ରଖି ଦେଇଛନ୍ତି ନା ?

କୋଉ ପିଲା ସାର୍ ?

ଆରେ ଗୋଟିଏ କ'ଣ ଚୋରି କେସ୍‌ରେ ଆଣି ରଖିଛନ୍ତି, କେସ୍ କରିନାହାନ୍ତି ! ନାମହୀନ, ପରିଚୟହୀନ, ଜାତିହୀନ, ଧର୍ମହୀନ ପିଲାଟି ! ଓଠରେ ଏକ କ୍ରୁର ହସ ହସିଦେଇ ମହନ୍ତ ସୂତ୍ରଧରଙ୍କ ଆଡ଼କୁ ଚାହିଁ ରହିଲେ ।

ସୂତ୍ରଧର ମୁଣ୍ଡ ହଲାଇଲେ । କିଛିଟା ବୁଝି କିଛିଟା ନବୁଝିପାରି ସେ ନିରବ ରହିଲେ । ତାଙ୍କର ପ୍ରାୟ ତିନି ଦଶକର ଅଭିଜ୍ଞତା ଅର୍ଥହୀନ ବୋଲି ମନେହେଲା ।

ପିଲାଟିକୁ ମୁଁ ନେଇଯାଉଛି ସୂତ୍ରଧର ।ଗୋଟିଏ ହତଭାଗ୍ୟ ପିଲା ଆମ ପାଇଁ, ଆପଣଙ୍କ ପାଇଁ ସୌଭାଗ୍ୟ ନେଇ ଆସିବ । ଆଗାମୀ ମାସରେ ଆପଣଙ୍କର ପ୍ରମୋଶନ ହେବାର ଅଛି, ମନେ ରଖିବେ । ଏବେ ଇଆଡ଼େ ଆସନ୍ତୁ...

ଏସ୍.ଆଇ ବୈଶ୍ୟ ଭିତରକୁ ପ୍ରବେଶ କଲେ । କିଛିଟା ଅପରାଧବୋଧରେ ସୂତ୍ରଧରଙ୍କ ଆଡ଼କୁ ଚାହିଁଲେ । ସ୍ୟାଲୁଟ ମାରିଲେ, ସାର୍ !

ପିଲାଟାକୁ ଦିଅନ୍ତୁ ।

ସାର୍ !

ଏତେ ସମୟ ଅବୋଧ ଭଳି ବସି ରହିଥିବା ସୂତ୍ରଧର ଏବେ କଥାଟା ବୁଝି ପାରିଲେ । ତାଙ୍କ ଶରୀର କମ୍ପି ଉଠିଲା । ତାଙ୍କ କଣ୍ଠ ସ୍ୱର ଥରି ଉଠିଲା । ଶରୀରର ସବୁ ଶକ୍ତି ଦେଇ ସେ କହି ଉଠିଲେ, ସାର୍ ! ଆପଣ ଏହା କରି ପାରିବେନି ! ମୁଁ ଆପଣଙ୍କୁ ଏହା କରିବାକୁ ଦେବିନି ।

ଶୁଣନ୍ତୁ ମିଷ୍ଟର ଅନାଦି ସୂତ୍ରଧର ! ହଠାତ୍ ନାଟକୀୟ ଭଙ୍ଗିରେ ମହନ୍ତ ଧମକେଇବା ସ୍ୱରରେ କହି ଉଠିଲେ, ଆପଣଙ୍କର ସେଇ ଶସ୍ତା ଇମୋଶନ ଆଜିକା

ଦିନରେ କୌଣସି ମୂଲ୍ୟ ନାହିଁ।ଆପଣ ସିଷ୍ଟମ ଠାରୁ ବଡ ନୁହେଁ। ମନେ ରଖିବେ, ଆପଣଙ୍କର ଦିନ ଶେଷ ହେଇ ଆସୁଛି ମିଷ୍ଟର ଅନାଦି...

ଦେଖିବାକୁ ସୁନ୍ଦର ସୁଠାମ ମହନ୍ତ ଧୀରେ ଧୀରେ ଭୟଙ୍କର ହୋଇ ଉଠିଲେ। ବିଭତ୍ସ ରୂପ ଦେଖାଗଲା। ଏହା ମଧ୍ୟରେ ପି.ଏସ୍.ଓ ଙ୍କୁ ଡାକି ଇଙ୍ଗିତ କଲେ। ଏସ୍.ଆଇ ବୈଶ୍ୟ ପିଲାଟିର କାନ୍ଧରେ ହାତ ରଖି ଗାଡିରେ ଉଠାଉଛନ୍ତି। ପିଲାଟି ସୂତ୍ରଧରଙ୍କ ଆଡ଼କୁ ଚାହିଁଲା, ତା'ପରେ ସରଳ ଭାବେ କହିଲା, 'ସାର, ଢାବାକୁ ଖାଇବାକୁ ଯାଉଛି। ବୈଶ୍ୟ ସାର ସାଙ୍ଗରେ ନେଇକି ଯାଉଛନ୍ତି। ବହୁତ ଭଲ ଲାଗିବ ସାର୍! ଅତି ଶୀଘ୍ର ଫେରିଆସିବି!!'

ଏ.ଏସ.ପି ମହନ୍ତଙ୍କ ସୁସଜ୍ଜିତ ଇନୋଭାଟା ଥାନାରୁ ବାହାରିଗଲା। ଅନ୍ୟ ଗୋଟିଏ ଗାଡ଼ିରେ ପିଲାଟିକୁ ନେଇ ବୈଶ୍ୟ ପଛରେ ଅନୁସରଣ କଲେ।

ବାରଣ୍ଡାର ଖୁଣ୍ଟରେ ଡ଼େରି ହୋଇ ଓସି ସୂତ୍ରଧର ଏକୁଟିଆ ଛିଡ଼ାହୋଇ ରହିଲେ। ଶରୀର ଅବଶ, ଶକ୍ତିହୀନ। ମୁଣ୍ଡଟା ବୁଲାଇ ଦେଉଛି ସେ ଅନୁଭବ କଲେ।

ରାତି ହେଇଯାଇଛି। ବିକଟ ଶବ୍ଦ କରି ସାମନା ରାସ୍ତା ଦେଇ ଗୋଟିଏ ଟ୍ରକ ପାର ହୋଇଗଲା। ଦୂରରେ କୋଉଠି ବାଣ ଫୁଟୁଛି। ହୁଏତ ବିବାହ ପ୍ରସେସନ! କୁଆଡେ କିଏ ଅଟ୍ଟହାସ୍ୟ କରିବା ଭଳି ଚିତ୍କାର କରି ଉଠୁଛି, ନା ଏହା କାହାର ଆର୍ତ୍ତନାଦ...ବିଭ୍ରାନ୍ତ ହୋଇଗଲେ ଅନାଦି ସୂତ୍ରଧର।

ସକାଳେ ହକର ପେପର ଛାଟି ଦେଇଗଲା। ଟେଲିଭିଜନ ଚ୍ୟାନେଲରେ ବ୍ରେକିଂ ନିଉଜ ବାଜିଉଠିଲା। ମୋବାଇଲ ସ୍କ୍ରିନରେ ଖବରର ନୋଟିଫିକେସନ ବାରମ୍ବାର ଉଜ୍ଜ୍ୱଳ ହେଇ ଉଠିଲା...

ଆଉ ଗୋଟିଏ ଏନକାଉଣ୍ଟର! ଆରକ୍ଷୀଙ୍କର ଏକ ସଫଳ ଅଭିଯାନ। ଦୁର୍ଦ୍ଦଶ ଉଗ୍ରପନ୍ଥୀ ଆରକ୍ଷୀଙ୍କ ଗୁଳିରେ ନିହତ ହେଲା। ଆରକ୍ଷୀଙ୍କ ରୁଟିନ ତଲାସ ସମୟରେ ଉଗ୍ରପନ୍ଥୀଟା ଧରାପଡ଼ିଲା। କିନ୍ତୁ ବାରମ୍ବାର ଆତ୍ମସମର୍ପଣ କୁହାଗଲା ପରେ ବି ଉଗ୍ରପନ୍ଥୀ କଥା ନଶୁଣିବାରୁ ଆରକ୍ଷୀ ତାଙ୍କ ବନ୍ଧୁକରୁ ଗୁଳି ଚଳାଇବାକୁ ଉଦ୍ୟତ ହେଲେ। ଉପାୟ ନପାଇ ଗର୍ଜି ଉଠିଲା ଆରକ୍ଷୀଙ୍କ କ୍ଷମାହୀନ ଆଗ୍ନେୟାସ୍ତ୍ର! ଗୁଳି ଉଗ୍ରପନ୍ଥୀର ଛାତିରେ ଭେଦ କରିବା ଫଳରେ ତା'ର ମୃତ୍ୟୁ ହେଲା। ତା'ପରେ ଉଗ୍ରପନ୍ଥୀ ପାଖରୁ ଗୋଟିଏ ରିଭଲଭର ମିଳିଛି। ସନ୍ଦେହ କରାଯାଉଛି ମୁଖ୍ୟମନ୍ତ୍ରୀ ସଭାକୁ ଆସିବା ପୂର୍ବରୁ ଉଗ୍ରପନ୍ଥୀ ଭୟଙ୍କର କାଣ୍ଡ ଘଟାଇ ଥାଆନ୍ତା। ଏସ.ପି ମହନ୍ତଙ୍କ ନେତୃତ୍ୱରେ ସାଂଘାତିକ ଏହି ଏନକାଉଣ୍ଟର ଫଳରେ ଏକ ବଡ଼ ବିପର୍ଯ୍ୟୟରୁ ରକ୍ଷା ମିଳିଲା।

■

ଇଏ ବି ଏକ ଜୀବନ

ସିନ୍ଧି- ଶ୍ରୀମତୀ ସିଂନ୍ଧୁ ଚାନ୍ଦବାଣୀ

ଯେଉଁ ଘରେ ମୁଁ ରହୁଛି, ସେଇଟା ଘର ନା ଆଉ କିଛି ! ତାକୁ ଯଦି ଆପଣମାନେ ଘୋଡ଼ାଶାଳ କହିବେ, ମୋର କୌଣସି ଆପତ୍ତି ହେବନି। ପ୍ରକୃତରେ ସେଇଟା ଘୋଡ଼ାଶାଳ।

ଏହି ଘରର ଦିନଚର୍ଯ୍ୟା ପ୍ରତିଦିନ ପ୍ରାୟ ଏକାପରି ହୋଇଥାଏ। ସେଇ ଶବ୍ଦ, ସେଇ ଗାଳି, ସେଇ ଭୋକ, ଶୋଷ ଏବଂ ସେଇ ମାରପିଟ ! ସବୁକିଛି ଏକାଭଳି। ମୁଁ ଘରେ ପ୍ରବେଶ ନକରି ସବୁ ଶବ୍ଦ ଭଲରେ ଶୁଣିପାରେ ଏବଂ ବୁଝିପାରେ। ହସପିଟାଲର ନର୍ସଙ୍କ ଭଳି, ମୁଁ ବି ଚିତ୍କାର ଏବଂ କଷ୍ଟରେ କାନ୍ଦୁଥିବା ଶବ୍ଦ ସହିତ କମ ବେଶୀରେ ପରିଚିତ।

ଫମ୍ପା ସାମାଜିକ ପରମ୍ପରା ଭଳି ଫମ୍ପା କାଶ ହୋଇଥାଏ। ସକାଳୁ ଉଠିବାମାତ୍ରେ ବାପା ବହୁତ ଜୋରରେ କାଶନ୍ତି।

ତା'ପରେ ସୂର୍ଯ୍ୟଙ୍କ ପ୍ରଥମ କିରଣ ସହିତ ସିଲେଇ ମେସିନର ଗଡ଼ଗଡ଼ ଶବ୍ଦ ଆରମ୍ଭ ହେଇଯାଏ, ଯାହା ନିୟମାନୁସାରେ ସନ୍ଧ୍ୟା ପର୍ଯ୍ୟନ୍ତ ଚାଲେ।

ଆଉ ରାତିରେ ? ସେଇ ମଦର ବିକୃତ ଗନ୍ଧ ଘରସାରା ଖେଳାଇ ହୋଇଯାଏ। କିଛି ଶୁଣା ଅଶୁଣା ଖରାପ(ଯାହା ଏବେ ଖରାପ ଲାଗୁନି) ଗାଳି। ଦାନ୍ତ ମଝିରେ ହାଡ଼ ଭାଙ୍ଗିବା ଶବ୍ଦ.. ବୋତଲର ଠିପି ଖୋଲିବା ଶବ୍ଦ..ଏବଂ ସେଇ ସମୟରେ ଆଉକିଛି ମିଶାମିଶି ଶବ୍ଦ...।

'ମା' ଭୋକ ଲାଗୁଛି।'

ତା'ପରେ ଏକ 'କୁକୁରର ଗାଳି...'

ଏମିତି ଅନେକ ଗାଳି...

କେବେ କେବେ ଜୋରରେ ଚାପୁଡ଼ା ମାରିବାର ଶବ୍ଦ...ତା' ସହିତ ଚିତ୍କାର...

ସୁଁ.. ସୁଁ..ଆଉ ଅଶ୍ରୁ..

କେବେ କେବେ ମୂର୍ଚ୍ଛା ହେବା ଦଶାରେ, ଘର ସାରା ପାଟିଗୋଳ...

'ଆରେ କିଏ ପାଣି ଆଣ..କମଳା ଉଠ..ବୋହୂର କ'ଣ ହେଇଗଲା କେଜାଣି..।' ପଡ଼ୋଶୀର ଜଣେ ବୁଢ଼ୀର ସ୍ୱର।

ଏହି ସମୟରେ ପାଖ ପଡ଼ୋଶୀର କିଛି ଲୋକ ଏକାଠି ହେବା, ତା'ପରେ ଗାଳିର ପୁନରାବୃତ୍ତି...

'ନୀଚ..ଗୁଣ୍ଡା.. ଜଙ୍ଗଲୀ..କୁତ୍ତା... !

ଆହୁରି କ'ଣ କ'ଣ, ତା'ପରେ ଏକ ଶାନ୍ତି।

ଏକ ଶାବ୍ଦିକ ସହାନୁଭୂତି

'ବିଚାରୀ... !

'ଅଭାଗିନୀ... !'

ଶେଷରେ ଲୋକମାନେ ବ୍ୟତିବ୍ୟସ୍ତ ହେବା...।

ତା'ସହିତ ପ୍ରତିବର୍ଷ ଶେଷରେ ସମ୍ମିଳିତ ହୋଇଯାଏ କ୍ରନ୍ଦନର ଏକ ନୂତନ ସ୍ୱର।

ଆମ ଘରେ ମା', ବାପା, ଆମେ ଚାରି ଭଉଣୀ ଏବଂ ଦୁଇ ଭାଇ ଅଛୁ। ଘରେ ବାପାଙ୍କ ଉପସ୍ଥିତି ରାତିରେ ! ଯାହାର ସୂଚନା, ଗନ୍ଧ ଏକ ଆଜ୍ଞାକାରୀ ସେବକ ଭଳି ଦେଇଦିଏ। ହଁ, ପଡ଼ୋଶୀଙ୍କୁ ବାପାଙ୍କ ଉପସ୍ଥିତିର ଜ୍ଞାନ...

'ଘୁଷୁରୀର...।'

'କୁକୁରର...।' ଆହୁରି ଏମିତି ଅନେକ ଗାଳିର ଶବ୍ଦରେ ଚାଲିଥାଏ।

ମା'ର ପେଟ ବର୍ଷର ଶେଷରେ ସର୍ବଦା ଫୁଲା ଦେଖାଯାଏ, ଫୁଟବଲ ଭଳି ! ଆଉ ମୋତେ ଲାଗେ, ଦେଶର ଉଜ୍ଜ୍ୱଳ ଭବିଷ୍ୟତ, ସ୍ୱର୍ଣ୍ଣ ଭଳି ଚମକୁଥିବା ଭବିଷ୍ୟତ ! ଆମ ଘରର କୌଣସି ବି କୋଣରେ ଦେଖାଯିବ। ଭାବେ, ଏହା ବି କୌଣସି କମ ସଫଳତା ନୁହେଁ।

କାଶ, ଛଟପଟ, କାନ୍ଦ, ସିଲେଇ ମେସିନର ଘର୍ଘର୍ ଶବ୍ଦ, ଘର ସାରା ଖେଳିଯାଇଥିବା ଗନ୍ଧ, ଧକ୍କା, ଲାତ, ଗୋଇଠା, ଗାଳି ଏବଂ ଧୀରେ, ଜୋରରେ ଚିତ୍କାରର ତୀର ଭଳି ଆଘାତ ଶବ୍ଦରେ ଆମର ଏହି ଜୀବନ ଆଗକୁ ବଢ଼ି ଚାଲିଥାଏ।

ଗୋଟିଏ ରାତି !

ଏକ ନୂଆ ସ୍ୱର...! ଶବ୍ଦ...!!

କ୍ରନ୍ଦନ, ଚିତ୍କାରର...

ପ୍ରସବ ପୀଡ଼ା ଯନ୍ତ୍ରଣାର...

ଭଡ଼ଭଡ଼ ହେଉଥିବା ମଦୁଆ ବାପା ଆମ ଉପରେ ଗାଳି ବର୍ଷା କରି ମା'କୁ ହସପିଟାଲ ନେଇଯାଏ। ଆଉ ପଛରେ, ସାରା ରାତି ଆମ ଆଶାଭରା ନେତ୍ର, ଝିଲମିଲ ହେଉଥିବା ତାରାକୁ ଅସହାୟ ହୋଇ ଚାହିଁ ରହିଥାଉ। ଆକାଶ ବି ଆମ ଭଳି ଶାନ୍ତ ଥାଏ।

ତା'ପରେ କଥା ଶୁଣାଯାଏ, ଗୋଟିଏ ପିଲା କହୁଥାଏ, 'ଜେଜେମା'! ମା' ସାଙ୍ଗରେ ଆସୁଥିବା ବବଲୁକୁ ଆମ ବିଛଣାରେ ଶୋଇବାକୁ ଦେବୁନି।'

'କାହିଁକି ?'

'ଆମ ବିଛଣା ତ ଆମ ଶୋଇବାରେ ପୁରିଯାଉଛି। ପୁଣି...'

'ହଉ, ଏବେ ଚୁପ୍ ରହ।'

'ତା'ପରେ ପିଲାମାନେ ବଡ଼ଙ୍କ ଭଳି ଗମ୍ଭୀର ଶାନ୍ତି! ମୁଁ ଭାବେ, 'ଠିକ୍ କଥା ତ, ଏହି ଛୋଟ ଘରେ, କମ୍ ବିଛଣାରେ ଏତେ ସବୁ ଲୋକ କେମିତି ଶୋଇପାରିବେ ?' କୋଠରିର ଚାରିପଟେ ଦୃଷ୍ଟି ପକାଏ...

ଗୋଟିଏ କୋଣରେ ଆମର ରୋଜଗାରିଆ ପୁଅ ସିଲେଇ ମେସିନ ରଖିଛି। ଅନ୍ୟ କୋଣରେ ରୋଷେଇ ଜିନିଷ ଗଦାହେଇଛି। ଆଉ ଗୋଟିଏ କୋଣରେ ଆମ ଲୁଗାପଟା କିଛି ଖେଳେଇ ହୋଇ କିଛି ଗଣ୍ଠିଲିରେ ବନ୍ଧାହେଇ ପଡ଼ିଛି। ଚତୁର୍ଥ କୋଣରେ ଭଗବାନ ଶ୍ରୀକୃଷ୍ଣଙ୍କ ହସୁଥିବା ଏକ ଫଟ ଅଛି। ଲାଗେ, ଭଗବାନ ନିଜର ଅନ୍ଧାର ଏବଂ ଆମ ଅସହାୟ ଅବସ୍ଥା ଦେଖି ହସୁଛନ୍ତି।

ବାସ୍ତବରେ ଘରେ ପ୍ରତ୍ୟେକ ବସ୍ତୁର ଅଭାବ ଅଛି। ଖାଇବା ପିଇବା, ପିନ୍ଧିବା ଏବଂ ଶୋଇବା! ଯାହା ବେଶୀ ଅଛି ତାହା ହେଉଛି ମଣିଷର ଭୋକ, ମଦର ଗନ୍ଧ, ଖରାପ ଗାଳି ଏବଂ ବସ୍ତ୍ର ଉପରେ ଦାଗ!

ଏହିସବୁ ଭାବି ଭାବି ମୁଁ ବ୍ୟାକୁଳ ହୋଇ ପିଲାମାନଙ୍କୁ ଶୋଇପକାଇବାକୁ ଚେଷ୍ଟା କଲି, ତା'ପରେ ସେମାନେ ଶୋଇପଡ଼ିଲେ!

ପ୍ରାତଃ! ଏକାପ୍ରକାର ଆଲୋକ!

ଆକାଶରେ ଚନ୍ଦ୍ର ସ୍ଥାନରେ ସୂର୍ଯ୍ୟ ଆବୁରି ବସିଲେଣି। ଧୀରେ ଧୀରେ ସୂର୍ଯ୍ୟ ଆଗକୁ ବଢୁଛନ୍ତି। ପିଲାମାନେ ଉଠିଲେଣି। ରାତିର ଘଟଣା କାହାର ମନେନାହିଁ, ସେମାନେ ସମସ୍ତେ ବାହାରକୁ ଚାଲିଗଲେଣି।

ଭାବିଲି, ବାପା ଏପର୍ଯ୍ୟନ୍ତ ଆସିନାହାନ୍ତି ? କୌଣସି ବିଶେଷ ଅସୁବିଧା ହେଲାକି ? ରାତିରେ ମା'କୁ ଅତ୍ୟଧିକ କଷ୍ଟ ହେଉଥିଲା । ମୁଁ କହିଲି, 'ମୋତେ ସାଙ୍ଗରେ ନେଇଯାଅ..'

ବଦଳରେ ମିଳିଲା ଗୋଟିଏ ଧମକ...ତା'ପରେ ଗାଳି ।

ଆଶଙ୍କାରେ ମନଭିତରେ ଗଭୀର କଷ୍ଟ ଅନୁଭବ ହେବାକୁ ଲାଗିଲା । କିଛି ସମୟପରେ ବାପା ଆସିବା ପାଦଶବ୍ଦ ଶୁଣାଗଲା । ବାପା ଘର ଭିତରକୁ ଆସିଲେ । ଆଶାଯୁକ୍ତ ଆଖିରେ, ଆଶ୍ଚର୍ଯ୍ୟଚକିତ ହୋଇ ଅଜ୍ଞାତ ଆଶଙ୍କାରେ ଭୟରେ ବାପାଙ୍କ ହାବଭାବକୁ ଜାଣିବାକୁ ଚେଷ୍ଟାକଲି, ତା'ପରେ ସବୁକିଛି ବୁଝିପାରିଲି । ଭାବିଲି, 'ଦିନେ ନା ଦିନେ ଏହା ହେବାର ଥିଲା, ଭଲ ହେଇଥାନ୍ତା ଏହା ପୂର୍ବରୁ ଏମିତି ହୋଇଥାନ୍ତା ।' କିଛି ସମୟ ବାପାଙ୍କ ମୁହଁକୁ ଡବଡ଼ବ ହେଇ ଚାହିଁରହିଲି । ହଠାତ୍ କେଜାଣି କ'ଣ ଭାବି ପଚାରିବସିଲି..

"ମା'ର ନାକଫୁଲ... ?"

ବାପା ଅନ୍ୟମନସ୍କ, ଉଦାସ..ଶାନ୍ତ... ।

ମୁଁ ପୁଣି ଦୋହରାଇଲି, 'ମା'ର ନାକଫୁଲ... ?'

ବାପା ଚମକିପଡ଼ି, ବଡ଼ କଷ୍ଟରେ କହିଲେ, 'ସେଇଟା ତ..ସେଇଟା..ତା' ସାଙ୍ଗରେ ଜଳେଇଦେଲି... ।'

'ଜଳେଇଦେଲ... ?' ମୋତେ ଲାଗିଲା, ବୟସରେ ମୁଁ ବହୁତ ବଡ଼ ହେଇଯାଇଛି ।

ଚିନ୍ତିତ ସ୍ୱରରେ କହିଲି... 'ଓହ୍ଲେଇଲ ନାହିଁ... ? ଅତିକମରେ ତାକୁ ବିକି ଦୁଇ ଚାରି ଦିନ ପେଟର ଭୋକ ମାରିଥାନ୍ତେ !'

ବାପା କୌଣସି ଉତ୍ତର ଦେଲେନି । ବାସ୍, ଜଣେ ଅପରାଧୀ ଭଳି ମୁଣ୍ଡ ତଳକୁ କରି ଛିଡ଼ାହେଇ ରହିଲେ ।

■

ସେତୁ

ଗୁଜୁରାଟୀ- ନରେନ୍ଦ୍ର ମୋଦି

ମୁସଳଧାରା ବର୍ଷାର ଘର ଘର ଶବ୍ଦ ଝିଙ୍କାରୀ ଏବଂ ବେଙ୍ଗମାନଙ୍କ ଶବ୍ଦକୁ ଦବେଇ ଦେଉଛି। ସୁରଭି ଭାଉଜ ନିଦକୁ ଅପେକ୍ଷା କରି କରି ଥକ୍କି ଯାଇଥିଲେ। ମନ ବି ଭାବନା ଶୂନ୍ୟ ହୋଇ ଯାଇଥିଲା। ସେ କାହା ପ୍ରତିକ୍ଷାରେ ଚେଇଁ ରହିଥିଲେ, ତାହା ବି ସେ ବୁଝିପାରୁନଥିଲେ।

ସେ ବାରମ୍ବାର ବିଛଣାରୁ ଉଠି ସେତୁକୁ ଏକ ଲୟରେ ଚାହିଁକି ଯାଉଥିଲେ। କେତେବେଳେ ସ୍ନେହରେ ତା' ମୁଣ୍ଡରେ ହାତ ବୁଲାଇ ଆଣୁଥିଲେ ତ କେତେବେଳେ ତା' ମୁହଁରେ ଚୁମ୍ବନରେ ଭରି ଦେଉଥିଲେ।

ରାତିସାରା ଏମିତିଭାବେ ବିତିଗଲା, କିନ୍ତୁ... ନିଦ କୁଆଡେ ଉଭେଇ ଯାଇଥିଲା। ସୁରଭିଙ୍କ ପାଇଁ ବହୁତ ସମୟଯାଏ ବିଛଣାରେ ପଡ଼ିରହିବା କଷ୍ଟକର ଥିଲା। ମନଟା ଅନ୍ୟ କୁଆଡ଼େ ଚାଲିଯିବା ପାଇଁ ସେ ଗାଧୁଆ ପାଧୁଆ କାମ ସବୁ ସାରିଲେ। କେତେଟା ବାଜିଥିଲା, ଏକଥା ତାଙ୍କୁ ଜଣା ନଥିଲା। ଏମିତିରେ ଯେତେବେଳେ ଜୀବନର ଚକ୍ର ରହିଗଲା, ତା'ହେଲେ ଘଣ୍ଟାର କଣ୍ଟା ଚାଲୁ ବା ନ ଚାଲୁ, ଏଥିରେ କ'ଣ ଫରକ ଅଛି।

ଜୀବନର ଅନ୍ଧକାରରେ ଘୂରି ବୁଲୁଥିବା ହୃଦୟକୁ ରାତିର ଅନ୍ଧକାର ଆହୁରି ଅସ୍ତବ୍ୟସ୍ତ କରି ଦେଉଥିଲା। ପ୍ରତିଟି ମୁହୂର୍ତ୍ତ ତାଙ୍କ ପାଇଁ ଅସହ୍ୟ ମନେ ହେଉଥିଲା। ସେତୁର ଗୁଲୁଗୁଲିଆ କଥା ଶୁଣି ତାଙ୍କୁ ଟିକେ ଭଲ ଲାଗିବ, ସେଥିପାଇଁ ତାକୁ ଯଲଦି ଉଠେଇ ଦେଇଥିଲେ। ସୂର୍ଯ୍ୟଙ୍କ ପ୍ରଥମ କିରଣ ଏହି ପୃଥିବୀକୁ ଅଭିଷେକ କରିବା ପୂର୍ବରୁ ସେତୁକୁ ମଧ୍ୟ ଗାଧୁଆ ପାଧୁଆ କରିଦେଲେ।

"ଏ...ସବୁ...ଏତେ...ଜଲଦି...କାହିଁକି ?" ସେତୁର ମନରେ ପ୍ରଶ୍ନ ଉଠିଲା, କିନ୍ତୁ ମମୀ ନିରବ ଦେଖି ସେ ଆଉ କିଛି ପଚାରିବାକୁ ସାହସ କରି ପାରିନଥିଲା ।

ସବୁଆଡ଼େ ନିରବତାର ସାମ୍ରାଜ୍ୟ ଥିଲା । ଏହି ନିରବତାରେ ପ୍ରଥମ ବର୍ଷାର ଯେଉଁ ସୁଗନ୍ଧ ଥାଏ, ସେମିତି ନଥିଲା । ଶାନ୍ତ ସରୋବରରେ ସୂର୍ଯ୍ୟଙ୍କ ପ୍ରତିବିମ୍ବ ବାତାବରଣରେ ଯେଉଁ ଶାନ୍ତି ଏବଂ ପ୍ରଫୁଲ୍ଲତା ପ୍ରକାଶ ପାଏ, ସେମିତି ନଥିଲା । ଯାହା ତ ଥିଲା...

ଗମ୍ଭୀରତା...ବେଦନା...ଶୁଷ୍କତା...ଦୁଃଖ...ଅଶ୍ରୁ...ନିରବତା ଥିଲା କିନ୍ତୁ ଶାନ୍ତି ନଥିଲା ।

ନିରବତା ଏଥିପାଇଁ ଥିଲା କାରଣ ଶବ୍ଦ ନଥିଲା । ଶବ୍ଦର ଅଭାବ...କାରଣ ହୃଦୟର ଦ୍ୱନ୍ଦ୍ୱକୁ ଅଭିବ୍ୟକ୍ତ କରିବାର ସେଇ ଚେତନା ହିଁ ଚାଲି ଯାଇଥିଲା । ବେଦନାକୁ ଶବ୍ଦ ଦ୍ୱାରା ପ୍ରକାଶ କରିବା ଅସହ୍ୟ ହୋଇଗଲେ ନିରବତା ଛାଇଯାଏ । ବେଦନା ଅଶ୍ରୁର ସାଗର ହୋଇ ଖସିଆସେ, ସୁରଭି ଭାଉଜ ସହିତ ଏମିତି ହୋଇଥିଲା । ସେ ଅଶ୍ରୁକୁ ରୋକି ପାରିଲେନି । ଦୂରରେ ଲଗା ଯାଇଥିବା ଆଇନା ଆଡକୁ ମୁହଁ କରି କେଶକୁ ବାନ୍ଧି ସେତୁ ପାଖକୁ ଯାଇ ତାକୁ ଛାତିରେ ଚାପି ଧରିଲେ । ତାଙ୍କ ଲୁହ ସେତୁର ଗାଲ ଉପରେ ପଡ଼ିଲା ।

"ମମୀ! ଆଜି ଏମିତି କାହିଁକି କରୁଛି ?" ଏହି ପ୍ରଶ୍ନ ତା'ମନ ଭିତରେ ଉଠିଲା, ସେତେବେଳଠାରୁ ତାକୁ ଚିନ୍ତାରେ ପକାଇଥିଲା, କିନ୍ତୁ କିଛ ବି ପଚାରି ପାରୁନଥିଲା । କାନ୍ଦିବାକୁ ଇଛା ହେଉଥିଲେବି କାନ୍ଦିପାରୁ ନଥିଲା । ତା' ମନ କହୁଥିଲା ମମୀ ଭଳି କାନ୍ଦିବାକୁ କିନ୍ତୁ ସେ ସ୍ତବ୍ଧ ହୋଇ ଯାଇଥିଲା ।

କ୍ଷୀରବାଲାର ଡାକ ଶୁଣି ସୁରଭି ଭାଉଜ ଆଖି ପୋଛି କ୍ଷୀର ନେବାକୁ ବାହାରକୁ ଆସିଲେ । ବାହାରକୁ ଆସି ଦେଖିଲେ, କ୍ଷୀରବାଲା କଲୋନୀର ଶେଷ ମୁଣ୍ଡରେ ଥିଲା । ନିଜ ବ୍ୟବହାରରେ ଅସ୍ୱଭାବିକତା ଏକଥା ଅନୁଭବ କରିବା ପରେ ବି ସେ ତାକୁ ବଦଳାଇ ପାରୁନଥିଲେ ।

ଦୁଆରେ କ୍ଷୀରବାଲାକୁ ଚାହିଁ ଚାହିଁ ନିଜ ଭାବନା ରାଜ୍ୟରେ ସେ ବୁଡ଼ି ରହିଲେ ।

କାହିଁକି...ଆଜି...ଏତେ ସକାଳୁ ସକାଳୁ... ? କାହିଁକି...କେତେ ? ପ୍ରଥମ ପ୍ରଶ୍ନର ଉତ୍ତରକୁ ଅପେକ୍ଷା ନକରି ସେଲ୍ସମ୍ୟାନ ଭଳି କ୍ଷୀରବାଲା ନିଜ ମୂଳ ପ୍ରଶ୍ନକୁ ଆସିଲା । କ୍ଷୀରବାଲାର ପ୍ରଶ୍ନ ଶୁଣି ସୁରଭି ଭାଉଜ ଭାବନା ରାଜ୍ୟରୁ ଫେରି ଆସିଲେ ।

ଏମିତିରେ ସେତୁର ଏଇ ସବୁରେ ଅଭ୍ୟାସ ଥିଲା, କିନ୍ତୁ ମମୀ ଆଜି ଏତେ

ବିଚଳିତ କାହିଁକି ? ଏହି ପ୍ରଶ୍ନ ତାକୁ ଘାରୁଥିଲା। ସେତୁ ମଧ୍ୟ ମମୀ ପଛେ ପଛେ ରୋଷେଇ ଘରକୁ ଗଲା।

ସେତୁର ସଫା କୁର୍ତ୍ତା ପାଇଜାମାରେ ଦାଗ ନଲାଗିଯାଉ, ସେଥିପାଇଁ ମମୀ ତାକୁ ବାହାରେ ବସିବାକୁ କହିଲେ। କିନ୍ତୁ ସେତୁ କୋଉ ବାହାରକୁ ଚାଲିଯିବା ପିଲା ? ସେ ମମୀର ସାମନାରେ ବସିଗଲା। ଷ୍ଟୋଭ ଜଳାଇବାରେ ବ୍ୟସ୍ତ ସୁରଭି ଭାଉଜଙ୍କ ନଜର ପୁଣି ଥରେ ସେତୁ ଆଡ଼କୁ ଚାଲିଗଲା। ତାଙ୍କ କାମ ରହିଗଲା ଏବଂ ଅଜାଣତାରେ ତାଙ୍କ ହାତ ସେତୁର ମୁଣ୍ଡ ଉପରେ ବୁଲିଆସିଲା। ଏବେ ସେତୁ ହିଁ ତାଙ୍କର ସବୁ ଆଶା ଆଙ୍କାକ୍ଷାର କେନ୍ଦ୍ରସ୍ଥଳ। ଏବେ ସୁରଭି ଭାଉଜଙ୍କର ଆଉ କୌଣସି ସ୍ୱପ୍ନ ନଥିଲା। ସୋହନର ସ୍ୱପ୍ନକୁ ସାକାର କରିବାକୁ ତାଙ୍କ ମୁଣ୍ଡ ଉପରେ ଯେମିତି ଭୂତ ସବାର ଥିଲା। ଆଜି ସେଇ ଇଛା ତିବ୍ର ହୋଇଯାଇଥିଲା।

ଷ୍ଟୋଭ ଉପରେ ଫୁଟୁଥିବା କ୍ଷୀର ଯେମିତି ଭାବେ ଉତ୍ତୁରି ଡେକ୍‌ଚି ଉପରକୁ ଆସି ଯାଇଥାଏ, ସେଇଭଳି ସୁରଭି ଭାଉଜଙ୍କ ହୃଦୟର ଗଭୀରତାରୁ ଉଠି ଆସୁଥିବା ବିଚାର ଏବଂ ଭାବନା ସେତୁର ଜୀବନ ପର୍ଯ୍ୟନ୍ତ ବିସ୍ତରି ଯାଉଥିଲା। ସୁରଭି ଭାଉଜ ଭାବନାର ଏମିତି ଜାଲରେ ଛନ୍ଦି ହେଇ ଯାଉଥିଲେ, ଯେଉଁଥିରେ ଗତ ଗୋଟିଏ ବର୍ଷ ମଧ୍ୟରେ ସେ କେବେ ବି ଅନୁଭବ କରି ନଥିଲେ। ତାଙ୍କ ହୃଦୟ ଇଛା ବା ଅନିଛାରୁ ଅତୀତ ହେଇ ଯାଇଥିଲା।

ସେତୁ ତ ସୋହନର ସ୍ମୃତି। ସ୍ମୃତିରେ ହଜି ଯାଇଥିବା ସୁରଭି ଭାଉଜଙ୍କୁ ସୋହନର ଏହି ବାକ୍ୟ ବାରମ୍ବାର ମନେ ପଡୁଥିଲା।

"ସୁରଭି, ତୁମେ ଜାଣିଛକି ଆମର ଏହି ଯୁବରାଜର ନାଁ ମୋତେ କାହିଁକି ଭଲ ଲାଗେ ?" ଆଉ ଯେଉଁ ପ୍ରଶଂସାତ୍ମକ ଭାବେ ସୋହନ ନିଜେ ନିଜ ପ୍ରଶ୍ନର ଉତ୍ତର ଦିଅନ୍ତି, ସୁରଭି ଭାଉଜଙ୍କର ଆଖି ସାମନାରେ ଭାସିଆସେ।

"ଏଥିପାଇଁ ନୁହେଁଯେ ସୁରଭି ଏବଂ ସୋହନର ମଝିରେ ସେତୁ...ଏଥିପାଇଁ ନୁହେଁ ଯେ ତୁମର ଏବଂ ମୋର ଆଶାକୁ ପୂରଣ କରିବାର ମାଧ୍ୟମ..."

"ସୁରଭି...ମୋର ଆଶା ଯେ ସେ ନିଜର ଭବ୍ୟ ଅତୀତ ଏବଂ ଉଜ୍ଜ୍ୱଳ ଭବିଷ୍ୟତକୁ ଯୋଡିବାବାଲା ପିଢ଼ିର ପ୍ରତୀକ ରୂପୀ ସମର୍ଥର ସେତୁ ହେଉ...ଏଥିପାଇଁ ସେତୁ...ସେତୁ..ସେତୁ...ମୋର ବହୁତ ପିୟ।"

ସୁରଭି ଭାଉଜଙ୍କୁ ଲାଗୁଥିଲା ଯେ ସୋହନଙ୍କ ମୁହଁରୁ ଶୁଣୁଥିବା ଏହି ଶବ୍ଦରେ ବହୁତ ବଡ ଦାୟିତ୍ୱ ଛପି ରହିଛି।

"ଆରେ ସୋହନ ବି ଏମିତି ଭବ୍ୟ ଭୂତକାଳ ଏବଂ ଉଜ୍ଜ୍ୱଳ ଭବିଷ୍ୟତର ସ୍ୱପ୍ନ

ନେଇ ବଞ୍ଚିଥିଲେ ନା" ସୁରଭି ଭାଉଜଙ୍କ ମନରେ ସୋହନର ସଂକ୍ଷିପ୍ତ ଜୀବନର ଅକ୍ଷୟ ଛାପ ଉତ୍ତୁରି ଆସିଥିଲା।

ନାଇଁ...ନାଇଁ...ସେ କେବଳ ବଞ୍ଚି ନାହାନ୍ତି, ମରିଛନ୍ତି ବି ତାଙ୍କପାଇଁ...ଏବଂ ନିଜର ଆଶା ଆଙ୍କାକ୍ଷାପାଇଁ ନୁହେଁ ଆଦର୍ଶ ପାଇଁ...ସୁଖ ପାଇଁ ନୁହେଁ, ସେବା ପାଇଁ...

କର୍ତ୍ତବ୍ୟ ପାଳନର ଇଚ୍ଛା ହିଁ ତାଙ୍କ ଜୀବନ ଦୀପ ଲିଭାଇ ଦେଇଥିଲା। ସୁରଭି ଭାଉଜ ସୋହନଙ୍କ ଜୀବନର ମହାନତାକୁ ମନେ ପକାଇବାବେଳେ ସେଇ ଦୁର୍ଘଟଣା କଥା ମନେ ପଡ଼ିଗଲା। ଠିକ୍ ବର୍ଷେ ତଳେ ଆଜିର ଦିନରେ...ସେଦିନ ଗୁରୁ ପୂର୍ଣ୍ଣିମା ଥିଲା। ସୋହନ ଯେଉଁ ଗୁରୁଙ୍କ ପ୍ରେରଣାରେ ଜୀବନକୁ ଆଦର୍ଶ ବୋଲି ମାନିଥିଲେ, ତାଙ୍କ ପାଖକୁ ଗୁରୁ ପୂଜାପାଇଁ ଶୁଭ୍ର ବସ୍ତ୍ର ପିନ୍ଧି ଯିବାକୁ ପ୍ରସ୍ତୁତ ହେଉଥିଲେ। ସୁରଭି ଏବଂ ସେତୁ ଦ୍ୱାର ପର୍ଯ୍ୟନ୍ତ ଛାଡ଼ିବାକୁ ଗଲେ। ହଠାତ୍ ସେଇ ମନ୍ଦିର ପାଖରେ ଚିତ୍କାର ଶୁଣାଗଲା। ସୋହନ ଭୁଲିଗଲେଯେ ସେ କୋଉ କାମପାଇଁ ଯାଉଥିଲେ ଏବଂ କିଛି ନଭାବି ଚିତ୍କାର ଶୁଣା ଯାଉଥିବା ଦିଗକୁ ଧାଇଁଲେ।

ମନ୍ଦିରରେ ବହୁତ ଭିଡ଼ ଥିଲା। ଗୁରୁଙ୍କ ଆର୍ଶିବାଦ ନେବାପାଇଁ ଆଖପାଖର ଅନେକ ଲୋକ ଏକତ୍ରିତ ହୋଇଥିଲେ। ଅନେକ ବର୍ଷ ତଳର ସେଇ ଜରାଜୀର୍ଣ୍ଣ ମନ୍ଦିରରେ ଗୁରୁଙ୍କ ଦର୍ଶନ ପାଇଁ କାଠରେ ନିର୍ମିତ ବିଶାଳ ମଣ୍ଡପ ତିଆରି କରା ଯାଇଥିଲା। ସେଇ କାଠର ମଣ୍ଡପଟି ଲୋକଙ୍କ ଭିଡ଼ର ଓଜନ ସମ୍ଭାଳି ପାରିଲାନି ଏବଂ କଡ଼ମଡ଼ କରି ଭାଙ୍ଗି ପଡିଲା...ହଜାରେ ଲୋକଙ୍କ ଚିତ୍କାର ଶୁଣାଗଲା। ସେମାନଙ୍କ ଚିତ୍କାର ଅଟକିଯିବା ପୂର୍ବରୁ ସୋହନ ଭିଡ଼ ଠେଲି ଭଗ୍ନ ମଣ୍ଡପ ପାଖରେ ପହଞ୍ଚିଗଲେ, ଯେଉଁଥିରେ ଶହ ଶହ ଲୋକ ଚାପି ହୋଇ ଯାଇଥିଲେ। କେତେକଙ୍କୁ ଆଘାତ ଲାଗିଥିଲା ତ କେତେକ ଭିଡ଼ ଭିତରେ ଚାପି ହୋଇ ଯାଇଥିଲେ। ସୋହନ ପ୍ରାଣପଣେ ଯେତେ ପାରିଲେ ଲୋକଙ୍କୁ ବଞ୍ଚେଇବାକୁ ଚେଷ୍ଟା କଲେ। ଅନ୍ୟମାନେ ମଧ୍ୟ ସୋହନକୁ ସାହାଯ୍ୟ କଲେ, କିନ୍ତୁ ସମସ୍ତଙ୍କପାଇଁ ନିଜ ଜୀବନ ବେଶୀ ପ୍ରିୟ ଥିଲା। ତେଣୁ ଯାହାକୁ ଯୁଆଡେ ରାସ୍ତା ମିଳିଲା ସେଠାରୁ ଚାଲି ଯିବାକୁ ଚେଷ୍ଟା କଲେ। କେତେକ ଜୀବନ ବଞ୍ଚେଇବା ପାଇଁ ଛାତ ଉପରକୁ ଚଢ଼ିଗଲେ। ଛାତ ଉପରେ ଭିଡ଼ ବଢ଼ିଗଲା। ଜରାଜୀର୍ଣ୍ଣ ମନ୍ଦିରର ଛାତ ଏତେ ଭାର କେମିତି ସମ୍ଭାଳିଥାନ୍ତା ? ଲୋକଙ୍କ ସହିତ ଛାତ ଖସି ପଡ଼ିଲା। ଛାତର ଗୋଟିଏ ପଟ ସେବା କାର୍ଯ୍ୟରେ ଲାଗିଥିବା ସୋହନଙ୍କ ମୁଣ୍ଡରେ ବାଜିଲା। ତା'ପରେ ସୋହନ ବେହୋସ ହୋଇଗଲେ। ଲୋକଙ୍କଠାରୁ ଶୁଣିଥିବା ଏହି ବୃତ୍ତାନ୍ତ ଆଜି ପୁଣି ସୁରଭିର ମନେ ପଡ଼ିଗଲା।

ସୋହନର ଏହି ଖବର ସୁରଭି କାନରେ ବିଜୁଳି ଭଳି ପଡ଼ିଲା। ସେତୁକୁ

କୋଳରେ ଧରି ସେ ମନ୍ଦିରକୁ ଧାଇଁଲେ। କାଠ କବାଟ ଉପରେ ଶୁଆଇ ଦେଇଥିବା ସୋହନ ପାଖରେ ଯାଇ ସେ ପହଞ୍ଚିଲେ। ତାଙ୍କ ମୁହଁରେ କର୍ତ୍ତବ୍ୟ ପାଳନର ସନ୍ତୋଷ ଥିଲା। ସୁରଭି ଭାଉଜ ସ୍ତମ୍ଭିଭୂତ ହେଇ ଯାଇଥିଲେ। ଗଭୀର ଆଘାତ ତାଙ୍କ ହୃଦୟକୁ ଶୂନ୍ୟ କରି ଦେଇଥିଲା। ତେଣୁ ଅଶ୍ରୁ କୁଆଡେ ଉଭେଇ ଯାଇଥିଲା। ସୁରଭି ଭାଉଜଙ୍କ ହୃଦୟ କହୁଥିଲା, ସୋହନ ସମାଜର ଭାବନା ସହିତ ଜିଇଁଥିଲେ ଏବଂ ସେମାନଙ୍କ ପାଇଁ ପ୍ରାଣତ୍ୟାଗ ବି କଲେ।

ଏବେ ସୋହନ ଆଉ ନଥିଲେ ଏବଂ ସୋହନର ସ୍ୱପ୍ନକୁ ସାକାର କରିବାପାଇଁ ସେତୁ ଥିଲା...ସୋହନ ଜୀବନର ଅନ୍ତିମ ପୃଷ୍ଠା ସେତୁର ନାମ ସ୍ମରଣରୁ ହିଁ ପୁରା ହେଉଥିଲା। ସୁରଭି ଭାଉଜ ବର୍ତ୍ତମାନକୁ ଫେରି ଆସିଲେ।

ସୁରଭି ଭାଉଜ ସେତୁ ଦ୍ୱାରା ଗୋଟିଏ ଛୋଟ କଳସୀ ଅଣାଇଲେ। ସେଇ ଛୋଟ କଳସୀ ପ୍ରାୟ ବର୍ଷଟିଏ ହେଲା ତା'ର ସାଙ୍ଗ ଥିଲା। ମମୀ ପ୍ରତିଦିନ ପାଞ୍ଚ ପଇସା କି ଦଶ ପଇସିଟିଏ ସେଥିରେ ପକେଇବାକୁ ଦିଅନ୍ତି। ଅବୋଧ ସେତୁକୁ ଥରେ ସେ ବୁଝାଇ କହିଥିଲେ, ଏହି ପଇସା ତୋ ବାପାଙ୍କ ପାଖକୁ ପହଞ୍ଚେଇବାକୁ ଅଛି। ଏହା ପରଠୁ ସେତୁ ଏହି ପଇସା ଖର୍ଚ୍ଚ କରିବାକୁ ଇଚ୍ଛା କରିନଥିଲା। କୌଣସି ବନ୍ଧୁ ବାନ୍ଧବ ଆସିଲେ ସେତୁ ହାତରେ ପଇସା ଦେଲେ ସେ ଖର୍ଚ୍ଚ ନକରି ସେଇ କଳସୀରେ ପକାଇ ଦେଉଥିଲା।

କଳସୀଟା ସୁରଭି ଭାଉଜଙ୍କ ହାତରେ ଦେଇ ସେତୁର ମୁହଁରୁ ସହଜରେ ବାହାରି ଆସିଲା "ଆଜି ଏହି ପଇସା ବାପାଙ୍କ ପାଖକୁ ପଠାଯିବ?" ସେତୁର ଏହି ପ୍ରଶ୍ନର କୌଣସି ଉତ୍ତର ସୁରଭି ଭାଉଜଙ୍କ ପାଖରେ ନଥିଲା। କେବଳ ବେଦନା ଆଖି କୋଣରେ ପ୍ରକାଶ ପାଉଥିଲା। ସେ ଅବୋଧ ସେତୁ ଦ୍ୱାରା କଳସୀ ଉପରେ ଫୁଲ ହାର ଗୁଡ଼ାଇଲେ ଏବଂ ହଳଦି ଚାଉଳରେ ଅଭିଷେକ କଲେ। ସୁରଭି ଭାଉଜ ନିଜର କମ୍ପିଲା ହାତକୁ ସମ୍ଭାଳିବା ପାଇଁ ସେତୁର ହାତକୁ ଜାବୁଡ଼ି ଧରିଥିଲେ। ତାର କଅଁଳ ଆଙ୍ଗୁଳିକୁ ଧରି ଓଦା ହଳଦି ଗୁଣ୍ଡରେ କଳସ ମୁଁହରେ ବନ୍ଧା ହେଇାଥିବା ଧଳା କପଡ଼ା ଉପରେ ଲେଖାଇଲେ, 'ରାଷ୍ଟ୍ରାୟ ସ୍ୱାହା, ରାଷ୍ଟ୍ରାୟ ଇଦଂ ନ ମମ'। ଏହା ସୋହନଙ୍କର ପ୍ରିୟ ମନ୍ତ୍ର ଥିଲା। ଏହାକୁ ହିଁ ସେ ନିଜ ଜୀବନର ଆଧାର ମାନିଥିଲେ। ସୁରଭି ଭାଉଜଙ୍କ ମନରେ ସନ୍ତୋଷ ଥିଲା ଯେ ତାହା ସୋହନଙ୍କ ଅମାନତ। ସେତୁକୁ ଗତ ବର୍ଷେ ହେଲା ସଂସ୍କାରିତ କରି ସୋହନଙ୍କ ଆଦର୍ଶକୁ ପାଳନ କରୁଛନ୍ତି।

ସେତୁକୁ ନେଇ ସୁରଭି ଭାଉଜ ଗାଁ ମୁଣ୍ଡରେ ପହଞ୍ଚିଲେ। ଦୂରରେ ଏକ ଚାଳ ଘର ଆଡକୁ ପାଦ ବଢ଼ାଇଲାବେଳକୁ ହଠାତ୍ ସେତୁ ଆଶ୍ଚର୍ଯ୍ୟ ହୋଇ ପଚାରିଲା,

"ମମୀ, ବାପା କଣ ଏଇଠି ରହୁଛନ୍ତି ? ତୁମେ କହୁଥିଲ ଯେ ଆମେ ଏହି ପଇସା ବାପାଙ୍କୁ ଦେବାକୁ ଯାଉଛନ୍ତି।"

"ନାଇଁ, ଏଠାରେ ତୋ ବାପାଙ୍କର ଭଙ୍ଗା ସ୍ୱପ୍ନ ବିଛୁଡି ହୋଇ ପଡ଼ିଛି, ସେଇ ସ୍ୱପ୍ନ ସହିତ ତୋର ପରିଚୟ କରାଇ ଦେବି।" ସେତୁ ଏଥିରୁ କ'ଣ ବୁଝିଲା, ସେ ବିଷୟରେ ନ ଭାବି ନିଜ ହୃଦୟର ଭାବନାକୁ ପ୍ରକାଶ କରି ଦେଇଥିଲା।

ସେଇ ବସ୍ତି ବାସିନ୍ଦାଙ୍କ ସବୁଠୁ ଅଧିକ ଧ୍ୟାନ ସୁରଭି ଭାଉଜଙ୍କ ଉପରେ ଥିଲା। ତାଙ୍କର ଏହା ପ୍ରଥମ ସାକ୍ଷାତ୍ ନଥିଲା କିନ୍ତୁ ସେତୁର ଆଗମନ ତାଙ୍କପାଇଁ ପ୍ରତିକ୍ଷାର କାରଣ ଥିଲା। ସେ ଦ୍ୱାର ପାଖରେ ଛିଡ଼ା ହୋଇଥିବା ଦୁଇ ଜଣ ବାଳକଙ୍କ ପାଖରେ ଅଟକିଲେ। ଦୁହିଁଙ୍କ ମୁହଁରେ ଆପଣାର କାହାକୁ ଦେଖିବାର ଖୁସିର ଭାବ ଥିଲା।

ସୋହନ ସହିତ ଆହୁରି କେତେ ଜଣଙ୍କର ମୃତ୍ୟୁ ହୋଇଥିଲା। ସେମାନଙ୍କ ମଧ୍ୟରେ ଏହି ଛୋଟ ଛୋଟ ପିଲାଙ୍କର ବାପା ମାଆ ବି ଥିଲେ। ସୋହନଙ୍କ ମୃତ ଦେହ ମିଳିବା ସମୟରେ, ଏହି ପିଲାଙ୍କ ବାପାଙ୍କ ହାତରେ ସେ ଥିଲେ। ସେଇ ନିର୍ଜିବ ବନ୍ଧନକୁ ସୁରଭି ଭାଉଜ ସୋହନଙ୍କ ଅଧୁରା ଅନ୍ତିମ କର୍ତ୍ତବ୍ୟ ଭାବି ସେଇ ହତଭାଗ୍ୟ ବାପାଙ୍କ ଏହି ଦୁଇ ସନ୍ତାନର ହାତକୁ ନିଜ ହାତକୁ ନେଇଥିଲେ। କେତେ ଥର ଏହି ଦୁଇ ବାଳକ ସୁରଭି ଭାଉଜଙ୍କ ଘରକୁ ଆସିଛନ୍ତି। ତେଣୁ ସେତୁ ସହିତ ପରିଚୟ ବି ଥିଲା।

ସେତୁକୁ ଦେଖିବାକ୍ଷଣି ତିନି ଜଣଙ୍କ ମୁହଁରେ ହସ ଖେଳିଗଲା। ସୁରଭି ଭାଉଜ କହିବାରୁ ସେତୁ ଦୁହିଁଙ୍କ ମଥାରେ ତିଳକ ଲଗାଇଲା ଏବଂ ଡେରି ନକରି ସେ ମମୀର ହାତରୁ ମାଟି କଳସୀ ନେଇ ଦୁଇ ବାଳକଙ୍କ ହାତରେ ରଖିଦେଲା। ହଁ...ଏହା ସହଜ ଭାବେ ହୋଇଗଲା...ଦୁଇ ବାଳକଙ୍କ ଆଖିରେ ଅଶ୍ରୁ ଦେଖି ସେତୁ ବି କାନ୍ଦି ପକାଇଲା। ସକାଳୁ ତାକୁ କାନ୍ଦ ଲାଗୁଥିଲା କିନ୍ତୁ ସେ କାନ୍ଦି ପାରୁନଥିଲା। ଏଠାରେ ଅଶ୍ରୁ ବନ୍ଦ ହେଉ ନଥିଲା।

ସକାଳ ପହରରୁ କାନ୍ଦୁଥିବା ସୁରଭି ଭାଉଜଙ୍କ ମୁହଁରେ ଆତ୍ମସନ୍ତୋଷର ଖୁସି ଚମକୁଥିଲା।

■

ପ୍ରମିଜ

ଉର୍ଦ୍ଦୁ- ଜିଲାନୀ ବାନୋ

"ଅମ୍ମି, ଅମ୍ମି, ଏବେ ତୁମେ ବିଲକୁଲ ଥଣ୍ଡା ପଡ଼ିଯାଇଥିଲ ?"

"ଆମେ ଭାବିଲୁ ଯେ..ଯେ..." ଅମ୍ମିଙ୍କ ଆଖପାଖରେ ଛିଡ଼ାହୋଇଥିବା ତାଙ୍କର ତିନି ପୁଅ, ତାଙ୍କ ପତ୍ନୀମାନେ, ତାଙ୍କ ପିଲାମାନେ ସମସ୍ତେ ଘାବରାଇଗଲେ। 'ମୁଁ ଭାବୁଥଲି ଆମେ ତାଙ୍କ ମରିବାର ଦୁଃଖ କେତେ ସହଜରେ ସହିଗଲୁ...'

ଅମ୍ମୀ ସମସ୍ତଙ୍କ ଆଡ଼କୁ ବହୁତ ଦୁଃଖର ସହ ଚାହୁଁଥିଲେ।

ତାଙ୍କର ସବୁଠୁ ବଡ଼ ପୁଅ କେତେ ଜଲଦି ଧଳା ଚାଦର ପକାଇ ଅମ୍ମିଙ୍କ ମୁହଁ ଲୁଚାଇବାକୁ ଚାହୁଁଥିଲା। ଯଦି ଅମ୍ମି ହାତ ଉଠାଇ ଚାଦର ହଟେଇ ନଥାନ୍ତେ, ହୁଏତ ସେମାନେ ସବୁ ଅନ୍ୟ ରୁମକୁ ଯାଇ ତାଙ୍କୁ ପୋତିବାର ପ୍ରସ୍ତୁତି ଆରମ୍ଭ କରି ଦେଇଥାନ୍ତେ।

ସେମାନେ ସମସ୍ତେ ମୁଣ୍ଡ ତଳକୁକରି ଛିଡ଼ାହୋଇଥିଲେ, ଅମ୍ମି ଦେଖିଲେ ସେ ମରିଗଲେ କାହାର ଆଖିରୁ ଅଶ୍ରୁ ବାହାରିବନି।

ଦୁଇ ବର୍ଷ ହୋଇଗଲାଣି। ଯେବେ ଡ଼ାକ୍ତର କହିଥିଲେ କ୍ୟାନ୍ସର ତାଙ୍କର ଦେହସାରା ଖେଳିଗଲାଣି, କୌଣସି ସମୟରେ ତାଙ୍କର କିଛିବି ହୋଇଯାଇପାରେ। ଯେବେଠୁ ଏକଥା ତାଙ୍କ ପିଲାମାନେ ଶୁଣିଲେଣି, ସେମାନେ ଅମ୍ମୀଙ୍କର ବେଶୀ ଖିଆଲ ରଖୁଥିଲେ। ପ୍ରତି ମାସରେ ଅମ୍ମିଙ୍କ ସ୍ୱାସ୍ଥ୍ୟ କଥା ପଚାରି ବୁଝୁଥିଲେ। ବୋହୂମାନେ ଇଣ୍ଡିଆର ଗରମ ସହି ପାରନ୍ତିନି। ତଥାପି ପ୍ରତିବର୍ଷ ଆସନ୍ତି। କୌଣସି ଫାଇଭଷ୍ଟାର ହୋଟେଲରେ ରୁହନ୍ତି। ତିନି ପୁଅ ତାଙ୍କ ଚିକିତ୍ସା ପାଇଁ ଡ଼ଲାର ଏବଂ ରିୟାଲ ପଠାନ୍ତି।

ଅମ୍ମିଙ୍କ ପାଇଁ ଭଲା ଡାକ୍ତର...ଭଲ ଚିକିତ୍ସା...ଘରେ ସବୁପ୍ରକାର ଆରାମ...ଦିନ ରାତି ସେବା କରିବାପାଇଁ ରୋଜା...ଯାହାକୁ ଦୂରରେ ଥାଇ ପୁରସ୍କାରସ୍ୱରୂପ ବହୁତ ଟଙ୍କାପଇସା ପଠାନ୍ତି।

ଚିକାଗୋକୁ ଦିନେ ସକାଳୁ ରୋଜାର ଫୋନ ଆସିଲା, 'ବେଗମ ସାହେବାଙ୍କ ଦେହ ବହୁତ ଖରାପ। ଡାକ୍ତର ସାହେବ କହିଲେ, 'ତାଙ୍କ ପୁଅମାନଙ୍କୁ ଫୋନ କରିଦିଅ। ସମସ୍ତଙ୍କୁ ଜଲଦି ଆସିବାକୁ କୁହ।'

ଫୋନ ପାଇ ସମସ୍ତଙ୍କ ଘରେ ହୁଲସ୍ଥୁଲ ହୋଇଗଲା। ସମସ୍ତଙ୍କ ପ୍ରୋଗ୍ରାମ ଡିଷ୍ଟର୍ବ ହୋଇଗଲା।

'ଉଫ୍..ଅମ୍ମୀ ସବୁବେଳେ ଏମିତି ହଇରାଣ କରୁଛନ୍ତି। ଇଣ୍ଡିଆ ଯିବାକୁ ଏଇଟା ଗୋଟେ ସମୟ!' ଆମେସବୁ ଗରମରେ ସଢ଼ିଯିବୁ।' ତାଙ୍କ ବୋହୂ ନସୀମ ଘାବରେଇଗଲା।

"ହାଲୋ..ହାଲୋ.." ଚାରିଆଡୁ ଫୋନ ଆସିବାକୁ ଲାଗିଲା।

ନିୟୁଅର୍କରୁ ଜମଶେଦ କହୁଥିଲା, "ଭାଇଜାନ! ରୋଜାର ଫୋନ ଆସିଥିଲା ଚବିଶ ଘଣ୍ଟା...କିନ୍ତୁ ମୋତେ ଏହି ସମୟରେ ଲିଭ ମିଳିବା ବହୁତ ମୁସ୍କିଲ।"

"କିନ୍ତୁ ଜମଶେଦ !ତୋର ମନେଅଛିନା ଆମେ ସବୁ ଅମ୍ମିଙ୍କୁ ପ୍ରମିଜ କରିଥିଲେ ଆମେ ଚାରି ଭାଇ ମିଶି ତାଙ୍କ ଡ଼େଡ ବଡି ଉଠାଇବା। ତେଣୁ ଆମକୁ ଯିବାକୁ ପଡ଼ିବ।" ରସିଦ ତାକୁ ବୁଝାଇଲା।

ତା'ପରେ ଦୁବାଇରୁ ତୃତୀୟ ଭାଇ ଖୁର୍ଶିଦର ଫୋନ ଆସିଲା, 'ଭାଇଜାନ୍..ଏବେ ନିଶୀକୁ ସାଙ୍ଗରେ ନେଲେ ଇଣ୍ଡିଆରେ ବହୁତ ଗରମ ହେବ। ତୁମେ ସେଠାରେ ଫାଇଭଷ୍ଟାର ହୋଟେଲ ଆମପାଇଁ ରିଜର୍ଭେସନ କରିଦିଅ।'

'ହଁ ଭାଇ, ମୋ ପାଇଁ ବି ଏହି ସିଜନରେ ଇଣ୍ଡିଆ ଯିବା କଷ୍ଟ।'

'ଅମ୍ମି ଆଚ୍ଛା କାମ କରୁଛନ୍ତି। ଟିକେ ଖରାପ ଲାଗିଲେ ଭୟ କରି ରୋଜା ଦ୍ୱାରା ଫୋନ କରାଇ ଦେଉଛନ୍ତି।'

'ଖୁର୍ଶିଦ! ଏବେ ମୁଁ ଡାକ୍ତର ଆରିଫଙ୍କ ସହିତ କଥାହେଲି। ସେ କହିଲେ ଅତିବେଶୀ ହେଲେ ଚବିଶ ଘଣ୍ଟା...'

'ତା'ହେଲେ ମୁଁ ଯିବି। ଦିଲ୍ଲୀରେ ଏକ ସେମିନାର ପାଇଁ ଇନଭିଟେସନ ଅଛି।'

"ଆରେ! ଆମେ ତା'ହେଲେ ଗୋଟିଏ ସପ୍ତାହରେ ଫେରିଆସିବା ନା ଡାଡ୍..." ପିଙ୍କି ଖୁସିହେଇ କହିଲା।

'ହଁ ବେବୀ ! ଆମେ ଚାରି ଭାଇ ଅମ୍ମିଙ୍କୁ ପ୍ରମିଜ କରିଥିଲୁ ଆମେ ତାଙ୍କ ଡ଼େଡ୍ ବଡି...'

"ଆଫ୍ଟରଡେଥ୍...ଗ୍ରାଣ୍ଡ ମମ୍‌ଙ୍କର କେତେ ଆଶା...' ବେବୀ ମୁହଁ ଓହଳାଇ ଇଂରାଜୀରେ କହିଲା, 'ଗ୍ରାଣ୍ଡ ମମ୍ ତାଙ୍କ ଚାରି ପୁଅଙ୍କ ସାଙ୍ଗରେ ଏନ୍‌ଜୟ କରି ଜୀବନ କାଟିବାକୁ ପ୍ରମିଜ କଲେନି କାହିଁକି ?"

କଷ୍ଟକୁ ଛାତିରେ ଚାପି ଅମ୍ମି ବି ଏକଥା ଭାବୁଥିଲେ। ଶୁନ୍‌ଶାନ୍ ଘର, ଖାଲି ରୁମ୍, ଶୂନ୍ୟ ଅଗଣା, ଅନ୍ଧାର କୋଠରିରେ ପଡ଼ିରହି କଷ୍ଟରେ ଛଟପଟ ହେଉଥିଲେ। କୌଣସି ମେଡ଼ିସିନ କାମ କରୁନଥିଲା। ଦେହର କୌଣସି ବି ଅଂଶ ନିଜ ଅକ୍ତିୟାରରେ ନଥିଲା। ଥରିଲା ହାତରେ ପାଣି ବୋତଲ ଉଠାଇବାକୁ ଚେଷ୍ଟା କରନ୍ତି, ବିଛଣା ସବୁ ଭିଜିଯାଏ।

ପାଣି..ପାଣି..ରୋଜା..ରୋଜା..କୁଆଡେ ମଲୁ ? କାହାର ଫୋନ ଆସିଛି ? ଦୁଆରେ କିଏ ଡ଼ାକୁଛି ?

ରୋଜା କବାଟ ଦେଇ ତା' ସ୍ୱାମୀ ସହିତ ଶୋଇଥାଏ।

"ବୁଡ଼ୀର ଚିଲ୍ଲେଇବା ଅଭ୍ୟାସ ହୋଇଗଲାଣି। ମୁଁ ପାଗଳ ହେଇଯିବି, ମିଆଁ ! ଆଉ କୌଣସି ଚାକିରି ଖୋଜ, ଏବେ..."

ଅମ୍ମି ସମ୍ପତ୍ତି ସବୁ ବିକ୍ରି କରି ଚାରି ପୁଅଙ୍କୁ ଡାକ୍ତର, ଇଞ୍ଜିନିୟର କରିଛନ୍ତି। ଭଲ ଡିଗ୍ରୀ ମିଳିବା ମାତ୍ରେ ତାଙ୍କର ପର ଗଜୁରିଲା ଏବଂ ସେମାନେ ଆମେରୀକାକୁ ଉଡ଼ି ଚାଲିଗଲେ। ଅମ୍ମୀଙ୍କୁ ଏକଥା ଭଲ ଲାଗିଲାନି। ଏତେ ଦୂର ? ଆମେ ସବୁ ଆମେରୀକାରେ ଯାଇ ରହିଲେ ହୁଅନ୍ତାନି ?ସେ ତା'ସ୍ୱାମୀଙ୍କୁ କୁହେ।

"ଆମେ ସବୁ... ? ତୁମକୁ କିଏ ଆମେରୀକାକୁ ନେଇକି ଯିବ ?" ପିଲାଙ୍କ ଆବ୍‌ବା ହସି କହିଲେ, 'ଆମେରୀକାରେ ବାପା, ମା' ରୁହନ୍ତିନି। ସେଇଟା ଯୁବକମାନଙ୍କ ମୁଲକ।"

"ଆଚ୍ଛା ବାପା ମା' ରୁହନ୍ତିନି। ସେଇଟା ଯୁବକମାନଙ୍କ ମୁଲକ !"

ତା'ହେଲେ ବାପା ମା' କୁଆଡ଼େ ଯିବେ ?" ସେ ଆଶ୍ଚର୍ଯ୍ୟ ହୋଇ ପଚାରିଲା।

"ଅଳିଆ ଗଦାକୁ !" ସ୍ୱାମୀ ରାଗିକି କହିଲେ।

ଘରର ଅଗଣାରେ ବସି, ପାରାମାନଙ୍କୁ ଦାନା ପକାଇ ଅମ୍ମୀ ଭାବୁଥିଲେ, ଏ ଘର ଅଳିଆ ଗଦା ହୋଇଗଲାଣି। ବାରମ୍ବାର ଲାଇଟ ଚାଲିଯାଉଛି। ଅନ୍ଧାରରେ ମାଚିସ ମିଳୁନି। ପୋଷ୍ଟମ୍ୟାନ ଯଦି ଚିଠି ପକାଇଦେଇ ଯିବ, କୋଉ ଜିନିଷ ପଛରେ ପଡ଼ିଥିବ ମାସକ ପରେ ମିଳୁଛି। ଏମିତିରେ ତାଙ୍କ ପୁଅମାନେ ଏବେ ପୁରୁଣା ପରମ୍ପରା ଚିଠି

ଲେଖିବା ଛାଡ଼ିଦେଲେଣି । କେବେ ଦରକାର ହେଲେ ଫୋନ କରିଦିଅନ୍ତି । କ୍ଷୀରବାଲା ଫାଟକ ପାଖରେ କ୍ଷୀର ପ୍ୟାକେଟ ରଖି ଚାଲିଯାଏ, କୁକୁର ଉଠେଇ ନେଇଯାଏ । କେବେ ଅଗଣାରେ କୋଉ ପିଲାର ବଲ ପଡ଼ିଯାଏ ତ ଭିତରକୁ ଆସିବା ପୂର୍ବରୁ ଅମ୍ମୀଙ୍କ ମୁହଁକୁ ଦେଖି ଚାଲିଯାଆନ୍ତି । ବନ୍ଧୁବାନ୍ଧବଙ୍କୁ ଆସିବାକୁ ଫୁରୁସତ୍ ମିଳେନି ।

କେତେଥର ଫୋନରେ କହିଛି 'ରଶୀଦ, ମୁଁ ଏବେ ତୋ ପାଖରେ ରହିବି । ମୋତେ ସବୁଦିନେ ଜର ଆସୁଛି । କାଶ ବହୁତ ବଢ଼ିଯାଇଛି । ଏକୁଟିଆ ଘରେ ରହିବାକୁ ଆଦୌ ମନହେଉନି ।'

ରଶିଦ ଅମ୍ମିକୁ ତା' ଅସୁବିଧା କଥା ଶୁଣାଇ କହିଲା, "କିନ୍ତୁ ଅମ୍ମି, ତୁମ ବେମାରୀର ଚିକିତ୍ସା ଏଠାରେ ବହୁତ ମହଙ୍ଗା । ଘରେ କିଏ ବି ରହୁନାହାନ୍ତି । ତୁମର ଦେଖାଚାହାଁ କରିବ କିଏ ?"

"ଆଚ୍ଛା, ତା'ହେଲେ ହନି ଆଉ ତାରିକଙ୍କୁ କହ ମୋ ସହିତ ଫୋନରେ କଥା ହେବେ । ପିଲାମାନଙ୍କୁ ଦେଖିବାକୁ ମୋର ବହୁତ ଇଚ୍ଛା ହେଉଛି ।" ପିଲାମାନଙ୍କୁ ମନେପକାଇ କାନ୍ଦି ପକାନ୍ତି ।

"ଅମ୍ମି କଥା କ'ଣ କି, ପିଲାମାନଙ୍କୁ ଉର୍ଦ୍ଦୁ ଆସୁନି । ଏଥିପାଇଁ ତୁମକଥା ସେମାନେ ବୁଝି ପାରୁନାହାନ୍ତି ।"

ଅମ୍ମି ଫୋନ ରଖିଦେଇ କୁହନ୍ତି, 'ମୋ କଥା କିଏବି ବୁଝୁନାହାନ୍ତି । ନା ପିଲା, ନା ବାପା ମା' !'

ଯେବେ ତିନି ପୁଅ ଆମେରୀକା ଗଲେ, ଅମ୍ମୀ ଆବାଙ୍କ ପାଖରେ ହମିଦକୁ ଛାଡ଼ି ଯାଇଥିଲେ । ହମିଦର ପାଠରେ ମନ ନଥିଲା । ଦିନସାରା ବେକାର ସାଙ୍ଗଙ୍କ ସାଙ୍ଗରେ ବୁଲୁଥିଲା । କେବେ ଷ୍ଟୁଡେଣ୍ଟ ୟୁନିୟନ ଝଣ୍ଡା ଧରି ରାସ୍ତାରେ ବୁଲୁଥିଲା, ତ କେବେ କୌଣସି ସିୟାସୀ ପାର୍ଟି ସାଥିରେ ନାରା ଲଗାଉଥିଲା । ତା'ପରେ ଦିନେ ଶୁଣିଲେ, ସେ କୌଣସି ପାର୍ଟିରେ ସାମିଲ ହୋଇଗଲା ।

ବାପା ବାରମ୍ବାର ମନେପକାଇ କହୁଥିଲେ, 'ତୋର ପରୀକ୍ଷା ମାସେ ଅଛି, ପଢୁନୁ କାହିଁକି ?'

'ଆବ୍‌ବା !ମୁଁ ଏ ବର୍ଷ ପରୀକ୍ଷା ଦେବିନି । ମୁଁ ଇଲେକ୍ସନରେ କାମ କରିବି ।'

ଆବ୍‌ବା ବହୁତ ରାଗିଗଲେ । ଅମ୍ମି କାନ୍ଦି କାନ୍ଦି ବୁଝାଇଲେ । ଯେତେବେଳେ ଭବିଷ୍ୟତରେ ଭାଇମାନଙ୍କ ପାଖରେ ହାତ ପତେଇବୁ ସେତେବେଳେ ବୁଝିବୁ । ଏବେ ହମିଦ ଘରକୁ କମ୍ ଆସୁଥିଲା । ତା'ପରେ ଖବର ଆସିଲା, କୌଣସି ବିରୋଧି ପାର୍ଟିର

ମେମ୍ବରଙ୍କୁ ମାରିବା ଅପରାଧରେ ହମିଦ ଗିରଫ ହେଲା। ଲୋକଟି ହସପିଟାଲରେ ମରିଗଲା।

ସାଇ ପଡ଼ିଶା ଅବ୍‌ବା, ଅମ୍ମିଙ୍କୁ ସାନ୍ତ୍ୱନା ଦେବାକୁ ଆସିଲେ। କେଜାଣି କି ପାପ କରିଥିଲେ ହମିଦ ଏ ଘରେ ଜନ୍ମହେଲା। ତାକୁ ଫାସୀ ହେବ। ତେଣୁ ବନ୍ଧୁବାନ୍ଧବ ଶୋକପ୍ରକାଶ କରିବାକୁ ଆସିବାକୁ ଲାଗିଲେ।

ହମିଦର ସାଙ୍ଗମାନେ କହୁଥିଲେ, 'ଫାସୀ ଉପରେ ଚଢ଼ିବେ ହମିଦର ଶତ୍ରୁ। ସେ ଏବେ ଆମର ହୀରା।' ତାଙ୍କ ପାର୍ଟି ବହୁମତ ଆସିଲା। କିଛିଦିନ ପର୍ଯ୍ୟନ୍ତ ମକଦ୍ଦମା ଚାଲିଲା। ତାପରେ ମାମଲା ଠପ୍ ହୋଇଗଲା।

ଦିନେ ହମିଦର ଜଣେ ସାଙ୍ଗ ଆସି ଅମ୍ମିଙ୍କୁ କହିଲା, 'କୌଣସି ପାର୍ଟିର ମେମ୍ବର ଯଦି ଦୁଇ ଚାରିଟା ମର୍ଡ଼ର କରିଦିଏ, ତା'ହେଲେ ପାର୍ଟି ତାକୁ ଇଲେକ୍ସନ ପାଇଁ ଟିକେଟ ଦେବାକୁ ବାଧହୁଏ।'

ସେଇୟା ହେଲା, ହମିଦକୁ ତାଙ୍କ ପାର୍ଟିର ଲିଡ଼ର କରିଦେଲେ। ଯେଉଁଦିନ ହମିଦ ବେକରେ ଫୁଲମାଳ ପକାଇ ଶୋଭାଯାତ୍ରାରେ ଘରକୁ ଆସିଲା, ଆବ୍‌ବା ହାତରେ ମୁହଁକୁ ଲୁଚାଇ ବସିରହିଲେ। ଆବ୍‌ବାଙ୍କୁ କୁଣ୍ଢେଇବାକୁ ଗଲାରୁ ଆବ୍‌ବା ତଳେ ଗଡ଼ିପଡ଼ିଲେ।

ତା'ପରେ ହମିଦ ମନ୍ତ୍ରୀ ହୋଇଗଲା ଏବଂ ଜିଦି କଲା, 'ଅମ୍ମୀ ମୋ ସାଙ୍ଗରେ ଦିଲ୍ଲୀ ଚାଲ। ସରକାରୀ ବଙ୍ଗଳାରେ ରହିବ। ଗଭର୍ଣ୍ଣମେଣ୍ଟ ପତାକା ଲାଗିଥିବା କାରରେ ବୁଲିବ। ବହୁତ ଆରାମ କରିବ।' ଅମ୍ମୀ 'ମନ୍ତ୍ରୀଙ୍କ ଅମ୍ମୀ' ହେବାପାଇଁ ନୂଆ ଡ୍ରେସ ସିଲାଇଲେ, ନୂଆ ଚପଲ କିଣିଲେ, କିନ୍ତୁ ସେ ମନ୍ତ୍ରୀଙ୍କ ବଙ୍ଗଳାରେ ଫିଟ୍ ହୋଇପାରିଲେନି। ଚାକର ବାକରଙ୍କୁ ସଉଦା, ପନିପରିବାର ହିସାବ ମାଗନ୍ତି। ଚୌକିଦାର ଏବଂ ଡ୍ରାଇଭରଙ୍କ ସଲାମର ଉତ୍ତରରେ 'ଭଲରେ ରୁହ, ଦିର୍ଘଜିବୀ ହୁଅ' କହି ଖୁସି ହୁଅନ୍ତି। ବଙ୍ଗଳା ଲନ୍‌ର ଖରାରେ ଟେବୁଲ କିମ୍ବା ଖଟିଆ ପକେଇ ପାମ୍ପଡ଼ ବେଲିବାକୁ ବସିଯାଆନ୍ତି। ଏଥିପାଇଁ 'ମନ୍ତ୍ରୀଙ୍କ ବେଗମ' ତାଙ୍କୁ ସେଇଠିକୁ ପଠାଇଦେଲେ, ଯେଉଁଠି ସେ ମୁଣ୍ଡ ତଳକୁ କରି ଆଚାର, ପାମ୍ପଡ଼ କରିବାରେ ଲାଗିଥାନ୍ତି।

ତିନିଦିନ ହୋଇଗଲାଣି, ଅମ୍ମିଙ୍କ ପାଖରେ ଚାରି ଭାଇ ହାତ ବାନ୍ଧି ଛିଡ଼ାହୋଇଥିଲେ। ବାରମ୍ବାର ଅକ୍ସିଜେନର ଟିୟୁବ ଠିକ୍ କରୁଥିଲେ। ଅମ୍ମିଙ୍କର କ'ଣ ହେଇଯିବ। ଆସୁଥିବା ଦୁଃଖକୁ ସେମାନେ ନିଜର ମୁହଁରେ ଚିତ୍ରାଙ୍କିତ କରି ସାରିଥିଲେ। ଅମ୍ମି ବଡ଼ କଷ୍ଟରେ ଆଖି ଖୋଲି ସମସ୍ତଙ୍କୁ ଚାହିଁଲେ।

"ହମିଦ ଆସିଲାନି ? ମୋ ହମିଦ.." ହୁଏତ ଅମ୍ମିର ନିଶ୍ୱାସ ହମିଦଠାରେ ଅଟକିଛି।

ରୋଜା କହୁଥିଲା ହମିଦ ଦିଲ୍ଲୀରେ ଅଛି । ଏଥର ତାଙ୍କ ପାର୍ଟିକୁ ଇଲେକ୍‌ସନରେ ବହୁମତ ମିଳିଲାନି । ଏବେ ହମିଦ ମନ୍ତ୍ରୀ ହେଇ ରହିବନି । ଏମିତି ସମୟରେ ଦିଲ୍ଲୀରୁ ବାହାରକୁ କେମିତି ଯାଇପାରିବ ।

ରଶୀଦ ବହୁତ ରାଗିକି ଥିଲା 'କିନ୍ତୁ ଆମେ ସମସ୍ତେ ଅମ୍ମୀଙ୍କୁ ପ୍ରମିଜ କରିଥିଲେ ତାଙ୍କ ଶେଷ ସମୟରେ...' ଅମ୍ମୀ ବାରମ୍ବାର ଆଖି ଖୋଲୁଥିଲେ । କହିଲେ, "ତୁମ ସମସ୍ତଙ୍କୁ ମୋ ପାଖରେ ଦେଖି ମୋ ମନ ହେଉଛି...ପିଲାମାନଙ୍କୁ ନିଜ ହାତରେ ତିଆରିକରି ପଲାଉ..."

ତାଙ୍କ ବଡ଼ ବୋହୂ ଗାଲକୁ ଛୁଇଁ କହିଲା, 'ହେ ଆଲ୍ଲା ! ଏଇ ସମୟରେ ବି ଅମ୍ମୀଙ୍କ ମନ ପଲାଉରେ ଅଟକିଛି । ଆଲ୍ଲା ତୌବା...'

"ଅମ୍ମୀ..ୟସୀନ (କୋରାନର ଏକ ମନ୍ତ୍ର) ପଢନ୍ତୁ..ଆଲ୍ଲାଙ୍କୁ ମନେପକାନ୍ତୁ..."

"ମୋ ହମିଦ..ଏବେ ମୋ କଫିନକୁ କାନ୍ଧ ଦେବାକୁ..." ସେ ପୁଣି କାନ୍ଦିଲେ ।

"ତୁମେ ସମସ୍ତେ ମୋ ପାଖରେ ପ୍ରତିଜ୍ଞା କରିଥିଲ, ମୋ କଫିନକୁ ଚାରି ଭାଇ ଉଠେଇବ..."

"ହାଲୋ..ହାଲୋ..ଏବେ ଅମ୍ମୀର ଅବସ୍ଥା କ'ଣ ?" ଦିଲ୍ଲୀରୁ ହମିଦର ଫୋନ ଆସିଲା ।

"କ'ଣ ? ଅକ୍ସିଜେନ ଦିଆଯାଉଛି, କିନ୍ତୁ ଏବେ ଅକ୍ସିଜେନ ଦେଲେ ଫାଇଦା କ'ଣ ? ଯେହେତୁ ଡାକ୍ତର କହିସାରିଛନ୍ତି । ଭାଇଜାନ୍ ମୋ କଥା ଶୁଣନ୍ତୁ, ଆଲ୍ଲା ନ କରନ୍ତୁ, ଅମ୍ମୀର ଆଜି ରାତିରେ କିଛି ହୋଇଗଲେ, ପ୍ରାଇମ ମିନିଷ୍ଟର ବି ମୋତେ ସମବେଦନା ଜଣାଇବାକୁ ଆସିବେ...କିନ୍ତୁ ପଅରଦିନ ମୋର ମିନିଷ୍ଟ୍ରି ଶେଷ ହୋଇଯିବ । ସେଥିପାଇଁ ତୁମେଅମ୍ମୀଙ୍କୁ ଶୀଘ୍ର କୌଣସି ପ୍ରସିଦ୍ଧ ହସପିଟାଲକୁ ନେଇଯାଅ । ମୃତ୍ୟୁର ନିୟୁଜ ଟି.ଭିରେ ଦେବ, ସେଇ ହସପିଟାଲର ନାଁ ବି ରହିବା ଦରକାର" ତା'ପରେ ସେ କହିଲା, 'ଟିକେ ଭାବିଙ୍କୁ ଫୋନ ଦିଅ ।'

"ହାଲୋ..ହାଲୋ..ଭାବି..ସବୁ ବ୍ୟବସ୍ଥା ଭଲଭାବେ କର । ଖର୍ଚ୍ଚ କଥା ଚିନ୍ତା କରନି । ଟି.ଭି ବାଲା ନିୟୁଜରେ ତାଙ୍କୁ ସାମିଲ କରିବାପାଇଁ ଘରକୁ ଆସିବେ ।"

ଭାବି ଆସ୍ୱସ୍ତ କରି କହିଲେ, "ତୁମେ କିଛି ଚିନ୍ତା କରନାହିଁ ହମିଦ ଭାଇ । ମୁଁ ସବୁ ବ୍ୟବସ୍ଥା କରିଦେଇଛି ।"

ଅମ୍ମୀ ଉତ୍ସାହର ସହ ପଚାରିଲେ, 'କ'ଣ କହୁଥିଲା ହମିଦ ? ସେ କେବେ ଆସିବ ?

ତା'ପରେ ଖୁର୍ଶିଦ ଡ୍ରଇଂଙ୍ଗରୁମକୁ ଆସି କହିଲା, 'କାଲି ମୋତେ ଦିଲ୍ଲୀରେ

ଏକ ସେମିନାର ଆଟେଣ୍ଡ କରିବାର ଅଛି। ମୁଁ କେବଳ ତିନି ଦିନ ଲିଭ ନେଇ ଆସିଛି।'

ଆମେରୀକାନ ବୋହୂ ଶୁଖିଲା ମୁହଁ କରି କହିଲା, 'ପିଲାମାନେ ଗରମରେ ଅସ୍ତବ୍ୟସ୍ତ ହେଲେଣି।'

ସକାଳୁ ସକାଳୁ, ଅମ୍ମୀର ଆଖି ଖୋଲିବା ପୂର୍ବରୁ ସେମାନେ ସମସ୍ତେ ଲୁଚି ଲୁଚି ଗେଟ ବାହାରକୁ ଚାଲିଗଲେ। ସେମାନେ ରୋଜାକୁ ଅମ୍ମୀର ଭଲଭାବେ ଦେଖାଚାହାଁ କରିବାକୁ କହିଲେ ଏବଂ ବହୁତ ଡଲାର, ରିୟାଲ, ଟଙ୍କା ତା'ହାତରେ ଧରାଇଦେଲେ।

"ଅମ୍ମୀଙ୍କ ଅବସ୍ଥା କଥା ଆମକୁ ଫୋନରେ ଜଣାଉଥିବ। ବାଏ..ବାଏ..।"

ରୋଜା ଭିତରକୁ ଆସିଲା ଏବଂ ଏହା ଦେଖି ଡରିଗଲା ଯେ ଅମ୍ମୀଙ୍କ ଆଖି ଖୋଲାଥିଲା। ହୁଏତ ତାଙ୍କ ପୁଅମାନଙ୍କୁ ଯିବାର ଦେଖିଦେଇଥିଲେ।

ତା'ପରେ ସେ ଏକ ଦୋକାନକୁ ଫୋନ ଲଗାଇଲା।

"ହାଲୋ..ହାଲୋ..ଶବ ନେଇଯିବାପାଇଁ ଗୋଟିଏ ଗାଡ଼ି ପଠାଇଦିଅ ଏବଂ ତା'ସହିତ ଚାରିଜଣ ଲୋକ ବି। ଆଉକିଛି ଦରକାର ନାହିଁ। ତାଙ୍କ ପୁଅମାନେ ପ୍ରତ୍ୟେକ ଜିନିଷ ବ୍ୟବସ୍ଥା କରି ଯାଇଛନ୍ତି।"

■

ମୂଳ

ନାଗାଲ୍ୟାଣ୍ଡ- ନେଚୁରିଜୋ ଚୁଚା

ବିଲିଏନ୍ୟୁ ଯେତେବେଳେ ବିଦେଶରେ ପଢୁଥିଲା, ସେତେବେଳେ ତା’ ମା’ଙ୍କର ମୃତ୍ୟୁ ଖବର ପାଇଲା। ତା’ ମନରେ ଶକ୍ତ ଧକ୍କା ହେଲା। ସେ ଭାବିଲା, କିଛି ଦିନ ପାଇଁ ଘରକୁ ଚାଲିଯିବ। କିନ୍ତୁ ବାପାଙ୍କ ତାଗିଦା “ଯାହା ହେବାର କଥା ହୋଇ ଗଲାଣି, ଏଠାକୁ ଆସିବା କଥା ଭାବିବୁନି, ତୋ ପାଠପଢ଼ା ନଷ୍ଟ ହେବ। ପାଠ ସରିବା ପରେ ଆସିବୁ।” କିନ୍ତୁ ବିଲିଏନ୍ୟୁର ଯେତେ ବେଳେ ପଢ଼ା ସମ୍ପୂର୍ଣ ହେଲା, ତା’ ବାପା ବି ଆଖି ବୁଜିଦେଲେ। ସେ ତାଙ୍କ ପୁଅ ଡିଗ୍ରୀର ପ୍ରମାଣପତ୍ରବି ଦେଖି ପାରିଲେନି, ଯାହାକୁ ସେ ଆଶା ବାନ୍ଧି ବସିଥିଲେ। ବିଲିଏନ୍ୟୁ ବାହାରେ କାମ କରିବା ଆଶା ତ୍ୟାଗ କରି ସିଧା ନାଗାଲ୍ୟାଣ୍ଡସ୍ଥିତ ନିଜ ଗାଁ ଟେନିଇମିୟାକୁ ରାସ୍ତା ଧରିଲା।

ସେଠାରେ ତା’ ସଫଳତା ପାଇଁ ଗର୍ବ କରିବାକୁ କେହି ନଥିଲେ। ଘରେ ନୀରବତା ଛାଇ ଯାଇଥିଲା। ପଡିଶାରେ ଜଣେ ସମ୍ପର୍କୀୟ ଅଙ୍କଲ ରହୁଥିଲେ। ସେ ଘର ଦେଖାଶୁଣା କରୁଥିଲେ। ଗାଁରୁ ଅନେକ ଲୋକ ତାକୁ ଦେଖିବାକୁ ଆସିଲେ। କିନ୍ତୁ ସେ କାହା ସହିତ ତା’ ମନ କଥା କହି ପାରିଲା ନାହିଁ। ସେମାନେ ଇଂରାଜୀ ବୁଝି ପାରୁନଥିଲେ। ଅଙ୍କଲଙ୍କ ଅବସ୍ଥା ମଧ୍ୟ ସେୟା ଥିଲା। ସେ ମଧ୍ୟ ସେମାନଙ୍କ ଭାଷା ସମ୍ପୂର୍ଣ୍ଣ ବୁଝି ପାରୁନଥିଲା। ସେମାନେ ଟେନିଡ଼ି ଭାଷାରେ କଥା ହେଉଥିଲେ। ବିଲିଏନ୍ୟୁ ନିଜ ଭାଷା କେବେଠୁ ତ ଭୁଲି ସାରିଥିଲା। ଅଙ୍କଲ ଖଣ୍ଡି ଖଣ୍ଡି ଇଂରାଜୀରେ ତାକୁ ବୁଝାଇଲେ, ତୁ ଟେନିଡ଼ି ଭାଷା କହିବାକୁ ଚେଷ୍ଟା କର, କିନ୍ତୁ ସେ ଏହା ଏକ କଷ୍ଟ ଏବଂ ବେକାର କାମ ବୋଲି ଭାବୁଥିଲା।

ଅନିଚ୍ଛାସତ୍ତ୍ୱେବି ସେ ନିଜ ମାତୃଭାଷା ସହିତ ସମ୍ପର୍କ ତୁଟେଇ ପାରୁନଥିଲା। ଅତିକମରେ ତା' ନାଁ 'ବିଲିଏନ୍ୟୁ' ଯାହା ବାପା, ଦାଦା ବଡ ଆଶା ନେଇ ରଖିଥିଲେ, ତାହା ତାଙ୍କ ମାତୃଭାଷା ହିଁ ଥିଲା। 'ବିଲିଏନ୍ୟୁ' ମାନେ କିଛି ପାଇବାର ଅଭିଳାଷା। ତା' ନାଁରେ ତା' ବାପା ମା' ଙ୍କ ଦୀର୍ଘ ଅଭିଳାଷା ନିହିତ ଥିଲା। ସେମାନେ ଚାହୁଁଥିଲେ ସହରରେ ରହି ଯେଉଁ ଶିକ୍ଷାକୁ ସେମାନେ ଅଧେ ଅର୍ଜିତ କରିଥିଲେ ତାହାକୁ ତାଙ୍କ ପୁଅ ସମ୍ପୂର୍ଣ୍ଣ ଭଲଭାବେ ହାସଲ କରୁ। ବାପା ତ ତା' ପାଇଁ ସବୁକିଛି କରିବାକୁ ପ୍ରସ୍ତୁତ ଥିଲେ।

ଭାଗ୍ୟ ତାକୁ ବାଟ କଢ଼ାଇନେଲା। ଅସାଧାରଣ ମେଧାବୀ, ବିଦ୍ୟାର୍ଜ୍ଜନ ପ୍ରତି ତାର ଆଗ୍ରହ ଥିଲା, ନିଷ୍ଠା ଏବଂ କଠିନ ପରିଶ୍ରମ ତା'ର ଆଉ ଏକ ଗୁଣ ଥିଲା। ସହରରେ ଥିବା ଏକ ବୋର୍ଡ଼ିଙ୍ଗ ସ୍କୁଲରେ ବାପା ତାକୁ ଅରମ୍ଭରୁ ଛାଡ଼ି ଦେଇଥିଲେ। ସେଠାରେ ତା'ର ପ୍ରତିଭାକୁ ବିକଶିତ କରିବାକୁ ଭଲଭାବେ ମଉକା ମିଳିଲା। ଶିକ୍ଷକଙ୍କ ସ୍ନେହ ଏବଂ ସାହାଯ୍ୟ ତାକୁ ମିଳିଲା। ପାଠରେ ସବୁବେଳେ ସାଙ୍ଗସାଥୀଙ୍କଠାରୁ ଆଗରେ ରହିଲା। ତା'ପରେ ହାୟର ସେକେଣ୍ଡରୀ ସରିବା ପରେ ସ୍ଥାନୀୟ ଚର୍ଚ୍ଚର ଜଣେ ପାଦ୍ରିଙ୍କ ସହାୟତାରେ ବାହାରକୁ ପଢ଼ିବାକୁ ଚାଲିଗଲା। ତାକୁ ସେଠାରେ ମଧ୍ୟ ସ୍କଲରସିପ ମିଳିଗଲା, ଯାହାଦ୍ୱାରା ତା' ପାଠପଢ଼ା ସହଜ ହେଇଯାଇଥିଲା।

ଏବେ ଏହି ସମୟରେ ତା'ର ଏତେ ପରିଶ୍ରମ ଏବଂ ଜୀବନର କେତେ ବର୍ଷ ବାହାରେ ବିତାଇବା ପରେ ଯେତେବେଳେ ସେ ନିଜ ଗାଁକୁ ଫେରିଲା, ତା'ର ସମସ୍ତ ବିଦ୍ୟା ନିରର୍ଥକ ବୋଲି ସେ ଜାଣିଲା। ଭାଷା ସମସ୍ୟା ଯୋଗୁ ଗାଁ ଲୋକଙ୍କ ସହିତ ବେଶୀ ସମ୍ପର୍କ ନଥିଲା। ତାକୁ ଲାଗୁଥିଲା, ସେମାନଙ୍କ ସହିତ ତା'ର କୌଣସି ସାମଞ୍ଜ୍ୟସ ନାହିଁ। ତା' ସମବୟସ୍କ ଯୁବକମାନଙ୍କ ସହିତ କୋଉଠି ଯଦି ଦେଖା ହେଇଯାଏ, ସେମାନଙ୍କ ମଧ୍ୟରେ ସେ ନିଜକୁ ଅନଭିଜ୍ଞ ବୋଲି ଅନୁଭବ କରେ। ଗାଁର ଯୁବକମାନେ ପରସ୍ପର ମଧ୍ୟରେ ଥଟ୍ଟା ମଜା କରନ୍ତି, ମିଶିକି ଖେଳାଖେଳିରେ ମାତିଥାନ୍ତି କିନ୍ତୁ ବିଲିଏନ୍ୟୁ ସେମାନଙ୍କ ସାଙ୍ଗରେ ମିଶାମିଶି କରି ପାରୁନଥିଲା। କାରଣ ତା' ପ୍ରକୃତି ଏବଂ ରୁଚି ସେମାନଙ୍କଠାରୁ ଭିନ୍ନ ଥିଲା। ତେଣୁ ସେ ଏକୁଟିଆ ଅନୁଭବ କରୁଥିଲା।

ଅଙ୍କଲ ତା'ର ଏହି ଅସୁବିଧା କଥା ଜାଣି ପାରୁଥିଲେ। ଟେନିଡି ଭାଷାରେ କଥାବାର୍ତ୍ତା କରିବାକୁ ତାକୁ ପ୍ରବର୍ତ୍ତାଇଲେ। ତାକୁ ସାଙ୍ଗରେ ନେଇ ସକାଳେ ସନ୍ଧ୍ୟାରେ ବାହାରେ ବୁଲାଇଲେ। ତାକୁ ସମାଜର ସଂସ୍କାର ବିଷୟରେ ବୁଝାଇଲେ। କିନ୍ତୁ ତାକୁ ଲାଗୁଥିଲା, ଯେମିତି ସବୁ ଜିନିଷ ତା' ହାତରୁ ଖସି ଯାଉଛି। ଏଠାକାର ଲୋକ

ଯେମିତିଭାବେ କୌଣସି କଥା, କୌଣସି ଘଟଣାକୁ ଦେଖୁଛନ୍ତି, ସେଇ ଦୃଷ୍ଟିକୋଣ ତା'ର ଏତେ ଅଲଗା କାହିଁକି ? ଏମିତି କିଛି ଘଟଣା ତା' ପାଇଁ ପ୍ରଥମ ଥର ଆସିଲା।

ଗୋଟିଏ ଘଟଣା ଏମିତି, ଦିନେ ସକାଳେ ଦୁହେଁ ଯେତେବେଳେ ବାହାରକୁ ବୁଲିଯିବାକୁ ବାହାରିଲେ ସେମାନେ ଗାଁର ଜଣେ ବୟସ୍କ କୃଷକ ନିଜ ଜମିରେ ମାଟି ଖୋଳୁଥିବାର ଦେଖିଲେ। ଅଙ୍କଲ ବିଲିଏନ୍ୟୁକୁ ତାହା ଦେଖାଇଲେ। ବୃଦ୍ଧ ବ୍ୟକ୍ତିଜଣଙ୍କ ଝାଳରେ ଲଟପଟ ହୋଇ ଧଇଁସଇଁ ହେଉଥିଲେ। ହଠାତ୍ ଜଣେ କିଶୋର ପ୍ରାୟ ଦୌଡି ଦୌଡି ଆସି ତାଙ୍କ ହାତରୁ କୋଦାଳ ଛଡାଇ ନେଇ କହିଲା "ଜେଜେ, ଏବେ ତୁମେ ବିଶ୍ରାମ ନିଅ, ତୁମର ଏହି କାମ ମୁଁ ପୁରା କରିବି।"

ବୃଦ୍ଧ ତା'ଠାରୁ କୋଦାଳ ନେଇ କାମ ଜାରି ରଖିବାକୁ ଯିଦି କଲେ କିନ୍ତୁ ପିଲାଟି ମାନିଲାନି। ସେ ବୁଝାଇ ସୁଝାଇ ତା' ଜେଜେଙ୍କୁ ବିଶ୍ରାମ କରିବା ପାଇଁ ପଠାଇଦେଲା।

ଅଙ୍କଲ ତାକୁ ଏହା ଦେଖାଇ କହିଲେ, "ଦେଖ, ଏହାହିଁ ଆମ ମାଟିର ସଂସ୍କାର !"

ବିଲିଏନ୍ୟୁକୁ ଏଥିରେ କୌଣସି ନୂଆ କଥା ନଜରକୁ ଆସିଲାନି। ସେ ଉତ୍ତର ଦେଲା"ଅଙ୍କଲ , ଏଥିରେ କି ଭଲ କଥା ? ସେଇ ବୃଦ୍ଧ ବ୍ୟକ୍ତିଜଣଙ୍କ ତାଙ୍କ କାମ କରି ପାରିଥାନ୍ତେ କିନ୍ତୁସେଇ ପିଲାଟା ତାଙ୍କୁ ଏଥିରେ ଅଟକାଇବା କ'ଣ ଦରକାର ଥିଲା ?" ଏକଥା ଶୁଣି ଅଙ୍କଲ ଚୁପ ରହିଲେ।

ଅନ୍ୟ ଏକ ଘଟଣା ମଧ୍ୟ ଅଙ୍କଲ ତାକୁ କହିଥିଲେ। ଗାଁର ଦୁଇ ଜଣ ସ୍ତ୍ରୀଲୋକ, ଯିଏ ଶାଶୁ ବୋହୂ ଥିଲେ। ଦିନେ ସନ୍ଧ୍ୟାରେ ସେମାନେ ଦେଖିଲେ, ଘରେ ଯେତିକି ଚାଉଳ ଅଛି, କେବଳ ଜଣେ ବ୍ୟକ୍ତି ଖାଇପାରିବେ। ବୃଦ୍ଧାଙ୍କ ପୁଅ ବାହାରକୁ ଯାଇଥିଲା, ତେଣୁ ଆଉ କୋଉଠୁ ଚାଉଳ ଯୋଗାଡ କରି ପାରିଲେ ନାହିଁ। ଦୁହେଁ ଦୁହିଁଙ୍କୁ ସେତକ ଖାଇଦେବା ପାଇଁ କହିଲେ। ଦୁହେଁ ବିନା ଖାଦ୍ୟରେ ରାତି କାଟିଦେବେ ବୋଲି ପ୍ରସ୍ତୁତ ଥିଲେ କିନ୍ତୁ ଦୁହିଁଙ୍କ ମନରେ କୌଣସି ଦୁଃଖ ନଥିଲା।

ଏହି ପ୍ରସଙ୍ଗ ଶୁଣାଇବା ପରେ ଅଙ୍କଲ ତାକୁ କହିଲେ, "ଦେଖ ଏହାହିଁ ଆମ ସଂସ୍କାର !"

ବିଲିଏନ୍ୟୁ ବୋକାଙ୍କ ଭଳି ତାଙ୍କ ଆଡକୁ ଚାହିଁ ରହିଲା। ଏଥିରେ କୋଉ ବଡ଼ ଉଲ୍ଲେଖନୀୟ କଥା ଅଛି ଯେ ଯାହା ସେ ତାକୁ ବୁଝାଇବାକୁ ଚାହୁଁଛନ୍ତି ?

ତାକୁ ଲାଗିଲା, ଅର୍ଥହୀନ କଥା ଉପରେ ଗାଁ ଲୋକ ଅଧିକ ଧ୍ୟାନ ଦିଅନ୍ତି। ଏସବୁ ତାକୁ ଅର୍ଥହୀନ, ବେକାର, ଶସ୍ତା କଥାଭଳି ଲାଗିଲା। ଅତିଶୀଘ୍ର ତା' ମନ

ଏସବୁରୁ ଫିକା ପଡ଼ିଗଲା। ଗାଁର ଲୋକମାନେବି ତା'ର ଖାପଛଡ଼ା ବ୍ୟବହାର ପାଇଁ ତା' ସହିତ ବେଶୀ ସମ୍ପର୍କ ରଖୁନଥିଲେ। କିଛି ଲୋକତ ତା' ପଛରେ ଉପହାସ ନ କରି ଛାଡୁନଥିଲେ। ଏସବୁ ତା' ନଜରରୁ ଏଡେଇ ଯାଉନଥିଲା। ସେ ନିରାଶ ହୋଇ ଯାଇଥିଲା। ତାକୁ ଲାଗିଲା, ଏତେ ଉଚ୍ଚ ଶିକ୍ଷା ଡିଗ୍ରୀ ଯାହା ସେ ପ୍ରାପ୍ତ କରିଥିଲା, ଯୋଉ ସ୍ୱପ୍ନ ଗାଁ ଲୋକ କେବେବି ଦେଖି ନଥିଲେ, ଗାଁ ଲୋକେ ତା'ର ମୂଲ୍ୟ ବୁଝିବା ସ୍ଥିତିରେ ନଥିଲେ। ସେମାନେ ତା'ର ସମ୍ମାନ କରିବା ପରିବର୍ତ୍ତେ ତାକୁ ଉପହାସ କରିବାରେ ଲାଗି ଯାଉଥିଲେ।

ଶେଷରେ ଦିନେ ସିଦ୍ଧାନ୍ତ ନେଲା, ସେ ଗାଁ ଛାଡି ଚାଲିଯିବ। ସେ ପଡୋଶୀ ଅଙ୍କଲଙ୍କୁ ଘର ବାଡ଼ି ଦାୟିତ୍ୱରେ ଦେଇ ଦିଲ୍ଲୀରେ ରହିବାକୁ ଲାଗିଲା। ଗୋଟିଏ ଭଲ କଲୋନୀରେ ଭଡ଼ାରେ ଘର ନେଲା ଏବଂ ସହରର କିଛି ଜଣାଶୁଣା କ୍ଲବରେ ମେମ୍ବର ହୋଇ ଧନୀ, ବୁଦ୍ଧିଜିବୀମାନଙ୍କ ଗହଣରେ ବସାଉଠା କଲା। ସେଠାରେ ତା' ମନ ଲାଗିଗଲା। ସେଠାରେ ଇଂରାଜୀ କହିବା ଲୋକ କମ୍ ନଥିଲେ। ସେମାନଙ୍କ ଚାଲିଚଳନ ବି ତାକୁ ପର ଭଳି ଲାଗୁ ନଥିଲା। ତାକୁ ଲାଗୁଥିଲା ଯେମିତି ସେ ବିଦେଶରେ ଅଛି। ଖାଇବା ପିଇବା, କଥାବାର୍ତ୍ତା , ବେଶଭୁଷା ସବୁ ସମାନ। ତାକୁ ବହୁତ ମଜା ଲାଗିଲା।

ଥରେ ସେ ବହୁତ ଅସୁସ୍ଥ ହୋଇପଡିଲା। ସେ ଜାଣିଥିବା ଅନେକ ବ୍ୟକ୍ତିଙ୍କୁ ତା' ଅସୁସ୍ଥତା ବିଷୟରେ କହିଲା କିନ୍ତୁ ତାକୁ ସାହାଯ୍ୟ କରିବାକୁ କେହି ଆସିଲେନି। କାହାକୁ ତା' ବିଷୟରେ ଭାବିବାକୁ ସମୟ ନଥିଲା। କୌଣସି ବ୍ୟକ୍ତି ତାକୁ ସହାନୁଭୂତି ଦେଖାଇବାକୁ ଶବ୍ଦଟିଏ କହିବାକୁ ମଧ୍ୟ ତା' ପାଖକୁ ଆସିଲେନି, ସାହାଯ୍ୟ କରିବାତ ଦୂରର କଥା। ତାକୁ ଏକଥା ବୁଝିବାକୁ ବେଶୀ ଡ଼େରି ଲାଗିଲାନି, ଏଠାରେ ତା'ର ପ୍ରକୃତ ବନ୍ଧୁ କିମ୍ବା ଭଲପାଇବା ବ୍ୟକ୍ତି କେହି ନଥିଲେ। ସତକଥା ଏହା ଥିଲା ଯେ ଏଠାକାର ଲୋକେ ତାକୁ ବାହାର ଲୋକ ବୋଲି ଭାବୁଥିଲେ। ଏକଥା ତାକୁ ପ୍ରକୃତ ଅନୁଭବ ହେଲା ଯେତେବେଳେ ସେ ଦେଖେ, ଲୋକେ ତାଙ୍କ ସମାଜ ବିଷୟରେ କଥା ହେଲାବେଳେ ତାକୁ ଅଲଗା କରିଦିଅନ୍ତି। ତାକୁ ଏସବୁ କଥା ଖରାପ ଲାଗେ। ସେ ଯେମିତି ଅନ୍ୟ ଦେଶର ନାଗରୀକ, ସେମିତି ସେ ଅନୁଭବ କରେ। ଶେଷରେ ଦିନେ ଏସବୁ ସୀମା ବାହାରକୁ ଚାଲିଗଲା ଏବଂ ତାକୁ ଲାଗିଲା ସେ ଏବେ ଆଉ ଏହି ମାହୋଲରେ ରହି ପାରିବନି।

ସେ ତା'ର ସବୁ ଜିନିଷପତ୍ର ଧରି ଟେନିମିୟାକୁ ଫେରିଆସିଲା। ହଠାତ୍ ସବୁ ଜିନିଷପତ୍ର ଧରି ଚାଲିଆସିବା ଦେଖି ଆଶ୍ଚର୍ଯ୍ୟରେ ଅଙ୍କଲ ତାକୁ ଚାହିଁ ରହିଲେ। ସେ

ତାଙ୍କୁ ନମସ୍କାର କଲା। ଏବଂ ତାଙ୍କ ହାତକୁ ଧରି ଛଳଛଳ ଆଖିରେ କହିଲା, ଅଙ୍କଲ, ମୁଁ ସବୁଦିନ ପାଇଁ ଚାଲିଆସିଲି। ମୁଁ ବୁଝି ପାରିଲି ଯେ, ଶିକ୍ଷାର ଅର୍ଥ ନୁହେଁ କେବଳ ଦୁନିଆ ସାରାର ଜ୍ଞାନ ପ୍ରାପ୍ତ କରିବା। ପ୍ରକୃତ ଶିକ୍ଷା ଏହା ଯେ ଆମେ ନିଜର ମାତୃଭାଷା, ପରମ୍ପରା ଏବଂ ସଂସ୍କାର, ନୀତି ନିୟମ ବିଷୟରେ ଜାଣିବା। ନିଜ ମୂଳକୁ କାଟି କିଏ କେତେ ସମୟ ଜୀବିତ ରହି ପାରିବ ?

ତା' ହାତରେ ସଞ୍ଚରି ଯାଉଥିବା ନୂତନ ଉଷ୍ମତାକୁ ଅଙ୍କଲ ଅନୁଭବ କରିବାକୁ ଚେଷ୍ଟା କରୁଥିଲେ।

ସକାଳର ଜଳଖିଆ

ମାଲାଲୟମ- ଶ୍ରୀବାଲା କେ.ମେନନ

ପ୍ୟାରିସ କର୍ଣ୍ଣରର ବସ୍ ଡିପୋରେ ଛିଡ଼ା ହୋଇଥିବା ପଲ୍ଲବନ ଟ୍ରାନ୍ସପୋର୍ଟର ବସ୍ ସାମନା ଦ୍ୱାର ଦେଇ ବସ୍‌କୁ ଚଢ଼ିଲା ଏବଂ ପଛ ଦ୍ୱାର ଦେଇ ଜଣେ ମହିଳା ଚଢ଼ିଲେ। ସେ ଡ୍ରାଇଭର ପଛରେ ବସିଗଲା ଏବଂ ମହିଳାଜଣକ ଶେଷରେ ଲମ୍ବା ସିଟରେ ବସିଲେ। ଯେବେ ବସରେ ଲୋକ ଭର୍ତ୍ତି ହୋଇଗଲେ, କଣ୍ଡକ୍ଟର ତା' ପାଖକୁ ଆସିଲା। ସେ ଗୋଟିଏ ଟିକେଟର ପଇସା ଦେଇ ପଣ୍ଡିଚେରୀ ଯିବାକୁ କହିଲା। ପଛରେ ବସିଥିବା ମହିଳା ବି ପଣ୍ଡିଚେରୀକୁ ଟିକେଟ କାଟିଲେ। ଇଷ୍ଟକୋଷ୍ଟ ରୋଡ଼ରେ ବସ ଦୁଇ ଘଣ୍ଟା ଚାଲିବାପରେ ପଣ୍ଡିଚେରୀରେ ପହଞ୍ଚିଲା। ସେ ବସରୁ ଓହ୍ଲାଇ ସବୁଠୁ ପ୍ରଥମେ ଯୋଉ ଟ୍ୟାକ୍ସି ଦେଖିଲା ସେଥିରେ ସାମନା ସିଟ୍‌ରେ ଯାଇ ବସିଗଲା। ଡ୍ରାଇଭର କୁଆଡେ ଯିବ ପଚାରିବାରୁ ସେ ଗୋଟିଏ ଶବ୍ଦରେ ଉତ୍ତର ଦେଲା ଓରୋଭିଲ। ଯେମିତି ଗାଡ଼ି ଷ୍ଟାର୍ଟ ହେଲା, ସେ ଡ୍ରାଇଭରକୁ ଅଟକାଇଲା। ମହିଳାଜଣକ ଧାଇଁ ଧାଇଁ ଆସି ପଛ ସିଟ୍‌ରେ ବସି ଡୋର ବନ୍ଦକଲେ। ତା'ପରେ ଗାଡ଼ି ଆଗକୁ ବଢ଼ିଲା।

ମହିଳା ଜଣକ ଲମ୍ବା ନିଶ୍ୱାସ ନେଇ ଆଖି ବନ୍ଦକଲେ ଏବଂ ମୁଣ୍ଡକୁ ସିଟ୍‌ରେ ରଖି ନିଜକୁ ସମ୍ଭାଳିଲେ।

"ୱେଲକମ୍‌ଏଗେନ ଟୁ ବାସିଲିଜ କଟେଜ" କହି ଋଷି ଗୋରେ ନିଜର ୟୁରୋପୀୟ ଶୈଳୀରେ ତିଆରି ହୋଇଥିବା କଟେଜକୁ ତାଙ୍କୁ ସ୍ୱାଗତ କଲା। " ଆପଣଙ୍କର ଫୋନ ନ ଆସିବାରୁ ମୋର ସନ୍ଦେହ ଥିଲା ଆପଣମାନେ ଏବର୍ଷ ଆସିବେ ନା ନାହିଁ।" ଗୋରେ ଦରଖଣ୍ଡି ଇଂରାଜୀରେ କହିଲା।

"ଶେଷ ପର୍ଯ୍ୟନ୍ତ ବି ଜଣାନଥିଲା ଏବର୍ଷ ଆମେ ଆସି ପାରିବୁ ନା ନାହିଁ।"

"ହଉ, ଆସିଗଲେ ତ, ଆମ ସାଙ୍ଗରେ ଲଞ୍ଚ ଖାଆନ୍ତୁ।"

ୟୁରୋପୀୟ ଷ୍ଟାଇଲରେ ଦୁହେଁ କଣ୍ଟା ଛୁରୀରେ ସିଝା ଆଳୁ, ସାଲାଡ ଏବଂ ଗ୍ରିଲ ହେଇଥିବା ମାଛ ଖାଇଲେ।

"ରାତିକୁ କ'ଣ ଖାଇବେ ?" ବାସିଲୀର ରୋଷେଇଆ ପଚାରିଲା।

"ତୁମ ରଷିଆନ ମେନୁର କୌଣସି ଜୋରଦାର ଆଇଟମ୍ ହେଇଯାଉ। ନନ୍‌ଭେଜିଟେରିୟାନ।"

"ଯେଉଁ ସ୍ଥାନରେ ସାପକୁ ଖାଇଯାଆନ୍ତି..." ପୁରୁଷ ଜଣକ ମହିଳାଙ୍କ ଆଡ଼କୁ ଦେଖି ମଜାକରି ଆଖି ମାରି ପୁରୁଣା ମାଲାୟଲମ ଲୋକୋକ୍ତି ମନେ ପକାଇଲେ।

"....ଏଠାରେ ସବୁଠୁ ବଢ଼ିଆ ପିସ୍ ବାଛି ଖାଇବା ଉଚିତ୍ ନା ?"ହସି ମହିଳା ଜଣଙ୍କ ଲୋକୋକ୍ତିର ବାକି ପୁରା କଲେ।

ଆନନ୍ଦରେ ସେମାନେ ବିହ୍ୱଳ ହୋଇ ଯାଉଥିଲେ, ଦୁହେଁ ପ୍ରଥମଥର ମନଖୋଲି ହସିଲେ। ବାସିଲୀ ଥଟ୍ଟା ବୁଝି ପାରିଲାନି, ତଥାପି ସେମାନଙ୍କୁ ଖୁସି କରିବାପାଇଁ ସେ ହସିଉଠିଲା।

ଏହି ସମୟରେ ବାସିଲୀର ଯୁବତୀ ଝିଅ ମିନି ଡ୍ରେସ ପିନ୍ଧି ତା'ଲମ୍ବା ଗୋଡ ବଢ଼ାଇ ସେଇବାଟେ ଚାଲିଗଲା। ତା'ର ଦୃଷ୍ଟି ସେଇଆଡ଼କୁ ଲମ୍ବିଗଲା ଯେ ପର୍ଯ୍ୟନ୍ତ ଆଖି ସାମନାରୁ ସେ ଅଦୃଶ୍ୟ ହୋଇନାହିଁ। ସେ ସେଇ ଦୃଶ୍ୟର ମଜା ନେଲା। ପ୍ରେମିକା ତା'ଆଡକୁ ଚାହିଁ ମୁହଁ ମୋଡ଼ିଲା।

ଖାଇବା ପରେ ରୁମରେ ପହଞ୍ଚି 'ଏମିତି ଲମ୍ବା ସମୟ କେମିତି କଟିଲା', ଏହି ବାକ୍ୟ କାହା ମୁହଁରୁ ବାହାରିବାକ୍ଷଣି ଦୁହେଁ ଦୁହିଁଙ୍କୁ ଆଲିଙ୍ଗନ କଲେ। ପରେ କ୍ଲାନ୍ତ ଶରୀରକୁ ଲୋଟେଇ ନିଜ ପ୍ରେମିକର ଛୋଟ ଚୁଳକୁ ଆଙ୍ଗୁଳିରେ ସାଉଁଳାଇ ସେ କହଲେ, 'କି ଭାଗ୍ୟ ଆମର ! ଚୋରଙ୍କ ଭଳି, ଲୁଚି ଛପି କେତେ ଦିନ ଯାଏ ଆମେ ଏମିତି ମିଶିବା ! ଦୁନିଆରେ ସମସ୍ତଙ୍କୁ ଡରିବା ! ମୁଁ ମୋ ପତି ଏବଂ ତୁମେ ତୁମ ସ୍ତ୍ରୀଙ୍କୁ ଡରି ମିଛ କହିବା ! କେବଳ ଟିକେ ସାକ୍ଷାତ୍ ପାଇଁ !ଗୋଟିଏ ଚୁମ୍ବନ ପାଇଁ ! ଏମିତିଭାବେ ଦୁହେଁ ଦୁହିଁଙ୍କ ବାହୁରେ ମିଶିଯିବା ପାଇଁ, ଗୋଟିଏ ବର୍ଷର ଅନ୍ତହୀନ ପ୍ରତୀକ୍ଷା ! କେବେ କେବେ ଭାବେ ଘର ଲୋକ ଯେତେ ଦୁଃଖି ହୁଅନ୍ତୁ ନା କାହିଁକି, ଆମେ ସେତେବେଳେ ବିବାହ କରିନେବା ଉଚିତ୍ ଥିଲା।

ତାଙ୍କ ମୁହଁରେ, ଦେହରେ ପ୍ରେମିକଜଣକ ଏମିତି ଚୁମ୍ବନରେ ଭରିଦେଲା ଯେ

ତା'ମଝିରେ ପିମ୍ପୁଡିଏ ଗଳିବାକୁ ରାସ୍ତା ପାଇବନି। ଚୁମ୍ବନରେ ଛାଇଦେଇ ତାଙ୍କୁ ଶାନ୍ତ କରିବାକୁ ଚେଷ୍ଟାକଲା।

"ଏହି ଲୁଚାଲୁଚି ଖେଳ ଆଜି ବା କାଲିର କଥା ନୁହେଁ। ମୋତେ ଡର ଲାଗୁଛି ଜୀବନସାରା ଏମିତି ଚାଲିବାକୁ ପଡ଼ିବ!"

ଯେତେବେଳେ କ୍ଳାନ୍ତ ହୋଇ ପ୍ରେମିକା ଶୋଇଗଲା, ତାଙ୍କ ନିଶ୍ୱାସରୁ ଜାଣିଲା ସେ ଗଭୀର ନିଦରେ ଶୋଇଯାଇଛନ୍ତି, ସେ ବିଛଣାରୁ ଉଠି ରୁମରୁ ବାହାରକୁ ଆସି ପତ୍ନୀଙ୍କ ପାଖକୁ ଫୋନ ଲଗାଇଲା। "ମାଡ୍ରାସରେ ଠିକ୍‌ରେ ପହଞ୍ଚିଲି। ଆଇ ମିସ୍ ଇଉ ଏ ଲଟ, କାମ ସରିବା ମାତ୍ରେ ଫେରିଯିବି, ହଁ ଧଳାରେ ଲାଲ ବର୍ଡ଼ର କାଞ୍ଚିପୁରମ୍‌ଶାଢ଼ି ନିଶ୍ଚୟ ନେବି।" କହି କଥା ଶେଷ କଲା। ରୁମକୁ ଫେରି ସିଗାରେଟ ଲଗାଇ ଧୁଆଁ ଛାଡି ଶୋଇ ରହିଥିବା ପ୍ରେମିକାର ରୂପକୁ ଚାହିଁରହିଲା।

ସନ୍ଧ୍ୟାରେ ଦୁଇଟି ସାଇକେଲ ଭଡ଼ାରେ ନେଇ ଓରୋଭିଲ ବୁଲିବାକୁ ଦୁହେଁ ବାହାରିପଡ଼ିଲେ। ବରମୁଣ୍ଡା ଏବଂ ଟି ଶାର୍ଟରେ ଦଶ ବର୍ଷ ବୟସ କମ୍ ହେଲା ପରି ସେ ଲାଗୁଥିଲା ଆଉ ସେ ଫ୍ରକ୍‌ରେ ଯେମିତି ଛୋଟ ପିଲାଟିଏ ଭଳି ଲାଗୁଥିଲା। ଲାଲ ଇଟାର ସଡ଼କ, ବିଶାଳ ଗଛ ଏବଂ ମଝିରେ ମଝିରେ ଦେଖାଯାଉଥିଲା ଛୋଟ ଛୋଟ ଘର।

"ଓରୋଭିଲ ଏମିତି ଏକ ସ୍ଥାନ, ଯେଉଁଠି କୌଣସି ମାଲିକାନାର ଦାବି ନାହିଁ, ସବୁକିଛି ଲୋକଙ୍କ ନାମରେ ସମର୍ପିତ! ଯାହା ଜଣା ପଡୁଛି, ଏମିତି କୌଣସି ସ୍ଥାନ ଦୁନିଆରେ ହେବା ଉଚିତ୍, ସେଇ ମହାନ୍ ଆତ୍ମାଙ୍କ ମନଭିତରେ ଜନ୍ମ ନେଇଥିଲା। ସତରେ ଅରବିନ୍ଦ ମହାତ୍ମା ଥିଲେ।"

"ଆଉ ଏମିତି ଜାଗା, ଯେଉଁଠି କୌଣସି ବନ୍ଧନ ନାହିଁ, ବନ୍ଧନରୁ ଆମେ ବିମୁକ୍ତ..." ସେ ତାଙ୍କ ସମ୍ପର୍କୀୟମାନଙ୍କ ଆଡ଼କୁ ଇସାରା କଲା...

ସାଇକେଲ ଚଲେଇ ଚଲେଇ ଯେତେବେଳେ ଥକ୍କିଗଲେ, ଗୋଟିଏ କଫି ସପ୍ ପାଖରେ ଅଟକିଲେ। ଜଣଙ୍କ ଘରର ବାରଣ୍ଡାରେ ବେତ ଚେୟାର, ଟେବୁଲ ପଡ଼ିଛି, ସେଇଠି କଫି ସପ୍। ଭିତରୁ ବ୍ରେଡ ଟୋଷ୍ଟର ମହକ ସବୁଆଡେ ଖେଳିଯାଉଛି। ସେଇ ସମୟରେ ସେମାନେ ଦୁଇ ଜଣ କେବଳ ଭାରତୀୟ। ତାଙ୍କ ପାଖରେ ବସିଥିବା ଜଣେ ମେମ ଫ୍ରେଞ୍ଚ ଭାଷାରେ କ'ଣ କ'ଣ କହିଯାଉଥିଲା ତା'ପରେ ହଠାତ୍ କାନ୍ଦିଉଠିଲା। ତା'ର ଯୁବକ ପ୍ରେମିକ ତାକୁ ଚୁମ୍ବନ ଦେଇ, ଆଉଁସି, ଶାନ୍ତ କରିବାକୁ ଚେଷ୍ଟା କରୁଥିଲା। କଫି ପିଇବା ଭୁଲି ବହୁତ ଆଗ୍ରହରସହ, କଣେଇ ସେଇ ଦୃଶ୍ୟ ଉପରେ ନଜର ପକାଇ ମହିଳା କହିଲେ, 'ଆମେ ବି ଫ୍ରାନ୍ସରେ ଯଦି ଜନ୍ମ ହୋଇଥାନ୍ତେ କେତେ ଭଲ ହୋଇଥାନ୍ତା!"

"ସ୍ତ୍ରୀ ଜାତି ଯେଉଁଠି ଜନ୍ମ ହେଲେ ବି, ନିଜର ଜାତି ଦେଖାଇବେ। ଯେଉଁଠି ଦେଖ, ସେଇ ଅଭିଯୋଗ, ସେଇ କାନ୍ଦ।"

କିନ୍ତୁ ପ୍ରେମର ସେଇ ଦୃଶ୍ୟରେ ହଜିଯାଇଥିବା ଆମ ନାୟିକାକୁ ଏହି ଶବ୍ଦ ଶୁଣାଗଲାନି।

ଦିନ ଢଳିଯିବା ସମୟରେ ଗୋଟିଏ କାଠ ବେଞ୍ଚରେ ବସି ଦୁଇ ପ୍ରେମୀ ଗଛ ମଝିରେ ଲୁଚି ଯାଉଥିବା ପଶ୍ଚିମ ଦିଗର ସୂର୍ଯ୍ୟକୁ ଶାନ୍ତ ମନରେ ଚାହିଁ ରହିଥିଲେ।

ଯେମିତି ସୂର୍ଯ୍ୟ ତାଙ୍କ ନଜରରୁ ହଟିଗଲା, ସେ ତା'ପ୍ରେମିକାକୁ ଗଭୀର ଭାବେ ଚୁମ୍ବନ ଦେଲା। ସେ ଚୁମ୍ବନର ସ୍ୱାଦ ନେଇ ବସିରହିଲା, ଆଖି ବନ୍ଦକଲା। ତାଙ୍କ ସାମନାରେ ଧୂଳି ଉଡ଼େଇ ଗାଡିମାନେ ଯାଉଥିଲେ। ଦୁଇଟି ପିଲା ରେଡ଼ ଇଣ୍ଡିଆନ ବେଶ ହୋଇ ତାଙ୍କ ମା' ସହିତ ମୋଟରସାଇକେଲରେ ବସି କୌଣସି ପାର୍ଟିକୁ ଯାଉଥିଲେ। କିନ୍ତୁ ତାଙ୍କୁ ବାହାର ଦୁନିଆ କଥା ଜଣା ପଡୁନଥିଲା। କ୍ଷଣକ ପାଇଁ ଯେତେବେଳେ ହଠାତ୍ ତାଙ୍କ ଆଖି ଖୋଲିଲା, ସେ ଜାଣିଗଲେ ଯେ ତା' ପ୍ରେମିକର କେବଳ ଓଠ ଏହି କ୍ରିୟାରେ ଭାଗ ନେଉଛି। ତା'ର ଆଖି ଡୋଳା ସେଇ ଜଣା ଅଜଣା ଆଶଙ୍କାରେ ଫୁର୍ତ୍ତିରେ ଏପଟ ସେପଟ ହେଉଥିଲା, କିଏ ଦେଖୁନାହାନ୍ତି ତ? ରାଗିଯାଇ ସେ ଏକ ଛୋଟ ଧକ୍କାଟିଏ ଦେଇ ସେ ନିଜକୁ ଅଲଗା କରିଦେଲା। କହିଲା, "ଏହି ନିର୍ଜନ ସ୍ଥାନରେ ବି କାହାକୁ ଭୟ? ଏହି ଲୁଚାଲୁଚି ଖେଳର ଅନ୍ତ କରିବାକୁ ହେବ, ବାସ୍ ତା'ପରେ ଯାଇ ଶାନ୍ତି ମିଳିବ।"

"ଗୋଟିଏ ମୁହୂର୍ତ୍ତ ଯଥେଷ୍ଟ, ତୁମେ ତୁମ ସ୍ୱାମୀଙ୍କୁ ଛାଡିବା ପାଇଁ ଏବଂ ମୁଁ ମୋ ସ୍ତ୍ରୀ ପିଲାଙ୍କୁ। କିନ୍ତୁ ଏତେ ଲୋକଙ୍କୁ ଦୁଃଖ ଦେଇ ତୁମକୁ ଲାଗୁଛି ଆମେ ଶାନ୍ତିରେ ବଞ୍ଚିପାରିବା?"

"ମୁଁ କେତେବେଳେ କହିଲି ଆମେ ଏସବୁ କରିବା? ଆମର ସାହସ ଅଛି କି ଆମେ ସହଜରେ ଅନ୍ୟମାନଙ୍କୁ ଦୁଃଖ ଦେଇପାରିବା, ତା'ହେଲେ ଆମେ ଦୁହେଁ ବିବାହ କରିବାନି, କାହାକୁ ଦୁଃଖ ଦେବାକୁ ମୋ ଦ୍ୱାରା ହୋଇପାରିବନି।"

ତା'ହେଲେ ଆମ ପାଖରେ ଆଉ କି ଚାରା ଅଛି? ତୁମେ ତୁମ ସ୍ୱାମୀଙ୍କୁ ମିଛ କହିଚାଲ, କୌଣସି ସାଙ୍ଗ ବିଷୟରେ ଯିଏ ନାହିଁ, ଯାହାଙ୍କୁ ପ୍ରତିବର୍ଷ ଦେଖା କରିବାକୁ ଆସୁଛ। ଆଉ ମୁଁ କାମର ବାହାନା କରି ଘରୁ ଧାଇଁ ଆସୁଥିବି। ଦୁଇ ତିନି ଦିନ ଉତ୍ସବ ପାଳିବା, ପୁଣି ବିଚ୍ଛୁଡି ଯିବା। ପୁଣି ପରବର୍ତ୍ତୀ ବର୍ଷ ମିଳନର ପ୍ରତିକ୍ଷାରେ। ତୁମ ପରିବାର ସୁରକ୍ଷିତ ଏବଂ ମୋର ମଧ୍ୟ। ରଙ୍ଗରଙ୍ଗ କ୍ଟଭର ସମ୍ବ ଷବକ୍କୁକ୍କ. 'ଇମମରକ୍କସ୍ବ ଙ୍କର'. ସେ ଯୋଡ଼ିଦେଲେ।

"ଉଫ୍ !ଏତେ ଅଭିଯୋଗକାରିଣୀ !"

ତାଙ୍କୁ କୋଳେଇ ନେଇ ଆଖି ଡୋଳାକୁ ଏପଟ ସେପଟ କରି ପରିଚିତ କିଏ ଆଖ ପାଖରେ ନାହାନ୍ତି ତ..ସେ ପୁଣି ନିଜ ଓଠକୁ ତାଙ୍କ ଓଠରେ ଲଗାଇଲେ । ସେ ଗଭୀର ଦୁଃଖରେ ଲୀନ ହୋଇ ଚୁମ୍ବନ ସ୍ୱୀକାର କଲେ ।

ଅନେକ ସମୟପରେ ସେମାନେ ଉଠି ସାଇକେଲକୁ ଧକ୍କା ଦେଇ ବାସିଲୀର କଟେଜ ଆଡ଼କୁ ବଢ଼ିଲେ । ରାତିରେ ରୁଟି ସହିତ ରଷିୟାନ ସାଲାଡ୍, ଚିକେନ କରି ଶେଷ କରିବା ପରେ ବାସିଲୀ କହିଲା, 'ଆଜି ରାତିରେ ଏଠାକାର ପିଲାମାନେ ଅଡ଼ିଟୋରିୟମରେ ଭାରତ ନାଟ୍ୟମ ନାଚିବେ, ଆପଣମାନଙ୍କୁ ଇଚ୍ଛା ହେଲେ ଦଶଟା ବେଳକୁ ଆସିବେ ।'

ମେମମାନଙ୍କ ଛୋଟ ଛୋଟ ପିଲାମାନେ ଶିବ, ପାର୍ବତୀ ଏବଂ ଗଣେଷଙ୍କ ରୂପ ଧାରଣ କରି ନାଚୁଥିଲେ ଏବଂ ସେମାନେ ସେଇ ଦୃଶ୍ୟରେ ମଗ୍ନ ରହିଲେ । ତା'ପରେ ଚାନ୍ଦିନୀ ରାତିରେ ବୁଲିବାକୁ ସେମାନେ ବାହାରି ପଡ଼ିଲେ ।

ପ୍ରେମିକର ହାତକୁ ଧରି ଛୋଟ ପିଲାଙ୍କ ଭଳି ଝୁଲାଇ, ସେ ମଧୁର ସ୍ୱରରେ କହିଲେ, 'ଯଦି ସେଇ ମେମ୍ ପିଲାଙ୍କ ଭଳି ଆମର ପିଲା ହୁଅନ୍ତା, ମୁଁ ନିଶ୍ଚୟ ତାକୁ ନୃତ୍ୟ ଶିଖାଇ ପଦ୍ମା ସୁବ୍ରମଣ୍ୟମ କରି ଦିଅନ୍ତି ।'

କିନ୍ତୁ ତୁମକୁ ତ ପିଲାଙ୍କୁ ଘୃଣା, ମୁଁ ମା'ହେବାକୁ ଚାହୁଁନି । କୌଣସି ନା କୌଣସି ବାହାନା କରି ଗର୍ଭ ଧାରଣ କରିବାକୁ ମନା କରିଦେଉଛ !

"ତୁମଠାରୁ ଯଦି ପିଲା ହୁଅନ୍ତା, ମୁଁ ତାକୁ ସୁନା ଭଳି ସମ୍ଭାଳି ରଖନ୍ତି ।" ଏହା କହି ସେ ହଠାତ୍ ରହିଗଲେ । ତାଙ୍କ ଆଖିକୁ ଚାହିଁ ପଚାରିଲେ, 'ମୋତେ ପିଲା ଦେବ ? ଏବେ, ଏଠାରେ ?"

ସେ ଚମକି ପଡ଼ିଲେ, ଟିକେ ଇତସ୍ତତଃ ହେଲେ । ସେଇ କଥାରୁ ଧ୍ୟାନ ହଟେଇ କହିଲେ, 'ଏହି ଜନ୍ମରେ ଏମିତି କଟାଇ ଦେବା । ପର ଜନ୍ମରେ ମୁଁ ତୁମର ସ୍ୱାମୀ, ତୁମେ ମୋର ପତ୍ନୀ ଏବଂ ଆମ ଘର ପିଲାରେ ପୁରି ଉଠିବ ।'

"ପିଲାରେ ଭରା ଘର ମୋର ଦରକାର ନାହିଁ । କେବଳ ଗୋଟିଏ ପିଲା । ହଁ, ଆଉ ଗୋଟିଏ କଥା, ପର ଜନ୍ମରେ ମୁଁ ତୁମର ସ୍ୱାମୀ, ତୁମେ ମୋର ପତ୍ନୀ ହେବ । ଏହି ଜନ୍ମରେ ଝିଅ ହେଇ ଅସୁବିଧା କ'ଣ ଜାଣି ସାରିଲିଣି । ପର ଜନ୍ମରେ ମୁଁ ପୁରୁଷ ହେବାକୁ ଚାହେଁ, ଏହି ପ୍ରାର୍ଥନା ମୁଁ ଇଶ୍ୱରଙ୍କୁ କରୁଛି ।"

"ଆରେ, ଏହା ତ ହୋଇପାରିବ ନାହିଁ । ପ୍ରତି ଜନ୍ମରେ ମୁଁ ତୁମ ସ୍ୱାମୀ ଏବଂ ତୁମେ ମୋର ସ୍ତ୍ରୀ ହେବ । ମୋ ପିଲାଙ୍କ ମା' ହେବ ।"

ତାଙ୍କର ରୁମ ମୂଳ ଟାଙ୍କୁରି ଉଠିଲା । 'ଆଚ୍ଛା କୁହ, ପର ଜନ୍ମରେ ଆମ ଜୀବନ କେମିତି ହେବ, ତୁମକୁ ଜଣା ଅଛି ?କୋଉ ଦୂରରେ ଗୋଟିଏ ଗାଁ, ସେଠାରେ ଏକ ବଡ଼ ବଗିଚା, ପ୍ରାୟ ଦୁଇ ଏକରର । ଅନେକ ବୃକ୍ଷ, କେତୋଟି ପୋଖରୀ, ପୋଖରୀରେ ମାଛ, ଯେମିତି ଅରୋଭିଲରେ । ଏହା ମଝିରେ ଆମ ଘର, ତା' ଉପରେ ଖପରର ଛାତ ଥିବ ଏବଂ ବାହାରଟା ହେବ ରେଡ଼ ଅକ୍ସାଇଡ଼ର । ବାରଣ୍ଡାରେ ବଡ଼ ଝୁଲା...'

"ବଢ଼ିଆ, ଫ୍ଲାଟରେ ମୁଁ ବୋର ହୋଇଗଲିଣି । ଆଇ ଫିଲ କ୍ଲୋସ୍ଟ୍ରୋଫୋବିକ ।"

"ପାଖରେ ଆଉ କିଛି ଘର ନଥିବ । କିନ୍ତୁ ବଗିଚା ପାଖରେ ଏକ ପାଦଚଲା ରାସ୍ତା ଥିବ, ଯେଉଁବାଟେ ଲୋକେ ଯିବା ଆସିବା ବେଳେ ଚାହୁଁଥିବେ ।"

"କିନ୍ତୁ ରାସ୍ତା ତ ଦରକାର । ଯଦି ଦେହ ହଠାତ୍ ଖରାପ ହୋଇଯାଏ, ଯେମିତି ହାର୍ଟ ଆଟାକ୍ ? ଡାକ୍ତରଙ୍କ ପାଖକୁ ଯିବାକୁ ଲୋକଙ୍କ ସାହାଯ୍ୟ ଦରକାର ପଡ଼ିବ ।"

"ଓହୋ, ଏତେ ଦୂରକୁ ମୁଁ ଭାବିନଥିଲି ।"

"ଠିକ ଏମିତି ଏକ ଘରକୁ ତୁମକୁ ବାହାହେଇ ନେଇଆସିବି । ବର୍ଷା ଦିନ ହୋଇଥିବ ।"

"ଆରେ, ବର୍ଷା ଦିନେ ବାହାହେବ ? ବନ୍ଧୁବାନ୍ଧବ ପହଞ୍ଚିବାକୁ କେତେ ଅସୁବିଧା ହେବ । ମୋ ବାହାଘର ସମୟରେ ବହୁତ ବର୍ଷା ହୋଇଥିଲା । ରେଶମୀ ଶାଢ଼ି ପୁରା ଭିଜିଗଲା । ଦେହରେ ଲାଖିଗଲା, କେତେ ଅସୁବିଧା ହୋଇଥିଲା ।"

"ଗରମ ଦିନେ ତ ରୁମରେ ଗରମ ସହି ହେବନି । କିନ୍ତୁ ଶୁଣ, ଜୋରରେ ବର୍ଷାର ସନ୍ଧ୍ୟା, ଚାରିଆଡେ ଘନ ଅନ୍ଧକାର, ଭୋଲଟେଜ କମ ଥିବାରୁ ଡିମ୍ ଲାଇଟ, ଖପର ଛାତରେ ବର୍ଷା ପଡ଼ି ଶବ୍ଦ କରୁଥିବ । ବର୍ଷାର ମଜା ନେବାପାଇଁ ମୁଁ ଝୁଲାରେ ଝୁଲୁଥିବି । ଯେବେ ତୁମେ ଗାଧୋଇ ବାହାରିବ, ତୁମର ଓଦା ଖୋଲା କେଶ, ବୋହୂ ବେଶରେ ସୁନେଲି ରଙ୍ଗର ଓଢ଼ଣୀ ମୁଣ୍ଡରେ ପକାଇ.., "

"ତୁମେ ଆସି ଝୁଲାରେ ମୋ ପାଖରେ ବସିଯିବ । ବର୍ଷାର ସୌନ୍ଦର୍ଯ୍ୟକୁ ଉପଭୋଗ କରୁଥିବା । ଛୋଟ ଛୋଟ କଥା ଆମ ନିରବତାକୁ ଭାଙ୍ଗିବ । ତା'ପରେ ମୋ ବାହୁରେ ତୁମକୁ ଉଠାଇ ଭିତରକୁ ନେଇଯିବି ।

"ମନେ ଅଛି, ଗତ ବର୍ଷ ଏମିତି ଉଠେଇବାରୁ ତୁମ ପିଠିରେ ରକା ପଶିଥିଲା ।"

"ପର ଜନ୍ମରେ ତ ମୁଁ ପହିଲମାନ ହେବି । ତୁମକୁ ଉଠେଇ ଭିତରକୁ ନେଇ ମୁଲାୟମ ବିଛଣାରେ ଶୁଆଇ ଦେବି ।ବାହାରେ ନିରନ୍ତର ବର୍ଷା ଚାଲିଥିବ । ଗୋଟିଏ ବ୍ଲାଙ୍କେଟ ଭିତରେ ଶୋଇଥିବା ।

"କୌଣସି ଭୟ ନଥିବ, କେହି କବାଟ ଠକ୍‌ଠକ୍ କରୁନଥିବେ, କେହି ଆମକୁ ଚିହ୍ନି ନଥିବେ।"

"ପର ଜନ୍ମରେ ଆମେ ବିବାହ କରିଥିବା, ସମାଜକୁ ଭୟ କାହିଁକି !"

"ତା'ପରେ ?"

"ତା'ପରେ କ'ଣ ? ପରସ୍ପର ଆଲିଙ୍ଗନ କରି ଶୋଇପଡ଼ିବା।"

"ଆରେ, ଏହା ତ କୌଣସି ପୁରୁଣା ଫିଲ୍ମର ଚତୁର୍ଥୀ ରାତି ସିନ୍ ଭଳି ହେଲା।"

"ଆରେ, ମୋତେ କିଛି କହିବା ଦରକାର ନାହିଁ।"

"ଆଗକୁ କୁହ ନା।"

"ସକାଳୁ ମୁଁ ଉଠିବା ପୂର୍ବରୁ ତୁମେ ଉଠିବ, ଗାଧୋଇ ପାଧୋଇ, ସୁନ୍ଦର ମୂର୍ତ୍ତିଟିଏ ହୋଇ, ସକାଳର ଜଳଖିଆ ପ୍ରସ୍ତୁତ କରିବ। ବାମ୍ପ ବାହାରୁଥିବା ଚା' ଏବଂ ପୁରି, ତରକାରୀ କରିବ। ତୁମେ ଜଳଖିଆ ଟେବୁଲରେ ରଖିବା ପରେ ମୋତେ ଉଠେଇବାକୁ ଆସିବ।"

"ଓହୋ, ଏହା ତ ବିଲକୁଲ ଅସମ୍ଭବ। ମୋତେ ତ ସକାଳୁ ଉଠିବା କଥା କହିଲେ ଜର ଚାଲିଆସେ ଆଉ ବର୍ଷା ଦିନେ ଥଣ୍ଡାରେ ଗାଧୋଇବା କେବେ ବି ନୁହେଁ।"

"ଠିକ୍ ଅଛି, ନ ଗାଧାଅ, କିନ୍ତୁ ପୁରି ଏବଂ ଚଣା ତରକାରୀରେ ନୋ କମ୍ପ୍ରମାଇଜ। ରାତିରେ ଅନଶନ କରି ଶୋଇବା ପରେ ବହୁତ ଭୋକ ଲାଗୁଥିବ, ପୁରି, ଚଣା ତରକାରୀ ଟେବୁଲ ଉପରେ ରେଡ଼ି ହେବା ଦରକାର।"

"ମୁଁ ବି ରାତିରୁ ଭୋକିଲା ଥିବି। ଆମେ ଦୁହେଁ ସାଙ୍ଗ ହୋଇ ରୋଷେଇ ଘରକୁ ଯିବା, ଟୋଷ୍ଟ ବନେଇ ଖାଇବା।"

"ରୁହ, ଏହି ସ୍ୱପ୍ନ ଛାଡିଦିଅ। ମୁଁ ଆଉ ରୋଷେଇ ଘର ? ନିଜର ଚା' ଗ୍ଲାସଟିଏ ବି ଧୋଇବାର ମୋର ଅଭ୍ୟାସ ନାହିଁ!"

"ଏହା ତ ଏହି ଜନ୍ମରେ ନୁହେଁ ନା ?"

"ଏହି ଜନ୍ମରେ କ'ଣ, ପର ଜନ୍ମରେ ଏବଂ ସବୁ ଜନ୍ମରେ ମୋତେ ସକାଳ ଜଳଖିଆରେ ପୁରି, ଚଣା ତରକାରୀ ଦରକାର। ଏହି ଢଗ ଜାଣିଛ ନା...ସକାଳର ଜଳଖିଆ ରାଜା ଭଳି ହେବା ଦରକାର, ନଚେତ୍ ଦିନଟା ଅନର୍ଥ ହୋଇଯିବ।"

"ଢଗ ଯାହା ବି ହେଉ, ମୋ ଦ୍ୱାରା କେବେ ବି ହେବନି, ତୁମେ ଯଲ୍‌ଦି ଉଠି ରୋଷେଇ ଘରକୁ ଯାଇ ପୁରି ତରକାରୀ ତିଆରି କରିବ।"

"ଏହା କ'ଣ ନିଶ୍ଚିତ ?"

"ହଁ, ଏୟା ହିଁ ନିଶ୍ଚିତ।"

ତାକୁ ରାଗ ଲାଗିଲା, ସେ ଜୋରରେ ଆଗକୁ ବଢ଼ିବାକୁ ଲାଗିଲା।

ସେ ପାଟିକରି କହିଲା, "ଏହା କ'ଣ ମୋ ପ୍ରେମର ମୂଲ୍ୟ? ତୁମେ ଅଳସୁଆ ହେଇ ବସିବ, ମୁଁ ତୁମକୁ ସକାଳୁ ଜଳଖିଆ କରିକି ଦେବି? କୁହ, କୁହ, ମୁଁ ଉତ୍ତର ଚାହୁଁଛି।"

ପ୍ରେମିକ ଟିକେ ଅଟକିଗଲା। ପଛକୁ ପାଦ ବୁଲାଇବା ଖିଆଲ ଆସିବାକ୍ଷଣି ଜିଭରେ ତା'ର ଗରମା ଗରମ ପୁରି, ତରକାରି, ଚାଉଳ ଚୁନା ଏବଂ ନଡ଼ିଆରେ ତିଆରି ହୋଇଥିବା ରୋଲ, ତା' ସହିତ ମସଲାଯୁକ୍ତ ଚଟପଟୀ ତରକାରୀ ଜାଗି ଉଠିଲା।

ତା'ପରେ କୌଣସି ଦ୍ୱିଧା ନକରି ଜୋର ପାଦରେ ସେ ବାସିଲୀ କଟେଜ ଆଡ଼କୁ ବଢ଼ିଲା, ତା'ପରେ ସିଡ଼ି ଚଢ଼ିବାକୁ ଲାଗିଲା।

ଆଉ ତା' ପ୍ରେମିକା? ପରଜନ୍ମରେ କାନ୍ଦିବା ଏହି ଜନ୍ମରେ ଆରମ୍ଭ କରି ଦେଇଥିଲା।

■

ଘୁଙ୍ଗା

କନ୍ନଡ଼- ଜି.କୁମାରାପ୍ପା

ରାଚାମ୍ମାର ଏକମାତ୍ର ପୁଅ ବସବା, ଘୁଙ୍ଗା। ପ୍ରଥମେ ପ୍ରଥମେ ତାକୁ ସମସ୍ତେ ଘୁଙ୍ଗା ବସବା ବୋଲି ଡାକୁଥିଲେ। ପରେ କେବଳ ଘୁଙ୍ଗା ଡାକିଲେ। ମଝିରେ ମଝିରେ ତା'ର ମା' ବସବା ଡାକିଲେ ଖୁସିରେ ତା' ଦୁଇ ଆଖିରେ ପାଣି ଭରିଯାଏ। ବସବା ଘୁଙ୍ଗା। ନିଜର ଦୁଃଖ ସୁଖ ସେ ମୁହଁର ଭାବଭଙ୍ଗିରେ ପ୍ରକାଶକରେ। କିନ୍ତୁ ଆଖପାଖର ଲୋକମାନେ ତାଙ୍କୁ ବ୍ୟଙ୍ଗବିଦ୍ରୂପ କରନ୍ତି। ବସବା ଠାରି କହିବା ବ୍ୟତିତ ଅନ୍ୟ କୌଣସିଥିରେ ମନର ଭାବ ପ୍ରକାଶ କରିପାରେନାହିଁ। ତା' ବାପା ମରିଯିବାର ପରଦିନଠାରୁ ଉତ୍ତରାଧିକାରୀ ଭାବେ ତାକୁ କାନ୍ଧରେ ଲଙ୍ଗଳ ପକାଇବାକୁ ପଡ଼ିଲା। ଜଣେ ମାଲିକ ପାଖରେ ତା' ବାବା କାମ କରୁଥିଲେ। ଏବେ ସେ ତା'ର ମାଲିକ ହେଲେ।

କାଁଡ଼ା ନାଁରେ ଗୋଟିଏ ବଳଦ ବସବାର ବହୁତ ପ୍ରିୟ ଥିଲା। କାଁଡ଼ା ବସବାର ଆଜ୍ଞାଧୀନ ଥିଲା। କାଁଡ଼ାର ଯୋଡି ଆଉ ଗୋଟିଏ ବଳଦ ଖୋଜି ଖୋଜି ବସବା ହଇରାଣ ହୋଇଗଲା। ଗାଁ ପରେ ଗାଁ ଖୋଜି ଚେଲ୍ଲି ନାଁରେ ଗୋଟିଏ ବଳଦ ପାଇଗଲା। କାଁଡ଼ାର ଦୁଷ୍ଟାମୀ ଦେଖି ଲୋକେ ଆନନ୍ଦ ପାଆନ୍ତି। ଶିଙ୍ଗ ଦୁଇଟାକୁ ତଳକୁ କରି ଧୀରେ ଧୀରେ ଲୋକଙ୍କଆଡ଼କୁ ଆଗେଇଯାଏ। କାଁଡ଼ା ଆଖି ବଡ଼ ବଡ଼ କରି ଚାହିଁଲେ ଝିଅମାନଙ୍କ କାଖରୁ ମାଠିଆ ଖସିପଡେ। ଏଥିପାଇଁ ବସବାକୁ ଗାଳି ଖାଇବାକୁ ପଡେ। କିନ୍ତୁ କାଁଡ଼ା ପାଇଁ ତାକୁ ସବୁକିଛି ସହିବାକୁ ପଡ଼େ।

ହଠାତ୍ ବସବା ବହୁତ ଚିନ୍ତାରେ ପଡ଼ିଗଲା। ଆଜି ମନେହେଉଛି ଯେମିତି ତା' ଚିନ୍ତା ଆହୁରି ବଢ଼ିଯାଇଛି। ତିନିଦିନ ହୋଇଗଲାଣି କାଁଡା ପାଣି ଟିକେ ବି ପିଇନି। ଦୁଇ ଆଖିରୁ ଖାଲି ପାଣି ଗଡ଼ିଯାଉଛି। ଏମିତି ବଳିଷ୍ଠ ପ୍ରାଣୀଟାର କ'ଣ ଏମିତି

ହେଲା ଯେ କେହି କିଛି ବୁଝି ପାରୁନାହାନ୍ତି। କ୍ଷେତରୁ ଫେରିବାବେଳେ ଦୁଇ ତିନିଥର ପଡ଼ିଗଲା। ବସବା କାଁଡାକୁ ଘାସ ଖୁଆଇବାକୁ ଚେଷ୍ଟାକରି ତା' ପିଠିରେ ଦୁଇ ଚାରି ପାହାର ଜୋରରେ କଷିଦେଲା। ତେଣୁ ତା' ପିଠିଟା ଫୁଲିଯାଇଛି।

ମାଲିକର ଗୁହାଳରେ ଗୋରୁମାନଙ୍କ ସାଙ୍ଗରେ ରହି ବସବା ଗୋଟିଏ ଘୁଙ୍ଗା ଗୋରୁ ହେଇଯାଇଛି। ଏହି ଗୋରୁଗୁଡ଼ିକ ବସବାର ସୁଖ ଦୁଃଖ ବୁଝି ପାରନ୍ତି। ମଝିରେ ମଝିରେ ପଡ଼ିଆରୁ ଗୋରୁ ପିଠିରେ ଶୋଇ ବସବା ଘରକୁ ଫେରେ। ଗୋରୁମାନଙ୍କୁ ଯାହାର ଯାହା ଯାଗାରେ ବାନ୍ଧିଦେଇ ବସବା ହାତ ଗୋଡ଼ ଧୋଇ ମାଲିକାଣୀଙ୍କୁ ଇଙ୍ଗିତ କରି କହେ, 'ମୁଁ ଯାଉଛି।' ମାଲିକାଣୀ ଯାଆ କହିଲେ ବସବା ଖୁସି ହୋଇଯାଏ। ଆଜି କିନ୍ତୁ ବସବା ଘରକୁ ଫେରିବାକୁ ନାଁ ଧରୁନି। କେବଳ କାଁଡାର ଦେହରେ ହାତ ବୁଲାଉଛି। ବସବାର ଆଖି ଦୁଇଟି ଅଶ୍ରୁରେ ଭରିଯାଉଛି। କୋଉ ପଞ୍ଚାୟତରୁ ଫେରି ମାଲିକ ବସବାକୁ ଦେଖି ବିଚଳିତ ହୋଇ କହିଲେ, 'ଆରେ! ଏମିତି ଛିଡ଼ାହେଇଛୁ କାହିଁକି?' ବସବା ମୁଣ୍ଡ ତଳକୁ କରି ଛିଡ଼ା ହୋଇଥିଲା। ମାଲିକ ଗାଳି ଦେଇ ଦେଇ ଆଗେଇଆସି କାଁଡାକୁ ଦେଖି ଥମକି ଛିଡା ହୋଇଗଲେ। କାଁଡାର ଆଖିରେ ପାଣି। 'ଯାଃ..ଶଳା..କୋଉଦିନରୁ ଏମିତି ହେଉଛି, ମୋତେ ଜଣାଇଲୁ ନାହିଁ କାହିଁକି?' ତା'ପରେ ନିଜର ସ୍ୱଗତୋକ୍ତି, 'ମୁଁ ତ ଏହି ଘୁଙ୍ଗା ଉପରେ ବିଶ୍ୱାସ କରି ବସିଛି।'

କାଁଡାର ସାଥୀ ଚେଲ୍ଲୀ ଭୟରେ ଜଡ଼ସଡ଼ ହେଇ ଛିଡ଼ାହେଇଛି। ଚେଲ୍ଲିକୁ ଦେଖି ମାଲିକ ଟିକେ ଦୀର୍ଘନିଶ୍ୱାସ ନେଲେ। ଆଗକୁ ଆସୁଥିବା ଦିପାବଳୀର ମେଳାରେ ତାକୁ ବିକ୍ରି କରିବାକୁ ମାଲିକ ସିଦ୍ଧାନ୍ତ ନେଇଛନ୍ତି। ଏହା ମଧ୍ୟରେ ଆହୁରି ବଳିଷ୍ଠ ହୋଇଯିବ ଭାବିଥିଲେ, ଅତିକମରେ ସାଢ଼େ ତିନି ହଜାର ଟଙ୍କା ପାଇବାର ଆଶାଥିଲା। ଭାବିଥିଲେ ଦୁଇ ହଜାର ଟଙ୍କା ଦେଇ ହଳେ ଛୋଟ ବଳଦ କିଣିବେ। ଆହୁରି ହାତରେ ଦେଢ଼ ହଜାର ଟଙ୍କା ରହିବ। ଘୁଙ୍ଗା ହାତରେ ଯେ କୌଣସି ବଳଦ ହେଉ ବଳିଷ୍ଠ ହୋଇଯିବ ଏହି ବିଶ୍ୱାସ ତାଙ୍କର ଥିଲା। ଘୁଙ୍ଗା ଉପରେ ମାଲିକ ବହୁତ ଭରସା କରନ୍ତି। ନିଜେ ତ ଗୋରୁଗୁଡ଼ାକୁ କୌଣସମତେ ଦେଖାଚାହାଁ କରିପାରନ୍ତି ନାହିଁ। ହଠାତ୍ ଆଜି କାଁଡାକୁ ଦେଖି ମାଲିକ ବୁଝିଲେ କୌଣସି ରୋଗ ହେଇଛି। ସେ ପାଖରେ ଛିଡ଼ା ହୋଇଥିବା ତାଙ୍କ ଶଳାକୁ ପଚାରିଲେ, 'ଆଖପାଖ ଗାଁରେ କୋଉ ରୋଗରେ କେତେ ଗୋରୁ ମରିଛନ୍ତି କି?'

ଶଳା କହିଲା, 'ଭାଇ, ସେମିତି କିଛି ମୁଁ ତ ଶୁଣିନି।

'ଏବେ ହିଁ ସାଇକେଲ ନେଇ ଧାଁ। ବୈଦ୍ୟକୁ ଡାକିଆଣେ।' କହିବାକ୍ଷଣି ଶଳା ସାଇକେଲ ନେଇ ଧାଇଁଗଲା।

ମାଲିକଙ୍କର ଚିନ୍ତା ବଢ଼ିବାକୁ ଲାଗିଲା । ତାଙ୍କ ସ୍ତ୍ରୀ ଏବଂ ସେ କାଁଡାର ସେବା କରିବାକୁ ଲାଗିଲେ । ଧୀରେ ଧୀରେ କାଁଡାର ଅବସ୍ଥା ଆହୁରି ଖରାପ ହେବାକୁ ଲାଗିଲା, ଶେଷରେ ମୁହଁରୁ ଫେଣ ବାହାରିବାକୁ ଲାଗିଲା ।

'ଆଜ୍ଞା ନମସ୍କାର !' ବୈଦ୍ୟ ଘର ଭିତରକୁ ପଶି କହିଲେ ।

'ନମସ୍କାର, ନମସ୍କାର, ଆସନ୍ତୁ ଆସନ୍ତୁ, ଏଇ ଦେଖନ୍ତୁ, ଏଇ ମୂକ ପ୍ରାଣୀଟାର କ'ଣ ହେଇଛି ? ଏହାର ଜୀବନ ବଞ୍ଚାନ୍ତୁ ।'

'ଭଗବାନ ଅଛନ୍ତି, ଧୈର୍ଯ୍ୟ ଧରନ୍ତୁ । ପ୍ରଥମେ ଦେଖେ କ'ଣ ହେଇଛି ।'

ଗାଁରେ ଏହି ବୈଦ୍ୟ ମଣିଷ ଏବଂ ପଶୁ ଉଭୟଙ୍କୁ ଦେଖନ୍ତି । ବୈଦ୍ୟ ବଳଦର ପାଟି ଖୋଲି ଦେଖିଲେ କିନ୍ତୁ କ'ଣ ଜାଣିଲେ କେଜାଣି କିଛି କହିଲେନି । ଝୁଲାରୁ କିଛି ଚେରମୂଳି ବାହାରକରି ବସବା ହାତରେ ଦେଲେ । ବସବା କିଛି ବୁଝିନପାରି କେବଳ ଆଶ୍ଚର୍ଯ୍ୟ ଦୃଷ୍ଟିରେ ଚାହିଁରହିଲା । ମାଲିକଙ୍କ ସ୍ତ୍ରୀ ଚେରମୂଳିକୁ ନେଇ ଭିତରକୁ ଗଲେ । ଚେରମୂଳିର ରସ ବାହାରକରି ତାକୁ ପାଣିରେ ମିଶାଇ ଗୋଟିଏ ସରୁ ଫୁଲଣା ଦେଇ ବଳଦର ପାଟିରେ ଢାଳିବାକୁ ଚେଷ୍ଟା କରାଗଲା । କିନ୍ତୁ ସବୁ ରସ ପାଟିର କୋଣ ବାଟେ ବାହାରିଗଲା । ଏହା ଦେଖି ମାଲିକ ଦୀର୍ଘଶ୍ୱାସ ନେଲେ, ତାଙ୍କର ମଦ ଖାଇବା ବନ୍ଦ ହୋଇଗଲା । ଏହା ମଧ୍ୟରେ ମାଲିକଙ୍କ ସ୍ତ୍ରୀ ଠାକୁରଙ୍କ ପାଖରେ ମାନସିକ କରି ଚାରି ଅଣା ପଇସା ଏବଂ ଖଣ୍ଡେ ହଳଦି କପଡ଼ାରେ ରଖି ଗଣ୍ଠି ପକାଇ ଗୁହାଳର ଚାଳରେ ବତାରେ ବାନ୍ଧି ଦେଲେ । ଅଗଣା ଉଠିଲା ପଡ଼ିଲା ।

ବୈଦ୍ୟ କହିଲେ, 'ବହୁତ ଡ଼େରିରେ ଖବର ପଠାଇଲ, ସବୁ ଠାକୁରଙ୍କ ଇଚ୍ଛା ।' ବୈଦ୍ୟଙ୍କ ହାତରେ ମାଲିକ କିଛି ଟଙ୍କା ଦେଲେ । ଅନ୍ଧକାର କ୍ରମଶଃ ଗାଢ଼ରୁ ଗାଢ଼ତର ହେଲା । ସେଇ ସମୟରେ ବସବାର ମା' ରାଚାମ୍ମା ପୁଅକୁ ଖୋଜି ଖୋଜି ମାଲିକଙ୍କ ଅଗଣା ଆଡ଼କୁ ଆସିଲା । ସେଠାକାର ପରିସ୍ଥିତି ଦେଖି ସେ ଚୁପ୍‌ଚାପ୍ ଫେରିଗଲା । କାଁଡା ପାଖରେ ଯେଉଁମାନେ ଛିଡ଼ା ହୋଇଥିଲେ ସେମାନେ ସେଇଠି ସମସ୍ତେ ବସିପଡ଼ିଲେ । ସମସ୍ତେ କାଁଡ଼ାର ଦେହରେ ହାତ ବୁଲାଉଥିଲେ । ସେଦିନ କାହାକୁ ଯେମିତି ଭୋକ ଶୋଷ ନଥିଲା । ଲଣ୍ଠନର ଧିମା ଆଲୋକରେ ସମସ୍ତେ ସମସ୍ତଙ୍କ ମୁହଁକୁ ଚାହୁଁଥିଲେ । ଧୀରେ ଧୀରେ ରାତି ଗଭୀର ହେଲା । ମଝି ରାତିରେ କାଁଡ଼ା ବେକ ମୋଡ଼ି ମାଟିରେ ପଡ଼ିଗଲା ।

ମାଲିକ କହିଲେ, 'ସକାଳେ ମାଦାରପଡ଼ାକୁ ଖବର ପଠାଅ, ବଳଦଟାକୁ ସେମାନେ ଆସି ନେଇଯିବେ ।' ମାଲିକ ଉଠି ଘର ଭିତରକୁ ଚାଲିଗଲେ । ବସବା କଇଁ କଇଁ ହେଇ କାନ୍ଦୁଥାଏ । ସଂକ୍ରାନ୍ତି ଦିନ ନିଜ ହାତରେ ବଳଦଟାର ଶିଙ୍ଗ ଦୁଇଟିକୁ

ଧୋଇ ପୋଛି ସେ ରଙ୍ଗ କରିଥିଲା । ସମସ୍ତେ ଜଣେ ଜଣେ ହେଇ ଉଠି ଚାଲିଗଲେ । କିନ୍ତୁ ବସବା ଭୋର ପର୍ଯ୍ୟନ୍ତ ଏକୁଟିଆ ଜଗିରହିଲା । କୌଣସିମତେ ଖବରଟା ମାଦାରପଡ଼ାରେ ପହଞ୍ଚିଗଲା । ମାଦାରପଡ଼ାର ସମସ୍ତେ ସେଇ ରାତିରେ ମାଂସ ଖାଇବାର ସ୍ୱପ୍ନ ଦେଖିବାକୁ ଲାଗିଲେ । ପିଲାମାନେ ସେଇ ରାତିରେ ଭୋଜି ପାଇଁ ସେମାନଙ୍କ ମଧ୍ୟରେ ଆୟୋଜନ ଚାଲିଲା । ବଳଦର ମୃତ୍ୟୁରେ ଚାଷିପଡ଼ାରେ ଦୁଃଖ ଖେଳିଯାଇଥିଲା କିନ୍ତୁ ମାଦାରପଡ଼ାରେ ଉତ୍ସବର ମାହୋଲ ହୋଇଗଲା ।

ମାରିୟା ଏବଂ କେଞ୍ଚା ଗୋଟିଏ ଗାଡ଼ି ଆଣିବାକଥା ଭାବୁଥିଲେ । ସେଦିନ କେହି କାମକୁ ଗଲେନି । ବୁଢ଼ା କର୍ମା କେଞ୍ଚାର କାନ ପାଖରେ ଆସି କହିଲା, ' ଘରେ ପୋଖତି ଅଛି, ଟିକେ ଭଲ ମାଂସ ଦେବୁ ।' କେଞ୍ଚା ବ୍ୟଙ୍ଗକରି କହିଲା, 'ବର୍ଷସାରା ତ ତୁମ ଘରେ ପୋଖତି ଥାଆନ୍ତି ।'

କର୍ମା କହିଲା, 'କ'ଣ କରିବି କହ ? ଘରେ ଚାରି ଜଣ ବୋହୂ ଅଛନ୍ତି ।'

କେଞ୍ଚା ପୁଣି ବ୍ୟଙ୍ଗ କରି କହିଲା, 'ତେବେ ଘରେ ଶୋଇବାକୁ ଯାଗା ନଥିବ ।' ସେଠାରେ ଯେଉଁମାନେ ଥିଲେ ସମସ୍ତେ ହୋ ହୋ ହେଇ ହସିଉଠିଲେ ।

ବଳଦଟା କାଟିବାପରେ ତା'ର ମାଂସ କିଏ କେତେ ପାଇବ ତାକୁ ନେଇ ଆଲୋଚନା ଆରମ୍ଭ ହୋଇଗଲା । ତା' ଭିତରେ ପୁଣି ଦଳର ପ୍ରଧାନଙ୍କ ଭାଗରେ କେତେ ପଡ଼ିବ ତାକୁ ନେଇ ଯୁକ୍ତିତର୍କ । ଏହା ମଧ୍ୟରେ ଜଣେ ପିର ଆସି ବଳଦ ଚମଡ଼ାର ଦାମ ପଚାରିବାରୁ କେଞ୍ଚା ତାଙ୍କୁ ଅଗ୍ରିମ ଟଙ୍କା ଦେବାକୁ କହିଲା । ତା'ପରେ କେଞ୍ଚା ଏବଂ ମାରିୟା ମାଲିକଙ୍କ ଘର ଆଡ଼କୁ ଧାଇଁଲେ ।

ଭୋର ନ ହେଉଣୁ ମାଦାରପଡ଼ାର ଝିଅ ବୋହୂମାନେ ଶୁଭ ସମାଚାର ଶୁଣି ଆନନ୍ଦରେ ବିଭୋର ହୋଇ ସୂର୍ଯ୍ୟ ଏବଂ ମାରୀ ଦେବତାଙ୍କୁ ନମସ୍କାର କଲେ । ମାଦାରପଡ଼ାରେ ସରାଇଖାନାର ରାଜାପ୍ପା ବିକ୍ରି କରିବାକୁ ସେଦିନ ବେଶୀ ମଦ ଆଣିଥିଲା ।

ମାରୀ ଦେବତାଙ୍କ ବାର୍ଷିକ ଉତ୍ସବ ଶେଷ ହୋଇଥିଲା, ତାହା ଦୁଇ ମାସ ହୋଇଗଲାଣି । ମାଦାରପଡ଼ାର ଲୋକମାନେ ପୁଣିଥରେ ଗୋଟିଏ ଉତ୍ସବର ଖବରରେ ସେଇ ରାତିରେ ଅପେକ୍ଷା କରି ଅଧୀର ହୋଇଉଠିଲେ । ରାଚାମ୍ମା ଭାବିଲା, 'ଯାହାହେଉ, ଅନ୍ତତଃ ଗୋଟିଏ ବେଳା ପେଟ ଭରି ଖାଇବାକୁ ମିଳିବ, ବଳଦଟାକୁ ବହୁତ ଭଲଭାବେ ମୋ ପୁଅ ଦେଖାଚାହାଁ କରିଥିଲା, ତେଣୁ ସେ ବହୁତ ହୃଷ୍ଟ ପୁଷ୍ଟ ହୋଇଥିଲା ।'

ଖ୍ୟାତା ନାଁରେ ଜଣେ ପିଲା ସକାଳ ଦଶଟାରେ ଘର ଘର ବୁଲି ଭାଗ ମାଂସ ଦେବାପାଇଁ ବାହାରିପଡ଼ିଲା । କେତୋଟି ଘରେ ଦେଇସାରି ରାଚାମ୍ମାର ଘରକୁ ଆସି ଡାକି କବାଟ ବାଡ଼େଇଲା । ଡାକ ଶୁଣି ରାଚାମ୍ମା ଦୌଡି ବାହାରକୁ ଆସିଲା । ଖ୍ୟାତା

କହିଲା, 'ତୁମ ଭାଗଟା ଆଣିଛି, ନେଇଯାଅ।' ରାଚାମ୍ମା କହିଲା, 'ଆସ, ଆସ, ସକାଳୁ ତୁମ ବାଟକୁ ଚାହିଁ ବସିଛି, ଭଲ ମାଂସ ଆଣିଛ ତ ?'

ଖ୍ୟାତା କହିଲା, 'ବସବା ଭାଇ ବଳଦଟାକୁ ଦେଖାଶୁଣା କରୁଥିଲା, ସେଥିପାଇଁ ତୁମପାଇଁ ଭଲ ମାଂସ ଦେଇଛନ୍ତି, କଲିଜା ବି ଦେଇଛନ୍ତି।' ଖ୍ୟାତାର କଥା ଶୁଣି ରାଚାମ୍ମାର ଜିଭରୁ ଲାଳ ଗଡ଼ିଲା। ସେ ସାଙ୍ଗେ ସାଙ୍ଗେ ସରାଇଖାନାରୁ ବସବା ପାଇଁ ମଦ ଆଣିବାକୁ ହେବ କହି କହି ମାଂସ ନେଇ ଭିତରକୁ ଚାଲିଗଲା।

ରାଚାମ୍ମା ବସବାକୁ ଏହି ସୁଖବରଟା ଦେବାପାଇଁ ମାଲିକର ଘର ଆଡ଼କୁ ପାଦ ବଢ଼ାଇଲା। ଘରପାଖକୁ ଯାଇ ମାଲିକଙ୍କୁ ଦେଖି କିଛି ନକହି ସେଠାରୁ ସେ ଚାଲିଆସିଲା।

ଏପଟେ ବସବା କ୍ଷେତର ହିଡ଼ରେ ବସି ମନଭରି କାନ୍ଦିଲା। ତା'ପରେ ଡେରି ରାତିରେ ଘରକୁ ଫେରିଲା। ରାଚାମ୍ମା ବ୍ୟସ୍ତହେଇ ବସବାକୁ ପୁରା ଗାଁଟା ଯାକ ଖୋଜିଲା। 'ମୋ ପୁଅକୁ ଦେଖିଛ ?' ରାସ୍ତାରେ ଯାହାକୁ ଦେଖିଲା ପଚାରିଲା। ବସବା ବ୍ୟତିତ ସେ ଖାଇବାକଥା ଭାବିପାରେନା। ଏପଟେ ରାତି ହେଇଗଲା। ସେ ଟଳି ଟଳି ଘରକୁ ଫେରିଲା। ଘରପାଖରେ ରାଚାମ୍ମା ବଡ଼ ପାଟିରେ ବସବା ବସବା ଡାକିଲା। ଏହି ସମୟରେ ବସବା ପାଟି ଶୁଣି ତା'ର ଘୁଙ୍ଗା ଭାଷାରେ କହି ଉଠିଲା, 'ମା', ମୁଁ ଏଇଠି ଅଛି।'

ରାଚାମ୍ମା ବହୁତ ଖୁସିହେଇ ଘର ଭିତରକୁ ପଶିଲା। 'ମୋ ସୁନାଟା ପରା, ତତେ ଖୋଜି ଖୋଜି ମୁଁ କେତେ ହଇରାଣ ହେଲିଣି, ତୁ କୋଉଠି ଥିଲୁ ?' କହି ତା' ଦେହରେ ସ୍ନେହରେ ହାତ ବୁଲାଇଆଣି କହିଲା, 'ଚାଲେ, ଖାଇବୁ। ହାତ ଧୋଇଦେ।' ନିଦୁଆ ଆଖିରେ ହାତ ଧୋଇ ବସବା ଥାଳି ପାଖରେ ଆସି ବସିଲା।

'ଟିକେ ସରାଇ ଆଣିଛି, ପିଇଦେ।' କହି ରାଚାମ୍ମା ମଦ ବୋତଲଟା ବସବା ସାମନାରେ ଆଣି ଥୋଇଲା।

ବସବା ଭାବିଲା, ଆଜି କ'ଣ କୋଉ ବିଶେଷ ଦିନ ? ରନ୍ଧାଘରୁ ମାଂସ ବାସନା ଆସୁଚି। ଖୁସିରେ ବସବା ବୋତଲ ଉଠେଇ ଢକଢ଼କ ହେଇ ସବୁ ପିଇଦେଲା। 'ନେ, ଖାଇଦେ...' ରାଚାମ୍ମା ଥାଳିଆରେ ମାଂସ ଥୋଇଦେଲା। ବସବା ଖଣ୍ଡେ ମାଂସ ପାଟିରେ ଦେଇଛି କି ନ ଦେଇଛି ହଠାତ୍ ବସବାର କାଁଡାର କଥା ମନେ ପଡ଼ିଗଲା। ମନେହେଲା ଯେମିତି କାଁଡା ନାଳ ପାଖରୁ ଉଠିଆସି ତା' ଛାତିରେ ଶିଙ୍ଗରେ ଭୁଷିଦେଲା। ଧଡ଼ପଡ଼ ହୋଇ ବସବା ଉଠିପଡ଼ିଲା। ପୁଣି ଥରେ ଥାଳିଆ ଆଡ଼କୁ କରୁଣ ଦୃଷ୍ଟିରେ ଚାହିଁଲା। ସେ ଆଉ ସହିପାରିଲାନି, ଭକ୍ ଭକ୍ ହେଇ ବାନ୍ତି କରିବାକୁ ଲାଗିଲା। ରାଚାମ୍ମା 'ବସବା..ବସବା..' କହି ଚିତ୍କାର କରୁଥିଲା।

■

ଏମିତି ବି ହୁଏ ?

ନେପାଳୀ- ଡ. ମୃଦୁଳା ଶର୍ମା

ଉଁ..ଉଁ..ଉଁ.. ଅଗଣାରେ ବସି ଖରା ଖାଉଥିଲି ହଠାତ୍ କାନ୍ଦିବା ଶବ୍ଦ ଶୁଣି ଚମକି ପଡ଼ିଲି। ଛୟାନବେ ବର୍ଷର ଜୀର୍ଣ୍ଣଶୀର୍ଣ୍ଣ ମୋ ବାପାଙ୍କର ସେଇ ଶବ୍ଦ ଥିଲା। ଭାବିଲି, ଏମିତି କ'ଣ ହୋଇଗଲା ଯେ ବାପା କାନ୍ଦୁଛନ୍ତି ? ସେଇ ସମୟରେ କଠୋର ଶବ୍ଦ ଶୁଣାଗଲା, 'ହଁ..ହଁ ! ଆପଣଙ୍କର କ'ଣ ଅଛି ? ମୁଁ ମରୁଛି, ପୁଅ ଆମେରୀକାରୁ ସପରିବାର ଆସୁଛି। ବୋହୂ ନାତି ସହିତ ପ୍ରଥମଥର ଆମ ଘରକୁ ଆସୁଛି। ନାତିର ଅନ୍ନପ୍ରସନ ହେବ, ପାର୍ଟି ଦେବାକୁ ହେବ ଆଉ ଆପଣ ଏହି ବୁଢ଼ା ବୟସରେ ପଇସା କଥା ଭାବୁଛନ୍ତି।'

"କେତେ ମୋତେ ନଚେଇବୁ ? ଶରୀରରେ ଆଉ କ'ଣ ବାକି ଅଛି ? ଏପର୍ଯ୍ୟନ୍ତ ମୋତେ ତୁ କ'ଣ ଦେଇଛୁ ? କେବଳ ଲଢ଼ିବା, ଝଗଡ଼ା କରିବା ଏବଂ ଧମକାଇବା ଖାଲି ଜାଣୁ। ମୁଁ କେବେ ବି ତତେ କିଛି ସାହାଯ୍ୟ କରିନି ? ପାଠପଢ଼ାରୁ ନେଇ, ଘର ତିଆରି, ଡେଲିଭରୀ, ପିଲାଙ୍କ ବିବାହ କରିବାଠାରୁ ଆମେରୀକା ଯିବା ପର୍ଯ୍ୟନ୍ତ ମୁଁ ତତେ ସାହାଯ୍ୟ କରିଆସିଛି। ମା'ର ଅସୁସ୍ଥତା ଆଉ ପକ୍ଷାଘାତ ବେଳେ ବି ତତେ ସାହାଯ୍ୟ ମାଗିନି। ଝିଅମାନଙ୍କ ବାହାଘରରେ ବି କେବେ କିଛି ତତେ ମାଗିନି। ଘର, ଜମିବାଡ଼ି ସବୁକିଛି ଏକୁଟିଆ ସମ୍ଭାଳୁଛି। ଏବେ ଆଉ ଅଧିକ କ'ଣ ତୁ ମୋ ଠାରୁ ଆଶା କରୁଛୁ ?" ଏହା କହି ବାପା କଇଁ କଇଁ ହୋଇ କାନ୍ଦିଲେ।

ଗୋଡ଼ରେ ପ୍ଲାଷ୍ଟର ହୋଇଥିବାରୁ ହଠାତ୍ ସିଡ଼ିରେ ଉପରକୁ ଯାଇପାରିଲି ନାହିଁ। ପରିସ୍ଥିତିକୁ ଦେଖି ଧୀରେ ଧୀରେ ସିଡ଼ି ଚଢ଼ି ଉପର ଘରେ ପହଞ୍ଚିଲି। ଏପର୍ଯ୍ୟନ୍ତ କାନରେ ଯେଉଁ ଶବ୍ଦ ଆସୁଥିଲା ତାହା ସମ୍ପୂର୍ଣ୍ଣ ବୁଝି ପାରୁନଥିଲି। ତେଣୁ ପ୍ରଶ୍ନାଲୁ

ଦୃଷ୍ଟିରେ ଦୁହିଁଙ୍କୁ ଚାହିଁଲି। ଦୁହିଁଙ୍କ ମୁହଁରେ କ୍ରୋଧ ଦେଖିଲି। ବାପା ତାଙ୍କ ଶିରାଳ ହାତକୁ ଧଳା କେଶ ଥିବା ମୁଣ୍ଡରେ ବୁଲାଇଆଣି କାନ୍ଦି କହିଲେ, 'ଏବେ ଆଉ ମୁଁ କିଛି କରିପାରିବି ନାହିଁ। ତୋ ସାଙ୍ଗରେ ମୁଁ ଆଉ ରହିପାରିବି ନାହିଁ। ମୋ ଅନ୍ତେଷ୍ଟିକ୍ରିୟା ପାଇଁ ବି ବ୍ୟାଙ୍କରେ ତୋ ନାଁରେ ପଇସା ରଖିଦେଇଛି। ମୋତେ ଛାଡ଼ିଦେ। ମୁଁ ମରିଯିବାକୁ ଚାହୁଁଛି। ଏବେ ବଞ୍ଚି ରହିବାକୁ କ'ଣ ବା ବାକି ରଖିଛୁ? ମୁଁ ବଞ୍ଚିବାକୁ ଚାହୁଁନି।'

"ହଁ, ହଁ ମୋର ବି ସଂସାରରେ କୁନ୍ତା ଏବଂ ପୁଅମାନଙ୍କ ବ୍ୟତିତ କିଏ ବି ନାହିଁ।" ଦାନ୍ତ ନିକୁଟି ମୋ ଆଡ଼କୁ ଚାହିଁ ଭାଇ କହିଲେ, 'ଯକ୍ଷ ବୁଢ଼ା, ପୁଅ ଦରକାର ନାହିଁ, ପଇସା ଦରକାର।"

ବାପା ପୁଅ ଦୁହେଁ କ୍ରୋଧରେ କମ୍ପୁଥିଲେ, ସେଥିପାଇଁ ମୋତେ ଲାଗିଲା, ଯଦି ଦୁହେଁ ଏମିତି ଭାବେ ଯୁକ୍ତି କରୁଥିବେ ତା'ହେଲେ ଦୁହିଁଙ୍କ ଭିତରୁ ଜଣଙ୍କର ଜୀବନ ନିଶ୍ଚୟ ଯିବ। ତେଣୁ ମୁଁ ଆଗକୁ ବଢ଼ି ବାପାଙ୍କ ବାହୁକୁ ଧରି ତାଙ୍କୁ ପାଖରେ ଥିବା ପଲଙ୍କ ଉପରେ ବସାଇଲି। ବାପା ଗାଲ ଉପରେ ବହି ଆସୁଥିବା ଅଶ୍ରୁକୁ ପୋଛିଲେ। ଗମ୍ଭୀର ପରିସ୍ଥିତିକୁ ଦେଖି ରୁନ୍ଧିଲା ଗଳାରେ ମୁଁ କହିଲି,

"ଭାଇ! ଲଢ଼େଇ ଝଗଡ଼ା ଛାଡ଼ିଦିଅନା। ଦେଖ, ତୁମେ ଦୁହେଁ ବୁଢ଼ା ହେଇଯାଇଛ। ତୁମେ ଦୁହେଁ ହିଁ ମୋର ପ୍ରିୟ। କାହାର ବି କ'ଣ ହୋଇଗଲେ ମୁଁ ଛଟପଟ ହୋଇ ମରିଯିବି।" ମୋ କଥା ଶୁଣି ବାପା ଲମ୍ବା ନିଶ୍ୱାସ ନେଲେ। ଭାଇ ମୁହଁ ଫୁଲାଇ ସାଙ୍ଗେ ସାଙ୍ଗେ ରୁମ ଛାଡ଼ି ଚାଲିଗଲେ। ମୁଁ ପାଟି ବନ୍ଦ କରି ପଲଙ୍କ ଉପରେ ବସିରହିଲି। ବାପା ବି ଧୀରେ ଉଠି ସିଡ଼ି ଆଡ଼କୁ ଚାଲିଗଲେ। ତା'ପରେ ନିଜର ଜୀର୍ଣ୍ଣଶୀର୍ଣ୍ଣ କାନ୍ତିହୀନ ଶରୀରରେ ତଳେ କଳ ଆଡ଼କୁ ବଢ଼ିଲେ। ତାଙ୍କୁ ଆସିବା ଦେଖି ମୋହନ ଯିଏ ତାଙ୍କ ସେବା କରେ, ସେ ଚଟାପଟ୍ ବାଲ୍ଟିରେ ପାଣି ଭରି ପାଇଖାନାରେ ରଖିଲା। ଉପର ରୁମରୁ ମୁଁ ସବୁ ଗତିବିଧିକୁ ମୂକ ପ୍ରାଣୀ ଭଳି ଚାହୁଁଥିଲି। ରୁମରେ ଅଜବ ପ୍ରକାର ଅଣନିଶ୍ୱାସୀ ଲାଗୁଥିଲା। ତେଣୁ ଛୋଟେଇ ଛୋଟେଇ ମୁଁ ତଳକୁ ଓହ୍ଲେଇ ଆସିଲି। ଭାଇ ଜେଜେ ଅମଳର ବଡ ଆରାମଚେୟାରରେ ମୁହଁ ଫୁଲାଇ ଚିତ୍ ହୋଇ ପଡ଼ିଥିଲେ। ମୋ ପାଦ ଶବ୍ଦ ଶୁଣି ପଛକୁ ମୁଣ୍ଡ ଘୂରାଇ ପୁଣି ଅଭିଯୋଗଭରା ସ୍ୱରରେ କହିଉଠିଲେ, "ମରିବା ପର୍ଯ୍ୟନ୍ତ ବୁଢ଼ାର ମୁଣ୍ଡ ତଳକୁ ହେବନି। ବୁଢ଼ା ବୟସରେ ବି ବୁଢ଼ାକୁ ପଇସା ଦରକାର, ପୁଅର ସୁଖ ନୁହେଁ।"

ମୋତେ ତାଙ୍କ କଥା ଆଦୌ ଭଲ ଲାଗିଲାନି। ବାରମ୍ବାର ନିଜ ବାପାଙ୍କୁ ବୁଢ଼ା କହିବା କେତେ ଦୂର ଉଚିତ୍ କଥା? ମୋତେ ବହୁତ ଖରାପ ଲାଗିଲା। ମୋର

ସହନଶକ୍ତି ଧୈର୍ଯ୍ୟର ବନ୍ଧ ଭାଙ୍ଗିଗଲା କିନ୍ତୁ ବିବେକ ତା' ଉପରେ ଅଙ୍କୁଶ ଲଗାଇଲା। ତେଣୁ ନିଜକୁ ନିୟନ୍ତ୍ରିତ କରି ବାସ୍ ଶାଳିନତାର ସହ କେବଳ ଏତିକି କହିପାରିଲି,

"ଭାଇ! ବାପାଙ୍କୁ କାହିଁକି ବାରମ୍ବାର ବୁଢ଼ା କହୁଛ ମୋତେ ଭଲ ଲାଗୁନି। ତୁମେ ନିଜେ ବି ତ ବୁଢ଼ା ହେଇ ଚାଲିଛ। ସତୁରୀ ବର୍ଷ ହେଲାଣି। ବାପା ତୁମକୁ ସବୁ ପରିସ୍ଥିତିରେ ସାହାଯ୍ୟ କରି ଆସୁଛନ୍ତି। ସାରା ଜୀବନ ତ ଆମକୁ ଲାଳନପାଳନ ଏବଂ ପାଠପଢ଼ାରେ କଟାଇଦେଲେ। ଅସୁବିଧା ସମୟରେ ବି ଆମକୁ କୌଣସିଥିରେ ବି କମ୍ କରିନାହାନ୍ତି। ଆମେ ସମସ୍ତେ ନିଜ ନିଜ ଢଙ୍ଗରେ ଆରାମ ଜୀବନ କାଟିଛନ୍ତି।ସ୍ୱତନ୍ତ୍ରତା ସେନା ହୋଇଥିବାରୁ କିଛି ପେନ୍ସନ ଭାବେ ଯଦି କିଛି ମିଳୁଛି ଆମେ ତା'ଉପରେ ଆଖି ପକାଇବା କଥା ନୁହେଁ। ତାହା ତାଙ୍କ ପାଇଁ ଛାଡ଼ିଦେବା ଉଚିତ୍। ପେନସନ ଯୋଗୁ ତ ତାଙ୍କ ହାତରେ ଦୁଇ ପଇସା ରହୁଛି। ସାରା ଜୀବନ ଦାରିଦ୍ର୍ୟ ଯୋଗୁ ହାତ ଖୋଲା କରି ଖର୍ଚ୍ଚ କରିପାରି ନାହାନ୍ତି। ଏହି ବୁଢ଼ା ବୟସରେ ଭାଗ୍ୟ ତାଙ୍କୁ ଟିକେ ସାଥ୍ ଦେଲା, ସେଥିଯୋଗୁ ତାଙ୍କୁ ଟିକେ ଶାନ୍ତି ମିଳୁଛି। ଏହି ପଇସା ବଳରେ ତ ଗାଁଲୋକେ ତାଙ୍କୁ ମାନୁଛନ୍ତି। ଆମଠାରୁ ସେ ତ କେବେ କିଛି ନେଇନାହାନ୍ତି। ନିଜ ପେନ୍ସନରେ ସେ ନିଜ ଖର୍ଚ୍ଚ ତୁଲାଉଛନ୍ତି। ସେଇ ପେନ୍ସନରୁ ସେ ଆମକୁ କିଛି ନା କିଛି ଦେଇ ଆସିଛନ୍ତି। ଭଗବାନ ତୁମକୁ କିଛି କମ୍ ଦେଇନାହାନ୍ତି। କୌଣସିଥିରେ ତୁମର ଅଭାବ ନାହିଁ। କ୍ଲାସ ୱାନ ଅଫିସରର ପେନ୍ସନ୍ ସହିତ ଘର ଭଡ଼ା ବି ସବୁଠୁ ତୁମକୁ ଅଧିକ ମିଳୁଛି। ଦୁଇ ପୁଅ ବୋହୂ ଆମେରୀକାରେ। ସେମାନେ ତୁମଠାରୁ କିଛି ବି ନେଉନାହାନ୍ତି, ଓଲଟା ତୁମକୁ ଗିଫ୍ଟ ଭାବେ ବହୁତ କିଛି ଦେଉଛନ୍ତି। ତା'ହେଲେ ଏଥିରେ ସେଥିରେ କାହିଁକି ଆଖି ପକାଉଛ ? ପୁଅ ଆସିଲେ ତ ଆମେରୀକା ଟଙ୍କାରେ ନିଜେ ପାର୍ଟି ଦେବ। କ'ଣ ଭୁଲିଗଲ ? ସାନ ପୁଅ ବାହାଘରରେ ତୁମେ କ'ଣ ଦେଇଥିଲ ? ସେମାନେ ଭଲଭାବେ ପାର୍ଟି ଦେଇଥିଲେ। ସେ ଆମକୁ ଖୁଆଇ ପିଆଇ ବୁଲାଇଥିଲେ। ବାପାଙ୍କ ପେନସନରେ ଲୋଭ କରନି।'

ଏତିକି ଶୁଣିବାପରେ ସେ ଭଡ଼କିଯାଇ ପାଟିକରି କହିଲେ, 'ଆରେ! ଛାଡ଼େ। ଭାଷଣ ଦେନା। ତୁ କ'ଣ ଜାଣିଛୁ, ମୁଁ ଯଦି ଖାଲି ହାତରେ ଫେରିବି, ତା'ହେଲେ ଭାଉଜ ଝାଡୁ ଧରି ମୋତେ ମାରି ଗୋଡ଼େଇବନି ?'

ମୋ ମୁଣ୍ଡ ଘୂରାଇଦେଲା। ତେଣୁ ହଠାତ୍ କହିଉଠିଲି, 'କି କଥା କହୁଛ ? ଭାଉଜ ତୁମକୁ ଟଙ୍କା ରୋଜଗାର ପାଇଁ ଏଠାକୁ ପଠାଇଛନ୍ତି ? ତାଙ୍କୁ ତ ଜଣାଅଛି ତୁମେ ତୁମ ବୁଢ଼ା ବାପାଙ୍କ ପାଖକୁ ଦେଖା କରିବାକୁ ଆସିଛ। ତୁମେ କ'ଣ ତାଙ୍କୁ ବୁଝାଇ ପାରିବନି, ମୁଁ ପଇସା ପାଇଁ ନୁହେଁ, ବୁଢ଼ା ବାପାଙ୍କୁ ଦେଖା କରିବାକୁ ଯାଇଥିଲି।'

"ଛାଡ଼େ ଛାଡ଼େ। ତୁମେ ସବୁ ତ ବୁଢ଼ାକୁ ମୁଣ୍ଡ ଉପରେ ବସେଇ ରଖିଛ। ଏହି ଘରର ଝିଅ ହିସାବରେ ଏହା କ'ଣ ତୁମର ଦାୟିତ୍ୱ ନୁହେଁ, ପୁଅ ବୋହୂକୁ ସବୁକିଛି ସମର୍ପି ଦେବାକୁ ତାଙ୍କୁ କହିବାକୁ। କିନ୍ତୁ ତୁମେ ତିନିହେଁ ଚୁପ ରହୁଛ। ବୁଢ଼ାର ଏତିକି ଅକଲ ନାହିଁ ଯେ ଗୋଟିଏ ବୋଲି ପୁଅକୁ ସବୁ କିଛି ସମର୍ପି ଦେବାକୁ।

ଭାଇଙ୍କ କଥା ଶୁଣି ମୁଁ ଭିତରେ ଭିତରେ ଜଳିଯାଉଥିଲି କିନ୍ତୁ ହୃଦୟର ଜ୍ୱାଳାମୁଖିକୁ ଫୁଟିବାକୁ ଦେଲିନି। ଆଘାତ ଏବଂ କ୍ରୋଧର ନିଆଁରେ ସହନଶୀଳତା ଏବଂ ମର୍ଯ୍ୟାଦାର ପର୍ଦ୍ଦା ପକାଇଦେଲି। କାରଣ ବାପଘରେ ଝିଅମାନଙ୍କ ହସ୍ତକ୍ଷେପ ଠିକ୍ ନୁହେଁ। ନିଜର ଭାଗ୍ୟ ଉପରେ ବି କ୍ରୋଧ ଆସିଲା, ଭାବିବାକୁ ବାଧ୍ୟ ହେଲି ଯେ ଆମ ସମାଜରେ ବିବାହ ପରେ ଲୋକେ ଝିଅମାନଙ୍କୁ ପର ବୋଲି ଭାବନ୍ତି କାହିଁକି? ସେମାନେ କ'ଣ ସେଇ ବଗିଚାର ଫୁଲ ନୁହେଁ, ଯେଉଁଠି ପୁଅଙ୍କୁ ଘରର ପ୍ରଦୀପ ଭାବନ୍ତି? କାହିଁକି ଝିଅମାନଙ୍କ ଭାବନାକୁ ବୁଝି ପାରନ୍ତିନି???

ଭିତରେ ଭିତରେ ହୃଦୟ କାନ୍ଦିଉଠିଲା। ଅଶ୍ରୁକୁ ଭିତରେ ଚାପିରଖି ରୁମ୍ ବାହାରକୁ ଚାହିଁଲି। ହଠାତ୍ କେତେ ବର୍ଷ ତଳେ ପଢ଼ିଥିବା ଏହି ପଂକ୍ତି ମନେ ପଡ଼ିଲା।

ଅବଳା ଜୀବନ ହାୟ ତୁମର ଏହି କାହାଣୀ।

ବୋକାମାନଙ୍କର ବୟସ ବଢ଼େନା

କାଶ୍ମୀର- ହରିକୃଷ୍ଣ କୌଲ

ପ୍ରାଥନା ଶେଷ ହେଲା। ସମସ୍ତେ ନିଜ ନିଜ କ୍ଲାସକୁ ଯିବାକୁ ଆରମ୍ଭ କଲେ। ସୁଲା ପଚାରିଲା, 'ଆରେ ମାଖନା ତୁ ନୀଳକଣ୍ଠ ସାରଙ୍କ ପଣକିଆ ମୁଖସ୍ଥ କରିଛୁ?'

'ନାରେତୁ?'

ପଣିକିଆଗୁଡ଼ା ବଡ଼ କଷ୍ଟ, କିଛି ବି ମନେ ରହୁନି।

ତା'ହେଲେ ଆମର କ'ଣ ହେବ? ସେ ଯମଦୂତ, ପିଠିରୁ ଚମଡ଼ା ଉତ୍ତାରି ଦେବେ।

କ୍ଲାସ ଫୋରରେ ଦୁହେଁ ପଢ଼ନ୍ତି। ଚିନ୍ତାରେ ତାଙ୍କ ମୁହଁ ଶେତା ପଡ଼ିଯାଇଛି। ଚୁପ୍‌ଚାପ୍ ପକେଟରୁ ଗୋଟିଏ ଜିନିଷ ବାହାରକରି ମାଖନାର ହାତରେ ମାଖିଦେଇ ସୁଲା କହିଲା, 'ଆଉ ଚିନ୍ତା ନାହିଁ, ଏଥର କୌଣସି ଯମଦୂତ ତୋର କିଛି କରି ପାରିବନି।'

ଏଇଟା କ'ଣରେ?

ଘୁଷୁରି ଚର୍ବି। ବେତ ବାଜିଲେ ବେତଟା ଖସିଯିବ, ତତେ କାଟିବନି।

ବାପରେ ସତରେ?

ବିଶ୍ୱାସ ନହେଲେ ଦେଖ ମୁଁ ନିଜେ ବି ମାଖିଛି। କିଛି ସମୟ ପରେ ଆରମ୍ଭ ହେଲା ନୀଳକଣ୍ଠ ସାରଙ୍କ କ୍ଲାସ। କ୍ଲାସକୁ ପଶି ପଗଡ଼ି ଖୋଲି ଆଲମାରୀ ଉପରେ ସେ ରଖିଦେଲେ। ନାଶ ଡବାଟା ବାହାର କରି ନାଶ ନେଲେ। ତା'ପରେ ଆରାମରେ

ଚେୟାରରେ ବସି ଶାର୍ଟର ବୋତାମ ଖୋଲି ଛାତିରେ ହାତ ବୁଲାଉ ବୁଲାଉ ପଚାରିଲେ, 'କିରେ, ପଣକିଆ ସମସ୍ତେ ମୁଖସ୍ଥ କରିଛ ?'

କାହା ମୁହଁରୁ ଉଁ ଚୁଁ ବାହାରିଲାନି। ପ୍ରଥମ ପାଞ୍ଚ ଜଣ ପିଲା ବେଶ୍ ଗଡ଼ଗଡ଼ ହୋଇ ପଣିକିଆ କହି ପକାଇଲେ।ତା'ପରେ ମାଖନାର ପାଳି। ସେ ଅଙ୍ଗ ଅଙ୍ଗ ହୋଇ ତିନିକ ଯାଏ କହି ପାରିଲା। ଚାରିକ ଡାକିଲା ବେଳକୁ ପାଟି ଖନି ବାଜିଗଲା। ନୀଳକଣ୍ଠ ସାର କାନ ଧରି ତାକୁ ଟାଣିଆଣିଲେ। ମାଖନା ଉଦାସ ଆଖିରେ ନିଜ ହାତକୁ ଚାହିଁଲା। ଘୁଷୁରି ଚର୍ବି ଲାଗି ତା' ହାତ ଲୁଚି ଭଳି ତେଲିଆ ଆଉ ନରମ। ନୀଳକଣ୍ଠ ସାର ତା' ହାତରେ ବେତ ପାହାର ଦେଲେନି। ତାକୁ ଟାଣି ଟାଣି ବାହାର ଆଡ଼କୁ ନେଇଗଲେ। ତା'ପରେ କ୍ଲାସରେ ଚାରିପଟେ ଆଖି ବୁଲାଇଆଣିଲେ। ସୁଲା ଉପରେ ନଜର ପଡ଼ିବାକ୍ଷଣି କହିଲେ, 'ହେ ମୋଟକା ଶୁଣ, ଏଇ ବଦମାସଟାକୁ ପିଠିରେ ପକା।'

ସୁଲା ମାଷ୍ଟରଙ୍କ ଆଡ଼କୁ ପଛ କରି ଶେଷଥର ପାଇଁ ପଣିକିଆ ଉପରେ ଆଖି ବୁଲାଇଆଣିଲା। ଚାରି ତିରି ବାର, ଚାରି ଚୋ ଷୋଳ...ଦେଖିବା ଶେଷ ହୋଇ ପାରିଲାନି, ମଝିରେ ରହିଗଲା। ବେଞ୍ଚ ତଳେ ବହିଟାକୁ ରଖିଦେଇ ସୁଲା ଉଠି ଛିଡ଼ାହେଲା। ମାଖନା ପାଖକୁ ଆସି ଅସହାୟଭାବେ ହସ ହସିଲା, ତା'ପରେ ପିଠିକୁ ତାକୁ ଉଠାଇନେଲା। ନୀଳକଣ୍ଠ ସାର ମାଖନାର ହାପପ୍ୟାଣ୍ଟ ଅଣ୍ଟାରୁ ତଳକୁ ଖସାଇ ତା' ନରମ ଶରୀରରେ ବେତ ପ୍ରହାର କରିଚାଲିଲେ। ମାଖନା କାନ୍ଦିବାକୁ ଲାଗିଲା... 'ବାପାଲୋ ମାଆଲୋ ମରିଗଲି। ମା' ରାଣ କାଲି ସବୁ ମୁଖସ୍ଥ କରି ଆସିବି।'

ମାଆ କାଳୀଙ୍କ ରାଣ।

ତା'ହେଲେ ମୋଟକା ତାକୁ ଛାଡ଼ିଦେ। ତା'ପରେ କ୍ଲାସସାରା ପିଲାଙ୍କ ଆଡ଼କୁ ଚାହିଁ ନୀଳକଣ୍ଠ ସାର ହୁଙ୍କାର ଦେଲେ, କାଲି ଷୋଳକ ପର୍ଯ୍ୟନ୍ତ ପଣିକିଆ ମୁଖସ୍ଥ ହୋଇଥିବ ଯେମିତି ଦେଖିବି।

ତା'ପରେ ସ୍କୁଲ ଛୁଟି ହୋଇଗଲା। ମାଖନା ଆଗରେ ଆଗରେ ଦୌଡ଼ିବାକୁ ଲାଗିଲା। ସୁଲା କହିଲା, ରହ, ସାଙ୍ଗହେଇ ଘରକୁ ଯିବା।'

ମାଖନାର ରାଗରେ ଗୋଡ଼ରୁ ମୁଣ୍ଡ ଯାଏ ଜଳୁଥାଏ, ସେ ଆଖିକୁ ନିଆଁ ଭଳି କରି କହିଲା, 'ଚୁପ୍ କର ଶାଳା, ତୁ ଗୋଟେ ବାଜେ ପିଲା। ବେଇମାନ କୋଉଠିକାର।'

ମୁଁ! ମୁଁ କ'ଣ କଲି ? ସାର୍ କହିଲେ, ତେଣୁ...

ମାଖନା ରାଗରେ ଜଳିଉଠି କହିଲା, 'ସାର କହିଲେ ବୋଲି, ତୋ ଘୁଷୁରି ଚର୍ବି କୋଉ କାମକୁ ନୁହେଁ।'

ମୁଁ ତ ହାତରେ ମାରି ଦେଇଥିଲି। ପଛରେ ମାରିଲେ ଘୁଷୁରିର କି ଦୋଷ?

ଚୁପ୍ କର ଘୁଷୁରି ଛୁଆ। ଏଇଟା ତୋର ବନ୍ଧୁ ପ୍ରିତି?

ଯୁକ୍ତିତର୍କ, କଥା କଟାକଟି ଏବଂ ରାଗ ଅଭିମାନ ଭିତରେ ସେମାନେ ଅନେକଟା ରାସ୍ତା ଚାଲିଗଲେ। ବୁଲାଣି ପାଖକୁ ଆସି ଦୁହେଁ ରହିଗଲେ। କନଭେଣ୍ଟ ବସ୍ ଆସି ଟିକେ ପୂର୍ବରୁ ଛିଡ଼ା ହୋଇଛି। ସୁଲା ଦେଖିଲା ବସ୍‌ରୁ ସୁନ୍ଦର ସୁନ୍ଦର ପୁଅ, ଝିଅ ଓହ୍ଲାଉଛନ୍ତି। ତାଙ୍କର ଧଳା ଶାର୍ଟ, ଲାଲ ଟାଇ, କଳା ଜୋତା ଆଉ ଲାଲ ମୋଜା। ତାଙ୍କର ଗୋଲଗାଲ ମୁହଁ, ଚଳଚଞ୍ଚଳ ଆଖି ଆଉ ଗୋରା ରଙ୍ଗ ଚାରିପଟକୁ ସୁନ୍ଦର କରିଦେଇଛି। ମାଖନା ସବୁ ଅପମାନ ଭୁଲି ଯନ୍ତ୍ରଣା ଭୁଲି ଗୋଟିଏ ଝିଅ ଆଡ଼କୁ ଅପଲକ ନୟନରେ ଚାହିଁରହିଲା। ନୀଳ ଆଖିର ଝିଅଟି ସତରେ ଅନ୍ୟମାନଙ୍କଠାରୁ ଅଲଗା। ତାକୁ ଦେଖିଲେ ସବୁ ମନ ଖରାପ ଉଭେଇଯିବ। ବସ୍ ଛାଡ଼ିବା ପର୍ଯ୍ୟନ୍ତ ଆଖି ଦୁଇଟି ଝିଅଟି ଆଡ଼କୁ ସ୍ଥିର ହୋଇ ରହିଲା, ରେଶମୀ ଭଳି କେଶ, ଦୁଧ ଅଳତା ଭଳି ଦେହର ରଙ୍ଗ ଆଉ ନୀଳ ଆଖି। ସୁଲା ଦେଖିଲା, ଝିଅଟିକୁ ତା' ମା' କହୁଛି, 'ଖାଇନୁ କାହିଁକି? ମାଂସ କିମା ତୋର ପସନ୍ଦ ନୁହେଁ? ଶୀଘ୍ର ଘରକୁ ଚାଲ, ତୋ ପାଇଁ ଗରମ ଭାତ ଆଉ ମାଛ ଝୋଳ କରି ରଖିଛି।'

ପରଦିନ ପ୍ରାର୍ଥନା ଲାଇନରେ ସମସ୍ତେ ଛିଡ଼ାହେଲେ। ସୁଲାର ଛାତି ଥରୁଛି। ସେ ଭୟରେ ପଛକୁ ଚାହିଁଲା। ଭୂତ ଦେଖିଲା ଭଳି ଚମକିପଡ଼ିଲା। ତା' ବାପା ହେଡମାଷ୍ଟରଙ୍କ ସାଙ୍ଗରେ କଥା ହେଇ ହେଇ ସାମନା ଦିଗକୁ ଆଗେଇ ଆସୁଛନ୍ତି। ପକେଟରେ ଘୁଷୁରି ଚର୍ବି କାଗଜରେ ମୋଡ଼ି ରଖିଛି। ସେଇଟା ବାହାରକରି ହାତରେ ମାରିବାକୁ ହେବ। ତା'ପରେ ଭାବିଲା, ନା ଥାଉ। ଦେଖାଯାଉ କ'ଣ ହେଉଛି। ପ୍ରେୟାର ଲାଇନ ଆଡ଼କୁ ହେଡ଼ମାଷ୍ଟର ଆଗେଇ ଆସିଲେ। ପଚାରିଲେ, କ୍ଲାସ ଫୋରରେ ସୁଲା କିଏ ଅଛ, ସାମନାକୁ ଆସ। ସୁଲା ଭୟରେ ସାମନାକୁ ଗଲା। ହେଡ଼ମାଷ୍ଟର କହିଲେ, ଏଇ ସୁଲା କ'ଣ କରିଛି ଜାଣ? ସେ ବାସନ ଭାଙ୍ଗିଛି, କପ୍ ଭାଙ୍ଗିଛି, ଅଭାବର ସଂସାରରେ ଦୁଇ ମୁଠା ଖାଇବାକୁ ନାହିଁ, ତା'ମା' ତାକୁ ଗରମ ଭାତ ଆଉ ମାଂସ କିମା ରାନ୍ଧି ଦେଇନାହାନ୍ତି ବୋଲି ସେ ମା'କୁ ମାରିଛି। ତୁମେସବୁ କହିଲ ସେ କ'ଣ ଠିକ୍ କରିଛି?

ସମସ୍ତେ ସମବେତ ସ୍ୱରରେ କହିଲେ,'ନା ସାର, ସେ ଆଦୌ ଠିକ୍ କରିନି।'

ହେଡ଼ମାଷ୍ଟର ବେତରେ ସୁଲାକୁ ତା'ପରେ ମାରିବାକୁ ଲାଗିଲେ। ଏତିକିରେ ତାଙ୍କ ମନ ଶାନ୍ତ ହେଲାନି, ତାକୁ ଲାତ ମାରି ପ୍ରାର୍ଥନା ଲାଇନରୁ ବିଦା କରିଦେଲେ। ପ୍ରାର୍ଥନା ପରେ ଯିଏ ଯାହାର କ୍ଲାସକୁ ଚାଲିଗଲେ। ସୁଲାର ଦେହରେ ଅଜସ୍ର ବେତର

ଦାଗ। ଆଖି ଲାଲ। ଏସବୁ ଦେଖି ମାଖନା ପୂର୍ବ ଦିନର ରାଗ ଭୁଲିଗଲା। ତା'ର ଦୟା ହେଲା। ସେ ଭାବିଲା, ତା' ବାପା ଆଜି ଯଦି ବଞ୍ଚିଥାନ୍ତେ ତା'ହେଲେ କ'ଣ ହୋଇଥାନ୍ତା ? ସ୍କୁଲରେ ଯା, ତା' ନାଁରେ ଅଭିଯୋଗ ଆସି ମଝିରେ ମଝିରେ ଏମିତି ମାଡ଼ ହୁଏ। ବାପଟା ମରି ତାକୁ ବଞ୍ଚେଇ ଦେଇଛି। ମା' ବି ମାରେ ଗାଲରେ କିନ୍ତୁ ସେ ବି ତାକୁ ମାରେ। କିନ୍ତୁ ସ୍କୁଲକୁ ଆସି ଅଭିଯୋଗ କରେନା। ନୀଳକଣ୍ଠ ସାରଙ୍କ କଥା ତା'ର ମନେପଡ଼ିଲା। ଆଜିବି ପଣକିଆ ମୁଖସ୍ଥ ହେଇନି। ସୁଲା ପାଖରୁ ଘୁଷୁରି ଚର୍ବି ମାଗି ଆଣିବ ଭାବିଲା କିନ୍ତୁ ତା' ଲାଲ ଆଖି ଦେଖି ରହିଗଲା।ଏସବୁ ଚର୍ବି ଫର୍ବି ଦ୍ୱାରା କିଛି ହେବନି। ସେ ମାଆ କାଳୀଙ୍କ ନାଁ ସ୍ମରଣ କରି କପାଳରେ ତିନି ଥର 'ବ' ଲେଖିଲା। 'ବ' ମାନେ ବରାଭୟ।

ନୀଳକଣ୍ଠ ସାର କ୍ଲାସକୁ ପଶି ଯଥାରୀତି ଭାବେ ପଗଡ଼ି ଖୋଲିଲେ। ତା'ପରେ ନାସ ଡବାଟା ଖୋଲି ନାସ ନେଇ କହିଲେ,'କିରେ, ଆଜି ସମସ୍ତେ ରେଡ଼ି ତ ?'

ପ୍ରଥମ ପିଲାଟି ପଣକିଆ ଡାକିବା ଆରମ୍ଭ କରିଛି ମାଖନା ଛିଡାହୋଇ କହିଲା, 'ସାର ଦୁଇ ଯିବି।'

ଫାଜିଲାମୀ କରୁଛୁ ? ପ୍ରଥମେ ସାତକ ପଣିକିଆ ଡାକେ ତା'ପରେ ଯିବୁ।

ଆଉ ଗୋଟିଏ ମିନିଟ ବି ରହି ପାରିବିନି ସାର। ପେଟଟା କ'ଣ କ'ଣ ହେଇଯାଉଛି, କ୍ଲାସରେ ହୋଇଯିବ।

ସାର୍ କହିଲେ, 'ଠିକ୍ ଅଛି, ଯାଆ ତା'ହେଲେ...'

ପଡ଼ିଆ କଡ଼ରେ ପାଇଖାନା କରୁ କରୁ ମାଖନା ଭାବିଲା, ମା' କାଳୀଙ୍କ ନାଁ କହି ତିନିଥର ବ ଲେଖିବାର ମହାତ୍ମ୍ୟ ଅଛି। ନହେଲେ ଠିକ୍ ସମୟରେ ତା' ପେଟ କ'ଣ ହେଲା କାହିଁକି ? ସେ ଯେତେବେଳେ ଫେରିଆସିଲା ସେତେବେଳକୁ ନୀଳକଣ୍ଠ ସାରଙ୍କ କ୍ଲାସ ଶେଷ ହୋଇଯାଇଥିଲା। କିଛି ସମୟପରେ ଛୁଟି ଘଣ୍ଟା ବାଜିଲା। ସୁଲା ଦ୍ରୁତ ବେଗରେ ଘରକୁ ଫେରୁଥିଲା, ମାଖନା ତାକୁ ଅଟକାଇଲା, 'ରହ।'

'କାହିଁକି ?'

ଏବେ କନଭେକ୍ଟ ବସ ଆସିବ।

ଆସୁ, ସବୁଦିନେ ମୁଁ ମାଡ଼ ଖାଇପାରିବିନି।

ମାଖନା ଦୂରରୁ ଚାହିଁ ରହିଲା। ଗଛ ତଳେ କେତେ ଜଣ ଲୋକ ଜୁଆ ଖେଳୁଥିଲେ, ସୁଲା ତା' ଆଡକୁ ଚାହିଁ ଡାକିଲା, 'ମାଖନା, ଡେରି ହେଇଯାଉଛି।'

ଦୁଇ ତିନି ମିନିଟ ଭିତରେ ବସ୍ ଆସିଲା। ଚାରି ପାଞ୍ଚ ଜଣ ବସ୍‌ରୁ ଓହ୍ଲାଇ ପଡିଲେ। ନୀଳ ଆଖି ଝିଅଟିର ମା' ତାକୁ ନେବାକୁ ଆସିଛନ୍ତି। ମା' ତା' କାନ୍ଧରୁ

ବ୍ୟାଗ ନେଇଗଲେ, ଝିଅଟିର ବେଲଟ ଟାଇଟ କରିଦେଲେ। ତା'ପରେ ଝିଅଟି ତା' ମା'ର ଆଙ୍ଗୁଳି ଧରି ଚାଲି ଚାଲି ଗୋଟିଏ ମିଠା ଦୋକାନକୁ ଉଠିଗଲେ। ମାଖନାର ଛାତିରୁ ଏକ ଦୀର୍ଘଶ୍ୱାସ ବାହାରିଗଲା।

ପରଦିନ ସ୍କୁଲକୁ ଆସି ଦୁହେଁ ବେଶ୍ ଆନନ୍ଦରେ କାଟିଲେ। ଟିଫିନ ଛୁଟି ପରେ ଗୋଳମାଳ ଆରମ୍ଭ ହେଲା। ବିତସ୍ତା ନଦୀରେ ଗାଧୋଇବାକୁ ଯାଇ ସ୍କୁଲର ଦୁଇଟା ପିଲା ବୁଡ଼ି ଯାଇଛନ୍ତି। ସାରା ସ୍କୁଲ ସେଥିପାଇଁ ହୁଲସ୍ଥୁଲ ହୋଇଛି। ହେଡ଼ମାଷ୍ଟର ସବୁ କ୍ଲାସର ଛାତ୍ରମାନଙ୍କୁ ଡାକିଛନ୍ତି। ସମସ୍ତେ ଲାଇନ ହେଇ ଛିଡ଼ା ହୋଇଛନ୍ତି ହେଡ଼ ସାରଙ୍କ କଥା ଶୁଣିବା ପାଇଁ। ସେ କହିବାକୁ ଆରମ୍ଭ କଲେ, ଛୋଟମାନେ ନଦୀରେ ସ୍ନାନ କରିବା ଉଚିତ୍ ନୁହେଁ। ନଦୀରେ କୁମ୍ଭୀର ଅଛି। ଆଜିକାଲି ବିତସ୍ତାର କୁମ୍ଭୀରଗୁଡ଼ା ପାଗଳ ହୋଇଯାଇଛନ୍ତି। କୁମ୍ଭୀର ସାଇଜରେ ବହୁତ ବଡ। ଛୋଟମାନେ ନଦୀକୁ ଗଲେ ସେ ଗୋଡ଼କୁ ଧରି ଟାଣି ନେଇଯିବ। ଇଂରାଜୀରେ କୁମ୍ଭୀରକୁ କ୍ରୋକୋଡ଼ାଇଲ କୁହନ୍ତି। କ୍ରୋକୋଡ଼ାଇଲସ ଟିୟାର ହେଉଛି କୁମ୍ଭୀରର କାନ୍ଦ। କ୍ଲାସ ଫାଇଭ ପିଲାମାନେ ଏହାର ଅର୍ଥ ନିଶ୍ଚୟ ବୁଝି ପାରୁଥିବ।

ହେଡ଼ମାଷ୍ଟର ତାଙ୍କ ବକ୍ତବ୍ୟ ଶେଷକଲେ। ସେକେଣ୍ଡ ମାଷ୍ଟର ଗୋଟିଏ ସିଲମୋହର ଏବଂ କାଳିର ପ୍ୟାଡ଼ଟିଏ ନେଇଆସିଲେ। ପ୍ରତ୍ୟେକ ପିଲା ପାଦରେ ସିଲମୋହର ଲଗାଇଲେ। ଧୋଇ ଯାଇଛି କି ନାହିଁ ପ୍ରତିଦିନ ପରୀକ୍ଷା କରାଯିବ। ଯଦି ଧୋଇ ଯାଇଥିବ ତା'ହେଲେ ବୁଝାଯିବ ସେ ନଦୀକୁ ପହଁରିବାକୁ ଯାଇଥିଲା।

ଘରକୁ ଫେରିବାବେଳେ ସୁଲା ପଚାରିଲା, 'ଆରେ ମାଖନା, ମୁଁ ଯଦି କଳ ପାଣିରେ ଗାଧୋଇବି ତା'ହେଲେ କ'ଣ ଦାଗଟା ରହିବ?'

ମାଖନା କହିଲା, 'ମାଷ୍ଟର ନା ଫାଷ୍ଟର, ସମସ୍ତେ ଜଣେ ଜଣେ ଗଧ, କେବଳ ଛାତ୍ରମାନଙ୍କ ପିଠିରେ ବେତ ଭାଙ୍ଗି ଜାଣନ୍ତି।'

ସୁଲା କହିଲା, 'ଭାଗ୍ୟକୁ ଆଜି ଆମେ ନୀଳକଣ୍ଠ କୁମ୍ଭୀର ହାତରୁ ବଞ୍ଚି ଯାଇଛୁ।'

ରାସ୍ତାରେ ଚାଲୁ ଚାଲୁ ମାଖନା ଦେଖିଲା ବସ୍ ନାହିଁ, ସେ କହିଲା, ବସ୍‌ଟା ଆଜି ବଡ଼ ଡେରି କରୁଛି।

ଡେରି ନୁହେଁ ତ, ଆଜି ଜଲଦି ଛୁଟି ହୋଇଯିବାରୁ ଆମେ ଶୀଘ୍ର ଚାଲିଆସିଛୁ।

ସୁଲା ଘରକୁ ଯିବାକୁ ତାଗିଦା କଲା। ମାଖନା କହିଲା, ଟିକେ ରହିଯାଆନା ଦୋସ୍ତ।

ନୀଳକଣ୍ଠ କୁମ୍ଭୀରର ପଣିକିଆ ମୁଖସ୍ଥ କରିବୁନି?

ତାହା ତ ଆସନ୍ତା କାଲିର କଥା, ପରେ ଭାବିବା। ଏବେ କନଭେଣ୍ଟ ବସ୍ ଛଡ଼ା ଆଉ କୌଣସି ଭାବନା ନାହିଁ।

ଗୋଟିଏ ପରେ ଗୋଟିଏ ଦିନ ଗଡ଼ିଯାଏ। ପିଲାମାନଙ୍କ ପାଦରୁ ମୋହରର ଦାଗ କେବେଠୁ ଲିଭିଗଲାଣି। ଦିନେ ହେଡ଼ମାଷ୍ଟର ମାଖନାକୁ ଡାକି କହିଲେ, ତୁ ଗୋଟିଏ କାମ କରିପାରିବୁ ?

କି କାମ ସାର ?

ଘରେ ମିସ୍ତ୍ରି ଲାଗିଛନ୍ତି, ତାଙ୍କ ସହିତ ଟିକେ ହାତ ବଢ଼େଇବୁ।

ହଁ, ପାରିବି ସାର।

ଇଟା ବୋହି ଆଣିବା ଛଡ଼ା ତା'ର କାମ ଥିଲା ହୁକା ସଜେଇ ଦେବା। ତାଙ୍କ ପାଇଁ ଖାଇବା ନେଇଆସିବା। ଏସବୁ କରୁ କରୁ ମାଖନାର ଜାମା ଛିଡ଼ିଗଲା। ସୁଲା ଚାଲାକ ବୋଲି ସେ ଜାମା ଖୋଲି କାମ କରୁଥିଲା। ଚାରିଟାରେ ତାଙ୍କର ଛୁଟି ହେଲେ ବ୍ୟାଗ ଧରି ଆନନ୍ଦ ମନରେ ଆସି ସେଇ ମୋଡ଼ରେ ଛିଡ଼ା ହୁଅନ୍ତି। ସୁଲା କହିଲା, ଏଠାରେ କେତେ ଆନନ୍ଦ, ନୀଳକଣ୍ଠ ମାଷ୍ଟରର ପଣିକିଆ ନାହିଁ।

ମାଖନା କହିଲା, ଏହାଠାରୁ ଭଲ ଆଉ କିଛି ନାହିଁ। ସେତେବେଳେ କନଭେଣ୍ଟ ବସ୍ ଆସି ତାଙ୍କ ପାଖରେ ରହିଲା। ସୁଲା ମୁରୁକି ହସିଲା। ପୁଅ, ଝିଅମାନେ ଶୀତ ପୋଷାକ ପିନ୍ଧି ବସ୍‌ରୁ ଓହ୍ଲାଇ ଆସୁଛନ୍ତି। ମାଖନା ଜାଣିଲା ଶୀତ ଆସିଗଲାଣି। ସେ ତନ୍ନତନ୍ନ କରି ଝିଅଟାକୁ ଖୋଜିଲା। କିନ୍ତୁ କୋଉଠି ଦେଖିବାକୁ ପାଇଲାନି। ଗୋଟିଏ ଦୀର୍ଘଶ୍ୱାସ ପକେଇ କହିଲା, ଚାଲ୍ ଘରକୁ ଯିବା।

ତା'ପରେ ତାଙ୍କର ଶୀତ ଛୁଟି ହୋଇଗଲା। ମାସେ ପରେ ଯେବେ ସ୍କୁଲ ଖୋଲିଲା, ସେତେବେଳେ ଚାରିଆଡ଼େ ବରଫ ପଡିଛି। ପିଲାମାନେ ସ୍କୁଲ ବାରଣ୍ଡାରେ ବସି ବରଫ ଲଢ଼େଇ ଖେଳିବାକୁ ଲାଗିଲେ। ଶାନ୍ତ ପିଲାଙ୍କ ପକେଟରେ ବରଫ ପୁରାଇଦେଇ ଦୁହେଁ ଅଦ୍‌ଭୂତ ଆନନ୍ଦରେ ଉଲ୍ଲସିତ ହୋଇଗଲେ। ଗୋଟିଏ ଗୋଟିଏ ବରଫ ମୂର୍ତ୍ତି କରି ତାଙ୍କ ନାଁ ଦେଲେ, ନୀଳକଣ୍ଠ ମାଷ୍ଟର, ହେଡ଼ମାଷ୍ଟର ବା ମୌଲବୀ ସାହେବ। ପ୍ରଥମଥର ପାଇଁ ସ୍କୁଲରେ ସେମାନେ ତାଙ୍କ କାର୍ଯ୍ୟ ପାଇଁ ନିଜ ଭିତରେ ଉଲ୍ଲସିତ ହେଲେ।

ପ୍ରଥମ ଦୁଇଟା ପିରିୟଡ ଫାଙ୍କା ଗଲା। ତୃତୀୟ ପିରିୟଡରେ ମୌଲବୀ ସାହେବ ଆସିଲେ। ଗପସପ ହେଲା। ଚତୁର୍ଥ ପିରିୟଡ଼ରେ ସେକେଣ୍ଡ ମାଷ୍ଟର ଆସି ପିଲାମାନଙ୍କ ପାଖରୁ ଛୁଟିରେ ପାଠ ଦେଖିବାକୁ ଚାହିଁଲେ। ମାଖନା ଏବଂ ସୁଲା ପରସ୍ପରର ମୁହଁକୁ ଚାହିଁରହିଲେ। ମାଖନା ମା' କାଳୀଙ୍କୁ ସ୍ମରଣ କରି କପାଳରେ ଏକ 'ବ' ଲେଖିଲା।

ସୁଲା ପକେଟରେ ହାତ ପୁରାଇଲା, ଘୁଷୁରି ଚର୍ବି ଖୋଜି ପାଇଲାନି। ସେକେଣ୍ଡ ମାଷ୍ଟର ଆସି ଦେଖିଲେ ସୁଲା ଏବଂ ମାଖନା ସହିତ ଆଉ କେତେ ଜଣ ପିଲା ତାଙ୍କ ପାଠ କରିନାହାନ୍ତି। ସେ ମନିଟରକୁ ନିର୍ଦ୍ଦେଶ ଦେଲେ, 'ଏମାନଙ୍କ ମୁହଁରେ କାଳି ବୋଳି ସବୁ କ୍ଲାସରେ ବୁଲାଇ ନେଇଆସେ।' ଏହି କଥା ଶୁଣି ମାଖନା ମନରୁ ଭୟ ଛାଡ଼ିଗଲା। ସେ ଭାବିଲା, ମା' କାଳୀ ଆଜି ପାଇଁ ରକ୍ଷା କରି ଦେଇଛନ୍ତି। କାଳି ବୋଳିହେଇ ପ୍ରତି କ୍ଲାସରେ ସେମାନେ ବୁଲିଲେ। ଅନ୍ୟ ପିଲାମାନେ ତାଙ୍କୁ ଦେଖି ହସିବାକୁ ଲାଗିଲେ।

ବେତ, ଲାଠି ଆଉ ଅପମାନ ମଧ୍ୟ ଦେଇ ପାଞ୍ଚ ବର୍ଷ କଟିଗଲା। ସ୍କୁଲର ନାଁ ବଦଳିଗଲା। ଗଭର୍ଣ୍ଣମେଣ୍ଟ ପ୍ରାଇମେରୀ ସ୍କୁଲ ନାଁ ବଦଳରେ ହୋଇଗଲା ଗଭର୍ଣ୍ଣମେଣ୍ଟ ଲୋୟର ମିଡିଲ ସ୍କୁଲ। ଯଦିଓ କ୍ଲାସ ଫାଇଭରେ ପଢ଼ିବାର ସୁଯୋଗ ତାଙ୍କର ରହିଲାନି। ସେମାନେ ପାଞ୍ଚ ବର୍ଷଯାଏ କ୍ଲାସ ଫୋରରେ ଝୁଲି ରହିଲେ। ଦିନେ ସ୍କୁଲରୁ ଫେରିବା ବେଳେ ମାଖନା ସିଗାରେଟ ଧରିଲା। ଦୁହେଁ ଗୋଟିଏ ସିଗାରେଟକୁ ଦୁଇ ଭାଗ କରି ଟାଣି ଟାଣି ଯେତେବେଳେ ସେଇ ବୁଲାଣିରେ ପହଞ୍ଚିଲେ ଦେଖିଲେ କନଭେଣ୍ଟ ବସ୍ ଆସିଯାଇଛି। ମାଖନା ଦେଖିଲା, ସେଇ ନୀଳ ଆଖି ଝିଅଟି ବସ୍‌ରୁ ଓହ୍ଲାଇଲା। ଛାତି ଧଡ୍‌ଧଡ୍ ବଢ଼ିବାକୁ ଲାଗିଲା। ଝିଅଟି ଡଗଡ଼ଗ ହୋଇ ସାମନା ମିଠା ଦୋକାନ ଆଡ଼କୁ ବଢ଼ିବାକୁ ଲାଗିଲା। ସେଠାରେ ଗୋଟିଏ ସାଇକେଲ ଧରି ପବନ ଭଳି କୁଆଡେ ଉଡ଼ି ଚାଲିଗଲା। ଧଳା ଶାର୍ଟ ଉପରେ ନୀଳ ସୋଏଟର, ଷ୍ଟାଇଲ କରି କାଟିଥିବା କେଶ ଉପରେ ଅପରାହ୍ନର ଆଲୋକ ଆସି ପଡୁଥିଲା। ମାଖନା ସେଇ ଆଲୋକ ଆଡ଼କୁ ତନ୍ମୟ ହୋଇ ଚାହିଁଥିଲା।

କେତେ ବଡ଼ ହେଇଯାଇଛି ରେ କହ। ଆଗ ଭଳି ଆଉ ନାହିଁ।

ସୁଲା ଗମ୍ଭୀର ହୋଇ କହିଲା, 'ହଁ।'

ଆଖି ଦୁଇଟା ସେମିତି ନୀଳ ଅଛି, କି ସୁନ୍ଦର ନୀଳ।

କି ସୁନ୍ଦର ସାଇକେଲ ଚଲାଉଛି ରେ, ଶୁଣିଛି ହକି ବି ଖେଳେ। ସ୍କୁଲର ହକି ଟିମର କ୍ୟାପଟେନ। ପାଠ ବି ଭଲ ପଢ଼େ। ଏଥର ମାଟ୍ରିକ ଦେବ।

ଆମ ବୟସର ତ ଥିଲା, ଏତେ ବଡ଼ କେମିତି ହୋଇଗଲା ?

ସୁଲା କହିଲା, ତା' ତ ମୁଁ ଜାଣିନି।'

ବାର ବର୍ଷପରେ ସ୍କୁଲ ନାଁ ପୁଣି ବଦଳିଲା। ଏବେ ନାଁ ହୋଇଛି ନେହେରୁ ମେମୋରିଆଲ ସ୍କୁଲ। ସୁଲା ପଚାରିଲା, ନେହେରୁ ମେମୋରିଆଲ କି ଜିନିଷ ରେ?

ମରିଗଲେ ଏମିତି ନାଁ ହୁଏ।

ତୋ ବାପା ତ ମରି ଯାଇଛନ୍ତି, କାଇଁ ତାଙ୍କର ତ ଏମିତି ନାଁ ହୋଇନି ?

ସମସ୍ତଙ୍କ ବାପାଙ୍କ ନାଁ କ'ଣ ଏମିତି ହୁଏ ?

ଏମିତି ଗପସପ ଭିତରେ ପ୍ରାର୍ଥନା ବେଲ୍ ବାଜିଲା। ପ୍ରାର୍ଥନା ପରେ କୌଣସି କ୍ଲାସ ହେଲା ନାହିଁ। ହେଡ୍‌ମାଷ୍ଟର କହିଲେ, ଆଜି ମୌଲବି ସାହେବଙ୍କ ଫେରୁଓ୍ୱେଲ। ଅନେକ ଗପସପ ଏବଂ ବହୁତ କନ୍ଦାକଟା ହେଲା। ମୌଲବୀ ସାହେବଙ୍କ ରୁମାଲ ଲୁହରେ ଭିଜିଗଲା।

ମାଖନା ପଚାରିଲା, 'ମୌଲବୀ ସାହେବ କାନ୍ଦୁଛନ୍ତି କାହିଁକି ?'

ତାଙ୍କୁ ଆଉ କାଲିଠାରୁ ଗଛରୁ ବାଡ଼ି ଭାଙ୍ଗିକି କିଏ ଆଣି ଦେବ ?

ତାହା ଠିକ୍, ତେବେ ମୋର ମନେ ହେଉଛି ବେତ ପାହାର ପାଇଁ ହାତ କସ୍‌ମସ୍ କରୁଛି, କିନ୍ତୁ ସେଇ ସୁଯୋଗ ଯୁଟିବନି ବୋଲି କାନ୍ଦୁଛନ୍ତି।

ମୌଲବୀ ସାହେବ ରିଟାୟାର କରିବାପରେ ସେଇ କ୍ଲାସର ଦାୟିତ୍ୱ ହେଡ୍ ସାର ନେଲେ। ପ୍ରଥମ ଦିନ ହିଁ ସୁଲା ଉପରେ ନଜର ପଡ଼ିଲା। କିରେ ଗାଈ ଚରେଇ ପାରୁ ? ଆମ ଗଉଡ଼ଟା କିଛି ଦିନପାଇଁ ଗାଁକୁ ଯାଇଛି। ତୁ ଏଇ କିଛି ଦିନ ଗାଈଗୁଡ଼ାକୁ ପଡ଼ିଆକୁ ଚରେଇ ନେଇପାରିବୁ ?

ସୁଲା ମୁଣ୍ଡ ହଲାଇ ସମ୍ମତି ଜଣାଇଲା। 'ସାର ବହି ଖାତା ନେଇକି ଯିବି ?'

ସାଙ୍ଗରେ ନେଇକି ଯା, ଓପରଓଳିକୁ ସେଠାରୁ ସିଧା ଘରକୁ ଯିବୁ।

ସାର୍ ଏକୁଟିଆ କେମିତି ଗାଈ ଚରାଇବାକୁ ଯିବି, ଆଉ ଜଣେ ଦରକାର। ମାଖନାକୁ ସାଙ୍ଗରେ ନେଇଯିବି ?

ଯାଆ ଡ଼େରି କରନା, ଗାଈଗୁଡ଼ା ଉପାସ ଅଛନ୍ତି।

ମାଖନା ଆଉ ସୁଲା ବହି ବ୍ୟାଗ ଧରି ବାହାରି ପଡ଼ିଲେ। ତାଙ୍କର ଆନନ୍ଦ କହିଲେ ନସରେ। ଏତେ ଦିନପରେ ଗୋଟିଏ କାମ ଭଳି କାମ ସେମାନେ ପାଇଛନ୍ତି।

ମାଖନା କହିଲା, ଗିଲିଦାଣ୍ଡି ଖେଳି ଖେଳି ଦିନଟା ସରିଯିବ। ଆଉ ପରୀକ୍ଷାରେ ଫେଲ କରିବାକୁ କାହାର ସାଧ ନାହିଁ।

ମାଷ୍ଟରଙ୍କ ଗାଈଗୁଡ଼ିକ ସେମିତି ଅମାନିଆ ନୁହେଁ। ମାଷ୍ଟରଙ୍କ ସ୍ତ୍ରୀ ଭଳି ମୋଟା ବି ନୁହେଁ।

କ'ଣ ଖାଇ ମାଷ୍ଟରଙ୍କ ସ୍ତ୍ରୀ ଏତେ ମୋଟୀ ହୋଇଛି ?

ପିଓର ଘିଅ। ଦେଖୁଛୁ ନା କେତେ ଗାଈ।

ଅନେକ ଗୁଡ଼ିଏ ଆଗାମୀ କାଲି ହେଇ ଆଉ ପାଞ୍ଚ ବର୍ଷ କଟିଗଲା।

ଆଜି ଚଉଦ ନଭେମ୍ବର। ଶିଶୁ ଦିବସ। ସୁଲା ଆଉ ମାଖନା ଆସି ଦେଖିଲେ,

ଷ୍ଟାଡ଼ିୟମ କେତେ ସୁନ୍ଦର ରଙ୍ଗିନ ବର୍ଣ୍ଣମୟ। ବାହାରେ ଅନେକଗୁଡ଼ିଏ ଗାଡ଼ି ଛିଡ଼ା ହୋଇଛି। ମାଖନା କହିଲା, 'ଭିତରକୁ ଚାଲ, ଆମ ପାଇଁ ତ ଏହି ଅନୁଷ୍ଠାନ, ଆମେ ଦେଖିବାନି ?'

'ଆମକୁ କ'ଣ ଦେବେ ?'

ଲଜେନ୍ସ, ଆଉ ଦୁଇଟା ନାସପାତି।

ତେବେ ଚାଲ।

ଭିତରଟା ଆହୁରି ସାଜସଜ୍ଜା ହୋଇଛି। ସମସ୍ତେ ଧୋବ ଫରଫର ଇୟୁନିଫର୍ମ ପିନ୍ଧି ଆସିଛନ୍ତି। ପଗଡି ପିନ୍ଧା ପୁଲିସ ଲୋକେ ଏପଟେ ସେପଟେ ବୁଲାବୁଲି କରୁଛନ୍ତି। ଚାରିପଟେ ଲାଲ, ସବୁଜ, ହଳଦିଆ ପତାକା। ଦାମି ସୁଟ୍ ପିନ୍ଧି ପୁରୁଷଙ୍କ ପାଖରେ ଜଣେ ସୁନ୍ଦରୀ ରମଣୀ। କେତେ ରଙ୍ଗର ଶାଢ଼ି, ସାଲୁଆର କମିଜ ପିନ୍ଧି ମହିଳାମାନେ ଚେୟାରରେ ବସିଛନ୍ତି।

ସେମାନେ ଲଜେନ୍ସ, ନାସପାତି କିଛି ବି ଦେଲେନି।

ଦେବେ, ଦେବେ। ଧୈର୍ଯ୍ୟ ଧରି ବସିରହ। ନୀଳକଣ୍ଠ ସାର ଯେତେବେଳେ କହିଛନ୍ତି ନିଶ୍ଚୟ ଦେବେ। ସୁଲା ମାଖନାକୁ ସାନ୍ତ୍ୱନା ଦେଲା।

ଦାମୀ କୋଟ୍ ଟାଇ ପିନ୍ଧି ଜଣେ ଲୋକ କ'ଣ କହୁଛି ମାଇକ ସାମନାରେ। ତାଙ୍କ କଥା ଶେଷ ହେବାପରେ ସମସ୍ତେ ତାଳି ମାରିଲେ। ସେମାନଙ୍କ ଦେଖାଦେଖି ମାଖନା ବି ତାଳି ମାରିଲା।

କଥାଗୁଡ଼ା ତୁ କିଛି ବୁଝିଲୁ ?

ନା।

ତା'ହେଲେ ତାଳି ମାରିଲୁ ଯେ ?

ଦେବାକୁ ହୁଏ, ନହେଲେ ଲୋକେ ଆମକୁ ବୋକା ଭାବିବେ।

ସୁଲା ଗମ୍ଭୀର ହୋଇ ପ୍ରଶ୍ନ କଲା, ଆମେ ପୁଣି ଚାଲାକ କେବେ ହେଲେ ?

ମାଖନା କୌଣସି ଉତ୍ତର ଦେଲାନି।

ନାସପାତି ତଥାପି ଦେଲେନି। ପେଟ କଁ କଁ କରୁଥାଏ।

ଦେବେନା ରେ।

ଆମକୁ କେହି କିଛି ଦେବେନି। କେବଳ ବେତ, ଲାଠି, ଅପମାନ ଛଡା।

ତେବେ ଯେ କହିଲୁ ଶିଶୁ ଦିବସ ?

ଆମେ ଅପମାନିତ ବାଳକ।

ଠିକ୍ ସେତେବେଳେ ଶାଢ଼ି ପିନ୍ଧିଥିବା ଜଣେ ସୁନ୍ଦରୀ ରମଣୀ ଗୋଟିଏ ଛୁଆର ହାତ ଧରି ତାଙ୍କ ସାମନାଦେଇ ଚାଲିଗଲା।

ମାଖନା କହିଲା, ଦେଖିଲୁ ?

କାହାକୁ ?

ସେଇ ନୀଳ ଆଖି ଝିଅଟା। ଯିଏ ପିଲାଟିର ହାତ ଧରି ନେଇଗଲା।

ତା' ପୁଅ ?

ସେଇ ଯୋଡ କୋଟ୍ ପିନ୍ଧା ଭଦ୍ରଲୋକ ଯାହାଙ୍କ ସାଙ୍ଗରେ ଗାଡ଼ିରେ ଉଠୁଛି ?

ତା' ସ୍ୱାମୀ ବୋଧହୁଏ ହେବେ।

କେତେ ବଡ଼ ହୋଇଯାଇଛି ?

ହେବନି ? କୋଡ଼ିଏ ବାଇଶ ବର୍ଷ କଟିଯାଇଛି। ସେତେବେଳେ ନେହେରୁ ଦେଶ ଶାସନ କରୁଥିଲେ। ଏବେ ତାଙ୍କ ଝିଅ।

ମାଖନା ଉଦାସ ହୋଇଗଲା। ଗାଡ଼ିଟା ଆଡ଼କୁ ଚାହିଁ ରହିଲା। କେବଳ ଦୁଇଟି ନୀଳ ଆଖି ଦେଖିବାକୁ ପାଇଲା। ସେଇ କନଭେକ୍ଟ ବସ୍‌ରୁ ଓହ୍ଲାଇ ଆସୁଥିବା ନିଷ୍ପାପ ସରଳ ଦୁଇଟି ନୀଳ ଆଖି।

ସୁଲା କହିଲା, 'ସମସ୍ତେ ବଡ଼ ହୋଇଗଲେ, କେବଳ ଆମେ ଏମିତି ଭାବେ ରହିଗଲେ। ଆମେ କେବେ ବଡ଼ ହେବାରେ ମାଖନା ?'

ମାଖନା ଦୂରର ମାୟାଠାରୁ ଆଖି ଦୁଇଟାକୁ ସାମନା ଦିଗକୁ ଫେରାଇ ଆଣିଲା, ଆହୁରି ସାମନାକୁ। ସୁଲାର ପିଠିରେ ହାତ ରଖି ଧୀର ସ୍ୱରରେ କହିଲା, 'ବୋକା ମାନଙ୍କର ବୟସ ବଢେନା।'

■

ଲେଖକ ପରିଚିତି

ମି.ପା ସୋମଶୁନ୍ଦରମ୍ଙ୍କ ଜନ୍ମ ୧୭ ଜୁନ୧୯୨୧-ମୃତ୍ୟୁ ୧୫ ଜାନୁୟାରୀ୧୯୯୯। ସେ ତାମିଲ ଭାଷାର ଜଣେ ସାହିତ୍ୟିକ। ଗଳ୍ପ, କବିତା, ଉପନ୍ୟାସ, ପ୍ରବନ୍ଧ, ଭ୍ରମଣ କାହାଣୀ ଏବଂ ନାଟକ ଲେଖିବା ସହିତ ବୃତ୍ତରେ ଜଣେ ଜର୍ଣ୍ଣାଲିଷ୍ଟ। ୧୯୬୨ରେ ସେ ସାହିତ୍ୟ ଏକାଡ଼େମୀ ପୁରସ୍କାର ଲାଭ କରିଥିଲେ।

ମଧୁରାମ ବୋରୋ ବୋଡ଼ୋ ଲିଟ୍ରେଚରରେ ପ୍ରସିଦ୍ଧ ଅଟନ୍ତି। ଗଳ୍ପ ଲେଖିବା ସହିତ ସେ ବୋଡ଼ୋ ଭାଷାର ଇତିହାସ ଲେଖିଛନ୍ତି।

ସ୍ନେହମୟ ରାୟ ଚୌଧୁରୀ ଅଗରତାଲାରେ ଜନ୍ମଗ୍ରହଣ କରିଥିଲେ। ସେ ତ୍ରିପୁରାର କୋକବୋରକ ଭାଷାର ଲେଖକ। ସେ ଟ୍ରାଇବାଲ ଇନଷ୍ଟିଚ୍ୟୁଟ୍‌ରୁ ୪୦ତମ କୋକବୋରକ ଡେ'ର ଆୱାଡ଼ ପାଇଥିଲେ। ସେ କୋକବୋରକ ଭାଷାରେ ରିସର୍ଚ୍ଚ କରିଛନ୍ତି। ସେ ବଙ୍ଗଳା ଭାଷାରେ ମଧ୍ୟ ଲେଖନ୍ତି।

ଏଚ୍.ଇଲିୟାସ୍ଙ୍କ ଜନ୍ମ-ଅଗଷ୍ଟ ୬.୨୦୨୨। ସେ ମେଘାଳୟର ଖାସି ଭାଷାର ଜଣେ କବି ଏବଂ ଲେଖକ। ସେ ଅନେକ କବିତା ଏବଂ ଗଳ୍ପ ପୁସ୍ତକ ରଚନା କରିଛନ୍ତି। ତାଙ୍କ ନାମ ଅନୁସାରେ ଏଚ୍.ଇଲିୟସ୍ ମେମୋରିୟାଲ ହାୟର ସେକେଣ୍ଡାରୀ ସ୍କୁଲ ନାମରେ ନାମିତ ହୋଇଛି।

ଶୀଲା କୋଲମ୍ବକର କୋଙ୍କଣୀ ଭାଷାର ଜଣେ ଗାଳ୍ପିକା। ସେ ବୃତ୍ତିରେ ଜଣେ ପ୍ରଫେସର ଥିଲେ। ସେ ସାହିତ୍ୟ ଏକାଡ଼େମୀ ପୁରସ୍କାର ପାଇବା ସହିତ ଜ୍ଞାନପୀଠ ଆୱାର୍ଡ ଲାଭ କରିଛନ୍ତି।

ସୁଧା ମୂର୍ତ୍ତିଙ୍କ ଜନ୍ମ ୧୯ ଅଗଷ୍ଟ ୧୯୫୦ ମସିହାରେ। ସେ ଇନ୍ଫୋସିସ୍‌ର କୋ ଫାଉଣ୍ଡର। ସେ ବୃତ୍ତିରେ ଜଣେ ଇଞ୍ଜିନିୟର ଥିଲେ। ସେ ଅନେକ ଗଳ୍ପ ପୁସ୍ତକ ରଚନା କରିଛନ୍ତି। ସେ ସାଧାରଣତଃ କନ୍ନଡ଼, ମରାଠୀ ଏବଂ ଇଂରାଜୀରେ ଅନୁଭୂତିମୂଳକ ଲେଖା ଲେଖନ୍ତି। ତାଙ୍କର କେତୋଟି ପୁସ୍ତକ ବିଭିନ୍ନ ଭାଷାରେ ଅନୁବାଦ ହୋଇଛି।

ଜି. କୁମାରପ୍ପା କନ୍ନଡ଼ ଭାଷାର ଜଣେ ପ୍ରସିଦ୍ଧ ଲେଖକ। ସେ ବାଙ୍ଗାଲୋରରେ ଜନ୍ମଗ୍ରହଣ କରିଥିଲେ। ସେ ଗଳ୍ପ ଲେଖିବା ସହିତ ସ୍କୁଲ ଏବଂ କଲେଜ ପିଲାଙ୍କ ପାଇଁ ପାଠ୍ୟପୁସ୍ତକ ମଧ୍ୟ ଲେଖିଛନ୍ତି।

ହରିକୃଷ୍ଣ କାଉଲ ୧୯୩୪ ମସିହାରେ କାଶ୍ମୀରର ଶ୍ରୀନଗର ଠାରେ ଜନ୍ମଗ୍ରହଣ କରିଥିଲେ। ସେ ବିଭିନ୍ନ କଲେଜରେ ହିନ୍ଦୀ ଲିଟ୍ରେଚର୍‌ରେ ଅଧ୍ୟାପନା କରିଥିଲେ। ସେ ଗଳ୍ପ ଲେଖିବା ସହିତ ନାଟକ ମଧ୍ୟ ଲେଖନ୍ତି। ତାଙ୍କ ନାଟକ ରେଡ଼ିଓରେ ପ୍ରସାରିତ ହୁଏ।

ରାମସ୍ୱରୂପ କିସାନ ଜଣେ ରାଜସ୍ଥାନୀ ଲେଖକ। ତାଙ୍କର ଅନେକ ରଚନା ଇଂରାଜୀ, ପଞ୍ଜାବୀ, କନ୍ନଡ଼, ଉର୍ଦ୍ଦୁ ଏବଂ ମରାଠୀ ଭାଷାରେ ଅନୁବାଦ ହୋଇଛି। ତାଙ୍କ ପୁସ୍ତକ ରାଜସ୍ଥାନ ବିଶ୍ୱବିଦ୍ୟାଳୟ ଏବଂ ମାଧ୍ୟମିକ ଶିକ୍ଷା ବୋର୍ଡ, ରାଜସ୍ଥାନରେ ସାମିଲ କରାଯାଇଛି।

ଉଷା କିରଣ ଖାନ୍ ମୈଥିଳୀ ଏବଂ ହିନ୍ଦୀରେ ଲେଖନ୍ତି। ତାଙ୍କର ୮ଟି ଗଳ୍ପ ସଂକଳନ ଏବଂ ଦୁଇଟି ନାଟକ ପୁସ୍ତକ ହିନ୍ଦୀରେ ପ୍ରକାଶିତ ହୋଇଛି। ୫ଟି ଉପନ୍ୟାସ ଏବଂ କେତୋଟି ଗଳ୍ପ ପୁସ୍ତକ ମୈଥିଳୀ ଭାଷାରେ ପ୍ରକାଶିତ ହୋଇଛି।

ଡ.ମୃଦୁଲା ଶର୍ମା ନେପାଳର କାଠମାଣ୍ଡୁସ୍ଥିତ ଏକ ମହାବିଦ୍ୟାଳୟରେ ହିନ୍ଦୀ ଭାଷା ସାହିତ୍ୟର ଅଧ୍ୟାପିକା। ସେ ନେପାଳୀ ଏବଂ ହିନ୍ଦୀ ଉଭୟ ଭାଷାରେ ଲେଖାଲେଖି କରନ୍ତି। ତାଙ୍କର ନେପାଳୀ ଭାଷାରେ କେତୋଟି ଗଳ୍ପ ପୁସ୍ତକ ପ୍ରକାଶିତ ହୋଇଛି।

ଗୁରୁପାଲ ସିଂହ ଲିଲଟ୍ ପଞ୍ଜାବୀ ଭାଷାର ଜଣେ ପ୍ରସିଦ୍ଧ କବି, ଗାଳ୍ପିକ ଏବଂ ଲେଖକ। ତାଙ୍କର କେତୋଟି କବିତା ପୁସ୍ତକ ଏବଂ ଗଳ୍ପ ପୁସ୍ତକ ପ୍ରକାଶିତ ହୋଇଛି।

ସିଂଧୁ ଚାନ୍ଦବାଣୀ ୧୯୩୩ ମସିହାରେ ରାଜସ୍ଥାନରେ ଜନ୍ମଗ୍ରହଣ କରିଥିଲେ। ସେ ସିନ୍ଧି ଭାଷାର ଜଣେ ପ୍ରସିଦ୍ଧ ଗାଳ୍ପିକ ଏବଂ ଔପନ୍ୟାସିକ।

ସାନାଟୋମ୍ବି ନିଙ୍ଗୋମବାମ ଦିଲ୍ଲୀ ଇୟୁନିଭରସିଟିରେ ଆସିଷ୍ଟାଣ୍ଟ ପ୍ରଫେସର ଅଛନ୍ତି। ସେ ସାଧାରଣତଃ ମଣିପୁରୀ ଭାଷାରେ ଗଳ୍ପ ଲେଖନ୍ତି।

ଖୁୟାଲ କୁଙ୍ଗୀ ମିଜୋରାମ ଭାଷାର ଜଣେ ପ୍ରସିଦ୍ଧ ଲେଖକ। ସେ ମିଜୋ ଭାଷାରେ ଅନେକ କବିତା, ଗଳ୍ପ ଲେଖିଛନ୍ତି। ସେଥିପାଇଁ ସେ ଅନେକ ପୁରସ୍କାର ଲାଭ କରିଛନ୍ତି।

ଉଜ୍ଜ୍ୱଳା କେଲକର ଜଣେ ମରାଠୀ ଲେଖିକା। ସେ ସାଧାରଣତଃ ଗଳ୍ପ, ଶିଶୁ ଗଳ୍ପ ଲେଖିବା ସହିତ ଐତିହାସିକ କଥା ବସ୍ତୁ ଉପରେ ପୁସ୍ତକ ରଚନା କରିଛନ୍ତି।

ରବି ଶାସ୍ତ୍ରୀ ଜଣେ ତେଲଗୁ ଲେଖକ ଏବଂ ପେଷାରେ ଓକିଲ। ସେ କେତୋଟି ଉପନ୍ୟାସ ଷାଠିଏରୁ ଉର୍ଦ୍ଧ୍ୱ ଗଳ୍ପ ଛଅଟି ଭଲ୍ୟୁମରେ ପ୍ରକାଶ ପାଇଛି। ତାଙ୍କ ଲେଖାର ଶୈଳୀ ସ୍ୱତନ୍ତ୍ର।

ମଳୟ ଚଟ୍ଟୋପାଧ୍ୟାୟ ଜଣେ ବଙ୍ଗଳା ଲେଖକ। ତାଙ୍କର କେତୋଟି ଗଳ୍ପ ସଂକଳନ ଏବଂ ଉପନ୍ୟାସ ପ୍ରକାଶିତ ହୋଇଛି।

ନିଳିମା ଟିକ୍‌କୁ ଜଣେ ହିନ୍ଦୀ ଲେଖିକା। ସେ ସାହିତ୍ୟ ସମର୍ଥ ପତ୍ରିକାର ସମ୍ପାଦକ ଏବଂ ପବ୍ଲିସର। ସେ ତିନି ଦଶକ ହେଲା ଲେଖନୀ ଚାଳନା କରିଆସୁଛନ୍ତି। ରାଜସ୍ଥାନର ଜୟପୁର ଠାରେ ଅବସ୍ଥାନ କରୁଛନ୍ତି। ସେ ରାଷ୍ଟ୍ରିୟ ରାଜଭାଷା ପୀଠ, ଏହ୍ଲାବାଦରୁ 'ଭାରତୀ ରତ୍ନ' ଏବଂ 'ଭାରତୀ ଶିରୋମଣୀ' ଆୱାର୍ଡ଼ ପାଇଛନ୍ତି। ତାଙ୍କର କେତୋଟି ଗଳ୍ପ ପୁସ୍ତକ, ଗୋଟିଏ ଉପନ୍ୟାସ, ଗୋଟିଏ ବ୍ୟଙ୍ଗ ଏବଂ ଗୋଟିଏ ଲଘୁକଥା ସଂଗ୍ରହ ପ୍ରକାଶିତ ହୋଇଛି।

ମନୋଜ କୁମାର ଗୋସ୍ୱାମୀଙ୍କର ଜନ୍ମ ୧୯୬୨ରେ। ସେ ପେଷାରେ ଜଣେ ସାମ୍ବାଦିକ ଏବଂ ଦୈନିକ ଖବର କାଗଜର ଏଡ଼ିଟର। ସେ ଅସମୀୟା ଭାଷାର ଜଣେ ସୁପରିଚିତ ଲେଖକ। ୨୦୨୨ ମସିହାରେ ତାଙ୍କର ଗଳ୍ପ ପୁସ୍ତକ ପାଇଁ ସେ ସାହିତ୍ୟ ଏକାଡେମୀ ପୁରସ୍କାର ଲାଭ କରିଥିଲେ।

ଜିଲାନି ବାନୋ ୧୪ ଜୁଲାଇ ୧୯୩୬ ମସିହାରେ ଉତ୍ତରପ୍ରଦେଶରେ ଜନ୍ମଗ୍ରହଣ କରିଥିଲେ। ସେ ଉର୍ଦ୍ଦୁ ଭାଷାର ଜଣେ ସୁଲେଖିକା। ସେ ଗଳ୍ପ ଏବଂ ଉପନ୍ୟାସ ଲେଖନ୍ତି। ସେ ପଦ୍ମଶ୍ରୀ ଉପାଧି ପ୍ରାପ୍ତ କରିବା ସହିତ ଆନ୍ଧ୍ରପ୍ରଦେଶ ସାହିତ୍ୟ ଏକାଡ଼େମୀ ପୁରସ୍କାର ଲାଭ କରିଛନ୍ତି। ଆହୁରି ଅନେକ ସମ୍ମାନରେ ସମ୍ମାନିତ ହୋଇଛନ୍ତି।

ମାଲାଲୟମ ଲେଖିକା **ଶ୍ରୀବାଲା କେ.ମେନନ୍** ଜଣେ ଗାଳ୍ପିକା ଏବଂ ଫିଲିମ୍ ପ୍ରଯୋଜିକା। ୨୦୦୫ମସିହାରେ ସେ କେରଳ ସାହିତ୍ୟ ଏକାଡ଼େମୀ ପୁରଷ୍କାର ଲାଭ କରିଥିଲେ। ପ୍ରାୟତଃ ସେ ଜଣେ ବ୍ୟଙ୍ଗ ଲେଖିକା।

ନରେନ୍ଦ୍ର ମୋଦୀ ଗୁଜୁରାଟୀ ଭାଷାରେ କେତେଗୁଡ଼ିଏ ଗଳ୍ପ ରଚନା କରିଛନ୍ତି। ବିଶେଷ ଭାବେ ଇମରଜେନ୍ସି ସମୟରେ ସେ ଅଣ୍ଡର ଗ୍ରାଉଣ୍ଡରେ ଥିବା ବେଳେ କେତେଗୁଡ଼ିଏ ଗଳ୍ପ ଲେଖିଥିଲେ। ସେଥିମଧ୍ୟରୁ 'ପ୍ରେମତୀର୍ଥ' ନାମକ ଏକ ଗଳ୍ପ ସଂକଳନ ତାଙ୍କର ପ୍ରକାଶ ପାଇଛି।

ନେଚୁରିଙ୍କୋ ଚୁଟା ଜଣେ କବି, ଗାଳ୍ପିକା ଏବଂ ଔପନ୍ୟାସିକା। ସେ ଇଂରାଜୀ ଭାଷା ସାହିତ୍ୟରେ ପି.ଏଚ୍.ଡ଼ି ଲାଭ କରିଛନ୍ତି। ସେ ନାଗା ଭାଷାରେ ଲେଖିବା ସହିତ ଇଂରାଜୀରେ ମଧ୍ୟ ଗଳ୍ପ ଏବଂ କବିତା ଲେଖନ୍ତି।

■

BLACK EAGLE BOOKS

www.blackeaglebooks.org
info@blackeaglebooks.org

Black Eagle Books, an independent publisher, was founded as a nonprofit organization in April, 2019. It is our mission to connect and engage the Indian diaspora and the world at large with the best of works of world literature published on a collaborative platform, with special emphasis on foregrounding Contemporary Classics and New Writing.

Milton Keynes UK
Ingram Content Group UK Ltd.
UKHW040308181024
449757UK00005B/415